贵州新文学大系

1990—2019

GUIZHOU XINWENXUE DAXI

长篇小说卷

GUIZHOU XINWENXUE DAXI

第一卷
1990—2003

贵州省作家协会 / 编

贵州出版集团
贵州人民出版社

图书在版编目（CIP）数据

贵州新文学大系. 1990-2019. 长篇小说卷. 第一卷, 1990-2003 / 贵州省作家协会编. -- 贵阳 : 贵州人民出版社, 2022.12

ISBN 978-7-221-17415-4

Ⅰ. ①贵⋯ Ⅱ. ①贵⋯ Ⅲ. ①中国文学—当代文学—作品综合集—贵州②长篇小说—小说集—中国—当代 Ⅳ. ①I218.73

中国版本图书馆CIP数据核字(2022)第201163号

书　　名　贵州新文学大系1990—2019·长篇小说卷·第一卷（1990—2003）
丛 书 名　贵州新文学大系1990—2019
编　　者　贵州省作家协会

出 版 人　朱文迅
统　　筹　黄　冰
责任编辑　张　皖
装帧设计　王丹丽
出版发行　贵州出版集团　贵州人民出版社
社　　址　贵州省贵阳市观山湖区中天会展城会展东路SOHO办公区
　　　　　贵州出版集团大楼（邮编：550081）
印　　刷　深圳市新联美术印刷有限公司
开　　本　787 mm×1092 mm　1/16
字　　数　520千字
印　　张　26.25
版　　次　2022年12月第1版
印　　次　2022年12月第1次印刷
书　　号　ISBN 978-7-221-17415-4
定　　价　85.00元（精装）

本书获2019年贵州省出版传媒事业发展专项资金资助

概　述

一

　　中国新文学已走过了百年历程，贵州新文学的脚步也亦步亦趋，漫长的一个世纪的确需要回眸和展望。前辈已经编辑出版了《贵州新文学大系》（1919—1989）。本书是1990至2019年贵州新文学长篇小说的巡礼，是贵州长篇小说三十年的回眸。《贵州新文学大系1990—2019·长篇小说卷》选编的基本原则是作品在国内核心刊物上发表或获得省级以上奖项，并且具有较高的质量和一定影响力，能够代表贵州三十年来的长篇小说创作成就。根据这个选编原则，《贵州新文学大系1990—2019·长篇小说卷》分为三卷：1990—2003年为第一卷，2004—2011年为第二卷，2012—2019年为第三卷。

　　从20世纪90年代初开始，当代文学发展出现不同于80年代的若干面相。长篇小说数量的激增就是一个突出例子。1949年以后，长篇小说的发展经历过三次高潮：第一次是在1956年到1964年【整个"十七年时期"（1949—1966），当代长篇小说的总产量共有325部】；第二次为1980年到1988年；第三次则始于1993年。1993年之后，长篇小说迅速发展，根据中国作家协会和出版部门的统计：1994年上半年，30家文艺类出版社报给管理部门的长篇小说选题共有600多种，占整个文学类选题的18%，比1993年增加10%以上。到1995年，长篇小说的年产量就已经达到790部，是"十七年时期"总量的两倍多。自此以后，这个数字每年都在刷新，增长速度惊人。白烨主编的年度《中国文情报告》说："2006年，以图书形式出版的各类长篇小说作品，数量约1200部"，2010年为3000部以上，2013年则达到了4790多部。这些数据均来自新闻出版署条码中心。

2016年后，这个数字已接近每年1万部。每年数千部长篇小说，听起来不少，但用接近14亿的人口总数一除就不能算多了。1995年，著名作家王蒙在英国谈到中国长篇小说的年产量已达到五六百部时，英国人没有表现出丝毫的惊奇。在他们看来这个数字并不多。英国人口不过五六千万，而长篇小说的年产量当时就已经达到了一千部。可见在中国，即使长篇小说超过前所未有的数量，似乎也未达到饱和状态，在相当长一段时期内，"长篇热"仍将是一种常态现象。

正是在这样的背景下，20世纪90年代以来贵州的长篇小说创作也进入到一个新阶段。不过在此之前的几十年间，贵州的长篇小说创作一直乏善可陈，直到1976年8月，贵州才出现第一部长篇《英雄的乡土》，作者为晋庆玉。20世纪90年代初，据贵州省作协编的《贵州新文学大系》（1919—1989）统计，长篇小说在1978—1989年间共为34部。这一阶段的确是贵州长篇小说的创始时期。按中国作家协会创研部雷达的说法，此时中国长篇小说的第二个高潮已经来临，贵州作家虽然只有34部作品，但贵州的长篇小说总算是正式登场了，且一出场就有每年近三部的产量，也算说得过去。这一阶段的代表作主要有叶辛的《蹉跎岁月》，何士光的《似水流年》，王剑的《纵深地带》《生活的法典》，顾汶光、顾朴光兄弟的《天国恨》，顾汶光的《大渡魂》，滕树嵩的《风满木楼》等，在省内外均产生过一定反响。

二

从1990年到2019年，这30年间，贵州有170多位写作者，创作出版了300多部长篇小说。这个数字，是根据贵州省作家协会创研部的资料统计出来的，也是贵州民族大学文学院2012、2013、2014级部分中国现当代文学、中国少数民族文学、文艺学等专业的研究生，根据贵州省作家协会提供的本省中国作协会员名录及省级作协会员名录，在省内外图书馆、实体书店、网络书店以及网络搜索，采用分组包干的形式，经过数月时间搜集和统计得来的。但即使如此，仍不敢说没有缺漏。长篇小说数据统计是一项基础性的工作，将来还需要进一步更新和完善。

1990年以来170余位作家的300多部作品，大致可分作三个历史阶段来描述。第一阶段1990—1999，整整10年。第二阶段2000—2006，大致是7年。第三阶段2007—2019，大体是13年。第一阶段的10年，刚好是20世纪的终结。这一阶段，贵州长篇小说的主创力量，基本上还是20世纪50年代出生的那一代人。只有个别作者出生年龄早于或晚于这个时期。这些作家均是在中华人民共和国成立后或改革开放后的新时期走上创作道路的，但其中仅石果、叶辛、王剑在80年代初即致力于长篇创作。石果的长篇是《沧桑三部曲》（80年代初出版，90年代又再版、重版），叶辛在80年代的长篇是《岩鹰》《峡谷峰烟》《绿荫晨曦》《蹉跎岁月》等，王剑的是《纵深地带》《强者》等；另外，在80年代，贵州的长篇小说还有李宽定、袁浪、罗大胜各2部，弋良俊、何士光、余未人、雨煤、涂尘野、戴明贤、滕树嵩、顾汶光、顾朴光各一部。进入90年代后，贵州长篇小说主要有邢立斌的《舞台序曲》，吴恩泽的《伤寒》，王鸿儒的《盛唐遗恨》《大唐歌妓》，苏晓星的《末代土司》，龙志毅的《政界》，郑君华的《芙蓉风》三部曲，金永福的《半边户》，何伊经的《乒乓小勇士》，龙潜的《黑瓦房》等。

2000—2006年，贵州长篇小说的作家队伍开始悄然发生变化。此前在中短篇小说创作领域成名的部分作家，此时开始致力于长篇创作；此前即耕耘长篇的，此时则仍有新作问世，如苏晓星的《金银山》《无敌头帕》，徐成淼的《爱海情潮》，李宽定的《漂亮女孩》，吴恩泽的《平民世纪》，袁仁琮的《难得头顶一片天》《太阳底下》，龙志毅的《王国末日》《岁岁年年》，胡维汉的《小城故事》，谭良洲的《侗乡》，金永福的《挂职》《山晕》，陈廷俊（陈谷一）的《芳年》《沉雷》，龙潜的《铁荆棘》等。同时，这一时期长篇小说创作亦开始出现一些新人新作，如李钢音的《远天远地》，潘年英的《故乡信札》《木楼人家》，石新民的《太阳石》，罗勇的《我是差生》《擦亮阳光》，宋渤（宋立福）的《车坠安江》，赵朝龙的《乌江上的太阳》《而立之年》，姜东霞的《无水之泳》《崖上花》，赵雪峰的《警察的风采》《爱的代价》《都市流寇》，许雯丽的《夜郎素女》，汪洋的《暗香》《走向彼岸》，冯飞的《大清血地》，喻莉娟的《卉卉》等。

2000—2006年这一阶段，长篇小说创作比较突出的是欧阳黔森、赵剑平、王华、谢挺。他们有的起步于20世纪80年代，有的在世纪之交崭露头角。欧阳黔森的《非爱时间》2004年发表于大型文学期刊《红岩》头条，后被收入中国社科院文学研究所研究员孟繁华主编的长篇小说丛书。北京大学教授陈晓明称这部作品是"对当代精神困局的透视"。白烨主编的《中国文情报告》（2004—2005）也指出：《非爱时间》等一批长篇小说作为丛书出版后，"受到了陈忠实等作家的热情推荐"[①]。2006年，欧阳黔森的《雄关漫道》发表于国内最权威的大型文学期刊《当代》长篇版第5期头条，贵州人民出版社同年出版，根据这部长篇小说改编的同名电视连续剧《雄关漫道》则作为纪念红军长征胜利70周年的献礼片，在中央电视一台黄金时段播出，并在当时的文坛引起一场震动和热烈反响。中国作协和贵州省委宣传部、《当代》杂志在北京召开作品研讨会，数十位全国著名的理论家和批评家参加会议，《人民日报》《光明日报》《文艺报》等用整版或重点篇幅进行了报道，对部分发言做了摘录发表。此后在2007—2008年，长篇小说《雄关漫道》获中宣部第十届"全国五个一工程奖"，电视连续剧《雄关漫道》获中宣部第

---

① 白烨主编：《中国文情报告》（2004—2005），社会科学文献出版社，2005，第5页。

十届"全国五个一工程奖"、第二十六届中国电视"飞天奖"、第二十四届中国电视"金鹰奖"、全军文艺"金星奖"。王华2000年后开始陆续发表一些中短篇小说，2005年后，她的长篇小说《桥溪庄》和《傩赐》次第发表在《当代》上，引起了文坛的普遍关注。赵剑平的创作在20世纪80年代中后期比较活跃，他的长篇《困豹》2006年由人民文学出版社出版，并在北京召开研讨会，数十位著名理论家和批评家出席，《文艺报》等做了宣传报道。谢挺的《爱别离》2004年列入作家出版社"中国作家文库"并在当年的北京图书博览会上重点推出。这就是说，从2004年到2006年，欧阳黔森、王华、赵剑平、谢挺的长篇新作，接连在国内重要期刊上发表，并成为文学界热议的话题，这是过去很少有过的现象。这也正是要把2000—2006年贵州的长篇小说单独划分为一个历史阶段的原因。确切地说，在2000—2006年，尤其是2004—2006年，一股来自贵州的冲击波，汇入了当代长篇小说创作的热潮。这样的冲击在贵州文学的历史上还是第一次。如果说1990年至1999年，贵州长篇小说主要是靠老一代作家在呼应主流文坛，那么，在21世纪的最初7年，新一代的作家开始成为贵州长篇小说创作的主力。

2007—2019年，贵州的长篇小说创作进入第三阶段。在这一阶段，贵州长篇小说创作阵营中的新生力量进一步得到加强。老一代作家当中，已鲜有长篇新作问世。而进入21世纪后，正是由于新生力量的加入，贵州长篇小说的年产量才开始呈逐年上升的趋势。1990—1999这10年，贵州长篇小说的总产量仅60多部，年均约6部。2000年以后，长篇小说的年产量即已在10部以上，而且主力阵容明显在年轻化。除第二阶段提到的那些中青年作家，第三阶段加入到长篇创作队伍中来的，还有冉正万、唐玉林、肖江虹、肖勤、张国华、龚晓虹、田永红、汪洋、吴勇、胡巧玲、曹永、李晁等。

仍以白烨主编的年度《中国文情报告》（始于2003年）为例，2007年以前在小说方面被提及的贵州作家，仅欧阳黔森、赵剑平两人。2007年以后则增加了冉正万、肖勤、王华。白烨主编的这套丛书，属于中国当代文学的年度报告，课题组由中国社会科学院文学研究所当代文学研究室及中国作家协会的部分专业人士组成，这些人基本都是活跃在文学批评前沿阵地的中青年专家学者。2011年，这个"年度文学文情报告"被纳入"十二五"国家重点图书出版规划项目，又称文学蓝皮书，能够进入这份年度报告的视野，应当说作品是有影响的。

三

从题材看，1990—2019年的贵州长篇小说，有相当一部分属于历史题材。这或者是由文体本身的特性决定的。长篇小说容量较大，人们对长篇小说的期待，往往是为了从中了解历史。以文学的形式叙说历史，这是长篇小说由来已久的文化功能。在历史题材的选择上，贵州作家比较关注本土，这又是一种必然选择：在自己熟悉的土地上耕耘，不仅能给作品增色，而且也得心应手。

20世纪80年代，顾汶光、顾朴光兄弟就写过太平天国题材的长篇小说《天国恨》，不久，顾汶光又独立完成了讲述石达开兵败故事的《大渡魂》。进入90年代后，贵州仍有好几部长篇小说以这段历史为背景。冯飞的长篇小说《大清血地》2003年即由四川文艺出版社出版，不久又被《十月》长篇版选载。贵州建省是在明永乐十一年（1413年），由于这一缘故，贵州长篇小说的历史选择，较多地集中于明清时期，如袁仁琼的《王阳明》，欧阳黔森的《奢香夫人》，许雯丽的《城门》，杨书光的《乌蒙演义》等。王阳明与贵州的关系，主要是被贬谪的那两三年。时间虽短，但王阳明的"龙场悟道"，无论对个人、对贵州，抑或是对中国哲学，对中国文化历史，都堪称意义重大。袁仁琼的长篇《王阳明》着眼于这一历史，但又不局限于贵州，而是几乎写了王阳明的一生。这是作者的第一部长篇，此后袁仁琼又有6部长篇问世，属于历史题材的还有《庄周》。

在贵州历史题材文学创作中，奢香夫人备受关注。奢香（1358—1396）是彝族历史上杰出的女性政治家，生活于元末明初。她是四川永宁宣抚司、彝族恒部扯勒君亨奢氏之女，后嫁给彝族土司、贵州宣慰使陇赞·蔼翠为妻。蔼翠早逝，因儿子年幼，年仅23岁的奢香担起重任，摄理贵州宣慰使一职。奢香的事迹，主要是胸襟博大，视野宽广，时时把民族团结、地区和谐放在首位。她平内患，通九驿，化解矛盾，加强中央与边疆，内地与西南的联系，促进彝族水西地区与贵州经济文化的发展。正因为如此，奢香得到后人的尊重。明清两代即有不少歌咏她的诗词，此后同类题材的创作更绵绵不绝，仅中华人民共和国成立后数十年间的文艺作品，即有黔剧、电影、电视、小说、话剧等。相比其他同类题材创作，欧阳黔森的长篇《奢香夫人》具有集大成的特点。小说头绪纷繁，情节复杂，冲突激烈，奢香的形象塑造得非常丰满。另一部同名之作出自毕节作家吴勇之手，另外，他还写有《柔远夫人》与《国之宝桢》两部长篇。相比而言，他的《水西悲歌》更好一些。《水西悲歌》主要描写吴三桂做西南总督时，悍然对水西彝族发动征剿，激起彝族首领安坤率众反抗，但惨遭杀戮的悲剧故事。《柔远夫人》在时间上紧承《水西悲歌》，讲述安坤遗孀禄天香协力朝廷削藩，与吴三桂的国恨家仇终于有一个了断的故事；《国之宝桢》则主要以清代四川总督、洋务重臣丁宝桢的生平为题材，属传记体小说。

贵州长篇历史小说，也有并不囿于地域，而转为关注宏大历史的。这方面较突出的是王鸿儒。他的作品主要是"大唐系列"的《盛唐遗恨》（1991）、《大唐歌妓》（1993）、《日落长安》（1997）和"唐风晚唱系列"的《风尘豪门女》《风雪陵园妾》《风流女道士》（均为1994年出版）。2002年，王鸿儒还有一部长篇《张居正：悬崖之舞》。当代文学史上，历史题材创作曾出现过一种倾向：帝王将相和才子佳人不是被弱化、虚化就是被丑化。从20世纪80年代徐兴业的《金瓯缺》、凌力的《少年天子》等开始，到90年代唐浩明的《曾国藩》，二月河的"清帝系列"《康熙大帝》《雍正皇帝》《乾隆皇帝》（均为多卷本）等出来后，这一倾向才有所改变。王鸿儒的这些长篇显然也有这个特点，但也不乏自己的开掘。从他的第一部长篇《盛唐遗恨》到《日落长安》《张居正：悬崖之舞》等，王鸿儒的历史题材创作渐趋成熟。《日落长安》对宦官专权、晚唐朝不保夕、"最是君王不自由"的描写，即是小说最生动也最让人触目惊心的部分。王鸿儒对历史盛衰原因的揭示，对人物命运的悲剧性理解，对人性内涵的悖论性发现，包括他的结构艺术、语言感觉等，都有自己的特色。

四

除中国古代历史外，20世纪中国社会的历史风云与现实变革，如红军长征、抗日战争、解放战争、解放后三十年、改革开放四十年等，也是贵州长篇小说重点关注和描写的领域。欧阳黔森的《雄关漫道》，石果的《沧桑曲》，苏晓星的《末代土司》，胡维汉的《小城故事》，吴恩泽的《伤寒》，郑君华的《芙蓉风》，龙志毅的《王国末日》《岁岁年年》，曹雨煤的《原情》，袁仁琮的《血雨》与《破荒》三部曲，唐玉林的"沧桑武陵三部曲"，张国华的《铜鼓密码》《二十四道拐》，田永红的《盐号》，龚晓虹的《鸽子花开》，陈谷一的"乡村土地三部曲"，王亚光的《野猫冲旧事》，谭良洲的《歌师》，罗建明、李东升的《乌蒙磅礴》，石新民的《太阳石》，斯力的《军饷》《大后方》，罗松的《永康堡》，等等，都是这样的作品。

石果的长篇《沧桑曲》共3部，1981年由贵州刚创刊的大型文学刊物《创作》首次刊出10余万字，1988年再由重庆出版社以"沧桑三部曲"第一部《拂晓时节》的形式出版。2002年和2004年，"沧桑三部曲"由三联书店贵阳联谊会和贵州人民出版社出齐。《末代土司》是苏晓星20世纪90年代的代表作。小说的主人公龙源海虽然靠世袭制成为土司，但这是一个开明人物，早在抗战胜利前后，他就在自己的领地发起变革，虽然触动汉、彝等民族的保守势力，但矢志不渝，最终成为一位民主人士。胡维汉的《小城故事》背景与《末代土司》相似，但主要着眼于小城的家族争斗，从家族兴衰角度来阐释社会变革。这是胡维汉的第一部长篇，后来他还有一部《黑色碉堡》。《地债》的作者陈谷一也是一位老作家，这部作品有非常质感的农村生活。吴恩泽和郑君华是同龄人，但《伤寒》与《芙蓉风》的历史叙述迥然有别。《伤寒》着眼于大跨度的地域化民族历史，明显有将历史寓言化、传奇化的倾向。"化外川"的地名，鸟、万、武、胡四大姓的恩怨情仇，还有"伤寒"对民族命运的隐喻等，都是作家对历史的一种理解，寓言化、传奇化是他特有的历史观与表达方式。在吴恩泽的另一部长篇《平民世纪》中，寓言、传奇有所消解，但那种冷静客观的叙述却一如既往，正如故事仍发生于"化外"之地一样。与《伤寒》不同，《芙蓉风》的现实感要强很多，农村历史变革所激起的波澜，以及当代农民的坎坷命运，也要真切很多。

欧阳黔森的《雄关漫道》、唐玉林的"沧桑武陵三部曲"、龚晓虹的《鸽子花开》、张国华的《铜鼓密码》、罗松的《永康堡》等，是描写20世纪的历史风云与现实变革的长篇小说。这几位作家分别来自黔东、黔北、黔西南，这些地区或是土地革命时期创建的革命根据地，或是红军长征经过的地方，或是民国著名军政人物的家乡。在这批作家中，欧阳黔森的英雄情结、英雄叙事特别引人注目。由于长征题材过去较多集中在中央红军的转战方面，对红二、六军团的这一段历史有所忽略，因而《雄关漫道》颇具填补空白的意义。小说展现这一历史，为丰富长征文学的形象画廊做出了新的贡献。欧阳黔森很早就想写这部小说，他明确地把自己内在的情感冲动定性为英雄情结。《奢香夫人》《绝地逢生》《非爱时间》都有这个特点。倘若把奢香夫人的高尚情操看作英雄理想主义，那么《绝地逢生》的英雄情结则来自"反贫困"主题。在欧阳黔森看来，真正的"绝地"不是石漠化的生态环境，而是人的精神荒漠。在严酷的生存环境面前，最可怕的，是心灵的封闭、狭窄和委顿，而愈是严峻的现实，愈能体现坚忍不拔精神的难能可贵。他的另一部小说《非爱时间》讲述当年的老知青在市场经济时代来临时，对友情、爱情的深刻怀念。所幸物欲横流的现实非但没有让这一代人陷落，反而让他们得以从精神的日益委顿中挣脱出来，懂得了什么是珍贵。陆武柒身患绝症之后对婚姻的处理方式，其实就是拯救灵魂的一次壮举，其悲剧性颇具震撼力。欧阳黔森的所有作品几乎都有这种英雄主义的激情萌动，他也从不忌讳这个定性。

唐玉林的"沧桑武陵三部曲"、龚晓虹的《鸽子花开》、田永红的《盐号》等，虽然都取材于黔东或黔北的地域历史文化，但都对故事做了某种传奇化、通俗化、民间化处理。"沧桑武陵三部曲"包括《中南门》《清浪街》《龙井巷》，其中《清浪街》人物众多，故事也最有吸引力。大大小小的民国乱象、地域传奇环环相扣，一波三折，并且头绪繁多，悬念丛生，在英雄豪杰、夫人小姐及官、民、警、匪、兵之间，演绎出黔东大地沧桑历史。与此相似，《鸽子花开》也都是黔东人物的传奇故事，也是试图以民间化的视角展示的另一种叙述。《鸽子花开》中，小到斗蛐蛐，大到战场拼杀，都有许多民间智慧的参与，而正是这些章节，给这部作品带来了独特的艺术效果。田永红的《盐号》选材新颖，龚家盐号所牵动的，不仅仅是几个人物的悲欢离合。在盐号兴衰史后面，揭示的是地区政治史、经济史、军事史、文化史，是整个民族的历史命运。

罗松50多万字的长篇小说《永康堡》，从20世纪初贵州第一任督军刘显世家族利用抗击广西会党起义获得成功，在下午屯重修刘氏庄园，并取名为"永康堡"写起，至何应钦日本学成归国，王文华、袁祖铭遇刺止，时间跨度虽只有二三十年，但这正是中国近现代历史的拐点，亦是贵州"兴义系"军阀由盛转衰的时期，并且关系着贵州和西南政局的风云变幻。选择这样的切入点是有匠心的。小说在"永康堡"庄园日常生活起居等细节方面的描写尤其生动细致。作为兴义刘氏庄园及何应钦、王文华、王伯群故居管理部门的负责人，作家罗松对这一段历史相当熟悉，讲述起来亦如数家珍。

五

贵州长篇小说在题材的开掘及虚实处理、叙事策略等方面，走的大体是现实主义路子，但在旨趣、意蕴及成就方面，却仍有不同的追求。龙志毅的《政界》是严格的现实题材，写法也很传统，思想却颇具穿透力。对这部作品，有评论把它归作反腐小说或官场小说一类，其实《政界》的命意似乎并不在此。反腐小说、官场小说大多着眼于权与法、权与钱、权与色的博弈，激浊扬清，呼唤清明政治，呼唤公正廉洁，其中的黑幕情节尤其有吸引力。宋渤的《车坠安江——一个目击者的手记》、吴昉的《封疆小吏》、张国华的《长天秋水》就是这样的作品。在宋渤的作品中，腐败分子是东安市建筑公司总经理曲果，他借改革之名，以权谋利，以利结党，肆无忌惮地侵吞国有资产，最后发展到杀人灭口的地步。小说中的报社副总编安思危则是正义的代表，他与曲果的较量虽然一波三折，最终当然是正义战胜邪恶。相比而言，《政界》虽然也写官场，但它的历史感和历史意识要深厚很多。它不在正义与邪恶之间展开矛盾冲突，也不靠官场黑幕引人入胜，它的艺术感染力来自对历史的深层忧患，且叙述更显内敛和节制，含蕴也更深广、饱满和有力。如果把这部小说中省一级领导干部的思维方式、心理过程、性格气质，高级干部考察任用的组织程序、运作过程的细节描写以及高级干部的心理刻画等看作严格意义的写实，那么，其历史感、忧患意识等，就是写实后面的某种旨趣，且为一般的反腐小说或官场小说所不具备。里面的人物，无论是赵一浩、周剑非、陈一弘，还是钱林、丁奉、冯唐，都不能简单地用正直、邪恶，甚至用好与坏去定义，那是真正的"圆形人物"，每个人都有责任感、使命感，而缺陷、弱点都远远谈不上大奸大恶，顶多也就是一点虚荣，一点人情世故、礼尚往来而已。然而愈是这样，故事的推进愈充满悬念，结尾所留下的遗憾，即所谓干部任用中的平衡，愈让人久久难以释怀。那是悲凉？是无奈？都是，又都不尽然，这就是艺术的力量，它来自作家的良知，名之为"政界"亦可谓见微知著，谓之为忧患意识恰如其分。联系作家后来的《王国末日》，这种忧患感更为强烈。《王国末日》属于革命历史题材，它回到历史的大转折时代，描写云南在抗战胜利后对历史道路的选择，这正是"政界"的历史纵深，是政治合法性的由来，而不应仅仅看作少数民族历史道路的选择。甚至后来的《岁岁年年》，好像是要回到情感路线的样子，但实际上最打动人的仍是作家的历史感与政治情怀。

冉正万的《纸房》《洗骨记》《进城》《八匹马》，肖勤的《水土》《守卫者长诗》，金永福的《挂职》，张贤春的《青龙坝》，袁仁琮的《梦城》《穷乡》《破荒》三部曲等，现实感也都很强，但各有不同的主题意向。《挂职》在对贵州山区的扶贫描写中，穿插了不少地域历史文化片断。《水土》取材于黔北乡土，出现在肖勤笔下的，是一群成天与农民、与土地打交道的乡镇干部形象。作品虽然对乡镇基层干部选拔中的一些问题有所鞭挞，对农村乡镇的干群关系有所思考，但重心显然更在转型时期乡土社会的历史变迁上。肖勤那种带着泥土气味的冷暖苦乐因此而特别真切，特别有现场感。批评家看重她的正是现实关怀精神，所以说从肖勤的作品中能看到爱，看到温暖和力量，而不是颓废和绝望。《守卫者长诗》的主人公被人冒名顶替上大学而耽误终身的故事虽沉重，但班主任对他的守望，也是人物一生的温暖。《破荒》写的是侗乡从20世纪40年代末到改革开放的社会变迁，可看作那一代少数民族作家特殊的精神史与心灵史。

王华的《傩赐》《桥溪庄》《家园》《花河》《花村》《花城》，冉正万的《银鱼来》《天眼》，曹永的《无主之地》，肖江虹的《向日葵》等，属于从历史落笔，多少却指向现实的那一类小说。在这些作品中，历史或者仅是一种镜像，过往之事仅是现实乃至未来的规约、借鉴和暗喻。而无论历史还是现实，都具有浓郁的地域文化氛围，作家试图用现代性的烛照，去透视人性的幽暗和吊诡，从而对现实，对历史，对地域，包括对现代性本身，形成有力的思考。从2012年到2016年，这几位作家与他们的长篇新作，同样受到了读者与主流批评家、主流媒体的关注。

至2019年，冉正万已经写了6部长篇，较早的《洗骨记》有对大山封闭和贫困青春的刻骨铭心记忆，作品显然更在意对人生疼痛感的表达。而发表在《人民文学》上的《银鱼来》，则是2012年令人瞩目的作品。《银鱼来》的故事发生在远离中原文化的"化外之地"，宗法制或宗法社会的矛盾，并不是《银鱼来》中家族恩怨的根源。《银鱼来》有自己对历史的独特理解，其阐释角度也与众不同。在小说中，如果没有红军长征路经黔北，没有日本人进逼黔南、觊觎大西南，没有当年红军的凯旋，黔北大山的日子将一如既往，一切所将遵循的，将仍是民间风俗统治，而不是宗法意志。如果说《银鱼来》以一种新锐的姿态介入了时下的文化建构，那么这种建构主要是来自多民族文化的碰撞与融合。冉正万是个很有历史感和思考意识的作家，《银鱼来》是一部优秀的小说。

从《花河》《花村》《花城》开始，王华长篇小说的地名、人名都与花有关。那是一种家园隐喻，也是一种蕴含深厚、韵味悠长的女性修辞格。"花河"三部曲中，《花河》写的是历史，《花村》和《花城》写的是《花河》中主要人物的下一代的命运，主要人物同样是女性。她们的命运有如写在花瓣上的家园故事：鲜艳但太柔弱，精致但易衰败。小说讲述白芍与妹妹红杏的人生故事，时间从民国一直写到改革开放。王华是第一次在这么大的跨度里来描写社会沧桑与人性善恶，总体驾驭是比较流畅的，结构也更为娴熟。尤其语言的感觉，充满灵性、变化莫测而又完全没有雕琢的痕迹。也正因为如此，"花河"三部曲中的人物也与作家前一阶段的长篇《桥溪庄》《傩赐》《家园》一样，给人留下了深刻的印象。白芍是一个成功的艺术形象，她功利、务实、精于算计。这是王华到目前为止写得最成功的一个人物，进入当代文学女性艺术形象画廊当之无愧。

曹永和李晁是近几年贵州的小说新秀。两人都是从中短篇转到长篇创作上来的，不仅文字功底扎实，"讲故事"也各有所长。李晁的《傻时光》和《迷宫中的少女》分别讲述少男少女的成长故事。"傻"其实只是懵懂、稚拙，只是成长的烦恼，阴暗、争斗也与人性幽深无关。后者的所谓"迷宫"，也不过就是少女的精神困境。相比之下，曹永的《无主之地》似乎要稍厚重一些。这是作者的第一部长篇，用起点高来评价应不为过。吴秉杰说曹永不是靠读书和模仿，而是靠天赋敏感，靠自己特殊的生活环境，靠观察和体验，以及一定方向的想象力来写作，谢挺亦说这样的作家不能培养，只能发现。小说取材于民国黔西北乌蒙山区的地域传奇，涉及近代中国社会极为敏感的土匪问题。贵州在当时也是重灾区，轰动全国的匪患绝不止一两起。土匪的存在，催生了一个新职业：镖师。《无主之地》的四个主要人物——张腊八、黑狗、葫芦、苘香正是在镖局成长的，所有的恩怨情仇、人世沧桑都跟走镖、保镖、抢镖、赎镖有关。张腊八是小说塑造得最好的人物，他忠厚正直、行侠仗义、一身正气。要命的是他爱苘香，而苘香爱的却是又好色、心术又不正的黑狗，正所谓男人不坏女人不爱，她只愿意把张腊八当兄长。屡屡付出真情，屡屡被真情出卖，张腊八最后选择了落草为寇。好在草寇也好，土匪也罢，其实首先是人，在忠义情仇等问题上，镖师和土匪并非决然对立。小说实际是把民国土匪当成一种社会现象来写的，并显然对其中所蕴含的人情世态及人性内涵更为在意。有意思的是，小说用一个超现实的人物"小祖宗"来织入咸同年间发生在这里的一段苗族起义历史。历史是真实的，但在小说中却只是一个隐喻，一个意象，一个既代表意义又代表形式的能指。尽管"小祖宗"在中间的情节推动中远不如出场与结局那样精彩，但这个形象的存在，仍大大拓宽了叙事空间，不仅地域传奇的神秘色彩有所加重，而且也使得张腊八、黑狗、葫芦、苘香的情感纠葛与命运坎坷陡增文化蕴含。

肖江虹是这几年受评论界关注的一个作家，《向日葵》是他的第一部长篇，与他的中短篇相比，《向日葵》的蕴含具有不可替代的历史和地域魅力。如果说《向日葵》对弱者的温馨体恤无出其中短篇之右，那么它要以世外桃源来超越现实苦难的努力，就更具有理想主义的意味。而乌托邦世界的最终瓦解，也就把作家的历史反思与社会批判，推到了相当醒目的位置。

六

20世纪90年代以来，尤其是进入21世纪以后，网络文学的影响力不容轻视。在这一方面，贵州也有不少成功的例子。不少非主流的长篇小说即来自网络。朱双艺（网名墨绿青苔）、陆显钊（网名南无袈裟）、郑飞飞（网名寿比南山）、潘涛（网名凝望）写悬疑、推理、灵异，段存东（网名晴了）写历史，何庆丰（网名滚开）写魔道，杨晶（网名言清秋）写都市情感，都可谓各有千秋，各有所获。其中朱双艺的《连环罪》系列、《赎心者》《刑警队长：假面告白》，褐蜘蛛的《男人制造》，张贤春的《猪朝前拱》，张笑寒的《神欲轮回》，段存东的《千夫斩》，曹伟的《三国猛将赵云传》等，都是先有网络人气、先有点击率，然后才与出版社签约出版的。与多数这样的作品一样，《男人制造》出版时，也改名为《我的红尘女友——男人制造》。小说主要围绕情感和性欲，讲述一个青春期男子与三位女子的纠葛，有些描写比较敏感，有点露骨甚至狎亵，但绝非游戏文字。热热闹闹之中，其实都事关人情冷暖、世态炎凉，都是严肃的人生悲喜故事。《猪朝前拱》出版时的书名是《青龙坝》，它讲述的故事发生在当代农村，无论是青龙坝乡场的熙熙攘攘，还是各家各户的婚丧嫁娶、儿女生计，均有着乌江中下游浓郁的乡土气息。一些农村基层干部和知识分子的灰色人生，如颜仲江的成长与堕落，晋成刚的好色与贪腐等，对乡村道德造成极大破坏。张笑寒的《神欲轮回》属网络玄幻小说，四部写了近百万字，出版后，有罗雨、钟艺兵、小凤等为其写书评，并登载在报刊上。网络小说本身有很明显的类型化趋势，但现实感、影响力不容轻视。

总体来看，在文学创作的各个门类中，长篇小说的分量不能低估，不少人甚至把长篇小说当作一个时代、一个民族、一个地区文学成就最重要的标志。如前所述，贵州长篇小说在30年里的确有了极大的发展，相对此前的数十年肯定是一个巨大的跨越。但坦率地说，在中国当代文学争奇斗艳的整体格局面前，贵州长篇小说的世纪跨越还谈不上特别令人瞩目，突出问题是数量与质量的矛盾。至少到目前为止，贵州长篇小说在全国有重大影响的作品还少，一些优秀之作尚未能进入更多理论批评家的视野，没有得到更多的关注和评价。在当代文学批评"过度阐释"喧嚣四起的时刻，贵州的一些长篇作品恰恰缺少阐释，这跟作品本身是有密切关系的。300多部作品中，有的甚至还缺乏可读性，这已经是对长篇小说的最低要求，如果连这个条件都不能满足，就更谈不到成功了。缺少基本的语言、结构、形象可感性等文学要素，或过于猎奇，过于个人化，就可能导致作品的失败。

贵州长篇小说创作下一步的发展，应当是在精品的创造上有所突破。这需要练好内功，也需要加强对作家和作品的宣传推介。对此，贵州的文艺理论批评责无旁贷，应加强对本省文学创作的关注，加强理论批评与创作间的沟通和交流。不可否认的是，在贵州长篇小说的世纪跨越中，已经涌现了不少的优秀作品，但缺少扛鼎之作、缺少精品仍然是短板，有高原但缺少高峰的现象仍然未改变。21世纪以来，20世纪60年代出生的作家欧阳黔森、冉正万、王华、谢挺笔耕不辍，仍是主力军，七八十年代后出生的肖江虹、肖勤、曹永、李晁等新生代力量正奋力争先，贵州长篇小说更上一层楼的未来，也值得我们期待。

（执笔人：杜国景）

目 录

王鸿儒

盛唐遗恨（节选）

第二十一章　马嵬坡前

2. 兵变

第二天清早，太阳刚刚出山，六军护卫着皇上，继续起驾西行。

玄宗骑在马上。前面旌旗飘处，是开道的一千禁军。接下来是贵妃、虢国夫人、韩国夫人及右相夫人裴柔等等的车舆。身后，是王公大臣、内侍们的骑乘。陈元礼率了两千名禁军殿后。漫长的队伍，行进在秦川道上，再没有昔日銮舆出行的排场，更没有当年封禅泰山的威风。阳光照耀着这群失家丧园的人们，没有欢声，没有笑语，只有"嘎吱嘎吱"的车轮声和"嗫嗫嗫"的马蹄声，如同一支送葬的队列，默默地走入墓地……

精明的皇上，似乎感到了一点不寻常的气氛。他留心到前面那一千禁军，不知为何，却是越走越慢。许多人一边走，一边回首来路。一个面皮黄瘦、满脸忧愁的士兵甚至停留在道旁，看日出中云山阻隔的乡关。他想起来了，禁军们的老父老母、妻室儿女，仍然羁留在长安。他们也和自己一样，牵挂着那里的亲人。那么，他们能尽心护驾，直到那遥远的益州吗？他心里不能不添上一重忧虑。

谁料这时，杨国忠的儿子、户部侍郎杨暄却拍马上前，用鞭杆指着那伫立道旁的禁军士兵喝道：

"尔等好大胆子！竟敢停下不走，敢是要投胡逆去吗？"

说罢举起马鞭，狠狠一鞭抽在那人脸上，鲜血立刻从那士卒嘴角流了出来。

禁军们纷纷停下，围了上来，愤怒地盯着那长得又白又胖的杨暄。

一个小校模样的禁军，冲上前来，一把夺过杨暄手中的马鞭，"啪"的一声折断鞭杆，扔在地上，喝问道：

"侍郎凭什么打人？！"

"你！……"杨暄指着那人，喝骂起来。

正在相持不下，高力士匆匆赶去，劝说一阵，士卒们方才散去。

杨暄悻悻然走了回来，翻身下马，向皇上拜奏道：

"启奏陛下，这等混吃军粮的东西，似这样磨磨蹭蹭，哪年哪月，才能到得蜀中？！"

玄宗心下也急，可是看着这少不更事的东西，好生烦厌，只冷冷地说道：

"禁军之事，就由陈大将军去处置吧！"

这言下之意，杨暄听得明白：皇上分明是嫌他狗拿耗子，多管闲事。他脸上一阵红、一阵白，爬将起来，跨上马背，灰溜溜地驰回队中去了。

队伍又向前蠕动起来。约摸又走了一个时辰，总算来到了马嵬驿。

这里有个不大的镇子，却是长安一路以来的第一个大驿站。驿馆在马嵬镇南驿道旁，后面是一带隆起的小丘冈。士卒们昨夜本来就没有吃饱，起驾之前又粒米未曾沾牙，人人窝了一肚子火，又累又饿，此时不待圣谕，便自行停了下来，有的倒在路旁歇息，有的便钻进驿馆，溜进小镇，搜索吃食。

玄宗正要敕谕陈元礼约束禁军，及早赶路，这时却从东面奔来一骑，一位将军模样的人驰至玄宗面前，立刻滚鞍下马，倒地便拜：

"末将叩见陛下！"

"哦，是王将军！"玄宗一看是王思礼风尘仆仆地赶来了，忙下了御马，将他扶了起来。

潼关的战况如何？敌骑是否攻入了长安？……不仅皇上、太子，王公和大臣们都急需知道京师的近况。玄宗当即敕谕，就地驻跸，待命起驾。

说罢，玄宗领着太子李亨和杨国忠、高力士、王思礼等几人进了驿馆，两名侍女也扶着贵妃去到后院歇息。

刚至厢房坐下，一位小太监前来奏报，说是十余名取道剑南晋京朝觐的吐蕃使者，正好行至马嵬，求见皇上。玄宗忙命杨国忠前去接待。

王思礼略略叙述了潼关失守的经过，接着又向皇上和太子奏告：当夜他奉命退至华阴，几位防御使都逃得不知去向。他抵达京城后，才从田良丘处得知皇上幸蜀，便赶了上来，听传闻说是哥舒翰已经被俘，而贼兵屯守潼关，尚未进占京师……

众人叹息了一会，都为哥舒翰元帅的安危担心。听说贼兵尚未尾追上来，皇上与太子、高力士也都松了一口气。

玄宗对王思礼抚慰了一番，旋即任命他为河西、陇右节度使，令其即刻赴镇，收合散卒，以待东讨。

王思礼离座叩拜谢恩，辞别皇上、太子，出了驿馆，正碰上陈元礼领着一群禁军走来。二人执手行至道旁，耳语了几句，只见王思礼面露喜色，辞别陈老将军，而后跨上战马，猛抽一鞭，头也不回往北去了。

太子李亨显露出焦躁不安的情绪，忽然听见驿馆外响起乱哄哄的人声和奔跑的脚步声，他眉头一扬，惊喜之色在脸上稍纵即逝。皇上似也感到了异样，忙命他与高力士出外察看。

来到驿馆门前，只见驿道上密密麻麻站了数百名禁军，围着大将军陈元礼，你一句我一句嚷成一片：

"要吃没吃，要喝没喝，怎么走？"

"是匹牲口，也该喂草料！"

"他娘的，这样下去非拖死不可！"

"咱们宁愿回长安杀敌而死，也不受这窝囊气！"

"那杨暄算个鸟，凭啥打人？！"

"谁不知道，这都是让杨国忠害的……"

"……"

"将士们，"陈元礼摇动着他那一把花白胡须，双手往下压压，用老迈的声音喝道，"护驾没说的，这是咱们禁军的本分。可是当今天下崩离，御驾也受了惊动，怨谁？就是那个杨国忠！这匹夫乱政误国，专横跋扈，激反安禄山，才使咱们有家难回，让皇上流离播迁至此，如今是朝野怨愤，你们说该怎么办？"

"杀！"禁军们纷纷举剑高呼。

"是该杀。不杀不足以谢天下，不杀不足以消四海之怨愤！……"

李亨看了一眼高力士，说道："要出事了，公公，快请回去照料父皇，我去照看诸王和妃嫔们……"说罢，也不待高力士回答，匆匆踅向北面，往小镇外的一丛竹林走去。那儿正是王子皇孙和妃嫔们憩息的所在。

高力士吓得几乎迈不动步子。恰在这时，杨国忠骑着马，正与吐蕃使者们迎面走来。使者们因找不到吃食，正缠着他诉苦。杨国忠一筹莫展，想甩掉这批使者，又被围着不放。正焦躁间，禁军中突然有人大喊起来：

"杨国忠勾结吐蕃谋反！"

他吃了一惊。尚未反应过来，这边禁军小校张小星早拈弓搭箭，一箭射中了他的马鞍。杨国忠吓得滚落马下，又站起来连滚带爬向驿馆西门逃去。禁军们一拥而上，刀枪齐下，顿时将他砍成了碎块。

张小星挥刀割下了杨国忠的脑袋，用枪挑着，挂在驿馆门前示众。

与此同时，另一群士卒冲向竹林，杀死了杨暄与韩国夫人。左相韦见素恰巧从镇上出来，也被哗变的士卒打倒在地。

正危急间，陈元礼在驿道上听见喊声，忙大声呼叫道："不得伤害韦相公！"

士卒们一听，方才收了拳脚。韦见素忙从地上爬起，已然血流满面。韦谔见状，忙奔了过来，将韦见素扶进竹林，仔细包扎了伤口。

3. 杨贵妃之死

禁军们围住了驿馆，大声呼叫。玄宗听见喧闹声一阵紧似一阵，心下着忙，便走出厢房，打算出去看看。

正好高力士神色愁苦地走了回来，告诉他：禁军哗变，声称杨国忠谋反，已经将其杀死……

玄宗吃了一惊，继而想想，这杨国忠惹得天怒人怨，死了也罢，于是问道：

"国忠已死，军士们为何围驿不退？"

高力士埋着头，不敢抬眼去看皇上。

玄宗催促再三，高力士没法子可想，方才吞吞吐吐地道了出来：

"军士们都说：国忠谋反，贵妃、贵妃不……不宜……供奉。"

"什么？！"玄宗吓了一跳，"这、这关贵妃什么事？"

"老奴也这样想，只是……"

"不行！朕要去问问他们，问问陈元礼，怎敢说贵妃不宜供奉，怎敢要挟于朕！"

玄宗说着，顺手抄起壁下的一支竹杖，双手扶着，便要转身出门。

驿馆外的喧哗声又响起来了，这回可是听得清清楚楚：

"杨国忠谋反，当诛三族！"

"请陛下割恩正法，否则我等难安！"

"妖姬祸国！"

"……"

玄宗往驿门外瞧了一眼，只见呐喊着的军士们已经拥上前来，刀枪齐举，剑拔弩张，一个个杀气腾腾。在玄宗看来，他平日的卫士们如今都成了亡命之徒，那一双双露出仇恨的眼睛，仿佛已不再认得他是万乘之尊、当今天子。他一下子觉得矮了半截，扶着竹杖的双手一个劲地颤抖，他哆嗦着说道：

"卿等留步。朕当自处之……"

张小星拦住士卒们，众人虽不再往前，却也未曾退后，便拥塞在门前。

玄宗回到庭院，倚杖俯首，久久而立。

高力士见情势已经危急，皇上却迟迟下不了决心，也急得满头大汗。杀掉贵妃，老实说，他于心不忍。且不说贵妃为寿王妃之前，便是他亲往蜀中选了迎至京师。这些年来，他一直又在侍候着她。就是侍候一只猫，也侍候出了感情，何况是人？！何况是皇上宠冠六宫的贵妃？！她怎么可能"谋反"呢？可是，事情也清清楚楚，禁军杀了杨国忠，他们绝不会放过贵妃。贵妃不除，却又要祸及皇上，他高力士一辈子可都是皇上实实在在的家奴。当初帮助皇上占有贵妃，是为皇上高兴；平日里精心侍候她，也为的皇上高兴；皇上两次将她赶出宫门，他千方百计又将她接回宫中，都是为使皇上高兴……一切都只为皇上着想。如今为了皇上的安危，当然了，也只有处死贵妃。不然的话，闹将起来，别说皇上，连他自己这条老命也保不住呢……

这样一想，高力士铁下心来，跪下劝说皇上：

"如今众怒难犯，危在顷刻，请大家速决！"

玄宗扶起他来，仍然迟疑着，仿佛自言自语，又像在问高力士：

"贵妃常居深宫，怎知国忠谋反？！"

高力士继续劝道："大家啊，娘娘当然是无罪的。可是将士们杀了杨国忠，娘娘却仍留在大家左右，他们怎能自安！请大家仔细想想老奴之言：将士安则大家也安啊！"

玄宗这一回总算想通了。自金城驿馆之后，他已弃了轻生念头。如今士卒哗变，仇恨的都是杨氏一家，对他，依然是忠心一片。这使他在惊惧中又得到极大安慰。但他也很清楚：贵妃不死，他就难以平息事态，求得安全。但是这感情的弦索是那么容易斩断的吗？！多少花前月下，汤泉殿庭，只有她，只有这解语花才宽慰了朕寂寞、衰老的心；只有她，只有这丰腴、美艳、多才多艺的佳人，才带给朕晚景中许多快乐同安宁，以至令朕常常忘了已届耄耋之年。失去了她，朕不知道活着还有什么趣味……

驿门前的将士又躁动起来，不容踌躇，刻不容缓。贵妃，朕如今救不得你了！如同那笼中之鸟，阶下之囚，朕已自顾不暇。那么，你就最后为朕尽一次忠吧！

他无可奈何地向高力士摆了摆手，嘴唇动了几动，方才艰难地吐出两个字：

"去吧……"

高力士拉起袍袖，抹了一把脸上的油汗，转过身去，正要踏上石阶，贵妃的身影已然出现在他的面前。

何等雍容，何等华贵！黄罗袆衣，石榴红裙，锦绣半臂，惨紫霞披，还有那帝后特用的玉佩、绶带，那十二支珠花……她已经着好了这些年来只有在受册封、行祭祀大典时才穿戴的盛装！

宠妃准备以皇后的身份受死，就在皇帝的身旁，这本身便是对皇权的嘲笑，对皇上的嘲弄！玄宗羞愧得无地自容，呆呆地望着她，说不出话来。

贵妃幽怨地看了皇上一眼。这一切她在后院都听得清楚，她知道今日已无生存希望。还有谁能庇护她呢？如今她面对这么多都在算计她性命的男人！拿着刀的，提着剑的，舍她而保皇上的，诿过于人而贪生怕死的……她是太清楚皇上了，些许小事，都会将她撵出宫外，如今大祸临头，还能庇护她吗？人人都在打主意拿她来抵过。然后呢？这场叛乱，便可归罪于她，皇上则始终是至圣至明的。

有那么一个短暂的时间，她确乎在悲叹命运的不幸，怨愤这眼前的不平。但她旋即便跌入怯懦、自卑的渊薮。那潜在的意识竟腾地蹿上心头，化作一团阴云，扩散开来，充填了她整个的心胸。女人祸国！瞧，连那不知姓甚名谁的普通士卒都相信这一点，她还有什么可说的呢？祸水、祸水……她终于认了，自觉应当受到惩罚，而无须皇上割什么恩！她匆匆让侍儿为她着装，然后把两名侍儿打发到门外，捧出一条白绢，想在后院她歇息的那间木房内，就此了结那正当盛年的生命……

"阿环！……"她耳边仿佛响起皇上的喊声，整个身躯便战栗起来。难道就这样死去？从开元二十八年皇上在温泉宫召幸她时算起，整整十六年了，十六年的恩爱，难道皇上就忍心一朝断绝？！十六年的不了情，难道就这样不声不响，不见他一面便了结了吗？"在天愿作比翼鸟，在地愿为连理枝"，皇上可是发过宏愿的啊！难道就忍心让她独自赴死？他毕竟还是皇上，也许……至少，她要最后再看一眼她的三郎！

步出驿馆二门的时候，她正好听见皇上那一声"去吧"，看见了多少年来一直如兄如父、如奴仆般待她的高力士正举步上阶！皇上背弃了誓愿，希望终于泯灭。此时她反而添了几分诀别的勇气，看着皇上那万分尴尬的脸色，她从容地说道：

"妾妃有负国恩，死也……无恨！只愿大家……多多……保……重……"

她说着，兀自淌下泪来，泣不成声。玄宗更觉语塞。她那因抽泣而被牵动的身子，使堕马髻前的金步摇跳荡起来，翠翘、金雀和那眉心的花钿皆闪闪发光，皇上看了一眼，那都是他亲赐之物！有那么一瞬间，他真想抱住妃子痛哭一场！可是，他忍住了。禁军们都在盯着他，他实在不能丢了皇帝的体面。

贵妃慢慢地抬起头来，恳求道："请大家容妾妃礼佛而死。"

诀别的时刻到了，皇上两眼潮红，哽咽着说道：

"愿妃子善地受生……"

玄宗说罢，背过身去，咽喉中发出一种似叹又似哭的悲声。禁军士卒们显然已看见了方才的情景，此时扼守着大门，却没有一个人再发出声音。

高力士送贵妃进了后院。片刻之后，他形容愁惨地走了回来，向皇上禀报道："娘娘已经升天……"

玄宗凄厉地哀嚎了一声，眼前立时一片晕眩。他尽力撑住竹杖，才没有栽倒在地上……

4. 遮道请留

幸蜀的队伍，在马嵬驿住了一夜，天明之后，又继续进发。

太子李亨满意极了，"动如逞才，静如遂意"，李泌临别前的赠言，如今他才体味到此中的真意。他"静了"这么多年，不正是为了这一"动"？以静求动，而动中有静，他不动声色，便除了时刻威胁着他的杨氏兄妹。虢国夫人与杨国忠夫人裴柔以及她们的一子一女，虽是提前出发而得以逃脱，但却已无足轻重了。不过，李亨做事向来谨慎，为斩草除根，半夜里，他还是派了一名东宫卫士，飞马赶去陈仓，命当地县令就地截杀！

他开始悟到一点"民贵君轻"的道理。孟子不是说了吗？民为水，君为舟。水可载舟，亦可覆舟。天子至尊，民心却不可小看。父皇失政，奸佞专权，致使安禄山叛乱，酿成大祸，谁不痛恨杨氏一族！如今诛杀佞臣，他虽是未曾出面，但陈老将军和禁军们能够秉承他的意旨，把事情做得如此干净利落，除了他心头的大患，不正因为他顺了民心？！昨夜，他吩咐儿子广平王俶、建宁王倓潜入马嵬镇动员当地父老，今日前来遮道请留，没想到一谈即妥。哦，这都是民心所向啊！顺民意者昌，失民意者危，得民心者得天下。父皇，别以为太子就那么怯懦，猫儿逼急了，还会抓你一爪！皇儿都已年近半百，你还不逊位，难道定要皇儿老死东宫吗？

何况，如今太子他怎敢向往蜀中？受制于父王不说，那里满布着杨国忠的党羽，日久他们自然会知道杀死杨国忠的主谋就是太子。此一去，岂不是自投罗网？

如今，成败即在这最后一举了。要知道皇上连最宠的贵妃都可掷弃，何况是对威胁皇权的太子？！他必须小心为是。

李亨尾随着父皇出了驿门。天色已由晴转阴，天空正密布着化不开的浓云。风儿吹着驿道旁的青草，窸窣有声，虽是夏日，也带了几分萧凉的况味。

父皇自昨日贵妃死后——尽管龙武大将军解甲释胄、跪地请罪，而父皇也慰谕了陈元礼，可是，沿途再没说一句话，一副没精打采的样子，满脸都是愁苦。

李亨看着父皇，庆幸之中又多少生出一点不忍，但旋即便消散得无影无踪：从来宫帏之中，争斗最烈，杀伐也最惨。父皇当初为登大宝，不是连他亲姑母太平公主也杀了吗？还有那王皇后、萧淑妃，父皇杀起来，可是眼都不眨！那么，如今不过杀了他一个宠妃，又算得了什么？……

队伍刚刚启程，太子果然看见从镇上拥来一群百姓。玄宗还以为是前来为他送行的父老，忙命停了车舆，以便同百姓们作别。

百姓登上驿道，几位年近百岁的老翁却让人搀扶着，颤巍巍行至玄宗御驾之前，俯身便跪了下去。山呼拜毕，领头一位蓄山羊胡须、身着葛袍的老者奏道：

"启奏皇上，眼下胡逆猖獗，不日将占有京师。想那长安宫阙，乃是陛下家居之所；附近陵寝，则是陛下列祖墓地。如今舍此不保，不知陛下将去何方？！"

玄宗勒住马缰，原以为老翁们会说几句预祝平安的颂词，哪知竟听到这番大不恭的诘问，顿时吃了一惊。山羊胡子的话再清楚不过：弃京西逃，不思抵御，你算什么皇上？！

玄宗羞愧难当，支吾着半晌答不出话来。

李辅国见皇上陷入难堪境地，忙下马对百姓们说道：

"列位心忧天下，诚然可敬。只是皇上微有不适，还请让道以便前面稍歇。所询之事，太子殿下可以答复列位……"

玄宗心绪不佳，此时只想快快离去，李辅国的话正顺了他的心思。当下便敕谕太子，留下来宣慰父老。然后他低下头来，也不敢再看众人，领着禁军，绕过百姓，继续前行。

李亨看了看他身后的那辆车轿。轿帘内，映出一张椭圆、娇美的女人面庞，那是他的爱妾张良娣。太子向她使了个眼色，良娣点了点头，命车夫驱赶着舆马，也匆匆赶上了大队。

山羊胡子叩拜了李亨，起身上前，恳求道：

"殿下，皇上既不肯留，就请殿下别走。我等愿率子弟跟随殿下讨伐安禄山，收复两京，卫国保家。如果殿下与皇上都去了蜀中，还有谁为我们中原、关中的百姓做主呢？！"

说话间，周围的百姓越聚越多，驿道上，丘冈间，站得满满当当，一片嚷着愿随殿下抗敌的声音。

李亨事前虽知百姓要来挽留，却未曾料到会有这样大的声势。他心下大喜，也颇为感动。他知道，绝大多数百姓都是自动跑来的。有这样的民心，安禄山何愁不破？！那么，他建功立业的时候就到了。他几乎想立刻答应他们，而后伸臂一呼：君临天下。但是，他忍住了。

他俯首对山羊胡子说道：

"老人家，您与众位父老兄弟一片报国热诚，令孤实是感佩。只是……父皇如今远冒险阻，长途跋涉，做儿子的怎忍心离开一朝一夕。何况孤也尚未面辞，还是让孤奏过父皇，再决定进止吧！"

李亨一边说，一边挤出泪水，拍马就要离去。

山羊胡子同另一位青年见他要走，忙一人伸出一只手，扯住了他座下那马的辔头。

正在进退两难，长子建宁王俶上前劝道：

"父王，当今胡逆犯阙，中原板荡。如若不顺天下百姓的愿望，岂能收复失地？父王若随皇上入蜀，万一贼兵烧了栈道，不止中原，连这关中八百里土地都白送安禄山之手！那时候人心离散，再难收聚，想要重到此处，只怕也不可能了啊！"

李辅国也上前谏道：

"殿下不顺民心，岂不让父老们失望吗？留下来之后，只要聚集西北守边之兵，与郭子仪、李光弼并力讨贼，收复两京，平定四海，则指日可待。那时社稷复安，再迎请皇上回来，岂不是大孝吗？何必以区区温情，作儿女之态啊！"

李亨看火候已到，便命广平王俶飞马前去禀告皇上。

玄宗此时已往西行了一里来地，马嵬坡下，驿道之旁，正是贵妃那新垒的坟茔，看着那一抔黄土，想着这位十多年来与他同床共枕的绝代佳人，含着冤屈已然躺在其中，他有说不出的愧悔，道不尽的忧伤。方寸已乱，他踟蹰不前。恰好广平王俶赶来向他禀报百姓请留太子之事，他知道太子羽翼已丰，再不会随他赴蜀，叹了一声，便对高力士说道：

"天意如此，那就让他留下吧！传朕口谕：拨两千禁军并八百飞龙厩马予太子！"

禁军将士们大多不愿离乡背井逃往蜀地，圣谕传来，无不欢喜，纷纷争着随太子留下抗敌。当下由陈元礼点齐两千人马，随广平王俶返回。行前，玄宗又对这位皇孙嘱咐道：

"回去告诉你父王，不要挂念朕。西北各蕃，朕从前待之甚厚，他们自然会辅佐他。好生去吧！"

玄宗说完，又派人将张良娣的车轿送回。看着大队人马往东去了，他才拨转马头，情不自禁地又再看了一眼贵妃的坟墓，费了好大的劲，才把哭声忍住，而一眶泪水，却是再也没法抑止，扑簌簌直往外涌流……

尾声

安禄山的死讯传到灵武，肃宗皇帝立即下旨，令广平王俶统率大军东征。李光弼在太原击退了蔡希德，郭子仪在河东也打败了崔乾佑，接着在回纥兵的援助下，唐军会攻长安。张守忠惨败于长安香积寺北，孙孝哲、张通儒等只得弃城逃归洛阳。唐军尾追而至，安庆绪势不能支，遂弃洛阳宫殿逃入河北邺郡。

肃宗虽然收复了两京，但因未采纳李泌、甄济耗敌有生力量、捣毁叛军老巢之策，终使安庆绪、史思明得以保存了实力，大大延续了这场平叛的战争。一年后，史思明不服安庆绪调遣，诱杀了安庆绪、孙孝哲、崔乾祐、张守忠及阿史那承庆等三百余人之后，再度攻入洛阳，僭称大燕皇帝。几经郭子仪、李光弼等率军讨伐，方才重新收复东都。史思明不久又为其子史朝义所杀。唐军乘胜追击，叛将安忠志、田承嗣等先后降唐。史朝义自缢身死。历时八年的"安史之乱"方告平定。

洛阳城北的邙山上，松柏树抖落了一冬来覆压着树冠的残雪，愈显得苍翠、凝重。榆树冒出了新芽，古柳伸出了新枝，探春讯一般在微风中摇曳。渐渐地，桃李花都开放了，有如一片一片的轻云。与坟上飘飞的白纸，坟前缕缕的青烟，一同点缀着青青的墓园。墓前，有一条小道，直通山下的凝圆寺。再往南，便可以看到千家万户的洛阳。洛水如带，宫柳如烟，历经战乱的大唐东都，已不再有往日的锦绣繁华。在这三月的清明节里，数不清的人家都出城来了，扶老携幼，结队成群，一同往山间去悼祭那些死于战祸的亲人。

甄济在二月里便辞去了户部尚书之职，在长安告别了李泌、十八姨和张通幽，决定还乡归隐。来到洛阳，他的头一件事就是去祭扫容儿的坟墓。他在市上采办了一些祭品，由老仆担着，出了安喜门，走过一带平畴，便来到凝圆寺前。将马匹寄放在寺内，正准备登山，却见道旁立着一队扈从，环护着一位身着绯袍的官儿。那官儿背对着他，正跨入一乘平肩舆内，准备让人抬了上山。

起轿了。扈从们前后簇拥着，踏上山路。昨夜一场新雨，山道上满是泥泞。轿宽路窄，更是难走。磨磨蹭蹭，行了许久，还未走到半山。惹得甄济的老仆心中厌烦，便担了祭品，赶上前去，想要超过那官儿的舆乘。

"找死吗？！"一个虬髯、黑脸的扈从伸出刀来，往他面前一挡，喝道，"也不看看这是谁的轿子！"

老仆在长安城内已跟随甄济数年，什么样的官儿没见过？索性放下担子，与那扈从争吵起来：

"似你等这样磨蹭，何时到得山上？莫说是五品官儿，当今宰相李长源相公见了我们大老爷，也得让道！"

"呵哈！"那扈从看了看老仆后面的甄济，一身布衣打扮，足蹬着芒鞋跟了上来，不禁哑然失笑道，"有这样的大老爷吗？你这老驴，找死——"

说着，他扬起刀背，便向老仆打去。

"不得无理！"轿内那官儿伸出一颗头来喝道，那官帽上的两只软脚被风吹得在颈后乱飘，两笔鲶鱼胡子微微地翘向鼻翼两侧。

轿子随之便停了下来。只见那官儿撩开轿帘，下了轿，匆匆跨出轿杆，来到甄济面前，双拳一抱，躬身拜道：

"孟成兄，一向安好！"

甄济适才打算唤回老仆，缓行一时便了，不必与人争道。不承想这官儿倒走上前来拜见，听那声音，好稔熟！待他抬起头来，定睛一看，却也吃了一惊，忙还礼道：

"啊呀？子陵兄，久违久违！"

寒暄过后，两人反倒都一时无话可谈。还是严庄见事，忙命轿子、扈从退回山下，只带了一位家人，拎着竹篾，与甄济结伴上山。

甄济知道，严庄在史思明诱杀安庆绪等人之时，留守邺郡，未随同前往，故幸免于难。他因仇恨史思明，便献了邺郡降唐。肃宗为了分化叛军，敕命他为邺郡太守。平定史朝义后，又召他回京做司农少卿。不承想二人分别十多年后，竟又在此相见。

严庄尴尬地笑了笑，说："在下也知官场险恶，何况乎对我这样的'叛臣'？！可是，不做官又做什么呢？我不似孟成兄，尚有名节可言。在下——"他叹了口气，说道："如今是死猪不怕开水烫，生死由之，过一日是一日罢了。严某……有罪啊！"

甄济看着他那老迈的体躯，蹒跚的步履，真不敢想象，就是这么一个人，竟然作为主谋，掀动了一场长达八年的叛乱！适才他想到这些年来，中原板荡，生灵涂炭，大唐几被颠覆，叛贼们不知造下了多少罪孽！这个士林之中的败类，如今却依然绯袍加身，真恨不得咬他几口，至少也要申斥他一番，才解心头之恨。可是现在听了他的哀鸣，却又动了恻隐之心。是啊，一场叛乱的发生，固然是乱臣贼子们的罪孽，可是，事情如果只是那样简单就好了。他想告诉他，自肃宗还朝之后，太上皇被迎还宫中，太监李辅国与那个当了皇后的张良娣勾结，逼死了太上皇，又谋害忠良……唉，党同伐异，阉竖当权，宫廷的争斗，永无终结。也许，那里才是真正的祸乱之源啊……

这样一想，他也消解了心中的怒气。那么，对他再说这些，又作何用呢？难道要用他日后可能遭到的厄运，来验证自己的高明吗？那么，谁又能断言自己的避祸出走是高明之举呢？你不过是蜷缩进了道家那"夫唯不争，故无尤"的蜗牛壳中，又一度地逃避罢了……

只有那容儿，才是他多年供养在心间的勇者。

"那么，"他想岔开那些恼人的话题，向严庄问道，"子陵兄此来是为谁祭扫呢？我记得子陵兄的家不在洛阳啊！"

"并无亲人故旧葬于此地，"严庄神色黯然地道，"不才这是代高不危去看一看容儿。孟成兄呢？"

甄济吃了一惊，说道："在下也是。"

"那么，我二人想在一处了！"

"不危兄今在何处？怎地不来？"

"说来话长。"严庄答道，"那年安禄山死时，不危兄正行至河阳，得知宫中变故，不知为甚，便遣散扈从，独自逃往山中去了……此后便音讯杳无。弟曾派人四处寻他。我也知道，倘使寻着，他也不会再来了。'士为知己者死'，他那人，我清楚，他记着安禄山的情……"

"他嘱咐过你来看容儿？"

严庄不置可否，恍若自言自语："我知道，他忘不了她。"

他俩一路说着，早已走进了一片松林。甄济依照十八姨的指点，领着严庄等人，向松林右侧的尽头处走去。一片平坦的坟场转眼便呈现在他们眼前。远远地，他俩瞥见一个秃头、身披袈裟的和尚，正跪立在一座坟茔之前。小小的拜台上，燃起了香烛，香烟缭绕，墓地一片宁静。

他俩在松林中停住了。只见那和尚从怀中掏出一张素笺，双手捧着，口中念念有词，而肩臂却就在诵读的当儿，抖动起来。然后听到一阵抽泣之声，一只手抖抖索索地将那素笺伸向烛火，也许是悲伤过度，或者泪眼迷蒙，几番未曾点燃。末了那素笺燃烧起来，他置于墓前，却被风一扑，灭了。那和尚也未曾留意，早伏在墓碑之上，一双手抚着碑石，失声痛哭起来。

甄济、严庄步出松林，顺着眼前的墓碑一一看去。约摸过了一二十处坟墓，也不见容儿名字。来到适才和尚祭扫的那座坟前，他们竟一下呆住了：碑石上，容儿的名字，赫然呈现在眼前！

严庄仿佛想起了什么，掉头去看那和尚远去的背影。甄济小心地拾起拜台上那烧残的半张纸片，不看则已，一看竟失声叫了起来：

"不危，是高不危！！"

严庄大惊，慌忙接过纸片，只见那半截素笺上，留下了《鹧鸪天》的后半阕：

天如水，月如眉，
与谁同度可怜春？
如何制得相思泪？
化作西楼一缕云。

严庄捏着纸片，与甄济一起向山下大声喊喊起来：
"不危兄！高尚——高尚……"

喊声在邙山中回旋，发出沉闷的回声。而适才那袭袈裟，却已在山下的一片竹林中消隐了……

"快追！"严庄对着他的扈从，发疯似的吼叫起来。

（节选自《盛唐遗恨》，贵州人民出版社，1990年6月）

宋　渤

坎坷人生路（节选）

第一章

从香港拍外景归来，走进电视台大院，传达室赵老伯笑呵呵迎出来，喊了声"季导演"，递给我一叠信。我把信随手塞进挎包，送他一盒港烟，道了谢。

在香港拍外景，日夜兼程，累得要死。晚上冲过澡跌进沙发，才想起挎包里的信。说不定又是些莫名其妙的求爱信。中国硬是有这么一批有开拓精神的男人，听说女人出了名，就像绿头苍蝇似的扑来，也不管对方是不是比他母亲还大。

拿起信才发现有一封是友人从遵义寄来的。

望着遵义这两个字我心跳加快，脸上发烧。久违了，印满我青春脚步的小城！

友人信上说，遵义办了自己的报纸《遵义晚报》，很受读者喜欢。他想写一篇以我的经历为题材的小说，在报上发表，让我提供些素材。

友人信上还说，我在这个善恶共存的世界上，由一个名闻遐迩的演员，一个跟头跌进生活底层，在一个建筑公司当了一名打零杂的"万能员"，几经沉浮，历尽磨难，最后成了电视台的大导演，拍的几部电视剧在中央电视台和贵州电视台播出过，颇有影响。这二十年间，我像无数个中国人一样，个人的命运与国家的命运紧紧拴在一起，很有典型意义，值得一写。让读者朋友在饭后茶余之际或一叹或一笑，从中品味个酸甜苦辣，不比电视剧《阿信》《张玉良》差毫分。

经友人提示，我恍然大悟，我季月秋确确实实是值得写上一笔的。

命运之神啊，当你把一个如花似玉的少女从闪光的人生舞台上，推进充满白眼与嫉恨的逆境之中时，你可曾想到，她得到的所有的苦难与不幸，恰恰又是一笔千金不换的财富啊！

应了红颜多薄命这句话，我的不幸也是从说不清道不明的桃色事件开始的。

委屈和扼杀了无数清白者的桃色事件！

1966年4月的一个周末。晚风送爽，月光如水。刚过了十九岁生日的我，嘴上歌声不断，脚下轻快如风，我生活在蜜糖之中。

五四青年节到了，羊城晚报社组织广州社会名流写稿子谈感想，我这个小有名气的青年演员也在应邀之列。

报社编辑说，要登我们的照片，还要把每个人的签名手迹制版刊登。

我被排在第一名。十九岁的我并不理解为什么被捧得这么高，只知道当时唱红《天仙配》七仙女的全国只有两个，北有严凤英，南有季月秋。

报社编辑让我一定要把稿子写好，主题只有一个，谈我的雄心壮志。

我的雄心壮志是当导演，当一个像我们团名导演郑星野那样的导演。他导的《钗头凤》誉满大半个中国，陆游与唐婉儿分手那场戏没有谁不落泪的。

我想找个清静地方，把这篇稿子写得像个样子。顺便还要练练签名，季月秋这三个字写得龙飞凤舞才行，报纸寄给妈妈，让她看了写信夸我几句。看她的宝贝女儿，多有能耐。

我把我的想法向同宿舍的杨樱讲了，还把藏了几天舍不得吃的牛肉干拿出来分给她吃。她是我最好最好的朋友，我啥事也不瞒她。

我来到剧团后院的排练厅，这里幽静空寂，平时不排戏没人来。

开了灯，铺开纸，提起笔，我很快就陷进文字的海洋，在浪花飞溅白云飘游的梦幻中构筑我青春的壮歌，设想若干年后我指挥几十上百人排戏的场景。

我像排戏进入角色，周围的一切已经消失。

坏就坏在我忘记了身外的世界。

原来，空旷的排练大厅里还有一个人，他就是我所崇拜的郑星野导演。

据他后来讲，他也是来给报社写文章的，他的夫人林翠翠一向讨厌他伏案写作，他只好躲进排练厅。他也没发觉我在这里。

喜欢写东西的人，一旦走火入魔，会把一切都忘掉，心里只有他稿纸上的世界。

不知过了多长时间，我记得我的稿子已基本写完，正在练习签名，突然，灯熄了，大厅一片黑暗。

我记忆犹新，灯是被人关掉的。

当时，我根本没有想到漆黑的大厅里有人设下陷阱，为我铺设了通向厄运的险路。

灯突然亮了，没容我适应这刺眼的灯光，两记响亮的耳光扇得我晕头转向。

扇我耳光的是林翠翠，郑导演的夫人，剧团服装保管员。

"哼，你们真会找地方，一对狗男女！"她歇斯底里满嘴脏话，不容我解释。

更奇特的是，一眨眼的工夫，剧团里男男女女来了一大群，把我们围个水泄不通。

这是怎么回事呢？我抚摸着火辣辣的脸颊，不知从何说起，因为我闹不清发生了什么事。

郑导演也愣在那里，一双迷惑的眼睛四处张望，支支吾吾欲言又止。

他的吞吞吐吐，我的迷迷糊糊，使剧团的人都相信林翠翠千真万确捉住了丈夫和他平日宠爱的女演员野合。

亏得我的好友杨樱挺身而出替我解围。

"林姐，看在我的面子上，有话回家讲。"她用力把林翠翠拉出人群，示意我快走。

杨樱，我的大恩人！当时，我感动得热泪盈眶，在这危难之时伸出救援之手，是只有舞台上的秦琼、武松、宋江才肯做的事呵。

我和杨樱同时被招进剧团，我十一，她十三，同吃同住整整八年。

我这个未婚少女被卷进这难堪的桃色事件里，虽说是纯属冤枉无中生有，可这种事人们宁愿信其有，不愿信其无。你越是解释没有，别人越是相信你有。这叫跳进黄河洗不清，一失足成千古恨。

此时此刻，众目睽睽之下，是杨樱把撒泼骂街的林翠翠拉走，我能不由衷感激吗？

半年后，当我终因这场无端的风波而远走大西南的小城遵义，林翠翠托人给我写了一封信，说这一切都是我的好朋友杨樱导演的。

天哪，我真不愿这是真的！

林翠翠说她对不起我，上帝对她已做了惩罚——半身瘫痪卧床不起，只有请人代笔赔罪了。

出事那天晚上，我和杨樱打了招呼走出宿舍。她嘴里嚼着我的牛肉干，心里打着害我的主意。

她跟踪我到排练厅，在窗外看到郑星野也在屋内，便蹑手蹑脚窜进走廊关了灯，而后跑到林翠翠那里报信，还鼓动剧团的人捉奸。

茫茫人海，无奇不有，这会是我八年来视为亲姐姐的杨樱吗？

原来，她一直在暗中纠缠郑星野，要他安排她演主角，把我换掉。她暗示自己是知恩必报的人，当真能走红，她愿以身相许。

女演员为了演主角以身体做本钱和导演睡觉，现在已经不是什么稀奇事，有的报告文学写得一针见血，让人恶心。

但在二十多年前，在我们剧团，这类事少有。一个原因就是郑星野太正派。他是属于那种坐怀不乱一心扑在事业上的男子汉。

他跟人开玩笑讲过，他随随便便找了个林翠翠做妻子，为的是有人烧饭管家洗衣服，对床第之乐他不感兴趣。林翠翠也在女演员中骂过街，说郑星野十天半月不碰她一次，准是让哪个小妖精偷了嘴。杨樱心甘情愿想当这个小妖精，被郑星野狠刮了几次，说她太下作，没出息，心思用在歪门邪道上，怎能演好戏。如不收心改正，就把她请出演员队伍，搞后勤去。

杨樱恼羞成怒，导演了这出一箭双雕的捉奸戏，把她嫉恨的人打翻在地，却又不动声色故作局外人。

二十一岁的杨樱呵，那心计谁比得了！

我却憨得像《天仙配》中的董永似的。

我自认问心无愧清白无瑕，没做亏心事不怕鬼叫门。远没想过，这场意外的风波仅仅是我厄运的开始，更大的灾难正在前面向我招手呢。

我的照片和文章几经周折，报社还是用了，只是从第一名排到最后一名。郑星野被划掉了，报上没出现这位名导演的名字。

……几个戴着红袖套的人到处煽风点火贴大字报。首当其冲贴的是郑星野的，说他是贩卖"封资修"黑货的大老板，毒害观众的刽子手。

还有的大字报说，郑星野之所以贩卖"封资修"的黑货这么卖力，是有他的阶级根源的，他有海外关系，有可能是蒋介石的什么远房亲戚，因为《金陵春梦》里说过，蒋介石也姓郑，叫郑三发子。

他们也贴出了我的大字报，还算客气，季月秋三个字没有打红叉，说明还是人民内部矛盾，大字报要我交代与郑星野发生不正当男女关系的详细情况。

我立即贴出大字报辩解，我说莫说与男人睡觉，就是与男人接吻是怎么回事我都还没有领教过，希望贴大字报的人实事求是不要诬陷。

我的大字报贴出去，一石激起千层浪，当天就贴出了几十张大字报，有的写到如果我当真没享受过接吻的滋味，他们愿赐教，落款是"革命群众"。

那段日子热闹得让人不想睡觉，大白纸管够，墨汁毛笔管够，平日自己舍不得花钱买这些玩意练字，现在良机难得，人人争当"书法家"。

道听途说的个人隐私逸事，街坊邻里的争嘴吵架，鸡零狗碎，五花八门，什么都可以写。没人管，也没人敢管。

这时，我头脑里转绕的是秘不可宣的奇怪念头：既然全团的人都认为我和郑星野相好，我何不当真去和他好一次，别像晴雯那样临死背个空名声，连和宝二爷亲热都没亲热过，多冤枉人。

记得哪本书上讲过，古时候的欧洲，小市民们叽叽喳喳就爱讲哪个女的跟哪个男人睡过觉，活灵活现，不由你不信，那舆论的作用又大得不得了，硬是能把素不相识的男女逼到一起通奸：不这样对不起自己，也对不起造谣生事的人。

我正在这种舆论的威逼下向郑星野靠近。

把我珍藏了十九年的处女宝献给他，这是我做梦也没想过的事。说老实话，当时我不懂得和男人睡觉到底是怎么一回事，尽管在戏台上演过董永的妻子七仙女，读过恩恩爱爱卿卿我我，男女间的事对我来讲却是个谜。

是他们逼着我这个洁白如玉的少女，向着结束自己少女时代的陌生路上滑去。

我寻找一切机会想接近他，把心里的秘密告诉他，把我送给他，约他来取。

约会的地方我也选好了，就在排练大厅，舞台后边的幕布下，那里作为我新婚之夜的婚床吧，或者说作为我埋葬少女时代的坟墓。

在剧团女厕所，我提来一桶温水，把全身上下洗个干干净净，女伴们笑我洗得太仔细，还笑我孤芳自赏对自己的身子看不够。

她们当然不会理解我为什么这么庄重，这么留恋，这么兴奋，又这么哀伤。人生的酸甜苦辣，我把它比作冲澡水泼进汩汩作响的阴沟暗道，连同我的处女身。

万事俱备，只等着郑星野了。我想他得知我的主意后，会感激得跪倒在地，抱住我的腿亲吻，像戏台上的董永那样，连着喊上几声"娘子小生有礼了"。

但是，他在躲着我。

我是在排练厅前的走廊上碰上他的。我正想告诉他今天夜里约会的事，他一闪身避开我，急匆匆走掉，留下一双饱含羞愧与惊慌的眼睛，久久在我面前浮现，使我迷惑不解。

走到团部办公楼前的大字报栏前，晴天一声惊雷，震得我险些栽倒在地。

郑星野亲手写出五张大字报，承认那天夜里在排练厅和我通奸，说在这之前已经有过多次，每次的时间地点写得一清二楚毫不含糊。

天哪，这就是我要为之献身的郑星野，我一向视为老师兄长的郑导演？

我不知道自己是怎么回到宿舍的，我也不知道我为什么把自己的脸扇得发青又抓得稀巴烂，我闹了足有大半夜。

杨樱散布谣言说我在毁容，以此来反抗。

不，我是恨自己有眼无珠，错把银样镴枪头的软骨头当成硬汉子铁男儿，我原以为他会像我一样，宁死不低头。

谁人会想到，他为了保全自己不惜作践自己，还要搭上一个无辜者——他一向了解的学生。

他分明是《桃花扇》中那个毫无骨气卖友求荣的侯朝宗，哪里是铮铮铁骨的关汉卿！

我想起了那么多戏剧人物，从杨乃武到苏三，从窦娥到陈三两，这些被诬作有奸情或杀人罪的无辜者，哪个不是苦刑受尽大狱坐穿，有哪个似你郑星野，几张大字报就签字画押的？

我认错了人，枉活了十九春。

我泪哭干，嗓子哭哑，嘴巴哭烂。一些好心肠的好姐妹陪我哭，劝我往远处想，心要敞亮些，不要想不开。她们怕我寻短见。

我绝不会这样不清不白去死。我写出大字报，要求工作组领我去医院做妇科检查，如实公布检查结果。否则，我将开始绝食。

我没等到工作组的答复，却等来郑星野偷偷塞进屋的一张纸条。他约我夜里去动物园见面，有重要情况告诉我。

我真想把纸条交给工作组，让这个无胆无识的软骨头吃点苦头。但想到八年间他培养我花费的心思，想到他给我的种种好处，我忍了。从潦草的字迹上看得出，他心慌意乱，处境困难，我不能给他雪上加霜。我心肠太软。

夜里，我绕了个圈子向动物园奔去。

天色已经黑透，半牙残月挂在中天。远在市郊的广州动物园像只巨大的怪兽，张着昏暗的大口，蹲在死寂荒凉的马路旁。

我有些害怕，但想到在那张血口中有我日夜想见到的郑星野，便壮起胆子硬起头皮沿着小路径直向林木丛中走去。

我没有留心观察，在我身后不远处，借着夜色的掩护，一个黑色的人影尾随着我。

在拐角处，郑星野突然出现在我面前。没容我说出话来，他就领着我钻进一排参天大树后边的花丛里，我们坐在松软的草地上。

园中的老虎不时发出一声吼叫，吓得树上的鸟雀扑拉拉飞起，空落落的园林显得更加恐怖，犹如冬夜的古墓场。

我极度害怕，压住火气问他："郑导演，我不明白，你为什么把别人栽诬的东西承认下来，还要牺牲他人呢？"

郑星野说："我若不承认，他们要算总账，我怕死啊……"

我一听火更大了："你怕死，就拿我垫背，这可不是我所尊敬的郑导演的人品！"

郑星野无言可答。难堪的沉默。

他忽地站起来，啪啪打了自己几个耳光，身子一歪抱住一棵树，一边用力撞头一边哭泣诉说："我难过呀，小季，他们逼我三天三夜，说我离修正主义只有半步，随时都可以逮捕法办。我的精神垮了。"

跟他八年，我头一次见到他这么动感情。以前排戏时，他能把我们演员一个个送进戏里，哭得无法收场。他自己却半点泪花也不掉，背地里我们叫他铁石心肠。

今夜，一个三十几岁的汉子，当着我的面哭得这么凄惨伤心，我不禁动了恻隐之心，理解了他的处境。

我上前抓住他的胳膊，用力拽他，劝他想开一些不要太难过。

我说，事情已经闹到这一步，要想个主意才行，不能就这么糊涂下去，背这黑锅。

他转过身，顺势把我揽在怀里，把脸紧紧贴在我的脸上，像个受尽委屈的孩子抽抽泣泣哭个不停。

我似乎也受到感染，想起这些日子里自己的遭遇，想到几天来我所做的为他献身的准备，心里又忧郁又兴奋，情不自禁伸出胳膊把他抱在怀里，强忍着的热泪夺眶而出。

入剧团八年，他像慈父像恩师，手把着手教我练功演戏，教我如何做人。前年，是他力排众议决定让我主演七仙女，一炮打响唱红半边天。为这，他得罪了剧团团长和文化局——团长让杨樱主演七仙女，说这是局里的意思，杨樱远房的舅父是文化局的艺术科科长。

我第一次与一个男人抱得这么紧，一种说不清的冲动使我全身颤抖，感觉到火辣辣的血液直往脸上涌。我本能地收紧两臂踮起脚尖，扬起脸用我微颤的红唇去寻找他的热唇，身子好像散了架子似的依偎在他的身上。

我大脑中一片空白，忘记了剧团里险恶的人心，忘记了夜幕下周遭的种种危险，心里只想着就这样拥抱在一起，在苦涩的包围中寻求片刻解脱，让活得太累的人生品尝一丝惬意的快乐。

这时，郑星野如大梦初醒，猛然松开手臂，吃惊地盯住我，连声说道："我不能害你，我不能害你。"

他的话刚出口，我的双手还抱在他的腰上，正想向他讲述我几天来的打算，彻底把我交给他。蓦地，一道刺眼的手电光刷地射了过来，紧紧罩住我们。

出现在我们面前的是个二十几岁的小伙子，他讪笑着说："玩得舒服吧？别人都在关心国家大事，你们躲在这里耍流氓，胆子不小。"

郑星野抖个不停，用力挣脱我。

我也慌了神，张着嘴巴说不出话。

小伙子脸色陡变，厉声喝道："走，跟我去派出所！"

我这时已经镇静下来，见他没穿蓝色公安服，便问了一句："你要干什么？"

"干什么？打击流氓阿飞。先把你们的钱和手表交出来！"

遇上小偷强盗了。他见我要张口喊人，嗖的一声亮出一把刀子，说敢喊就破了我的相。

郑星野轻轻碰碰我，示意不要来硬的。他摘下手表迎过去："小兄弟，行个方便吧。"

小伙子接过手表，又下令我们两人脱下皮鞋交给他。

我站着不动。郑星野弯腰解鞋带。

小伙子指着我说："你也脱，等什么？"

我问他："为什么脱鞋？"

他一挥刀子："少废话，快脱！"

我还是站着不动。

郑星野哀求说："她是女同志，不要为难她，小兄弟。"

小伙子嘿嘿一笑："女同志脱了才有味道，是吧？"

说着他伸手朝我脸上摸了一把。

我又羞又怕向后闪躲。郑星野大吼一声拎起皮鞋往小伙子手上狠狠砸去，边砸边骂："都来欺负我，跟你们拼了！"

小伙子缩回被打疼的左手，右手握着刀子向郑星野刺去。

我急中生智，想起平日练的功，身子一纵来了个扫堂腿，只听扑通一声，小伙子摔了个狗啃地。我夺过郑星野的皮鞋没命地打起来。

小伙子捂着头大声嚎叫："来人哪，我在这里，逮住郑星野季月秋了！"

我们很快被围了起来。

来的十几个人里大多是我们剧团的积极分子，有我的同窗好友杨樱，郑星野的妻子林翠翠，还有工作组的人。

我的上帝，这是怎么回事？

杨樱上前扶起小伙子，给他拍打尘土，显得挺亲密。

林翠翠指着郑星野骂："你是找死！"转过身又骂我："野男人多的是，你为什么勾引我男人不放？你这个骚货！"

我不服气："我清清白白。"

小伙子抢过话说："清白个屁，我捉他们时，正搂着亲嘴，连衣服扣子都解开了。"

工作组的人冷笑一声："还要到医院做妇科检查吗？没想到我们这一手吧！"

杨樱站在一旁没吭气，奇怪的是她脸上并没露出胜利者的得意，反倒有几分内疚的愧色。

二十年后她在我执导的电视剧里扮演一个角色。也是这样一个月挂中天的秋夜，在厦门鼓浪屿的海边，借着酒兴，她说出二十年前发生在动物园的这场闹剧的内幕。

我贴出大字报要求检查处女膜，工作组又气又恼，安排杨樱暗中监视我的行动，说要尽最大努力设计谋，当场捉住我和郑星野的奸情。

杨樱怕我识破，就找到她姨妈的儿子跟踪我，条件是她在剧团里给他找个漂亮的女朋友。

　　杨樱带他来到剧团，让他暗中记住我和郑星野的长相，而后就偷偷盯我的梢。我哪里会晓得，一双陌生的眼睛一直在盯着我，从剧团盯到动物园。

　　我更难以知晓的是，当郑星野从剧团出来，故意换乘几路公共汽车，在中山路惠福路转了一大圈，自以为身后无人跟踪才转到动物园时，杨樱和工作组的人一直紧紧咬住他不放。这边，则是由杨樱姨妈的儿子盯住我。

　　杨樱姨妈的儿子叫梅雪寒，当时是海洋研究所的技术员。这次我到香港拍外景，他特地在海上乐园豪华的餐厅里为我设宴洗尘，提起二十年前被我扫堂腿打翻在地的事，他哑然失笑，羞愧难当。他说那个跟头摔醒了他，不久他就跑到香港了。现在是环球有限公司副总经理。

　　我离港那天，他亲自驾驶黑色的奔驰轿车送我到机场。上飞机前，他送我一枚八克拉钻石戒指，我执意不收。他说他已成了虔诚的基督教徒，二十年来一直为自己年轻时的孟浪无知而悔恨不已。只有看我戴上这枚价值三千美元的戒指，进天国时才能取得主的宽恕。

　　望着他苍白的双鬓和诚挚的泪眼，我的心分外沉重，人哪，难道只有在上帝面前才能卸下自己良心的重负，用悔恨的泪水洗却灵魂上的污垢？那些不信教的人们呢？

　　工作组把我们押回剧团，当夜宣布将郑星野隔离审查，不准回家。

　　第二天，工作组召开大会，发动群众揭发批判郑星野的罪行。

　　第一个跳上台的是杨樱。不知她从哪里找来的一件旧军装，配上两条羊角似的短辫子和钉着五角星的旧军帽，台上一站，威风大增。

　　她控诉郑星野如何调戏她，遭她拒绝后便故意打击压制她，不让她演主角。

　　郑星野抢过话筒高声质问："你几次让我半夜进你房间，我没动过心思。问问全团女同志，我郑星野占过谁的便宜？我不是那种声色犬马之辈！"

　　杨樱反唇相讥："你和季月秋呢，干净？"

　　郑星野一字一顿铿锵作答："天地良心，干干净净。历史将宣判我们无罪！"

　　好一条汉子，这才是我心目中的郑星野。我心花怒放，扬起双手用力鼓掌，一些良心没有泯灭的人也鼓起掌。

　　会场大乱，工作组宣布散会。

　　刚下过一场小雨，煤渣路上湿漉漉的。受到郑星野的感染，我胸中燃烧着复仇之火，盘算着如何把杨樱收拾一下，让她领教一番被出卖的滋味。

　　她是个小气鬼，好占小便宜。这些年，我的雪花膏供她擦，我的饭菜票放在桌上随她用，我的衣服袜子由她穿。这么说吧，连买胸罩、卫生纸我也总是带着她的份。

　　我实在是对得起她的。有一年我回家探亲，半夜赶回宿舍。打开门开亮灯我惊得说不出话来，她和团里的胖团长赤身裸体抱在一起睡得正香，我急忙关上灯退了出去，直等到胖团长溜走我才进屋。

她甜言蜜语加上苦苦哀求，小妹长小妹短的，求我千万别声张出去坏她名声。我宁让这件丑闻烂在心里，也没向外说过一个字。

我季月秋对朋友够不够意思？

她杨樱呢？就因为我演红了戏出了名，高她一头，她就把我视作眼中钉肉中刺，脸上堆着笑，心里藏把刀，等待时机对我下手。

戏文里说得好，得罢休时且罢休，赶尽杀绝做不得，整人不可往死整，该回头时快回头。她杨樱一句也记不得！

我要狠狠教训她一次，让她知道人生不是玩笑，善有善报，恶有恶报。

走进宿舍楼的大门，听到二楼传来吵骂声，我跑上楼一看，天助我也，是林翠翠和杨樱在吵架。

"杨樱你这个烂婊子，原来是你在勾引我家老郑，你这个烂婊子没人理，去找嫖客嘛！"

"你才是没人理的，郑星野根本不喜欢你。"

"老郑喜欢你！可惜你送上门他不要！"

吵着骂着，两个人撕打到一起，杨樱扯住林翠翠的头发，林翠翠用力一拽把杨樱的衣服撕开，大半个胸脯露在外边。围了一堆人，助威的，喊号的，谁也不劝架。

我从人群里挤进去，掰开杨樱抓着林翠翠头发的手，没等杨樱缓过劲来，我朝她的脸蛋左右开弓打了个金光灿烂。

"你这个卖友求荣的混蛋，今天让你认识我季月秋是什么人。"

我手下得很重，她的鼻子和嘴角淌出了血。

"救命呵，郑星野和季月秋打人啦！"

林翠翠听她喊郑星野的名字，扑上去撕她的嘴："老娘姓林不姓郑。"

有人跑去报告工作组，来了几个大汉把我和林翠翠拉开。杨樱借机撒泼，索性扯掉撕裂的上衣，露着两个鼓鼓的乳房，爹一声妈一声不住口地骂。

这场风波不久就被上面知道，批评驻团工作组搞错了方向，混淆了两类不同性质的矛盾，干扰了工作。工作组组长被调离，工作组得到充实加强。

新来的工作组组长有个特点，嘴上总含根香烟，一只手总扶在烟头上。他坐在台上讲话，脑袋周围始终有一团烟雾在缭绕。人们私下里送他个绰号：雾中仙。

雾中仙训话时云山雾罩，他说，北方把搞男女关系叫搞破鞋，是你们演员的职业病，这种病由职业病院治，不归我管，不过有一点，哪个要搞破鞋到远处搞，不要在我的辖区给我找麻烦。

他的话逗得人们哈哈大笑，他说话算数，没几天郑星野被放了出来，解除隔离。

杨樱不服气，拿着那件被撕碎的衣服找工作组组长告状，她竟无耻到这种地步，说我和林翠翠把她乳房打伤，说着撕开衣服，要露乳房给工作组组长看伤。

工作组组长吸着烟慢条斯理地说："我这人眼睛过敏，看女同志的东西犯病，打架的事你找前任组长。"

杨樱跑到局里去闹，她那个亲戚也成了批斗对象，失去了后台，她只好乖下来。过了不久，她看到"大串联"可以免费周游全国，便加入一个叫"红艺军"的组织，很快受到头头的赏识，提拔她当了秘书。整天小车子进小车子出，开会坐上台，看戏坐前排，很是张狂了几年，"四人帮"垮台后，"红艺军"的头头成了"三种人"，被判刑入狱。清查杨樱时她哭了鼻子，她说除了跟"红艺军"的头头睡觉，别的事她没参与，武斗时她躲在乡下刮孩子，没有沾边，因祸得福。

一场秋雨一场寒。马路上到处都是枯萎的落叶，一阵风刮过，像潮水般翻卷，发出沙沙的响声。

工作组组长换了，我的处境并没有改变，反而更难了。他声称不过问男女间的桃色事件，这无疑是宣判我确实患有"演员的职业病"，是个不予追究的淫乱者。

一些无聊的男人见到我，常用挑逗的眼光在我脸上和胸前扫来扫去。那副色眯眯的丑样，活像是春天里发情的野狗，想找一条同样发情的母狗疯狂地发泄一通。

女人们更厉害。她们跟我客客气气打过招呼后，在我身后立即变成另外个样子，歪着头眯着眼观察我走路的姿势变没变，甚至研究我的屁股有什么变化，借以验证我和郑星野是否睡过觉，睡过几次觉，刮过几次胎。

有一次我来了个突然袭击，猛地转回头，出现在我面前的是几个女人的狼狈相，绝奇绝妙绝可笑，哭也不是，笑也不是，像被孙大圣用了定身法。

我当了导演后，写了这么一个电视短剧，物色了几名老演员，导了几天，谁也没演像。生活中的小市民远比舞台上的要复杂。

郑星野完全变了，变成一个陌生的沉默寡言的人。他很少到室外走动。我偶尔见过他几次，弓着腰低着头，两眼盯着脚前，匆匆来去，跟谁也不打招呼。

有一次我喊住他，劝他开心些，没必要太认真，世界就是这个德性，喝了酒似的，我们犯得着跟酒疯子去动真格的？

他抬起头望着我，两道英气的剑眉下原本是一双让女人心动的眼睛，此刻饱含幽怨，显得很深很深，深得不可捉摸，我想在那里读出点什么，除了迷惘与失意，别的什么也读不出。眼睛是心灵的窗户，他的心已经被忧愁和不幸塞得满满的。

一天，在排练厅后边的僻静处，我们俩又相遇。他前后瞄了几眼，趁四周无人塞给我一张纸条，然后慌忙离去。

回到宿舍锁好门，我急不可待展开纸条，上面写了四句话：

知我者，秋君，恨我者，秋君。淘尽滚滚长江水，难洗郑郎千古恨。

我看了一遍又一遍，激动的心情难以平静。这一夜翻来覆去睡不着觉，真想冲出门外，站到他面前，用少女纯洁浓烈的爱，去暖化他的心，帮他把昨天的一页彻底撕掉遗忘。

第二天我早早起来上街，在中山路上跑了几个文具店，买了一本装帧精巧的紫红色"红岩"高级日记本，在上面工工整整写了一首我所崇拜的女诗人李清照的五言诗：

生当作人杰，死亦为鬼雄。
至今思项羽，不肯过江东。

我心目中的男人正是李清照歌颂的项羽那样的，爱得深沉执着，死得果敢壮烈，亲手割断自己的脖子，真正的人杰鬼雄。

郑星野收到我的礼物，看了题诗，沉吟良久，郑重其事握着我的手说："是的，至今思项羽，不肯过江东。好个不肯！"

十八年后，当我再见他时，他已是省广播电视厅的副厅长兼电视台台长。他见到我的第一件事，就是从办公桌的抽屉底层取出这个"红岩"日记本，双手递给我，让我翻看，在紧挨着我的题诗下边，他用毛笔抄录了陆游的《落梅》：

雪虐风饕愈凛然，花中气节最高坚。
过时自合飘零去，耻向东君更乞怜。

他苦笑着对我，又像对自己说："十几年风云变幻路险牙尖，我郑某人仰不愧于天，俯不愧于地。虽未作人杰，但也未肯再过江东。当谢你的提醒呵，秋君。"

剧团里没有平静几天，风云突变，工作组重开战。
…………
郑星野再次被隔离审查。
…………

我接到家里一封加急电报：母病重速归。工作组准了假，我踏上回乡之路。
我的家在广东福建两省交界的小镇惠溪，隔海只有三里路，夜里睡在床上能听到潮水拍岸的哗哗声。

海边有个奇人，白发长须，老态龙钟，无名无姓，大家都喊他聋老伯。他会摆八卦断阴阳，算人的祸福吉凶十测十准，分文不取；不过找他算命很难，十有八九扑空，他避人。

我一脚迈进家门，妈妈从竹椅上站起来，拉住我的双手端详个没完，看了眼睛看嘴巴，把我看得发愣，不知出了什么事情。

妈妈说前几天赶墟，她找了聋老伯，说尽好话请他老人家给我测个字，算算出了什么事没有，她听说城里到处都是人仰马翻天下大乱，担心我不安宁。聋老伯问过我的生辰八字容貌秉性，闭紧双目伸出手指掐算，面有难色，缄口不语。经妈妈再三哀求，他才说了五个字：回家保平安。妈妈急急忙忙给我发了电报。

经妈妈一说，我也迷惑了。聋老伯独居海边山野，我远在千里之外，怎么会得知我的境遇呢？太怪了。

我决定去拜访聋老伯，当面求教，请他指点迷津，看何处是岸。

这是个阴雨绵绵的清晨，我提着从广州买的两斤点心，翻过几道小山岗，眼前豁然开朗，无边无际的大海，浪如白练，海潮声声，帆影点点，海鸥时而掠过海面，时而冲向云空，不知何因，这时我想起《青春之歌》里的林道静第一次在北戴河观海的情景，心情顿时沉重起来。她是走投无路才逃出北平到乡下寻找栖身之地的，险些在蔚蓝色的海水中结束了自己年轻的生命。我呢，比她又好在哪里？

聋老伯的石头小屋修在海边一座小山上，门前几株杨柳，几丛菊花，石桌石凳，一尘不染，颇有世外桃源的韵味。我敲门，无人。推门进屋，见石桌上摆着一局残棋，旁压一张黄纸，上书：

天下大乱日

倾巢无完卵

远走不毛地

吉凶得逆转

这分明是写给我的，这位神秘的老人已经料定我会来找他，那么他为什么要避而不见呢？我反复推敲这首五言诗，内中的含意我能解透一大半，他把我比作鸟巢中的鸟蛋，树倒巢倾，谁个也保不住自己。

他说的不毛之地指的何处呢？三天后，我跟冯潮生订了婚约，随他去了贵州遵义，我才解开这个谜：聋老伯已经未卜先知，指出我将在古人称为不毛之地的大西南度过我一生中最宝贵的青春岁月。

　　这一切他是怎么掐算出来的呢？世上扑朔迷离千奇百怪的谜太多、太多。在遵义时，我在友人那里看过《李宗仁回忆录》，书中也有类似记载。李宗仁曾在广西玉林找一位名士看过相，名士说他瑞云罩身，大福大贵，年内必将三次升迁，成一省之首。此事果真被他说中，李宗仁那年连升三级，当上广西最高统帅。李宗仁写回忆录时此事已过去几十年，他念念不忘，百思不解其妙。

　　十年后我从遵义回来探亲，特意买了两瓶茅台酒到山顶石屋看望聋老伯，遗憾的是他已离去多年。他去得也玄妙蹊跷，独自一人驾叶扁舟朝东而去，无影无踪。其时，海上祥云如锦，仙乐阵阵，一群白鹤绕岛三匝，护着他的小舟消失在万顷碧波之中。

　　回到家，我把聋老伯的四句诗给妈妈看过，她净手上香，虔诚跪拜。妈妈说，你的缘分到了，嫁人吧，远走高飞跳出是非地，苦海无边回头有洞天。

　　我们惠溪镇中街有家冯记理发馆，祖辈传了几代，传到冯潮生身上，任凭父母磨破嘴皮，他死活要读书不学理发手艺。应了有志者事竟成这个古训，他读完高中考上北方一所大学，成了我们镇子家喻户晓的名人。

　　冯潮生人长得平平常常，属于那类扔进人堆里难得找得出的不起眼的角色。中等个子，淡眉细眼，不黑也不白，标准的黄种人。

　　我之所以把他介绍得这么详细，因为他即将成为我的男人，两家老人已经达成协议。

　　世上的姻缘都是五百年前结就订妥，一条红线千里牵，谁也挣脱不掉。妈妈这么劝说。她就是这样走过来的。十七岁那年从汕头的一个镇上嫁到我们家，洞房之夜才看到我爸爸的模样。三年后爸爸沉船丧生，妈妈守着我过到如今，终身不嫁二主。

　　冯潮生毕业后分配在贵州遵义一家建筑公司当秘书，家里发电报催他回来接我，一起到遵义去结婚成家。

　　这一切来得那么突然，像神话，像梦幻，但一切都是真的。

　　我从聋老伯那里回来，冯潮生坐在我家和妈妈谈着什么，他见我进门，忙起身上前和我握手，端过妈妈给他沏的茶让我喝，问路上淋了雨没有，让我快坐下休息。

　　妈妈借故躲了出去。

　　冯潮生口若悬河，给我分析形势，说旧社会要被烧掉，帝王将相才子佳人要统统扫进坟墓，戏剧已经在消亡，劝我趁年轻及早改行，到工厂里学门专业，不要耽误了青春年华。

　　他讲到动情处上前拉住我的手，说我们惠溪镇出了两个名人，一个是他冯潮生，堂堂正正大学生，一个是我季月秋，大名鼎鼎的演员，郎才女貌，门当户对。

　　他还说，一辈子都会待我好，结婚后由我当家，财归我管，钱由我花，让我舒舒服服领略家庭的温暖，享受人生的幸福。

　　他上至天文下至地理，古今中外，三皇五帝，武松杀嫂，诸葛亮择妻，讲得我大开眼界又心乱如麻。

夜里我早早关上门，钻进被窝，睁大眼睛望着顶棚想心事。

对这桩突如其来的婚事我不知该怎么办。冯潮生可以说是我青梅竹马的儿时伙伴。但那毕竟是孩提时代的事，懂事后，他在塞北，我在岭南，没有书信往来，没有感情交流，顷刻之间，却要结成厮守终生白头偕老的夫妻，命运之神，真会作弄人。

我想象不出我和冯潮生结合后会是个什么情景。在舞台上演惯了夫唱妇随相敬如宾的爱情戏，当真问我什么是爱情，我感到茫然。我想起和女伴们议论过爱情。

爱情是什么？诗人说爱情是两颗心碰撞的火花，哲学家说爱情是坚贞不渝的忠诚，商人说爱情是一大笔金钱的流失，歌手说爱情是分手后无尽的思念和刻骨铭心的痛恨。如果让我来说，爱情就是货真价实的"不知道"。是的，我什么也不知道。印度电影《流浪者》女主角丽达唱过：当爱情来到我的心间，我好像回到幸福的童年。我呢，当我意识到冯潮生将成为我的夫君，我一下子衰老了几十秋。

我想到生活了八九年的剧团，想到车水马龙繁花似锦的大广州，想到郑星野。如果他听到我这桩匆匆结就的婚姻，他会说些什么呢？

郑星野还在隔离审查。杨樱一伙也在积极活动，不断向工作组打小报告，谁也说不准哪天就轮到自己。人人自危，朝不保夕。

照这个形势发展下去，不知何年何月才能允许重返舞台演戏。这样的剧团我留下何益？再说我成了全市文艺界人人皆知的"破鞋"，背着这种罪名怎么好继续留在剧团里做人呢？

在有如世外桃源的惠溪小镇，望着远山，听着犬吠，我在构思自己的人生之路。不知哭了多少次，不知为什么这样伤悲，一种不祥的预感告诉我，未来的路布满荆棘陷坑，未来的小家庭并不是我理想的栖身地。可我又必须接受命运的摆布。为什么，我也说不清楚。

一天夜半，我被苦恼折磨得难以忍受，独自一人徘徊街头。淋着寒雨，踏着泥泞，像游魂，像亡灵，像屈死的李慧娘，满腹心事无处诉说。我真想奔向聋老伯的小石屋，从那里跳入大海，结束这充满苦难的漫长的人生。

这样折腾了几天几夜，我大病了一场，终于下了决心，随冯潮生到贵州遵义去，管他刀山火海穷乡僻壤，我季月秋认了！

妈妈听说我同意嫁给冯潮生，她抱着我哭了一场。她说我生得太俊秀，不知这一辈子要吃好多苦头。对女人来讲，漂亮俊秀是灾难，是惹祸的根由，自古红颜多薄命。她劝我要好好照料自己，不要轻信男人的甜言蜜语。

冯潮生听说我愿意随他走，激动得发了一通长篇大论，大意是永远做我的忠实仆人，吃尽苦受尽累也要让我活得安逸自在。

过了几天，他经福州鹰潭返回遵义。

我回广州到剧团办调转，工作组听说我在贵州找了个爱人，他们先是吃惊，接着就表示祝贺，说想尽办法帮我办调转。

文化局的人犹豫再三，面色戚然。说培养我这个挑大梁的演员很不容易舍不得放行，劝我留下。转念想到不知猴年马月才允许演戏，到那时节人老珠黄也迈不动步了，还演什么戏。一发狠，同意放我。

最难过的还是我自己。午夜梦回，往事历历在目。进团八年，冬练三九，夏练三伏，起早睡晚，吃尽多少苦头，耗费老师多少心血，一招一式，精雕细刻，把我培养成誉满半个神州的名角，此中甘苦谁人能知？

而今一朝离去，何日是归期？人有旦夕祸福，天有不测风云，说不定告别便是诀别，今生今世永无重登舞台之机。

我的情绪坏到极点，犹如黛玉葬花，宝玉出走，霸王别姬，林冲夜奔，失意的惆怅，分别的悲怆，追求的幻灭，一齐涌上心头。如火焚，似刀割，痛苦之极，难以名状。

那时的庙宇已经被砸掉或封闭。不然的话我会捧上一炷香，跪在大慈大悲的佛像前，用我赤诚的心灵去祈祷，为我自己，为我所爱慕的人。

在失落的忧愤中，我怀着一线希望，企盼在我离别广州时，他能亲自到车站为我送行。在笛声长鸣车轮转动那瞬间，让我和他紧紧拥抱，深深长吻。

我想的是他，郑星野。

离开广州的前夕，我孑然一身徜徉在通往动物园的先烈路上。繁星眨着依依惜别的眼睛，目送我默默来又默默去。我想见到郑星野，等待我的却是失望。

回想起在这幽暗的园林中，我曾搂抱着他相依相偎。回到宿舍，在辛酸的回味中品尝到的甜蜜令我激动，生平第一次与我所敬重的男人贴得这么紧，足够一生去追忆。

少女爱的欲火是何时点燃的？我在清理凌乱的思绪中发觉，正是那个不幸的夜晚，郑星野闯进我的生活，搅得我心神不宁坐卧不安。

而今，连个吐露心事的机会也没有，就这样踏上遥遥无期离别的路？

我壮起胆子找到工作组，要求与我的老师郑星野阔别，工作组婉言谢绝。

见不到郑星野我也要去他家，最后看一眼他那个不幸的妻子。

林翠翠被工作组定成现行"反革命"，因残废给予照顾。她整天把自己关在家里，谁也不知道她是怎么生活的，没有人敢去看她，谁也不想惹麻烦。我不怕，我敲开林翠翠的房门，向她告别。她半边歪斜的脸颊肌肉搐动，眼泪像涌泉流个不止，嘴里念着含混不清的话："走了好，一了百了！"她拉住我的手不放，劝说我不要记恨那天晚上排练厅捉奸的事，她相信我是纯洁的，都怪杨樱这个坏家伙。

第二天，我踏上北去的列车。倚在窗前，看到送行的人群，我在心里哼着歌自我安慰：不要用哭声告别，不要把眼泪轻抛。哼着哼着，鼻子一酸两行热泪夺眶而出。

我伏在车桌上，想痛痛快快哭上一场。砰砰砰，有人敲车窗，我抬起头，呵，是郑星野！

我怀疑眼前出现的是虚无缥缈的梦幻，用手擦拭车窗，外边果真是我刻骨铭心思念的郑星野。他神色惶恐焦急，不时瞄一眼四周，担心有人跟踪盯梢。

我喜出望外，推开车厢过道上的旅客，一阵风跳下车，顾不得周围多少人在观看，一把握住他的手，半句话也说不出，眼泪刷刷往下淌，几乎要哭出声来。

郑星野拉我到僻静处，不眨眼盯着我看，两只眸子闪着泪花，坦诚地说："到那么偏僻的地方去，都是我害的。"

我急于知道他是怎么来的。他说这是林翠翠的主意，她半夜发病死去活来，工作组信以为真怕出人命，给郑星野两天假负责看护。

郑星野掏出一封信给我："贵州文工团有我同学，叫邹羽，他会关照你的。"

我接过信，心里一股暖流涌起。

他沉思片刻，脸上露出往日排戏的庄重神色，一字一顿对我讲："这一去少不了风雨坎坷，我送你两句话：一不要堕落，二不要丧志。女孩堕落起来很快，自己要警惕。你立志当导演，那就为此而奋斗，不达目的，誓不罢休。下次见面时，我希望站在我面前的是季月秋导演。"

我说："郑老师的临别赠言，我永记不忘。如果我当不成导演不来见你！"

开车铃响了，他推我上车。我不知哪来的勇气，扑上前去抱住他，在他脸上吻了一下。

他感到意外，轻轻推开我说："你这个冒失鬼，小心工作组。"

我拉住他的手恋恋不舍："祝你早交好运，多保重身体。"

列车员催促旅客上车。

他推着我的肩膀，逼我上车。

一声长鸣，列车开动了。这一刹那间，他爆发了压抑的感情，追着火车往前奔跑，嘴里高喊："到了就来信，不要忘了！"

广州站越来越远，他的身影越来越小，直到列车拐弯他才从我的视线中消失。

以往排戏，演到七仙女与董永哭别时，我的感情总是上不来。他一次次不厌其烦提示。

今天我体会到了。他和我，在共同生活了八年的广州，在人人送客泪不断的火车站月台上。这种难言的肝胆俱裂的离愁别绪呵，折磨得我死去活来痛不欲生，这时，如果摆在我面前的是离别与死亡，我宁肯选择后者，以求永远解脱。

我伏在车桌上，沉浸在别离的忧伤中。

有人轻轻碰触我的胳膊，我抬起头，是对面座的一位旅客，他端着一杯茶让我喝，我摆手谢绝。

过一会儿，他掏出日记本在上面写着什么，写完递给我。我接过来，是一首诗：

战栗的是挥别的手，
饮泣的是无言的柳，
默默地谁也不开口，
一声道别会引发心血流。
谁知这一别有多久，
谁能把远去的列车停留？
一声长鸣远去了昨日的梦，
留下的是苦涩的酒。

（节选自《坎坷人生路》，华夏出版社，1990年；获贵州省政府奖）

1991年

袁　浪

富翁、乞丐与勇士（节选）

三

　　林启萍的确是一位出色的电视节目主持人，她总是将那一口略带少女嗲味但却一点也不让人感到过分的普通话说得柔柔的、甜甜的，听起来使人感到轻松愉快。自从去年她从广播学校毕业分配到南海电视台工作后，还不到一年的时间里，她就成了家喻户晓的播音员。而这两次选美大赛中的夺冠又使得她的名声大振。

　　这天下午刚上班，她正在为主持明天的节目熟悉台词的时候，邻座的小姐将电话递了过来。自从她在电视界崭露头角后，电话信件多得数不胜数。

　　"喂，您好！您是林启萍小姐吗？"电话里传来了带着浓重福州口音的普通话。

　　启萍不禁愣了一下，因为此时电话中的口气和音调都与平常的观众不同。想了想，她没有正面回答对方，而是有意地带着那种女性的矜持庄重，对着话筒反问道："你是谁？找我有什么事？"

　　对方几乎没有考虑："我从香港来，有非常重要的事情需要马上见到您。"

　　林启萍大吃一惊，哥哥刚走，香港就来了电话，莫非是哥哥出了什么事吗？她的神经立即紧张起来："您叫什么名字？找我到底有什么事情？"

　　对方的回答仍然谦恭温和："等您来了，一切就都知道了。"

　　"您现在在什么地方？"说不清是什么原因，林启萍问这句话时，感到声音在微微打战。

　　"我现在在红蝴蝶饭店8011号房间，您现在来吧，我在这里等您。"

听了对方的话，启萍又吃了一惊，这是怎么回事呀，红蝴蝶饭店八楼，那可不是一般人能去的地方呀！她思索着没有回答。

对方又说话了："有什么犹豫的呢？快来吧，千万不要误了大事呀！"说着对方挂断了电话。

这下真把林启萍弄懵了，她木然地拿着话筒在那里出神，还是一旁的女友用异样的目光碰着了她的目光，才使得她蓦然惊觉。

女友奇怪地问道："怎么，发生了什么事吗？"

"不，不，没有，是一位观众打来的电话。"启萍竭力地保持着神态上的自然，对女友的问话支吾着；但心情却怎么也平静不下来。这个打电话的人是谁？为什么会住在红蝴蝶饭店？哥哥他们的人是绝对不会去住那几百元甚至上千元一天的豪华饭店的。

想着想着，她真有些拿不定主意了，立即拿起了话筒，拨通了大华电机厂的电话。

"喂，大华电机厂吗？请接一下团委，我找秦志国。"

"秦志国到团市委去了。"

启萍失望地放下电话，嘴里不由得抱怨道："团市委那么大，叫我到哪去找？"她又愣神了片刻，觉得还是不能耽误，就同一旁正忙着的女友说道："秋丽，我要去趟……大华电机厂，下午不来了，呵。"

女友边忙着边向她笑着点头。

走出电视台，已经快到下午三点了，她看了看表突然又改变了主意，因为不知道要多长的时间才能找到志国，还是自己先去看看吧，要不然这个在电话里要找自己的人就像谜一样，多在心里憋一分钟就多受一分钟的罪。想到这里，她在路旁站住，很快拦到了一辆"蓝鸟"的士，边上车边对司机说道："红蝴蝶饭店。"

红蝴蝶饭店门口，两位身着枣红制服的姑娘向着她深深地鞠了一躬，迎接她进了大门。但在服务台前，她还是被一位身着洁白衬衣的女郎喊住了："小姐，需要什么帮助吗？我愿为你效劳。"

"不，我来是为了会一个人，是他约我到这来的。"

"哦，他叫什么名字？"白衣女郎柔声问道。

"我不知道，他只告诉我，他住在8011号房。"

白衣女郎指了指一旁的镶花藤椅："请小姐稍候。"她很快接通了电话："是陈总经理吗？有一位叫林启萍的女士要会你。"

话筒中传来清晰的声音："快，请林小姐上来，我已经等她好久了。"

白衣女郎对着启萍微微一笑，做了一个手势，请林启萍走进电梯。

很快就到了八楼，一位服务员向她指示了8011房间的方向，而那位陈总经理已经在门口等她了。

他穿着一套泰国丝绸夏装，无风也带三分飘意，留了一个在香港很时兴的港仔头，怀表的金链挂在他的颈上，既掌握时间，又显示富贵。他那线条分明的五官的确不难看，加上他三十六七岁踌躇满志、沉着干练的神态，使林启萍感到他身上有一种脱俗的潇洒。此刻他见刚刚摘取了桃花皇后桂冠的林启萍小姐朝自己款款走来，立即欠身迎候，微微的一躬身和轻轻的一扬手都恰到好处，似乎受过良好的教育，确有几分绅士风度。

启萍走到他近前，满腹狐疑地站住了。看着这位彬彬有礼的香港来客，她低声说道："先生，我不认识你。"

这位陈经理很有分寸地微微一笑，明亮的目光轻轻地碰了一下启萍的眼睛，文静地说道："林小姐，这没有关系，因为认识总是从不认识开始的。"他略微顿顿，"怎么样，林小姐，还是请里面谈吧？"

这位经理的举动和回答使启萍觉得很自然，刚刚接到电话时的那种犹豫和反感几乎没有了，感情上绷紧了的弦一时间松弛了下来。而刚才萌发的那种新奇和神秘感此时却强烈地攫住了她的心，在这位年轻经理的盛情邀请下，启萍走进了那扇锃亮得能清楚地照出人影的房门。

这位经理随后也进了房间，而且特意将启萍无意中轻轻合上的房门又轻轻地拉开了一条缝。这一细小的、本来不易被人发现的细节，使启萍大为满意。因为她的习惯，不，大概是她所熟悉的所有女孩子的习惯吧，但凡同陌生的男人们在一起的时候，是最忌讳关门的。没想到眼前这位来自香港的陌生人连这个微小的动作都没有疏忽。因此，另一种好感在她心头油然而生。

"林小姐，您请坐。"经理做了个手势，指了指食品柜旁的那个有着罗汉雕像和凤头扶手的单人沙发。

启萍本能地看了一眼几乎开得有一尺来宽的房门，没有推辞就坐在了沙发上。这时她才觉得眼前一亮，映入眼帘的一切使她吃惊中又感到一阵心旷神怡。

这是一间不大的中式会客厅，脚下是绣着日光穿云的全毛凸花地毯，头上是石榴红的百莲吊灯，会客厅中间是一把罗汉椅，一张八仙桌，全是雕刻工艺和花样极复杂的楠木精品。

桌上摆着一套绘着仕女花草图案的景泰蓝茶具、酒具。左边墙上挂着一幅呼之欲出的八仙过海图，右边墙上是楚楚动人的金陵十二钗。前后两边墙上却空无一物，使人幻觉出大海的博大和天地的开阔。他身旁的那座形体复杂的楠木食品柜真叫她无法形容，给人的感觉的确称得上是庄重、典雅、古色古香。林启萍仿佛一时间进入了幻觉之中，直到这位香港经理走到她的面前时，她才从这种意境中倏然惊觉。

这位经理将调好的饮料放在启萍面前的案式茶几上："来，林小姐，请用饮料，这是我们中国人，特别是女性最嗜好的桂圆莲子汤。"

"谢谢，"林启萍说道，"您到底是什么人？又为什么找我？我希望您能马上告诉我。"

"好，那我马上告诉你，这次我专程到南海来，是想同林小姐商谈一件重大的私事。"

启萍猛地一惊："我和先生素不相识，有什么私事可谈呢？"启萍打断了他的话。

他微笑着抬了抬手，示意启萍不要性急："请林小姐相信，我说的这件事绝没有丝毫的虚伪和欺骗，我只请求林小姐听我说完后一定不要生气，如果我说完后林小姐不同意，那就算我在非常不礼貌的情况下说了一番没有教养的话，并且我会赔偿林小姐的损失。"

林启萍以一种不解的目光看着眼前的这位经理："先生，您弄错了吧。"

"不，没错！我今天请来的就是南海电视台节目主持人，两届桃花杯选美大赛的冠军林启萍小姐。"

"既然这样，那你就快说吧！"启萍那种少女的任性使得她有些不耐烦了。

"我怎会不说呢，但我想对林小姐提两个要求：一是不管我说得对错与否，都请林小姐让我把话说完，不要打断。二是如果我说错了，请林小姐不要发火，我会赔偿林小姐的损失的。"

启萍想了想："你说吧！"

陈经理走到与启萍坐的沙发对称的那个沙发上坐了下来，他们之间一字形地隔着一架三人沙发。这样，如果对方不转身的话，就只能看见对方的侧面。

这位经理坐好后，几乎没有思索就从容不迫地讲开了："我是香港利达实业商行的总经理陈健，经常在电视中看到林小姐主持的节目，林小姐的形象气质给我们商界的同行，特别是给我留下了难以忘怀的印象。香港的很多市民都觉得，在香港电视界，的确很难找到像林小姐这样拔尖的人物。"说到这里，他听到林启萍哼了一声，他也马上停了停，并且从侧面飞快地瞟了林启萍一眼。但却立即判断出，启萍情不自禁哼出的那一声并没有丝毫气愤，而是少女激动兴奋时的自然的神经质的反应。从他刚才在侧面的观察中，他看到了有一丝喜悦的光彩在这位少女的眸子里闪动。

他仅仅停了停又接着说道："特别是前天林小姐参加的桃花杯选美大赛，林小姐的精彩表演不但轰动了内地，也轰动了香港。当时我和另一家亨德商行的总经理吴士德正在电视机前，我们的确被林小姐的表演惊呆了。当我在聚精会神的观赏中发现这位桃花皇后就是我经常在屏幕上看到的南海电视台的节目主持人时，心中又情不自禁地感到一阵亲切。当时我的确有些克制不住自己的感情，竟脱口叹息道：'啊，真太美了，如果能和这位皇后生活一天，甚至只是一个晚上，就是死，也是心甘的。'"

启萍的身子不由抖了一下。她侧过脸来正要说话，这位经理立即扬起手来，眼睛并不看她："我请求林小姐让我把话说完，我说的都是真话。我想，既然是真话，哪怕说错了，林小姐也是会听完的。"

他咳了一声又继续说道："当那位吴总经理听了我这声叹息后，竟哈哈大笑起来，说我简直是想入非非。并说如果我真能做到像我说的那样，他愿意和我赌十万元港币。当时我也是一时气盛，竟和他签订了这十万元的打赌协定，且还盖了章，立了据。当天，我几乎一夜未合眼，我是充满着恐惧和担心到南海来的，我梦想着我的命运之程会出现一个闪光，桃花皇后会给我一个微笑。"

这番话被这位香港经理说得抑扬顿挫，动色动情。启萍那清秀的脸庞上瞬间羞得绯红，厉声正色地呵斥道："真是荒唐透顶，没想到你这位堂堂的总经理竟会说出这种不要脸的话来。"

"林小姐，你不是答应了不发火的吗？再说，这也是一时的胡思乱想，并没有什么不规矩的行动啊！"

这位总经理见刚才启萍虽然发火，但却坐着没有起身，凭他在香港的生活经验，对女人在这种时候的心态他是揣摩得细致入微的。林启萍的表现比他预料中她会勃然大怒，对自己痛骂一阵后推门而出要好得多。他的眼睛在眼眶中转了转，又接着说："林小姐如果不愿意，那就只当我刚才没有说那一番话，这套日本产的三菱牌录像机和电视机我送给你，就算交个朋友吧。"说着他指了指整整齐齐地放在食品柜上的那套家用电器设备。

启萍顺眼望去，啊！在那灰白锃亮的日本收录机旁，是一套带遥控的豪华型的20英寸立式彩电。这是20世纪80年代中期国家商店都买不到的高档商品，只有她们电视台的节目制作室里才有这么一套。林启萍看清了这些后竟又回过头来，神色慌乱地看了陈总经理一眼。

说句实话，启萍对眼前的这位总经理还说不上十分反感，因为他刚才所说的那些话差不多全是由衷的赞叹。而且这位香港经理也的确有几分风流英俊，他那独有的气质和说话的感染力，都给启萍留下了不错的印象。而且三十七岁就当上了一家大商行的总经理，这样的男人，在启萍的视野中似乎还没有见到过。至于他后来所说的那种非分之想，那是他个人的事，与自己又有什么关系呢？自己不是强硬地回击他了吗？她暗暗地安慰自己。

此时，她回过头来看了他一眼，她在考虑这位不速之客是不是说的真话，他真会将这套高档的家用电器白白地送人吗？

在商界混迹了二十年的阔商从林启萍刚才的回眸一望中看出了她的贪婪。他像捕捉一只贪吃的螳螂，一下抓到了时机，以一种诚恳至极的语调说："林小姐，这真是送给你的，在香港，我送这样的东西给朋友就像送生日蛋糕一样，这难道还有什么好怀疑的吗？"

"你以为我会收下你送的礼物吗？"这虽然是一句反问的话，但声音却格外地低，显得那样有气无力。

"这有什么不可以的呢？凭我对林小姐的崇拜，凭我说了那样失礼的话林小姐都原谅了，这点小意思林小姐为什么又非得要推辞呢？"

"哪有无缘无故就收别人馈赠的道理呢？"林启萍还在推辞，但这声音却小得只有她自己才能听到。

港商只当没有听见，又继续说道："这次我虽然是因为崇拜林小姐才到南海市来的，但还有个赌气的因素在里面，我一向就看不起我刚才对你说的那位吴经理，要我将那十万元输给他，倒不如输给林小姐痛快。"

多么感人的甜言蜜语，何等厉害的肺腑之言，一时间使得桃花皇后忘记了自己的身份，忘记了眼前的对象是谁，莫名地问："你们到底有多少钱，一次就能赌上十万元。"

话谈上路了，港商阔佬禁不住心中一阵暗喜："这十万元押一次简直是太一般的事了，前年我去澳门的葡京大酒店，赌上一次就输了我的一个资产为四百万的公司，连公司里的三十几位职员都换了主人。再说近的，就眼前你看到的这套房间吧，它总共四十二间，是红蝴蝶饭店唯一的一套特等客房。过去是接待总统的，今天，只要有钱就可以住，你猜租金多少？"

林启萍那双晶亮的眼睛吃惊地看着他，她的思维一时间还转不过弯来。这些奇闻她过去从没听人说过。在她的同辈人中，她不但觉得自己是佼佼者，而且在人生和事业上，她也自认为是见多识广的，今天她却哑口无言，一种莫名的自卑感淡淡地从她的心底漾起。

这位港商阔佬见她用那还带稚气的不解的目光看着自己，又连忙说道："这套房一天的租金是八千元。"

"什么？"启萍的问话脱口而出，不禁被惊得倒抽了一口凉气。

这位港商从茶几上的烟厅盒里抽出一支万宝路香烟，轻轻按着那三星牌电子打火机，点着烟后，悠然地吐了一口烟云，故作轻松道："林小姐感到奇怪吗？你问服务台就知道了。而且我还为我那荒唐的想象做了一个荒唐的准备，今天上午，我就去银行将那十万元支票变成了现金。"说着，他顺手从沙发背后抽出一个边角包着黄铜花边的华丽的鳄鱼皮包来。只见他揭开皮盖，呈现在林启萍眼前的是新崭崭的摆放得整整齐齐、印有金牛图案的面值为一百港币的十沓钞票。

这位陈总经理迎着桃花皇后那惊异的目光说道："每沓一百张，整整十万元。"

林启萍只觉得大脑嗡的一声，那十沓花花绿绿的钞票就在她眼前旋转起来。她仿佛觉得这位陈总经理的声音变了，像是从那地底深渊里传出的，又像是那五彩云端中飘来的。

这声音悠悠的，叫人喜欢，又叫人害怕。这位经理后来说了些什么，她听不清了。她只看见他那白皙端正的面庞时远时近地对着自己来回移动，像天使，又像幽灵；她只看到他那薄薄的嘴唇上下翕动着，仿佛在向自己叙说着一个动人的，但却又是可怕的故事。

启萍立即闭了闭眼睛，努力克制着自己镇静下来。但是，港商最后的一句话她却听得清清楚楚、真真切切："就只今天一个晚上，你就可以得到十万元，我也可以在那位吴总经理面前痛痛快快地出口气。明天我就走了，永远不会再回来，谁也不会知道这件事。"

启萍茫然了，不知怎么回答，她不得不承认自己动心了。此时，她觉得自己没有力量拒绝，更没有力量指着他的鼻子痛斥一顿。她脸颊绯红，感到一阵说不出的慌乱。很久，她才微微喘息着颤声说道："先生……这……这不可能，因为我有男朋友了。对于他，我……我是忠诚的。"

"哈哈哈……"这位阔佬一阵朗声大笑，他是欣赏自己刚才那套惟妙惟肖的表演呢，还是想用这洪亮的笑声再一次震撼眼前这位美人的心灵？的确，他的笑很豪爽，笑得热情奔放，笑得神采飞扬。

在启萍的心目中，这位从天而降的阔经理，这位风流倜傥的港商，一瞬间的确迷乱了她的心。她微微地低垂着头，不知该如何回应他的笑声。

谁知他笑完后竟又出人意料地说道："我非常钦佩林小姐的为人，对自己的男朋友当然要忠诚。这是我们中国人的美德，也是我陈健做人的根本。你现在就去征求你男朋友的意见，如果他不同意也没有关系，我们还是朋友，我还是会像过去一样崇拜林小姐，还是会在电视机旁为林小姐的事业和前途祝福。"

林启萍站了起来，害羞、胆怯、惶恐、犹豫，种种复杂的感情交织在她心头。她虽然站起来没有说话，但陈健心中已完全明白，她是同意征求男朋友意见了。这时，陈经理又一遍嘱咐道："不管你那位男朋友是否同意，我今天就在这里等着你们的回话。最好你们两个能来这里同我共进晚餐，能认识你们是我的荣幸，作为朋友，这是我真诚的邀请。把这录像机和彩电带回去吧，请收下朋友的一番心意。"

"不不不。"林启萍正要推辞，就又听他对着门外喊道："黄小姐！"

紧接着门外一声清脆的应答，一位身着枣红制服的小姐很快就出现在门口："有事吗？先生。"

陈总经理略一欠身："请您帮这位林小姐将这两件东西送到她的家。"话刚说完，他就从衣袋掏出一沓钞票递给了那位黄小姐。

林启萍看到了，那是十元一张的人民币。

黄小姐毫不推辞，望着林启萍会心地一笑，顺手将钞票塞进了衣袋，接着就忙着开始收拾。

看着这一切，林启萍再也没有说话。

当黄小姐提着包装好了的纸箱，引着林启萍走出这套8011客房时，林启萍回过头来，对着这位陈总经理妩媚地一笑，就像她在桃花杯选美决赛中对观众的笑一样。

说不清是真还是假，陈总经理也深情地扬了扬手，是告别，也是召唤。

四

黄小姐用车一直将林启萍送到大华电机厂职工宿舍，当车在三单元门前停下时，启萍心里不禁感到一阵轻松，因为她看到二楼那个熟悉的窗台上，两扇玻璃窗都打开了。这是秦志国的习惯，离家时关窗，进门的第一件事就是将窗子打开。此时，她多想一头扑进秦志国的怀抱里，向他叙说今天遇到的一切啊。

尽管这位黄小姐动作是那样利索，但她还是觉得太慢。她和黄小姐一人提着一个大纸箱来到了二楼的房门前，纸箱一放下，她就迫不及待地敲响了大门，以致黄小姐向她告别，她都无暇顾及。

急促的敲门声使室内的秦志国感到意外，甚至感到有些生气。他正在紧张地煎着鸡蛋，这是启萍最喜欢吃的荷包蛋。此刻，他不得不丢下手中的锅铲，没好气地把门一下打开。使他意外的是，竟是启萍站在门前，她的气色和神态令他吃了一惊。出了什么意外的事吗？他还未及问，启萍已无力地投进了他的怀抱。

她的脸色苍白，微微喘着气，汗水湿透了她的前额和发梢。她似乎很虚弱，似乎连说话的力气都没有了。秦志国的心"怦怦"地跳了起来："启萍，发生了什么事吗？你说，你说呀！"

启萍深情地看着他，显得很疲倦："志国，你让我的情绪平静一下，我马上告诉你。"

秦志国似乎等不得了，他将启萍扶到了沙发上坐好后，就迫不及待地打开了纸箱。嗬，进口的名牌货！这更使他意外得有如云山雾罩了。他摸着崭新的电视机，神态中甚至还带着几分恐惧："怎么回事？启萍，是你——偷来的？"问这句话时，他的手开始颤抖了。

听了秦志国的问话，启萍有些无可奈何地苦笑了一下："不要胡说八道了，你一辈子也猜不着。"

"那是为什么？"秦志国又走过去坐在启萍的身边，"快告诉我，这是怎么回事？你知道我性格急躁，再不说真要把人急死了。"

启萍偎在秦志国的肩头上："志国，我真有些害怕。下午两点，我刚上班不久，就接到一个从红蝴蝶饭店打过来的电话……"启萍的声音越说越小，随着她的讲述，秦志国的神态也在不断地变化，他惊愕、皱眉、愤怒、骂娘。

窗外，太阳已经偏西了，把如水的长天烧得一片金红。窗旁的高大垂柳上，一对小鸟正在柳叶中快活地跳跃鸣叫，突然，又双双穿出柳林，朝着西天的夕阳飞去。

启萍将今天下午自己的经历详细地讲完，但此时的秦志国已经不是刚才愤怒骂人的秦志国了。他抱着脑袋，仰靠在沙发上，对启萍所说的那番话，正痛苦地思索着。很久，他侧过脸来问："如果你再不见他，他也会将这些东西送给你吗？"他指了指脚旁两只开着的纸箱。

"那当然，因为我并没有向他要，还是他派人派车帮我送来的。而且他还嘱咐过我，如果你不同意也没关系，他和我们还是朋友。在香港，他送这些东西给朋友，就像我们送生日蛋糕一样随便。"

"你亲眼看到过他的十万元港币？"

"刚才不是已经告诉你了吗？老问！"她娇嗔地在他肩上捶了一拳。

沉默，好一阵沉默。突然，秦志国从沉默中抬起头来，仿佛用了很大力气："我看我们还是到红蝴蝶饭店去一趟，反正主动权在我们手里，他又能怎么样？"

启萍惊愕地看着他，好久，才怯怯地说："我怕！"

"有我哩，你怕什么？"说这句话时，秦志国那毫不畏惧的神色，真像一位刚强的男子汉。

两人收拾了一下房间，启萍挽着志国的胳膊出了门。

粉红色的的士很快就驶到了红蝴蝶饭店的大门。

这次，那位白衣女郎再也没有阻挡，而是含笑告诉他们道："二位上楼吧，陈先生等你们好久了。"

来到8011房间前，启萍按响了门铃。

门很快开了，陈总经理真的一人在客厅里等着。他尽量表现得斯文庄重，一见秦志国就伸出手来，热情地招呼道："秦先生，你好你好，鄙人乃香港利达实业商行的总经理陈健。我想，既然是朋友了，你是一定会赏光的。能见到你，真感到高兴，请坐请坐。"他将二人让到了那张有着罗汉雕花和凤头扶手的三人沙发上。

启萍暗暗吃惊，心想，他是怎么知道志国姓秦的呢？

这位陈总经理给秦志国的第一印象就很不错，估计这家伙的确不是一般的人。

等到秦志国进得门来，在这间古色古香、庄重典雅的中式会客厅坐定之后，他顿时觉得四周又有一种华贵的气氛向自己袭来。秦志国自己也说不清是什么原因，他竟然会莫名其妙地对这位香港阔佬产生了几分钦佩。他之所以要来这里，也是因为想见识一下这个人和这里的一切是不是像启萍说的那样。没想到一踏进这个中式会客厅，秦志国就立即觉得这里的一切比启萍讲的还要好得多。他接过一支陈总经理递过来的"万宝路"，有些抱歉地问道："总经理，等久了吧？"

"哪里哪里，诚心交友，等一等算得了什么。"陈总经理笑着谦虚道。

自从下午送走林启萍后，陈总经理的心中一直担心着，他怕这位桃花皇后的男朋友会怒气冲冲地又将彩电和录像机提回来，甩在自己的脚下，然后痛骂自己甚至揍自己一顿。要么就是这位桃花皇后拿走自己的馈赠后就像鸟一样飞走，再也不回来了。这些使他在两个多小时的等待中如坐针毡。他没想到，他们竟按时而至，而且气氛又是这般友好。

他从秦志国那飘忽的目光中，已经隐约地嗅出了他内心的贪婪。过去，他在自己的事业和生活的道路上，曾击败过无数这样的对手，现在……他看了一眼垂头偎在秦志国身旁的桃花皇后，嘴角禁不住露出了一丝不易被人觉察的微笑。

他从怀中掏出自己那块薄型包金的贝拉怀表看了看："你们早就饿了吧？应该吃饭了。"

启萍和志国互相望了望，两人也同时站了起来。

陈总经理说着，按了一下墙上的那个绿色的按钮。

不一会儿，那位黄小姐又来到了门口，彬彬有礼地欠身道："陈先生，晚餐已经准备好了。"

陈总经理微笑着对秦志国点头道："请吧！"

餐厅地上铺着泰国产的拉毛地毯，墙上挂着马来西亚的风光壁挂，橘黄色的餐厅顶壁上慈祥的爱神提着一盏圣洁的子母吊灯，给餐厅罩上一片融融的光晕。

很快，每个人面前摆了一套餐具。餐具中，除了刀叉匙夹外，还有一套用硬塑袋装着的镀银的小巧精致的锤子、冲子、钳子、起子、撬刀等等器具。

启萍和志国互相望了一眼，目光中有着惊疑和不解。这多像医院里的手术器具，怎么会……

接着，奶油沙拉、汉堡牛排、柏林熏鱼、椰汁面包，一样样端了上来。

"来来来，二位不要客气。"陈经理异常热情，给他们俩又是舀沙拉，又是夹熏鱼，口中不时劝着。

秦志国玩弄着手里的刀叉，显得有些手足无措，但仍用礼貌的音调感激着："先生，一餐晚饭，随便一点就行了，陈先生想得太周到了。"

陈总经理抓住时机："应该的应该的，对待朋友就该这样。"说着，他侧身朝秦志国旁边凑了凑，可能是因为条件反射吧，秦志国的头也朝他这边偏了偏。秦志国的这种神态，分明就是在等这位总经理说话了。

这位总经理尽量将话说得亲切自然，但却是开门见山："秦先生，那十万元是你自己带走呢？还是我派车给你护送回去？"话一说完，他那鹰隼似的目光就极力地在秦志国的脸上搜寻。

秦志国感到浑身颤抖了一下。他并不是傻瓜，他完全明白这是一句最奸狡也是最有效的试探自己的话。这时，他骂他一顿，或者训斥他两句，甚至只需给他一个严厉的目光，一切都还来得及。但他的双颊却抽搐了一下，竟然不敢看这位总经理的眼睛，声音低得几乎只有他自己才听得见。

"我……考虑考虑。"

这句声音不高的话，陈总经理却清楚地听到了。够了，在餐桌上秦志国能有这样的回答，这位陈总经理也就满意了。他马上变了一个话题，朝身后侍立的白衣女郎道："可以上下道菜了。"

白衣女郎欠了欠身，又朝门口侍立的人做了个手势。

桌上的陈总经理更加活跃，他热情地给二位谈论他的经历趣事，从香港的月亮酒吧谈到澳门的赌场，从首尔的百乐园谈到台湾的眯眯舞厅，从浅水湾的情人旅馆谈到蒲台岛的巫氏别墅。

一向口齿伶俐的秦志国今天哑口无言地听着这位阔商有声有色地叙述描绘，他感到新奇，感到兴奋，感到大开眼界。

下一道菜端上来了，是金红油亮的三盘清河大蟹。每盘两只，每只都差不多有手掌大。这么大的河蟹，秦志国和林启萍有好几年都没看见了。看着这金红油亮的大蟹，嗅着刚出炉的诱人的蟹香，秦志国猛地感到精神一振，因为他儿时不但常吃螃蟹，甚至还能到河沿去抓螃蟹，尽管螃蟹是那样小。这次他先说话了："陈先生想得真周到，其实我和启萍对西餐都不感兴趣，这蟹才真算是家乡菜了。"接着他兴致勃勃地谈起了螃蟹的属科和习性，并且很内行地向启萍和这位总经理介绍了螃蟹的吃法。

他见陈总经理只默默地听着，心中不禁感到几分得意。正当他掰下螃蟹的一只大夹准备咬开时，陈总经理突然和蔼地问林启萍道："林小姐，秦先生刚才所说的对吗？"

启萍那漂亮的大眼睛扑闪了几下："对呀，吃螃蟹不就是这样吗！"

"不不不，"这位港商阔佬神秘地挥了挥手，"对于这种正宗的清河大蟹，怎能用那种民间的吃法？我曾在电视《红楼梦》中看到过贾府的人吃螃蟹。可能是编导们不懂吧，吃螃蟹的精彩细节被一笔带过了。据历史记载，最爱吃螃蟹的皇家要数朱元璋和慈禧太后。特别是慈禧太后，吃螃蟹后不喜欢在眼前残留碎骨残渣。御膳房大伤脑筋，才想出了这种吃法。你们看，就是这样的。"

他拿起一只螃蟹，边说边示范起来。只见他从硬塑袋取出一支比指甲刀开口要大的铁夹，夹断了蟹的前夹和八只腿："注意，夹断时不要损坏蟹壳。"接着，他又拿起一把撬刀，从蟹缝中轻轻一撬，螃蟹那金红的上盖就揭开了。这时，他又从硬塑袋中拿出像刀一样的东西，在螃蟹下半边的身上往两边一刮，蟹毛就被刮了个干干净净，露出白净的蟹肉来。

他指着掰开的两半螃蟹道："今天我们吃的六只蟹全是母蟹，但不管是公蟹还是母蟹，都得先吃壳内的东西。除了腹内的蟹黄外，其余的部位都得蘸着由醋、酱、姜、蒜、糖调制的佐料。为什么唯独蟹黄不需佐料呢？因为蟹黄可说是精华中的精华。十只鸡蛋黄还不如一只蟹黄。它的味道已够纯正鲜美了，如用佐料，就有可能使它失去那种纯正鲜美的特色。如今香港还有一种蟹黄点心，即便从世界范围讲，那也算是最高级的点心了。

"不要专听我讲，你们吃呀！"

秦志国和林启萍万万没料到吃螃蟹还会有这么多学问，不禁感到有些汗颜。

他们服了，心情反而平静了下来，竟津津有味地边学着经理大亨的样子吃螃蟹边听他讲述，秦志国刚才的那点争强斗胜之心，早就无影无踪了。

吃完饭已经是九点了，陈总经理看了看表，出人意料地又将那个有着金色花边的鳄鱼皮包打开来递给了他们，话语来得又突然又高傲："秦先生，明天八点我就要乘船去香港了，一辈子也不会再来。你们的一生虽然还漫长得很，但人生不就是这么回事吗？又何必那么认真呢？如果你们觉得不必要，现在就可以再见了。"

秦志国看着今天这样的排场，看着这位风度翩翩花钱如流水的港商，仿佛自己和启萍已经到了另一个世界。此时又看到这十万元花花绿绿的钞票，他呆了，傻了，他已经没有力量再将这十万元退回去了。他的内心交织着扭曲的幸福和扭曲的痛苦，刚才那红润的脸庞突然变得有些苍白。他用了全身的力量才从心底挤出了一句话："陈先生你等等！"随着他的话音，室内的灯光不知是因为感到羞耻呢，还是别的什么原因，竟像受到刺激似的闪了几下。

林启萍也情不自禁地低低惊叫了一声"志国"，像娇羞时的呻吟，又像求救时的呼喊。

"好吧，我给你们一个小时的时间，你们再商量商量吧。"说着他朝里面的卧室走去。

豪华的中式客厅里只剩下了秦志国和林启萍两人，林启萍紧张地问："志国，你真的准备答应吗？"

秦志国将鳄鱼皮包抱在大腿上，长长地叹了一口气，一把将林启萍搂在怀里，满腹感慨地说道："启萍，自从我们相爱的那一天起，我就决定终身做你的奴仆，我努力地工作学习，好不容易才提了个正科级的团委书记。但是，又有什么用呢？我们还是这么穷。你好不容易摘取了桃花皇后的桂冠，但奖金却只有那么点儿。你想，这位阔商已经送了我们一套高级电器，再收下这十万港币，加上我们的工资，就可够我们舒舒服服地生活一辈子了。再说，再过十个小时，这位阔佬就要去香港，就和我们永别了。从你回家到现在，我都一直在痛苦地考虑这个问题。"他情不自禁地看了一眼四周，看了一眼闪烁着金色光芒的鳄鱼皮包后又接着说："启萍，为了将来，为了我们一辈子的幸福，让我们来共同承受这一次痛苦吧。是的，我完全理解我们失去的是巨大的。但得到的却更巨大。"

说完这句话，他似乎从精神上得到了一些解脱。表情也似乎自然了些，但他却猛地看到了客厅右边墙上的金陵十二钗，好像这些在墙上听着的绝代佳人都羞红了脸，黛玉羞怯怯地侧转了身子，晴雯手握纸扇半遮着俏丽的面孔，其余十位佳人似乎都不愿正眼看他。

左边墙上的八仙也在怒目横眉，铁拐李在指着他的鼻子，吕洞宾向他抽出了太阿剑，其余六仙也向他投来了鄙夷的目光。

他用力地闭了闭眼睛，有意避开墙上的古人，又垂下头来向林启萍道："启萍，你觉得是不是应该这样呢？"

林启萍紧紧地偎在他的身上，感情复杂地抬起头来，惶恐地说道："你讲的可能有道理，但是我……我怕呀！"

"有什么怕的呢？我不离开这里，我就在你的身边。"他说得很坚决，听起来很有些男子汉的味道。

林启萍猛地一下将依偎在秦志国肩头的身躯直立起来，用质问的口气问秦国志："过去你曾无数次在海边的棕榈树下对我说过，如果谁要来欺侮我，你就会像山一样矗立在他的面前。"

"是的，我说过，一直到死我都不会忘记这句话。但是，今天不是别人欺侮我们，而是我们需要。再说，这位港商也不是一般的人，不管是吃饭，还是闲谈，说起话来一套一套的，而且人也长得英俊潇洒，还不至于使人恶心。启萍，拿出勇气来，只要再过十个小时，一切就过去了。"

"哈哈哈……"陈总经理从里面走了出来，悠闲轻松地说道，"秦先生，林小姐，你们千万不要误会，鄙人并非那种酒色之徒。此时，我后悔的是我不该在香港开了那样一个荒唐的玩笑。二位如果有为难处，那我也只得俯首认输，将这十万元给吴经理也未尝不可。"

"不不，陈先生不必这样，你是不是能肯定地告诉我你明天离开南海市后永远不会再来是真话？"秦志国语声连成一片，紧张的神态就像一只咬住了小鸡的猫，既想将小鸡吃到口，又怕主人的责罚，神态忧虑而又恐慌。

陈总经理认真说道："我到香港十八年了，如果不是因为我开了一个荒唐的玩笑，我今天也不会到内地来。如果你们不相信，是否再立个字据呢？"

"那倒不必了。"秦志国左手握紧了皮包，右手轻轻地推着林启萍道，"启萍，就答应陈经理吧，明天天一亮，我们就离开这里。"

其实林启萍早已有些心动，她对那十万港币的垂涎程度并不比秦志国逊色，她刚才的神态一半是出于女性本能的羞怯和自尊，另一半则是担心秦志国今后会看不起自己。因为她想到自己毕竟要同志国生活一辈子，所以非得让秦志国主动地甚至带着威逼意味要自己这么做时，她才站了起来。

她那桃花皇后的功夫将羞怯的神态做得恰到好处，陈总经理又侧过头来："秦先生，是不是给你再选一间房呢？"

"不，不用了，反正睡不着的，我……我就在这间客厅里等。"想着启萍马上就要离开自己，他的声音不由得颤抖起来。

"那好，这里果点饮料都有。"说着又回过头来温柔地低声对林启萍道，"请吧，林小姐！"

林启萍觉得心中一阵狂跳，她又回过头来看了看秦志国，她发现秦志国的目光中燃烧着一团火，是一种嫉恨、彷徨、痛苦交织在一起的火。接着，她又看到志国下意识地握紧了那个装着十万元的鳄鱼皮包，目光中那种嫉恨、彷徨、痛苦交织在一起的火慢慢地熄灭了。

（节选自《富翁、乞丐与勇士》，作家出版社，1991年12月）

1992年

邢立斌

舞台序曲（节选）

第一章

1

夜来临了。

南方的冬夜，是温暖而清香的。城市街道上，喧闹的声浪慢慢地静下来。大街小巷，所有人家都亮起了灯火，像是数不尽的腊梅花，在每家每户的窗台上，开放着鲜艳的花朵。

在这万家灯火的夜晚，C城著名京剧演员吴美英的房子里，电灯却没有亮。她坐在黑沉沉的房间里，专注地谛听着外面的脚步声。好几个人都走过去了，就是没有她丈夫方俊夫的声音。她叹了口气，在心里亲亲热热地数落着：

"死鬼！你还有家吗？"

她的话音刚出口，就用手捂住了嘴巴。怎能叫他死鬼呢！我的亲亲。这些年死呀活呀闹腾得还不够吗？他们才结婚三天，方俊夫就被赶出剧团，到农村参加劳动改造去了。他离开的时候，吴美英哭了又哭，说了又说："要记住，你是有家的人了。"这一去，一直等到"四人帮"垮台。今天，听说他回来了。但是，他在哪里？想到这里，她的火气上来了。她又狠狠地说了一句："死鬼！你还有家吗？"这次，她没有捂嘴，却感到心口怦怦地乱跳。

今天下午，她做晚饭的时候，闺女方翠花跑得气咻咻的，一脚门里，一脚门外，手扶着门框，就大声武气（形容说话声音很大）地喊叫起来：

"妈！妈！我说妈呀！"

吴美英转过身来，抿着嘴笑着。她拍打拍打身上说：

"疯不疯？妈没死，你喊叫什么？"

"喊叫什么？"方翠花学着妈妈的腔调，她疾走了几步，抱着吴美英的肩膀，对着她的耳朵，调皮地说，"我爸爸来了。妈妈！你高兴吧！"

"他在哪里？"她急忙推开翠花，来到门口探望着。

"妈！看你慌的，还没来哩！"

"傻闺女！你听谁说的？"

"广播老叔告诉我的。"方翠花正正经经地回答着，"他说他在省委宣传部门前亲眼看到的。妈！我不在家里吃饭了，团里晚上还有事。若是晚了，我就住在团里了。"

方翠花的头一扭，发辫上的红色蝴蝶结飘飘地随着翠花的脚步声飞走了。

青年人真是一阵风。她"嗵嗵"地来了，又飘飘地去了。现在，只有吴美英一个人。骤然间，她感到天色暗了，房子小了，心慌意乱的，没有神了。都到这般时候了，他吃了饭没有呢？她赶快下到偏厦厨房，忙活了一阵子。到了晚上七点多钟，饭菜总算是打整好了。酒和菜都放在桌上；锅里翻滚着水花，待他来了，饺子马上就可下锅。直到这时，吴美英的心情才算安静下来。她洗了把脸，又坐在桌子面前。她仰着头，望着门外深蓝的天空。慢慢地，轻轻地，一颗、两颗、三颗星星出现了。它们颤抖着身子，眨巴着眼睛，周身透亮地闪着光辉，犹如初生的婴儿刚刚睁开眼睛，惊奇地望着这个大千世界。在"四人帮"横行的那段日子里，在他们结婚三天就被分开的日子里，多少个夜晚，她就坐在这里，望着天空，望着闪动的星星，自言自语地跟星星交谈：星星呀！你们站得高，看得远，我心上的人，他在哪里？你们能够传递我对他的思念吗？在戏文中，鸿雁能传信呀！星儿呀！你呢？在过去，在1942年的一个深夜——那时，中国大地，战火纷飞，饥饿遍野——吴美英为了活命，离开了家。在她舅舅的带领下，在荒野的小道上，走呀，走呀！那时，她曾对着星星说：告诉方俊夫哥哥，我走了。整整的一天，我等待着他，听着他们的脚步声。可是，他没有来到我的身边。我有好多话要告诉他呀！在大城市的戏班学戏的时候，那种痛苦能够向谁诉说呢？夜晚，看着星星，多么希望它们能够把自己的情况告诉乡亲们啊！自己能登台演出了，在旧中国，一个女人，一个女戏子，那份辈辈，比海还深啊！她结婚了，C城临解放的时候，伤员砸戏园子，逼得她男人跳河自杀了。她绝望了。黄昏时，她站在河岸上，望着流淌的河水，望着刚刚出现的星星，她摇了摇头，提了提衣裙，想跳到河里，跟这多灾多难的人世告别。可是，一只女人的手，紧紧地抓住了她，她就是张月琴。那时，她是高中学生。她告诉自己：天快亮了，解放军马上就要到了。现在这些伤心的日子，都应当过去了吧！我的心上人，你终于回来了。这时，她站了起来。她的头微微地仰起，面对着墙壁上挂着黑纱的一位妇女照片，她的脸马上深沉起来，泪花在眼眶里转动。她默默地念着："月琴姐呀！我没有照管好你的孩子和老方同志……"她还想说下去……门外一阵不紧不慢的踢踏踢踏的拖鞋声，慢慢地向这里响过来。吴美英转过身来一听，脸上才展开了一丝笑纹。心里说，这不是广播老叔来了吗？

果然，演丑角的、外号叫老广播的刘再春，穿着拖鞋，踢踏踢踏地来了。人还没到屋，一股酒气直扑过来。

吴美英笑吟吟地迎了出来。

"我说他老叔，今天什么风把你吹来了。"

"大妹子呀！我可嗅到喜酒味啦！"他们进了屋。吴美英开了电灯。站在她面前的，是一位中等身材、黄脸皮的小平头，乍一看还是个蛮精神的干老头。刘再春指着酒说："你看，是不是？"他从怀里掏出一瓶曲酒，放在桌上。"我是来和俊夫老弟喝几盅的。"他向屋里张望了一番，"怎么？他还没有回来？""没有。又叫你老叔破费了。你先喝着等着他，不好吗？"刘再春说："也好，也好。"他坐在桌前，伸手端杯，一闪眼工夫，两大杯酒就落肚了。这时，他才用手抹了抹嘴唇，笑着说：

"大妹子！今天可邪气啦！过午，我顺着护城河岸遛弯儿。我正慢悠悠地走着，一晃眼，我看到在省委宣传部门前，站着一个人。仔细一瞅，哎哟！我的天！那不是方俊夫大兄弟吗？"

吴美英笑笑说：

"他老叔！你是不是看走了神呢！"

"哪里！哪里！你说邪不邪，我刚走过去，他就进门去了。咳，当时，我为什么不喊他一嗓子？！"

吴美英两手托着下巴，专心一意地听着。她虽说快到五十岁的人了，但由于常年坚持练功，身体没有发胖，身段、风姿都保持得很好，显得清秀整洁。特别是她那对眼睛，只有下过苦功锻炼的艺人，才能有这样熠熠发光的、能够传神、能够说话的眼睛。广播叔最后说："他进宣传部去了。"她的睫毛一扑闪，眼神的光亮熄灭了。吴美英气喘喘地说：

"可能不是老地方吧？"

"哪里！哪里！"他又摸起了酒瓶，给自己斟上一杯，一伸脖子就喝干了，"我要跟进去吧，门口又有站岗的。我要走吧，到底是不是方俊夫大兄弟？我一狠心，就在门前转起圈子来了。我想，你反正得出来。"刘再春说到这里，又向桌上伸手。吴美英赶快给他斟上酒，递了过去。再春喝了酒，吃了几口菜，又说："你说邪不邪，站岗的向我这边瞧起来了。瞧着瞧着，小伙子自己笑了。他竟然向我这边走过来。当时，说真格的，我可有点慌神，只听'吧嗒'一声，我的心猛一跳。天呀！人家是向我行礼哩。我又是拱手，又是鞠躬，不知如何是好。站岗的同志说，你是刘再春同志吗？我是你的老观众了。我说，是的，是的。他说，你是不是想到宣传部去？我说，是的，是的。他说，请吧！就这样，我进了省委的大门。我正颠颠地上楼，楼上有人也颠颠地下来。我们两人几乎胸膛对胸膛地碰了个满怀。两人对面一瞧，都哈哈地笑了。从楼上下来的，是宣传处处长，跟我一样，精瘦精瘦的。我说，这不是我们的老处长吗？他说，刘再春同志，稀客！我问他，方俊夫同志是不是到宣传部来了？他说，是的。我问，他是不是调回来的？他说，这可是个新闻，调令已经下来了，他任省文化局副局长兼你们团的团长。我说，能不能广播？他大笑了说，老广播呀！暂时还是个秘密，还不能广播。今天部长跟他谈话，谁知谈得如何呢？我们俩握了握手。我说，你忙吧！我可要走了。说完，我就大步流星地跑回来了。在路上碰上咱闺女翠花，我说告诉你妈去，就说你爹回来了。我回到家，你说邪不邪？你那老嫂子把我扶到椅子上，给我换上拖鞋，拧了个手巾，叫我擦擦脸，她又给我端上一瓶酒和几盘菜。她说，老头子！喝上几盅吧！我说，你这疯婆子，为什么又是酒又是菜的？她说，今天是你六十大寿呀！这下，我可放量喝了。喝着喝着，我想到了一件大事。我把酒杯向前一推，穿着拖鞋就跑来了。"

"哎哟！"吴美英吃惊地喊了一声，站了起来。

"大妹子！怎么了？"

"你看，饺子早就下锅了，我却忘了。"吴美英走到厨房里，盛了两大碗水饺，"他老叔！饺子还没有破，你就一面喝酒，一面趁热吃吧！"

他又满满当当地喝了一大杯，说：

"大妹子！你也吃。哦！哦！你说邪不邪？我说到哪里去了？"

"不远，还在中国地面。"吴美英抿着嘴唇善意地笑着。

"你们俩也该团聚团聚了。结婚都那么多年了，可是只在一起……咱们不说这些了。今后好了，老方调回来了。"

刘再春边吃边说着。最后他把筷子一放，站起身来要走。吴美英赶快把曲酒放在他的怀里，说：

"见了你大兄弟，你们哥儿俩再喝吧！"

"也好！我得找找他去。"

刘再春走出房门几步，又转回来，对吴美英小声地说：

"你们住的这间房子太小了。原来它是'牛棚'，后来就叫你们住了。大兄弟回来怎么办？再说家里还有个闺女。你得伸伸手要房子。你看咱副团长权向前，不等房子分配，就弄到了五间大屋。你不要太傻气了。"

说完，老广播刘再春，顺着石子小路，伴着踢踏踢踏的拖鞋声，走了。

2

当天下午，在省委宣传部长办公室里，坐着三个人：张杰部长、管人事的副部长李用之和来谈话的方俊夫。张杰是"文化大革命"前的老部长。他见了方俊夫笑笑，紧紧握了下手，并给李用之做了介绍。李用之年轻、英俊，是"文化大革命"后期从外单位调来的。他站起来，给方俊夫倒了一杯茶，并且向他微微地点点头，露出了一点笑意，就并排和老方坐在一起了。张杰部长坐在办公桌前，用黄色绒布擦着高度近视镜片。在他那瘦削的脸上，布满了皱纹。当他戴上眼镜，方俊夫不由一惊。张杰那木呆呆的眼睛，透过镜片，变得那样有神，整个脸膛都变得聪明、果断。可是眼睛一忽闪，脸色又阴沉下来，显露出老年人的沉稳。

"老方呀！我们是哪年第一次见面的？"

"1959年吧！"方俊夫有点摸不着头脑地回答。

"大概是吧！"张杰沉思着，"你们团有几个演员到我这里告你的大状，说你是个大专制主义者。早上练功、吊嗓，派人把电话一守，谁也不准会客。晚上下台后就更严了。我说，这样好嘛！他们说，现在吃得又差，再这样苦练，我们都要得浮肿病了。我想老方这个家伙，一定是个脸黑体胖的愣头青。那么，找来谈谈吧！谁想一见面却是个白白净净的文化人哩！"

三个人都齐声大笑起来，屋里的氛围显得暖融融的。他们吸烟的吸烟，喝茶的喝茶，慢慢地又沉静下来。

"用之！你先谈谈吧！"张杰说。

"好吧！"李用之看了看方俊夫的脸色，"老方同志！经过部务会议研究，准备叫你到省文化局任副局长、党组成员，兼京剧团团长、支书。"李用之看到方俊夫的眉头皱了起来，他想老方可能有些意见吧！他赶快又补充上一句："京剧团团长，你暂时还得兼一下，因为一时还没有合适的人选。现在听听你的意见。部长，你看……"

"就这样。"张杰说，他沉默了一下，突然，好像想起了什么心事，"哎！哎！怎么说好呢？……说到京剧团，有的人可是十处打架九处在。打架成风，赌博成风……情况可同过去大大不一样了。哎！哎……"

他哎了两声又沉默了，点着烟，猛力地吸着，像在那里跟谁生气似的。方俊夫等待着，可是张杰再也没有说什么。

老方也沉默了，他低下头来。多么痛心的往事，一下子在他面前晃动。他的妻子死了，他和吴美英的结合也是那样叫人痛心。他的脸上出现了很深的皱纹，好像老了好多岁。这情况，张杰完全看在眼里。他说：

"老方同志！这是一副很沉重的担子。但是，我们是共产党员，我们的心情再沉重，也得把它负担起来。"

方俊夫抬起头来说：

"到京剧团，我去。至于担任省文化局副局长，以后再说吧！"

"为什么？"张杰说。

"假若一个分管剧团的副局长，连一个剧团都搞不好，不如撤销他那个副局长，老老实实在一个剧团干……"

"老方同志！我可要说上一句。"李用之说，"我是管人事的，我不得不说。你已经是五十岁上下的人了。在局里，是好岁数，你比我内行。在剧团，这岁数那就有点苦头吃了。若是兼职，那又是另外一码事。你可把剧团的事情多分给副职承担一些，你指点指点也就可以了。"

张杰把右手伸在桌面上，几个指头轻轻地敲着桌子。过了一阵，他说：

"好吧！你的意见，部里再考虑一下。京剧团的团长兼支书，今天可以定了。至于担任不担任副局长，我们研究了以后，一并下通知。"

张杰把眼光落到了李用之身上。李用之用手敲了敲烟灰，赶快说：

"这样好。当然，搞剧团的工作，困难是有的。不过，老方同志是熟活路了，那会好办得多。"

"那好，就这样定了。"张杰说，"未到任之前，你可以先了解下情况嘛！"

"好的，那么我回去了。"方俊夫站起来说。

待方俊夫走了之后，张杰在他的小办公室里转了几个圈子，停住脚步，对李用之说：

"方俊夫同志的结论作了没有？张月琴同志的结论作了没有？"

"张月琴同志的结论还没有送来，说是在剧团里卡壳了。"李用之说，"至于老方的结论，文化局已经送来了。把修正主义分子改成犯修正主义性质的错误。人事处还在研究。"

"你们搞好后，提到部务会议上研究决定。什么修正主义的错误。哼！"

他用力地哼了一声后坐下来，向李用之点了点头。待用之离开后，他就陷在沉思里了。

3

方俊夫离开宣传部，沿着护城河岸向大街方向走去。这时，他的心情如同平静流淌的河水，水面上几乎没有一点波纹。可是，在河床深处，水流在奔流着，翻滚着，汹涌澎湃。那么，方俊夫心灵的深处，在翻滚着什么呢？是痛心的往事？还是压在肩头上的重任？他自己也说不明白。他想，反正"四人帮"已经垮台了，今天可以甩开膀子干工作了。想到这里，他感到胸脯胀鼓鼓的，好像吸了几口新鲜空气那样舒畅。他的步子加快了。

来到大南门厂字形交叉路口。向右是他回家的路，向左是到京剧团的剧场。他站在路口，被熙熙攘攘的人群吸引住了。现在正是星期六下晚班的时候。自行车的铃声，汽车的喇叭声，人群的喧闹声，交织在一起。这一片嗡嗡的声浪，如同剧场刚煞了夜戏，那样喧嚣，那样拥挤，那样生气勃勃。他想，现在剧场可能开锣了吧！他看了看表："不，还早一点。现在正是演员下台的时候。那么，吴美英能在家吗？为什么不到剧场看看呢。"他想到这里，就顺着左边的路向剧场走去。

方俊夫来到剧场门前，使他吃惊不小。剧场大门紧紧关闭着。大门左面墙壁的广告栏上，既没演出剧目也没电影招贴画。剧场前面这片宽广的地面上，平日是人呼车鸣，人们你拥我挤地向剧场门口移动。前台的职工，后台的演员，看到这动人的场景，谁心里不是乐滋滋的呢！可是现在，这片地却变得这样空旷、冷清。天色还没有完全黑下来，这里，却没有一个人影。不知是谁家的几只鸽子，瞪着血红的眼睛，颠颠地在地上找食。这是星期六的傍晚呀！人们工作了一星期，现在需要休息，需要娱乐。我们的艺术工作者们，难道你们不知道吗？他感到心里的愤怒火焰就要喷了出来。"且慢。"他想。自己又犯老毛病了。你急躁什么呢！他的嘴唇浮出了讽刺的笑意。真是新官上任三把火，何况你还没有上任哩！可能他们是下乡演出了吧？他顺着一条小巷，去找剧场的偏门。当他在巷子里走着的时候，他感到身上是那样疲倦，脚步也逐渐放慢了。"你不是自己欺骗自己吗！"内心里的声音向他责备着。是的，他自己也知道，根据大门前的情况，剧场绝不是经常演出的样子。说到外地演出，那不过是自己欺骗自己，安慰自己罢了。不过，万一是到外地演出呢！我还是到里边看看的好。他走进偏门，拐了两道弯，摸索着走到了后台；从下场门走出来，在台口的中间站住。他对着空荡荡的整个剧场探望着，乐池、观众池子、楼座，他都朦朦胧胧地看到了。就像前沿阵地上的战士，沉着地瞭望前面的一片洼地、一片小丘那样。他轻轻地喊了一声：

"啊……有人吗？"

"啊——"拖着长长的尾音，在剧场里激荡着。他从台上跳下来，面对着台口，坐在座位上。他听到，不知在哪个角落里，老鼠在"沙沙"地奔跑。他的心情骤然沉重起来。

方俊夫和这座剧场是结下了深厚情缘的。C城解放初期，他是市军管会社文处干部。那时，他和李少民一起，一头扎在戏曲艺人堆里工作。改人、改制、改戏。艺人从私人班社变成共和班，从老板剥削下解放出来，当家做了主人。艺人从旧社会带来了各种不良习惯。他们通过学习、诉苦，进行着自我教育。特别是在演出上，他们抛弃了一些迷信、色情、恐怖的剧目，排演了一批解放区的新编历史剧和现代剧。每次新戏上演，真是盛况空前。台下是满满当当的观众，甚至连站票都没有了。艺人看到这种场面，兴奋得脸面都像抹了油彩，闪着红光。艺人和观众，都从演出的剧情里，看到了解放区的天，解放区的地，看到了新的人物，新的世界。煞戏时，台上台下一片欢腾。剧场是多么迷人的地方啊！此刻，方俊夫仍然坐在那里，仍然面对着舞台，他的耳朵里，仍然鼓荡着锣鼓声。啊！这是多少年前的事了。他感到鼻子一酸，眼泪滴落在衣服上、地面上，发出轻微的"叭嗒叭嗒"的声音。他想赶快站起来，走回家去。这时，他听到了问话声。

"啊！谁呀？"

他看到，在舞台左侧后面的一间小屋里，出现了一个模糊的人影，发出了他很熟悉的声音。

"你是李少民吗？"他说，"我是方俊夫，老方呀！"

"哎哟！我的老天爷！你怎么来了！"

那人紧走了几步，"扑通"一声，绊倒在座椅上。方俊夫刚想过去扶他一把，他已经爬了起来。他紧走了几步，打开台口的灯。前面六七排的座位，突然明亮了。他俩紧紧握住了手，用力地上下摇动着。但是，他们的眼睛，动也不动地盯着对方的面孔。在方俊夫的眼里，李少民老多了，瘦多了，胡子拉碴，面孔苍白。只有他那对眼睛，睁得大大的，闪着吃惊的光亮。过了好久，直至两人的眼睛里充满了泪水，才放开了手。各人用手擦了擦眼睛。方俊夫又抓住李少民的手，说：

"少民！身体还好吧！"

"半死不活。"李少民说，"到屋里吧！"

他们来到这间斗屋。一张桌、一张床，就把屋子塞得没有抽脚的地方了。他叫方俊夫坐在床上，自己站在地上说：

"老方！就在我这里吃饭吧！你看，"他指了指桌子，桌上放着两盘素菜和两碗饭，"我到前面买瓶酒，马上回来。"

他带着祈求的目光望着方俊夫。

"那好！我正没吃晚饭哩！"

"好的。"他一转身走了。

方俊夫呆坐在床上，痛苦地默念着，这就是分别将近十年的李少民吗？在C城，李少民是第一个分配到戏曲剧团工作的美专生。他西装革履，蓄着长发，肩上挎着学生画板，嘴里含着木制的烟斗。谁见了，都会知道他是个搞美术的人。这样一位年轻、漂亮的大学生，跟艺人打交道，可以想到会闹多少笑话的。那时，戏园子的情况，跟著名报告文学家基希在《秘密的中国》里描写的差不多。守门的，是几位彪形大汉，腆着将军肚皮，亮着打架的姿势；进了戏院，听到锣鼓打得山响，耳膜一鼓一鼓地快要震破的样儿；你刚坐下，看到手巾帕在头顶上"嗖嗖"地飞来飞去；地上撒落的满是瓜子皮、花生壳；好容易等到开锣，那时还兴雇人捧角，演员一挑门帘，那些捧角的人们，就会发出怪声怪气的叫喊声。台上唱的是什么，鬼才知道。李少民看完夜戏回来，两手抓住老方的手臂，用力地摇晃。他说："我的天！这就是艺术？"他停了一停，又说："艺人见了我，竟然喊了一声少爷！这个工作，我可不干了。回家画我的油画去。"待了一会，他心平气和了："我们的民族艺术，放在世界艺术之林面前，也是闪闪发光的。我们有剧作家关汉卿，表演艺术家梅兰芳等人……珍珠呀！珍珠！你蒙上了这样一层灰尘。"他的眼圈红红的，落下泪来。后来，随着剧改工作的深入，李少民变了：他跟艺人滚在一起，研究剧本，研究舞台美术设计。再以后，他入了党，担任了剧团的舞美团长……

突然，方俊夫听到门外由远而近地响起了脚步声。走到门前，声音停止了。他听到轻轻的哭泣和向屋里哀告的声音。

"我说，他爹！你也想下我那时的处境呀！咱们有孩子要拉扯，他们要吃，要穿，当时，我没办法。千不该万不该，写了一张大字报贴在街上，要跟你划清界限。罪过，罪过呀！现在你要跟我闹离婚。孩子到哪里找他的爸爸。不要这样，你说话呀……"

方俊夫从屋里探出头来。观凤英——李少民的妻子，两手蒙着脸，含羞带愤地哭泣着走了。

"大妹子！你回来！你回来呀！"方俊夫在后面喊叫着。

观凤英没有回头，她从偏门出去，跑到小巷深处去了。

方俊夫回到小屋里，坐在床上，低着头，感到胸口堵塞着一块石头似的。他想从屋里走出去，呼吸几口新鲜空气。他刚站起来，李少民就回来了。从他脸上神情的变化，方俊夫晓得了，他们准是在小巷里碰到了。他那灰白的脸色，由于憋气，变成了暗红色；两手颤抖着，酒瓶在手里，如同跳舞一般，上下颤动着。他到屋里，长长地喘了两口粗气，神色才安定下来。他们两个坐在桌子旁边，喝起酒来。李少民端起酒杯，猛地喝了一大口。他的脸色由暗红又变成了本色。

"我真替她难过。那时她还要拉扯孩子呀！"李少民像在噩梦中呓语那样。

"为什么你们还不搬到一起？现在却各自折磨着自己。难道这十年还折磨得不够吗？"方俊夫喝了一口酒，眼圈都红了，带着哭韵说。

"不，不，"李少民有点吃惊了，"不能那样做，千万不能那样做。"

方俊夫难过得只好把话头转一转，说：

"这件事，咱们以后再说吧！团里最近没人找你谈话吗？"

"谈了，而且不止谈了一次。"李少民说，"他们叫我在结论上签字，说什么从牢里放我出来，是教育释放。我不签字。"

"来找你谈话的是谁？"

"还能是谁呢！我们的团长权向前呗！"

"因为没有结论，你们就不搬到一起，是吗？"

"那怎么办呢？"

他们沉默了，放下了酒杯，端起了饭碗，吃着。

"看样子，团里好久没有演出了吧！"

"'四人帮'刚垮台的时候，演出了一阵。之后，团里的问题成堆，就停锣了。"

他们又沉默了。过了一阵，李少民说：

"你是不是调回来了？"

"调是调回来了。回来搞什么，还没有说定。"

他们吃完饭。方俊夫向他告别的时候，问他：

"党的生活恢复了吗？"

"我只是个缴党费但不过组织生活的党员。"

这时，李少民是真的哭了。快五十岁的人，哭得那样伤心。

第二章

4

方俊夫回来的第三天早晨，权向前通知他到局里参加党组扩大会议。权向前在前面领路，方俊夫跟在后边。权向前一路打开话匣子说个没完没了，而方俊夫却在后边低着头，沉着脸，偶尔也回答上几句话。权向前说："老方呀！你回来可好了。老领导了，什么都熟。""哪里！哪里！""我哪里是干领导工作的那块材料呀！这些年可把我难坏了。"说完，他无可奈何地叹了口气。方俊夫却没有吭声。其实，方俊夫很早以前就了解权向前的这个脾性。他表面上，大拉大唱，显得既亲热又坦率，可是内心里却打着小九九算盘。方俊夫理解，在旧社会跑野台子领班的艺人，若没有几副面孔应付各种局面，他们还能活下去吗！权向前在前面故意把步子放慢，等候方俊夫能说些什么。方俊夫却沉默着，仍然没有吭声。权向前心里琢磨着："好哟！新官上任三把火，你这第一把火是什么呢。"他咳嗽了一声，说："老方！你看咱们这个团今后怎么搞好呢！"方俊夫停止脚步，沉思了一下："老权！你知道我这些年的情况。你看怎么搞好呢？"权向前对着方俊夫干笑着说："老方！你知道我的家底。我心里哪有个什么主意呢！把肚皮里外翻几翻，也挤不出一滴墨水。从今以后，那可要看你的了。"他们紧走了几步，搭上了公共汽车。车上人多声杂，他俩初次的交谈，只好告一段落。

他们来到文化局会议室的时候，已经是早上八点半钟了。但附属单位的负责人，还有几位没到。参加会议的人，虽说十年之间换了一些新手，可是方俊夫的熟人也还不少。他一面跟熟悉的同志招呼、握手，一面向偏僻的角落里挤去，想找个不显眼的地方坐下。这时，林间局长进来了。他是个文静瘦弱的人。他走到老方背后，拍拍他的肩膀："你好！前排坐。唉！还有事哩！"方俊夫只好回到屋子中间，跟林间坐在一起。林间从文件包里取出两份省委组织部任命的通知，递给他："你看看。"他接过通知，看到上面写着"省委常委第××次会议通过：任命方俊夫为省文化局党组成员"。在另一份组织部任命通知书中，任命方俊夫为省京剧团团长、支部书记。看完，他退给了林间。这时，林间正笑眯眯注视着他，好像在说，这样你可同意了吧！方俊夫微微地一笑，向他点了点头。

会议室的门开了，从外面挤进一个人来，人长得胖墩墩憨乎乎的。他就是分管业务的副局长望天云。整个文化局上上下下一千多号人，他可算得上其中的一位人物。有人说，别看他是个肥头大耳的胖子，但为了达到个人目的，他在人事关系的大海里，窜来跳去，滑溜得就像一条大泥鳅；有人说，别看他外表憨乎乎的，什么风来了，什么东西兴起了，他敏捷得就像大河大浪里的一条大白鱼，一蹦二跳地跨过多少凶浪、险滩；有人说，只要他看准是对自己有利的事情，他就像凶猛的大梭鱼，直线地猛冲过来。总之，他是两边嘴角都会说话的人。望天云在会议室里一站，抬眼就瞧见了方俊夫。他紧走几步，两手握住老方的右手，用力地上下摇了几摇，亲热地说："你可来了。我不知道向宣传部反映了多少次了，我说，再不把老方调来，京剧团就要散架了。现在好了，你来了，京剧团就有了主心骨了。有什么事，咱们会后谈。"说罢，又握了一次手，他就一屁股坐在方俊夫的旁边。紧接着，他从挎包里取出保温杯、小茶叶盒，放好茶叶，沏了茶。而后，取出香烟，用气体打火机点燃，美滋滋地吸了两口。这才把身子向后一仰，半醒半睡地躺着养神。忽然听到林间叫了他一声，只好睁开眼皮，憨乎乎地望着老林。

"老望！开会吧！你先说一下吧！"

"哎哟！好吧！"他拖长了声调，好像在礼堂作报告似的，"今天开的是党组扩大会议。所要讨论的问题，主要是落实干部政策。现在请林局长说说吧！"

林间开门见山地说：

"经过局党组讨论并报上级批准：一、方俊夫同志任文化局党组成员、京剧团团长。二、京剧团成立临时党支部，方俊夫同志任支部书记，吴美英、权向前任支委。三、为了使权向前同志集中精力，搞好行政工作，他过去分管的落实干部政策工作，由吴美英同志担任。四、恢复李少民同志党的生活。"

会议室里静极了，人们睁大了眼睛听着。可是林间说到这里停住了，他听到方俊夫说话的声音。

"林间同志！我有这样一个意见，过去京剧团的支委都有李少民同志，应当撤下吴美英，换上李少民同志才好。"

"老方呀！就这样吧！党组为了这件事，曾反复研究多次。"望天云赶快插上一嘴。

方俊夫听了这话，知道一时半会，还撕闹不清李少民的问题。他轻微地叹了口气，低下头，喝了一口茶。

…………

望天云从沙发上坐起来，看了看手表，说：

"老林呀！今天这个会，我看就开到这里好了。至于更细的问题，可以在下边解决。今天主要是解决京剧团的领导班子问题，至于落实干部政策问题，现在仅仅是个开头。但它表示了党组对这个问题的决心。政策是党的生命嘛！……"

同志们都快要发笑了。每次开党组会、党组扩大会、局里的局务会，望天云虽说不是一把手，但他总要在会议的结尾，来个总结式的发言。今天不知为了什么，他个人也感到不满意了。不知在哪些地方，发生了矛盾，发生了不协调。他甚至听到一位同志说："算了吧！都快要下班了。"他的脸一红，才把话停下来。

林间说："落实干部政策，是件极端严肃细致的工作。对待每个同志的问题，都要实事求是地考察，不能上纲上线掺水分。散会吧！方俊夫同志！回家替我问候吴美英同志。"

他俩伸出手来，互相握着。当望天云也伸过手去的时候，方俊夫已经转过身子，挎起挎包，正和其他同志握手打招呼。望天云的手只好停在那里。他气愤地把手往后一甩，手指碰到了保温杯，"叭"的一声，杯子翻在桌子上，连茶带水地在桌面上滚动。方俊夫听到声音，马上转过身子，用手把杯子扶正。望天云对着方俊夫说了声："谢谢！"他俩面对面地苦笑了一下，就从会议室分手了。

5

下午，望天云没到局里去上班，窝在家里想点子。

每次，局里召开党组会、局务会，甚至下属单位的会议，凡是他参加的，凡是他认为某人发言有出格的地方，会后，他都要在小本本上记下来：时间、地点、某人发言摘要、问题的要害、他个人的意见。当他在小本本上写到得意的地方，笑纹就会爬到他那胖墩墩的脸上。这时，他那一对小眼睛显得更小了，显得更近了，就像舞台上的三花脸，笑着笑着，马上要打喷嚏的模样。今天下午，他有两件急事要办：一是林间在党组扩大会议上的发言，气味是那样地不对胃口。他需要静下来想一想，整理一下要点，以便有条不紊地记下来。二是他要给新到任不久的省委书记写封信。这是他的惯例。每位新到任的省委书记、副书记，甚至新提上来的省委常委、省长，他都要写封信致几句欢迎词。然后，在某个问题上（那得看新上任的人，对哪个问题感兴趣）阐述一下自己的观点。譬如，这位书记上任不久，就在省直机关县团级党员干部大会上谈了一下农村形势。他说："我是初来乍到的，对我省的形势，特别是农村形势，是没摸过底的。最近，我到农村遛了一趟，只能说走马观花地看了看。我怎么说好呢！共产党员嘛！不能隐瞒自己的观点。我看到，农村赶场的人真多呀！我们目前的农村，因为还没有现代化，还只能靠天吃饭，靠一窝蜂出工，靠人海战术。若是这样浪费劳力，农业怎么能上去呢！同志们！这样是不行的。赶场需要限制一下嘛！譬如说从五天改成十天一场不行吗？这样可腾出多少劳力去搞农业呀！还有，靠近我省边沿上的外省农村，对它们的说法是很多的。说人家包产到组了，甚至说包产到户了。这里，我们不能评论人家的是非。至于我们，还是按着省里已定的办法去抓……"望天云感到书记的这段话说得太关键了，真是踩到了鼓点上。想到这里，他的情绪有点飘飘然了。他在房间里紧走了几步，转了个圆圈，两只手在胸前紧搓了几把。这样，他的兴奋心情才平静下来。

突然，窗前响起了一阵急促的脚步声。他向外探望着。你说怕不怕人：原来窗外有个半大不小的娃崽，正追赶一只麻雀。他摇了摇头，笑了。坐下来，从抽屉里取出本子、信纸、信封，平展展地放在桌面上。然后，燃着烟，用力地吸了几口，又呷了几口浓茶。他这才闭上眼睛，在心里打着腹稿。

"林间为什么调方俊夫回来呢？"他想，"关键就在这里。"他微微地笑了，好像用脚踩住了对方的尾巴。"那是明摆着嘛！把他提成党组成员，同时兼任京剧团团长、支部书记，这样在下边好调查我的问题。一旦把问题梳成辫子，好办我的学习班，把我搞臭，让我下台。他们已经连成了一条线：宣传部是张杰，文化局是林间，下边是方俊夫。第一步，就是借落实干部政策，好发动干部、群众整人。是的，在'文化大革命'当中是搞得有点过火。但是，他们身上的确也是有错误呀！路并没有到头，看吧！"他哑巴着烟，会意地笑笑，点了点头。

"林间为什么能调回他的原班人马呢？那是因为他有后台，张杰给他撑腰打气。"望天云想到这里，他突然想起一件事情，那是新来的省委书记刚发表了限制农民赶场的重要讲话之后，张杰在一次会议上说："农村问题，不是限制赶场不赶场的问题，而是要充分调动农民的生产积极性的问题，我们在农村的一些过'左'的做法，是要改变一下才成。我认为，限制赶场，这是过'左'的做法，这样是改变不了农村面貌的。应当像外省那样，在生产上，实行生产责任制，组也好，户也好，都可以嘛。这样才能改变那种吃大锅饭的情况。"望天云想，我的天，张杰部长真有胆量，竟敢对着省委书记干，而且这也是他的老主张。过去，他说过，在边沿地区，在地广人稀的地方，我们在生产上为什么要一窝蜂呢！为什么不可以把活路包给农户呢！为了这句话，在"四清"，在"文化大革命"中，不知挨了多少次批判与斗争。现在他又来了，这不是主张单干吗？这不是跟书记唱对台戏吗？他继而想到，张杰在文艺工作中，也是唱反调的。过去他说过，现代戏要演，传统戏也是要演的。说什么我们的祖先，凡是在历史上起过进步作用的，我们就应当肯定。望天云想，你肯定什么呢？你肯定帝王将相、才子佳人吗？你肯定他们剥削人民、压迫人民有功吗？这样，不是对人民犯罪吗？难道你们这伙人，就没有错误吗？他想，这些情况，应当向上面反映，叫新来的领导了解这里的真实情况。这样，对工作不是更有利吗？

直到太阳快落的时候，望天云才停了笔。他看了看表，知道快吃晚饭了。他赶快把本本和信纸、信封放在抽屉里。然后，伸了一下懒腰，打了一个哈欠。突然，房门响起了叩门声。"我说胖子！老权来了。"他知道，那是他妻子向树芳的声音。他肥胖的身体一下子从椅子上站起来，嘴里还嘟囔着："来了！来了！"

（节选自《舞台序曲》，贵州人民出版社，1992年2月）

1993年

王鸿儒

大唐歌妓（节选）

第一章　艳遇

翰林待诏王叔文刚刚跨进节度府为他准备的房间，便不由得怔住了。

这不只因为室内陈设的华丽，气氛的温馨，那是料想得到的，他除了供奉翰林，还是东宫太子李诵的侍棋，而淮西节度使李希烈目下正是日暮途穷之际，自然要奉承着他。可是，王叔文做梦也未曾想到，这老头儿竟会让他最心爱的歌妓红红，前来为他侍寝！

昨天，他带着僮仆王英进了蔡州城。在为他接风的晚宴上，被李希烈召来陪客侑酒的营妓们，在席间歌舞助兴。在王叔文看来，她们的歌舞技艺，也大都平平。不知是否因看出了王叔文兴致不高，李希烈的另一位客人——刚从襄州逃出的山南东道节度府判官李实，睁着他那双被荥阳土窟春美酒醺得微红的眼睛，向主人提议道："李大人，早就听说府上有个歌儿唱得极好的红红。叔文兄远自越州省亲归来，何不请出唱歌侑酒，以作长夜之欢？"

"哪里，哪里，"白发皤然的李希烈放下玉箸，摇着枯瘦的双手道，"王翰林常在京师，教坊的好歌子不知听了多少，怎瞧得上咱们这僻远州府的俚歌俗谣，还是免了吧。"

"那倒不见得，"王叔文看着眼前这位叛乱数年，一度僭称"楚帝"的节度使，不得不强掩着心中的憎厌，应酬着说，"说不定此间有琪花瑶草，也未可知呢！"

"翰林哪里知道，"李希烈叹了口气，说，"鄙人在汴州时，唱得好的歌妓也有好几个。自从朝廷大军征讨，我等退出汴州，歌妓们也都四处流散。如今戴罪于此，哪还有那份调教歌妓的心思？"

淮西节度副使陈仙奇看到李希烈推诿，便笑着说："翰林先生有所不知，这红红可是咱们主公的一宝，向来不肯轻易示人的……"

"哦——"李实恍然大悟似的点了点头。这位判官原是大唐立国之初道王李元庆的玄孙，一向只知蹴鞠走马，眠花宿柳，后来以祖荫入仕。王叔文离开浙东故乡，前往蔡州的途中，就已听到传闻：山南东道节度使病逝之后，新帅未至，由李实留候，谁知他贪吝成性，刻薄军士衣食，部下密谋哗变，准备杀死他；李实听到风声，半夜缒城逃出，方才来到这邻近的蔡州。现在，在这叛而复归朝廷的李希烈面前，他的精神又抖擞起来了，当下便揶揄李希烈道："原来李大人是要金屋藏娇哇！"

王叔文不大习惯这种气氛。他原任苏州司功，主管州府祭祀、礼乐、学校、选举等事。建中年间，因为下得一手好棋被举荐入宫为翰林待诏。德宗皇帝见他人品端直，颇有学问，特许他出入东宫，做了太子李诵的弈棋老师。每日里相与往还的，多是些文人学士、名公巨卿。这一次他告假还乡是为了迎母亲回京奉养。在故乡越州山阴住了些日子，一家人便取水路北上。到达临淮之后，为了寻找他那失散多年的未婚妻眉娘，他让老家人王贵、丫鬟翠儿照料老太太顺汴水而行，约定在洛阳会合。他则往西经淮南道，入颍州、豫州，一路打探，竟未能得到半点音讯。离京之前，内相陆贽和太子李诵就曾托他在蔡州察访一下李希烈归降后的动静，而蔡州又是李希烈的老巢，也许能打听到眉娘的下落，于是他便来到了此地。不料他一连察访了两天，眉娘仍然杳无消息，却被李希烈迎入了节度府，殷勤款待；谁知又碰上了李实。李希烈胸无点墨，李实又俗不可耐，他真不知如何是好了。

这时候，坐在正首的淮西兵马使吴少诚，听了李实的话，以为是在讥刺李希烈称帝作乱，一把虬髯"唰"地戟张起来，躁怒道：

"主公，你遮掩个啥？！如今降都降了，皇上要咱们的脑袋，也留不住，还管什么歌妓舞妓？人家巴不得你死得越早越好呢！"

王叔文看到陈仙奇脸上掠过一阵不自在的笑容，他知道李希烈请降多半是这位节度副使的主意，按照吴少诚的主张，淮西军是无论如何也要坚守蔡州，同官军对抗到底的。

"少诚不可胡言！"李希烈拉下脸来，斥责着，一边向叔文赔笑道，"其实也没什么，只是红红近日照料我那尚在病中的犬子李愔，有些疲累，只怕唱不好，让翰林同判官见笑。二位大人若不嫌弃，就让她隔着条屏唱一个好了……"

李希烈说罢，向身边正在斟酒的侍儿挥了挥手，那侍儿即放下酒壶，向后院走去。不一时，随着一片笙箫的合鸣，条屏后便传来了那个令王叔文大为惊讶的歌声。

歌妓唱的是一支教坊名曲《凤归云》，也许说不上字正腔圆，后半阕中，曲意上还唱得有些松脱之处，可是那歌嗓实在太美妙了！说是金石般清脆，金石之声没有这么婉转；说是流水般甜美，流水却没有这般亮丽。这歌嗓无可比拟，就像世间再没有另一片完全相同的树叶，造化给了她这一副歌嗓之后，就已失去了再造同样一副嗓子的灵气。天啊，这是酸死人的温柔，露珠一样的清新。

一曲唱罢，李实再三坚请，李希烈方才答应让红红步出屏障，来至花厅与众人相见。王叔文抬起头来，尚未看得十分真切，那红红又早让侍儿扶入屏后去了……

李希烈这样宝如珠玉的歌妓，难道他果真舍得就这样送到他的卧室里来吗？李希烈投降之后，难道另有新图，还是仅仅让她来伴他客中的寂寞，就像一般节将那样，以此夸耀他们的风流、豪富？祸兮，福兮，一向以处事果决、多谋善断著称于同僚的王叔文，也有些拿不定主意了。

红烛高烧。嵌着云母片的月形窗下，鎏金支炉架上陈设着的一只洪州三彩焚香炉中，兰麝香烟正从十二个烟孔内一缕一缕地冒出，满室内飘散着馨香，沁人肺腑。

听见房门响动，适才坐在织锦绣榻上的红红便站了起来。烛光下，只见她乌黑油亮的长发，在头顶挽成双屈高髻。上披紫纱罩衫，薄纱下隐隐透出两只尚未发育得十分成熟的乳房。一袭石榴红裙，紧束在胸下，微微拖曳在地。裙沿下露出的高头卷云绣履，迟疑着，终于一步步踱到了叔文的面前。

她颔首敛眉，躬身福了一福，也不敢抬眼去看面前这个朝廷命官，这个正当盛年的男人，只心怯怯地颤声说道：

"老爷吩咐奴婢特来侍候大人。"

听这嗓音，叔文断定是昨日晚宴上的歌妓无疑了。

王叔文任她为自己解下披风，接过佩剑，取下鞓带，脱去了绿色官袍，然后走向墙角，在她端来的一铜盆热水里净了手。立刻，一条拧得干湿适度的暖乎乎的面巾，便递到了他的手里。叔文抹着这些天来满脸仆仆的风尘，感受到一种家居生活的舒畅，自打建中之乱，眉娘离散之后，他即对享受这种舒畅就不再存多少指望了，谁知眼下在这儿，却由一个陌生的歌妓给了他。在这舒畅里，竟又悄悄地爬出一点令他忐忑不安的向往。

王叔文在一只檀木雕花绣墩上坐下来，他捧着一只雕花玻璃杯，呷了一口红红刚沏好的蔡州青茶，抬眼去打量她。这一下他可看得真切了，她的脸是椭圆的，下部稍窄，但很丰润。肤色白里透红，恰如一朵刚刚绽开的芙蓉。精致的鼻子，小巧的嘴唇，微微地翕张开，欲言又止，若有所待。长长的弯弯的眉毛下，那双杏核似的眼睛，有如璀璨的星星，晶莹的露珠。四目一碰，她的目光便像一只胆怯的小兔，迅速地逃开了，而两颊的红晕，便立刻向耳鬓下弥漫开来……

这不像是一个久擅此道的歌妓。王叔文沉吟着。那么这样一个色艺皆精的女子，是怎样落在李希烈手里的？他不由得暗暗地为她抱屈了。

"你的歌儿唱得可真好，红红。"他放下茶杯，称赞道。

"真的吗？您喜欢吗？大人！"红红顿时高兴起来，一点没有歌妓们惯常的客套，反而十分自信地说，"别说申、光、蔡三州，就是山南东道、汴州、滑州、洛阳府，也没有唱得过奴婢的。您相信吗？大人！"

王叔文点了点头，红红便嘻嘻地笑了。也不待叔文赐座，她便大大方方地在榻前坐了下来。王叔文吃了一惊，暗想道：这可不是个普通的奴婢。难道李希烈对他真有所求？！

这一转念间，红红已自觉到她的失礼，忙站起身来，脸上出现愧赧，一面问道："大人困倦了吧？上床歇会儿，好吗？"

这一招果然来了。王叔文瞧着她转过身子去拉开了锦衾，脸色忽地阴沉下来。本来，大唐文武官员、文人学士狎妓宿娼，朝廷历来不禁，也没人把这视为伤风败俗之举。他以朝廷官员的身份，途经蔡州，节度使让歌妓来侍寝，也实属寻常。但是，他是为寻访眉娘而来的，何况还有内相陆贽托付给他的使命，他哪有狎妓的兴致？适才那一点疑虑，又将他对这女孩子的一点好感全然破坏了。如果真像他猜想的那样，那么，这一夜，他可真得当心了。

"请吧，大人！"红红回过身来，指着整理好的床铺，依然高兴地说道。

瞧着她那一脸稚气未脱的神气，天真无邪的笑容，本来想威逼她道出实情的王叔文，又迟疑起来。

他转过身子，让自己镇定了一会儿。怒气渐渐平复后，他才回过头来，将红红叫到身边，让她在绣墩上坐下，然后对她正色说道：

"红红，你说实话，李希烈为什么让你来我这儿？"

红红几乎想都未想，便答道："老爷怕您寂寞呀！"说着，她仿佛从王叔文眼里看出了憎厌，低下头来，轻轻扭动了一下身子，继续说："大人不是很喜欢奴婢吗？"

"你是个好姑娘，"王叔文用和蔼的口气说道，"只是，你想想，你家老爷那么疼爱你，轻易不让人一见，如今却让你来我这儿，这会是无缘无故的吗？"

红红点了点头，看着叔文，猛然醒悟道："我想起来了，大人！昨儿夜里，老爷上我们公子屋里探病。我正在隔壁房间里煎药，听老爷说，要请大人回京之后，帮忙打通关节，好让公子继任节度使哩！"

王叔文释然了。红红的话无疑是可靠的，李希烈算是看错了人，一名歌妓岂能买通堂堂东宫侍弈？难怪这藩镇纵然一度称帝，到头来也难成气候。他嘲笑李希烈这个愚蠢的想法，一面却由此联想到藩镇们这些年来不仅列土封疆，拥兵自雄，与朝廷对抗，后来更发展到要求世袭，一旦皇上不允，即发动叛乱的往事了。为了平息李希烈的叛乱，朝廷发十镇之兵，数万将士伤亡，才将他逐出汴州，撵回蔡州，如今又不得不上表输诚。在这种情况下，德宗皇帝正在考虑内相陆贽改派节度使的奏请，哪里还能让他子继父业，继续割据一方呢？

眼前这个歌妓，自然是无辜的。可是王叔文却不能让她继续在这时逗留下去了。好在天黑不久，窗外，月色又是很好的，他可以让在屋外值夜的卫士送她回去。

"红红，"他几乎是以一种请求的口吻对她说，"你们老爷至今健在，离卸职还早。再说子继父业，想世袭节镇，朝廷也是不会应允的。你还是回去吧。我明天就将离开蔡州，日后有机会，再来听你的歌儿……"

他看见红红的脸色倏地变了，嘴唇随之便哆嗦起来。王叔文担心自己经受不了这个少女的纠缠，会改变自己的主意，便背过身去，向门外叫了一声：

"送客！"

红红离去之后，王叔文在几案前坐了下来，他想把几天来在蔡州察访的情况梳理一下。现在看来，李希烈上表"输诚"，很可能是个权宜之计了。他极有可能是在汴州战败之后，为了解十镇之围，赢得时间，以图东山再起，方才投降朝廷。现在，他甚至连身后的事都做了周密考虑和安排。万一皇上拒绝让李愔承袭淮西节度使的职务，那么他再度叛乱便有了口实。这样看来，内相陆贽的估计是正确的：十镇之兵不该撤退，否则，一旦事发，东都一带，武备空虚，那就难免再次酿成大祸了。

但是，皇上却采纳了判度支裴延龄的主张，不仅解了蔡州之围，并且让十镇大军陆续撤回了各自的防地。现在，山南东道发生了兵变，蔡州四近，只有淮南节度使杜佑的武宁军及陈许节度使范希朝的忠武军还可堪一用。这样一想，他不能不考虑改变返京的日程，决定明日取道陈州，亲赴忠武军中，同这位慕名已久的老将军一晤，并乘便去看看他的朋友——任节度府掌书记的韩泰……

新出现的情况，驱走了他的睡意。他掀开案头上王英早已为他备下的一方端砚，抽出一支紫毫，在墨池里蘸了蘸，略一思索，便给太子和陆贽分别写了一封书札，他想让内相和太子早些知道这里的情况，以便奏请皇上，做好准备，防患于未然。

他将烛台挪近了一点儿，将书信封了，放进公文袋，准备明日离开蔡州之后，让驿马驰送京城。做完此事，他方才静下心来，取出一册随身携带的《晋书》，掀至一百一十四卷，读起《王猛传》来。

王猛是他的先祖。叔文虽是越州人，祖籍却是北海，同前秦皇帝苻坚最得意的这位辅弼宰臣同宗。每读《王猛传》，王叔文都深以祖上有这样一位虽出身贫寒，却以自己的聪明才智辅佐苻坚，成就了一世帝业的人物而深感自豪。是的，同乃祖一样，叔文既无门荫，又无功名，他起自蓬蒿，如今却能得到朝廷的重用，因此，他一向以王猛为楷模，渴望兼济天下。时过境迁，风俗大变，王猛扪虱而谈当世之事，旁若无人的那种魏晋风度，他读起来虽然惊叹有加，却以为不足为训，唯有乃祖的勋绩，令他欣羡不已：

　　……猛乃受命，军国内外，万几之务，事无巨细，莫不归之猛。宰政公平，流放尸素，拔幽滞显贤才。外修兵革，内崇儒学，劝课农桑，教以廉耻，无罪而不刑，无才而不任。庶绩咸熙，百揆时序，于是兵强国富，垂及升平，猛之力也。

　　每一次读至此处，王叔文周身的热血都会沸腾，自安史之乱后，历肃宗、代宗二朝，天下早是千疮百孔，大唐的盛世，已不复存在。

　　自本朝始，德宗皇帝继位不久，先是吐蕃、回纥等侵扰西北边境，继而又是藩镇相继叛乱。建中年间的泾原兵变，竟迫使皇上出走奉天。好容易收复了长安，而蔡州一带，祸乱又起。王叔文这次还乡，沿途真是怵目惊心：一出京畿，无论关中、中原，所到之处，只见城郭残破，十室九空，田园荒芜，哀鸿遍野。民生凋敝如此，怎不令人黯然神伤……当此之际，他恨不能效法王猛，挽狂澜于既倒，一抒怀抱。可是九重之内，却是阉竖当道，佞臣弄权，皇上越来越宠幸这批小人，有大功于朝廷的内相陆贽，尚且见疑于皇上，何况他这难以干预朝政的翰林待诏？！每念及此，他都禁不住心急如焚。所幸在东宫十载，与太子李诵时相过从，他看出这是一位有大志的储君，而太子对他也十分信任。那么，总有一天，他当能舒展襟怀，尽平生所学，为君之股肱，造福天下。"坚常从容谓猛曰：卿夙夜匪懈，忧勤万几，若文王得太公，吾将优游以卒岁！"当他读至此处，又恍然觉得符坚对王猛的称赏，便是太子对他的赞语了。他不以为这是虚妄：皇上垂垂老矣，辅弼新主的时机，终将到来。

　　他的念头转到此处时，一副清癯然而坚毅的面影便在他脑海中浮现。这是渭南主簿刘禹锡。这番话便是刘禹锡在渭河边为他饯行之时，私下对他说的。禹锡字梦得，贞元九年进士及第。由梦得的引见，他与另一位执友翰林待诏、太子侍书王伾还结识了梦得的同科进士蓝田尉柳宗元、浙东观察判官凌淮、仓部郎中陈谏、华州郑县尉程异，以及新科进士李景俭、终南山隐士罗令则等人，这都是一批博学多才、亟欲革除弊政的热血新进。他将他们陆续引荐给太子李诵，颇得东宫的赏识。此刻，他们的声音面容，指陈时弊时的慷慨激昂之情，又都纵然呈现于眼底了，他忽然十分地怀念这批有着共同抱负的青年士子，提起笔来，想赋诗抒怀。他略一凝神，便挥笔写道：

　　月色清如许，悠悠旅思多。
　　孤城临蔡水，中夜见星河。
　　……

他刚写下这几句，一阵呜咽之声即从月形窗外传来，将他的诗思全然打断了。起始时，他还以为是风动竹林的声音；细听，才知是有人在哭泣。他听得出，哭的人像是怕人听见，偏又禁不住满心的哀戚。他惊诧了，放下笔，站起身来，向窗外看去，明亮的月光下，却又不见人影。他索性拉开房门，步出屋外。正厅前，庭院里，值夜的卫士如旗杆一般笔立。见翰林披衣外出，便有二人远远地跟上，看他一直蹅进了屋后的竹林。

王叔文循声而去。在竹林后面，绕过一座假山，在一丛月季花前，他看见了那个窈窕的身影，分明是适才被他逐走的那位歌妓，她正拥了件朱红大氅，双手掩了面庞，在嘤嘤地啜泣。

他怕惊吓着她，轻轻地干咳了一声。

她抬起头来，斜睨了他一眼，越发哭得伤心了。

"红红，"他说，"你为什么不回府去呢？这样站在风里——"

"我怕什么风呢？"红红停了哭，侧着身子，好像在同月亮讲话似的，"奴婢的命原是不值钱的。老爷的事办不成，怪罪下来，还不是个死吗？……"

说着，她又捂着脸哭了。

这倒使王叔文彷徨无助起来。他劝也不是，不劝也不是，站在那里，心里有些后悔：李希烈既然有心以她为钓饵，达不到目的，怎会善罢甘休？我自然可以一走了之，他们可是会迁怒于她的呀！为了儿子的前程，李希烈愿意抛出最喜欢的这名歌妓；纵然这一次不会伤害她，有一天将她蹂躏够了，她的结局可想而知。这李希烈一向以杀人为乐，当初攻汴州的时候，叛军驱赶居民运木头沙土填护城河，百姓行动稍迟，他一怒之下，遂令士兵将百姓推入河中，顿时尸积如山，哭声盈野。藩镇之中，以姬妾、家妓殉葬的事也时有听闻。而这个红红，那么年轻、美丽，有一副天生的好歌喉，正是一块混沌未凿的璞玉，难道也只能接受这样残酷的命运？

也许是听见了他轻微的喟叹，红红双膝一屈，在他的面前跪下了，一面便恳求道：

"大人，您就要了我吧。我唱歌儿给您听，侍候您，我什么活儿都会干……"

王叔文将她扶了起来，为她拭净泪水，然后向她点了点头。只能这样了，他想。

王叔文将红红领回卧室，让她盥洗过了，在梳妆台前坐下，便踱至她身后，看她仔细地着起妆来。

红红对着一面海马葡萄铜镜，先在额上和两颊淡淡地拍了一些香粉，然后从一只玉盒内勾了一点口红在双唇上一点，晕开，双唇顿时变得更娇小浓艳，如一粒熟透了的樱桃。

"这叫小红春，"红红回过头来，指着樱唇问道，"老爷，喜欢吗？"

王叔文一惊，他仿佛听见另一个声音在叫他，那是眉娘的声音，不过，不是称他

"老爷"，而是叫他"十二郎"。在越州王氏家族的兄弟中，他排行十二。眉娘当初也是这样指着朱唇问他的："十二郎，喜欢吗？"

他点了点头。

红红高兴了，她返身取了眉笔，站起来，说："那请老爷为奴婢画个眉吧，可以吗？"

王叔文犯难了。他素来不谙此道，平生也仅为眉娘描过眉，那又是多少年前的事了……他看红红那么欢喜，却不好让她失望，便接过了眉笔。

红红以她的面额迎了上来。这样，她姣好的面庞，便与他十分亲近了。王叔文暗暗纳罕，在这张面庞上，他仿佛看见了眉娘的面影。好像！他与她相隔得这么近，能够听见她略带急促的喘息，感受得到她富有青春节律的心跳。一股少女特有的香气悠然飘进他的鼻腔里，他不觉有些痴迷起来。

他提起眉笔，手指有些轻微的颤抖。他在她眉端的上方，左右各落下一笔，分别斜挑上去又都渲染开来，一双中唐时候盛行的桂叶阔眉便出现在红红那双美目的上方了。

红红揽过铜镜一瞧，不禁沉醉在自己的美丽中。她总算有了新的主人，并且他会把她带到长安去，永远离开这个烙印着她的痛苦的地方，让一片全新的生活在她眼前展开。她能不感激他吗？她应该打扮得漂漂亮亮的，让他看了喜欢。就从这个夜晚开始，她将是他的人了。她鉴赏着他为她描成的桂叶眉，好高兴，侧过脸去，便在他的颊上吻了一口，放下铜镜，羞怯怯地逃开了。

有一瞬间，王叔文真想将她揽进怀里，亲她，抚摸她，接下来也会出现那些温情缱绻，令彼此销魂的节目。他没有这样做。相反，这一刹那间的冲动，令他惊讶了。自从眉娘在他的生活中消失以后，他就以为他的情欲已经死了。多少年来，在长安士大夫放浪不羁的生活风气影响下，他也曾陪着同僚们、朋友们，涉足过平康坊的"风流渊薮"，但他仅止于听歌看舞或让妓女们行令侑酒。而倚红偎翠之类，他实在提不起兴趣，因此常常招致妓儿、鸨母们的嘲笑、冷落，使同僚不快，引起物议。但他依然我行我素，不想再同第二个女人有肌肤之亲。如今，他才发现他的情欲其实还活着，只是，它为爱情长期失去的痛苦所麻木了。现在，红红的一吻却唤醒了它，刚刚昂起头来，却又被他强制着压抑下去了……

现在，占据着他的心的，是一种怜悯之情。他要搭救她。正因为这样，他不能占有她，否则，他便是乘人之危，与李希烈无异，与禽兽无异了。他为他悟到这一点而高兴，尽管压制情欲不是一件轻松的事，他还是为了能够战胜自己而庆幸。

红烛烧残了，红红已经续上了另一支，烛光明亮起来，他发现她正立在案头，捧着烛台，凝神瞧着他的诗稿。

王叔文更觉怪异了，他目光定定地望着她。只见她抬起头来，放下烛台，有些不安地说：

"老爷，这句'中夜见星河'的'见'字，换个'淼'字，不是更好吗？"

王叔文心中一紧，"中夜淼星河"，他沉吟着，叫了一个"好"字，惊喜不已。真想不到，她竟然还工诗赋！难怪，她的歌儿会唱得那样好，她那与寻常歌妓不同的言行举止，似乎也都得到了合理的解释。

他趋步上前，握住她的胳膊，急切地问道："红红，你告诉我，你要说实话，你认识一位叫作眉娘的人吗？她要是活着，该有我这么大年纪了。长得很像你，真的……"

红红茫然地一笑，摇了摇头，说："奴婢不认识。大人，奴婢不知道谁叫眉娘。"

王叔文失望地松开她的胳膊，说："夜深了，红红，你自个儿睡去吧！"

"您呢？大人！"她听出王叔文的不悦，看着这房中仅有的一张床，惶惑了。

王叔文在案前坐了下来，说："我得把这首诗弄完。你先睡，听话。"

红红不敢拂了他的意，只得卸衣解带，上了床，往里挪挪，盖上锦衾，不多一会，便睡去了。

第二日早上，她醒来时发现王叔文不在身旁。他一夜没睡？或是伏着几案打盹呢？她忐忑不安地起了床。正梳洗着呢，王叔文回来了，说是刚去了节度府，他找到了李希烈，李希烈答应把这歌妓馈赠给他，并且为她解除了乐籍。现在，她是个自由人了……

红红惊得目瞪口呆。半晌，才喘过气来似的说："大人，这是真的吗？大人不是答应要了奴婢吗？怎么又……"

"跟着我吧，姑娘，"王叔文为她拢拢鬓发，说，"今后，你就叫我先生好了。外面车马都已准备停当，我让家人王英先送你去洛阳与老太太见面，你们一块儿回长安；我到陈州耽搁些日子，再来追赶你们……"

红红喜从天降，叫了一声"先生"，便在他面前跪了下来。她恭恭敬敬地叩了三个头，爬起来，正好节度府已派人送来了她的衣饰和用物，她便高高兴兴地跑进内室换装去了。

为王叔文饯行的宴会结束之后，已是辰时时分。淮西节度使李希烈率领陈仙奇、吴少诚等一干将佐僚属为王叔文等送行，直送出城北十里，方才折回。家人王英同李希烈派出的一小队卫士护送红红往西北方向而去，王叔文立马道旁，招手向红红道别。只见她骑在一匹白花马上，头上戴顶浑脱皮帽，身着翻领窄袖胡服，腰束革带，俨然一个胡族少年的打扮。瞧着她渐行渐远，王叔文又禁不住心摇神驰起来……

尾声

元和元年的春天，长安满城的榆柳刚刚吐出嫩芽，长江上游的渝州，早已是桃李芬菲、春花烂漫的时候了。

渝州地处长江与涪江二水之间，虽是州治所在，其实是个不满千户的边鄙小城。王叔文贬来渝州之后，在江边赁了一所房屋住下，每日乘了马，顺着盘山铺就的青石板路，去州廨中坐衙，司户不过掌些户籍方面的琐事，他有的是空闲的时间。刺史邓林，以父荫入仕，曾在大理寺任过主簿，与王叔文原就相识，对叔文遭受贬谪又十分同情，从来不曾难为过他。如此一来，王叔文的日子倒也容易打发。

闲暇之时，他喜欢领了蕊娘和王英，在城外的山间游览；有时候则默默地坐在渡口，看对岸的纤夫拉船。逝者如斯，注视着浩荡东流的江水，他体味到孔子那感叹岁月易逝、人寿几何，渴望有所作为的心境，一时又禁不住热血沸腾。甚至，在夜色朦胧的晚上，他睡梦中会惊起，以为是他悬挂床头的那把佩剑在琤琜作声。他披衣起床，步出门外，却只有繁星在天。近处有松风在响，远处是江涛澎湃……

他一声喟叹，往事历历。他怀念起刚刚过去的如火如荼的岁月，怀念听说已经移居南内的太上皇，怀念被贬谪到各地去的朋友……他想去江边走走，却有一个声音叫住了他：

"先生，您去哪儿？回屋去吧，外面风凉……"

又是蕊娘。不知什么时候，她就已不声不响地来到他的身边。这已有过不知多少次了。其实，打从离开长安，走出都门开始，她就这样，像影子一般追随着他。那一次，直到过了剑阁，负责发遣王叔文的驿丞返回关中之后，她才赶上前来，与他在驿馆中相见。

"你毕竟来了，"王叔文握着她的双手，不知是喜，抑或是忧，他说，"叔文以戴罪之身，发配蛮荒之地。蕊娘，只怕这一去会误了你的终身……"

蕊娘说："什么都不要说了，先生。您要是觉得蕊娘还不配做您的侍妾，那么，蕊娘可以仍旧做您的学生，做您的侍儿……"

"你为什么不说，做我的女儿？"王叔文叹息着，说道，"你瞧，我都已经老了……"

"不，"蕊娘挣脱叔文的双手，摇了摇头，说，"先生，这是不可以勉强的，正如我必须离开韦执谊，我不能欺骗先生，也不会欺骗自己：我爱先生。从蔡州那一夜开始，好几年了，只要一想到您，蕊娘的心就会发颤……"

她说着，喃喃地，仰面朝天，早已泪流满面。叔文好感动，多少年来压抑着的情感，如同地底的岩浆，一旦喷发，即不可阻挡，伦理、年龄、失意及至死亡……都会为这烛天的大火化为灰烬，剩下来的，便只是爱的交融，同生共死的欲望。

他将她拥在怀里，亲吻着她的面庞。

他们以爱的琼浆相互滋补彼此的生命，这使王叔文在焦灼中得到慰藉，在动荡中寻到了一处避风的港湾。他好像一只负了重伤的猛兽，如今在深山老林中悄悄地养伤。她的爱情使他身心遭受的重创得以很快地愈合，他开始随时打听从京城里传来的消息，思索着一百四十天新政的教训，甚至想象着种种起复的可能……

但是，一个突然的事变粉碎了他全部的梦想。

那天，他从驿卒送来看的一份宫中的邸报上得知，罗令则在朝廷举行祭天大祀之后，眼看送德宗灵柩至崇陵安葬的日期就要到来，便驰赴秦州，鼓动刺史刘澭乘机起兵靖难勤王，并声言他已联络的各地人马不下十万，一旦秦州兵动，即纷起响应。他们要乘宪宗及大臣们都前往崇陵之际，一举攻入京城让顺宗皇帝重登大宝……可是，刘澭因王叔文等人的贬黜已经吓破了胆子，他表面答应罗令则的要求，暗地里则派兵围住了罗令则居住的驿馆，将其逮捕，连夜送往京师。朝廷闻讯大哗，大理寺对罗令则一连勘问了两天，用尽所有的大刑，弄得他死去活来，也没有得到半点他人与之谋逆的口供。正月初八这日，宪宗即敕命罗令则斩首于西市。

时隔一天，太上皇李诵即薨于兴庆宫。

据刺史邓林说，处死罗令则的当天，有人在御沟中发现了内侍李忠言的尸体。

邓林推测说，太上皇徙居兴庆宫后，一定感到很后悔，于是让李忠言设法出宫联络，找到了正在伺机勤王的罗令则，于是有了这一场未遂的政变。

王叔文不置可否。但他明白，李诵的猝死一定与罗令则的"谋逆"有关。而今，朝廷中早想置他于死地的老臣、大太监们这就有了口实了。

昨天，他与蕊娘在屋前的一株枯树下对弈。开局后不久，他经常使用的一招杀法凌厉的攻势竟被蕊娘一下子拆开，然后她不慌不忙，在中腹补棋，双方渐渐拉近平衡；谁知他仿佛走神似的，一个不慎，竟让蕊娘的黑子侵削了白空，吃掉他一子，遂成六处空目。蕊娘侥幸取胜，高兴得拍着手儿，又蹦又笑。这可是从未有过的事情，连站在一旁看热闹的王英，也大感蹊跷。

王叔文苦笑着，以为这是不祥之兆。果然，今日早上去州衙应卯之时，邓林便告诉他：有驿马来报，中使刘士元将赍旨来渝，昨日已到璧山，离此不过半日的骑程了……

这当然是为了王叔文而来的。回到家中，他打发蕊娘和王英去十里外的碧云庵进香。这原是前些时候就说好了的，这一天正好是眉娘去世半年的日子，他们将去为她祈祷灵魂的超度。王叔文说他午后衙中有事，便将这主仆二人送出了家门。

现在，他可以来做自己最后要做的事情了。

他拉开卧榻一侧的壁橱，取出一册线装的纸本，一页一页地检视着，眼前重又升腾起过往的烟云。这是他来到渝州之后，用了数十个夜晚，每当夜深人静之际，就着暗淡的灯光写下的一册关于新政的实录。他是知道的，从来华夏的历史，大抵是成则为王，败则为寇。一百四十天新政的失败，日后必定会被史家斥为"乱政""窃国"的由头。新政推行中尚且有种种诽谤的流言，天长日久，他们这批人岂不被人视作"国贼""寇仇"？不管怎样，他要为后人留下一段真实的史料，既不用钦定，也无须刊行。他照实写来，相信能为史鉴，于后人有用。他读至最后，被近来深思熟虑而得出的结论所深深感动。

是的，他们所从事的事业充满对天下、君国的热爱，耿耿忠心，日月可表。他们不愿死守祖宗成法，行大中之道，兴利除弊，一心为了大唐中兴，他们功不可没。但是，他们把改革成功的希望完全托附于皇上，他们过分轻视了尊故随俗的传统势力。他们违时背势，只知进击，却忽视了防守，仓促上阵，在条件并不成熟的情况下急于推行第二步新政，致使各种力量纠结起来，横亘在他们的面前；他们自视甚高，以为敕令一出，便可扭转乾坤。不说普通百姓，满朝大臣之中，真正同意新政的又有几人？！结果他们是这样孤立无援，一旦失去皇权的屏障，立刻就遭受灭顶之灾……太多了！他至今仍不能解除的那些困惑。普天之下，莫非王土。皇权至高无上，做臣子的，欲行新政，不靠皇上靠谁？！对武元衡、窦群的打击和排斥错了吗？韦皋求领三川是否可以先答应下来，以为权宜之计？他是否因为独断专行而导致了与韦执谊的交恶？他们应该怎样才能摆脱那种腹背受敌的处境？……

这一切，是他解答不了的，那就像屈原的《天问》一般，留给后人索解去吧。他合上册子，坐到案前，提起笔来，在封面上端端正正写下了"永贞实录"四个大字；然后从床头取下一只平日准备好的铁匣，打开来，将册子装了进去，上了锁，在齐口的四面都打了蜡；然后提了一把镢头，来到院子里，在橘树下掘了一个深坑，将铁匣埋了进去，盖上土，踩实，又撒了一些草屑，看不出有什么异样了，他才轻轻喘了一口气。

他在橘树下坐着歇了一会儿，便听见院外有一阵人声的喧哗。他抬起头来，越过院墙可以看到高高的石板山道上，来了一乘凉轿。轿上有一个身着黄衣白衫的人影，一队神策军在前开路，他知道时候到了，便站起身来，返身走进室内。

刘士元果然赍来了宪宗皇帝敕死王叔文的圣旨。但是，再不用他多费唇舌宣敕了，他跨进堂屋时即已发现，王叔文已经倒在地上。他日常所佩的那口青锋宝剑，还握在他的手上，血正从他的颈下涌出，那如炬的目光直射太监，好一阵子那两道光芒才渐渐熄灭。

一代英杰就这样死了。他的遗体后来被蕊娘和王英埋葬在碧云庵后面的山上。蕊娘不久便在这庵中削发为尼，陪伴着王叔文的陵墓。每年到了他的忌日这天，附近的百姓便听见有人在坟前为他弹奏琵琶，唱这儿从未听过的教坊名曲。有人说，那就是庵中那个尼姑唱的，但后来那尼姑死了，到那一天，那琵琶声、歌声依然在响。

渝州的人觉得很怪，不知从哪一年起，也不知是谁叫开了头，就把这座山称为歌乐山。歌乐山，真的，有歌有乐。过了一千多年，有人在那一天的那一夜，走过山下的时候，说是还听得见这歌乐的声音，只是因为年代久远，江上轮船的汽笛声太响，而附近工厂的马达声不绝，加上松风、涛声，需要屏息凝神，细细地分辨，方才可以听见……

（节选自《大唐歌妓》，贵州人民出版社，1993年9月）

1994年

曹雨煤

原　情（节选）

第一章

入夜，经过一天的喧闹和繁忙，疲惫的鸡场坪小镇，方才静静地躺下。它躺在一条大河和一条大路之间。大河叫鸡场河，环绕小镇，流向湄江；大路叫鸡场路，连接县城与区乡。小镇既有城市现代文明的时髦，又有乡间古老传统的风尚。人说鸡场坪是经商的码头。

夜深了。电厂早已熄火，闹市的街灯也都像瞎子一般。鸡场坪在夜色中沉睡。

河边一间瓦房屋里，窗上还亮着昏黄的油灯。远远望去像渔火，不明不暗。黑夜里，这昏黄的灯光，使小镇显得格外宁静，如同蒙上一层神秘的面纱。

屋里有娓娓动听的说话声。

"睡着了？"床上的女人问男人。

"嗯。"男人用鼻子哼一声，像是没睡着，又像是刚睡着。

"要说做生意啊，人家那地方才叫真正做生意哩！天天像赶场，到处是场坝，比起我们鸡场坪来，啧啧，一个天上，一个地下……"说话的女人叫素贞，今晚她絮絮叨叨没个完，上床后嘴也没歇过，一个劲地对男人喜哥摆（聊）这摆那，"人家那地方找钱实在容易，连那些老奶（老太婆）都能找钱，卖葱姜蒜，闭起眼睛一天就好几十块……"

喜哥躺在被窝里不吭声。听他女人不厌其烦地摆，既不像摆龙门阵，又不像拉家常，乏味极了。

"那地方的人生意做精了，哪样东西都卖钱，几块癞石头，几把烂草草，都有人掏钱买。一只猫猫卖五六十块，天！脑壳想空了！我看二天（以后）也不用喂猪了，养猫猫下崽，比养猪划算……"

素贞还在绵扯绵扯（拖沓）地摆，越摆越展劲（起劲）。喜哥仰面躺着，不搭腔，也不动弹，任凭女人在床那头细声细气，自言自语。

"以后我们也要学精些，不能太憨了！人是活的，生意也是活的，不要在一棵树上吊死，你说对不？"素贞见喜哥半天没搭理，竖起耳朵听动静，"哎，你听没听？"

"嗯。"喜哥又哼了一声，像是在听，又像是没听。

素贞又唠叨开了："当初要是不从乡下出来，还没有今天这样子哩！生意，生意，全靠心计。人家那地方做生意的人，活得很！今天卖这个，明天卖那个，哪样赚钱卖哪样！有个老者想得更稀奇，养了几条大公狗，说是外国种，专为城里那些牵狗上街的漂亮女人和有钱男人的母狗'服务'……你晓得'服务'啥？"

喜哥没回答，他也回答不上来。

"说出来笑死人，"素贞自己先笑起来，黑暗中她也顾不得害羞，讲着粗话，"就是为母狗交配了嘛……一次要给上百块，你看这鬼老者精不精！我看我们脑壳也要多盘算盘算，不能老守在这屁股大的地盘……"

喜哥翻了个身。他的尿胀了。

"哎，我出去半个多月，你生意做得咋样？没亏吧？"

"嗯。"

"又嗯，嗯！嗯哪样？"素贞有些不高兴，"你到底听没听呀？我嘴都说干了，你嗯啊嗯的，瞌睡来了吗？"

"嗯。"

"咳，你这背时的！"素贞没好气地用脚碰喜哥的嘴巴，嗔骂道，"我不在家，你话都不会说了，憋成哑巴啦？"

喜哥动都不动，也不吭声。

素贞顿了顿，从胸脯摸出项链电子表看了看。这是新买的时兴货，只花了八块钱，又便宜，又新潮，按一下小灯还会亮。

"哟，十二点过了！"她伸直两条腿，浑身放松，"睡得了，睡得了……"

她不再说话。喜哥也安安静静地躺着。

夜，静悄悄的，听得见鸡场河的河水流淌，像哼着缠绵的催眠曲。

"喜哥……"素贞闭上眼睛，细声细气叫道，"把灯吹了吧……"

煤油灯就搁在素贞床边的木箱子上，她叫喜哥过来吹灯，就是要他睡到她这一头来。往昔她都是这么叫的，喜哥也都是这么过来的。

喜哥慢腾腾从被窝里爬起。他没有爬过去吹灯，却下了床。

"你干啥呀？"素贞柔声柔气问。

"屙尿。"喜哥瓮声瓮气回答。

"懒牛上场屎尿多……"素贞骂了一句，又闭上了眼睛。

喜哥光着膀子走出门。外面乌漆麻黑的，他懒得往后面的茅厕跑，就在门口褪下了裤子。他打了一个寒噤，把憋足的一泡尿，刷刷地撒在墙脚边。

素贞在床上听到响声，又骂了一句粗话，舒了一口气，仰面躺着。

她今天好高兴，话也特别多。吃晚饭的时候，她就忍不住在饭桌上摆了一大堆外面的新奇事。一顿饭吃去两顿饭的工夫。摆这摆那，把喜哥都摆傻了。他一句话也不说，随她摆，一直摆到上床。

半月前，她搭乘熟人的货车，跑了一趟省城，今天下晚才拢家。这回算是开了眼界，见了大世面，一肚子的话三天三夜也摆不完！

三年前她从桃溪乡到鸡场坪来做生意，乡亲们都说她胆子大，野马无笼头。哼，现在看来，她这点胆子，比起外面那些女人来，只算得上骑猫屁股的角色，人家才叫真正的胆大骑龙骑虎哩！

小生意赚大钱，大生意抖上天。这话一点不假。她在鸡场坪做豆腐生意，不越线的小生意，已经积攒下装满两坛子的钱了，早就是个"万元户"啦！她没把钱存在银行里，财不露白，保不得险的，晓得哪时哪个政策下来，银行里的钱都归了公家，白辛苦几年。她把钱裹了一层又一层，窖在桃溪乡家中的园子里。

这回出去一趟才晓得，那有多憨哟！人家把死钱变活钱，一个变两个，变三个，像滚雪球，越滚越大。自己却把活钱变成死钱，越变越死，越死越不值钱，到时候三个变两个，两个变一个！实实在在的憨哟！

她打定了主意，要把死钱变活钱，小生意变成大生意！窖在园子里的那些钱，也该告诉喜哥了，不再瞒住他。以前没做夫妻可以，如今是一家人，啥事都该明打明！还藏啥？瞒啥？人都不分了，还在乎那些钱？

素贞在路上就想好了，过一阵子同喜哥到桃溪乡家里去，把窖在地下的坛子刨出来，取出钱两人商商量量做生意。她想到喜哥见了那么多钱，不知道会高兴成啥样呢！一定傻得连话都不会说了。

喜哥提着裤子回屋，钻进被窝。他背朝外脸朝里，侧起身子睡下，一声不吭。

素贞见喜哥没过来，微微睁开眼："你咋不吹灯呢……"

喜哥连哼都不哼一声了，一动也不动。

"你瞌睡硬是大……"素贞用脚勾他的膀子，"哎，你晓得我有多少钱？"

喜哥没回答。

"别睡，别睡，"素贞拿磕膝头（膝盖）掀被子，麻闹（骚扰）他，"明天晚些起来就是啦……"

喜哥拿被子蒙住脑壳，仍旧不答理。

"睡死过去啦！"素贞有些生气，骂了一声，赌气把背一弓，被子裹了一大半。

她好扫兴。一晚上只听她摆，嘴都磨破了，没见喜哥有啥反应，看不出他是高兴还是不高兴，木头人一样。她兴致勃勃摆谈外面的热闹事，他却冷冰冰的不吭声。剃头挑子一头热，这是咋回事？

素贞叹口气，不再说什么。

想了想，她又觉得自己不该多心。喜哥就是这个脾气，三闷棒打不出个屁来。一天到晚只晓得埋头做活路，从不同人多言语。家里事全由素贞做主，是个老实男人。

素贞看上他，图的就是他人老实，身强体壮，永远有使不完的劲。他干起活来像头牛，百把斤的担子不用肩挑，两手一提就走了。

旁的女人总喜欢找一个比自己能干的男人做丈夫，哪怕管住自己也乐意。素贞却不，她知道自己能干，愿意找个"炉耳朵"的男人，像喜哥这样。她喜欢喜哥。

在桃溪乡素贞就是出了名的女人了。她在场坝街做黄豆芽生意，没几年就冒了尖。她性格放得开，能和各种人交往，笑嘻嘻的，甜蜜蜜的，大大方方。由于她人长得标致，抽条个儿，鹅蛋脸，一笑两个酒窝，大大的眼睛黑是黑，白是白，像水里的月亮，加上买卖做得活，手头有不少钱，背地里没少被人议论，特别是街上的男人们，眼睛总不离她身，称她"豆芽西施"。小伙子见了她眼馋，有事无事围在她身边转，天天买她的豆芽，巴结她，向她献殷勤。能娶她做老婆，那真是一辈子的福！

但是，桃溪乡街上的那些小伙子，素贞一个也看不上眼：不是假装斯文，就是母里母气，乡不乡，城不城，倒土不洋的。她哪能跟这样的男人生活在一起？还有就是一些流里流气的人，见了她皮笑肉不笑的，两只眼睛总盯着她胸脯，贼溜溜地看。她见了心里就恶心，癞蛤蟆想吃天鹅肉，她能嫁给这种人？

打她主意的人倒不少，想吃豆腐的浑小子也没断过，但就是没人敢真动手。一是素贞本人见过世面，脸上和气心里泼辣，不容易从她身上占到便宜。二是素贞有两个很有后台的姐姐：大姐素芳嫁给桃溪村的党支部书记，二姐素华嫁给桃溪乡的副乡长。有两个当干部的姐夫哥撑腰，谁也不敢欺负她。

不过素贞自己倒不以此仗势欺人，就是没这两个姐夫哥，她也不是街上那些人的下饭菜。她在桃溪乡做生意前，就在外面见过世面，摔打过一阵子了。下过大河，还怕小沟？

素贞知道自己脸面生得出众，容易招惹是非。除了坏家伙，男人们见了漂亮的女人总要多看几眼，想点什么，有时还会凑上来献个殷勤，图个心理上的满足。对这些她都不当回事，做生意的人只要你肯掏腰包，露个笑脸，迎合点什么，全没关系。就是对那些死皮赖脸纠缠的男人，她也是能躲就躲，能让就让，实在忍不下去，也只是吼几声、骂两句事。他们也没啥恶意，不过是想讨她的欢心。

所以，桃溪乡街上的男人们，对素贞印象特别好，喜欢她的人多了，也就没人敢欺负她了。他们最多在背后开一些粗野的玩笑，想入非非地和素贞这样那样。

其实，素贞没做买卖时就已经引人注目了。二十岁没到，远近提亲说媒的人就牵成了线，东家刚打发走，西家又窜进来，门槛都快踏平了。她多死得早，三姊妹全是妈妈一手拉扯大的，日子过得够艰难的。

女儿大了是棵树，看你栽何处。两个姐姐的婚事全是妈妈一手铺排的。喝过黄连水，晓得苦在哪。妈妈把大姐嫁给在党的人。她虽没文化，却有脑筋，支部书记管着全村几百人呢。她又把二姐许给了政府里的人。她懂得，副乡长管这管那，管桃溪乡的柴米油盐。守寡十几年，膝下无儿，女婿当半子。

到了素贞出嫁的年龄了，妈妈也曾费心费神想过，把她嫁给谁呢？她拿不定主意。一来上门的媒婆太多，花里挑花把眼都挑花了，不知挑哪一家好；二来她是幺姑娘，从小比两个姐姐受宠，舍不得早早把她打发走；三来素贞也比两个姐姐任性，婚姻大事不用妈妈管，见了提亲说媒的就撵人家。妈妈无奈，想想两个女儿是她一手包办的，幺姑娘就由她自由了吧。

素贞自由自在，想上哪儿就上哪儿，妈妈不大管她，也管不住。世道变了，不像以前那么古板了。她要做生意，妈妈起先有些不同意，在她看来那是不正经的人干的活路。后来犟不赢素贞，加上政策又许可，就由她了。好在如今有钱不是坏事，不怕戴"财主"帽子。

上门说媒的人仍旧不断，都是在素贞不在家时来。妈妈又着急，又没有主意。大姐和二姐也三天两头往家跑，为素贞的婚事操心。素芳、素华帮着妈妈一起出主意，想办法，对媒人介绍来的小伙子，两人搞调查访问，多方探听，单线联系，连人家祖宗三代的根根底底都刨出来了。结果，两人对哪家都不满意，哪个小伙子都看不上眼。

为了素贞的亲事，素芳和素华操碎了心。两人都有一本账，各自盘算能与自己丈夫有牵扯的关系攀亲最好！为此，她俩还闹了不和，差点翻脸。

大姐素芳主张把素贞许给鸡场坪的区委书记杨鲁东家。他有个小儿子还没结婚，想娶素贞。素芳竭力赞成这门亲事，整天在妈妈耳边吹风，说是嫁到杨书记家最理想，对素贞本人和全家都有好处：从区到乡村，上上下下有亲戚了，"朝中有人好办事"。

二姐素华不同意，说杨鲁东的位置不稳，眼看就到年龄，很快要退居二线。人一走茶就凉。不当区委书记了，说话都没人听。她想把素贞介绍给新上任的信用社会计。这人在她丈夫手下当过秘书，中专生，有文凭，听说又是乡政府梯队人选，前途远大。

两个姐姐为素贞亲事各说各的理，全是出于为全家好。这一来使当妈的更失去了主意，不知听哪一个的。一家人天天扯过来扯过去，吵得不可开交！说媒的又这个走了那个来，家里整天不得清静。

搅来搅去为素贞，大姐、二姐都三番五次向她"灌米汤"，争取她的同意。素贞心烦死了。两个姐姐见了她就缠住不放，像八哥似的在她耳旁唱。妈妈也像无头鬼缠身，转进转出不安宁，六神无主。害得素贞做生意都没心思，总出差错。

她生气了。

那晚上，她当着大姐、二姐和妈妈的面，发火道："我的事不要别人做主！哪个媒婆再往家跑，我吐口水淋她……"

素芳、素华面面相觑。妈妈也张口结舌，不知素贞恼什么。

"三妹，我们还不是为你好，一个女娃儿家，能做一辈子生意啊？"大姐素芳从娃娃口里拔出奶头，劝说道，"依我说，还是扒住当干部的人牢靠……"

"我不扒书记官，不当'官太太'！"素贞拿话噎她。

素芳听了心头不是滋味。怀里的细娃儿口里没了奶头，哇地哭起来。她没好气地朝细娃儿屁股上拍了两巴掌，骂道："哭，哭，二天哭的日子还多哩！眼前有奶给你喝，到时候米浆浆都没你喝的……"

二姐素华一看阵势不妙，也就不再开口提信用社会计的事。不过她对素贞噎素芳的话也不太满意，那话似乎也有一半是冲着她来的。素芳遭杵（被噎），她也不安逸：

"哟，如今三妹财大气粗，腰杆梆硬，说话都割手，"素华酸溜溜地挖苦道，"唉，只怪我们没出息，要是我有你一半本事啊，哼，也不会嫁给芝麻绿豆官了！"

素贞品出素华话里的暗刺。当着和尚说秃子，她俩丈夫都是当干部的，在这桩事上两人穿的是连裆裤啊！她没有吭声。一张嘴说不赢四片皮，再说都是亲姊妹，何必伤和气！但是，素贞心头明白，素华的话是有道理的，外面早就有议论了。说她在桃溪乡街上做生意，凭的是三分姿色七分势力，随便哪个女子有这条件，照样把买卖做红火。她听罢打鼻孔里哼哼不当回事。桃溪乡眼红的人多得很，说啥话的都有，你要当真能把人气死！

现在从素华嘴里又流露这层意思，素贞心里就很不高兴了，仿佛让人踩了痛脚，她当面不说，背地却赌了气：离开桃溪乡这座庙，别处一样有香火！

她对桃溪乡也感到厌烦。那些提亲说媒的人不说，光那些像蜂子一样围着她转的人，就分了她不少心。还有不少不怀好意的人，没占到便宜在背后讲些乱七八糟的丑话，更让她受不了。她已经隐隐约约听到一些人在街上散布她的流言蜚语了……

一气之下，素贞收起摊子，带了一笔本钱，来到离家四十里远的鸡场坪镇。在河边租了一间民房，干她的老本行：孵黄豆芽。她在镇上的菜市场摆一个摊子，每天把黄豆芽挑去卖。

鸡场坪是个区镇，南北挨着两个县，是个交通要道，市面比桃溪乡热闹多了。素贞有一手孵黄豆芽的本领。她孵出的黄豆芽与鸡场坪其他人不同，颗颗壮鼓鼓，根根齐刷刷，长而不乱，嫩而不断。一把一把顺着笸筐码起，像圆圆的宝塔，黄晶晶，白生生，逗人喜爱。菜市场数她的黄豆芽最惹眼，而价钱又比别人的便宜，因此生意特别好。

没过多久，桃溪乡的"豆芽西施"又在鸡场坪出了名。素贞比在桃溪乡还忙，还辛苦，钱也找得更多。她在鸡场坪立住了脚，生意越做越兴隆。就在她最需要帮手的时候，她遇上了喜哥……

素贞睡不着，想得很乱。她听到喜哥鼻子吸呀吸的有些阻，怕他着凉伤风，赶忙把裹在背上的被子松了松，好让他把身子盖严。

"你还没睡着？"她没话找话说。

喜哥把被子掖了掖，耸耸鼻子。

"话不说，觉不睡，莫非等天亮？"她顺手在他脚板心上抠一把。

喜哥痒得"哦"了一声，身子缩成一团，又不吭声了。

素贞实在忍不下去，真想坐起来发一顿脾气，臭骂他一通！哪家男人是这样子的？木头遭火还哔哔响哩；一个大活人，连木头都不如！

她正要发作，忽然想到了什么，把心头的火又压了下去。她觉得今晚似乎不能全怨喜哥，自己也粗心大意了。是不是睡得太晚，磨得太久，把他的兴致冲跑了？

是啊，今晚上她像鬼打脑壳似的，扯的全是挣钱呀，做生意呀，太乏味了。两口子好些日子没在一块，见面就谈买卖，外面这样，外面那样，家里呢？他呢？好吗？做女人的该关心这个呀！丈夫嘴里没说，心里一定在生她的气吧？

好长时间没同喜哥亲热了，今晚上应该同他摆些温情、恩爱的话才对啊！唉，她咋这样糊涂哟！

想想同喜哥做夫妻快两年了，婚后一直同他在这间房子里，天天晚上睡一块，头挨头，心贴心，亲亲热热，日子过得比蜜甜。那些日子她想起来都兴奋！喜哥使她神魂颠倒，幸福无比，她恨不得把他含在嘴里，化在心里！天长日久享受火一样的夫妻欢乐，永不分离！

生意，生意！唉，生意把人眼做红了，头做昏了，只晓得一把一把地数票子！有九十想攒一百，有九百想攒一千，有九千想攒一万！钱，钱，想的是钱，忙的是钱，夫妻间的欢乐都丢到一边去了！

妈哟，难怪社会上有人说，个体户都是财迷，晚上睡觉都搂着票子，婆娘早蹬到一旁了。莫非她也变成这样的人了？

哦，可不能冷落了喜哥。谁不知道许多个体户在外面打野食，一人几个相好。她不能让喜哥多心，惹旁人说闲话。

想到此，素贞觉得今晚有些委屈了喜哥。她一头钻进生意经里，没尽到做妻子的责任，唠唠叨叨，买卖长，买卖短，该把这些扔开了。

她在被窝里翻过来翻过去，仰也不是，侧也不是，床板摇得嘎吱响。妈哟，这床也该换了，城里现在时兴弹簧床，绷啊绷的，想必睡起来安逸。她下意识地抬起屁股，又重重地落下，床铺是硬的，响声更大，她有意这样做，不让喜哥睡着，也暗示他，她没睡着。

往天，喜哥似乎明白了，就会掀开被子，爬到她这头来，两人就不声不响睡在一起了。有时到天亮，有时睡一觉后他又到那一头去，很顺当的。

今天，喜哥没过来，仍躺着不动。

素贞把一只脚塞到他的背下面。喜哥用胳膊一挡，蜷曲的身子伸直了。他就像睡熟后翻身一般，又没有动静了。

素贞把他的双脚抱在怀里，戏谑道："没洗脚？一股臭脚丫气……"

喜哥双脚在她胸前动都不动，像两根柴棒棒，无一点活力。

素贞见他没过来，抬起右脚，搁在他肚皮上。喜哥光着身子，满身的肌肉像核桃，壮鼓鼓，硬邦邦，铁实得如同水牯。

一想到这个属于她的雄壮男人，素贞心里火烧一般亢奋！多少个夜晚，她像绵羊似的被他搂在胸脯前，气都喘不过来。那强烈的爱，使她忘却了世间一切的烦恼，她感到多么幸福和满足！此刻，她需要这个只属于她一个人的男人给她这种幸福和满足！

她不等喜哥过来，就情不自禁地爬到他那头去了。结婚以来，她还是头一回爬过去同他睡，往天总是喜哥过来。

喜哥似乎没有察觉，静静地躺着。素贞两腿跪在被窝上，弯下腰，端详着喜哥微闭的双目，拿嘴试他的鼻息。

"背时的，瞌睡真这么大？"她细声道。

"……"

不见喜哥答话，她用脖颈上的项链电子表，在他脸颊上、鼻尖上、眼睛上、嘴唇上滑来滑去，撩逗他开腔。

"我买的金项链……外国女人戴的……一千块，一万块……你心不心疼……"

"那是你的钱……"喜哥终于开腔了。

"我当你睡死过去了哩……"素贞心血来潮，在他脸上叭地亲了一下，"傻儿，也是你的钱，几千，几万，嘻嘻……"

喜哥含糊不清地嘟囔了一句。

素贞滚烫的胸脯贴在喜哥脸上，心里好激动。想到平日间喜哥那一双有力的大手，粗笨地揪得她心疼，也幸福得心疼。她不由得把身子紧紧贴过去，撒着娇。然而，喜哥的手今晚上像被绳索捆住了，抬都不抬一下。

"懒猪，憨猪……"素贞轻声骂了一句，学着电影里外国女人的风骚样，脸挨着脸，抚摸着他那宽厚的肩膀。

喜哥嘀咕着什么，素贞没听清，也不愿听，脸颊被他的胡子刺得痒痒的。她又把嘴唇挨过去，好兴奋！

"背时的……"她亲着他，情意绵绵……

不知是激动还是生气，喜哥突然从床上翻坐起，呼地把她掀倒！

"你……"素贞吃了一惊，一时没反应过来。

喜哥像赌着气，狠狠地在她胸脯上抓一把，扯断了索扣！

"哦哟，轻点……你又不帮我买一个，看，烂了……"

喜哥两眼死死盯住她赤裸的身子，那雪白丰满的胸脯和弯曲柔软的腰肢，似乎并没有使他激情满怀。他木木地看着，神色很冷漠。

素贞被他看得很不好意思，顺势倒在他怀里，双手勾住他的脖颈，嘴里说着听不清的埋怨话。

喜哥两手残酷地揪她的胸脯，就像捏住一对咬人的白鹅，不让它动弹。

"哦……你手好重……"素贞感到了疼痛，呻吟着，但心头却觉得亢奋，温馨把疼痛掩盖掉了，"鬼人……鬼人……"

喜哥像发了疯，重重地压在她身上。他是那样粗鲁，没有半点抚爱和温情。素贞的两条富有韧劲的大腿，变得僵直了，麻木了。几乎是不容她有喘息的机会，她就被他野蛮地推进了地狱……

她没有呻吟，没有快乐。一切就像是一头凶狠的野兽，吞噬着惊慌失措的绵羊。

喜哥仍然很冷漠，仿佛睡在他身旁的不是一个美丽诱人的女人，而是一匹他所厌烦的母马。他骑它是为了惩治它，一下又一下地抽着鞭子，让它在崎岖的道路上颠簸奔走。

素贞在战栗中感到了冷酷，只有痛苦，没有快乐。这是她同喜哥做夫妻以来从未有过的现象。喜哥今晚的举动，使她隐隐察觉到他对她的爱产生了厌倦和不情愿。这不是夫妻间的爱和爱的迸发，而是忍受和反抗的撞击。不仅没有爱可言，而且显得那么乏味。

这一觉睡得多么窝囊！

喜哥机械地松开胳膊，仍旧一句话也不说。素贞没好气地将他推开，冒着无名火：

"滚那一头去！"

喜哥默默地爬过去，躺下了。素贞用脚把被子蹬在身上，紧紧一裹，闷闷不乐。她叹了一口气，抚摸着被喜哥似乎有意整痛了的身子，涌现出莫名的卑贱感和屈辱感，仿佛受到了蹂躏。

想到今天到家喜哥对她不冷不热，上床后又对她的主动不理不睬，亲热时刻又那样勉勉强强，她心里觉得蹊跷：喜哥平常不是这样的啊，她离开鸡场坪这些日子莫非就变了？哦，她走后家里没发生什么事吧？

喜哥倒下就睡着了，发出阵阵鼾声。可是素贞睡不着，心里像有块石头，压得她喘不过气来，到底出了什么事？

第二章

她想起了第一个男人。

那人叫金林，和她做过两年小学同学。在学校里好像话都没同他说过。她记得他篮球打得好，个子不高，人倒机灵，球总在他手上，投篮也准。他不是桃溪乡的人，因为他们那儿没有完小，所以到桃溪乡来上学，每天来回走二三十里路。

她在学校女生当中年龄算大的，懂事也早。当她想起好久没见到篮球场上的那个小伙子时，已经晚了，人家已经小学毕业走了，听说考上了中学。之后她也毕业了，可是中学没考上。从此她就再没看见这个人。久而久之，也就把这个高她两个年级的男生忘了。

不知过了几年，她都长成大姑娘了，鬼知道她是咋阴差阳错在县里碰到了他。那时她还没学会做生意，守在家里混日子。农民不像农民，居民不像居民，整天闲着，东耍西耍。

她要到县城来是看演出的。听人说从省里来的新潮歌舞好看得很。歌儿唱得人心醉，舞儿跳得人魂飞，逗得她心里痒痒的，便邀了两个女伴，跑到城里来了。

哪知遇上了金林。这个金林变了样，长高了，比以前好看了。穿的洋西装，留起小胡儿，手腕上套一个皮包儿，神气得很。她差点没认出他来。要不是他先喊她，她简直不相信站在她面前的这个人就是从前的金林。

素贞被他的帅劲吸引住了。顷刻间，不知是从前篮球场上的小伙子长大了呢，还是自己长成熟了，眼前的金林成了一个男人，她变成了一个女人。他们都不再是桃溪乡小学里的两个背书包的学生娃儿了。

"你在县里工作吗？"他问她。

"不，不，"她红着脸，"我哪有这个福分，还在桃溪乡……"

"噢，噢，"金林打量了她一眼，随口说，"来旅游……"

"不，来看新潮歌舞的，"素贞对旅游这个新名词还有些生疏，笑道，"你呢，也是来玩的？好像你有工作了？"

金林抬抬手腕，甩了甩方方正正的黑皮包，眼睛眯了眯，说："做生意，跑乡场，端泥巴饭碗。"

素贞似乎明白了什么，微微一笑："当老板了，嘻嘻……"

金林笑而不语，不住盯着她看，把她脸都看红了。

"新潮歌舞今晚演最后一场。"他说。

"哟，赶得早不如赶得巧，"她高兴地说，"我是搭便车来的，幸好今天赶拢。"

"不过票早卖完了，俏得很。"

"呀！那咋办？"她听了好着急，"卖不卖站票？"

"城里不兴的。"金林摇摇头。

"好倒霉……"素贞很沮丧，"明晚不演了？"

"不过没关系，"金林一副很有把握的样子，"包你今晚看上就是啦！"

"你有后门？"

"我有鬼门，"他狡黠地一笑，看了看手腕上的表，"走，吃晚饭去，吃完正好看戏！叫啥戏名，新潮歌舞？"

"你没看过？"

"我哪有这个闲心哟，今晚陪你看。"

"我还有两个人呢！"

"一起去，一起去，票包在我身上……"

金林带她们三个走进县城最大的一家餐馆"川黔春"，在楼上要了个雅座。金林很阔气地点了八个菜、一个汤，还要了三瓶啤酒、五罐饮料。

"这要不少钱哩……"素贞说，她知道这是金林请客，用不着她掏钱的，但她总觉得有些不好意思。依她的主意买两碗抄手或是粉面什么的就可以了。

两个姑娘也相互看了看，不知道素贞和这个人是啥关系。

"嘻，干我们这一行的苦得，累得，临了对身子亏不得，找了钱就要吃……"

"你做多久的生意了？"

金林竖起两个手指："快两年了，又是老板，又是伙计，东跑西颠，没个落脚点。"

"我记得你是盘龙镇的人。"

"那是个鬼地方，连完小都没有，所以我才在你们桃溪乡念书，"金林说着摆摆脑壳，"如今我是'四海为家'，除了每月往盘龙镇寄钱，没别的瓜葛了。"

"你家里还有谁？"

"除了没婆娘，都有，父、母、弟、妹……"金林说罢哈哈一笑。

素贞脸不禁一红，有些窘迫。

这一餐饭他们吃了很久，两个姑娘心里牵挂着新潮歌舞，早放下筷子了。算账的时候，素贞见金林从黑皮包里抽出三张"四个脑壳"钞票。她有些心疼。

影剧院门前人山人海。就要开演了，有票的在挤，没票的也在挤。售票小窗口早贴出了"客满"告示。新潮歌舞今晚在县城演出最后一场，票早从小窗口流到了票贩子手里。黑市价已卖到二十块钱一张了。

素贞好为难，想看又不想看。同来的两个姑娘也拿不定主意。啥新潮歌舞值二十块钱一张票哟！敲棒棒（敲诈）！

这边犹豫不决的素贞正想打退堂鼓，那边金林已用两张五十元大票换来了四张甲座票：两张前排，两张中排。

"我们进去，快开演了。"他朝她们扬一扬手里的票。

"你还是买了。"

"后门不如鬼门，有钱能使鬼推磨嘛，"金林笑笑，有些得意，"票没连在一起，你们看谁和谁坐……"

不用说，当然是素贞和金林同座。两个姑娘好高兴，拿着两张票就往剧场挤。素贞跟着金林不慌不忙坐在前排位子上。

素贞东张西望，一来找她的两个同伴，二来被装饰一新的影剧院陈设吸引住了。在桃溪乡看电影都是在露天坝，带着凳子也无法坐，站的人比坐的人多！哪像在这里，一人一个软椅子，谁也不挡谁。不过想到一张票卖二十多块钱，她又觉得不划算了。

他今晚花了多少钱？又请吃饭又请看戏，多少年不见的小学同学，见面就让人家破费，真过意不去啊！他真的很有钱吗？

她瞥了一眼套在他手腕上的黑皮包，有些替他担心：不该带这么多钱在身上，财不露白呀！

演出开始了。

在震耳欲聋的"嘭咚嘭咚"响声中，走出一群十八九岁的男女演员。他们一个个打扮得妖形怪状，穿着紧绷绷的衣衫，里面是啥样外面就是啥样。素贞惊呆了！我的妈呀，这有多丑！她几乎不敢盯着那些姑娘看，两条大腿像没穿裤子，露在外面，屁股也没遮掩，壮鼓鼓的胸脯更不用说，清清楚楚哟……

使素贞受不了的还有那些男演员，也像没穿裤子，还朝那些姑娘一个劲地做扭摆动作，女演员还咧着嘴笑哩！天，这不是在大庭广众之下卖弄风骚吗？

台上五颜六色的灯光射来射去，晃得人目眩，场子里的青年观众又拍巴掌又吹口哨，把人脑壳都闹昏了。唱歌的时候，女演员不知穿的啥衣服，像撕破了一样，东露一点，西露一点，巾巾吊吊，扭扭摆摆，好羞人。不一会儿，她还从台上走到台下，同观众握手，嘴里唱着"记着我的情，记着我的爱"，一点也不害臊。

素贞坐不住了，低着头，不敢看台上，也不敢看坐在身旁的金林。仿佛台上不是女演员在演唱、跳舞，而是她在演唱、跳舞，当着众人的面穿那见不得人的衣裳，扭着屁股唱那肉麻的歌。

这就是新潮歌舞？她后悔从桃溪乡赶来凑这份热闹，后悔让金林花钱买黑市票。她想离开剧场，到外面清静的地方换换空气。她受不了令人窒息的气氛。要是她旁边坐的不是金林就好了，她可以马上起身走出去。或者不马上走她也可以忍受着等散场，至少在心理上不会因台上女演员当众暴露了女性的秘密而羞愧。她要是和同来的姑娘坐在一起就好了，偏偏是他——她也不知道心里咋会产生一种又想躲避又想亲近他的那种说不清的感情。

"你好像不舒服？"金林悄声问。

"嗯，脑壳涨。"

"那走吧，不看了。"

"可惜了票……"

他俩趁灯暗的时候离开了座位，悄悄走出剧场。门口一群人蜂拥围上来，嚷着要他们的票。一个小伙子吼着"原价，原价"，要把钱塞给金林。金林没接他的钱，把两张票丢给他就走。

离开影剧院后，那揪人肺腑的嘈杂声消失了，平静的春夜显得格外安宁。素贞心里一阵舒畅，仿佛从闷热的酒坊里走进树林子一样。她吸了一口气，让黑夜遮盖住剧场中惴惴不安的羞涩。她不知道那些演员搂抱在一起，害不害羞，她猜不透他们的心理哟。

"脑壳好些了吗？"金林关心地问。

"好多了，早晓得不来看了……"

"现在最时兴这种港式歌舞，还有'三点式'哩，就是女的上面两点和下面一点遮住……"

素贞听了脑壳直炸。她察觉到金林已发现她不习惯今晚的演出，所以才陪她离开剧场的。

"你们住哪儿？"他问。

"一个熟人家里，挤一夜明天就回去的，"素贞说，她朝身后的影剧院望了一眼，似乎在等那两个同伴出来，"你呢，住哪儿？"

"我在大饭店住，明天也要离开这里的。"

"这么巧？"

"事情办完了，三千斤樱桃合同已经签了；果子熟了就来运。"金林拍拍手腕上的黑皮包，里面不仅装着钱，还装着合同书。

"你原来做这个生意呀，大买卖……"素贞有些惊讶。

"嘿嘿，还不是耗子偷米汤，糊个嘴罢了，"金林朝她笑笑，"有桩事我想同你商量商量，不晓得你愿不愿意……"

"找我商量啥事呀？"

"我少个帮手，你能不能代劳？活路嘛，倒是不重，清点清点货，记个数。就在一个地方住着，用不着跑腿。我呢，过个十天八天和你接一次头，把货运走……"金林很认真地说，表现出十分诚恳的样子。

"我？"素贞感到很意外，有些惶惶不安，"我……"

"你不慌答应我，回去考虑一下，要是愿意你就到沿河镇来找我，我住在贸易货栈，"金林说着扯开拉链，从黑皮包里掏出一张香喷喷的名片，递给素贞，"地点、门牌、电话全写在上面哩，你拿着吧。"

素贞有些不知所措，不知道该不该接受他递过来的这张纸片。她脑子里想到的是男女之间递书信的事。她越发显得局促和尴尬。没等她清醒过来，金林已经把名片塞在她手里，大大方方地和她分手，往大饭店那儿走了。

等他走远了，素贞才在昏黄的街灯下，心情紧张地打量着纸片上的字。哦，她心上的石头总算落下了。她端详着印得工整又精致的字迹，会心地一笑。这个鬼金林，新板眼还不少哩！想到今天他的一系列举动，以及今晚的新潮歌舞，她感到迷惑和茫然。

入夜，素贞和同来的两个姑娘挤在一张床上。那两个人嘻嘻哈哈摆谈着新潮歌舞，还站在床上怪模怪样地学着演员的动作，边扭边笑，闹得无法入睡。

闹了一阵，一个姑娘忽然问："素贞姐，我们见你和那个西装客中途走了，上哪儿去了？"

"我脑壳不舒服，出去透透气。"

"透完气又上哪儿去？"

"他脑壳也不舒服吗？咋害的一样的病？"

"他有事，走了……"素贞支吾道。

"哼，怕是你和他邀起逛街去了，"那个姑娘用手学着新潮歌舞里男女搂腰的动作，笑道，"那比看台上表演还过瘾！"

"别胡乱说！"

"哎，素贞姐，你坦白，那个西装客是不是迷上你了？你呢，好像也被他迷住了……"

"去去去，别嚼牙巴骨了，睡瞌睡！"素贞没好气地揉她们，闭上了眼睛。

"好，不说了，我们保密！拿人家手短，吃人家嘴软，西装客今晚上花了四张大钱，是个阔佬哟……"

"嘻嘻……"

两个姑娘很快进入了梦乡。

素贞却怎么也睡不着，不知是三个人睡一张床太挤，还是换了陌生环境的缘故。她心静不下来，脑子乱乱的。闭上眼睛也见到金林的身影在晃动。她这是怎么了？莫非真像她们说的，她是被他迷住了？

她迷他什么呢？钱吗？人吗？哦，不，都不是。她并非那种贪图钱财的女子。她对他也并不了解，仅仅是小学里同过两年学，又还不是一个年级、一个班级。

她迷惑了，不知道为什么与他相遇之后竟如此心神不宁。她在又挤又窄的床上折腾了一夜。漫长的夜把她的心荡来荡去，驱使它莫名其妙地跟着金林，到东又到西，从桃溪乡一直到了沿河镇。

鬼知道她是怎么到的沿河镇，又怎么会和金林搅上了。她在沿河镇住下了，是金林租的一间民房。吃住全由他开销，每月还给她薪水。

沿河镇是个水陆码头，镇子不大，却很繁华。水路航运直通乌江；陆路运输跑遍城乡。交通十分方便，市面非常热闹，南来北往做生意的都爱到这儿来。

素贞坐守在沿河镇，替跑生意的金林照看货物。差不多每隔七八天就和金林打个照面，不是船上的货到了，就是卡车拉的东西拢了。金林总是跟船或是押车到镇上来。他是做大宗买卖，把货卸完或是装走就又离开沿河镇。在镇上最多耽搁一两天，而后过七八天又来。时间大致是准的，因为车船一个来回也大致需要这个天数。

素贞只有等金林到镇上来的那一两天才有些忙。平常事不多，帮他记记账目，催催货物，活路很松活的。

起先，金林来了就在镇上小旅社吃住，每月素贞去替他结一次账。后来他光在小旅社住，吃就在素贞这里。多个人多双筷子多只碗，反正她自己也要烧煮吃饭的。他要给她算伙食费，她执意不要。他每月已经开给她很高的薪水了，几顿饭算得了啥？咋算得清？

再后来，就越发算不清了：金林不再去住小旅社，一到沿河镇就在素贞这里吃，就在素贞这里住，两人开始了同居生活。

事情咋会变成这样的，素贞自己也说不清楚。她更记得那个又打雷又下雨的夜晚，他使她一夜间真正成了女人……

那天晚饭后，天空下起瓢泼大雨。屋顶有几处瓦片漏雨，水直往下滴。雨下个不停，越来越大。屋里堆放着今天刚从船上卸下来的几十袋新米，把小屋塞得满满的，明天要运进城的，不能让雨淋湿了。

雨下得越大，屋里漏雨的地方越多。素贞和金林手忙脚乱，又是脸盆接又是瓦罐装，连遮床用的塑料布都用上了，除了床上是整齐的，屋里乱七八糟。金林不住骂房东是财迷，光晓得收房钱，不晓得修漏屋。

一直到深夜雨也没停。金林不能上小旅社，默默地坐在米袋上。雨不停，他放心不下。

"明天要运走吗？"素贞问。

"嗯，赶着进城，车都联系好了。"

"那你早点去休息吧，这儿我会照护。"素贞说着从床脚拿出一把伞，递给金林。

金林不吭声，接过伞把它撑起，往淋了雨的米袋上一放，不想走的样子。

雨水滴在塑料伞上，发出滴滴嗒答答的响声，使小屋变得神秘起来。

"今晚我不走了。"金林说。

"……"素贞愣了一下。

"你去休息吧，我就在这儿，一会儿天就亮了。"

素贞想了想，很关心地说："要不，你就在这儿休息，我守着米，白天我可以补瞌睡，你要赶路的。"

"你去睡，你去睡，我就在这儿靠一下。"金林把身子倚在米袋上说。

"我瞌睡不来。"素贞掩饰道，金林守在跟前，她咋好意思上床？

"也是的，一会儿天就亮了……"

正在这时，一道火闪（闪电光）窜进屋，把屋子照得奇形怪状。紧接着是一串的炸雷，几乎要把屋顶震垮！素贞冷不防吓一跳！跌坐在米袋上。

电灯突然也熄灭了，屋里一片漆黑。

"哦，我的妈呀……"素贞尖叫一声，心都快跳出胸口了。

"别怕，别怕，打雷下雨……"金林拍着她的肩，安慰道。

她缩作一团，真吓坏了。

等她稍稍平静一些的时候，她发觉自己竟靠在金林的怀里。她出了一身冷汗，慌忙从他怀里挣脱出来。

又是一声炸雷！她挣脱不掉了，捂着耳朵重又倒在金林怀里。

"你别走，你别走，我怕……"

"我没有走，没有走……"

"……"

也不知过了多久，火闪不再扯，雷声不再响，雨好像也停了，只是灯还是灭的，断电了。黑暗中，素贞似乎晕晕地觉得自己如同在摇篮里，摇着，摇着，腾云一般。不一会儿，不摇了，停住了，她躺下了，躺在自己床上。

啊！她清醒过来，自己是被金林从米袋上抱到了床上。她啥时候睡着了？是在他怀里？不是在做梦吧，刚才还是电闪雷鸣，大雨如注，怎么一会儿变得这么清静？

她睁开双眼，啥也看不见，屋子黑得像在井底，仿佛隐隐约约见到金林那张长得很帅的脸，在她跟前晃动。

她吃了一惊，赶忙从床上欠起身。

金林轻轻按住她肩膀，不让她坐起："睡吧，睡吧，雨停了……"

"我睡着了吗？"

"睡得好香……"

"你看我……"素贞有些不好意思，"雨啥时停的我都不知道……那你快去休息吧……噢，我起来，你就在这儿休息吧……"

说着，她要从床上爬起来。

金林又把她按住，说："你不用起来。"

"那你……"

"这床不是睡得下两个人吗……"

"啊，不……"

金林的双唇已堵住了她的嘴。她感到一阵头昏目眩，心口咚咚地跳。

"你，你，你……"她挣扎着，不知说啥好。

"我需要你，需要你……"金林不住地亲她，声音颤抖。

"这不好……"

"你是我的老板娘……"

"啊……"她被他猛烈炽热的嘴唇亲得神魂颠倒，无力挣扎，无力拒绝，脑子里不住闪现两人重逢时她就被他的帅劲吸引住的情景。现在，这个男人正热烈地爱着她，就在她跟前。她唯一感到惊恐的是这一切来得太突然了，她一时承受不了。

"老板娘……"金林的声音在她耳边更加颤抖，充满了对爱的渴求。

素贞口里喏喏嚅嚅，含混不清，周身的血液直往头顶涌。她陶醉了，昏迷了。

"我们……做夫妻……"金林喃喃地说。

"以后……以后……"她声音像蚊子，似乎连自己都听不见。

金林把她搂得紧紧的，一次又一次地亲她，抚摸她。她蜷缩在他怀里，气都喘不过来。

"……"金林不再说话。

"……"素贞说不出话。

不知什么时候，当素贞发觉自己赤裸着身子在金林怀里时，她已经动弹不得了。黑夜遮住了她的羞腆和惊惶。她身上如同燃烧着火。金林用灼人的爱折磨着她，使她的灵魂被吞噬被煎熬。她辨不清这到底是幸福还是痛苦。容不得她思索，就像跌进深谷，天旋地转。

"老板娘……老板娘……"金林一声又一声地在她耳边叫唤，仿佛是在呼喊她。

"我是……我是……"她也一声又一声地在他耳边叫唤，仿佛是在回应他。

这声音是那样亢奋、急促，就好像在激流险滩上的一条船，颠簸在浪尖上，波涛击拍着船体所发出来的撕裂声！

她和他沉寂下来，如同刚才电闪雷鸣的夜雨停歇一样。两人静静地躺着。无声的夜，无声的爱，在黑暗中，在沉默中。间或听到屋顶上残留的雨水，一滴一滴往下淌，落在脸盆里、瓦罐中和塑料伞上，发出单调、混杂的响声。这声音给开始平静下来的素贞，增添了说不清的紊乱。今夜怎么会发生这样的事情？她怎么一下子就和他这样了？

黑暗中，她把脸转向一边，望一眼睡在她身旁的并且一只手还放在她胸脯上的这个男人，他已经发出均匀的鼾声了。

她心里说不出是啥滋味。从胸脯上拿开他的手，默默穿上衣裳。她叹口气，不知是高兴还是不高兴，心里在说："从今以后，我和他就是一家人了？"

素贞和他同居了。她把他当作丈夫。半年多来，她为金林尽妻子的义务，操持家务，经营生意，日子过得还不错。

金林总在外面奔波，过个七八天、十来天回沿河镇一次，来了就同她恩爱一番。她成了他名副其实的老板娘。

每次金林来，素贞事先就早早地把他爱吃的腊肉蒸好，猪蹄子煨炕，让他喝瓶装酒，折耳根拌苦蒜作凉菜。让他酒足饭饱后，高高兴兴住一夜。

她记得清明过后的第三天，晚上她已经睡下了，听到有人敲门。她爬起来要开门，窗户外面的人说："不用起来，我只问一声，明天几点钟装车？"

来人是货车驾驶员老刘，常为金林拉货。

素贞有些奇怪："装啥车，刘师傅？"

"我也不晓得，听我老婆说刚才金林找我。我打麻将去了……"

"他来了？"素贞感到意外，慌忙披上衣服，把门打开。

"他没睡这儿？"老刘问。

"他没回来呀！"素贞说。

"噢，噢，"老刘下意识地看看表，已经深夜一点多钟了，他朝素贞望一眼，改口道，"一定是我那糊涂婆娘认错了人……好，我走了，你休息……"

老刘走后，素贞有些心神不宁。她从他眼睛里察觉出一种诡秘莫测的东西，越想越叫她捉摸不透。她穿上衣服，打着手电走出门。

她先到码头上看了看。漆黑的河边死一样沉寂。一艘货船停靠在码头边，船上的人都睡了。这艘船是从上水来的，素贞算了算，正好是金林一去一来的日子。

她下到码头，喊醒了舱里的船老大，问他："这货是谁的？"

"金老板的。"

"船几时拢的？"

"擦黑就拢了。你是谁呀？"

"我是他屋里的……"素贞声音有些颤抖，"船上装的是不是鸡蛋……"

"对头。"

一切都证实了，金林今天拢了沿河镇。素贞心头一阵恐慌，脚杆微微打颤。船到了这么久，他为啥不回家？

她又摸到驾驶员老刘家，对他说："我到码头去过了，金林的货在船上，明天一早要卸运……"

"噢，噢……"老刘和他老婆面面相觑，光点头不说话。

素贞把他叫到屋外，直杠杠地问他："刘师傅，请你说实话，金林在哪儿？"

"我……我不知道……"

"不，你告诉我！"素贞眼里含着泪水。

"……"

老刘的老婆在屋里插嘴道："你到小扬花家去找找看……"

"小扬花？"素贞一听头皮直麻！这个和三个男人离过婚的女人，是镇上有名的骚货，金林会在她那儿？

"你胡乱说些啥呀，多嘴婆……"老刘骂他老婆。

素贞心往下一沉，预感到这里面有不测。她战战兢兢摸到小扬花的住处。只见她家门窗紧闭，屋前屋后一片漆黑。

素贞没敢敲门。她蹑手蹑脚走过去，竖起耳朵听里面的动静。没有一点声音，没有一丝亮光。她两眼死死盯住黑洞洞的门，黑洞洞的窗，恨不得把这门、这窗砸烂！

她忍着胸中怒火，忍着深夜寒气，默默站在墙边，等待天明。她多么希望自己这愚蠢的举动是枉费心机，多么希望老刘老婆的话确实是胡乱说。她守候在那里，心像在油锅里煎熬。

哦，可怕的事终究发生了！

小扬花屋里的灯突然亮了！素贞气都喘不过来了！没等她往门缝里张望，大门嘎吱一声打开了。她见金林站在门口，小扬花坐在床上，赤裸着身子，两手在拢头发。

"你……"开门的金林见素贞出现在门外，大惊失色，他万没料到这时候会遇见她！

素贞哇地一声哭了，浑身发抖。小扬花意识到了什么，赶紧拉熄了电灯。金林也慌忙带上门，走出屋子。

回到家，素贞哭成了泪人儿，比死了爹妈还伤心："想不到……你是这样的人……我们结婚才半年多……你就做这种事……多丢人啊……你对不起我……"

金林听她说，听她哭。等她说够了，哭够了，才冷冷地说道："谁说我们结婚了？"

"啊？！"素贞听了大吃一惊，"你说啥？我们还不叫结婚？都这么久了……"

金林把含在嘴上的烟噗地吐掉，态度很冷漠："我才不想结婚呢，那是个笼笼……"

"那你……"素贞气得话都说不出来。

"我咋，我又没领那张'卖身契'。"

"我，我……"素贞含着眼泪，"我已经有了……"

"那就打掉。"金林不假思索地说。

"我不！"

金林一点也不惊慌，从口袋里摸出一扎钱，放在桌上："这是一万元，你留着用，沿河镇这地方生意没搞头，我要走了，你愿留就留，愿跟我走就走，出门做生意，别把啥事都看得那么认真……"

"……"

素贞如同从噩梦中醒来！事情再明白不过了。她没有要金林的钱，也没有死缠着他，就和他分手了。金林走后，她又在沿河镇住了五天，去了一次医院，便拖着虚弱的身子，回到了桃溪乡……

今天，从喜哥身上她似乎又预感到什么，生怕又要发生可怕的事！素贞暗暗有些惶恐，这个老实的男人，该不会像金林那样吧？

"不会的，不会的……"她心里这样说。

（节选自《原情》，贵州人民出版社，1994年12月）

末代土司（节选）

第二章

　　1942年，省西北地区首府碧城的冬天来得早，阳历10月，还是阴历的霜降时节，首场瑞雪已经光临了。雪后虽然放晴，竟是一拂而过，绵绵的阴雨天气接踵而来，连月不开，气温日复一日下降，急转直下到了零下，如泼如盖的大雪一夜之间封冻了大地，致使行人断绝，交通阻塞，整个山城沉寂如死，一切都似乎在严寒里瑟瑟发抖。闹市区的繁华和欢笑虽然一时间销声匿迹，深宅大院里灯红酒绿、纸醉金迷的光景却是依旧。龙源海推开旅舍临街的窗，愁对着空荡冷寂的街景，心里也涌起了一番凄凉。街上偶然有一两个行人匆匆而过，一个个衣衫褴褛，面色愁苦，看来都是为生计奔波的。这使得他忽然想起了前年在中学作文时写下的两句诗，觉得正是这种情景的真实写照："街头叫寒冷，屋内思苦饥……"当国文老师把这首诗当作典范在课堂上向全班同学诵读，一咏三叹地读到这里时，忽然刹住说："好诗呀好诗！谁能说这里没有杜子美的风骨！不过，龙源海同学，我倒是很不明白，你出生在土司世家，过着呼奴使婢的生活，令尊大人又是八大土司的首领，也算是显赫一方的钟鸣鼎食之家，你哪来的这种感受？"龙源海抱歉地笑笑，不愿回答。这大概要归功于离开家乡进城读书吧？在家乡，在祖辈传下的领地里，他虽然不讲身份，喜好与底下的百姓和娃子接近，可是他并不认为他们生活的艰苦是个问题，因为谁该过什么样的日子，那可是古规祖法定下的。到了城里后，他客居的公馆坐落在贫民区里，耳濡目染，这些人家的生活光景他都有所了解。再加上他的许多很要好的同学家境都很贫寒，深厚的学友之情，激起了他对这些同学遭遇的同情。后来他在国文课本上那些深深吸引着他的文学作品里找到了表达这种感情的方式，正义的种子就这样种到心底了。到了这时候，故乡领地底下人们的境况也渐渐引起了他的关注，他已不再认为那是古规祖法给他们安排的了。他不愿回答老师，一是一言难尽，更主要的还是心有愧疚，光说两句同情的话，能洗去自己身上的污浊么。今天他回想起这两句诗，竟然感到不是为同情他人而发，简直是在预示着自己的将来，因为外人哪里会想到，他那声名显赫的土司世家，早已是江河日下，外实内虚，行将破败。由于处于这样的境地，如今他才对街头那些受生活和苦寒煎熬的人们，油然地产生了一种同病相怜式的情感。

这时候，屋里的木炭火盆边上还围坐着两个人，一个叫罗仕俊，一个叫柏元栋，都是过去龙源海在这个城里读县中时的高班同学。仕俊是城里的汉家子弟，元栋家是龙源海家领地上的百姓，因姑母嫁给城里的一户小商，他才领受着姑母疼爱之光到城里来读书的。那一天，龙源海第一次踏进县中的大门时，一个清癯干练的青年迎面走过来，按照家乡领地上百姓娃子们对他的尊称喊了一声"官大爷"，然后做了自我介绍。龙源海家领地上有千百户人家，他不认识的人还多哩，因而毫不觉得奇怪，但是使他感到不寻常的是，他家的百姓中，竟有人在城里进中学，接受新教育，这难道还不值得与之结伴求学？此时此地，他们双方都忘记了主子和百姓的身份，相亲相爱地用彝话攀谈起来。这时，从身旁走过的一群人中，有一个超龄的老学生忽然以权威的口吻鄙夷地挑拨说："大家听见了吗？原来是两个蛮子、倮倮、温满（英语'一人'的音译，谑指彝人）！"龙源海和柏元栋的热血立即像被点着的油一样熊熊燃烧起来，一齐直向那人奔去，顿时，那个无知者的左右两颊都同时挨了一记耳光。那人不依了，吆喝着指使同伙就要打架，出人意料地，他身边一个长得很标致漂亮的青年把他拽走说："走吧，本来就是我们的不是，读了这么多年书，还说出这种无知无识的话来，不怕人家笑话！"这青年就是罗仕俊，和柏元栋一样是比龙源海高一班的同学。三个人虽然年龄、出身、民族和年级都不尽相同，自那以后却成了莫逆的好友。去年秋天，源海初中毕业了，遵照父亲石他老土司的意旨，万分难舍地别离了两位好友到省城进了军校。石他土司家什么都不缺，所缺的是与政府和军界互通往来，因而很吃了亏，老土司的这番用心何在，那是不言而喻的。这一切，龙源海都深深知道，自从进了军校后，他就咬紧牙关勤学苦练，发誓为民族、为家庭，也是为自己争一口气，他不但学业优秀，人缘也极好。上个月，他的父亲石他老土司不幸病故，他无可奈何地请假回家奔丧、治丧，虽然一再坚决表示说要抓紧时间返校学习，但是，他自己非常清楚，从今而后，军校是绝对进不成了。由于得到罗仕俊和柏元栋告假陪同回乡帮助，父亲的丧事按照古规祖法办得极为盛大隆重，顺利地如期完成了。谢天谢地，众多家族和亲族及各土司、土目虽然在父亲的丧事期间聚会了，然而，兴许是由于他龙源海是个乳臭未干的小子，他家那八大土司首领的特殊地位却没有人提及。不过，这一些也没有减轻压在龙源海肩头的担子。按照古规祖法，他是石他家的独子，老官的丧事办完后，他必须带领整个家族，周游领地，到每一个村每一个寨去认百姓，而百姓们与此同时也要认主子，待到这一时间长而规模盛大的仪式完毕后，他就成为新一代的石他土司，成为新官了。可是，龙源海根本不谈认百姓的事，父亲的灵柩刚入土，他就偷偷回到碧城，在僻静处找了一家旅馆，毫不张扬地住了下来。他知道他这个少年土司愿当也得当，不愿当也得当，问题是究竟该如何当，这得先考虑清楚，考虑清楚后，有关的事又得一件两件地办妥，然后才能见诸行动。这确实是一件别人看不见也不知道的折磨人的事儿，如今，他回到城里已经有了十来天时间，心里还是一直没有谱。罗仕俊和柏元栋虽然返校复了课，空闲时还是照样来帮助他办事，今天，他们丢下上课不管，特意来和他商量一件大事。

"大爷，"柏元栋还是按照家乡人的习惯尊称龙源海，"您又为苦寒人们操心啦，现在还是先考虑考虑您自己的大事再说。"

龙源海叹息了一声，无可奈何地掩了窗户，心里有些激动，抑制不住地站起身来。按照军人的习惯，说话前先整理了一下戴有准尉军衔的军校学员制服领扣，然后说：

"这街头冷寂的气氛已经够凄凉了，又兼看见那些人的光景，更是让人为他们担忧！然而更主要的是，眼前这景象，使我想起了自己，原来各有各的苦处啊！石他家的家底如何，这一次你们都亲眼见了，又超负荷地办了这么一台丧事，已经是空空如也！有的亲友还抱怨说，我没有按照古规祖法办，我的天，如果按照祖法，打牛要满山红，打羊要满山白，打猪要满山黑，根据我家现在的财力物力，莫说一家人，恐怕一百家人也办不起！这就由他去吧！不过，我继承的实际上只是这么一盘家业，人们从外表看起来，还认为红火得很，你们说冤不冤？这又叫我如何不忧？如何不愁？"

"确实是这样！"柏元栋深表同情地说，"过去，我们还认为石他家的官房里、仓库里装满了粮食，钱柜里装满了银钱，武库里枪弹俯拾皆是。这次亲眼得见了，才知道完全不是这么一回事。百足之虫，死而不僵，大概说的是这种状况了，今后如果收拾这样一个摊子，确实是很棘手也是很需要点学问的事。好吧，先不谈这个，您看看，刚才说的那件事究竟该怎样对付才好？"

龙源海的心似乎平静一点了，落座到原处说：

"请你再把情况说一遍！"

柏元栋知道，这样重大的事，龙源海是绝对不会疏忽的，他是个稳慎而精细的人，要求再听一遍，无非是想加强印象，弄得更清楚一些，就重复说：

"根据可靠的消息，四大汉姓地主虽然把河东一带的土司和土目赶走的赶走，诛灭的诛灭，几乎强占了整个河东地面，却并不满足。他们见老官归天后，八大土司已是群龙无首，就联名向专员公署状告河西地区残存的以老官为首的土司土目，如何不服从政府领导，划地为域，在领地上私设衙门和公堂，立官收税，炮烙民众，私养兵丁，对抗政府，纵下为匪，为害四乡，维持土司制度，奴役千万民众，等等。要求起兵平复，让政令能够通达河西，使政府真正在河西立足。如果政府用兵，他们愿出钱出力相助……"

"好厉害的言辞！这是四大汉姓豢养的那一伙讼棍照他们祖师发的调子依样画葫芦地干的！如果你们有兴趣到省政府和专员公署的档案馆去查查，就会发现凡是他们告我家的状纸，哪一次都是这样写的，你刚才说的那些等等、等等一类的四言八句，就是他们欲置我家于死地惯用的诛语。不过，我们也说一句公平话，那里面有的也是事实，比如土司制度的残余、领主封建制的残余，至少在我家领地上还或多或少保存着，至于什么对抗政府一类的话，狗屁！由于四大汉姓在政府有亲友，政府为了包庇他们而蓄意与土司土目为仇，甚至为了分肥而纵容和唆使他们把土司土目一户一户赶走或诛灭，弄得受害者无申冤报案之处，还说别人对抗政府，岂不是倒打一耙！"龙源海越说越气，重又站立起来推开窗户，对着乌云乱卷的天空吐了口长气，倾喷着胸中的不平。

"我看，是不是先设法查一查，把问题证实了再说。"罗仕俊把稳行事地说。

"查一查固然很有必要，而且，这件事我回头就抓紧进行。"龙源海复又坐回原处说，"不过，我可以断定这是事实，多少年来，这些人亡我之心一直不死，如今正是他们兴风作浪的时候了！二位看看，有什么妙法帮兄弟一把？"

"我认为可以从两个方面做出对策，"罗仕俊似乎早有考虑地说，"一方面，刻不容缓，你必须尽快回领地认百姓，先通过古传仪式把家业继承后，立即设法通过尊岳父周旋，谋求八大土司首领之称。我知道您对此毫无兴趣，但这无非是借钟馗打鬼罢了。须知丢了拐杖受狗欺，有了这八大土司首领的一块牌子，别人就不敢随便把您怎样！至于第二方面嘛，完全是应该在城里做的事，或者设法申雪自己，或者反客为主首告对方，总之，是要让对方和对方的支持者无处下手。这事如若您有不便，由我们以第三者和城里人或学生界的名义出面都可以，效果或许还会更好些！"

"非常感谢！"龙源海欠欠身说，"关于你所说的第一点，究竟需不需要举行认百姓的大仪，或者如何进行，解决些什么问题，我都还在考虑之中，还不知道该不该采纳。至于第二点嘛，不但很有必要，而且问题弄清后就立即进行，为什么不能还以其人之道呢？这事也不用劳尊驾了，我这次进军校，人缘尚好，和政府对话还有几条路子，让我先去闯闯再说。哦，对了，刚才你谈到我岳父的问题，这事你还不清楚。我岳父罗雄安土司是我的亲舅父，家业比我家大，武力也强过我家，因为我父亲本领盖过众人，八大土司要推举他为首领，我舅父本来不服，就借机勒索婚姻，我父亲怕引起同室操戈，只得同意以结亲为纽带换取他家的支持，就这样给我和比我大得多的表姐订了婚，叫作亲上加亲。如今弄得我实在无法，不反对吧，这近亲婚配的后果不堪设想，如要反对吧，一来对不起我那表姐，同时，我确实也畏惧舅父家的强大势力。但是，无论如何，这门婚事我是要设法摆脱的，现在就不谈他了！好吧，元栋，这回该听听你的了！"

"刚才不是谈到认百姓的事吗？我想谈谈这个问题。"柏元栋试探地说。

"可以呀！"龙源海很感兴趣。

"不过，有句话我得先说说。我们现在虽然以同学和友人的身份谈问题，毕竟您还是主子和官家，我还是百姓，有些话说出来，请您不要以为我是乘机为百姓说话，如果惹得您不高兴，也要请您千万原谅。"柏元栋至诚地说。

"看你说到哪里去啦！此时此地，你即便是骂我，我也能泰然处之，如若不信，仕俊可以作证！"龙源海也至诚地回答。

"当然，我知道，我的话您是有可能理解和谅解的，即便惹得您不高兴，事到如今，我也不能不说了。我认为，认百姓也好，不认百姓也好，那都是形式上的问题，当务之急，莫过于进行改革！"柏元栋特别加重语气说。

"改革什么？"龙源海很感兴趣地凑近柏元栋问。

"您刚才不是谈到土司制度和领主封建制的残余吗？这些东西不革除、不送进历史的垃圾堆怎么行！"柏元栋略微有点激动。

"为什么？"

"道理非常明显也非常简单。如今周围的地方，无论是汉区和彝区，都已进入地主封建制了，只有河西一带土司和土目的领地，还牢固地保持着若干土司制度和领主封建制的残余，无论政治、经济和文化，哪一方面都大大落后了！您一贯就有振兴家业的大志，我看，如要达到目的，首先得走这条路。"柏元栋有意把话停下来看看龙源海的反应，接着又说道，"地主经济与领主经济都是靠民众的血汗支撑的制度，不过是五十步与百步之比罢了！但是，由于没有人身依附，对人少有奴役，生产力得到发展，对土司土目领地上的人很有吸引力。汉姓地主们就是利用这一点优越性，将土司和土目一家接一家地搞掉，尽管八大土司武力远远大于四大汉姓，反而被四大汉姓逼得走投无路，就是这个原因。尽管双方都把这场斗争说成是彝汉两族求生存之役，还是不断有彝人纷纷投奔了四大汉姓，道理也在这里！"柏元栋说得既严肃又沉痛。

"好，说得好！这一点，我早就深知，而且……"

龙源海忽然把话止住，心里一阵难过，急忙挺直身子强忍住。是的，这一切他不但深深知道，而且早就认为，莫说要战胜四大汉姓，即使是只求和他们打个平手，也应该在领地上进行改革。可是，对于古规祖法，他有能力更改吗？对于祖宗留下的基业，尽管已是名存实亡，他敢轻易断送吗？他还要不要面对地下九泉的祖宗？很久以来，他尽管看到了，也想到了，却始终不敢去越这个雷池。

罗仕俊不了解情况无法插话，柏元栋侃侃长谈后，怀疑自己是否言多有失，颇觉后悔。龙源海深陷在内心的斗争里，一时间，屋里的空气静得似乎要凝固了。正在这个时候，龙源海的跟帮史初陈智祥推门进来报告事情，见主子陷入沉思，不敢轻易惊动，只得尴尬地站在一旁等候。看见陈智祥，一件充满内疚的往事，像熬煎人的火一样燎过龙源海的心际。发蒙读书的那一年，管事老安哉领着龙源海去种人租地的人家挑选一个好跟帮。这些人家每户种着一份人租地，地租不是用地里出产的物品交纳，而是每一代人由官家挑选一个去做奴隶，男的用作跟帮，女的用作丫头。自那以后，这个人的所有权就属于主子了，他的子孙也与原来的家族毫无关系，成了主子的家养奴隶。那一天，龙源海所到的地方都是在山的那一边，在云遮雾盖的地方，由于小小的龙源海从未到过这些地方，一种新奇的神秘的感觉总是激励着他，牵引着他。可是，当老安哉管事领着他走进一家家土墙茅屋的时候，他觉得晦气极了。那些小茅屋里总是阴暗低湿，满地灰尘，柴火烟熏得人睁不开眼。在这种情况下，龙源海总是想着赶快离开，老安哉和房主人带到他身前来由他挑选的那些少年究竟长得怎么样他根本不知道，他都没仔细看就摇着头返身走出门。眼看已经过去了大半天时间，走了好几户人家，情况一直是这样。到傍晚时分，进了一户人家的篱笆院里，只见院里围着一圈人，在听一个少年唱歌。那歌声又甜又亮，脆生生地飞起来，像蜜蜂的翅儿在扇动。龙源海从来没有听过这样的歌声，一下入迷了，拉住老安哉的手不让惊动人家，静悄悄地站在人群后面偷听。但是，不知怎么有人发现他们了，人群随着也乱了，少年也不唱了，回过头来怯生生地望着这两个不速之客。少年身前坐着的一位白发苍苍的瞎老奶奶急忙问道："这是怎么回事？怎么不唱啦！"人们也不知怎么回答才好。老安哉趁这个时候对龙源海说："官哥，这一个怎么样？"这是龙源海意想不到的事，自然感到欢喜，不假思索地点了头。当老安哉把这个决定传达给这家人时，老奶奶急忙一把将少年搂在怀里说："不行，我的命是和他生来就连在一起的，要把他带走，不如先要了我的命！难为他会说会讲会唱，给我这瞎老奶送来了欢乐，我还要靠着他度过余后一截眼不见天日的日子！不行！我不准！"少年的父亲急忙拉着一个毛猴样的小女孩对老安哉说："管事呀，求你请官家赏个情，我就是这一男一女，拿姑娘顶儿子吧！"老安哉吃惊地反问道："什么时候官家说的话可以不依的？古规祖法上有这样一条吗？告诉你吧，小官哥挑选了半天，这个不好，那个也不行，偏偏点得上你的娃儿，不用说了，过几天好好把娃儿送来就是！"龙源海就这样和老安哉走了，身后传来了一片哭声和若干唏嘘隐骂的话，只听一个粗大的嗓门说："倒霉，今天逢戊不动土，大家到哪里去游百病挺尸不好，偏偏要来追小智祥唱歌，给人家招来了祸祟！"几天以后，史初家果然将陈智祥送来给龙源海当跟帮，但是，同时也传来一个不好的消息，那全瞎老奶奶悲伤过度，已经死了。这件事，当时龙源海仅仅是感到不安而已，可是如今想来，那确实是他自己亲手造成的一幕惨剧，祸根虽在古规祖法，凶手却是他自己！这时候，他无限悔恨地眼望着站在一旁的史初陈智祥，真想下跪向他讨饶。罗仕俊见他这样陷入迷惘和不安之中，急忙提醒他说，陈智祥有事要禀报。

"哦，有什么事呀？怎么不早说？"龙源海如梦方醒。

"给大爷回，豆区老头人来了，还带了木乃官家的大哥来，事情很重要哩。我见大爷在想事情，不敢回。"陈智祥很谨慎地说。

"快去请来。"

陈智祥急忙返身出门，不一会儿就引着豆区老头人和木乃土目之子安俊进门来。安俊长得纤细瘦弱，微驼着背，满脸烟相，进门就扑通一声跪倒在龙源海的面前说：

"大爷做主呀，我全家大前夜被刘锡昌家儿子刘仲武全部诛灭啦！只逃脱我这条性命来投靠大爷，望大爷帮侄儿报仇呀！"

"你看你这个样子，活像半截要断的绳子，照你这个样子下去，莫说别人诛灭，恐怕有一天自己也会断绝！"龙源海一边骂他不争气，一边将他扶起来坐下，问道，"究竟是怎么回事？你家那营盘不是很坚固吗？那一年刘家来包围三天三夜都没有打下来的嘛！"

老豆区见木乃安俊哭成一团，急忙上前欠身说：

"小的回官家，是出了内卖！"

"那是谁？"龙源海问。

"是一户种人租地的！"

"那一定是独儿独女了？"龙源海感到浑身的肉一阵惊颤。

"不，他家儿女一大帮！"木乃安俊愤怒地跳起说，"上个月，我阿爷指名拨他二儿子来喂马，他家不遵依，放出话来说，如不免去人租，他就带着全家撂下人租地投奔他乡。我阿爷气不过，把他捉来打了一顿屁股，关了几天，他才答应交人租，放回去后就把他老二带了来。他老二到营盘上喂马，一向无事，大家也没防备，哪晓得大前天晚上半夜三更时分，就是这个老二，开门放了刘家人进营盘，杀得血流成河！……"

"不用说了！又是一桩惨案，可是，人家还说我们不服王法和为匪作乱哩！自然，他们又会反过来说为民除害和为乡里靖乱了！"龙源海脱下军帽，肃立致哀片刻后，又说，"这样吧，老头人，你就先招呼少爷下去休息，这件事回头再好生商量。"

待二人走后，龙源海才对罗仕俊和柏元栋说：

"二位听见了吧？刚才二位建议的一些事，我不但决定采纳，而且决心立马进行。首先，按仕俊的建议在城里开展活动，不但洗雪自己，首告他人，还事情以真相，还要在此基础上，设法和政府亲近、亲善、友好！只要政府正确待我，在仇我两家之间平等相待，我石他家和所有的家族亲族没有理由不服从政府的领导！特别是当前正是抗战时期，更应举国一致对敌，凡是有利抗战的事，我们都应帮助政府多做。这件事，除了我自己奔走外，还望二位一如既往鼎力相帮！关于元栋的建议，城里的事办稳妥后，就即刻回到家乡去办理，具体如何进行再作商量，也望二位多出主意！今天，真是太感谢了！"

罗仕俊和柏元栋觉得能为源海分忧，也感到很高兴，他们见源海还有要事，就告辞了。临行时，龙源海又将柏元栋唤住说：

"我这次进城，没有让妹妹源江知道，还不知她在教会小学寄宿读书的情况究竟怎样。为了不分散精力，就拜托你代为关照了！"

"可以。我已好久没见她了，按理也是应该去问候的。不过……"柏元栋为难地说，"她可不像您，总是以主子的身份待我，这样，我说起话来她是不会听的！"

"我理解！"龙源海说，"这事也不能怪她，古规祖法嘛，她要摆主子架子也拿她无法。这样吧，能说几句就说几句，能做多少就做多少，如果有必要，请仕俊也多关心她。在仕俊面前，她就不能摆什么架子啦！"

第三章

龙源海怀着振兴家业、振兴彝区的志向，一向发奋苦读，在省城进军校期间，更是勤学苦练，学业和武功的优异，使全校师生深感震惊。要不是父亲辞世，绝不会获准停学离校。因为校方早已把他当作突出人才和可利用的土司后代向上峰做了报告，上峰也专门为此下达了指示，要求格外关注。离校前，军校教育长亲自为他送行，再三嘱咐他早日返校，并亲笔写了一封信，要他面呈国民革命军在碧城地区的驻军首长兼警备司令彭少将，要求对他多加照看。龙源海家和所有土司土目族系不但一直和官府极少往来，而且，由于官府与四大汉姓沆瀣一气，欺辱土司土目和彝区，双方都心照不宣地承认，相互间的关系里，存在着很大的芥蒂和嫌隙。要不是教育长这封非常珍贵和难得的信，他如今要为家事奔走，简直可以说是求告无门。

那一天，他凭着教育长的书简作引见拜会了彭少将，少将一见面，就"嘭嘭嘭"地捶响他胸膛说："你们的教育长好眼力，果然如同一块好钢！"然后才招呼他坐下，展读信件，商谈问题。龙源海听出来教育长事先已向少将介绍过自己的情况，又见少将很赏识自己，就倍觉亲切地感到可以信赖，毫无拘束地把心掏了出来，把自己家族、族系乃至民族这些年的遭遇统统告诉了少将，恳请做主。少将非常同情，热情而又简挟地告诉他，目前是抗战时期，地方政府不能随便用兵，如果一定要用兵，也必得通过驻军，到时候他可以阻止，因而不存在政府武力对付河西彝区的可能。至于八大土司与四大汉姓之间，乃至于与地方政府之间，长年累月的冤连仇结、兵戎相见，究竟孰是孰非，只要举近日对木乃家夺地灭门一例就可说明问题。因此，少将要他帮助木乃家立即书写状纸，到专署和县两级所有党、政、军、警、法等部门投告，到时少将自会有话说。但是务必要注意，必须有对立面的人物出面作证，否则，又会被人借口是仇家间的互相诬陷栽害，一句话就可以否定。龙源海从少将那里回来后，心情感到宽舒了许多，可是，由于那对立面的证人实在难找，时间又一天天地白白耗去，使得他不由己地发起愁来。

"到对立面去找证人，这是完全不可能的事。明摆着的，人家本来就是为瓜分土司土目的领地而同生共死地结盟的，怎能产生裂痕和分化，如果一定要去找，弄不好还会泄密，自取其祸！"罗仕俊和柏元栋不但都感到无法，而且压根儿反对这样做。

大家都一筹莫展时，龙源海的跟帮陈智祥忽然很有胆略地说：

"我看，何不如派几个能干的人混到河东，设法将那出卖主子的两父子捉来，他们原是土司土目管辖内的彝人百姓，我看，只要不咎既往，又给他们更多好处，他们是会调回头来作证的！"

龙源海为陈智祥这时竟然能够做出这样不算坏的策略感到惊奇，但是，他又说：

"到了实在无路可走的时候是不妨一试的！不过，不要忘记，政府方面是会千方百计地为刘家开脱的。正因为那两父子是我们家族间的百姓下人，人家就会说，这原是一个圈套，是我们先放那两父子去勾引刘家上当，又用那两父子证实刘家为匪杀人灭家。这样一来，我们在社会舆论上就会因反遭诬枉而帮倒忙替刘家把罪行掩盖了。当然，事情总是会澄清的，但是那得需要时间，又得需要政府里有人秉公说话，俗话说扯得被盖天已亮了，到时候还不知道世态怎么变化哩！"

"那么，干脆如法炮制把刘家杀了几个摆起，把事情闹大，迫使政府出面处理，到那时，就可以乘势把新账老账都一齐抬出来算！至于杀人的事嘛，一报还一报，充其量打个平局！如果政府不管，那也并不吃亏！书上说以其人之道还治其人之身，可能就是这个道理！"陈智祥又提出了新招。

"高！智祥陪伴源海读这么些年书，还真偷师学艺地得到不少知识哩！"柏元栋高兴得拍手称赞说。

"我看这也可以一试！"罗仕俊说。

"如果官府硬是不给一条路走，那也只好如此了！"龙源海愤慨地点点头，又拍拍陈智祥的肩头说，"你的跟帮当到这里为止了，从今以后，就算是我聘用的人吧！等到我们回乡宣布改革后，你若愿意就留下来帮我办事，如果不愿意，就回家去服侍父母，人租地改成谷物租，交你们家永远耕种。你的主意出得不错，就请你明天赶回家乡去做准备。但是，是否执行，什么时候执行，都得听候我的通知！我现在就去禀告少将，究竟如何行动，还得请他示下！"

　　这时，老天非常及时地给龙源海送来了一个机会，当他乘坐出租马车匆匆向少将家赶去时，忽然瞥见迎面疾驰而来的一辆马车里坐着一位非常熟悉的姑娘，不由得产生了一种既觉得不可能又感到明亮耀眼的希望，当他正要向对方打招呼时，那马车已交臂而过，他急忙叫车夫调转马头跟踪追去。

　　姑娘的马车朝前进了国民党碧城县党部的大院，龙源海的马车也脚跟脚地到了。马车还没停稳，姑娘就纵身跳下车来，吓得车夫慌忙伸手去扶，她却稳如生根似的站在那里，利索地从手提包里取出钱来付车费。她蓄的是小男式发型，一件黑呢大衣像披风样挂在肩上，微显丰满的身体在阴丹士林蓝布旗袍里面现出了健美的轮廓，她本来只是中等略高的身材，由于穿了一双黑色高跟皮鞋，便显得修长苗条起来。龙源海见她还是这样潇洒无羁，心里不由暗暗赞赏，急忙走了过去。姑娘听见身后有脚步声，机灵地回过身来，一见是龙源海就欢呼奔过来紧紧握住他的手摇着头说：

　　"啊哈，这么巧呀，我们竟会在这里不期而遇？什么仙风把你吹到这山城？听口音你好像是这一带地方的人，家住哪里？能欢迎我去观光吗？"

　　龙源海见她那血色饱满的椭圆形瓜子脸比以前更加鲜润了，那像两条黑线一般的长眉下，一双凤眼诡谲地眨闪着，在薄点红脂的口角上，那粒俏皮的黑痣像有生命似的颤动着，停了一下，他才严肃地说：

　　"我想，我们都不用再互相欺瞒了吧！究竟我是什么人？你是什么人？我敢断定在省城时我们彼此已经清楚。你虽然见面就对我说他乡话，可我偏偏能够从你的话里寻觅到你的乡音。至于我是系何原因来到这里，我也敢断定你是清楚的！"

　　姑娘内心里虽是感到意外和愕然，表面上却毫不流露，依然欢笑着说：

　　"啊呀，纸糊的灯笼你何必戳穿呢，保持原样岂不是更有意思吗？"

　　"捉迷藏的年华难道还没有逝去？既然已经离开校门步入了社会的大千世界，我们就应该面对现实来重新调整关系。"龙源海友善地说，"我倒是真的不知道你是怎样到这里来的，可以告诉我吗？"

　　"这有什么不可以的，大学毕业后，在我家庭的活动下，喏，不是就到这个县党部来工作了吗！如今是在一个连党的宣传工作是什么都不知道的迂老夫子手下当干事，要是我党的显要都是这个水平，那不亡党才怪哩！"姑娘没好气地说，"我知道你准是在这城里什么地方猫着，但却做梦也不敢奢望你会来看我。"

　　"为什么？"

　　"这还用问呀，我们两家两族之间的关系，是那样情如水火，在省城，在异乡，我们还可以互相欺瞒着接近交往，在这里可不行，那是会引起麻烦的。"

　　"我不是来了吗？难道你怕……"

"我怕什么？我那是替你说的，至于我嘛，天塌下来也只是这么一回事。你既然登门造访，当然是客人，理应招待，家里不便，到'君再来'去吧！"

姑娘说完就另外叫了一辆马车，邀着龙源海登车而去。

去年的"双十节"之夜，省城举行提灯会，游行结束后，由各大中学校师生、社会各界人士和部分驻军官组成的庞大队伍，又回到出发前集中的广场，根据大家的要求，听取驻军长官就前方的战事和后方要务发表讲演。可惜的是，那位将军很缺乏热情和口才，照本宣科地念了一通稿子。讲话的内容既没有超出新闻媒介提供的消息，也没有走出任何一个普通听众应有的知识范围，如同给大家在这个难得的晚上激发起来的昂扬斗志和民族感情泼了冷水，弄得整个会场上嘘声一片。多亏了那位主持会场的年轻军官，他一手高擎着火炬，一手指挥千人万众唱一支《松花江上》，又唱一支《保卫黄河》，然后声泪俱下地带头呼了一通口号，最后泣不成声地宣布散会说："同胞们，中华民族的好儿女们，让我们用自己的血肉，去洗刷民族的耻辱，为干净彻底地把日本人赶出我们神圣的国土而勇敢战斗吧！'青山处处埋忠骨，何须马革裹尸还！'为了国家和民族，我们但愿一去不返！"于是，每一个人的热血都沸腾起来了，会议虽然散了，民族的凝聚力却如钢铁长城般构筑了起来，人们手挽着手，臂挽着臂，潮水般涌上街头，通宵游行，高歌过市，激情澎湃，以表达强烈的爱国之声和誓与日本人战斗到底的决心。非常偶然也非常奇特，军校学员龙源海和省立大学的女学生刘江波，不知在什么时候什么地方开始，竟然手挽着手地走在了一起，踏着同样的步子，唱着同一支歌，感情都炽烈得似乎要燃烧起来，直到东方微明，晨曦已经来临，他们才同时发现对方是谁。原来一个是石他土司家的公子龙源海，一个是四大汉姓首领刘锡昌家的亲侄女刘江波小姐，完全是水火不容的世仇。这真是鬼使神差了，然而，他们双方的意识里都没有产生这种反应，甚至连男女之别也不在意，照样紧紧挽着手，昂首挺胸高歌向前。毫无疑问，这是一种伟大的力量和高尚的共识将他们的情感凝聚在一起了。自那以后，他们就经常见面了，有时在舞会上，有时在对方学校的演讲会场，有时在运动场上，一种非常矛盾的情谊就这样把他们联系在了一起。但是，他们都不问对方姓甚名谁，也不向对方做自我介绍，总是含含糊糊地见面，含含糊糊地别离。他们双方都清楚地知道对方是谁，但却从来都不提及，也不敢提及，只是心照不宣地"哈啰"一声打个招呼了事，人们还误以为他们间的关系已经深到不用提名道姓哩。实际上他们是害怕互相把身份公开后，那奇怪而又珍贵的情谊便会随之毁灭。

现在，"君再来"酒家的这间封闭式的雅座厅里，虽才是正午时分，但那洋式的枝形烛台上，每一支蜡烛都被点燃了。那一个个豆粒样大小的火苗，竟然汇聚成了明亮而柔和的灯光，气氛很是华贵。隔壁的宴会厅里，店主暂时把空着的桌椅搬开，让有兴致的客人跳舞助兴，留声机里传来了《何日君再来》的乐曲，让人感到情深意重而又伤感，刘江波颇难以自制地对龙源海说：

"我们跳舞好吗？"

"你明明知道我还处在热丧之中，怎么会说出这样的话！"龙源海虽然说得很客气，心里却很不舒服。

"是的，令尊是何等人物！他的去世犹如山崩地裂震动了整个地区，我确实知道，因为一时高兴，竟然忘了，务请原谅！"刘江波抱歉地说，又问道，"请允许我打听一下，你为什么不佩戴悼念物，比如黑纱呀、白花呀一类的？"

"是应该佩戴！这种礼仪任何民族都适合。不过，因为在城里要接触许多人，怕给人家带来不便。"龙源海说。

"这样吧，我们借这个难得的机会，先说一点正事好不？"刘江波提议说，"我先问一下，你新近有什么预感不？"

"不但有，而且我已准确地知道，你的叔父他们又在那里作恶造孽，像毒蛇那样咬了人后，反过来把毒涎喷在人身上！"龙源海正感到无法开口，于是就乘势把话挑开了。

"你既然已经知道，那就好了。"刘江波说，"我问你，你对我叔叔他们的那些说法是怎么看的？有什么对策？"

"我们家乡有这么一句俗话——年三十夜的老鸹，叫惯了的。老鸹每日都在朝天叫唤，你能叫它年三十夜不叫？对你叔父他们那一套，我就是这个看法！而且我还认为，这是四大汉姓祖传的秘诀。你如果熟悉四大汉姓的历史，请想一想他们都是靠什么发家的？再请想一想，他们一代又一代，有哪一代加给土司土目的罪名不是一样的？我敢说，只要土司土目不亡，即便再过一千年，他们用来陷害土司土目的还是那些说了千百遍的话。那些话的可信程度如何，你就可想而知了！至于有什么对策，我只想说一句，善有善报，恶有恶报！我倒要问问你，对你叔父他们的那些话，你又是如何看的？"龙源海耐心地说。

"我没有理由不信，也没有理由全信，因而我力劝我的叔父和你们所说的四大汉姓中的长辈，既不能使人不信又不能使人相信的事，还是属于不实之辞，以此为凭去控告别人，那是不能成立而且是违法的，到头来必然会反受其咎。由于这件事，我遭受到一致的谴责，被视为叛徒，甚而被追究你我在省城时的事。"刘江波颇觉滑稽地笑笑，"不过，我这个人，生活的权利全在自己手里，任何势力的打击或扶携，我都是无所畏惧和毫无乞求的，因而我认为该怎么做就要怎么做，哪怕把刀架在脖子上也不会退让一步。所以，我不但闯入专员公署求见了专座，而且，他们的状纸投到哪里，我就跟到哪里。我的理由很简单，如果依据那些不足为凭之词处理问题，必然会出乱子。再说，如今国难当头，以少滋事为佳。"

"实在感谢！"龙源海肃然起身，对着刘江波恭恭敬敬地一鞠躬，然后落座说，"你看，你不过是说了那样两句话，他们竟然容不下，可见他们处理问题是以什么为准绳和目的的了！说起来，你这样说还大大对他们有利哩，请再想想看，是八大土司闯入四大汉姓的祖业杀人夺地创基立业呢，还是四大汉姓闯入八大土司祖业杀人夺地创基立业？特别令人发指的是，这伙新兴地主把他们为夺取土司土目土地而挑起的械斗硬说成是为民族生存而战，蓄意挑起彝汉民族间的仇杀！只要从这个根本点看问题，孰是孰非就会明白。如今这情况好比是：狼将一群羊吃了一半，当剩下的一半团结起来抵御自救时，狼反而说生命受到威胁，于是，作恶者竟然以受害者的面目出现，受害者反被推上了被告席！"

"这一点我确实没有想过，看来有一定的道理。不过请恕我直言，土司土目管辖内，确实存在许多落后事物，恐怕也不能听任其长期存在！"刘江波善意地说。

"不错，土司土目领地确实存在土司制度和领主社会乃至奴隶社会的某些残余，是应该进行改革，但是，能够以这来作为残害土司土目及其领地人众的借口吗？能够以这来为四大汉姓的土匪行径开脱罪责吗？谁给予了他们这种权利？是政府？还是土司土目领地上的人众？如果他们的这种谬论能够成立，作恶者岂不是成了救世主吗？"龙源海虽然一开始就竭力表现得很有礼貌，说到这里时也不能不愤慨了，"让我们来戳穿这个西洋镜吧！你知不知道，他们一手向政府设送土司土目的禀帖和状纸，一手对土司土目干了些什么？"

"我想，你们所说的四大汉姓的事，我都是知道的，没有听见还有其他什么事。"刘江波自信地说。

"那我就告诉你吧，就是在最近，你那伟大的叔父刘锡昌和他的儿子刘仲武，明火执仗地黑夜破门偷袭了木乃家，除一人在外未归外，其余全部被诛灭，就这样把河东地区最后仅存的一家土目的土地全部夺为己有。这事发生距今不到半月时间，计算起来，还是在他们向政府投递状纸之后哩！"龙源海悲愤交加，已是不能自控，站起身来，"刷"地一把将那扣得严严整整的军服钮扣全部拉开了。

刘江波急忙将他扶了坐下，充满疑虑地问道："真有这样的事？"

"怎么没有？须知这就是四大汉姓的风格和招数呀！"龙源海轻轻捶打着面前的桌子说，"而今，逃脱性命的人已投奔我家，真个是无家可归了。而在他家的故宅，死者的血迹未干，尸骨未殓，你的堂兄刘仲武已毫无顾忌地住进去管业啦！"

"这真是无法无天了！但是，这样离奇，如果没有证据，请原谅，我还是不能相信。"刘江波慎重地说。

"那逃脱性命的受害者难道不可以作证吗？"龙源海反问道。

"他当然可以作证，但是由于两家是世仇，又一贯互相诬陷，没有另一方面的证据，莫说我不相信，就是法律上也难认同。"

"什么另一方面？那只有到刘锡昌、刘仲武父子身上去找了，可是，你也知道，那比登天还难呀！"龙源海冷笑着说。

"别这样子好不好？因为双方所说都难以让人相信，我倒是想去做一番实地调查，孰是孰非，让事实来回答，不知道你有没有胆量和我去？"刘江波挑战地问。

龙源海略微思索了一下，决然地说：

"那好！莫说有贵小姐保驾，敝人虽然不才，河东之地本是亲族祖业，如今虽然失去，但是我想，到那里走一趟量来还不至于把这条命赔上吧！不过，我倒有个要求，如果确有其事，求你出以公心，说上几句公道话，我在这里恳请了！"说完，龙源海急忙深深一揖。

刘江波那两撇弯眉微微锁着，一双凤眼轻轻闭上，显得举步维艰，陷入了深深的思索中。她心里想道，好一个龙源海，年纪不大城府还这样深，竟然来套我作证，我难道真会背叛自己的亲人！但是，她还是不相信会有这样的事，就说：

"如果确有这样的事，那真是应该人神共愤，虽然是自己的亲族，我有什么作证不得！不过事关重大，玩笑不得，要是压根儿没有这样的事呢？"

"但愿如此，只可惜木乃家的几条人命活不转来啦！"龙源海极感冤屈地说，"如果没有那样的事，我除了将古规祖法定下并传至今日的土司制度的残存物统统抛进历史的垃圾堆里外，还立即向政府自首，甘愿为诬陷良民领罪！"

刘江波听龙源海说得这样坚决，感到有些不妙，自己可能过于听信亲族们的话了。然而，一言已出，已无更改的余地，她只得无可奈何地点头同意了。

与龙源海分别后，刘江波步行回家，一路上不住地扪心自问道：我这样做到底是为什么？有这个必要吗？对得起祖宗、亲族、叔父和堂兄吗？不管有没有那样的事，这样的行为都意味着背叛呀。更使她感到痛苦不堪的是，这一行动更主要的还是对不起她那善良、勤劳又淳朴的父亲。刘江波的家族来这地方创业和发迹的历史，只能追溯到曾祖父那一代。曾祖父随着栽培他的县太爷进入彝区后，凭着庄稼人的精明眼光，看中了这一片荒凉而又无主的河谷，便辞去了衙内的美差，断绝了还乡之念，投身于这片河谷的开发。原来河谷里长满了巴茅，巴茅下堆积着深深的腐叶，腐叶下埋着黑油油的沃土。在当初，巴茅和腐叶蕴蓄着瘴气，播撒疟疾瘟疫，因而使人们望而生畏，谁知将巴茅斩草除根，一火焚之，翻犁出黑土，以腐叶作为天赐的肥料，然后再播下谷物种子，疟疾和瘟疫不知哪里去了，留下的却是一片肥美的田野，于是，一户拥有无数佃客的巨富人家出现了。到了祖父管业时，为了对付股匪和流民的骚扰，这户人家迫不得已建立了一支能够自卫的武装力量。谁知到了后来，年高的祖父已经不能照管家业时，骁勇好斗的叔父刘锡昌不听父亲刘锡仁的劝告，凭借着这支武装，针对一户户已经没落破败的土司土目，干起月黑杀人、风高放火的勾当来。最后把在河谷里分家所得的肥田沃土卖给了父亲，在武力夺取的土司土目领地，建立起不通过耕耘就获得的更加富有的家业。只有父亲仍守着河谷里的祖业，指挥着家人和佃客辛勤耕作。为了不玷污家声，父亲从不到叔父家行走，也不希望叔父回到河谷来做客，兄弟极少往来。当然，始终还是亲骨肉，对于外人，对于仇家，总是站在叔父一边。刘江波因而觉得，无论如何，自己的此行此举完全和父亲处理与叔父之间的关系大相径庭，无疑地是会让父亲伤心了。因此，回到住处后，她虽然毫不爽约地为明日之行做好准备，心里却总是忐忑不安。正当她要上床就寝时，县党部收发转来当天收到的一封信，她匆匆展读后，在气愤和无限惊讶之中，险些昏倒了。原来是她父亲的来信，所谈正是她叔父刘锡昌父子诛灭木乃土目一家夺取产业之事，与龙源海所言丝毫不差。父亲郑重告诉她，叔父之所为既丧尽天良，又无法无天，叫她不要介入，既不为虎作伥，也不应伤害家族的名声和利益。那一夜，她苦苦斗争了一个通宵，最后还是觉得必须顺应父亲。第二天一早，当龙源海准时带领随行人员和夫役马匹赶来邀约刘江波启程时，她无恨愧疚地告诉龙源海说：

"我看都用不着去了。"

龙源海不解地问："为什么？"

"情况完全如尊台所言，不但刘锡昌父子，我刘氏一门都应死罪！"刘江波深深地低头致歉。

"那么，小姐，这回就得仰靠尊驾施恩，为蒙难者作证申冤啦。"龙源海深深一揖说。

刘江波眼里涌出泪花，难过地说：

"请原谅，我实在不能够呀！一来不敢让老父伤心，二来哩，我始终凡俗鄙陋。大义灭亲，我实在没有那样的高风峻节！务请海涵！"

"那好，强人之所难不是美德，我只能怪自己看错了人信错了人！"龙源海仅只说了这么一句，就宛若无事地回身而去。

事情似乎就这样过去了，可是，刘江波心底的波涛不但没有平息，反而日渐汹涌起来。刚强正直的个性，嫉恶如仇的家教，还有受过高等教育的现代意识，如油似火地整日在她的心头熬煎，鞭策着她牺牲小我去秉行正义。无奈父亲颤巍巍的形象总是站在面前，使得她不敢迈步向前。她以为这事已这样过去了，哪晓得突然有一天，她不期然地和龙源海在"君再来"酒家相遇了，她坚持要摆酒谢罪，龙源海也坚持要摆酒相谢。刘江波深为不解，忙问道：

"这是为什么？"

"实不相瞒，我已将控告刘锡昌父子的状纸，托警备司令彭少将交有关方面了。我想，这一回，政府和司法部门总不会置之不问了吧！而且直接写上，所述种种，贵小姐都可作证。因时间紧迫，事前来不及造府相求相商，还望多加原谅！"

刘江波做梦也想不到龙源海会来这么一手，不声不响地将她置于火上烤，一时之间，气恼得真想杀人，就质问道：

"这不是明摆着搞阴谋吗？想不到你也会这样做，可耻！可鄙！"

"我本来不想这样做，可是，死难者含冤九泉，不能瞑目啊！"龙源海悲从中来，愤然说道。

"是呀，我也不应怪你，只能怪自己不知哪一世造的孽！这样吧，如今还有什么好说的呢，我只求给我一个可以使父亲能够稍感宽慰的机会，不知可不可以？"

"请讲。"

"刘仲武既然杀人犯法，可以先拿他的命相抵，那以后我再站出来作证，这话就好说了。"刘江波不得已地说。

"如果我说我那样做是阴谋，小姐的高见可以说是百分之二百的圈套！"龙源海嗤鼻冷笑说，"这不是叫我们也犯法，和对方弄成半斤八两，打个平局？那么，不但死难者的冤不能申，我们还要赔人命，真是好主意！"

"源海先生，如果这样不行，那我就毫无办法了，到时候莫说我不会出庭，就是出庭也不会背叛家族和父亲！"刘江波顿足表示万般无奈地说，"我是想，处于这样的境地，如果要使我们双方的特殊困难和要求都能够适当得到照顾，只有像我所说的这样做，受害者已不能再生，杀人的既然已经抵了命，这个事件就有了结的可能。然后，我们再借这个事件去将刘锡昌的状纸驳倒，让他领受诬告的罪责，这才是真正的目的。我不认为这是圈套。当然，我承认自己做人的品性毕竟还是不高，也很对不起你，然而，我也觉得，置他人之艰难处境于不顾，你也未免有点儿自私！"

无论如何，龙源海都只能首肯了。这时酒家已经上了酒菜，他默默地斟了一杯酒敬给刘江波，表示领情。

（节选自《末代土司》，四川民族出版社，1996年）

日落长安（节选）

第三部　最后的辉煌

仇士良总算领教了李德裕的厉害。

自入相以来，无论是朝堂上，或者是宴会中，李德裕对他总是客客气气，不卑不亢；一旦议事，他也并不与他当面顶撞，总是引古证今，晓之以理，迫使他不能不放弃自己的主张；而皇帝对他，更是言出行随，宠信无比。他柔中有刚，如同绵里藏针，整个儿一个不怒而威的形象，令仇士良见了，也不禁要怵他三分。

仇士良为此痛苦、激愤又无奈。他与他斗过，然而几乎每一个回合，他都以失败告终。

为荫庇王力奴，仇士良遭到给事中李中敏的反对。李德裕贬走了李中敏，最初仇士良以为这是为了讨好他，因而十分满意。他麻痹了，作为报酬，有一个时期，他很少干预宰相们的政事。后来他才明白，李德裕对李中敏的贬黜，其实是一石三鸟：既稳住了他，也借此打击了牛党，还腾出地方，让亲信郑亚担任了给事中。

李德裕对牛党骨干及其党魁的打击毫不手软。牛僧孺被削去兵权回朝廷虚衔之后，因为反对对回纥用兵而被迁去了东都，与东都留守李宗闵一起在那儿赋闲。而对已经失势的杨嗣复、李珏，他则率先出面救援。这一招使仇士良完全陷于被动，更厉害的是他对牛党中人分而治之，笼络了朝官们的心，那个杀了王力奴的柳仲郢如今就比李党还要像李党。他甚至把白敏中、令狐绹都升做了郎官。牛党在朝中几乎销声匿迹，这使仇士良利用两党争斗而从中渔利的打算完全落空。仇士良每念及此，不能不恨得牙痒。

而李德裕起用本党中人，也不再像大和年间那一次入相。那时候他为了避嫌，不得不羞着答答，遮遮掩掩，最后仍被李训、郑注冠以"朋党"之名而罢黜。这一次他可不客气了，还说是举贤不避亲：李绅在淮南节度使任上席不暇暖，他立刻便将他调来京城做了宰相。曾被杨嗣复、李珏罢为左仆射的郑覃，已患足疾，他不仅亲往探视，还准备奏请让他入相。当年被牛党排斥的其余官员，也多有升迁，新任宰相李让夷就是一个。而文宗年间，在边塞多年不得升调的石雄，也被他破格擢用，在与乌介可汗的战事中一战告捷，班师奏凯，更巩固了李德裕在朝中的地位。

而仇士良的地位却开始动摇。就在他麻痹了的那些日子里，他被抬到了观军容使的高位上，皇帝原来的贴身内侍王宗实接替他做了右神策军中尉，待到他明白过来的时候，为时已晚。重掌兵权既不可能，李德裕对他也就逼了上来。当时有一位尚书郎很受李德裕赏识，本拟拔擢，而仇士良也曾向有司代为请托。李德裕得知之后，认为这位尚书郎结交宦官，从此既不来往，更不与升迁，找了一个岔子，竟将此人贬出了京师，连这一点面子也不给，这使仇士良大为恼火。

他好想报复。他已看出这一切都是李德裕撺掇皇帝所致。但是李瀍不是李涵，从他把王宗实弄去掌了神策军权这一点来看，这个由他亲手扶立的皇帝不是寻常之辈，可惜他当初竟想不到这一点，竟然轻易地便交出了兵权。皇帝是那么信任李德裕，要在他面前拨弄是非引起他对宰相的猜忌简直就是不可能的事。李瀍崇尚道家，以"无为而治"理国。他根本不像文宗那样事必躬亲，却是用人不疑，放手让李德裕去干。仇士良这才明白无为而治果然有让他捉摸不透的奥妙。可是皇帝对于他，却是事事警惕、处处设防。他记得有一次李德裕引三国故事与皇帝议政，说人君不可一日失去权柄，如神龙之脱深泉，震雷之无烟气。所谓权柄就是威逼，故不可假于臣下。以后想来，这"臣下"所指，其实是针对他的。他真是恨透了李德裕，他真想找一点岔子将他撵出京师完事。可是他不敢。一则是神策军权已被分走一半，王宗实头一个就不会听信他的；再则泽潞节度使刘从谏因李训、王涯之死与他结了仇，他早就想清君侧，这使他不能不有所顾忌。不久回纥事起，更不是时候。何况要找到李德裕的错处也不是容易的事。这个人不同于李宗闵的平庸无能，也不同于牛僧孺的安守现状，更不同于李训、郑注之捣鬼有术；李德裕文武全才，言出法随。说是宰相不宜久任，他就让陈夷行、崔珙、崔郸等三人先后离开了相位。特别是陈夷行，虽与他有政见的不同，却是李党要员，罢相并没有丝毫的例外。而他自己，则集相权一身，李绅等人，形同摆设。

仇士良越来越感到不可容忍。他希望李德裕早日退出相位，可是目前似乎没有这种迹象；他也明白，李瀍是不会轻易让他离职的。那么，他就需要等待时机，等待着，有朝一日他一定要给李德裕一点颜色看看，让他知道，惹恼了仇士良，会是一个什么下场！

仇士良未能斗过李德裕，但是他自信对付皇帝绰绰有余。

在这方面，仇士良轻车熟路，是个彻底的胜利者。从这个意义上来说，他最终击败了李德裕，也击败了李德裕们为之献身的中兴大业。

这是人性善与恶的较量。

通过宦官的诱导，最终在皇帝身上见出分晓。

作为自幼在宫中长大的太监，仇士良对皇帝们的了解胜过对他自己。皇帝是天子，但也是人，是人就有饮食男女的嗜好，有趋易避难、好逸恶劳、贪生怕死等等弱点。而且因为独掌鸿钧，君临天下，有生杀予夺之权而又无人奈何于他，他们的人性之恶便最易发作，最能变成洪水猛兽，最易泛滥。他亲眼看到并且参与教唆了敬宗皇帝的堕落，这一切都归功于王守澄传授给他的方法，即引诱皇帝"疯玩"。这同样是对付李瀍的法宝。李瀍的短处同他的长处一般鲜明地存在着。今上没有文宗那般嗜好读书的习惯。读书可以明理，明理之人不易对付，所以他的法宝在文宗面前一无所用。在宋申锡事件与甘露之变中，他们几乎遭受灭顶之灾。而李瀍的嗜好却是神仙方术，是服食仙丹，是日御数女，行采补之术。

有一天，当已册封为才人的柳枝在他面前说起皇帝在玉阳山中拜访赵归真、新受法箓之事，仇士良心里为之一动，几乎欢喜得就要呼出声来。他利用内侍省总管之便首先奏请往玉阳山中宣召赵归真入宫炼丹，这既然是为使皇上长生不老，皇上岂有不依？皇上立刻准奏让他派中使迎来了紫微真人。有了神仙自然就要有安置神仙的地方，于是仇士良奏请筑望仙台。李瀍又欣然准奏，拨出巨款，在太液池畔修筑了一座高达百尺的望仙台，让赵归真在台中和药炼丹。接着仇士良又召来几位能行搬运之术的方士，也住进台内。皇帝公务之暇，便斋戒沐浴，亲往台中与真人探讨玄理，或看方士们画符行术。皇帝大感兴趣，渐渐沉溺其中。特别是服了丹药之后，渐渐毒热难当，性欲亢奋。这一回轮到皇上找他了，妃嫔宫人们不足以供皇帝享用，皇帝要他派人秘密采选民女，送入皇宫。他一次便送入一千余名，皇上欢喜不尽。当夜即服药御女，随之一连三日不朝，百官都以为皇上病了，忧虑不止；只有仇士良明白：一夜享用十二位宫女的皇上，此间正在睡梦中腾云驾雾，不知所止呢！

皇上既已入道，仇士良的机会便来了。此时距回纥战事过去刚好二月，泽潞节度使刘从谏又已死去，他解除了一大威胁。李德裕与新任宰相李绅、李让夷同上奏章，请为皇上加尊号为仁圣文武至神大孝皇帝，并选定戊寅日御宣政殿受册。这一天，作为首席宰相的李德裕不仅要对整个仪式做统筹安排，还将向皇帝亲奉册文；自然，皇帝大赦天下的赦文也由他主持起草。仇士良希望在皇帝登上丹凤楼时出点事，届时龙颜震怒，必然要追究李德裕的失职之罪。如此一来，可就有好戏看了……

仇士良叫来两名心腹太监，嘱咐了一番，让他们分头前往左、右两军，然后便稳坐北衙，静观其变。

李德裕此时正在中书省忙碌。

再过两日，即是为皇帝上尊号的日子。从册文的草拟，典礼的规制，朝贺的人员，乃至诸镇各国的贺表，他都一一检视、审阅，他已经连续三夜没有离开过中书省，也没有睡过一个好觉，实在困极了便伏在案头打一个盹，让刘三复唤醒他，然后继续伏案工作。

至昨日止，诸事大体就绪，唯独最重要的一篇册文和一篇大赦令，由知制诰与中书舍人们一连起草了三次，都不中意，一怒之下，他让刘三复将大赦令送交白敏中草制，而他自己，昨夜里则完成了这篇册文。

写这一类文章，李德裕确是高手。当年与李绅、元稹等同在翰林院，禁中的书诏，尤其如贺表、册文一类的大诏令多由他草拟。他的书诏不仅言辞瑰丽，更主要的是能切中利害，准确地表达事理，堪称独步一时。连一向骄视于人的牛僧孺也不能不承认，此类文章能与李德裕比并的，汉代以来，只有一个晁错和一个德宗年间的陆贽而已。而这两位，都是举世公认的大手笔。自李德裕入相以来，皇帝常以翰林学士们的诏敕不能尽意，因而一再要李德裕亲自草拟，因此大凡册命、典诰、奏议、碑赞、军机、羽檄等等多由他亲自动手。这一次实在是太忙，便交付翰林院，谁知最后还得由他亲自秉笔。

他最关心的当然还是那篇大赦令。白敏中自擢升员外郎后，李德裕十分注重对白居易这位堂兄弟的考察并尽量为之延誉。白居易未能入相。李德裕回奏皇帝的话固然是实，但不想给牛党中人以插足朝政的机会，却也是实。谁叫白居易是李宗闵、杨虞聊的亲戚，与牛僧孺又那么交好呢？但这块心病毕竟难与人言，白居易分明是无辜的。他想有所补救，使良心无愧，几乎想都未想，就在御前举荐了白敏中。然而白敏中毕竟资历太浅，不仅皇上，就连公卿大臣们，也大多不知这个白敏中为何许人。李德裕为此，煞费苦心。白敏中回京不久，登门拜谢德裕。李德裕要他多与台省官员们交往，但白敏中手头拮据，难以承办筵席。李德裕慷慨解囊，赠钱十万，以为酒食之资。

这一天，白敏中在宅中宴请几位省阁中的侍郎、郎中，客人未至，却来了一位名叫贺跋的士人。贺跋本是白敏中的同科进士，这些年里一直在外镇为幕僚，此次回京求官未遂，失望而归，特来向同年告辞。

贺跋骑了一匹瘦驴来到门首。下了驴，正在那儿迎候贵客的家人一见他那落魄的模样，便说老爷有事外出，不让他进门。也是凑巧，适逢吏部尚书柳仲郢的家人持书赶来，说柳老爷今日衙中有急务，不能亲赴白大人的宴会云云。贺跋一听，怒火中烧，待柳家仆人去后，立刻从革囊中掏出纸来，铺于驴背之上，提笔写了一信，让家人转送老爷。白敏中收到信后，拆开一读，原来写的是："……丈夫处穷达，当有时命。苟不才者，以侥幸取容，未足为发身之道，岂得家畜饮馔，止邀当路豪贵？而昔日登第贫交，今日闭门不接。纵使便居荣显，又安得不愧于怀？"白敏中读完大惊，立刻命家人请回贺跋，二人就于宴席间同饮。正欢畅间，贵客们纷纷到来，听了家人的陈述，无不惊愕，于是勒转马头，联骑而去。第二日，李德裕问白敏中宴请了哪些朝官，白敏中将情形说了一遍，然后道："……同年离京辞行，下官见他处境委困，实不忍弃之，因而留饮数杯，得罪了客人。实在对不起相公的关爱，既负吹嘘之意，下官甘受斥责。"

李德裕嘴上不言，心中却大为感动。白敏中离去之后，他对刘三复说："世风浇薄，一般人如今都见利忘义，白敏中不负落魄的旧交，而不怕得罪权臣，这真是能行古人之道。倘能由此贵达，也可以为一般人做个表率。"

刘三复却不以为然。他从白敏中的言谈举止中，感觉到一种言不由衷，似为讨好宰相而故作惊人之笔，乃虚张声势的作伪。他把他的忧虑告诉李德裕，说："……何况，即令如此，也不过区区小事，小德小仁，德公何能以此便料定其人可用？！"

李德裕哈哈一笑，说："三复，大德大仁岂非自小德小仁始？这个……"他颇为自信地道，"你就不要再说了，老夫历外镇、内职，如今又位极人臣，数十年间阅人多矣！观人岂能有误？"

李德裕相信他识人的能力。这回更增添了他对白敏中的好感。他决意要将他选进翰林院了。做了翰林学士，往前一步，便是宰相。而现在，让他做这篇大赦令，是为了给皇帝留下一个深刻的印象。事关重大，适才坐衙的时辰刚到，他便让刘三复亲往尚书省去取赦文。

现在，他一边阅读白敏中的文章，一边暗暗得意。这真是一篇代皇上立言的至文。气魄之宏大，情感之充沛，辞彩之华美，音调之铿锵，都令他爱不释手。有了这篇大赦令，他想，白敏中之事，妥了。

李德裕将大赦令与他亲拟的册文发往枢密院，便恍若放下了一桩心事，数日以来的疲惫一扫而空。现在，他可以思谋一下自己的事了，与仇士良的揣测相反，李德裕眼下盘算着的，是辞去相职，回到他朝思暮想的平泉庄，归隐。

这当然首先是为了兑现他那个宰相不宜久任的主张。陈夷行等退位之后不久，他也递交了辞呈，可是过去了一个多月，皇上却不予批答；催问得紧了，皇上才说，让他把人事安排妥当再予考虑。他其实已经选人自代，是老臣王起。王起，早年曾在李德裕父李吉甫幕中担任过掌书记，以后任过起居郎、员外郎、郎中、中书舍人、侍郎、观察使等职，精于吏事，极有才干，却长期受牛党排挤。李德裕入相之后，让他担任左仆射，是主管尚书省六部的长官，同时委以知贡举考选进士的重任。王起稳妥地贯彻了李德裕改革进士科考的主张，杜绝请托贿赂，大力拔擢寒素，极负人望，入相正当其时。他想，有了王起，加上以刚毅著称的李绅，以沉著知名的李让夷，必能继续他革新朝政的大计。而且他们都受过牛党的歧视和倾轧，他们不会让奄奄一息的牛党东山再起……

他甚至做好了再一轮宰相人事的考虑，吏部尚书柳仲郢、御史中丞李回乃至白敏中都是恰当的人选。现在，只等上尊号的大典一过，他一定要辞去相职。

这也出于他那个进则知止的思想。经过了这些年宦海的浮沉，他早已没有了贪权恋栈的情绪。与回纥战争的大胜，使他得以进位司空，是朝廷三公之一的一品大员。他必须急流勇退，见好就收，切莫功高震主，这是千古不移的规律。何况自己在位日久，得罪的人不少，以仇士良为首的宦官，对自己更心怀怨愤，没有一刻不想对他施行报复……

他思谋着再上一次辞呈。一阵急促的脚步声响起，公事房的门推开了，刘三复匆匆走了进来，神色惊慌地道："德公，不好了……"

"何事？！"李德裕也吓了一跳。这些日子，朝廷内外，纷纷传言，皇帝沉溺女色，服食丹药，迷恋方术。他曾经当面劝谏过皇帝，以为方士之所为，皆诡诈怪诞，不可相信，尤其是吞食丹药，更贻害无穷。因而劝皇上驱逐道士和方士，但是皇帝不听，却说"朕并非不知"，只是宫中无事，以此解闷而已。至于服食丹药……皇帝支吾着没有回答。渐渐，他发现皇帝开始厌倦政事，常常不能按时坐朝，这半月来，更连宰相也不召见了，有消息说，皇帝已在病中。自有唐以来，太宗、宪宗、穆宗、敬宗等都因为迷恋长生，结果直接或间接地皆因服食丹药而死。李德裕每一念及，便不寒而栗，难道皇上他……

他紧张地问道："你快说，出了何事？"

"两军中尉受人拨弄，"刘三复说，"打算行大典之日，齐集兵士在丹凤楼下闹事……"

李德裕松了一口气，让刘三复坐下说话。

原来，他到了枢密院，新任右枢密使马元贽悄悄告诉他，左、右神策军中已经闹得沸沸扬扬，说是宰相主持起草的大赦令中提出：要削减两军衣粮及马草料。中尉鱼弘志、王宗实找到观军容使仇士良，仇士良不问真假，却煽动说："既然有此，你等何不在大赦日让军士前往丹凤楼下作闹？！"

李德裕暗暗吃惊。他早已看出，仇士良对削去了军权久存不满之心，早想闹事。幸而这一次已先得消息，否则后果不堪设想。

李德裕不敢怠慢，立刻吩咐刘三复再往枢密院，让马元贽、仇公武转奏皇上，请开延英殿，宣召有关人员，澄清事实。

刘三复去后，李德裕猛然警觉：庆父不死，鲁难未已。他要求辞职，倒很有一些避祸的意味了。

皇上一直延迟到次日凌晨才开延英殿，据说还是因为接到了泽潞二州的急报，出了什么大事才使皇帝震动，否则，这一次升殿议事还不知会拖到何时。而大典之期就在后天，李德裕与宰相们都快绝望了，得到消息立刻赶赴延英殿。

左右二中尉、左右二枢密使以及观军容使仇士良相继到来。直至天已大明，皇帝的步辇才来到延英殿门外。随着一声"皇上驾到"的宣呼，李德裕等情不自禁地在殿前跪下迎接。他偷偷瞥了一眼延英殿门那儿，但见皇上的黄袍已经出现，却不似从前那健步行走的神态，步履蹒跚，且两侧分明有人扶持，他心下一震：皇上果然病了！

李瀍已经登上殿阶，李德裕领头叫了一声"臣等恭请皇上圣安——"说时，声音里禁不住有几分苦涩。

他听见皇帝无力地回答："卿等平身吧！"一边说一边走进了延英殿。

宰臣与大宦官们随之步入殿内，在御前分左右两列捧笏肃立。

这一回李德裕可看清楚了：时令虽是初夏，清晨却还十分清凉，而皇上却仅穿了一件丝袍，是十分烦热的神气。他双目赤红，脸颊瘦削，精神委顿，再不是从前那个身材魁伟、体魄强壮的皇上。李德裕一看即知，皇上服食丹药，果然病已重了！

他看着皇上，止不住一阵悲凉。

皇帝却对二中尉发话了："朕听说明日上尊号大赦天下，禁军欲在丹凤楼下作闹，可有此事？！"

王宗实低下头来，不敢再看皇上。

鱼弘志自认拥立皇帝有功，又握有兵权，从不把宰相放在眼里，此时指着李德裕，没好气地道："皇上只管问他，李相草制赦文，凭什么要削减两军草料衣粮？！"

李德裕捧出大赦令的副本，正要分辩，皇帝却瞪圆了眼睛，击了御案一掌，怒道："什么话？！你等竟听信奸人之言！"

仇士良立在班首，吃了一惊。他正等着明日看李德裕的笑话呢，根本不知道皇帝因何要开延英殿。此时一听，才知事已泄露，禁不住惶悚起来。

王宗实毕竟原是皇帝的内侍，见皇上发怒，忙说："奴才等俱是听仇军容所说，也不知真假。"

仇公武见情势不妙，忙为养父辩解："仇军容也是为陛下着想，军心不安，陛下何能安？何况，臣也听说，削减两军衣粮草料，李相早有此意。"

这倒是事实。回纥事起，为了应付边庭的战争，李德裕当初与李让夷等确曾有此打算，并且奏过皇上，只是后来考虑两军的安定，并未实行。但这与大赦令却毫不相干。李绅早就听得不耐烦，冷冷地问道："'早有此意'便是赦文上有吗？仇枢密使，你端的会说！"

皇帝见他们争执起来，愈加躁怒，喝道："赦书所言，皆出自朕意，与宰相何干？！

何况并未施行，你等怎出此言？！"

皇帝这话，无异于说大赦令中有此一言，只是尚未实行而已。李德裕大为不解，昨日送呈御览，皇上竟然未曾读过，他只感到说不出的委屈与悲哀。

仇士良倒得意了，说："既然写有此话，也就难怪军士要作闹。还说是'奸人之言'，谁是奸人？！"

当面顶撞皇帝，已是大不恭了，然而皇帝尚未阅过赦令，也一时无言。殿内的空气又紧张起来。李德裕忙将副本送上。皇帝浏览了一遍，并无一字涉及两军，又暴怒起来，将副本扔向仇士良，训斥道："军容不妨好生看看，到底谁是奸人！"

仇士良捧在手中，读了一遍，事情本就是捏造的，他如何不知？！此时见果然如此，便奉还副本，耷拉了头，再无话说。

"你等退下去吧。"一场风波平息，皇帝稍觉轻松，待众人散去，独示意德裕留下。

李德裕留了下来，延英殿内又恢复了安静。

他看见立在皇帝左右的两名内侍为皇帝解开了黄袍，一阵忙乱，从皇帝身上解下一条锦带，取出，带子已经浸湿，正往下滴水；另一名内侍忙又捧过另一条带子，为皇帝拦腰围上了，系上，皇帝接过一杯水，咕噜噜饮尽，然后叹道："渴杀朕也！"

李德裕指着内侍送下去的带子，问道："皇上，此是……"

李瀍有些面赧地说："朕服食金丹已久，近来只觉腹中躁乱，毒热难忍。王才人特为朕制作此带，名之为'胞玉条'，带中藏有冰，系在腹部，心肺俱凉，好受一些。适才那些是冰化了，因此有水滴出……"

"皇上，金丹不可服啊！"李德裕谏道，"赵归真炼丹，无非都是铅汞、硫磺之类发火有毒之物，岂能服食！皇上……"

"卿不要说了，"李瀍制止道，"真人说，朕服下金丹，正在换骨，自然难耐；待换骨之后，即可长生。朕的军国大事，目下皆托付于卿……"

李德裕见皇上果然已走火入魔，料定他不久人世，一时心灰意冷，说："皇上，臣入相已久，宜辞去此职。"

"这如何使得？！"李瀍叫了起来，他从内侍手中接过一道奏章，递与德裕，情急道，"爱卿请看，此是从泽潞送来的密报，刘稹拥军擅命，将有异动……"

刘稹是原泽潞节度使刘从谏的侄子，刘从谏死后，刘稹自立为留后，企图仿效河北三镇，子继父职，奏报朝廷，皇上与宰臣商议，李德裕以为切切不可，遂下诏令刘稹回朝，另委官职。但时过许久，刘稹拒不从命。李德裕看了密报，才知刘稹执意要与中央对抗，不但扣留了朝廷派去安抚的使节，并且派人密与河北三镇相通，调兵遣将，暗作戒备，力图胁迫中央承认其世袭。

"爱卿还说要辞去相职，"李瀍埋怨道，"上一次接到爱卿的辞呈，朕一连十天心神不安。如今又出了此等大事，卿岂能置天下君国于不顾？！"

这话说到了李德裕的痛处。说实话，这些日子以来，他总隐隐地感到，泽潞方面要出事。为了防患于未然，他对泽潞四周的驻军还做了适当的配备和调整，特命王茂元为河阳节度使，将陈夷行调任河中节度使，并知照河东节度使刘沔，从南、西、北三面布成阵势，严密监视泽潞的动静，以防万一，避免在他辞职之后出现异动，朝廷会措手不及。可是，他毕竟为自己的安危想得太多了，在这种时候，他怎能抽身隐退？！他感到愧怍，抬起头来，说："臣未能与皇上分忧，该死。"

"那么，"李瀍看着他问，"泽潞之事，当如何处置？"

"泽潞二州临近关中、河南，处国家内地，与河北三镇不同，岂可任其拥兵自雄？！刘从谏在日，已是跋扈难制；如今刘稹擅立，倘朝廷又姑息而授以节度使官职，则四方诸侯，必然要仿效其为，天子威令，不复行矣，故臣之意，必须讨伐！"

"卿以为征讨泽潞，能获胜否？"

"臣以为必能获胜。刘稹一介狂童，不足惧也。其所恃，只在河北三镇。成德、卢龙、魏博三镇，自安史之乱以来，朝廷难制，皆为世袭。如今只要将三镇与刘稹分化瓦解，则刘稹必败。臣请遣派一位重臣，赴河北传达圣旨，予以安抚，并令其攻取泽潞邻近河北的三个州，若获大胜，朝廷必优厚赏赐。只要三镇受命，则泽潞必克。"

李瀍听了大喜，说："朕意与卿相同，只是，此事非小，可再交四品以上大臣复议，以免步调不一，妨碍事功。"

"臣，遵旨。"李德裕想了想，又说，"欲破泽潞，还请皇上依臣三事——"

"卿且说来不妨，朕能依必依。"

"李宗闵现任东都留守，文宗朝宗闵与刘从谏颇有交情，战事一开，东都地近泽潞，留之不宜。"

"此事不难，别与一官即可。"

"白敏中词学俱佳，且能以诚待人，此大诏令即为敏中草制。臣请敕敏中为翰林学士。"

"爱卿举荐之人，朕岂有不从？这也依你。"

"仇军容无事生非，留之有害无益，请即行罢黜。"

李瀍沉默不语，良久，说："仇军容已不再过问朝政，不过在后宫为朕侍候侍候真人、方士，留之无碍啊！"

"皇上，正因为如此，才要将他逐出，"李德裕发了狠，谏道，"今日之事，皇上已经亲见，非干预朝政而何？战事一开，臣更无暇防范；为早日克服泽潞，仇士良非罢黜不可！"

李瀍想了想，说："也罢，这也依你，朕可以令他致仕。"

李德裕心里如同放下了一块沉重的巨石，谢了皇帝，最后说："泽潞破后，请皇上准臣辞职。"

又是辞职。李瀍皱起了眉头，不过他已极度困倦，勉力地站起身来，说："也罢，届时朕一定成全你，爱卿！"

上尊号的大典终于如期举行，大赦令也得以顺利颁布。仇士良讨了个没趣，气得那一日托病没有去参加大典，第二日却接到了令他致仕的诏书。

这是突如其来的一击，并且那么凶狠，令他丝毫没有喘息的时间，更完全失去反抗和挣扎的能力。致仕，便是退休，是告老还乡，回家赋闲。他将永远离开宫廷了，离开他坐镇了多年的北衙。离开北衙，离开皇宫，便是离开了权力。而丧失了权力的宦官，还能是什么呢？什么也不是。他现在想做家奴也不得了。运气好的话，他尚可安度余年。这些年里，他的财产超过了所有的公卿之家。仅在终南山下，他便拥有三处田庄，且不要说京城里连同仇记药材行在内的十几家字号。他的财产有多少，连他自己也说不清楚。因为京畿一带的富豪，为了逃税，有不少田产、山林都已归到了他的名下。如今一旦失势，他便失去了保护自己的屏障，纵有家财亿万，又如何顾惜？！

他恨透了皇帝。如果不是他亲手所立，他怎能入继大宝？！可是，皇帝翻脸不认人，事先连风声也不透，便将他断然撵出了皇宫。他真是伤心透顶。好在皇帝还是为他留足了面子，致仕，保留他的全部俸禄，并且还赐了一个扬州大都督的荣衔，算是莫大的安慰了。中尉与枢密使们为他置酒送别，还是养子仇公武说得是：自玄宗时起，将近百年，北衙权势越来越大，可是大宦官又有几人能得善终？高力士贬死，李辅国被刺，刘克明被杀，王守澄赐死……说起来他还算幸运。何况他当初不过是个微不足道的五坊使，只因一个偶然的机遇，方才显贵至此。他借酒浇愁，听着众人的宽解，那口不平之气也咽了下去。

天已向晚，宦官们送他走出北衙，玄武门上的灯笼已经燃亮，回想那一夜的生死决策，他感到庆幸。倘不是脑子转得快，说不定他早已同刘克明一道，成了刀下之鬼，骨头也可以摆得响鼓了。但是他毕竟是出卖了结拜的兄长，每一念及，心便会隐隐作痛，他知道他是犯下了冤孽。每当刘克明的忌日，他都要为他祭祀一番，他还偷偷在光宅寺内举办过道场，为他超度亡灵，并且时时关顾、接济刘克明的老母，想以此减轻他的罪过。现在，他就要永远离开这块是非之地了，刘克明泉下有知，也该宽恕他了吧？！

他们不幸生而为宦官，却也是人，但在这偌大的皇宫中，自皇帝以下，以至宫女，没有人把他们当人看待。甘露之变，文宗依靠李训、郑注等想一个不留地杀掉他们，幸而他及早警觉，方才免于被害，他那时真是气疯了，他心里只有复仇的欲望。他明白，这宫廷里，不是你死，便是我亡。我既不死，倒霉的便是与我作对的人，该死的就是那些想要置他们于死地的大臣们。谁对谁错？他不明白，也从不考究，说穿了不过是求生。刘克明等何以要杀死敬宗？实则也是为此。王守澄何以要他领着皇帝疯玩？与其说是为了弄权，不如说也是为了求生。所不同者，一个使的是硬刀子，一个使的是软刀子罢了。这些年来，他总算悟出：使硬刀子便是"谋逆"，有性命之忧；使软刀子却稳妥，皇帝高兴。后宫之事，大臣难知；即令知道，大不了担个"教唆"的罪名，那也多半是身后之事。身后之事，谁又能去管它？！

现在他就要离去了。唯一不能满足的是未能斗过李德裕。适才在筵席上他才从王宗实口中得知，令他退休致仕，完全是李德裕的主意。不是皇帝袒护，他甚至有流放、家产籍没的危险。王宗实接替他兼了内侍省总管，对他的致仕，同李德裕一样，他当然是求之不得。可是，仇士良在心里暗暗地冷笑：你们都切莫高兴得早了，你们所依恃的，不过皇帝一人。如同永贞革新的王叔文党，总有一天会作鸟兽散。而皇帝，他很清楚，软刀子割头不觉死，神气的日子，不多了……

王宗实与仇公武将仇士良扶上坐骑，然后他们纷纷跨上马鞍，沿宫城下将他送出禁苑。

在芳林门外，他们拱手作别。仇士良看着王宗实等，说："诸君好好侍候皇上吧，只不知能听老夫一言否？"

王宗实见他神色恳切，忙说："仇公公请讲。"

马元贽说："大将军权掌北衙不到十年，杀二王一妃四宰相，而皇上不罪，此中有何诀窍，还请大将军赐教。"

"无非'疯玩'二字，"仇士良说，"千万不要让天子空闲下来。一旦有了闲暇，皇上就要读书，接见儒臣；又喜欢纳谏的话，就会耳聪目明，智深虑远，亲近贤臣，而疏远我等。我辈身为宦者，皇上一旦不愿玩乐，崇尚节俭，讨厌游幸，就不会再施恩于我、放权于我了。为诸君计，日后莫若为皇上多积财货，准备鹰犬，引着皇上成天打珠、围猎、服金丹，只要皇上迷恋声色，贪图享乐，不止不息，自然讨厌经术，对外廷之事，一无所知。那时候，皇上的恩泽、权力，除了诸君，还能给谁？！"

王宗实等恍然大悟，纷纷点头称是。仇士良又扔下一句话："当然，这不只是对今上而言。"

宦官们深悟其中的奥妙，谁都明白，当今天子，也只剩得半条命了。

他们怀着感激的心情，目送着仇士良瘦削的身影在夜色中渐渐消失。

仇士良退休，在后宫里最高兴的自然是柳枝。诚然，因为他救了她的性命，并且经过周密的安排，让她回到了李瀍的身边，做了当今皇帝宠爱的才人，她不能不感激他。但是她后来渐渐明白，仇士良做这一切，并非是为了她，而是为了他自己。他仇恨文宗，早就蓄意立李瀍为帝，她不过是他手上的一个筹码，笼络李瀍的一个见面礼。他的目的终于达到了，依靠李潭，在文宗病危乃至死后，排除了杨贤妃、宦官中的异己以及来自宰相的威胁，另立新帝，成了显赫一时的权宦。她来到了后宫，开始的一段日子，皇上仍然是那么宠爱她。可是，在一夜之间，宫中进来那么多年轻、漂亮的宫女，而皇上也开始服食丹药。皇上到她居住的蓬莱宫越来越少了，她遭到了从未有过的冷落。更糟的是皇上的身体越来越坏。当她明白这一切都是仇士良所为的时候，她便开始恨他了。有一天，她得知皇帝又在望仙台看赵归真炼丹，她决定找到那儿去，劝说皇帝，还要狠狠地痛斥真人。她让侍儿领路，刚刚来到望仙台前，便被仇士良拦住，称皇上有命，妃嫔不得入内，生死将她撵了回来。这段时间，皇帝竟住进了望仙台中，她已经是半月不见皇帝的面了！

记得，皇帝住进望仙台的第三天，贴身内侍来到她这儿，说是皇上让她做一条胞玉带送去。她从内侍那儿打听到皇帝的病情，又急又气，痛哭了一场。她一边哭泣一边骂赵归真，骂仇士良，骂所有让皇帝行什么采补之术的宫女。骂够了，她坐下来缝玉带，一边缝，一边泪水又断线珠子似的滴落。

现在，仇士良总算走了。她好高兴。仇士良一走，这后宫里所有的太监没有谁能够奈何她。晚膳之后，她去看望孟贤妃。皇帝所有的妃嫔之中，就贤妃与她交好。贤妃体质不佳，也不知染了什么病，终日咳咳喘喘，从来不嫉妒她。她告诉贤妃，她今夜要去望仙台，唤回皇帝；不然，皇帝的性命非丢在妖道手中不可了。私闯望仙台，那是违犯宫规的，孟贤妃吓得脸色更加惨白。但是柳枝说，她不怕，横竖是死过一回了，这条命是捡来的，死在皇上手里，也值。这样，离开贤妃那儿，她让侍儿提了只蓬莱宫的灯笼，一径往太液池边走了过来。

初夏的夜晚，风凉凉地吹着，满天都是星星，倒映在湖水中，鬼眨眼一般四处闪烁。这风、这水、这星空，多么像玉阳山中的那些夜晚。那些夜晚，她一个人偷偷地溜出灵都观门，去看望一个明知已不再属于自己的所爱。可是世事多么奇怪，她以自己的痴情去撮合瑶英与商隐，她满心以为在她走后，他们会成为夫妻，一世厮守，谁知道瑶英却嫁给了石雄。那是在皇宫里宴请诰命夫人们的时候，她惊喜地与瑶英重逢，瑶英亲自告诉她的。而且，瑶英还说：商隐后来娶了王府的小姐……

这是缘分吗？是。缘是因，分是果，没有缘便结不了果。像她那样，连一次约会也不可得，自不必说了；瑶英，已经行了大礼，拜了堂，谁又能相信，他们最终还是得分开。王家的婉儿，一个商隐从来不曾提起过的人，到头来却偏偏做了他的夫人。而自己呢？分明是选入文宗宫内，偏偏又落到了颍王的怀里。瑶英更奇，先牛僧孺而后商隐，最终却在根本无法想象的边塞，有一个赳赳武夫在等着她！但大家总算是各得其所了，却又不知前面将有怎样的命运在等待着大家。

命运！一想到这两个字她便不寒而栗。入宫之后，从太监与老宫人处，她听够了妃嫔们太多的不幸。她们不是毁于皇帝生前的争宠中，便是死在新帝即位之时，能得善终者实在太少，尤其是在这个北衙势大，皇帝许多事也做不了主的年头。她知道因为皇帝的宠幸，她已经成了众矢之的。皇帝健在，没有人敢奈何她；一旦皇上没了，她的结果便不堪设想。无论如何，她不能容许皇上再吞服丹药！

柳枝来到了望仙台前。远远地，看守殿门的小太监瞧见蓬莱宫的灯笼，便在那儿跪迎了。她来到门前，正要举步上阶，两名小太监忽然磕头如捣蒜，求告道："娘娘，饶了奴才们吧，皇上严令……"

"关你等何事？"她怒气冲冲地说，"我自找皇上……"

她说着，抬脚便跨进了殿门。

望仙台实际是一座五层楼的塔式建筑，楼下是可容千人的大殿。殿内无灯，但在暗夜里却晶莹透亮。原来地面、四壁以至穹顶皆以夜明珠与各色宝石的粉末、玉屑涂抹而成。银槛玉砌，瑶楹金拱，都在闪烁不定的光照中，一一映现出来。身临其境，即是神仙世界。柳枝无心细看，见大殿无人，便与侍儿寻了楼道拾级而上。来到第二层内，见灯火荧荧，香烟缭绕，时近仲夏，厅内却冷风飒飒，砭人肌骨。原来，大厅中央放了一块据说是火罗国进贡的松风石，一丈见方，莹澈如玉，石中起纹，如一株古松。柳枝早就听皇帝说过，那凉风即从北石中发出。皇上燥热，必定是在此地纳凉来了。果然，透过紫雾，她看见皇帝与紫微宫中那老道正在蒲团上相对打坐，根本没有留神她的到来。

她看见皇帝双手摊开在膝头上，敞开的袍襟里，透出一节她亲手缝制的胞玉带，这样冷冽的地方，他还嫌解不了燥热，还要使用冰块，铁打的身子也受不住冻啊！她看见皇帝的身影，早已是形销骨立。这个从前是那般英武、健壮，充满了青春活力的身子，曾经给了她多少温柔、体贴和依赖。记得初入宫中的时候，她骑了马，与皇上身着一样的袍服，入禁苑围猎。因为身材相似，面容相像，有一次中尉鱼弘志奏事，竟跪倒在她的面前，口称"皇上"，逗得皇帝哈哈大笑……如今，那个爽朗、乐观的皇帝哪儿去了？她心里一阵刺痛，情不自禁地跪了下来，颤声叫道："皇上……"

皇帝睁开了眼睛，待到看清来人，便暴跳起来："你你你，你竟敢私闯望仙台！"

"皇上，"她并不害怕，冷静地说，"臣妾请皇上回宫。"

"柳枝，"李瀍余怒未息，斥责道，"你知道吗？朕正在换骨，因你这一冲……哼！"

赵归真早已跪伏在地，说："娘娘，皇上换骨，只差三日便可去除凡胎，得不老之身了。如今娘娘这一冲，只怕会前功尽弃……"

这就是赵归真吗？在玉阳山中，为了玉真公主，多少次她在灵都观与紫微宫之间，送往迎来。那时候，她觉得他是一个秉性和善、颇知人情的老道；谁知道一入宫中，他竟然为皇帝炼制连他自己都不敢服食的丹药！现在，眼看皇上衰败至此，他却又把不能得道的罪过推到她的身上。可恨哪可恨，柳枝心中郁积多日的怒火猛然上蹿，她跳起身来，戳指骂道："你这妖道，谋害皇帝，却还要信口雌黄……"

她愤怒已极，拾起香案上的一只玉杯，奋力往赵归真一掷。赵归真吓得一侧脑袋，玉杯擦着他耳际飞了出去，"啪"地一响，将壁下一只和药饵的紫瓷盆砸成了两半。

这只紫瓷盆乃是江南西道所贡，内外通莹，其色纯紫，厚可寸余，举之则若鸿毛，也是宫中一宝。皇帝见紫瓷盆破了，好生心疼，苦着脸说："柳枝，你不该对老神仙无礼！"

"哈哈哈哈！"柳枝凄苦地笑了，说，"皇上知道'老神仙'在玉阳山做了些什么事吗？你倒如此信他。皇上……"

柳枝说着，止不住地抽泣起来。

赵归真脸色惨白，爬起来，向皇帝告退，登上三楼去了。

柳枝一哭，皇帝的怒气统统吓跑了。他勉力想从蒲团上站起，却腿上乏力，一下子又栽倒在蒲团上，吓坏了柳枝和侍儿，忙上前搀扶着他，将他送到一张开元年间波斯国进贡的火齐床上。

皇帝喘着气，看柳枝停了哭泣，说："卿卿，朕不愈已久。朕并非不知，丹饵有毒；只是贪恋长生，想与卿卿长相厮守，却不料一至于此，只怕……"

"皇上，"柳枝掩着他的嘴，说，"皇上只要离开这儿，回到蓬莱宫，奴奴让皇上好生调治，不久，定能康复。"

皇上摇了摇头，苦笑："只怕……难了。"他握住柳枝的双手，说："卿卿，朕若不讳，你可怎么办呢？"

说时，李瀍也不由潸然泪下。

柳枝跪倒在李瀍膝前，撕心裂肺地呼了一声："皇上！"不禁泪如泉涌。良久，她抬起头来，透过莹莹的泪光，看着皇上，哽咽着说："奴奴原不过微渺之身，却受皇上恩爱至此。皇上万岁之后，奴奴也……有死而已！"

李瀍一把拥住了她，为她拭去泪水，说："卿卿，朕依你，今夜便随你回去。只是，许久未闻卿卿之歌，未见卿卿之舞了。朕与卿卿，何必难受，卿卿不如为朕舞上一曲，可好？"

柳枝见皇上终于答应了，高兴起来，起身说道："奴奴为皇上舞一曲什么好呢？"

"还是那支《何满子》吧，卿卿。"

柳枝让侍儿为她理了理鬓发，行至厅堂中心，默默神，一举长袖，舞了起来，一边唱道：

……

浮云蔽白日，

游子不顾反。

思君令人老，

岁月忽已晚。

……

这歌声在大明宫中飘荡，是如此惊心动魄。两度被逼迫入宫为皇帝炼丹的赵归真，从这歌声里听出了不祥之音。岁月真的是已经晚了——今上，连同这个勉力维系了二百余年的大唐。真人知道大限之期已到，他换上了一件崭新的道袍，然后在八卦炉前盘腿坐着，吞服了从玉阳山中带来的一粒药丸，尸解了。

（节选自《日落长安》，贵州人民出版社，1997年8月）

1998年

吴恩泽

伤 寒（节选）

第一章　黑堡崩溃

一

己酉年（宣统元年），黑堡主子鸟平合害了一场大病。他的病来得稀奇古怪，黑堡人谁也没有见过甚至也没有听说过。

正是隆冬季节，一个大雪纷飞的夜晚，鸟平合做了一个梦。

梦里，鸟平合正斜倚在床上看书，一个黑大汉闯进了屋来，向着他厉声喝道："鸟平合，还我江山来！"并伸出葵扇般的大手来抓他手中的书，几下就撕了一个粉碎，哈哈狞笑道："你用这些不管卵用的劳什子来欺天瞒地，休想！"

鸟平合便被惊醒了，此时天已微曙，台上的烛火尚自摇曳，昨夜用来引瞌睡的一本书掉落床前，早被老鼠咬了个千疮百孔。他回味梦中情景，不禁毛骨悚然。驼背二爷就是这时候走进了他的房间，向他报告了一件令他汗流浃背的异事。开始他还不信，但禁不住驼背二爷的一再催促，只好去黑堡上查看。

这一年的大雪下得十分邪乎，它不是一如平常那样纷纷扬扬地飘洒，而是暴风骤雨一样砸向大地，连月不息。本来就苍凉冷落的宇宙洪荒此时就更如死尸般悲惨，一时间千山鸟绝万径踪灭，好不叫人肠断天涯。

黑堡外面的雪地上，一个几岁的小娃儿，赤条条一丝不挂，通体炭团般漆黑，正偎着一头大灰母狼咂奶。雪地上蒸腾着一团雾气。翻躺着的大灰母狼看到了黑堡上的他们，就站直了身子，冲着他们呜噜呜噜地叫唤了几声，将尾子从容地摇了几摇，箭一般地去了。雪地上留下了一串它那走成了一个问号的脚印。

鸟平合看了驼背二爷一眼，驼背二爷也看了他一眼。两人都没有说出一句话，不约而同地转身走了。黑堡的大门坚决地拒绝了这个神秘的天外来客。

黑堡从此便不安宁了。每到深夜，那头灰色母狼就来到黑堡下面给那个黑娃儿喂奶，之后就向着黑堡无休无止地嚎叫。经久不息的凄厉的哀声折磨着黑堡人的灵魂。鸟平合派人用枪去赶，奇怪的是，人还未拢地，它却没了踪影，人刚一离开，铺天盖地的哀嚎又让黑堡窒息得难死难活。每当这时，鸟平合无论是睡着还是醒了，只要一合上眼睛，早先梦中所见的黑大汉就要来到他的意念中，纠缠着他，撕扭着他，使他永远难以安生。

鸟平合就是这样病倒了。

开始，他只感到口干舌燥，不上三天，越演越烈，五脏六腑如煎如熬。五个健仆轮番给他端茶倒水，还是喊渴。驼背二爷见状，就叫人将后山溪水用竹涧引至他的卧室，让泉水哗哗流进他的口里，也似乎无济于事。水从上面流进，又从下面流出，整个身子不外是一块过水丘，内脏依然焦灼似烤。

远近郎中闻而却步。

半月以后，高烧退去。接踵而至的就是周身上下那不可理喻的疼痛。疼痛由头至脚，然后再由脚至头，反复折磨。这种痛楚如滚油一样慢慢洇开，或者如火山一样猛烈爆发，所经之处，因为部位的不同而感受各异。痛到头上，如炸如裂；痛到胸部，如割如切；痛到四肢，如刺如锥……凡世上应有的痛苦，他都领受殆尽了。那时节，他鸟平合呼天抢地，那种凄厉，那种恐怖，那种惊天动地的酷烈，就是太阳和月亮也远离了尘嚣。原来那个斯斯文文的鸟平合已经荡然无存。

黑堡在这种惶惶不可终日的情状下又挨过了半月光景。在这段时间里，除了刻骨刺髓的肉体痛苦之外，鸟平合的心变得胆怯阴暗至极。他害怕见到人，害怕见到阳光，甚至春风秋月这些他平日十分珍惜的物事，他也害怕见到。由此，他本来十分旷达的心胸立即莫名地燃烧起猜忌之火。更叫人毛骨悚然的是，他那血红的舌头会一点一点地伸长，像毒蛇准备向敌人发起进攻时那样火焰般吐着信，喷吐着白沫。他的整个身子则尽量地蜷缩起来，躲藏在黑暗的角落，以求一逞似的。

一个午后，他就突然像风一样从卧室里消失了，其时正有二十个团丁在他的房间周围放哨。

驼背二爷带着黑堡的全体青壮，像用梳子梳头发一样，搜遍了整个黑堡的山岗丛莽、深涧洞穴。最后，终于在看不见天光的巫木溪一处蟒蛇丢弃的洞穴外面找到了他。

这时的他，就像堡外躺在雪地上的那个黑娃儿一样一丝不挂，四肢长伸地翻倒在荆丛之间，周身的皮肉馒头一般肿胀且红如猪血。

驼背二爷把众人支走之后就赶紧去扶鸟平合。他的手刚一接触对方的皮肉，就是一阵鬼哭狼嚎。他就再也不敢伸出手去。于是，他就伺立一旁陪伴主子，连眼睛也不敢眨一下。这样，他就看到了一个不可思议的情景。

开始，鸟平合的身子在地上只是轻微地扭动着，慢慢地，扭动的幅度越来越大，犹如一条柔软无骨的大蛇在原地梭行。接着驼背二爷听到了一种"嘶嘶"的有如绸布撕裂的声响，很细微也很缓慢。他睁大眼睛盯着主子上下看，不觉毛骨悚然。好像冥冥之中有一只神秘的手，拿着一把无形的利刀，从鸟平合的额际起刃，顺着头颅划了一圈，薄薄的一层皮子就自动地往下一绺绺地裂开了。人世间的剥皮刑罚他见过，其残酷的情状令老辣的刽子手也不敢拖延时间，害怕自己在惨不忍睹的情状面前心软胆怯，先是一刀下去让头皮盖住犯人的眼睛，然后七手八脚将人皮剐至胸部，喷出一口早就含在口里的火酒，一刀戳穿胸膛，剜出一颗血淋淋的心来，一桩惊心动魄的大事就算了结。然而，这个冥冥中的刽子手却不屑与人间的刽子手为伍，他有意将手脚放得特别缓慢而悠闲，一绺绺地牵连着鸟平合的皮子往下撕，就像一个饿怕了的人，面对一桌山珍海味舍不得狼吞虎咽一样。鸟平合在他那无形的刀下凄惨地哀嚎着，扭动着，把身下的茅草和石块碾得粉碎……

此情此景也叫驼背二爷痛彻骨髓似的扭动和呼号，身下的茅草和石块也同样被他碾成了一片泥尘，在这种无法遏止的疯狂中，这个鸟府的忠诚而智慧的奴仆，第一次违背主子的意愿，做出了将黑堡外那个大灰狼送来的黑小孩收留下来的决定，给他取名为鸟老黑。

鸟老黑进了黑堡的那个早晨，痛苦万状的鸟平合和驼背二爷都从疯狂中清醒过来，他们听到了鸟叫，听到了夜露滴落草地的声响，还看到了薄如蝉翼的雾霭在山林里浮游。他们也清醒地看到了自己和对方。一张破碎的人皮凌乱地摊陈在他们的脚下。

鸟平合面对着东方一脸忧戚地坐着，一语不发，犹如一尊灰色的岩石，驼背二爷不敢惊动他，默默地坐在他的身边，像一株弯曲的树，以其枯枝败叶为他遮风挡雨。

"老爷，我替那黑娃儿取名鸟老黑，叫他学着放牧吧。"

驼背二爷听到了从鸟平合肺腑里发出了一声无可奈何的惋叹。

二

从鸟老黑进入黑堡的清宣统元年算起，化外川就再也不得安宁了。先是长毛的散兵游勇流窜在这一带作案，刚刚平息，接着就是袁大头的北兵南征的骚扰，护国军的起义，然后就是浩浩荡荡的北伐……每一次动乱，双方都把化外川作为跳礅和根据地，奇袭对方，因为这里山高林密，地广人稀，正是出奇制胜的好地方。鸟平合时时刻刻都如坐针毡。

他认为这一切都是鸟老黑的罪过。由于那场大病的惨痛教训，他也不敢轻易伤害他。

于是，黑堡便出现了一座蝴蝶庙，庙里只供奉着唯一的一尊女神——蝴蝶娘娘。蝴蝶娘娘的形象，是鸟平合依照自己那个长得千娇百媚的独生女儿飞碟的容貌雕塑的。飞碟出生时，她的母亲就因为大流血去世了。这使鸟平合痛不欲生。妻子是一个知书识礼的中原女子，因战乱与家人失散，被一伙长毛掳进化外川匪巢。鸟平合在配合官军攻陷匪巢后，朝廷把这个女子奖赏给了他。自黑堡有史以来，妻子是第一个进入化外川的外族女子，是第一个美艳绝伦的高贵尤物，鸟平合在她的影响下，读书识字，在黑堡办起了第一家书院，并且自动取缔了延续了很久的"初夜权"，实行一夫一妻制……然而她却在为他生下飞碟时，含恨而去了。妻子在弥留之际，紧紧地拉着他的手说："平合，你……你要把……女儿……送出山外呵……"当下，鸟平合在失去爱妻的大悲痛中，断然做出了以后令他遗憾终身的两项决定：其一，把飞碟立即送往锦衣花簇钟鸣鼎食的东方，那里有着一支黑堡人的近亲，隐姓埋名多年已为官府批准入了当地盛族。他怕见到女儿而思念爱妻，因思念爱妻而亏待女儿，不如让千山阻隔，大家好落个清静。其二，他发誓此生决不再娶，以表白自己对爱妻至死不渝的衷肠。当然，他那时并没有想到事情以后会变得那样复杂。现在鸟老黑带给了自己那么多的灾难，他想借用幻想中的女儿的神威来扫荡鸟老黑所带来的妖气，从这里可以想见女儿在他心目中的无上地位。

但是，他的良苦用心并不为黑堡人认同。黑堡人只相信巫鬼不相信神灵，对那些青面獠牙或者兽首蛇身的善鬼厉鬼他们无限敬畏，而那些娉婷婀娜的娇美娘娘就只会让他们贫乏的头脑里生出许多荒唐念头来。蝴蝶庙里香火自然十分寂寥。除了初一或者十五，鸟平合带着驼背二爷来这里一走外，几乎无人问津。鸟平合也不焦急，只把蝴蝶庙作为自己闲暇时的一个去处罢了，一切听从自然。几年过去，仍无一个尼姑在庙里守着青灯念佛，一任庙堂荒凉冷落。他似乎在 等待什么，或者本来就无所谓等待，希冀和目的就在于此。

假如是这样的话，驼背二爷明白，鸟平合那种神圣的情感，就遭到了鸟老黑的无时不在的亵渎。

一次，他陪同鸟平合去蝴蝶庙里游玩多时，回家后鸟平合才记起了一把纸扇忘在庙内石桌上了。他转身去找。远远地，他看到鸟老黑正把一群猪散放在庙外草坪上，自己探头探脑地就溜进了大殿。他很是诧异，就耐烦地伏在暗处窥视。只见鸟老黑在大殿里直直地立着，面对着金碧辉煌的蝴蝶娘娘目瞪口呆，双唇微微翕动，好像念念有词，样子极其庄重，与鸟平合诵经文时一般无二。

这就不能不叫他大吃一惊。

鸟老黑退后几步，站定了自己的身躯。他掏出自己胯下那截虽不甚成熟却也不可一世傲然挺立的命根，直指蝴蝶娘娘，"哗"地射出一泡尿水，高有丈余，泼了娘娘一头一脸。

驼背二爷发现，每天的这个时候，鸟老黑就要把这门功课学习一遍。也不知他怎么想的，他没把鸟老黑的这件罪行报告鸟平合，并且，只要鸟平合问起鸟老黑的情况，二爷总要设法为他说几句好话，以消解主子那早就郁积于心的块垒。

在驼背二爷的庇佑下，鸟老黑长成了一个魁伟的汉子，他大踏步地走进了黑堡的生活圈子，成了黑堡的另一个核心。

他拙于言辞，或者是不屑于言辞，他凭借荒诞不经的行动征服了黑堡人。在黑堡人的心目中，鸟平合是他们敬而远之的神，鸟老黑呢，则是他们亲近的法力无边的鬼。

从小到大，鸟老黑白日的活路都是放牧，小时放猪，大了放牛、放马。一到晚上，他那不大的窝棚里又成了飞禽走兽的家园：从小的麻雀到大的鹰鹫，站满了川枋、屋檩；从凶猛的老虎到善良的山羊，拥挤在他的床前、厨下。他的窝棚成了这些相互不共戴天的生物的乐园。

从鸟老黑长大之后，鸟平合则有了一桩久治不愈的心病。整天整天，他就盘腿坐在蝴蝶庙的大殿上，面对着蝴蝶娘娘双手合十，许多的往事和许多的后事像蛇一样在他的脑海里箍缠，吮吸精髓，使他在无边的苦海里迅速地衰老下去。

第二年的秋天，鸟平合决定接回自己那个远在东方的女儿，那年飞碟十八岁，在那座城市里的一所简易师范毕业。

三

鸟平合以罕见的隆重仪式欢迎女儿飞碟的归来。

为了让女儿一开始就感受到高贵的身份从而喜欢黑堡，他让驼背二爷开启了窖封了上百年的酒洞，把一坛坛的佳酿搬到了坝上。又吩咐下人杀猪宰羊，在广场上排开一长列大锅熬煮。酒肉的香味弥漫了整个黑堡上空。然后，他亲自敲响了大祭祀和大征战才能敲响的大钟，恢宏的钟声把黑堡的男女老幼集合拢来。为庆祝小姐的返乡，他要大家尽情欢乐三天。

傩戏班子戴上了狰狞阴森的神鬼面具，演开了老祖宗留传下来的大戏。

一百面大鼓支起来了。一百对妙龄女郎围着大鼓，或激越，或轻柔，或金戈铁马，或悱恻缠绵，擂出了黑堡的凛凛威风和飒爽英姿。

一个男巫赤裸着上身，学着夸父的样子，左手握着一条红蛇，右手握着一条黄蛇，还有一条黑白相间的大蛇从他的腰部缠至他的颈项，烙铁形的蛇头贴着他的头皮吐出了袅袅的蛇信，火焰一般灼人。他在场子中央，把手中的一红一黄两条蛇挥舞着，就像挥舞着两条长枪，游龙戏凤般呼啸着，精彩绝伦。

一个名叫亚慧的哑巴女巫在一旁看得兴起，不等人们呼唤，径自跳将出来。一段白绫松松地披绕在她的裸身上，硕大的一个肚腹上凸出一个虬须大汉的脸谱，是她怀了二十年至今仍未出生的儿子，一代亘古未有的歌王。此时，亚慧早已进入梦幻世界，她双目微闭，如入化境，肚腹上的歌王豹眼圆睁，虬须倒竖，嘴巴张开到恰当分寸，肚里就吼出了一曲曲叫人神魂颠倒的歌谣，人们随着强烈的节拍狠命地跺脚、拍手，兴奋地大喊大叫……

这一切对于飞碟来说是那样陌生那样压抑，她十分难受，一种被粗俗和恐怖威胁着的难受。开始她还碍于父亲的面子，强忍着，但是，当人们的情绪进入了狂热时，她就无论如何也不能忍受了。是的，在她十几年来生活的那个地方，何曾见过这些乌七八糟的东西呢？在那里，一切都是那么明媚，一切都是那么温柔，有如花香幽微，鸟语呢喃。现在，她的胸腹一刻比一刻胀满，胃部一阵接着一阵难受。她快要晕眩了。

鸟平合一直在暗暗地观察着女儿脸上每一刻的细微变化。女儿对于自己的精心安排，如此冷漠和烦乱，是他始料未及的。当他看到女儿惨白着脸，额头上沁出了密密的汗珠，双眼闭着双耳捂着的时候，他的心就像烈日下的一棵苞谷苗，快要干枯了。

就在这个时候，驼背二爷急急赶来向他报告，说是有一个年轻军人求见，有重要军情相商。鸟平合就借故终止了狂欢。他要驼背二爷立即把那军人带来。

那个军人是骑着一匹枣红马来到黑堡的，据他自己说，他从他们军部所在地铜仁府来到这里已经快马加鞭了三天三夜。他的马汗气蒸腾，喷喷地喷着响鼻；他也是一脸热汗一身尘土，却军容肃整，大盖军帽端正地扣在眉峰，一身灰色军装依旧笔挺，风纪扣扣得严丝严缝，露出恰到好处的一线白衬衣。

当这个军人进入了人们的视野时，飞碟的神情就为之一振。呀，她差一点叫了起来，这不就是她曾经见到过的国民革命军吗？在学校时，她们同学曾经多次与这些军人联欢过，曾经多次举着三角彩旗走上街头，向民众宣讲革命道理，高唱"打倒军阀打倒列强"的歌……此时此刻忆起昔日那些激动人心的生活，飞碟的血立即就沸腾起来了。可能吗，可能吗，他们怎么可能来到这里呢，来到这一片前不见古人后不见来者的荆天棘地呢？……

来人果然是国民革命军军人，走到鸟平合面前，他立住脚跟行了一个军礼，递上了一封信："先生，这是我们旅长写给你的信。"

信是毛笔写的，字写得遒劲而飘逸。鸟平合不由得心中一喜。他的妻子在世时，曾教他习过书法，妻子的那一笔挥洒自如的草书，是很令他顶礼膜拜的。平合书院的黄老先生的颜体也是令他时时赞不绝口的。只要一看到好的书法，他就会忘乎所以地专注，从一笔一画间慢慢地品咂出个中三昧来。现在手里的这封书信又使他痴迷起来，翻去覆来赏玩，竟忘了阅读信中的内容。摊在手中的信，倒让坐在一旁的飞碟看了个一清二楚。

信是这样写的：

黑堡鸟老先生台鉴：

我部奉命北伐，打倒军阀铲除列强，兴我中华，救我兆民。需取道化外川，直指中原。万望先生以国家民族利益为上，借我一条通道，助我一臂之力，天下一统五族共和之日，再行重谢。特派先遣连连长于波代我向您致意。

国民革命军第十军第十师黔东独立旅旅长贺伐楚顿首

一九二六年古历七月初七日

飞碟见父亲沉醉在墨迹间忘了正等着回话的青年军官，就走过去碰了碰他的手拐，催促道："爹爹，快答应人家的要求呀，人家还站在那里呢！"

鸟平合这才醒悟过来，歉意地向正笔挺站着等待回话的军官一笑，埋头去看内容，一边看一边就将眉头皱成了一个疙瘩，半天没有说话。他想起了早年流窜在化外川的长毛贼和前不久仍在化外川骚扰的北兵，眼前浮现了涂炭的焦土和狼藉的尸体……他脸上这一瞬间的变化使青年军官的神经也紧张起来，一对剑眉也不由得向上一挑。飞碟很担心父亲拂了青年军官的意，就半娇半嗔地向父亲恳求道："阿爹，这个忙你是一定得帮的呀，北伐军是仁义之师，他们是去讨伐无道拯救百姓的。在山外，只要听说是北伐军路过，百姓没有不箪食壶浆以迎王师的哩！答应吧，阿爹，这可是为国为民建功立业的大好时机哩！"

飞碟的这几句话使正自着急的青年军官于波大为惊讶，如果是在山外，这些话从三岁小孩口里说出他也不会奇怪，但这是四省边境，一片未曾开化的蛮荒地域，革命舆论从未布达过的地方，怎么也会有人说出如此烫心烫肝的话来？由此他便将飞碟认真地打量了一番。一看之下，他竟目瞪口呆了。

此时飞碟穿着一套学生衣裙，一头齐耳青丝上别着一只玉色蝴蝶，蝴蝶的两只绯红的前须在微风中有节奏地颤抖，煞是生动。她也正在看着他，清潭似的双眸里透出了会心的笑意，就好像他们是久违了的朋友。两人的眼光轻轻一碰，于波倒不由得局促起来，脸颊上顿时飞上了两朵红云。飞碟见他这样，就大方地走上前去，热情地伸出了手，向于波喊了一声："同志，欢迎你！"

于波啪地一个立正，向飞碟行了一个军礼，两人的手便紧紧地握在了一起。

这种场面叫鸟平合及周围的人都有些迷眩和尴尬，他看着眼前这一对一见如故的年轻人，突然对那个青年军官说："后生仔，你回去报告你的长官吧，我鸟平合答应你们。凡在我的地盘上，我派人给你们带路，供给你们吃喝。放心好了！"

于波兴奋得跳了起来，说："鸟先生，我代表我们旅长、我们全旅将士，感谢你！后会有期！"说着就要飞身上马。

鸟平合忙制止道："慢，在我这里哪有如此怠慢客人的礼数？来人啦，快快备上酒宴，我要为远道而来的客人接风。"

于波连忙辞谢，说军务在身，丝毫不敢懈怠，请老先生务必原谅。鸟平合哪里肯让。正在争执不下，忽听一个声音大喝道："争什么鸟！我看该吃的吃该走的走，一道手脚做了岂不干净。看好！"

一道黑光一闪，于波伸手接过，原来是一只煮熟的野猪腿。众人皆笑。

鸟老黑从人群中跳了出来，向于波道："你且慢慢吃了这只野猪腿，我送你回程，包你不会误期。"

于波不解。驼背二爷说："这一来你就只管放心好了，我们老黑是黑堡有名的马倌，他的马遍布化外川的每一个山头，只要一声口哨，要哪匹马来到哪匹马就来到。有他送你，万无一失。"

于波这才放心，倚着枣红大马就着鸟平合送上的迎风酒把一只猪腿咽下肚去，然后向鸟平合、鸟飞碟挥了挥手，又向着众人挥了挥手，一纵身跳上了马背，飞也似的去了。

鸟老黑把手含在口里，打了一个清脆的呼哨，一匹浑身炭黑的母马，从白河边上追风般驶来，刚来到面前，老黑一个鱼跃，早已稳稳地坐在了马背上。那马就一溜烟尘追着枣红大马去了。

四

1926年的秋天，当鸟老黑带着北伐军把化外川踩成了一条通道的时候，当鸟飞碟带着平合书院的学生把革命标语写满黑堡的大小山头的时候，当孩子们把"打倒军阀打倒军阀除强暴除强暴，国民革命成功国民革命成功齐欢唱齐欢唱"的歌子唱得震天响的时候，当黑堡的一些优秀青年跟着北伐军走了的时候，鸟平合的一颗心都揉碎了。他就是在那个秋高气爽的日子里因为那么一个细节，萌生了一股扼制不住的杀机的。

正是鸟老黑送走于波返回的那天中午，在他驯马的大河滩上，许多人将他围住了，听他摆谈铜仁府那些北伐军的趣事。飞碟也按捺不住自己的好奇心，硬拉着鸟平合一道去看热闹。他们走到的时候，鸟老黑头戴一顶大盖帽，正眉飞色舞地为众人表演北伐军操练的步伐，一二一地正经地甩着同边手。众人都被他唬住了，肃然地看着他，飞碟忍俊不禁"扑哧"笑出声来。鸟老黑也不回头，吼道："笑个逑！军令如山倒哩！"飞碟就赶紧收住。又见鸟老黑高声咋呼着，昂首挺胸大踏步，他在一堆稀牛屎面前踏了几步，突然高喊了一声："卧——倒！""啪"的一下，他那长满了黑毛的胸膛就重重地压在了牛屎上，压得一堆牛屎满天空飞溅。众人哄笑着往后退。只有老黑一个人没笑，站起身来，傲慢地指着胸脯上臭气熏天的牛屎说："晓得不，这就是命令，北伐军的命令！"人们就都不敢笑了。

飞碟走向了鸟老黑身边那匹黑炭一般的母马，她伸出手去，拉了拉马的嚼口，黑马昂起头来长啸了一声。鸟老黑回过头来一看，见是小姐，就压住了火气，说："小姐，这位娘娘性子烈着哩，小心它踢坏你的贵体。"

飞碟说："我不怕。我想骑骑它，可以吗？"

鸟老黑急忙把黑马的缰绳牵住，说："那不行，这可不比坐轿子，也不比你骑毛驴。摔坏了人我鸟老黑赔不起！"

"是我自己要骑的，由我自个儿负责，谁说要你赔哪？"飞碟一边说着一边就去抢老黑手中的缰绳。

鸟老黑无法，就将缰绳就势往地下一摔，往旁边一蹲，嘴里嘟哝着："这马本来就是你的，小姐，你就只管牵走好了。"

飞碟见老黑这样，也就不再说话，把马牵到一条土坎下，就势爬上了马背。那黑马乖乖地站着，就像一匹石马一样，任凭飞碟连声呵斥和抖动缰绳，却是一动不动。飞碟急了，就用右手去搔那马的肩胛，马禁不住痒痒，猛地将前蹄腾空，呵呵呵呵一阵止不住的长啸，把个飞碟轻飘飘地就颠下马来，摔了一个屁股蹲儿。众人正要发笑，见远处站着的鸟平合惊得嘴巴张得老大老大说不出话来，就都不敢笑了。驼背二爷慌忙跑了过来，一边跑一边急急地喊道："小姐，毛马骑不得，等我回去替你拿一副鞍鞯来再骑！"飞碟哪里肯听，红涨着一张脸爬起身来，两手抱住马的脖子，双脚往上一撂，又横着上了马背。还未直起身子，黑马一个哆嗦，就又把她直直地砸了一个结实。众人由不得惊叫了一声。老黑也站了起来，一手薅过缰绳，紧紧攥着。飞碟不待驼背二爷用手来拉，双手撑地又站了起来，一起来又要去抢老黑手里的缰绳。老黑哪里肯让，连忙劝道："小姐，够了。老婆婆纺花，得一手一手来呀，急不得的。"

飞碟哪里肯依。驼背二爷又苦苦劝道："小姐，你如果硬是想骑一回，我替你牵绳好了。"

飞碟充耳不闻，只一个劲地央求老黑说："老黑，我今天拜你做师傅还不行吗？师傅！师傅！"一迭声就喊了起来。

老黑认真地看了飞碟一回，说："胆大骑龙骑虎，胆小就只能骑抱母鸡。小姐，凭你这一身的胆子，这马也是骑得的。你就只管上好了。"

飞碟抓着马鬃，坐上了马背。老黑喊："可坐稳了？"

飞碟回道："坐稳了。"

鸟平合已将刚才的一切尽收眼底，正自为女儿的精神感动不已，就见鸟老黑一阵会心大笑，伸出他那双大手，在女儿的柳腰上一掐，女儿就轻佻地一阵浪笑。笑犹未止，鸟老黑在她的屁股上重重一掌，那身下的坐骑就四蹄生风般去了。只听女儿一阵轻狂的惊叫，只见老黑在叫声中牵过飞碟那头毛驴，颠颠地撵着飞碟而去。

鸟平合的眼睛遭火燎了一般焦辣。就在这一刻，他的心里充满了对鸟老黑的旧仇新恨，一双手死死地掐着，指甲深深地嵌进了肉里，一溜殷红的血混合着浑浊的汗，湿润了脚下的干土。

之后的日子，是北伐军从化外川过境的日子，鸟平合必须应付许多意想不到的事务，他没有时间也没有机会来对付鸟老黑。但是，他丝毫也没有忘记鸟老黑对自己的伤害，他把这件事刻在须臾也不曾离身的乌木棒上。

鸟平合的乌木棒上迄今只刻了两件大事，第一件是父亲临死前告诉他的。当时，父亲已经处于弥留之际，他喝退了全部人，只留下鸟平合一个。他拉着儿子的手，用尽了最后的力气，颤巍巍地说出了一句叫鸟平合的灵魂永远不得安宁的事情。他说："儿子……你要……记住……我们的……江山是……老祖宗当当当……卖客……得来的……是在在在……嘉庆五年……"说到这里，他就断气了，没能把事情的原委说明白。即使当时他能够把事情说个明白，鸟平合也是听不见了，他已晕眩过去了，直到父亲入土。第二件事，就是鸟老黑轻贱女儿的这件事，他认为这是他平生以来所遇上的第二件奇耻大辱，此仇他不能不报。现在要紧的是等待一个机会。

这样就到了1927年的春季，北伐军已经攻克武汉，化外川又恢复了昔日的死水一潭，鸟平合认为清算鸟老黑的时候到了。

为了实现自己的计划，他决定先把女儿的心稳住。他首先想到的是为女儿招一个如意郎君。他是这样想的，女儿已经是接近二十岁的人了，这种年龄的人每天想的什么，梦的什么，他大抵也是想象得出来的。女儿如果能够寻到一位如意郎君，她那颗漂移的心不就会收回来吗？于是，他派出心腹向四乡八处的大户人家透露出他有意招赘女婿上门的信息。他想，只要他把这个消息输送出去，来黑堡求亲的人不把大门挤垮才怪。然而，消息差不多传遍了百十里地，却根本没见媒人上门问津。为此，他深感诧异。后经驼背二爷细查暗访，才知道了个中奥秘：有根有底的人家都对飞碟深藏戒心，谁知道来自一个神秘地方的女人是一个什么样的女人呢？何况她那斯斯文文的谈吐和她那桀骜不驯的个性，也是足以让人退避三舍的。鸟平合知道这个消息后，气自然不打一处来。但是气又有什么用呢？人家不要你的女儿也不可能派兵去讨伐吧？那么，他就只好退而求其次了，在一般人家寻求相貌出众聪明过人的少年推荐给飞碟。哪知飞碟一知道父亲每天忙碌的是为自己包办婚姻，她就感觉受到了天大的侮辱。她不依不饶，又哭又闹，差点没把黑堡闹翻了去。

鸟平合出师不利，他十分苦恼。现在，除了每天一步不离地陪着女儿坐着之外，他还能做些什么呢？而且这种无话的对坐叫父女俩都感受到了难以形容的尴尬和难受。你怜悯地看着我，我怜悯地看着你，简直让人度日如年。

这种情况直到有一天鸟平合把飞碟带到蝴蝶庙里进香后方告结束。

蝴蝶庙那超凡脱俗的环境，蝴蝶娘娘那美轮美奂的塑像，都给予飞碟姑娘强烈的震撼。她在庙内庙外流连忘返，心荡神驰。鸟平合看到女儿突然间就变得异乎寻常地神采飞扬，心想，难道是娘娘保佑，使女儿明白了自己当年修建蝴蝶庙那番良苦用心？

黄昏，临到父女俩必须返家的时刻，飞碟突然向父亲提出请求，说是既然父亲不允许自己走出黑堡，那就让她守着这座孤庙，伺奉娘娘不走了。

鸟平合大惊失色。这怎么行？这万万不行！说实话，他一直想物色一个女尼主持蝴蝶庙，但在这佛法不到的地区愿意献身菩萨的人犹如凤毛麟角。为此，他曾经长久地伤心。但是，这个献身的人绝不能是自己的独生女儿。女儿她应该成为自己的未来，一个高贵的黑堡女王！

他们站在大殿前的台阶上，透过一排排的参天大树，黑堡尽收眼底。庙门前是一坝好宽好平的草地，连接着遥远的河滩。沙滩上，鸟老黑正在驯服他的马队。"咴咴"的马嘶声豪放地传过来。鸟老黑威武地高扬着长长的鞭子，鞭梢在蓝色的天空中画出五光十色的光彩。一匹年轻的母马在沙滩上打着滚，四蹄朝向天空，圆滚滚的肚子一无遮拦地裸露着。它的旁边呆痴痴地站着一头毛驴，那是飞碟的毛驴，它站在那里，全神贯注盯着母马，眼睛里充满着无限的希冀，一溜涎水从唇边丝丝缕缕地掉下来。

鸟平合把这一幕看进眼里的时候，也看到了女儿正极有兴趣地看着前方，瞳孔里闪烁着快乐的光焰。他明白，女儿现刻呈现在脸上的决绝的态度，是他无论如何也回天无力的。他长叹了一口气，说："你觉着好，你就暂时住一段吧。"

回转家，他就急急叫来驼背二爷，要他务必注意鸟老黑的行动。

五

转眼就到了化外川的爱情节——古历四月初八日。这一天，化外川的青年男女都着节日盛装来到了凤凰岭下。在那里，鸟平合已命人在场坝上摆上了一列列的花鼓，在山上架上了八人坐的秋千，在丛林中挂好了干粮……专待那些青年男女来到这里踏歌唱月寻偶求爱。鸟平合对老祖宗传下来的这一套并不欣赏，但是，在这山隔水阻的崇山峻岭地区，青年男女要见上一面是何等艰难。为了传宗接代的需要，他鸟平合无论如何是要大肆铺张一番的。不然，谁来给他打仗呢？谁来给他上粮呢？……但是，对于化外川的这一重大节日，他却没有告诉飞碟，他害怕，至于害怕什么他自己也说不明白……

飞碟的这一天本来应该很平静，平静得一如平日。一大早，她在大殿上打坐，让纷繁的思绪在死寂中沉落。刚刚入定，就听见山门外有人叫喊。飞碟出去一看，来人原来是从美。从美是飞碟来化外川后最喜爱的姑娘。那天阿爹带她参观平合书院，她发现这里竟然有一个女学子，那个女学子就是从美。这一惊就非同小可。她知道，在她求学的城市，女孩子上学也是非常困难的。可是在这个不通汉话的地域，在众多男学童中，犹如万绿丛中一点红，竟然就摇曳着一个花朵般的女儿。她不过十五岁左右，却是粉脸流彩修眉美目，天生的一副美人胚子。

飞碟问："你叫什么名字？"

她答道："我叫从美，从善如流的从，至善至美的美。"

"好名字啊，谁给你取的？"

"先生。"

飞碟看着那先生，此时坐在讲台之上，微闭双目，手中的戒尺在方桌上轻轻地敲着节拍，一头的白发和一脸的白须随着节拍前后摇晃，别有一番风味。父亲告诉她，这是黄老先生，是无为城中最有名的绅耆。飞碟听父亲说起过黄老先生如何来化外川任教的经过，不禁一笑。

鸟平合说："别看她是一个女孩，可是黄先生最得意的弟子呢。"

之后飞碟听父亲说过，从美是顶替她的哥哥万家有来上学的。开始一副女扮男装打扮，直到黄老先生破格录用了她才还了她女儿面目。当下，飞碟问她学些什么功课，从美回说黄老先生为她开了《四书》《五经》《女儿经》《列女传》等等。飞碟要她随便背上一段，她一点也不怯场，仰着头略微想了一想，就从那《四书》《五经》《女儿经》《列女传》中各选一段背来，真是滚瓜一般烂熟。飞碟心里又是爱她又是怜她，情不自禁地说："小妹妹，你努力吧，只要大姐姐在这里，我是一定要把你送出去深造的。"从美听她这么一说，就站起身来，双手合十，深深地朝她鞠了一躬。飞碟见她这么讲礼，也情不自禁地双手合十还了她一礼。从美竟要下跪，慌得飞碟连忙把她扶住。

今天从美来邀飞碟一起去看热闹，飞碟见她打扮得花枝招展，犹自不解，问："现在非年非节，有什么热闹可看？"

"怎么，你竟然连我们化外川的天下第一大节都不知道？"从美十分惊讶，接着便替她解释道，"我们这山旮旯里可不能与那城池口岸相比，早相见晚相逢的，谁个男人看上了谁个姑娘，可以找那媒人去女家提亲。在这里，相喊听得见，相走要一天，你去哪里寻那意中人？亏得老祖宗为后代人想出了这个好主意，一年中选这春光烂漫的几天，让境内年轻男女集中在凤凰岭下，以歌求偶，以舞悦伴。飞碟姐姐，我来邀你，可是为了你好，自己在那天阔海宽的地方，也许能够碰上一个知己也不一定。果真这样岂不强过你老爹的拉郎配？"

飞碟听了，脸上早飞起了两团红云，一巴掌拍下去，打在从美背上，嗔怪道："好你个言必孔孟的节妇烈女，却原来也是一肚儿女情长。好呀，你想寻男人你自寻去，可不要拿我来做挡箭牌。我不去！"

"哎呀，我的姐姐，入乡随俗你可知道？天下男子谁个不娶，天下女子谁个不嫁？偏你要把男女之间的事故意弄得那么羞羞答答，说什么男女授受不亲，岂不可笑？其实，你的肉也是肉，我的肉也是肉，重要的不是这个，我的姐姐，重要的是一个人的心，心！"

飞碟一时就呆住了。

从美就势挽住了飞碟的脖子，悄声说道："姐姐，要是你是一个男人该有多好？我这一辈子就该快活死了！"

飞碟也动情地挽住从美的脖子道："下辈子，妹妹，你一定要变成一个男的，我就是走遍天涯海角也一定要找到你！"

两人都不由自主地流了一阵子莫名其妙的眼泪。

然后两人就一同坐着那匹黑马去了凤凰岭。

是春季了，凤凰岭上的桃花开得正鲜艳。飞碟不明白，化外川的人为什么在千万种树中选择了桃树作为图腾。许多树都遭了他们的斧钺之灾，唯有桃树却任其终老山林。春风习习拂面，桃花幽幽馨人，四周都弥漫着叫人无法不骚动的色彩和气味，这种色彩和气味招惹着你的眼耳鼻舌身，招惹着你的心坎，叫你浑身膨胀着，骚动着，总想干出点不同凡响的事情来。

黑马很是善解人意，它悠悠地在白河边徜步，听那些男女把一曲曲情歌唱得如痴如醉；它漫徊在丛林冈峦，让那些喁喁的情话酥软了背上两位少女的心；它流连于溪涧边，让她们欣赏那些少男少女在清冽的水中沐浴的千姿百态……最后，黑马将她们带到了恋人谷。一条小河逶迤而下，夹岸桃花云飞雾涌，危崖多窍，小径百折。飞碟发现，在那洞穴边，在那树丛中，总是直立着或倒悬着各式各样的草标，有的像蜻蜓，有的像蝴蝶，有的竟是一对精妙的翻飞的龙凤，有的玲珑如两只交颈的画眉……万千风景，不一而足。飞碟甚是奇怪，就问从美："这是什么？"

从美看着她，抿着一张嘴，似笑非笑的，向她说道："姐姐，你不问我倒忘了，你既问起，我不告诉你就是小妹的不是了。比如这个，"她指着画眉交喙的草标，"那里面的主人在向你问好，要你进去见上一面呢。不见，就显得你看不起人呢。"

"非要去打个招呼吗？"

"是得去打个招呼的。"从美咬着一口糯米牙说。

飞碟便滚鞍下马，叫了一声"从美你等着"，就走向那悬着草标的茂密树丛。一路走去，却并不见一个人影，正自奇怪，耳边似听到有喘气声响。飞碟心想，既有喘气声响，就必然有人，只管向前便是。又走了几步，眼前突然一亮，原来是树丛朝后一闪，让出了一块绿茸茸的草坪，在那绿得沁人的草坪之上，一黑一白两个裸身正重合着，扭动着。飞碟一看，"哎呀"怪叫一声掉头就往后跑。她的叫声自然惊动了正在温柔乡里缠绵着的男女。女的尖着嗓子高叫："抓住那个不懂规矩的家伙！"男的弹跳起来，向着飞碟跑走的方向看了一下，嘿嘿笑道："是小姐，她哪里晓得这些。"看她跑的那个慌张劲儿，二人便都会心笑了一通。飞碟紫涨着一张脸，怀揣着一只嘣嘣跳着的小鹿，拼命迈动着两只玉腿，口里咋呼道："从美从美，看我不撕烂你这妖精的嘴巴！"

黑马上哪里还有从美，只听到密林中传来从美银铃般的笑声："飞碟姐姐，你惊了别人的好梦，该当何罪呀！不快快跑开，当心打断你的腿。来吧，来吧，我在秋千场上等你！"

飞碟此时浑身上下说不出的燥热难当，也说不出的羞愧难当，她哪里还有闲心去那秋千场上遭那从美笑话，一纵身跳上了黑马，在它臀部轻轻一拍，那黑马就向着凤凰岭的金顶上飞一般地奔去。

金顶上此时是一片灿烂阳光沐照着，最高处那尊直插云霄的根石傲立苍穹。它的顶端被一抹日光抹上了一片金色。根石的下面有一口好宽好大的方塘，周遭绿树环绕，鸟声喟啾，极其清幽雅静的一个所在。飞碟跳下马来，慢慢解下衣服，袒出了她那洁白如玉的一段胴体，再轻轻地舒展了几下手臂，然后就跳进了那清冽冽的水中，成百上千只鸟儿在水潭周围的山崖上伫立，在横逸斜出的枝丫上弹跳，在柔如丝毯的草地上漫步，似乎为她的美丽所吸引，所倾倒。

此时，在正对着凤凰岭的一座山尖上，鸟平合靠在一块山石上，眼睛贴着一架高倍望远镜，一座一座山头地搜索着。这架高倍望远镜是镇远府尹吴天送给他的，以奖励他在平息长毛贼的战役中立下的功勋。他平日极少用这个物件，在他看来，洋人的东西大抵都是损耗元气而求得短暂的功效的，比如这高倍望远镜虽然看得远，说不定就是敲骨吸髓的，使用多了就免不了眼瞎耳聋。但是，每年的四月八日，他无论如何是要用上一次的，他用它来窥视那些男女青年在树丛洞穴里做出的那些极其隐秘的行动，从中获得无限的慰藉和刺激。这件事他做得极其秘密，就连驼背二爷他也没有告诉。在高倍望远镜下，无数的悲喜剧一出出地上演，他乐此不疲也忘乎所以。突然，镜头里跳出了一个裸体女郎，在一池清水里如一朵出水芙蓉般鲜艳可人。这是他以前从未见到过的，一惊一诧之间就调好了焦距。女郎一下子就清晰在自己的眼前。那莲藕般的肌肤，那微凸的酥胸，那如瀑的乌发，那美若天仙的姿色……都令他如痴如醉。

再仔细一打量，他的眼睛就颤了起来，呵，那不是女儿飞碟吗？他急忙抬高了望远镜，脸烘烘地热将起来，心也怦怦地跳将起来，好不羞惭也好不尴尬。但是，抬高的镜头里竟然又跳出两个人来，这一下竟差点叫他背过气去。他发现，鸟老黑伏在一块长满茅草的崖石后，像一个缩头乌龟，正一眼不眨地盯着水潭中的飞碟。而鸟老黑身后的一块石包上，趴伏着驼背二爷，他监视着鸟老黑，一丝不苟。

之后的情况就使鸟平合死过去了一回。

飞碟从水潭里上来后，在一处草地上舒适地躺下了。身子着地的一瞬，她快活地呻吟了一声，眼便微微地合上好似深深睡去。只有那两丛密如丝茅草的眼睫毛在清风中飘动。一只红蜻蜓、一只蓝蜻蜓翩飞着，在她的身子周围转圈，最后停留在她的胸部和大腿根左右，似被那博大的隐秘吸引住了。

就在这时，一件奇怪的事情出现了。一头毛驴——就是飞碟的那头毛驴，从山的那一边沿着那条环山小路走过来了。穿鼻绳已经被它扯断，一悠一悠走来时洒着桃花般灿烂的鲜血。毛驴不甘寂寞，扯断了拘禁它的绳索，自由自在地踏春来了。

鸟老黑似乎也发现了那头毛驴一步步心怀叵测地走向了飞碟的黑马，腰肢从岩包上突然就弓了起来。但他立刻就意识到了自己此时此地的处境，身子就凝在空中一动也不动了。

飞碟正用自己的双手托住如云的乌发，准备挽成一根粗辫。这时，她也听见了毛驴踩在山路上的蹄声，抬头觑了一眼，似乎不怎么在意，散漫的眼光又收了回来。收回来只是那么一瞬间，她意识到了什么，两只眼睛就闪出了两颗烁烁的火星，直直地盯着毛驴傻了。

毛驴走近了母马，嗬——咴——嗬——咴亢奋地叫了几声，飞碟看到了它肚子下那截吓人的东西，正一上一下地颤着。她有些呆了，痴痴地不知所措。

弓着腰肢的鸟老黑再也沉不住气了，他的下体沉重着，不敢直腰或者直不起腰。他嘿嘿地向毛驴吆喝了几声并且抓了一把泥土扔过去。有一块打在毛驴的屁股上，聚精会神的毛驴无动于衷。

毛驴和母马交换了一个吻。毛驴矮，把颈项高扬着，母马比它高大，低下了头来。母马的毛色黑缎子一般，又长得魁梧高大；而毛驴，灰不溜秋的皮毛，矮塌塌的很不起眼。但它们就是亲密缠绵地接了吻。接下去毛驴很雄性地绕着母马转圈，母马则更是响亮地喷鼻，不知道是逗引还是斥责。毛驴已经失去惯常的理智，它的耳朵立着，绕着母马越转越急。突然，它响遏行云地大叫了一声，如一道闪电，从后面压上了比它高一头的母马。母马一下子就不动了，战栗着承受毛驴那有力的冲击……

鸟平合觉得天在摇动地在颤抖。

也不知时间过去了多久，岩包上的鸟老黑颤巍巍地走向潭边的飞碟，诚恳地向她忏悔："小姐小姐，都怪这个该死的，它……太野了……这个天气……这个天气，它遭不住了，遭不住了……"

一副卑微的形象。

飞碟没有动作，好像死过去一样，突然她跳起身来，扑向了鸟老黑，一口就咬住了鸟老黑的肩膀，咬出了一溜如桃花一般的鲜血……

天塌地陷了，天塌地陷了！

鸟平合死去活来一番之后，又把镜头对准了那个山包。飞碟和鸟老黑早已潜踪匿影，只有驼背二爷还趴在那个山崖上，像一个离了水塘的大虾米，只剩了大口喘气的份。看到了这里，鸟平合又晕死了过去。

一直到了夕照衔山，鸟平合才挣扎着回到家里，驼背二爷早在门口等着。他无力地摇了摇手，示意二爷一切都不要再说。慢慢到得房间门前，他才回过身来轻声地对二爷说：

"半夜过后，你去把老黑找来。注意，千万不要走漏风声。"

驼背二爷深深地鞠了一躬，道："是，老爷。"

六

1966年，蝴蝶娘娘的头颅在蝴蝶庙里被人们砸烂了，他们得到了鸟平合在黑堡覆灭前写的鸟氏家谱和一颗土司玉印。家谱上面有两条内容很叫大家感兴趣。其一，鸟平合写道：1927年古历四月八日子时，鸟老黑反出黑堡。其二，鸟平合写道：1927年秋，北伐叛军进攻黑堡。

这两点对后代人研究黑堡历史很有参考价值。首先可以肯定的是，鸟老黑不是被鸟平合暗害的，因为鸟平合明明写了，鸟老黑是反出黑堡的。再其次，黑堡的覆灭，是由于北伐军的进攻。至于鸟老黑为什么要反出黑堡，北伐叛军为什么要进攻黑堡，鸟平合都没说明。特别是第二条，更叫大家摸不着头脑。大家后来彻底弄明白事情原委，实在多亏了女巫亚慧的那个怀了二十年也未曾出世的歌王儿子呼噜，是他那永远如雾时聚时散的歌声，揭开了黑堡覆灭的黑幕——

最后一劫终于在1927年秋天降临在了黑堡头上。

那时，鸟平合把被尘土和硝烟糟蹋成一块尿布似的白汗衫脱下来的时候，一双青筋暴突的手抖颤得如筛糠一样。这不是因为恐惧，是因为黑堡周期性毁灭的厄运又轮到了他。他用一支丈余长的红缨枪把白汗衫挑了起来。背景是一轮深秋的落日。红缨枪尖斜穿了这轮落日犹如斜穿了一颗喋血的人头。

他的身边，或蹲或跪着六个尚存一口气的活物，满头满脸的淋漓鲜血和浑身的尘土烟灰，昭示着他们刚才经历了一场何等残酷的厮杀。地面上狼藉着同伴的死尸，无一例外都是龇牙咧嘴狰狞可怖。黑堡后墙洞开了一道石门，一座仅容人过往的木桥凌空飞架，连接着对面的庄楼。庄楼下面堆积着如山的柴草，一根长长的火绳把桥和庄楼连成了一气。庄楼上一间牢房的铁门紧紧地关闭着，一把举世无双的大锁赫然挂着，寒气森人。石门边一个驼背盘腿坐着，守着火绳的头，悠闲地吸着旱烟，与对面的庄楼形影相吊。他的眼睛此时紧紧地盯着鸟平合，只要鸟平合一个手势，他就会毫不犹豫地点燃火绳引发大火。

鸟平合的嘴角深刻着两道鄙夷的纹路，一副视死如归的气概直立在黑堡之上。他背对着落日，但他感觉得到脚下的黑堡和身后的落日都在不可逆转地陷落。来吧，我恭迎你们的大驾光临。他向着隐匿在二十米开外一棵大乌杨树后的鸟老黑说。他看见一个黑洞洞的枪口从树后伸了出来，咬着了他的头颅。他的颅腔里幽幽的凉气沁人。只要枪声一响，他知道，他的最后一点希望就如梦如幻了。

庄楼上的铁窗后面突然传出一声女人的喊叫以及一声婴儿的啼哭，在这死寂的战乱间隙里分外凄厉。鸟平合绷紧的心弦顿时一松，便将引魂幡的白汗衫不紧不慢地摇晃着。乌杨树后面的枪口不情愿地无可奈何地缩了回去，鸟老黑那坑坑洼洼的嗓音就咋呼开了——

"走，弟兄们！鸟平合那老狗摇白旗了，享福去吧！"

"走哇走哇！"

黑堡顶上，驼背一脸庄重肃穆并念念有词。

鸟老黑带着他的弟兄们谈笑风生地走来了，脸上挂着征服者的骄横和矜持。打着赤膊的鸟老黑走在最前边，一支短筒猎枪斜挂在腰上。和他并排走的是一个头戴灰军帽身着灰军装的书生样的人。

这是于波，鸟平合认得他。前几天于波曾在黑堡下面与他有个君子协定。他开诚布公地对鸟平合说过："我们知道你还算是开明的人，对北伐也有过贡献，现在我们要在这建立革命根据地来反抗国民党反革命武装。我们常有队伍执行任务要从你的堡外经过，你千万不要阻挡。"

鸟平合实在弄不明白，当初的国民革命军曾几何时怎么又成了叛军，成了被朝廷追杀的草寇？当时，鸟平合应是应允了，但心里却充满了狐疑和忧虑。所以，当于波他们的队伍第一次从堡外经过，鸟平合就违约了。

那是一个晴好的下午，鸟平合听说有大队伍从堡外的山路上经过，就带上团丁登上黑堡观察以防不虞。长长的队伍秋毫无犯地从黑堡的外面走过去了，消失在那如烟的大山之中。天色晦暝时分，又有十几个人牵牛拉马来到堡外，显然是掉队的。团丁们很久没有打仗了，都想过过打仗的瘾，要叫他们留下手里的"藤子"作为买路钱。鸟平合制止了。但是，当那十几个人快要没入大山中去的那一刻，他自己却迫不及待地跑到台炮那儿，瞄准了目标，轰的一声巨响，十几个人在山口那边就摊成了一地……

胜利者们已经兵逼堡外。猛地一下，鸟平合摔掉了挂着白汗衫的梭镖，抓牢了手枪。

被胜利搞得头昏脑涨的鸟老黑对于城堡上的变化毫无所知，但是鸟平合这个稍纵即逝的动作，却没有逃过于波的眼睛。鸟老黑就挨了于波重重的一拳，一个趔趄就扑倒在个坑洼里。黑堡上的手枪清脆地叫了，只一声，呼啸着擦过鸟老黑的头顶，射进了于波的身躯。于波手下那些走得气宇轩昂的战士和鸟老黑那些未退尽匪气的弟兄，狼奔狗突一般向后逃窜，直到跑出那片一览无余的开阔地方。奇怪的是，黑堡上面除了那一声枪响之外，却是一片死寂。

鸟老黑咬着牙根转身看了看天色。夕阳在西边山上迁徙，深秋的衰草被它染成了血似的殷红，扎眼，也扎心。他顺手薅了一把茅草根抖落抖落，就塞进了口里，嚼得咔嚓咔嚓响。他的身后已架好了硕大无朋的台炮，几个弟兄正躺在那儿，落进了鸟平合的视野里。鸟平合很失望，为没有击中他的仇敌鸟老黑。他的眼光艰难地泅过夕阳染就的血海，慢慢地移到黑堡下面于波的身上。于波一动不动地伏在地面上，晚风撩起了他的灰色军装，露出了白衬衫的一角。一年以前，他第一次来到黑堡，也是这样的穿着打扮，那时，他是那样温文尔雅和生动活泼，现在呢，却躺倒在这异地他乡，而且是自己让他躺倒在这异地他乡的。人生的无常使鸟平合无限地凄迷起来。

这时，又一声尖利的婴儿啼哭声，从庄楼的铁窗后面，像一枝响箭，再一次穿透了鸟平合的耳心。他不由得打了一个寒战。他知道，是时候了，痛恨也好，难舍也罢，都是应该去庄楼了却恩怨的时候了。夜雾已经弥漫，夕阳已经含山，黑堡的末日已然迫在眉睫，由不得人从容自如了。他在城堡上直起了身子，任麻木了的四肢松动松动，然后，他抢着重若千钧的双腿，通过石门踏上凌空飞架的木桥。

驼背二爷依然蹲在那，微闭着双眼，一无挂碍地念叨着什么。

在这座连接着黑堡并且堆满了柴薪的庄楼里，坐着憔悴不堪的飞碟。从天刚拂晓第一声枪响开始，她和她的孩子就被驼背二爷带到了这里。她的那个刚满月的孩子随便地放在草堆上，像一个脏兮兮的小猪崽，整天都在昏睡着，随着外面攻城的潮起潮落发出一两声尖利的叫声。此时，她空洞着一双眼注视着外面的炮火硝烟，好像正在发生的一切都与自己无关似的。

鸟平合目不转睛地看着女儿。那修长的眉，宽阔而明净的额头，以及白如凝脂的皮肤，无一处不与她的母亲神形毕肖，他不禁黯然神伤。在黑堡覆灭的前夕，在他与女儿生离死别的时候，女儿已经成就为他曾经塑造的蝴蝶娘娘的形容，清晰地逼真地麻木地憔悴地坐着，任你观瞻和遐想，是幸耶还是悲耶，他已经无法判定，一种悲怆的情绪像一条巨蟒缠绕着让他窒息。

鸟老黑发起总攻的大炮适时地炸响了。巨大的声浪和弥天的硝烟把整个黑堡都吞没了。鸟平合猛地从女儿的脸上收回了眼光，掉过了头去。滚滚黑烟之中，只有驼背二爷手上那支草烟的火星画出了一个个字徽。哗啦啦——轰，黑堡的大门倒了，发出天崩地裂般的声音。沉重而急促的脚步声已经杂沓在石阶上震响。

鸟平合从贴胸处掏出钥匙，似乎耗尽了平生之力戳进锁眼，猛一使劲，铁门哗一下敞开。他在黑堡的最后一刻放了女儿一条生路。然后——

烧！鸟平合声嘶力竭地向着驼背二爷喊。

随着这一声喊，黑堡的顶上中了台炮。一声霹雳炸响，红光闪过，人的断腿残肢随着枯枝败叶在天空中打旋。驼背二爷抖落掉身上的泥土，就将手中燃着的烟卷狠狠地抽了一口，潇洒地在那引线上灼了一下，引线就吱啦吱啦地欢叫起来。一会儿，一片冲天的大火苗立即淹没了木桥并且迅速地游向了庄楼。

鸟老黑带着他的弟兄冲上了黑堡顶端，有几个快手弟兄冒着火焰冲上了木桥。他们刚跑到桥心，桥就噼啪一声断了。那几个勇敢的弟兄只来得及发出几声凄厉的长嚎，便随着火龙般的木桥坠下了深渊。鸟老黑刚好一只脚跨上小桥，一只脚还留在堡上，小桥坠落时他也一个前扑，整个身子歪了下去，幸亏身后一个叫邓老牛的兄弟拉住了他的后腿，从死神手中把他生拉活拽出来。

小桥已不复存在，一道三丈多宽的天堑横在了他们的面前。鸟老黑看着无底的深渊倒抽了几口凉气，然后又是邓老牛将他背出了这片死亡地域……

熊熊的大火已经疯狂地包围了庄楼，苍黑的天空被熔成了一锅铁水。在滚动的火焰里，鸟平合和驼背二爷的身影时隐时现，一下子飘向长空一下子又跌落尘埃。

于波在黑堡被攻陷的最后一刻活了过来。他看着自己的部下英勇无比地冲锋向前，心中十分欣慰。他不甘心躺在冷冰冰的地上，凭着自己的勇气和毅力，一步步地爬上了这座他的心灵永远也无法深入的城堡。

这时，在熊熊燃烧的大火前面，他看到了一双眼睛，一双美丽无比也惆怅无比的眼睛。那双美丽而惆怅的眼睛也正在看着他，都不曾躲闪，都不曾回避，两双对视着的眼睛便越来越缠绵悱恻，越来越熠熠生辉，那种只可意会不可言传的感觉在他和她的眼前五彩缤纷，叫人头晕目眩。

眼睛与眼睛便流出了许多生动和凄清的故事……

（节选自《伤寒》，河南文艺出版社，1998年2月；
获第六届全国少数民族文学创作骏马奖、贵州省首届政府文艺奖荣誉奖）

王阳明（节选）

第十七章

1

事情果然如原监军杨璋所料，自从朱宸濠被擒，叛逆荡平，阴风黑雨就不断袭来，弄得王阳明无路可走。这时，正德已亲率大军浩浩荡荡南征，将至扬州。毕真知道这一消息，忙派人来劝告王阳明把朱宸濠放了，理由是：一、未奉君命，起兵勤王，是擅作主张；二、擒叛逆，师出无名；三、皇上以威武大将军亲自征讨，辛辛苦苦到达江西，逆贼却先被擒了，将来论起功来，该记在谁的头上？更糟的是王阳明在给皇上报告朱宸濠举兵反叛的奏疏里，有奏请正德清除阿谀奸邪之徒的话，奏疏又恰恰落在钱宁的手里，钱宁把这一情况告诉臧贤，臧贤立即派人在京师散布谣言，说王阳明本来是与宁王一道谋反的，怕难以成功，才起兵平叛；平叛立了功，没有得到重赏，于心不满……谣言很快传到江西，传到王阳明耳里。王阳明深知谣言杀人，却又有理无处说。

这时，以威武副将军张忠、许泰为前锋的大军已进入江西。王阳明很快接到用"威武副将军"名义发来的文告，要他交出首犯朱宸濠、李士实、刘养正等人，理由是，他们才是名正言顺的王师，交给他们也就如同交给皇上。结尾还有"如不从命，后果自负"等语。

王阳明接到这份文告，意识到一场不可避免的较量已经开始，不动声色地服下几粒药丸，咳嗽稍稍平静，命李元良把信使带到驿馆歇息，而后把邹守益、黄绾、罗侨、罗循、罗钦德、冀元亨、李元良召来商议，众人听说后都很气愤。评事罗侨说："我们千辛万苦，流血牺牲，生擒朱贼，张忠、许泰想坐享其成，没这等好事。"

兵备副使罗循也认为不能便宜这帮邀功的家伙，说："要交，也得亲自交给皇上，才有个是非曲直。交给他们，还当是我们做了什么见不得人的事呢。"

邹守益比别人都怕事，说："算了，跟这些人没什么道理可讲，交了清静。"

冀元亨立即批驳说："交了也未必清静，对这种人，非斗到底不可。"

王阳明对这件事的到来并不感到意外，他现在早已不再以好心来揣度官场里的权势们，他相信这些人什么坏主意都能出，什么坏事都做得出来。但他不能改变自己的品性，他痛恨这些卑鄙龌龊的家伙们，有一种无法压抑的愤懑情绪涌上心头。要是依着他的脾性，非当面给他们好看不可，可他到底是有过复杂经历的人了，不会莽撞行事。他把大家的看法进行了一番比较，提出一条折中的意见，说："完全抗拒不交，会授人以柄，说我等目无朝廷；要交给张忠、许泰，又实在放心不下。听说张永也随军来了，此人曾与当时任宁夏总制的杨一清共同铲除逆阉刘瑾，之后的作为也还不错，可把朱宸濠一班叛贼交给他。"

众人都认为这样做最为妥当。当夜选精壮五百，把朱宸濠、刘养正、李士实等首逆锁在囚车里，连夜乘船入鄱阳湖，又出湖口，入长江。按他的估计，皇上既然已经派张忠、许泰率兵马入江西征讨，他和臣僚们则不会急于入江西，而首先是要在江南几个游览胜地观光游览，顺便物色几个江南美女回去。因而，王阳明和幕僚们带着朱宸濠等一干俘虏，到了芜湖，又折回杭州。王阳明命罗侨等人率领精壮把人犯投进杭州府大牢，便着人四处打听张永的消息。第二天，张永果然带一班随从先到杭州，进了州府衙门。

九年前，王阳明离开庐陵，调任吏部验封清吏司主事的时候，在李东阳家里见过张永。监军张永和宁夏总制杨一清除逆瑾有功，受朝野上下盛赞，本人虽然看不出居功骄矜，却也志得意满，和李大学士谈笑风生，只是在谈及治学时才很少插嘴。偶尔接过话头，也颇得体。问及王阳明的境遇，张永说得很真诚："伯安受贼害甚苦，这些年来受委屈了。"

一句话，说得王阳明百感交集，差点流下眼泪，王阳明很动情，说："托老将军洪福，才没有痰毙蛮荒之地。"

张永谦虚地说："这也是天数，刘瑾祸国殃民，天愤人怒，即使不是敝人出头铲除，也自会有人来担此重任。"

李大学士说："逆瑾为祸多年，不但没人能奈何他，反倒被他害了一百多位忠良，若没有逆贼的反叛，皇上还不会怀疑逆瑾，当然，没有张大人的神机妙算，也拿他无奈。"

张永又谦虚地笑笑，换了话题，说："若论文才武略，伯安擢升大学士也不为过，机缘如此，慢慢来吧。"

说这话的时候，张永宽阔圆润的脸上露出温和的笑容。

王阳明自来对宦官印象不好，被逆瑾加害，可说恨之入骨。这天和张永的邂逅，得到的却是另一种印象。这种良好的印象，一直保留很久。这天，张永先到，见王阳明走进杭州府衙，先是一怔，接着起身相迎，说："是伯安吗？久违，久违！"九年过去，似乎岁月的流逝没给张永留下什么痕迹，反倒更加容光焕发。

张永这般亲热，倒使王阳明有几分意外。王阳明也不转弯抹角，把他自己如何募兵勤王，如何在鄱阳湖上用计擒拿叛贼的事大致说了，然后说："而今张、许二人命下官交出朱宸濠等叛贼，说实话，张、许二人在京师的作为多有所闻，守仁放心不下。"

张永会意，说："下官这次随皇上南来，不是来邀功请赏，而是料理皇上的衣食住行。伯安前些日子荡平贼寇，功勋卓著；而今又为圣上平定叛逆，神明可鉴。可万事须谨慎小心，不要直情径行，以免开罪于人，掣肘于己。"

张永这几句虽说老于世故却也入情入理的话颇打动王阳明的心，王阳明略加思索，说："本想把朱逆羁押洪都，奏请皇上以后再行处置，奈何张、许二人逼交朱逆，只好请将军转交给圣上了。"

张永满口应承，说："请伯安放心，待皇上到达杭州，敝人一定妥善办理。"

王阳明请冀元亨、邹守益、黄绾、罗侨、罗循、罗钦德等人与张永相见，一一做了介绍，张永谈兴很高，说："听说不少地方设书院讲学，传习伯安的大学问，果有此事？"

王阳明不隐讳，说："学生所学的大学问集守仁一生所得，有别于朱子，也与甘泉先生不同，门人认为学后大有裨益，故学者甚众。"

张永问："有上千人吧？"

邹守益说："连贵州龙场那样的地方也有了书院，弟子少说也有一两千。"

张永很佩服王阳明，说："伯安哪，你有这么多有出息的门人为国效力，才是千秋功业啊。我位居显贵，但细想起来，能留给后人的几乎没有。"

王阳明感激张永，当夜和冀元亨、邹守益、黄绾等人一起把俘虏点给张永。王阳明从张永处得知正德将到达维扬（扬州），便又率众幕僚前往京口等候。没等着正德，却遇见先行中官，中官向他宣读了圣谕，意思是说关于他平叛的奏折已经收到，赞扬他对朝廷的忠诚，现在江西叛逆初平，百废待兴，命他作江西巡抚，好生用命，勿负圣望。

王阳明一路奔波，本来是想朝见行在，面谏圣上赶快班师，免得奸邪之徒暗藏祸心，乘机发难。奈何命令已下，只好返回洪都巡抚衙门视事。这时，见王阳明已无事，黄绾、邹守益、罗侨、罗循、罗钦德都先后离开，只有冀元亨、李元良和随从一道回洪都。

2

当初，正德不愿意整日待在宫里，临经筵、上朝视事、批红、接见以及种种令他头疼的礼仪，让他建立了中国自有皇帝以来的第一个奇特的办公场所——集玩乐和办公为一体的豹房公廨。后来，渐渐觉得外面的世界要比这儿大得多，也有趣得多，所以，常常以巡视为名，出外游览观光。每次出游，前呼后拥，饱览名山胜水。虽说累一点，却可以没君没臣，没大没小，尽兴疯玩，一身舒爽。大小官吏，谁不想讨皇上高兴，纷纷走门子进献珠宝珍奇。臧贤一伙特别能访到漂亮女子，带回豹房，供正德享受。玩腻了，贬为洗衣女，或者赶出去。这些，外人很难知道。这一年，正德从山西太原回京没多久，又提出南巡。

正德北巡之前，就引起不少重臣非议，纷纷上奏章劝阻。说没有特别重大的事要处理，皇上就应该待在宫里，按时早朝视事，按成规祭祀祖先、祭祀天地，不要到处游玩，置社稷安危于不顾。正德在一次上朝的时候大发其火，说他整天在宫里处理事务，都快憋出病来了，质问大臣们还不准他出去走走是什么用心。这么一训斥，大臣们只好闭嘴。

这次听说正德又要南巡，先是少师、太子太师、华盖殿大学士杨廷和上疏，说江南连年受灾，徭役赋税繁重，百姓苦不堪言，无法负担皇上出游的巨大费用。再说，运河河道狭窄，水浅，为修复乾清宫要运送大量木材和粮食。圣上出游势必动用很多船只，运河一拥塞，耽误了木材和粮食的运送，事情就大了。第三，外出游玩，一路上乱糟糟的，难免出意外。虽然没说"刚游回来，为什么又要出游"的话，理由也够充分的了。

朝廷首辅杨廷和一带头，六部、九卿大臣以及六科、十三道御史都纷纷上疏劝阻。正德想不出正当理由，就说以"总督军务、威武大将军、太师、镇国公"等名义，统率一支兵马南下，借以显国威、军威。正德满以为用这样的名义下江南谁也不能说三道四，谁知礼部尚书毛澄和朝廷群臣又上奏疏，说："陛下是天子，四海臣民知道有个皇帝的称号。现在却称自己是'威武大将军、太师、镇国公'，实在令人不解。再说，下旨意的是皇上，接受旨意的也是皇上，就更难弄明白是怎么回事了。"

奏疏接二连三地送来，正德开始还看一看，后来烦了，连看也不看就砸在桌上。见没有动静，臣子们又要求他明确答复。正德还是不理。一天，奉天殿前来了好些臣子，希望正德接见。正德叫内侍出殿宣布说："圣上龙体不适，不能接见，都回去吧。"正德一不高兴，要不发火，要不装病，群臣对他这德行再熟悉没有。不知是谁说了句"皇上不接见就不走"的话，说罢，干脆跪在殿门前。他这一跪，跟着跪了一大片。内侍报告给正德，正德脸都气歪了，走出殿，问："是谁叫你们跪的？"

兵部郎中黄巩毅然回答说："回禀皇上，小人以为眼下朝野危机四伏，皇上刚北巡回京，暂时不宜外出，是小人自己跪下请皇上接见。"

正德脸色铁青，说："南方乃大明天下，臣民乃朕之臣民。朕登基至今，还没有巡视过南方。朕巡视何处，还要你等点头吗？"命锦衣卫逮捕黄巩，投锦衣卫狱；命翰林院修撰舒芬等一百零七人在午门前跪三天，以示惩罚。接着又逮捕大理正周叙，行人司副余廷瓒，工部主事林大辂、何遵、蒋三卿等二十三人投锦衣卫狱。正德还不解恨，命将舒芬等一百零七人各杖责三十，让周叙等二十三人戴上手铐木枷，白天跪在宫殿前，晚上投入监狱。

京营提督江彬对诸臣上疏揭露其在豹房的不轨行为十分怨恨，故意用言辞激怒正德，让正德命锦衣卫使劲打阻止他南巡的官员，在锦衣卫狱里杖责致死的有兵部员外郎陆震、工部主事何遵、刑部主事刘校、照磨刘珏、礼部员外郎冯经、验封郎中王銮。为劝阻南巡，死了那么多人，正德不好再坚持。此时，朱宸濠谋逆暴露，正德正好借"御驾亲征"的机会下江南。

正德总不能忘记在豹房为他弹苏州评弹的可人女子，更被不断传进耳里来的各种关于江南绮丽风光的描述所引诱，加上对宫廷生活和繁琐事务的厌恶，才使他如此急迫地要南下。这一次群臣得了教训，不再有人劝阻。但是，人们从派张忠、许泰前往江西，而正德自己则向镇江、维扬、无锡、杭州方向进发，也就很快明白他的真正用意了。但已没有人愿意再说。

正德南巡，用张永打前站，京营提督江彬、大学士梁储、吏部侍郎蒋冕和太监吴经跟随左右。所到之处，除了打鱼、玩乐，就是索要珠宝、珍奇、鹰、犬。每到一处，要地方官员气派排场地戎装迎送，稍有懈怠，严刑拷打。吴经到处搜罗处女、寡妇，把她们分别寄住在尼姑庵里，请正德过目后，或带走，一路取乐，或取重金准赎。这些，正德都只顾玩得高兴，并不过问蒋冕和吴经用了什么手段，怎样搜刮百姓，怎样作恶。有时，他自己也很荒唐。一次，随从在江上打上来一条大鱼，正德赞叹一阵，和江彬开玩笑说："这条鱼值五百两金子。"

这时，扬州知府蒋瑶在旁边侍候，江彬就把鱼交给蒋瑶，说："圣上说了，这条鱼值五百两金子，卖给你吧。"

江彬的为人，蒋瑶知道不少，到扬州以后，许多坏事是江彬指使人干的。一条鱼值什么？五百两金子？这玩笑开得也太大了。想想江彬要是拿皇上的玩笑当真，岂不是要命！蒋瑶吓得一身冷汗，说："微臣住在江边，鱼吃腻了。再说，也拿不出这么多金子。"

这时，正德已经嘻嘻哈哈地说着笑，玩别的游戏去了。江彬见蒋瑶居然敢违抗，威胁说："圣上定的价，你敢不要吗？"

蒋瑶无奈，只好提回家，将妻子的簪珥、衣服和家里所有积蓄带上，当着正德的面交给江彬，说："府库里没有钱，微臣的积蓄都在这里了。"

正德问怎么回事，蒋瑶惊魂未定，结结巴巴地说了被迫买鱼的经过，正德才想起和江彬开了个玩笑，不料江彬来这么个恶作剧，笑笑说："算了，我都忘了，拿回去吧。"

江彬站在正德身边，蒋瑶迟迟疑疑不敢动，正德看江彬一眼，说："你听他的，他就喜欢开玩笑。"

江彬接过话说："是开个玩笑，怎么就认真了呢？蠢。"

蒋瑶哆哆嗦嗦地收拾可怜的家当，小心翼翼地退出，心里说："差点命都搭上了，哪有这样的玩笑……"

张忠、许泰带领人马，浩浩荡荡地来到洪都，即传见留守洪都的吉安知府伍文定，索要朱宸濠等犯。伍文定早料到会有一场斗争，赶到张忠、许泰临时督府，从容不迫地回答说："王大人要亲自献给圣上，押走了。"

许泰是个蛮不讲理的边将，又仗他是这次领军征讨的威武副将军，格外拿势。听说俘虏已被押走，气得脸黑中带紫，一拍几案，说："胡说！"

伍文定已经做了最糟糕的打算，不屈于威势，挺直身说："臣虽位卑，也是堂堂朝廷命官，有什么必要打诳语？"

许泰气坏了，说："本官现在命令你追回逆贼，速速交给本帅！"

伍文定铁骨铮铮，毫不退缩，说："朱宸濠乃朝廷巨逆，只有皇上才有权处置，由王都堂亲自押解，交给圣上，谁也无权干涉。"

伍文定的强硬态度，激怒了张忠和许泰，许泰命左右把伍文定捆了。伍文定岂能忍受这样的侮辱，怒目而视，大声痛骂："我等出生入死，为朝廷平定反叛逆贼，有什么罪？你们竟敢侮辱忠义之士，是何道理？"

许泰无言以对，把伍文定推倒在地，伍文定仍骂不绝口。许泰捆伍文定，是要吓唬他，让他把朱宸濠追回来；没想到伍文定是条硬汉子，不吃这一套。许泰、张忠怕正德追问，也不敢怎样加害，只好做神做鬼，自搭梯子自下楼，命左右把伍文定放了，许泰说："今天暂且放你，你回去好好想一想，把朱贼追回来，有你好处；要不，明天跟你算账！"

伍文定气得说不出话来，回到洪都临时督署，二话没说，立即派快马至杭州寻找王阳明，报告许张二人的作为，提醒王阳明多加提防。

张忠、许泰二人没能从伍文定身上捞到油水，晚上，两人在洪都一家驿馆里边饮酒边密谈。张忠要比许泰狡猾阴险得多，抿下一口酒，小眼睛眯成一条线，说："京师传闻王阳明开始时和朱贼一道谋反，怕成功不了才转而举兵平叛，这儿有这么多朱贼的近侍、部属，不妨暗访一下，如果真有此事，不怕查不出来。"

许泰一拍大脑袋，说："在下怎么没想到这一层？"

第二天，由张忠出面，派人去把伍文定请来。伍文定进了大堂，见没有甲士，不像是要审讯他的样子，心下颇为疑惑。张忠移过一张椅子，说："请伍大人坐。"

张忠的态度一百八十度大转变，使伍文定摸不着头脑，警惕地等待着意外事情的到来。张忠说："请大人命人打开牢房，本帅要问问几个逆从。本帅既然奉命前来，也须了解了解情况，好复命。王大人既然把朱贼押走，相信王大人定会妥善处理，也就罢了。"

伍文定知道张忠是在使心计，但他们要审讯叛逆，又无法拒绝，只好说："不知张大人要审讯谁？"

"李士实、刘养正二人。"张忠点了朱宸濠的两个心腹。

伍文定说："据下官所知，此二人俱与朱贼一起押往京师。"

张忠不怀疑，说："那么，随便提审几个随从吧。"

伍文定命人从监狱里提出朱宸濠的两个侍卫，张忠说："没大人的事了。"

伍文定退回临时督署签押房，心里老在想："这两个人真的甘心就这样罢休？"

一个时辰过去，张忠命人来请伍文定，说审讯完了，请命人送回监狱。两天过去，伍文定正在签押房里处理公事，忽然有人报，说："许泰动手捆人了！"

伍文定问是怎么回事，禀报的人说不清缘由，只说："冀先生被捆在大堂里。"

伍文定奔往府衙大堂，见冀元亨被五花大绑，押在大堂里，旁边站了两排全副戎装的甲士。伍文定很吃惊，问正在大堂前就座的张忠和许泰："洪都是我等舍命从反贼手里夺回来的，下官奉王都堂之命，在此暂行督抚之责，张大人、许大人，冀先生何罪，被捆绑至此？"

张忠似笑非笑，说："你所说的冀先生通逆，伍大人大概还不知道吧？"

伍文定断然说："冀先生和王大人寸步不离，绝无通逆之事！"

张忠一丝阴笑掠过脸上，说："不通逆，在王府里待着干什么？啊？"

张忠提起，伍文定这才想起王阳明说过的一件事。

王阳明至赣州不久，朱宸濠就派人送信来请教大学问。此时，王阳明已经听到不少关于朱宸濠劣迹的传闻，不愿意回信，却又不能不理睬，想去想来，想了个折中的办法，让门人冀元亨走一趟。冀元亨临行，王阳明提出两条要求：一、只讲学问，不参与任何学问以外的谈论；二、不接受任何馈赠。两个月以后，冀元亨回来，跟王阳明谈起朱宸濠时，说："此人请教学问是假，拖先生下水是真。"

王阳明笑笑，说："为师早有察觉，所以给你规定两不准。"

伍文定和王阳明在一次闲谈中谈到朱宸濠时，王阳明讲了这一段，并且说："不久，江西必有一场大乱。"

现在，伍文定清晰地记起了这件事。他相信冀元亨，相信王阳明，他们都是刚正不阿，于朝廷忠心耿耿的人，怎么会去干这种遗臭万年的勾当？伍文定当即斩钉截铁地回答："这是诬陷！"

张忠冷笑道："诬不诬陷，让他自己说吧。伍大人，你最好也听一听。"

于是，一场空前野蛮的审讯开始。张忠和王振、刘瑾、钱宁等人一样，并没有什么真才实学，而是靠吹牛拍马、阿谀奉承、百般迎合皇上而蹿上高位的。平时八面威风，一说到知识，不但常常笑话百出，还张口结舌，说不出话来。这时，张忠眼睛一瞪，问："王阳明派你去王府做什么？从实说来！"

冀元亨从容地回答："不是先生派，是朱宸濠请的。"

张忠说："请和派都一样。"

冀元亨立即反驳："请是他主动，派是先生主动，张大人，这难道是一样的？"

许泰在旁边插嘴，说："不要瞎扯。"

冀元亨轻蔑地望许泰一眼，那眼神在说："连这样的话都弄不明白，值得和你说吗？"

张忠继续问："就算是朱贼请的吧，请你来做什么？"

冀元亨说："朱贼要装装门面，多次写信向先生请教，先生就派我去传授。"

"传授什么？"

"大学问。"

"学问就是学问，还有大小吗？"

"是先生研究的学问，和别的学问不同。"

"有什么不同？"

"不同之处多了，比如朱子认为知与行是分离的，先生则认为知不能离开行，行不能离开知……"

冀元亨从心底里崇拜先生，一说起先生的大学问，就什么都忘了。他还要滔滔不绝地说下去，被对治学毫无兴趣的张忠打断了，说："讲那些劳什子干什么？"

冀元亨这才猛醒，原来自己被五花大绑，在大堂上被审呢。许泰忍耐不住，巴不得冀元亨马上招供，一拍案，说："快交代你们和朱逆是怎么勾结的！"

冀元亨坦然坐着，问："你说的'你们'是谁？"

许泰眼睛鼓圆了，说："别装傻了，老老实实把王守仁和你是怎样勾结朱贼叛逆的说出来，免得受苦！"

开始时，冀元亨还怔了一下，听完许泰的质问，有些想笑了，他并不看许泰，只说："朱贼反叛，十万人马入鄱阳，下长江，抵安庆，直指南京，要称帝，大明危在旦夕，你们到哪里去了？王大人冒生命危险，亲自领兵勤王，倒成了勾结叛贼的人了，真是天大笑话！"说罢，朗声大笑。

张忠到底比许泰心眼多，用话岔开，说："就不可能先勾结，后平叛？或者说，先勾结，见形势不妙，再剿贼，不是也很方便吗？难道贼捉贼这话你也没听说过？"

冀元亨没想到堂堂朝廷征讨威武副大将军会这么无耻，不愿意回答。张忠不肯放过，说："你好好想想，交代彻底了，没你的事，要是隐瞒实情，满门抄斩。"

冀元亨说："君子不打诳语，我还没学会说假话。"

张忠说："本官再问你，你来王府的时候，王阳明是怎样交代的？"

"前面已经说过，先生让敝人来传授大学问。"冀元亨对这种重复提问很不耐烦。

"讲什么？"

"讲《西铭》。"

"希敏？什么希敏？"

"不是希敏，是《西铭》。"

"《西铭》也是书？我只听过《论语》《孟子》，没听过什么东铭西铭。"张忠说，有点生气。

"《西铭》为北宋张载所著。"冀元亨说，"世称张载为横渠先生，著有《易说》《正蒙》《西铭》等书……"

张忠又打断冀元亨的话："一定都是反书。"

冀元亨气愤地挺直腰，直视张忠，说："不知不为过，不知而妄言，就是过错了。横渠先生以《易》为宗，以《中庸》为的，以《礼》为体，以孔孟为极，极有见地，先生常常言及，如何能诬为反书？"

张忠被驳得恼羞成怒，大叫："不炮烙如何肯招？来人！"

炮烙是纣王为讨他的爱妃妲己高兴而与她共同做成的酷刑。为博妲己一笑，常常把铜柱烧得通红，把人抬上去，看被炮烙的人在惨叫声中死去。后来，改用烧红的斧头夹在受刑人的腋窝……之前张忠、许泰二人在伍文定身上碰了钉子，许泰说："没想到这屁大的官还这么死硬、臭硬，要狠一点才行，否则就白跑这一趟了。"

张忠笑了，不说话。许泰说："笑什么？屁大个官，没把咱们当回事，你还笑呢。"

张忠说："办法有的是，就怕你不敢用。"

许泰说："这么说，你还是不了解我，说吧，什么办法？"

张忠捏紧拳头，向下一挥，说："炮烙！"

张忠、许泰两人商定，决定要是冀元亨不肯招，就来狠的。

伍文定眼看张忠要下手，愤怒已极，大声责问："你们还讲不讲王法？"

伍文定被甲士架住，无法动作，眼睁睁地望着瘦弱的冀元亨被拉出大堂，不多工夫，就嗅到一股肉焦味，没有听到冀元亨喊叫一声。伍文定骂不绝口，而后被甲士们揉了出来。

此时，王阳明率领讨贼的各路人马还在洪都二十里外驻扎，伍文定气不过，当夜秘密请赣州知府邢珣、第一军副将赵铎、第二军副将李陵至密室商议。冀元亨在众人眼里是个正直的硬汉，被冤枉的事已经风传，听到消息后众人皆愤愤不平；伍文定说还受了炮烙，众人就按捺不住了。李陵气得在密室里转圈子，恨不得立即带上兵马把张忠、许泰抓起来，撕成碎片。赵铎喜欢读书，利用打仗的闲暇，向冀元亨求教过。冀元亨耐心、风趣，讲解透彻，常常妙语连珠，大有王阳明之风，赵铎十分佩服。现在听说冀元亨遭此横祸，赵铎气炸了肺，要去点兵马。还是邢珣沉得住气，说："张、许二人干的虽然是不可告人的勾当，打的却是征讨叛贼的旗号，和他们干起来，不是正中圈套？"

但是，邢知府的意见不能说服大家。余恩想起连日苦战，为朝廷平叛，反遭横祸，气得两眼通红，说："一个臭边官竟敢如此作威作福，这口气怎么吞得下去？"

正在作难，有人报王大人回来了。这几年，大家跟王阳明南征北战，虽说很苦，也有不少伤亡，却是攻无不克，战无不胜。他执法严，从不亏待部属，自己倒是十分节俭。大伙儿听说他在这个节骨眼上赶了回来，都松了口气。王阳明一进临时督署，屁股还没挨着凳，伍文定就把事情原委说了，大家用眼睛直勾勾地盯住王阳明，等待他决断。

虽然有徐元吉照顾，但一路奔波，加上腹泻、咳嗽，王阳明还是十分疲惫。若是有事，当然会立即振作起来，而且能很快做决断。但这件事的确太复杂，涉及面太广，一着不慎，不但无功，还会落下叛逆千古的罪名，这样的事，历史上并非没有。如果真的到那地步，跟他一起出生入死的忠臣良将，还有朋友、门人，不知有多少人要蒙不白之冤，不知有多少人被株连。王阳明对张忠、许泰不了解，更不了解事情的前因后果，但是他明白，眼前最重要的是让大家冷静，不能草率行事。他端坐在靠椅上，两眼微闭，伍文定话已说完，王阳明仍一动不动，好一阵，才问："诸位以为应当采取何种对策？"

听王阳明问，大家都七嘴八舌地说要惩治这两个作威作福的家伙，出这口恶气。王阳明又问："有主张不打的吗？"

邢珣站起来，说："依下官所见，这张忠、许泰见头功被王大人夺了，才由嫉妒而心生恶念，陷害大人。如若我等动用兵马，必然授人以柄，将叛逆罪加在我等头上，那时就有口难辩了。"

王阳明叹口气，说："邢知府说得对啊，不能意气用事，不能授人以柄，你们都回去吧，告诫所有部属，切切不可胡来。"

没有争辩，也没有理想，大家相信王都堂是对的。但是心里哽得难受，有功之臣反而被怀疑，被诬陷，天理何在！

王阳明挣扎着回到自己的卧室，徐元吉见他脸色十分难看，问："先生怎么啦？"

王阳明摆摆手，叫他下去。徐元吉一离开，王阳明的泪水就夺眶而出，激动得浑身打战。好一阵，才勉强平静下来，而后拿笔摊纸。他要给皇上上奏折保惟乾。惟乾受朱贼的百般引诱，仍不忘借讲学的机会宣传君臣之道，天人可鉴，竟遭此毒手！他哪怕丢官，甚至丢命，也不能任其横行。但是，他没有别的办法，只有诉诸笔端，用这种最不解恨最没用的办法。

过了三天，王阳明就听到消息，说冀元亨被押送京师了。

3

维扬是江南富庶繁华地，温柔游乐乡。正德想起唐诗宋词中江南风光的描写，想起肌肤如玉的可人女子，按捺不住，巴不得早些到达。圣驾和随行人员，浩浩荡荡地到达山东临清时，由于体贴入微的刘姬没在身边，正德百无聊赖，又着人返回京师去请。正德到达维扬的时候，刘姬病虽未痊愈，还是随后赶来了。正德有了刘姬，玩的劲头提起来了。登船看风光，夜里去秦淮酒楼品茶听唱，进庙宇，看太监选歌妓……有时玩累了，不想再外出，就命人把歌妓叫到寓所来。听罢唱，劲来了就留宿。刘姬自己不是正路来的，知道正德是这般德行，自己景况不佳，正德要怎么玩，她从不过问。正德玩得最多的是打鱼。正德、刘姬并不喜欢吃鱼，而是借此娱乐要笑。每次打鱼，正德都有一帮随从。每打上一条鱼，即切成数块，随从每人分一块，名曰"御赐"。正德说，光接受御赐不行，还得回敬。回敬礼物自然不好规定，全看对圣上的敬心如何。这一来，随从们当然尽自己能拿出手的爱物奉送。这样的奉送一次犹可，次数多了，随从们就不能不变着法儿到商店里、老百姓家里去搜罗。或强迫别人卖，或硬拿，或给一张毫无用处的纸条。到后来，就没人敢随皇上出江打鱼，并全都有托词，不是说水土不服、腹泻，就是说头疼。正德也知道其中缘故，笑笑，这类玩法才罢手。

离京之前，正德虽然给太师杨廷和下了居守敕，让杨廷和在他外出巡视期间主持朝政。但重大事情杨廷和不能做主，所以，正德不得不抽出些时间来处理公务。这些天，最多的是揭发中官、朝臣和朱宸濠串通谋反的奏折。这件事十分重大。正德收到这样的奏折，都要请少傅、太子太傅、建极殿大学士梁储和扈从蒋冕商量。蒋冕是吏部左侍郎，颇通诗书，骑射有百步穿杨的功夫。尤其善于察言观色，迎合皇上爱好，所以特别被物色来护驾。蒋冕自知学识、地位都不及梁储，因此，从不与梁储争长论短。

在朱党中，最早被揭露的是臧贤。

正德离开京师时，臧贤为朱宸濠联络钱宁的事已暴露。正德很气，命人把臧贤推出午门杖责四十。臧贤受苦不过，供出钱宁。正德本来不准备让钱宁一同出来，钱宁怕被揭露，再三请扈从，正德答应了。但同来的京营提督江彬与钱宁争宠，恰恰又掌握了一些钱宁与朱宸濠来往的材料，只要一有机会就在正德跟前嘀咕。正德开始不信，说得多了，正德心头火起，把钱宁羁押在山东临清。又命人执圣旨疾驰京师，抄钱宁宅第，结果，获玉带二千五百束，金十余万两，白银三箱，胡椒数千石，珍玩珠宝不计其数，事毕，一一向正德禀报。其后，又械系了贴身太监刘琅，江西镇守太监毕真，御马监太监刘景，都指挥廖鹏、齐佐、王淮，都督同知王献，等等。对这些人，在京师的投入锦衣卫狱；在江西的，暂时关押在洪都大牢。至此，朱宸濠的主要党羽都就擒。

江彬极力主张正德出游，另有图谋，但在正德面前做得天衣无缝。梁储、蒋冕等人虽有察觉，但江彬握有重兵，心如蛇蝎，恐事不成，反被加害，所以，不敢在正德面前明说，只是婉转地劝正德说，一年一度的祭祀大典已近，还是早些回京师为好，免得在外发生意外。但在正德的耳里，灌满了江彬关于姑苏、南京、无锡、杭州等地美妙风光和佳丽的描述，有一个庞大的游览计划，哪里还听得进？江彬见正德言听计从，就把矛头指向他忌恨已久的王阳明。

早先，江彬并不那么注意王阳明。至王阳明平定江西南部反官府军，又擒了朱宸濠，荡平余党，他才意识到王阳明才是他成事的重要障碍，非除掉不可。一日，正德正在观赏江彬弄来的一株盆栽琼花，高兴得眼睛眯成一条缝，江彬知道是他进言的时候了。

琼花何以如此博得正德欢心？就因为全国只有维扬和洛阳出现过，非常稀有。相传维扬后土祠有琼花一株，为唐人所植。宋淳熙以后，以八仙花接木移植，竟然活了。琼花叶柔晶莹如美玉，花艳丽有异香。李白在描写杀仇敌的秦氏女的绝色姿容时有这样的诗句：

西门秦氏女，秀色如琼花。

物因名人而扬名，于是，琼花的珍贵，很快蜚声全国。富家权贵们每到维扬来，必然千方百计地弄走一株。所以，绝迹多年。不知江彬从什么地方用什么方法弄来这么一株，而且竟是盆栽，当然如同天上掉下来一般。

见正德高兴，江彬的脸笑成一朵花，恭恭敬敬地站在面前。有片刻工夫，正德才抬起眼皮。江彬趁机说："明码标价的叛逆倒是铲除了，暗藏的叛逆依然无恙，臣实在为圣上的安全担心。"

正德听江彬话里有话，说："将军有话直说。"

江彬得了正德这句话，胆壮起来，说："圣上驾幸维扬已半月有余，难道王守仁不知道？"

这些天来，正德玩得高兴，加上逆党已除，除了非常重要的奏疏要他过目而外，其余的事通通丢在脑后，更没注意谁谁来朝见过，谁谁没来。经江彬一提醒，也觉得诧异，王守仁既是新委任的江西巡抚，为何没见他的面呢？

江彬见他的话起了作用，进一步说："普天之下，莫非王土；芸芸众生，莫非臣民。难道他王守仁可以例外？必定是干了什么见不得人的勾当，才不敢来面圣。"

正德想想有理，吩咐蒋冕说："派人召见王守仁。"

王阳明刚走进巡抚衙门签押房，听到外面有人谩骂，隐约间好像是"通贼巡抚""逆党"之类的话。打开窗看时，见是张忠、许泰部下几个喝醉酒的小校指着签押房在骂。王阳明十分气恼，却也无可奈何，把窗户关上，只当没有听见。徐元吉进来，送来一叠信，一看，全是恐吓信。有的匿名，有的写了"江西士子"四个字，有的干脆写明是张忠、许泰部下某某某。徐元吉已经听到不少流言蜚语，只觉胸口闷得难受，想骂人、揍人。但看到先生苍白的脸，又只好强压住怒火，劝解说："人正影不歪，未（不）怕，宽心宽心，把身体养好呃，好跟伊拉（他们）斗，阿拉（我）给先生做稀饭好哦？"

王阳明一点胃口也没有，也不觉得饿，说："算唝（算了），未（不）吃。"

徐元吉心里着急，说："先生几天未吃早点咧，格（这）样子吃弗（不）消咧。"

王阳明感激他这个弟子的关心，但是没法吃下去。别说早点，就是正餐，他也只应付差事似的吃下半碗泡饭下盐菜。奉命去福州平叛的路上，知道祖母病故；在送朱宸濠去杭州的路上，又接到父亲病危的信，刺激太大了。祖母病故，他怕波及情绪，出师不利，既没说出来，也没上奏折告归。这次父亲病危，又恰好处在谣言四起，张、许挑起事端的危急之中，上奏折告假，圣上绝对不会同意。逃回？无异于给张忠、许泰以口实。因而，歉疚、郁闷、伤感交织，无法排除。

王阳明和徐元吉正在说话，伍文定气咻咻地进来，说："都堂大人，他们太欺负人了，这口气如何咽得下去！"

王阳明劝慰说："时泰兄，岂不闻以静制动、以柔克刚之理？张、许二人黔驴技穷，才用此挑起事端的下策，怎么可以上这样的圈套？"

伍文定很不服气，说话也难听了："都堂，难道就这样任人宰割不成！"

王阳明很器重伍文定，耐心地劝说："这也和打仗一样，不能硬拼硬打。时泰兄，本督还望通过你告知所有兄弟，不但不要和张、许的部属计较，还须善待他们，待真相大白之时，就是张、许二人异志败露之日。"

伍文定虽然是文武双全的人物，但在谋略方面要比王阳明逊一筹，听了王阳明这话，心里敞亮了。

就在这时，有快马求见。原来是张永派来的快马，并带来一封短简，告诉王阳明说，江彬在皇帝跟前进谗言，说王阳明与朱宸濠同谋，根据就是王阳明派冀元亨去宁府讲学，暗地与朱逆通。圣上现已怀疑，望圣谕一到，赶快前去陛见，否则就要授人以口

155

实了。

王阳明得到这消息，即召伍文定、邢珣、余恩、赵铎、李陵商议，结果，大都认为吉凶难料，劝他不要去。连老成持重的邢珣也闷声不响，一脸抑郁。王阳明自己一时也不知该怎么办才好。他的踌躇源于对张永的看法不是十分有把握。张永原是八虎之一，后来把刘瑾扳倒了。他至今并不明白其中包含了多少说不清道不明的矛盾，才出现这样的结果。因张永除逆有功，礼部尚书何鉴请求给张永加封，廷臣以为太监历来都不封爵位，遭到反对而没有封成。张永沮丧了很长时间，到蒙古小王子侵犯边境，又才起用。这些情况，王阳明都是从李太师和兵部尚书王琼那里听来的，自己和张永并无多少接触，说不上有更深的了解。再说，为朝廷做事如履薄冰，焉知张永不是和张忠、许泰一样要加害于他？但是他现在没有别的出路，唯一的办法就是立即奔赴维扬，用自己的行动来表明心迹；如果赴召而刚好上了圈套，那也只好认命。做这样的打算之后，把巡抚衙门的事暂时托付给伍文定和邢珣。恰好圣谕到来，即命徐元吉备船，连夜出发。

可是，王阳明万万没有想到，和徐元吉一起，刚要踏上船，被带兵器的士兵拦住了，说："对不起，没有张大人、许大人的命令，小人不能放王大人离开。"

王阳明气坏了，厉声说："圣谕在此，谁敢阻拦？"

兵士却不回答，命令船家赶快离开，要不，以通逆论。气得王阳明七窍生烟，一阵剧咳袭来，只觉喉管里有一股腥味，吐下一口，竟是殷红的一团。

徐元吉极力劝慰先生，要挽他回府衙歇息。王阳明没法，只好依从。一回临时督署，就写了一份奏疏，备述张、许二人诬陷他，限制他行动等情状。稍稍平静，王阳明深情地望着徐元吉说："元吉，你与我同生死，共患难，情同手足。不想我对皇上对朝廷忠心耿耿，竟有今日！为师向来任人唯贤，不搞心腹，你就是为师最贴心的人了，你能最后一次和为师一起历险吗？"

王阳明不但早就没把徐元吉当仆人看待，也没当作一般弟子，而且亲近得如兄弟一般。

徐元吉第一次听到自己所景仰的先生如此动情地说话，知道已到了危难时刻。士为知己者死。他虽然并不精通文墨，这道理却是知道的。"扑通"一声跪在王阳明跟前，说："在先生的众弟子之中，学生虽然最蹩脚，道义二字却是晓得嘎，先生吩咐吧，未怕前面是火坑，阿拉也跳嘞！"王阳明万分感激地把徐元吉扶起。

当天晚上，二人扮作市民模样，悄悄出城，又抄便道入鄱阳湖，再登上东去的船只。船行三天，至芜湖，刚要上岸，被七八个甲士拦住，用手绘人像一比照，说："就是他。"不容分说，二人被带到芜湖督署，那些人说："没有张大人、许大人命令，得委屈你了。"

王阳明做梦也没有想到，张、许的爪牙竟伸到了芜湖。

士兵把他俩送进一间空房，外面立即站了守卫。王阳明知道，对于他来说，延误的时间越长，正德就会越加怀疑，就越往危险境地靠近。张、许用的是杀人不见血的手段。软禁半月，大概张、许二人认为皇上足以加罪于王阳明，放松了警卫，他才得以脱身。王阳明料想此去陛见，绝无生还之理，告诉徐元吉说："我延了半月，此去陛见凶多吉少，不如就此离开纷争尘世，上九华山为僧吧，元吉，你就不必去了。"

王阳明的话，让徐元吉一下陷入两难境地。先生从来没有戏言，上九华山是铁定的了，但他有家人，不能剃度为僧；可要离开王阳明，又十分不忍。徐元吉说："先生，难道就只有这一条路可走吗？"

王阳明转忧戚为笑，说："路终归会有的，不过迟早些罢了。你上有老下有小，暂时回去吧，为师需要你的辰光再回来。"

徐元吉想了想，说："既然有路走，我就等到那一天。先生上九华山当和尚，阿拉也当和尚去。"王阳明见徐元吉也铁了心，没有再说。

4

张永见江彬日趋跋扈，且每每异志毕露，心想："这样下去，离大祸不远了。"他虽然不可怜这个荒唐天子丢掉江山社稷，成阶下囚，甚至丢掉性命，却不愿意国家就这样轻而易举地落入江、张、许这些佞幸之手。他不敢想，这伙人篡得帝位，这世道将是什么样子！好在他地位、威信都高于江彬一伙，和正德说话机会多。正德这次南巡，让他管生活起居，对他的信任自然超过江彬等人。张永从发现江彬等阴险用心开始，即思谋如何破江彬一伙谋逆计划的事。王阳明被诬陷，张永意识到除掉王阳明，是他们实施计划的第一步，不可再迟疑。张永一面派快马暗地给王阳明送信，要王阳明千万提防张忠、许泰加害，一面提醒正德提防江彬。王阳明是聪明人，一点就明白；要皇上警觉，就比较难了。难也得做，大不了再丢官回里，做一布衣。给王阳明送信的快马一回来，张永马上利用单独和正德在一起的机会，向正德进言说，王守仁派人来报，说张忠、许泰百般阻挠，不许他陛见。

过几天，张永又向正德报告，说王守仁已经抄便道至芜湖，陛见皇上，被张、许二人软禁。张永的暗探一直没有离开王阳明行踪。王阳明上了九华山，张永又报告，说王守仁无法陛见，怕张忠、许泰加害，也没法回江西，上九华山当和尚了。正德不信，张永说："皇上要是不信，可派人查访。"

张永多次提醒正德提防江彬，没能引起正德注意，正德倒怀疑张永袒护王守仁，心想："你张永为什么要这样维护王守仁？朕倒要看看王守仁上九华山当和尚是真是假，若你张永说了假话，和王守仁一起问罪。"这么想着，说："张爱卿，朕现在就派人去查访，要是有假，你知道该当何罪！"

张永说："老奴既然跟了皇上，但愿皇上安然无恙，至于个人安危，早已无挂于心。"

正德说："那好，朕马上派人查去。"于是，立即派人往九华山探听消息。

正德从离京师乘船至维扬，又至南京，都一直在江上观览、游玩，虽然由江彬等人变着法儿让他高兴，毕竟花样有限，渐渐腻了。江彬看在眼里，趁张永、梁储、蒋冕不在正德身边，进言说："南京城西南有一山，双峰角立，犹如牛首，人称牛首山。据说东晋时候，丞相王导很看中这儿的地势，称为天阙。司马睿听了很高兴，想把皇宫建在山上。大约是嫌这地方窄了，才改变了主意。牛首山还是个天然屏障，南宋建炎四年，岳少保大破金兵于此，皇上何不一游？"正德被他说得心里痒痒，巴不得即刻成行。江彬说这话的时候，张永恰好在门那儿，恍恍惚惚听出了个大概。牛首山到处悬崖绝壁，小道多而复杂，随意钻进一处，便没法找着。山上虽然有好些寺庙，但零散，盗贼时常出没。江彬要在这种地方做什么手脚，实在太容易。想到这里，张永冒了一身冷汗，忙走进来，说："皇上，有奏折在此。"

江彬虽说也是正德身边的人，但毕竟与张永、梁储不同，不能参与重大决策。听说要呈奏疏，只好退下。奏折是大学士梁储、吏部左侍郎蒋冕和张永一起写的。奏折列举了好几件怪事，如地面无故有隆隆声，有似猪似人头的异物出现在南京街上，人心惶惶等。奏疏分析说，出现这样的怪事，或许是因为没能如期举行南郊祭祀，在京师祭祀太庙的时候，皇上只托人代劳，没能亲自行礼。太皇太后神主付庙的典礼没有举行，神灵及祖宗之心未安，故以此警示，也未可知。望皇上早日结束江南之行，以防意外发生。

正德看了不高兴，说："你们总担心朕会出什么事，朕离京师两月有余，不也好好的？"

张永明知正德不听，还是说："皇上，恕老奴直言，当初杨阁老、舒阁老等大臣的担心不是没有道理，不说别的，皇上一到外面，护卫就大大不如禁宫。况且这种地方山高路险，即便没有盗贼，万一踩空一脚……"

张永话还没说完，即被正德打断："照你这么说，朕寸步难行。不要说了，行止朕自有定夺。"

张永仗着有保社稷大功，不怕正德不高兴，接着说："王守仁也有奏折，劝圣上早些回京师，他说，他在下面做官，感受太深。下面确实乱，不安全。"

说着，又拿出一份奏折，正德不耐烦地摆摆手，说："朕不看。"

张永见无法阻止正德牛首山之行，只好另打主意，说："圣上实在有兴趣，就由老奴和梁阁老安排，老奴要负责圣上的安全。万一有什么差错，即便老奴粉身碎骨，也难以谢天下。"

正德听了，闷着不说话。他知道张永做事谨慎，对他忠心耿耿，但想得过细、过稳，不能像脱缰野马那样发狂、放纵，让他心里不快。但离京时有话在先，起居一律听张永安排，张永不在，由梁储做主，自己也不好太执拗，才勉强同意。

第二天，龙凤辇和大小坐轿以及骑马的队伍，浩浩荡荡地朝南京西南方向进发。张永、梁储、蒋冕和锦衣卫跟随左右。另有两百人便衣队头天夜里就神不知鬼不觉地上了牛首山。他们扮作游客，或者去普觉寺进香的信士，暗中保护正德。这方面的防范，江彬一点也不知晓。

张永、梁储、蒋冕紧跟正德，根据他们所了解的关于牛首山的情况，添油加醋地说得绘声绘色，正德乐得不住地点头，频频回首，和刘姬打趣，说："爱姬不是不相信江南如天堂吗？怎么样？"

刘姬说："普天之下，莫非王土，也是托了圣上洪福，江山才如此秀丽。"

正德听了，说："百灵鸟就是会说，朕喜欢听这样的话。"

到了山麓，正德、刘姬出了龙凤辇，随从跟着下轿下马。张永和梁储、蒋冕跟随左右。正德说："先看山，再看寺庙，也好在庙里歇息，用用斋。"

江彬比张永、梁储年轻，上山走得快，没多久就上到山顶，见皇上还没到半山，折身回来，说："圣上，这路不好走，干脆叫滑竿抬上去吧。"

张永想："谁知道你找来抬滑竿的是什么人？想摔死皇上是吗？"马上接过话，说："皇上，不急，我们一起，慢慢上，也好边走边欣赏风光。"

江彬说："下官是问圣上。"

张永毫不退让，说："圣上也不会同意坐滑竿。滑竿颤悠悠的不平稳，你能保圣上无事？"

正德本来想坐一回试试，听张永这么说，摆摆手，说："罢罢，弄不好有个什么闪失，梁阁老、张监军又有话说了。"

张永说："别说大闪失，小闪失老奴也会吓得说不出话来。"

梁储接一句，说："到那时，我和张监军就不是有话说，而是说不出话了。"

张永说："头都没了，就没嘴说了。"

说着，大家笑一回，气氛轻松不少。

遇到陡峭的地方，梁储在前，张永在后，正德夹在中间，一步一步往前挪。正德像个不老实的孩子，老东张西望，像有看不完的稀奇，在一个特别难走的地方，连晃几晃，吓得梁储、张永连喊"啊哟啊哟"，正德不以为意，说："走路也不一定安全，朕要是踩虚了脚，你们几个老东西能扶住朕不成？"

梁储接过话，说："一个老东西扶不住，几个老东西还扶不住？"

"由老东西来扶小东西，这世道就倒过来了。"正德说着，自己就先笑岔了气，随从也一个个笑得撑住腰走不动了。

张永说："笑得我力气都没了，走不动了。"

江彬早着心腹扮作脚力，预备滑竿等待，怂恿正德坐滑竿，是想摔死正德，不料被张永识破，只好笑笑，说："也好，抬着看不如走着看好。"

正德一行人沿着石级，曲曲折折地登上高处，举头一望，这里虽然已很高，但还不是"牛角"的顶端，不甘心，想再往上爬，张永说："皇上岂不知有诗云，'不识庐山真面目，只缘身在此山中'吗？登上峰顶，就望不见天阙的气派了。"

正德再往上望望，见陡得令人目眩，且山道极狭窄，只好作罢。幸而从这里向外眺望，是远处的城池与江水，朦朦胧胧，在湛蓝的天底下犹如一幅水墨画，够欣赏一阵子了。正德不喜欢吟诗作对，文章也写得蹩脚，只对画有兴趣，胡画几笔，还看得过去。这会儿，被眼前的景致吸引了，来了兴趣，说："笔墨纸张侍候！"

张永百事想得很周全，偏偏没想到正德要在这种地方画画，连忙派快马回城买宣纸、笔墨。

正德全神贯注，费去两个时辰，才勉强成一幅江宁秋色图。张永乘机恭维说："圣上妙手，即使吴道子在世，也不过如此。"

正德笑骂说："好你个张监军，也学会吹牛拍马了，小心拍到马腿上去。"说罢，大家又开心地笑一回。

正德在山峰下面摘了许多不知名的野花给刘姬，玩够了，又去第二个山峰下面玩耍。在第二个山峰下面东张西望一阵，见没什么特别之处，夜色渐渐浓起来，正德才说："去普觉寺吧。"

张永怕夜宿普觉寺出意外，劝阻说："皇上，在南京宗人府住已觉不安全，怎么可以住这种地方？"

正德从来没在野外过夜，一心要尝尝是什么滋味，说："张监军怕的是不好护驾，没关系，多派些护卫就是了。"

江彬趁机煽风点火，说："这也怕，那也怕，还不如不出来呢，整天锁在宫里得啦。"

张永寸步不让，说："皇上的安全担在梁大人和老奴身上，你不怕，老奴怕。你要是敢立军令状，保证万无一失，就让皇上住这里。"

江彬反问说："要是不住这里也有闪失怎么说？"

正德让张永、江彬两人吵得心烦，火了，说："吵什么吵？就在这里住一夜，天塌下来朕也认了。"话说到这一步，张永不好再说什么。

普觉寺不大，就那么四五栋房子，除去正德、刘姬卧室，随从人员和张永、梁储、蒋冕、江彬以及大小僚属住地，其余只能在回廊、大雄宝殿以及露天坝里过夜。张永不放心，把一部分便衣安排在和尚住的几间木房里，一部分埋伏在寺庙的周围。张永毕竟老到，这些防范措施，进行得人不知鬼不觉。

正德走了半天山路，一坐下来就全身酸软，两条腿连移动都难。吃过晚饭，回到临时卧室，和刘姬说了几句闲话，倒床睡了。这种异常疲惫以后的舒适，在皇宫和豹房里都是领略不到的。他感到愉快、满足，暂时忘却自己是一个一切都必须严格遵循祖训、祖制，遵守烦琐礼仪的君主，而是一个普通百姓。他梦见下河打鱼，和随从打趣；梦见登上牛首山的最高处，大喊大叫，不知怎么就从上面摔了下来，直坠下深不见底的黑乎乎的悬崖，吓出一身冷汗。就在这时，他听到外面有喧闹声，还分明听到有兵器的碰击声；窗户外有人影乱晃。刘姬早已听到有响动，推正德，好不容易才推醒。这可把她吓坏了，紧紧依偎着正德，连大气也不敢出。正德不知道发生了什么事，想喊，却吓得喊不出来。这时，外面已经到处是明晃晃的火把，他听到门外有人问："抓到没有？"

"没抓到，跑了。"

正德这才喊出声音来："来人哪！"

第一个进来的人是张永，说："禀告皇上，老奴在！"

跟着进来的是梁储、蒋冕和四名长随。梁储说："臣在！"

正德看一眼蜷缩在被子里的刘姬，颤声问："什么事？"

"有刺客。"张永回答说，"幸好老奴四处放了暗哨，否则，皇上有性命之忧。"

"怎么没抓住刺客呢？"正德渐渐缓过气来，生气地说，"江提督呢？"

江彬款步而入，说："下官没护卫好皇上，罪该万死。"

张永呈上一把飞镖给正德看，说："刺客的飞镖掉在地上，被老奴捡到了。"

正德看飞镖上有京营的印记，不禁怒从心起，厉声问江彬："江提督，飞镖上有你京营印记，是怎么回事？"

江彬不急不忙地回答说："冒充京营兵器的不少，请允许微臣识别。"

正德把飞镖递给江彬，江彬认真地识别过，说："这的确是京营飞镖，但是，有京营印记飞镖的不止京营将士。皇上有急事就要调遣京营，一动武就要用飞镖，有京营飞镖落入刺客手里，并不是什么奇怪的事，张监军，难道不是这样吗？"

没有抓住刺客，单凭飞镖印记的确说明不了什么问题；即使抓住了刺客，抵死不认，仍然没有办法。张永相信江彬贼心不死，总有一天会暴露。心急吃不了热豆腐，他说："既然皇上安然无恙，就是万民有福了。"

正德这一惊不小，不敢再睡。哪怕刘姬就睡在身边，也不让张永、梁储、蒋冕、江彬和四名长随离开。天大亮时，吩咐下山。这时，去九华山的快马回来了，正德叫传见。快马说，他是在九华山的四香阁里找到王守仁的。

正德问："他在做什么？"

快马说："小人去的时候见他在打坐。"

正德听了约略有些惊诧，张永插话说："王守仁身体虚弱，常常靠打坐将养。"

正德没有接张永的话，又问快马："你也该问问别的人，王守仁是不是经常在打坐？"

快马是个很精灵的人，回答说："回皇上，小人问了好几个，都说他每天下午都打坐。"

正德想一想，看看张永，又看看江彬，说："一个对功名利禄淡薄的人，怎么会反呢？传旨，朕要召见王守仁。"

5

如果不曾经历那么多挫折，没受那么多冤屈，如果不是经国济世夙愿尚存，王阳明早就没有勇气活下去了。冒死起兵勤王，反被诬陷谋反！这天大的冤枉，难道圣上丝毫不知？他不知道怎样待圣上才好。说信任吧，又不断地折磨他，冷落他；说不信任吧，又把总督江西四省兵权和剿平巨寇的重任交给他，打了胜仗，奖励有加。也许，在皇帝手下做事就是这样千难万难，就是这样如临深渊，如履薄冰。

在滁地待了一年多，几次想登九华山一游，以为日子还长，一拖，错过了机会。匆忙中离开滁地，颇觉遗憾，不想如今有的是工夫，尽可以在山上待个够，想到这里，王阳明想笑，却没能笑出来，跟寸步不离的徐元吉说："对不起，这一次你可就要跟为师一起当和尚了。"

徐元吉总是往好处想，不信老天对先生这样不公，宽慰说："阿拉未信他能一手遮天！恨起来阿拉杀杀伊啦（我不相信他能一手遮天，恨起来我杀掉他）！"

王阳明知道徐元吉的德行，弄不好真的会干傻事，说："算啧，我和你就安安心心当和尚吧，眼不见，心不烦。"

王阳明和徐元吉离开芜湖，乘船南行，至每垾下船，沿驿道前行。至驿站，骑马走一段，步行一段，再走一段，师徒俩边走边说，郁闷到底减轻不少。远远地望见巍峨的山，山上隐约可见的青瓦红墙，王阳明长叹一声，说："有心出家不能出，无心出家看来还非出不可。也罢，何处黄土不埋人哪……"

元吉跟在后面，发现先生眼角有泪光闪动，心头一下紧起来——说实话，即便初到龙场，在苦得没法说的时候，先生也没有掉过泪。他能想象，眼前这个无比刚强的智者是怎样地无可奈何，怎样地痛苦！

徐元吉大气不敢出，悄悄地跟在后面，生怕弄出什么响动，增加王阳明的不快。师徒俩一直默默地往上攀登，一级一级，一段一段，实在走不动了，就停下来。要么让王阳明靠着树干站一站，要么有可坐的石头，元吉赶前一步，用衣袖扫扫，让王阳明坐下，喘口气。到日头偏西，总算到了最近一座寺庙山门前。观瞻寺庙，欣赏楹联字画，寻找文化遗迹，是王阳明一大癖好。可他心境太坏，眼前很气派的山门，以及山门两旁的楹联都视而不见，以至小僧向他施礼问话，王阳明才回过神来，说："我二人路过，能否借宿一晚？"

小沙弥说："请在此稍候。"

小沙弥刚要离开，王阳明说："要是能见见师傅最好。"

小沙弥说："请稍候。"

小沙弥再出来的时候，把王阳明二人带进一间小屋子，一位披着袈裟的老僧起身迎接，施礼说："阿弥陀佛，老衲算定施主会来，果然应了。"

王阳明见老僧须发皆白，眼神锐利，不知看透了何种玄机，竟说出这样的话来，让他吃惊不小，说："小民与大师从未谋面，何出此言？"

老僧边请王阳明落座边说："施主佛缘未了，是一定会到这里来的。"

王阳明更觉奇怪，却又不便细问。晚上，老僧请王阳明二人在小屋里用斋。老僧只是闲谈，不问王阳明来由。第二天第三天还是如此。第四天早上，老僧来，说："施主好交游、外出揽胜、吟诗作文，如不嫌弃，老僧陪施主一道吧。"

老僧领王阳明二人走出山门，绕到后面，开始上山。王阳明见老僧步履矫健，谈吐不俗，心想："这师傅究竟是何人，怎么连敝人嗜好也知道？"这么想着，试探着问："敢问大师，何以知道小民嗜好游览？"

老僧浅浅一笑，说："老僧虽然眼拙，消息闭塞，却也知道平叛朱宸濠一事……"

王阳明断定不是张忠、许泰手下，放心一些，说："师傅怎么也知道这事？"

老僧没有接他的话，却说："人间最恶莫过于私欲，有了这病根，你争我夺，杀伐掳掠，无恶不作，施主英明一世，不该一脚踩进这泥潭里。踩进去容易，拔出来难哪。"

老僧的话说得王阳明好像背脊爬满虫子似的难受，他不想做任何辩解。他那么信奉过佛，信奉过道家，甚至入了迷，昏昏然灵魂出窍，是离开母亲出家的和尚警醒了他，是祖母、家人的牵挂把他拉了回来。后来，是龙场善良的苗民和庐陵百姓提醒他，他没有理由逃避这个世界，一个人去享受清静，置苍生黎民于不顾。如果是这样，他依然被一个私欲缠绕……但是，这些能跟谁说呢？再说，有必要说吗？

王阳明不说话，老僧接着说："老僧以为，施主在洞房花烛夜铁柱宫求道，了断尘缘无疑，想不到要真跨出这一步比登天还难哪。"

王阳明不想做什么解释，说："难怪看着师傅有些面善，原来是在铁柱宫见过。小民要没记错，师傅当时是在道观里……"

老僧说："后来，江西越来越乱，朱宸濠越来越肆虐，不得不离开，到这里入了佛门。"

这天，老僧和王阳明二人一起，游览到日头偏西才回到老僧给他们安排的四香阁里。

王阳明决定上九华山，并不是真要踏入空门，六根清净，而是要暂避一时，是要睁着眼睛看江彬、张忠、许泰一伙的下场。如果真的老天不长眼，让这伙人阴谋得逞，或者命里不该等到扬眉吐气那一天，也只好认了。

正德召见的圣谕很快到达九华山四香阁。王阳明跪下，抖抖索索地接过圣旨，说："请皇上放心，下官即刻启程。"既然皇上下旨召见，而且派专人送上九华山，王阳明料想事情有了转机，在皇上跟前讲清楚，让皇上明白真相的希望之火又一次燃烧起来，王阳明告诉徐元吉说："圣听终归是蒙蔽不了的，总有一天会真相大白。"

徐元吉也赞成，说："未相信就寻未着地方讲清爽道理啦（不信找不着地方讲清楚道理），走！"

于是，王阳明当即叩谢老僧，说："多谢师傅收留，搅扰多日，既然圣上召见，是刻不容缓的，只好匆匆辞行。"

老僧怎么也没法把当年那个小白脸和眼前这个黑瘦的胡子老者联系起来，怎么也不会想到他就是大名鼎鼎的王阳明，很惋惜未能当面请教一些经史方面的见解，可也无可奈何了。

师生二人当即下山。至半道，徐元吉好不容易雇来一顶轿，王阳明坚持说轿子太重，还是坐滑竿好。徐元吉不便坚持，叫轿夫换成滑竿。又准备些止泻止咳草药，吃饱喝足，就翻山越岭，往东北方向进发。这里离长江不远。两天过去，就有一条河横在面前。河面不宽，却是长江的一条支流，也还有零星的船只在行驶。到河边，轿夫放下滑竿，说："从这里坐船，不消半天就到贵池，到贵池，就到长江边了。不是小的不肯抬，坐船比坐滑竿快得多，二位就坐船去吧。"

不远处的水面上，有只官船在游弋。王阳明和徐元吉刚到小码头旁边，官船就靠过来。徐元吉有些纳闷，王阳明说："难道又是来对付我王阳明的？"

徐元吉愤愤地说："欺负宁（人）也有到头的时候啊！惹阿拉生气叫他好看！"

官船靠近，一小校站在船头大声问："什么人？"

徐元吉大声回答说："王大人！"

小校说："天下王大人多得很，报上名来！"

徐元吉问先生："怎么办？"

王阳明说："就报给他，看能怎么的？"

徐元吉大声回答说："都察院右都御史江西巡抚大人王守仁！"

小校下船上岸，问："有什么凭证？"

王阳明说："拿圣谕给他看。"

徐元吉出示圣谕，小校接过，看了，说："江大人有令，要保证圣上安全，一律不准通行。"

王阳明心想，这帮无耻之徒，究竟要刁难到什么时候？越想越气，说："贻误圣命，谁负责？"

小校有恃无恐，说："我们江大人有令，不敢放行。小的也是例行公事，没有办法。"

徐元吉不服，说："刚才还有船来往，为什么偏偏不让我们过去？"

小校说："你没看见船都是在这里掉头的吗？"

王阳明说："这些人连圣命也敢抗，还有什么好说的呢？"

徐元吉骂了句粗话："娘戳×！"

王阳明悄声说："算了，另外想办法。"

王阳明和徐元吉二人离开小码头，到附近一家农户煮了餐便饭充饥。徐元吉又寻得四个健壮农民，做了滑竿，改走旱道，连夜往东北方向赶路。王阳明想，到了长江边，搭船上南京就容易了。走走停停，沿着驿道走了两天，终于来到铜陵。徐元吉给四个农民加倍开了脚力钱，登上一只渔船，躲进舱里，总算避开了无穷无尽的盘查。徐元吉另外给渔夫二两银子，让他直往南京方向行驶。渔夫听说舱内坐的是大名鼎鼎的平定江西盗贼和擒了叛逆朱宸濠的王大人，正受江彬一伙的诽谤、刁难，慨然应允，说："几个月来，官军夺渔船，抢民女，闯民宅，什么坏事都干尽了，说是皇上出游，要进贡。老百姓苦啊，要是王大人能在皇帝跟前替老百姓说句话，别说送一趟，就是搭上小命也愿意。"

于是，这只渔船在耳目众多的时候，慢悠悠地放鹰撒网，一躲过耳目，就如一叶飞舟，往南京方向疾驶。只两天一夜，就到了上新河。由上新河驶往南京浦口只需半天工夫。这里已有大量官船在江面上游弋，大小将校兵士全副武装，对过往船只盘查甚严。王阳明告诉渔夫说："大哥，你回去吧。"又命徐元吉再给些银两，年轻渔夫说："这位大哥给了二两，够了。说实话，要不是讲个义气，别说送上南京，连船也不会让二位上的。"

王阳明再三表示谢忱，说："王某人要是有幸逃脱厄运，当重谢大哥，请大哥留下姓名。"渔夫说："不必了，小人整天在水上，大人是没法找到的，赶快想办法走吧。"

说罢，小渔船就如飞燕一样消失在江面上了。

非常幸运，王阳明和徐元吉又用同样的办法，雇到一只渔船，躲过官船的盘查，驶驶停停，半天工夫，到了浦口。这儿戒备森严，实在没法混过去，渔夫说："听说这里是江帅的队伍把守，没有他的命令，谁也别想通过。"

徐元吉盘算一阵，对渔夫说："我们在船上待一会，等想到办法了，你就回去。"

渔夫答应了，徐元吉对王阳明说："先生，阿拉既然已经到了格（这里），是说啥也要闯过去的。"

指挥过若干次战斗，每次都能出奇制胜的儒将王阳明，建立赫赫战功以后，却被张忠、许泰、江彬一伙人折腾得不知如何是好了。徐元吉见先生一时拿不出主意，横横心，说："先生，这一次你就听我的吧，有什么事我一个人担着。"

就在这时，一只官船靠过来，船上十几个士兵刀枪闪光，一小校大声问："什么人？"

徐元吉随口胡诌，说："去告诉江大人，宣府的老朋友来了。"

徐元吉从王阳明那里知道，江彬是河北宣府人，这个地址，没想在危急之中派上用场了。

小校跳上渔船，问："找江大人干什么？"

徐元吉顺口说："有稀奇物要送给他。"说着，塞给小校一锭白银。

小校原来还犹犹豫豫地不动腿，徐元吉说："劳烦你通报江大人亲自来取，我还有急事。"

徐元吉怕小校听不懂，憋着腔说北方官话，小校将信将疑，徐元吉又说："快呀，别让江大人怪罪了。"

这时，徐元吉已经瞥见一艘大而华贵的官船，他想那可能就是江彬的船了。

小校去了一会，果然，官船驶过来了，船上站着个脸膛黑乎乎的官儿。来到面前，徐元吉装作老友久违的样子，蹦上官船，亲热地说："啊呀，这些日子都到哪里去了？叫我找得好苦呀！"

江彬愣愣的，完全记不得有这么个老朋友。徐元吉不让他有思考的机会，紧接了一句："听说你在这里，特地送一件稀奇物来。"

江彬是个贪得无厌的人，听说有稀奇物，眼睛都瞪圆了，忙问："什么稀奇物？"

江彬见船上只有渔夫和一个干瘦老头，又仗着自己武艺不错，就大胆地上了渔船，徐元吉说："这东西太珍贵，还是避一避耳目吧。"

江彬笑笑，表示赞同。徐元吉叫渔夫划离大官船，估计官船上的人听不见喊声了，才说："江大人，对不起，今天要借重了。"

江彬见势头不对，就要拔剑。徐元吉眼疾手快，顺手一搋，把江彬搋下江里，趁机夺了剑。江彬虽然凶猛，可生在北方，长在北方，不习水性，一入水就慌了手脚。徐元吉在水里对付江彬，还不是和耍猴一样？看江彬快要吃不消了，才伸出长篙。江彬抓住长篙，如抓住了救命稻草，死命抱住，嘴里还骂："大胆贼人，敢碰我，找死吗？"

徐元吉笑笑，说："试试看，是啥宁（人）找死？"手一松，江彬就连人带篙一起沉了下去。徐元吉一纵身，跳进水里，抓住篙，将他拖出水面。江彬喝了不少水，哇哇直往外吐。徐元吉问："还嘴臭哦？"

江彬只得告饶，说："好汉，你要什么，说吧。"

徐元吉说："阿拉不是什么好汉，也不稀奇你的什么。有圣旨要我们王大人面圣，你给我们带路，省得你的人刁难。"

"你们王大人是谁？"江彬一脸苦相问。

"都察院右都御史江西巡抚王守仁王大人。"徐元吉说。江彬眨巴着眼，做梦也想不到竟碰上了他处心积虑要除掉的人，恨得直咬牙，但事已至此，也无可奈何，只好说："好吧。"

徐元吉把江彬拉上渔船，江彬只觉恶心，又哇哇地吐了好一阵，觉着舒服了些，就盘算如何出这口恶气。

渔夫恨借皇上巡游之机四处作恶的军官，巴不得让皇上好好惩治一下，就使尽全力划船，不多工夫，靠了岸。江彬远远地望见戒备森严的官军和密匝的哨卡，想喊叫，却不料背被什么硬硬的东西顶住，喊出了个"快——"就缩了回去。

徐元吉说："要是敢污搞（乱来）就把你杀了。"

江彬虽不懂下江话，却也明白到了生命攸关的时候。一上岸，徐元吉一只手抓住江彬的胳膊，一只手的袖筒里藏着利器。小校见江彬一身湿漉漉的，有些怀疑，徐元吉说："江帅打鱼落水，幸得小人水性好，救了上来。"

江彬边走边瞅，但这里的守卫军人都很面生，他才想起警卫这一带的是张永带来的部属，即使暗示自己处境危险，恐也无用，只好再瞅机会。但徐元吉毕竟不可能做得天衣无缝，过第二道关口的时候就被一个中年军官识破了。不容分辩，把徐元吉和王阳明一索子捆了，江彬直叫："带往我的大营！"

江彬想："只要带到大营，先把这小子收拾一顿，再奏你王守仁个叛逆罪，料你想活也活不成。"

但他怎么也没料到，这中年军官并不听他指挥，径直带进南京宗人府东角门，左拐右拐，又进了张永的住所。不多工夫，一位身着便服的太监出现在面前，王阳明抬眼一看，是张永，下拜说："下官王守仁拜见大人。"

张永连忙扶住，看了半天，才笑着问："伯安，你怎么成这模样？"

王阳明看看自己这身打扮，不禁笑了。接着把赴召途中如何受阻，不得已而上九华山，皇上第二次召见又多次受阻，门人徐元吉才用此等下策等事情从头说了一遍。张永命给王阳明松绑，叫人领进临时签押房。这时，江彬直喘粗气，说："张大人，你要是放了这两个叛贼，看你在皇上面前如何交代！"

张永想到张忠、许泰、江彬做了那么多坏事，不但没把他的劝告当回事，还再三再四地拧着劲干，心里想："我还巴不得王守仁把你拽到皇上跟前，让你好好出出丑呢。"但眼下不好火上浇油，免得江彬钻空子，就说："大人，这事弄到皇上那儿，怕输理的是你，不是王守仁。"

江彬也怕事情完全捅开，背不起阻挠面圣的罪名，只好暂且忍了。

这一次，王阳明总算见到了正德。费了这么大周折，陛见的时间其实很短，问话也不多。正德是在临时下榻的南京宗人府奉天殿的后花园里召见王阳明的。正德正躺在摇椅上休息，旁边一丽人有一下没一下地扇扇子，王阳明猜想她可能就是刘姬了。张永悄声说："皇上，江西巡抚王守仁来了。"

王阳明赶忙跪下，说："微臣王守仁参见圣上。"

王阳明一身便装，正德倒不在意，稍稍欠身，说："平身。"赐过张永与王阳明坐，才问："朕两次召见，怎么迟迟不来？"

王阳明心里没鬼，坦然回答说："微臣接到圣谕，不敢稍有怠慢，即刻起身。但是，一路上被阻，以至心灰意冷，上了九华山。皇上英明，有圣谕至九华山，微臣才冒死前来。"

正德愠怒，说："朕召见你，谁敢阻拦哪？"

王阳明说："究竟为何要再三再四阻拦，是有人暗中作祟，还是纯属误会，微臣不敢妄猜。但是，阻拦微臣陛见的官兵都说是江大人的命令……"

江彬听王阳明这么说，呼地转过身，指着王阳明说："王守仁，你勾结朱贼，蓄谋叛逆已久，只是顾及叛逆不成，反遭祸殃，又假惺惺地兴师勤王，如此下等勾当，瞒得了别人，瞒不过我！"

王阳明没有料到会跟江彬面对面地较量，更没想到江彬竟敢在皇上跟前这般放肆，虽然怒火中烧，却早已遇事不急不惊，说："下官一直在江西剿贼，是朱宸濠打出叛旗，进入鄱阳，入长江后下官才知道，在万分危急的情况下，冒死勤王，平了叛乱。江大人既然知道下官早已和朱贼私通谋反，为何不早禀报皇上，难道要等反叛成功了才禀报吗？那时，下官总督江西四省官军，难道江大人要坐视下官率领官军反叛大明而不顾？下官想知道的是，下官若早有异志，怎敢坦然见驾？江大人为何要再三阻挠？"

正德没有阻止王阳明反驳，他忽然有了颖悟："是啊，如果王守仁真想反叛，重兵在握的时候为什么只专心剿贼而不反叛？为什么要冒死兴师勤王？为什么要上九华山，离开官场？"他险些误了一位难得的忠臣良将。但他眼前不想追查江彬，坏了他的游兴，正德安慰说："卿领兵江西荡平贼寇，多次为国立功，保他人受禄，自己坚辞不受，是朕不允，才勉强受下；此次又兴师勤王，擒了叛逆，保了大明社稷，朕知道你的忠心，一些人对你有误会，不必挂在心上。"

几句话，说得王阳明心里暖乎乎的，几乎要滚下热泪。正德又问："朱贼现押在何处？"

张永替王阳明回答说："朱贼等两个月以前就交给老奴了，现押在南京，老奴已禀报过圣上。"

正德"哦"了一声，这才想起的确有这么一件事。一阵，问："卿在九华山做什么呢？"

"打坐。"王阳明说，"一思过，二养身。"

正德又"哦"了一声，说："你的忠心朕是知道的，回去吧。"说罢，挥挥手，意思是说"你可以走了"。

王阳明离开的时候，有几分惆怅。至张永临时签押房，见到徐元吉，这种情绪才渐渐淡下去。晚上，张永让王阳明二人住在附近客栈里，并派人守卫，以防不测。王阳明感激张永的支持与照顾。但想想自己一生勤勉、清白，为国家效犬马之劳，建立了功业之后，竟落得这般结果，觉着既可怜，又可笑，感慨之余，吟成一首：

知者不惑仁不忧，君胡戚戚眉双愁？信步行来皆坦道，凭天判下非人谋。用之则行舍即休，此身浩荡浮虚舟。丈夫落落掀天地，岂顾束缚如穷囚！千金之珠弹鸟雀，掘土何烦用镯镂？君不见东家老翁防虎患，虎夜入室衔其头？西家儿童不识虎，执竿驱虎如驱牛。痴人惩噎遂废食，愚者畏溺先自投。人生达命自洒落，忧谗避毁徒啾啾。

作罢，想一想，倒也坦然了许多。

（节选自《王阳明》，贵州民族出版社，1998年7月）

1999_年

郑君华

芙蓉风（节选）

第一百一十八回

喜极悲来宝儿失迹
失地呼天慈父轻财

话说芙蓉胥中首富柳下舟自引进外资以后，稳妥经营，至过年期间已宏发八九十万，接近百万之数，外村一些熟人听得，或遇于途，都半开玩笑似的称他为"柳百万"了。柳下舟为人深沉稳重，既不反对，也不首肯，随别人谁爱叫叫去，心里却是无尽的乐。四乡老辈之人俱认为他是柳敬严长子，又有儿女，又有贤妻，又有事业，又有钱财，乃是四乡之中最最福禄无双之人。过年时候，前来探年、攀亲、认故的人甚多，柳下舟叫莲姐儿不要轻慢了，一概都酒肉鸡鱼款待了去。百人一传，是故外面名声愈好。

倏忽半年过去。忽一日，柳下舟及莲姐儿在家商议是否请一个城中有知识的女青年来教长儿认些字，议而未决。忽听见外面叮叮钲响，长儿已跑出去了，莲姐儿也跟出去。只见一群孩子，随着两个尼姑来到大门口。两个姑子，一个是老尼，一个年纪轻轻的，都站下了，以手合十施礼。随即一个摇鼓，一个敲钲，唱出一段莲花落来。莲姐儿挨着长儿站住听，不大听得懂，只听得其中两句像是说：

日到中天识满虚，只认慷慨是荣时。

莲姐儿寻思，这一老一少两个尼，不外是化缘乞讨的罢了，摸摸身上，摸得两块钱，便递给了她们。谁知那两个尼还是没走，从荷包摸出一块牌儿来，莲姐儿不大认得上边的字，便走回屋对柳下舟说："两个女尼化缘，得了钱不走呢。"于是柳下舟亲自出来，拿过牌儿一看，只见上边写着："复修弥勒殿，解囊易善缘。"下注某会、某寺、某庵及月日。

柳下舟一时轻忽之，扯出匣中一张十元递过去，转身要走。那老尼行礼问道："施主只易这点善缘吗？"柳下舟不由笑说道："如今变着法儿来讨钱、骗钱的多呢！乞丐都能成万元户！我怎么会一看你这纸牌儿，就信了你们！"下舟说完就走。正要入门，却听见那两个尼姑口中念出四句偈语来，却是：

福运如满月，七夕夜中行。
形色俱梦幻，断肠是五更。

柳下舟已听得准确，心下犹疑琢磨，又不尽明白。回头看，那两个姑子已走得远了。下舟不禁失笑道："什么乌七八糟的东西！也诌来骗钱哄人！"便不理会，仍同莲姐儿拉了长儿入屋来。别的娃儿也一哄而散。

至六月底，柳下舟已稳稳积下资财一百多万，罐头、鱼片、山楂饼等货品几乎都有固定而重信的买主，远销至四川、陕西、河南、湖北、山西等省若干市县。下舟给莲姐儿买了一些金银饰品，并在夏季便买了貂皮大衣；给长儿早已买了狮子狗，其他玩具不计其数；长儿二舅的几万元借款也派专人送去了。下波媳妇程贞贞、下凉媳妇凝紫，也有金钻戒指、饰物馈赠。那泰国华人万宝国自然亦赚得利润，不消细说。

闲暇之时，柳下舟便带长儿玩耍。周日休歇，常在院中花树下设宴席，专门宴请芙蓉胥最年高的前辈：柳初舜、柳自安、柳见孙、柳力海、柳秋寿、柳秋驰、柳计千等。一月里总要宴请三两回，并命莲姐儿或凝紫端扣肉鱼丸去给高卧在家的五婆，也是重老爱老的意思。老汉们吃过酒宴，脸红心足，都摸着胡须说，下舟是福禄之人，单从他对老一辈的爱重就看得出，做万事是至美至善了。

过两月已是农历七月七。天气依然炎暑，唯夜间水涯较凉爽。这七月七也是民间一个传统节日，称为"乞巧节"，或"小儿节""少女节""香桥会""巧节会"什么的。这七月七虽不是大节，却是古来便重视，往往在此日于街市卖巧果，各家设宴，青少年儿女设香案拜银河，都是为乞得聪明灵巧。是夜称"七夕"，据说是牵牛织女相会之夜，于是人们往往洒扫庭除，摆设几筵，置酒脯果糕，撒香粉于筵席，祈请牵牛、织女，求富，求寿，求子，求巧；或儿女在星光下有"听私会"的事儿。浔江之畔，则有"七娘会"的活动，妇女及儿女上拜七姑星。夜间，少男少女们，姑娘媳妇子们，手提灯笼，去到河边，以南瓜或葫芦、莲蓬、荷叶、竹壳为衬底，外罩各式各样的花灯，燃点蜡烛或香火于灯中，笑叫着往下漂放。并伴有舞狮、滚龙、对歌等活动，往往吸引得城乡妇孺老幼数以千计的人去瞧。

今年自七月初一开始，附城乡的领导们见连年丰收，第三产业收入亦巨，钱银多了像是没有名目使出去，便说要配合七夕的"七娘会"搞些宣传精神文明的活动，在"水上浮"等传统项目之外再加舞龙、耍狮、唱大戏，以移风易俗的意思。是故已拨出十万巨款，提前训练四条巨龙、四对孖狮、两头大狮、一个"牛黑筛"的本地大戏戏班，提前七天贴出告示去，弄得青年们、大小孩们早已按捺不住，巴不得早些就到七月七才好。

这次活动的地点设在附城乡附近的影溪边上，离县城甚近，距芙蓉胥也不远。七月七白天，已经扎好了两头的彩门，两个彩门都扎在影溪边的路上，相距约二里；中心点还搭起两艘朱楼彩舫；那些卖五彩绣品、各色纸花、小灯笼、吃食、果品的手艺人或小贩都早早占据了有利位置。

近夜，芙蓉胥中男女与各村乡男女一样，都沸滚了锅。人人几乎都早早把夜饭煮来吃了，就往影溪边结伴而去。吆三喝五，叫叫嚷嚷，屁颠屁颠地就朝蟠龙岗南头的小路成群结队地走了。柳风虽然年纪大了一些，但是疯张劲儿没有减，加上这几年与杨挺梁、柳兴等人办砖厂，多少也已赚到一些银钱，觉得气壮不少，有"七娘会""乞巧节"这般好耍的机会哪有不去的？再说四乡十八镇出来的不知会有多少美女娇娃、红粉佳丽，虽然不能怎的，去那儿浏览浏览也能过过"眼瘾"呀。是故柳风振臂一呼，柳兴、柳光、柳演、柳阡、柳明、柳俊、柳剑、柳熊等四五十人的一伙主力队伍就风风火火地去了。铁嘴柳玄也甚上兴致，也早有柳沭、柳轩、柳拓、柳本、柳猛、柳逸、柳瑾、柳瑜等二三十人集合在他的旗下，结伙去了。年轻媳妇子由白玲、二娣、玉梅、秀玲、如月、金菊等三四十人，结伙带着娃儿去了。新长起来的小姑娘大女孩儿则以沉香、柳绮为首，领着柳红、芳芷、杜若、葚儿等二三十个叽叽喳喳嘻嘻哈哈地去了。另外杨家的杨挺梁、杨天文、杨天武、杨顺儿，卢家的卢如法、卢如丹、卢如沛、卢文华、卢文彩、卢建海都各自结伙看热闹去。

三星副食厂方面，柳下舟下令七夕夜晚不再加班，各自分头去玩一玩。柳下舟家里，还是聚集了一伙子人，等着同柳下舟一块去。巧儿和姑爷从城里回来，就等着同爹娘及小弟弟一块儿去看戏放灯呢。小宝贝长儿早已磨皮擦痒的，揪着扯着爹娘吵着要早去呢。杨火秋、柳前、柳启禁、柳启序、柳下波夫妇也已过来，于是柳下舟和莲姐儿带着长儿、巧儿和杨火秋、柳前等人说笑着，叼着香烟，不慌不忙地出门，拿着三四支电筒缓缓朝影溪方向去了。

走四里有余，至影溪边上，渐见人流如河。越往前去人越多。其时夕阳已下，天未黑尽，西垂尚有余光返照，厚重的残霞如彩如金。沿河两岸早先拉下的电灯、彩灯却已亮了。加上远近四乡及平宁城的人们从四方涌来，许多孩子、姑娘手上提着小红灯笼、小花灯，使这影溪河面一片青黑之中，却像闪熠着极多五彩明光的宝石，像一道黑乎乎闪着粼光的梦幻。不时传来鞭炮声、锣鼓声、音乐声、喧哗声。柳下舟抱起长儿，在长儿的催促下越过某些村人急急前行，莲姐儿、柳下波等人紧随其后。

已到会场一带了，人山人海。看见戏台了，看见乞巧棚了，看见大型彩灯了。戏台前有四只牛皮大鼓，有些大汉头扎壮士巾在狠劲地敲。戏台上灯光刺眼，影影绰绰有些人在动。乞巧棚和大型彩灯也亮起了许多小灯，有的还会动、会变。万人齐集，暗影憧憧，人头攒动。周边还有一些点着马灯或玻璃灯笼的小贩，有卖剪刀针线的，有卖五彩小灯笼的，有卖水果、黑蔗、凉粉、汤圆、米线的……

天不知啥时已全黑下来。原先西边的一钩极细极浅的弯月，已经消失。西垂的余晖也全部消退了。黑暗是巨大的，压倒一切的，连戏台前的亮灯和万千花灯都在黑暗的包围中显得微弱。从柳树梢头望上去，穹隆覆盖如黑漆的锅，望不见天，望不见云，只能看见三五颗疏亮的天星而已。

河边人影稠密，有许多姑娘、孩子、媳妇子在放"水上浮"。两艘朱楼彩舫灯光明灭，倒影层层，如梦如幻。孩子们、姑娘媳妇子们把燃着蜡烛、香火的小灯笼放入水面，看着它浮着随平缓的水流慢慢往下漂去，欢喜得拍手跳叫。长儿也要放灯，于是柳下波走去买来一只大的，由长儿亲手放入水面，看着它摇摇晃晃地往下浮去，大家都和长儿一道拍手笑叫。

戏台那边音乐声停了，锣鼓声大起，原来开始演戏了。先由附城乡的有关领导讲话，一个个子高大厚实的人走上去了，开始讲本张的大好形势和精神文明之类的事情。杨火秋对下舟说："看见没有？那个讲话的就叫徐银生。他是载春媳妇现在嫁的爱人！倒还挺老实的。"下舟笑道："那么史飞红现在的日子，只怕比从前真还平和些。"杨火秋说："可不？阴差阳错的，嫁到芙蓉胥来，倒吃了不少苦！"

那徐银生的话不长，而且下边确实没有谁愿意听，不久便煞住了。锣鼓又疯响，幕布拉开，大戏开始了。所演的是"牛黑筛"的大戏，腔调高亢婉美。先是一个老汉吊着二尺长的胡须上来，唱一会；接着是一个书生模样的人和他打躬，又一语一句地唱；后来是一个老婆婆携着正旦上，总之又说又唱的。唱戏的声音从树杈上的两个喇叭里传出来，又有乐声，又有沙沙的电流声，有时还有机器的咯咯声，总叫人听得不太明白。柳下舟和杨火秋等听一会儿，像是说一个书生和佳人的什么故事，又像那书生要上京赶考。中年以上的人都喜欢这种震撼心魄的音乐和唱腔；小青年们、大娃儿们则先是急着盼开场，开场后听不到一会儿就厌倦，或去买零食吃，或开始打哈欠，昏昏欲睡。

不知啥时候，当有的小娃儿正昏昏然呢，忽然一阵冲天的鞭炮巨响，把小孩子们吓得心惊胆战，睁眼看时，忽见人们纷纷跑动，锣鼓急骤，有人说："龙来了！"果见戏台侧面射出强光，一伙龙窜出来了，在人们迅速让出的一块草地上开始狂舞。人们大多无心看戏了，转过身奔去看龙。那龙流丹溢彩，蜿蜿如真，一共四条——赤龙、黄龙、紫龙、青龙，左盘右拐，上绕下旋。前头一个举着宝珠的人，逗着龙盘绕翻飞。有时四龙滚地，有时又二龙戏珠，精彩之处，逗得人们喝彩。舞一会，四龙绕场一周，回去了。

戏还在咿呀地唱。人们又来看戏了。又不知过去多少时候，小娃儿们又眼皮打架呢，又听得鞭炮噼啪震天巨响，锣鼓镲节奏紧密，原来是舞狮的来了。先是两头大狮舞出来，狮头彩色流丹，鲜艳欲滴，抖抖颤颤，时高时低，忽伏忽蹿，那狮嘴却又忽张忽翕的。后头又成对出来四对孖狮，亲亲热热，缠缠绵绵，你来我往，左顾右盼。随着那节奏鲜明急骤的鼓点，一群狮都在高低起伏攒劲地舞，人们报以热烈的掌声与喝彩。

家里留下下凉和凝紫在看家，厂里也有大力士柳束等三人守厂，是故柳下舟放心乐意地看戏、看龙、看狮。那狮舞了好大一阵，还没有下去呢，他忽然发现长儿没在旁边了，连忙问正伸着脖子在看的媳妇："小宝呢？"莲姐儿说："不是你牵着他呢吗？"柳下舟说："我以为你牵着他呢！"莲姐儿有点急了，说："我没牵，是你牵的呀！"连忙去问下波、程贞贞、杨火秋、巧儿、柳前、柳启禁等人，都没牵着长儿！柳下舟和莲姐儿一下子头都大了。两个人连忙绕着人圈大声喊："长儿！""宝宝！"一声接一声，越喊越心慌，哪也没有长儿的应声！

柳下波说："会不会在放河灯的地方呢？"于是下舟和莲姐儿带头，大家狮也顾不上看了，一齐走到影溪水边。那时仍有一些姑娘孩子在放河灯，逐一看去，喊叫，仍然没有。下舟这会儿方寸乱了，莲姐儿竟哭起来，巧儿也哭了。杨火秋说："总不至于跑到哪里去！我们十几个人，分头拉网一般寻过去，喊过去，在那边的四棵大蚊桉下碰头，或者就能找着！"柳下舟心已慌了，只得依了，嘱大家分开找过去。于是大家分散开，在灯影人影中逐一喊叫寻找，最后到蚊桉树下会合：仍然没有踪影！

巧儿的姑爷比较机灵，他说："爸！妈！别焦急，人这么多，孩子也多，逐个是找不着的。台子上有喇叭，我们去找管喇叭的人，叫他们帮广播一遍，小弟听见了，不就能找到了吗？"柳下舟和莲姐儿急糊涂了，这方想起，说："好好！快去！"于是他们去到后台，在灯光下找到管扩音的播音员。一会儿，人们在听"牛黑筛"的间歇，听得喇叭咯咯响了两下，就有一个男音说道：

"寻人启事：长儿！长儿！请芙蓉胥的长儿注意了，你爸妈正在焦急找你！你听到广播后，马上到戏台后头来，你爸妈在这里等你！"

这启事反复播了两遍，人们才听见"牛黑筛"的唱腔和锣鼓。柳下舟、莲姐儿夫妇心里像揣着兔，惴惴不安地等。柳下波、杨火秋、柳启禁、柳前等人也面面相觑，都全没兴味了，一齐都陪着等。莲姐儿和巧儿母女俩急得眼泪直冒，用绢子揩了又涌出来……

过了约半点钟，还没动静。柳下舟又去催请播音员再播一遍。柳下波、杨火秋、柳前、柳启禁、柳启序等又分头去找。但直到十二点散场时，仍没找到长儿。柳启禁找到芙蓉胥的柳风、柳兴他们，一问都说没有看见。柳下舟和莲姐儿心如汤煮。莲姐儿哭软在地，巧儿呜呜地陪着娘哭。不到半点钟，那数以万计的人呼兄唤弟、牵子携孙都散尽了，影溪河边草地上只余下许多雪亮的电灯贼亮着，以及百把个拆抬道具和卸灯的人。

下舟绝望了。平素那么深沉有计的人，此时方寸尽失，忐忑不安，拿不出一丝主意来。杨火秋说："别忙着回家！得去县里公安局报个案！听说如今拐骗小孩儿的多呢！拐到福建、浙江、安徽去卖，赚大钱呢。或者是什么绑匪见你柳下舟钱多了，成了百万富翁，就把你孩子绑了票，然后十万二十万地敲你呢！"下舟和姑爷也以为杨火秋所言有理。下波说："是！哥！立马去报案，让公安局派人在车站、码头、路口守着，只怕有希望！"

于是连夜入城报案。报了案，已是后半夜了，出来，街上没人，只有孤清的路灯。莲姐儿一直哭着，几乎走不动，下舟叫巧儿和姑爷扶掖着娘。大家打着电筒，心绪沉沉地往芙蓉胥归去。

此后接连数日，柳下舟与莲姐儿都心急如焚，却总也没有半丝消息。夫妻二人茶饭不思，头脸不整，容色憔悴。又采取了姑爷的建议：由县广播站发一条启事，寻找长儿，说只要送回长儿者，万金酬谢！但数天过去，仍然音讯杳杳，如同黄鹤。倒惹得四乡大耸动：都知道芙蓉胥的"柳百万"儿子走失了，想来捞这万金酬谢呢。有的无赖子甚至专门为此而周游寻觅，但仍然没谁能寻到，摘去"柳百万"这万元酬金。柳风就在杨挺梁、柳兴、柳光、柳陌等人面前说风凉话，道："柳下舟自以为钱多，就能万事不求人了！早先我就去求过他要干活，可是他瞧不顺我！那天晚上柳启禁说他的心肝宝贝儿丢了，问我见没见着；我原本看见过一个娃儿有点像长儿，细声哭着往前走，我气柳下舟他娘的傲慢呢，我就说'没见着'！让他娘焦急去！"柳陌说："你这家伙！这就是你的不是了！"柳风笑道："不是个述呀！叫柳下舟知道，有了钱就能把眼睛长到额头上去？"

这话不知怎的就传到柳下舟夫妻耳里去了。柳下舟连忙封了一个五百元的红包，叫柳下波送去给柳风，乃是表示赔罪的意思，并问那晚他所见长儿的情况。柳风遂又编道："那孩子九成就是长儿。这么高，这么瘦，头上戴一顶帽儿，嘤嘤地哭着朝前走。我都想拦住问问他呢，只是我正好尿憋得急了，就赶忙摸出去在黑处方便了。等回来了呢，便不见他了。"下波回来，半信半疑地对下舟说了，下舟只有摇头叹息而已。下波看他这兄长，一下子就像老了十岁，心里也为大哥大嫂难过。

不几天那原先的老姑婆又来了。她说，城中猪儿巷的算命高手贾八仙还在呢，何不去请他神机妙算地算一算？于是莲姐儿带上程贞贞、凝紫去了。贾八仙神算的结果说孩子在东南方。回来之后，便发动全家及亲友往东南方向逐一寻觅十余日，但长儿依然如泥牛入海。

又有人来说：白泥岭沐恩寺的智广禅师，据说能知人前生后世、富贵寿夭呢，何不去求问一回？或许能从禅机中悟得，也未可知。于是莲姐儿病急乱投医，又带上两妯娌不辞辛苦地去了。去到那儿，献上供品，奉上千元功德钱，不料智广禅师年事已高了，不见凡人，只从翠桄帘幕中间传出一纸偈语来。莲姐儿叫程贞贞和凝紫看，只见那黄纸上写着：

> 已入鸿蒙走一回，时当重七便须归。
> 归来银河倚织女，唯有高堂喁喁悲。

程贞贞和凝紫看过，疑疑惑惑，心中已有几分懂得了，只是不敢对大嫂明说。程贞贞胡乱搪塞道："只怕说迟几天就要归来的吧！"凝紫也支吾道："上边说'须归'，又说'归来'，迟早都要回家来的。大嫂只管宽心乐意就是！"

莲姐儿自然仍不能放心。回到家，把黄纸偈语给下舟看了。下舟看罢，仰头不语，两条泪光却从他铜色而坚硬的脸上蜿蜒下来。莲姐儿见了，心知不祥，遂抱住丈夫又失声痛哭！哭了好一会，柳下舟才说："不济事了！万事都有一个机缘的，这孩子只怕同我们的缘尽了，是不会回来了！不然能回他早就回来了！"莲姐儿哭倒在地。柳下舟道："你也想开些吧！这孩子来跟我们几年，可是有些事儿确有古怪。早先你们去求签，那签上有一句说'求福求禄匆匆去'，便有一个'去'字，如今又说什么'须归'，你知他归哪儿呢？只怕不是归我这儿，是归他原先那个不知什么冥冥的地方呢！"

莲姐儿愈发哭得发了癫，以头碰地道："你说这话，是拿刀剐我心肉啊！我怎么能甘心！我怎么会甘心哪！……"泪珠滂沱如雨。柳下波和程贞贞在外边听见，连忙进来，帮着把大嫂扶起。柳下舟仍在那儿像谈禅似的说："我劝你想开一些，才不会傻不会癫呢。属于你的东西早晚属于你；不属于你的东西你便要甘心让他不属于你。万事都有个定数似的，岂是能强求得来的？我也想通了：就算你家财百万，也不能改变一点什么。你不能使你自己活一百岁，也不能使你父母没病没痛，也不能使子孙永世无殃！长儿自生下至今，咱们经济一直都好，花团锦簇，要啥给啥，真的衣来伸手，饭来张口，父母连心肝都愿意掏给他了，我们确也不欠他什么。我原先想着费心费力，千辛万苦，挣下百万家产留给他享福；可是我钱这么多，仍然不能阻止失去他！如今长儿没了，我再贪心妄求地去赚那么多钱，有什么意思？只怕我也是'月到中秋'了呢，我把这钱财二字也看得无大所谓了！"

　　柳下波和程贞贞扶起大嫂去床上躺了。程贞贞说："大哥也不要这么灰心。说不定过些日子还能找到呢。再说人生一世，不就是为了多找银钱吗？"

　　柳下舟喟然长叹，道："不了！早先我也是这么想，如今不了！我把这家产、银钱也看得透了！——如今报上也登着许多捐献赞助的事儿呢。我寻思我这一百五十万家财，就该有一半不应属于我，应该捐献出去做善举，对人家有些实用，有些补益，才是尽到钱财的好处。你们听到有啥消息，就来告诉我。你们兄弟妯娌日常出力不少，我也会安排好你们的生活。不过大宗捐出钱去，我主意已定，你们不要惋惜！"柳下波和程贞贞听大哥如此说，也不敢劝阻什么，全由他自个儿定夺。莲姐儿躺在床上想儿子，泪还未干，已变得半疯半傻，对银钱的事儿也不置一言。

　　长儿自此音耗全无。两个月后，柳下舟听说白石桥村人要在冲边上建一座石拱桥代替原先的木板桥，就捐出三万元去。惹得芙蓉胥中柳风、柳演等人老哑嘴骂他傻。不久他又给小学校捐资五万元；又给县二中捐款十万元扩建教学楼；又给本县风景点梅花山扩建楼台亭榭捐助十万元；又给县防疫站送去三万元；又为白泥岭沐恩寺重修玉佛殿捐赠八万元。柳风等人都大吸冷气惋惜。未知后事如何，下回分解。

第一百一十九回

豆棚瓜架弟兄下棋
影溪水涯隐者圊虾

　　话说柳下舟自宝贝儿子长儿走失，两三月内无心理会三星副食厂事务，都抛给下波及柳前去经营处置了。逐日只是陪着以泪洗面的莲姐儿，能宽慰则宽慰几句。巧儿和姑爷也不时回来，劝慰双亲。只是莲姐儿所受打击过重，已半癫半傻，时常只叫着长儿之名，且经常幻觉长儿归来。有多回都极清晰响亮地听到儿子的叫门打门声，飞快去开，却是庭院空空，唯有飞旋的秋风落叶而已……

　　莲姐儿精神渐渐不济，下舟只好以重金聘请民间名医来调治。

　　一日，柳下舟正伴着莲姐儿在室中闷坐，忽然柳广来了。柳广见下舟形容枯槁，与数月前判若两人，心中暗暗吃惊。柳下舟问柳广："村主任来，有什么事？"柳广说："有几件事。你敬老爱老，两年来经常设宴请我老爹吃酒，今天我也设一席酒，奉我爹的命来请你去喝两杯，痛快痛快！"下舟就要推辞，说："我内人正病着呢。你们喝好了！"柳广说："不光回敬你喝酒的事，村委会还有大事儿要求你，几个村委都在那里等了。

另外柳稷说，他有一条让你家大嫂逐渐康复的法儿，去了就知了。"

下舟不得已，只得唤凝紫过来守着大嫂，自己和柳广就去了。

去到柳广家，果见柳稷、杨天文、柳真媳妇三个村委也在。初舜老汉已坐在席上了，热情招呼下舟坐过去，然后几个村委依次坐定。菜是柳度在厨下炒的，由桃花一盘一盘地端上来，共有十几盘，俱甚香美。柳广拿壶给老爹及下舟等人一一斟酒，于是大家举杯而喝。

三杯落肚，柳广便说："下舟老哥，今天请你来，几个村委也在这儿，实有一件大事求你。近日听闻你慷慨捐助，学校的、修桥的、风景区的、卫生防疫站的，谁不佩服？我们几个村委也早琢磨过了，自咱芙蓉胥出去到官道这一截路，虽然不长，可是晴天好走，雨天便不好走，我们想把它用水泥正式修一修。我们想发起募捐，我也是要带头捐一笔的。不过上头一再要求减轻农民负担，我们也不敢叫乡亲们捐得太多。我们就想到你！这路修好了，对你那副食厂运货车进出也有好处，对柳井的拖拉机、拖车进出也有好处。可是'有牙没烙饼，有烙饼没牙'，现在村委会只愁缺些……"

柳下舟用手势打断他道："你的意思我知道了！修这一截路，拢共要多少钱吧？"柳广说："叫人测算过了，说大概要六十万，我准备带头捐五万，柳井也说，他同我比并，也捐五万！别的人多少是捐些。总之是有力出力，有钱出钱罢了！"柳下舟说："我捐三十万！"几个村委都一惊，继而大喜。柳广道："你这么着，这件实事就办成了！'有了金榔头，不愁槐木把'，余下只是组织大伙儿投工罢了。"柳稷喜道："大家推我们做村委，我们也是想为乡里办点实事。你这可是大力支持了我们！"下舟道："没有什么！我的钱不是比你们多一点吗？如今儿子没下落，媳妇又落下了病，只怕我是月到十五了，我还不懂一点盈亏？赚得多多的钱，要是不花在合适处，又有什么意思？难道我还当守财奴不成？"

柳稷说："你是'喝得风来大家凉'！叫我们佩服！"柳真媳妇说："你们可要'跌得倒，爬得起'呀！村里谁不说你柳下舟仗义，现在又疏财！上天有眼，你家长儿不会没的，可要叫你家嫂子放宽心！谁不喜欢你下舟好呢？"

下舟喟然长叹，道："哎！我知道了。人生天地间，就不会得完满，那我又苦苦求什么完满呢？岂不是白忙！你们都是一片好意，安慰我罢了。我领了！"于是端起酒，仰头咕咚一口喝了个满杯，情绪倒像是喝闷酒。

初舜老汉和柳广忙劝下舟吃菜。于是大家小心翼翼地聊到莲姐儿的病上去。下舟又叹息神伤，说："果然是月过中秋就要亏。只怕我媳妇一病，我的鸿运也要走下坡了！"柳稷问："她现在究竟病得如何了？"下舟道："她受打击太重，脑筋不太管用了。从前她是我的好助手，万事帮忙料理，一丝不乱；现在经常啼哭，眼睛熟桃子似的，脸色浮肿，正经事儿一件也记不得了，恍恍惚惚，常常就听见儿子回来了，奔去门口，或者跑到大门外去张望，却是什么也没有！一天总要这么反复十回八回。"

柳稷听罢，说："饶是这么着，我看她病得还不深。我有一条计策，不知行不行——她要每天反复出去瞧呢，这症候吃药是不管用的，乃是心病，'心病仍须心药治'，你不妨回去骗她，话说严重些，索性说孩子没了，死了！让她断了盼望之心！"柳真媳妇道："要这么说，万一孩子还在，不是咒了他？"柳稷说："这不是要为莲姐儿治病吗？孩子哪怕过一年半载的能回来，也好好的呀！现在目的是给大人治病，你就要骗她，吓她，惊醒她！——索性明说：孩子死了！死到地狱里啦！绝不会回来啦！绝了她沉浸在里面没完没了的相思苦盼之念！然后，你叫全家拿上孩子的衣服、用品、玩具什么的，去山坡上为他葬了，修成一个墓，树上正儿八经的石刻墓碑。然后，全家兄弟姊娌再携上香蜡酒果及孩子从前爱吃的东西，像真似的去祭拜，叫她也去，指给她看，就说孩子没了，死了，那天晚上他自己跑去黑处放灯，滑下影溪淹死啦，尸身被人发现了，被运回来就葬在这儿啦！没希望啦！你以后见天儿地来这儿为他燃烛烧香吧！——就照这么做，这么说，或者渐渐地她就能挺过来，明白过来！起码病不会再加深，变得完全不懂人事。"

眼泪又从柳下舟铜色坚硬的脸上蜿蜒下来。只见他沉闷闷地说："我方寸全乱了，一点儿好法都想不出来，就照着你说的试一试！"

几日后，柳下舟果叫下波、下凉等人为长儿造了一座小小的衣冠墓，造得相当精致，并树上石刻且有花纹的墓碑。造好后，依柳稷之计，扶了莲姐儿去看，并告诉她长儿淹死了，尸身就葬在这里面。莲姐儿起先有些怀疑，下波便解释说："侄儿真的没了，死了！早些时候没敢告诉大嫂，是怕大嫂受不了。"下凉、程贞贞、凝紫也异口同声这样说。莲姐儿一时呆了，又如五雷轰顶，扑到墓上，搂住墓碑无尽痛哭！程贞贞、凝紫两姊娌也陪着哭。直到大嫂哭得泪尽声嘶，两姊娌才抽抽泣泣地劝住了她。全家举行了隆重正规的祭奠。

此后的三两天，莲姐儿总由下舟或两姊娌陪着，到儿子的坟上来上香、烧纸、痛哭。她果然相信儿子已死，就长眠于这精致的石刻墓碑后面。不二三月，郁结之情得到缓解，脑筋也就渐渐正常了过来。只是悲伤怀念之意，仍无穷无尽。又与下舟上沐恩寺，献赠万元功德。此后或不时在梦中望见，正是念念无穷；或不时回想他生时的可爱调皮，声音笑颜，所谓"此恨绵绵无绝期"而已。

且说时序已过重阳，秋气肃爽，天色甚丽。一天，玉生、麻雀哥、齐儿三个新青年去找木生，路过柳瑾家园外，看见柳瑾、柳瑜两弟兄正在豆棚瓜架下捉棋，柳肃、柳演在旁边观看。他们三个新青年便进去，在豆棚瓜架下看他们兄弟对弈了。

柳演说："喂！尖嘴猴腮的麻雀哥！说是你爹要给你娶媳妇儿了，什么时候请老子吃喜酒呀？"他拿眼睛嘲讽似的盯住麻雀哥。

麻雀哥如今早有了官名儿，叫作柳闹，对于柳演不叫他官名仍叫他小名很不满，就说："就是请喜酒也请不到你这货呀！你有本事，倒是仍偷鸡去吧！"

柳演倒是有偷鸡的绝技，说是他有一种药，摸到了鸡，鸡便不会叫，乖乖的，是故他是村肆中有名的"鼓上蚤"。不过他自疯老娘去世后，早已不再偷了，并且在前年讨到一个比他大三岁的二婚女人，那女人带有一个九岁的女儿同来，柳演等于有了媳妇又有了女儿，是故收手了。他便笑道："偷你娘的蛋！老子如今比你娘都规矩呢！"

柳瑾抬起头来说："他姥姥的！一转眼工夫，你们小的一代呼啦就长大了，娶媳妇啦；我们这一代呢，就像要变老了，轮到我们死了！这年月你说快不快？"

柳肃说："可不，真真如戏文里说的'光阴似箭，日月如梭'哩！一眨眼工夫，我们才得过了几天太平日子，就从镜里看见头发有白的了，眼角成把的鱼尾纹了，牙齿有一两颗是松的了。我们娶媳妇像是还没多久呢，这新一辈的又蹿上来同我们比赛了！这'人生一世，草木一秋'，人生和草木，也差不了许多！"

柳瑜笑道："肃大哥！不要说得那么惨惨的！常言'各人洗脸各人光'，各自把自己这一辈子过好了、过舒心了就行。别人家的兄弟，都是能抢到钱的就抢钱，能抢到好位置的就抢好位置，能抢到利的就抢利。反正就像苍蝇蚂蚁一般，抢血爬臭，争权夺位，日夜无休，真真'杀头生意有人做'！这真是何苦来？我们只喜欢下棋！"

柳肃笑道："我知道，你们两弟兄是自幼爱这玩意儿的。自古道雅的是琴棋书画，这棋就是数第二呢。我们芙蓉胥里，爱棋的不下五十个吧，倒数杨火秋下得最好。"柳瑾说："杨火秋是明着的好，他得过县文化馆比赛第三名。可是去年我跟他交手十六盘，我和他棋逢对手，他并不能占我一丝便宜，他赢六盘，我也赢六盘，另四盘下成和局！真的'当局者迷'，有时我发现他一着臭棋，往往就能把他全盘拱倒！可见我虽然没参加过县文化馆的比赛，我也有自己的精细处，阴阴的并不差于他！"柳肃笑道："可知呢，这民间没有得到发现，阴阴待着的出色人才，正不知有多少！"

柳演说："这下棋虽然可以乐一乐，可是毕竟不能当饭吃、当衣穿、当钱使。咱们这些农民大叔，还是不能爽心快乐！"

柳瑜说："当然了！我们农夫，现在日子好过多了，再穷的也不再愁吃穿，我们的本事就是多种庄稼多打粮。可是并不是万事舒心了，你要受小干部的气，受摊粮派款的气，受狗娘养的不知哪儿就窜出来的一团乌糟气的气。比如去县百货大楼买东西，你要受售货员小姐白眼的气；去医院打针拿药，你要受护士小姐的气！还不是因为一眼望去你是个农二哥吗！有一回我去买一块肥皂，发现那肥皂是软烂的，我便不肯要了，两个售货小姐就合伙笑辱我，说我一副农民样，买不起'一条'肥皂，只够买'一块'肥皂，算了半天，又'一块'都买不起！我火了，说，没我们农民，你们吃屎呀！别瞧不起我们农民。又说，我们一块肥皂买不起？现在我们比你富！你一个月几多钱收入？顶多两三百块吧！我们卖花一月也不止三百！还有粮食、蔬菜都自种，收入比你多！神气什么呀？——现在我们从田里回来，没事了的空当，洗净了手脚的泥，一副闲心地坐在豆棚瓜架下面下棋，旁边有树，有几株菊花，有蒲草鱼香菜，风儿凉阴阴的，什么杂念都没有，什么受气的事儿都抛开，多舒心呢！这才是神仙的日子呢！"

这时柳瑜的媳妇端出一盆炒葵花子来，请大伙儿吃。柳瑾媳妇也端出两杯茶来，给柳肃、柳演喝。麻雀哥和玉生便动手抓葵花子吃了。

柳肃道："你们两兄弟和和好好，常在这豆棚下下棋；两妯娌也亲亲睦睦，从来没争没吵。这就是福哩！夫妇、兄弟、父子、母女亲情浓浓，虽然生活淡素些，也是天伦之乐哩！比那些不知足、为些鸡毛蒜皮就相斗相争相闹相杀的好多了！"

柳瑜媳妇在旁微笑着道："我们有什么相争相打相杀的？我们都是别人唱的歌儿里说的'小草'，难道我们小草还相争相杀不成？我们又不是有权有钱的大官儿！只求相安和顺、家口平康就罢了！"

柳瑾移了一步棋，抬头说道："我们可不是'对了就出风头，不对就打弥头'的人，又不想做百万富翁，又不想'圣人面前卖斯文'，有什么不知足的？反正你是农民，日出而作，日落而息，过农家寻常生活，多自在呢！逢年过节，全家聚上喝两杯；平日里，有空便捉鱼、下棋，多消停呢！别人要拿他的烦日子跟我换我都不肯呢！"

柳肃微笑着说："倒也是！"正要再讲什么，忽见柳逸、柳玄、柳阡三个从矮围墙那边的小路上走过，手上都拿着鱼竿。柳肃笑着对他们喊："喂！你们三个去哪儿？"柳玄朝这边说："趁着这会儿盘子没熟的空儿，去玩一玩！——钓鱼去！"玉生、麻雀哥和齐儿三个听说他们去钓鱼，连忙跑出来，跟随着就玩儿去了。柳肃、柳演仍一边闲话，一边瞧柳瑾弟兄下棋，不表。

且说玉生、麻雀哥、齐儿三个新青年跟了柳玄等人去钓鱼。玉生说："叔！你们去哪儿钓？这一带影溪里鱼不多了，不如到百花湖去钓好，那儿有白条鱼儿，又有鳜鱼！去年我随别人去过，鱼真比这一搭多！"柳玄与柳逸、柳阡商议，都同意去百花湖，于是从田野里去了。

百花湖有十余里远，且没有好路走。从田间青草缠脚的阡陌走，不时要跳沟过涧，走一个多钟点才到。

百花湖已挨近山边了。举目一看，诸山似黛，蔚然深秀，百花湖水面平阔，可四五里，涯岸屈曲，有平沙，有垒石，不时有高柳翠竹，枝叶垂入湖中。水色青蓝，水面极静，竟没见一叶扁舟，唯见半里之外，水涯两只鹭而已。

柳玄、柳逸、柳阡虽然都生在鱼米之乡的芙蓉胥，却都不是钓鱼高手。柳逸钓技稍

181

胜，他用炒过的黄豆瓣做引食打了一个"窝子"，等一会儿看见水面有小水泡儿了，才下钓。柳玄和柳阡则连"窝子"也不打，各自选了一处略有水草的好地方就把钩甩了下去。玉生、麻雀哥、齐儿只好坐在石头或草窝儿上，耐着性子看他们钓鱼，不时给叔们出些主意。

钓了半天，都很少有鱼来咬钩，只有柳逸钓到几条鲫鱼、白条鱼，柳玄、柳阡一条小鱼也没有钓到，引得麻雀哥和玉生发笑。柳玄、柳阡都是猴急的，早沉不住气了，看着湖里不时有鱼浪，或有鱼泼啦一声打水花儿，明明有鱼却钓不上来，两个气得骂起来。骂一会，把钩提起来，换了蚯蚓，又挪了一处地方，只好又耐着性子钓。过一会，柳逸又钓到一些鱼儿了，柳玄、柳阡依然一条都没钓到，气得他们骂娘。只好又提着钓竿挪地方，挪得离那两只罾越发近了。

柳玄、柳阡性子急，原本就不是钓鱼的材料。又忍耐着坐在草上等半天，柳玄好不容易才钓到两条小白鱼，柳阡则仍一条未获。柳玄说："假秀才！这鱼真他娘气人的！钓一上午，我才弄了两条小白鱼，不到二两；你还一条未得呢！索性不钓了，我们索性过去看别人罾虾吧！"柳阡说："可不！这鱼也欺人呢，看罾虾的得多还是少！"于是也卷了钓线。玉生说："早先我来两次，都见这两只罾在这搭罾。真奇怪！"几个人一块儿拿着钓竿走过去。

在水涯边上的柳树下，两个老者在下罾。岸上撒着他们的鱼篓、竹笠、蓑衣。两个老者一个略胖，一个稍瘦，都面色红润，平静慈祥，坐在柳树根上吸烟杆。看上去两人都鬓有银霜，约六十岁模样，像可敬的长者。柳玄和柳阡都是喜欢攀谈的，柳玄便走过去打招呼道："老人家，罾虾哪？罾得多不多？"

那略胖的老者便说："你们钓鱼哪？"算是招呼过了。柳玄和麻雀哥就去扳过他们的大颈鱼篓看，见所得虾儿也不多，每只篓不过两斤左右。柳玄几个或站或坐，就等着看老者拉网罾虾了。柳玄说："老人家，这湖里虾儿也不多吗？"

那略胖的老者说："湖里虾儿倒不少。"又反问柳玄："你们钓鱼，可满意吗？"

柳玄说："唉！我们没有鱼运，只弄到两条小白鱼罢了！羞人呢！"那老者说："这湖里如今是白条鱼多，鲫鱼也有一些。这些都是野鱼，任人爱咋钓就咋钓。不过，不同的鱼钓法不同，不是在钓钩上挂一截蚯蚓抛下去就行！"柳玄说："我们恰恰就是这么钓的。"老者笑道："所以你不明钓法，钓不到鱼啊！钓这小白鱼要是得法，半天能钓到五到十斤呢！但要是钓法不对呢，也可能白坐半天，一条也钓不到！"柳玄从自己上衣口袋里摸出香烟来，散给两个老者一人一支，就问道："那么小白鱼要怎么钓呢？"

那老者把他的烟夹在耳朵上，说："钓白鱼和钓鲫鱼、鲤鱼、鳜鱼法儿不同。钓鲫鱼的饵可以用面食、红虫、蚯蚓；可是白条用这几样就不好。白条鱼是小小的上层鱼儿，总在水的表层活动，游得很快，吃食也迅速，要用甩虫钓的钓法，钓饵也要改成青虫、蚂蚱、蝇什么的。钓白条鱼在天热的中午最好，因为天气越热它游动得越急躁。这时你就用甩钓法，把鱼钩鱼饵甩出去，甩出很远，立时又轻轻拉动钓竿，一甩一拉，使动作连贯不停，鱼饵在水面拉过，就能引小白条鱼上钩，一口猛吞，你一拉就提起来了！如果找不到青虫、蚂蚱，钓这种鱼还可以用假饵，采取甩毛钓的钓法，就是在钓钩上捆一小束鸡毛或鸟毛，钓鱼效果一样。有时一会儿就能钓到一大堆白条鱼呢！"

柳阡说："您真是一个钓鱼行家哟！您怎么就不放开这罾虾的网，每天钓许多白条鱼呢？"略胖的老者笑道："我从前钓过许多白条鱼，现在我不钓了，改成罾虾。也是'穿靴戴帽，各有所好'。是不是？"柳玄有些奇怪，问："您老人家说这湖里虾儿不少呢，但是你们罾到的虾儿，像是又不多。是不是不好罾哩？"那老者爽然笑起来，说道："你们不知的。我们罾虾，只是为了罾虾而已！"柳玄诧愕道："你们老人罾虾，莫非不是为了得虾？得虾不是越多越好吗？"

那略胖的老者又哈哈大笑，说："从前有人钓鱼，也不是为了得的鱼越多越好。从前姜太公、严子陵钓鱼，都不是为了得鱼。姜太公八十岁遇周文王于渭水之滨；我们两个老朽，今年也正好八十岁了！哈哈！"

柳玄和柳阡都大惊：两个老者看上去只有六十多岁，怎么便有八旬老龄了呢？柳玄悚然道："您老人家真就八十岁了？您可真是老神仙啊！"那假秀才柳阡腹中是有一点文墨的，听得他说姜太公和严子陵的事儿，心中一动，便猛想起必是遇到有学问的隐者了。那柳阡便故意问道："您说姜太公、严子陵钓鱼，是什么故事？"

那略胖的老者睁开慈目看了一眼柳阡，说："我看您是个机灵人，必定早已知道姜太公用直钩离水三尺在渭滨'钓鱼'的事儿，我便不说了。只是严子陵呢，才真真是个不慕名利、躲避名利的可崇可敬的人呢。他自小同刘秀交游，关系极好，又有计略，在刘秀争天下的节骨眼上也帮过刘秀许多忙。后来刘秀抢得天下，严子陵怕被他拽住做官，竟改名易姓逃跑了，隐居深山。但光武帝念念不忘于他，派人四处觅访，把他找到了，硬是征召到京城，强行要他做极大的官；而那严子陵呢，却把高官显宦看作牢笼，把富贵荣华当作敝履，坚决不肯接受，却跑回南方的富春山隐居去了，天天就坐在那严子陵钓坛上'钓鱼'，视现成的功名富贵如浮云罢了！那严子陵当然难能可贵了。他坐在江边的坛上'钓鱼'，哪儿是为了得鱼呢？只是为了躲避红尘罢了！"

柳阡用手打躬道："您老人家知识不凡，我们佩服！佩服！——只是您两位老人家家住哪里？可也是像严子陵一样的？"那老者又哈哈一笑，说："我们也住在深山，在深岩老树里面。从前我们也曾经见过大世面，后来又做过道士，再后便归心江湖，混迹渔樵，只做这钓鱼罾虾的事体，又三十多年了！这日月易过，半生潦倒，便做这狂狷之士，遁迹林泉，归老农舍，听那江风湖浪，看落霞山岚，也胜于优游文酒，阿附豪强。是不是？"

　　柳阡和柳玄听那老者所言，谈吐不俗，大惊。柳阡把柳玄拉到一边，悄声说："这两个真是像严子陵那样的老人。可别惊扰了他们！"柳玄说："秀才，严子陵是谁呀？"柳阡道："是古时一个有学问又不肯做官的人。"柳玄悄声问："那么这两个老人也是有学问不肯做官的？"柳阡说："八成是了。我们走吧！"

　　于是柳阡、柳玄和那老者又搭讪几句，便拿着钓竿走开。正当此时，远处暗绿的山水背景上飞起一群白鹭，在湖面与山影中快速飞翔。适才那一直未吭声的消瘦老者忽然吟出几句曲词来：

　　……点秋江白鹭沙鸥。傲煞人间万户侯，不识字烟波钓叟。

　　柳阡有点懂，柳玄和玉生等人全不懂。他们过去叫了柳逸，那柳逸又钓了几条鲫鱼，便一齐又沿田间阡陌，走回芙蓉胥而去。

　　走出半里，回头看去，那两只罾仍然依稀可见。麻雀哥说："这两个是怪老头，说话怪怪的，叫人听不懂！"柳玄说："其实他说那什么姓严的，完全可以出去做大官，享荣华，傻什么呀？"只有柳阡冷笑道："你们都是凡夫俗子一个，又懂什么了？那些古人在仕和隐上面，什么时候仕，什么时候不仕，隐入深山，游荡江湖，都有他们的一套呢！连这两个自称'烟波钓叟'的老头儿，我们对他们都全然不知呢！"

　　麻雀哥仍嘟哝道："说什么呢，我还是觉得他们是怪老头儿！"玉生、齐儿也说是。

　　他们就这么走着说着，从田间小路赶回到了芙蓉胥，各自分头散去。

　　终究如何，下回分解。

　　　　（节选自《芙蓉风》，重庆出版社，1999年4月；获首届贵州省政府文艺奖二等奖）

1999年

龙志毅

政　界（节选）

一

　　Y省松岭地区的书记周剑非突然接到通知，他被提拔为省委常委、组织部部长了。通知要他立即做好交接到省委报到。

　　那天他从松岭出发，颠颠簸簸四个多钟头，来到省委组织部招待所。安排好住处，和前来欢迎的几个副部长共进午餐，进行了简单的交谈，已是下午上班时间，便准备上省委书记办公室见书记赵一浩去了。临走之前副部长吴泽康帮他打电话询问赵一浩是否在办公室，回答是在办公室但马上要出去，请周剑非快去。

　　省委书记们办公的小楼离组织部一箭之遥，周剑非一个人步行前往，熟门熟路并不需要别人引路或相送。

　　周剑非来到那幢决定全省重大问题的小楼——全省有名的康健路三号，只见赵一浩的皇冠牌轿车已经停在门口，司机也已到位正在发动车子。赵一浩的秘书孙君杰正站在门口等他。他将周剑非请到会客室坐下，告诉他赵书记正在接北京的电话，请他稍候。

　　秘书说："正等着你来了一起出门，北京的电话来了，估计用不了好长时间的。"

　　他们正说着，赵一浩已经接完电话走出来了。周剑非下意识地瞧了一眼，只见书记的表情一如往常，他一把握住周剑非的手，略带夸张地说：

　　"你终于来了，我们正等你哩。"

　　他对着周剑非神秘地一笑，又说：

　　"我们找个清静的地方边散步边谈工作，免得别人干扰，你看好不好？"

散步谈工作倒也新鲜，像他周剑非没有任何思想准备就突然间被推到眼前这个岗位上来，只知习惯性地服从一样，他顺口说了一声："行。"

赵一浩调来这个省当一把手的时间不长，除了开会听报告，周剑非这是第二次同他个别接触。第一次是一年之前赵一浩到松岭视察。作为地委书记，他自然是全程陪同不离左右了。在十天的视察历程中他发现这位省委书记有许多特点，或者说有独特的个性。他的随员中除了秘书、警卫、"秀才"，还有一批专家学者，如工业的高级工程师、农业的教授还有社科院的研究员。据周剑非所知他们并非都是共产党员，在历来的省级领导出巡中，这种随员阵容是少见的，或者可以肯定地说是绝无仅有的。他们全部挤坐在一辆中巴车上。成天除了入民房、上田坝、找人谈话、和随员们研究问题之外，这位省委书记还有着许多个人兴趣。有一天他们来到一座万亩大松林中，站在坡顶面对一碧万顷涛声霍霍的森林，他竟然兴奋激动地唱起歌来了。唱的是一首歌唱大兴安岭的曲子，什么名字周剑非说不上来，其中有"我站在高高的大兴安岭……"等词句，使周剑非惊奇的是，书记音域宽广，音色圆润，像一个训练有素的专业歌手。

十天的时间使周剑非产生了一个强烈的感觉：和这位年轻的全省一把手在一起工作，虽然节奏紧张却也心情舒畅。正因为如此，虽然他对组织工作陌生，甚至受到"那是折寿的差事，顶多干两三年不可多留"的忠告，他还是毫不犹豫地走马上任了。

现在一见面不是按传统坐在办公室里交代任务，而是相约外出散步谈工作，他虽觉新鲜却并不感到奇怪。

临上车时赵一浩回头对跟随在后的孙秘书说：

"你留在家里应付吧，我同老周去就行了。"

上了车赵一浩吩咐司机去傅家屯。周剑非听了暗自奇怪，怎么去傅家屯呢？那地方离市区大约十五六公里，周剑非还是在大学念书时去过两三次。那里有一个很宽很长的人工湖。湖畔一座小山，山上黑压压一片森林。周剑非是20世纪60年代初期去的，他们当时都奇怪它怎么在"大炼钢铁"的"大跃进"年代没有被砍伐。后来隐隐约约地听说，山林之所以得以保存，主要得力于山脚傅家屯全体居民的齐心护卫。他们声称这片森林是傅家屯二百多户人家千余人口的风水林，是老祖宗世世代代留传下来的命根子，而且有世世代代相传下来的屯规管着：谁砍一棵树便断他一根手指。这些自然都是传闻，周剑非并没去调查过，而且从1964年大学毕业之后足足有二十一年没去过了。当时这地方并不通公路，是一个幽静而又闭塞之处，省委书记怎么就看上它了？

周剑非正暗自回忆联想，汽车已开出市区，在一条崭新的柏油马路上向北驶去。

"你去过傅家屯吗？"

赵一浩突然向身旁的周剑非发问。

"做学生时去那里游过泳，那湖水好清亮！游了泳还可以在森林中休息、打扑克。"

周剑非不无留恋地回答，"可惜没有公路，那时也不讲究旅游、休假，否则可以搞成一个旅游区哩！"

赵一浩微笑地点点头，指指柏油路：

"这条路是去年才完工的，市委的同志告诉我，他们早有开发傅家屯旅游区的计划了，可见英雄所见略同呀！"

他们两人都笑了，笑过之后赵一浩忽然问道：

"你进过傅家屯没有？"

"没有，"周剑非说，"好大一个村子，民房建筑古色古香，听说是明代建筑的遗风哩。我是学文的，当时对建筑无兴趣，没有想去研究它。"

说到这里周剑非忽然想起赵一浩是学建筑的，顺口便问：

"你去过？"

赵一浩回答：

"去过。"

"研究明代建筑？"

"不，研究群众生活，也研究历史。"

研究历史？周剑非觉得挺新鲜，也来了兴趣，正待要发问，赵一浩却主动说出了自己在傅家屯的发现。

"我在村里遇到几个老人，他们自称是明朝初年有名的征南三将军之一傅友德的后代。他们说祖先跟傅友德平定川、滇、黔一带的土司之乱，本来是要调走的，朝廷改变了主意，圣旨降下叫留下一部分队伍屯田守边，就这样留下来了。我想这个传说是真实的。据历史记载，乌蒙、乌撒、东川以及芒部等土司，明初都跟随梁王反叛大明王朝的中央朝廷，多次为征南三将军所讨平！"

赵一浩接着说："朱元璋这个人很有眼光。最初有人劝他先定西南后平北方，他没有采纳。待北方平定后才挥师南下，由四川、贵州两路并进，几经征战统一了西南。"

周剑非听得很投入，他这个土生土长的人对这段历史毫无所知，便情不自禁地问：

"你研究过明史？"

"谈不上，"赵一浩笑了，"市委的同志陪我来看这块待开发的地方，走进傅家屯听到上述传说，回来后借了一本明史来翻了一翻，如此而已。"

"不简单！"

周剑非由衷地称颂了一句，三个字完全出自内心，绝无阿谀奉承之意。

赵一浩似乎并没有注意到周剑非的三字评语，或者虽然听到了却有意漠然置之。叫他怎么回答呢，不简单或者很简单？他避开周剑非的评语，继续着刚才的话题。

"还有一件有趣的事，他们不是姓傅吗？又是跟随傅友德来的，是不是傅友德的后裔？等我提出这个问题，那几个老年人便自动做了介绍，说他们的祖先是傅友德的嫡孙。你不知道，他们那口气那表情，挺自豪哩！"

周剑非笑了，说：

"我看靠不住！"

赵一浩说：

"当然，傅友德的部下就没有姓傅的，都不一定是他的子孙！"

他的表情变得严肃起来：

"是不是傅友德的子孙倒也不重要，一个小村子给了我一个很大的启示：我们这个地方的文化内涵还是很深的。"

周剑非听了又是一惊，这类话出自一个省的一把手之口，他不仅觉得新鲜，而且也很感动。在他的日常生活里，除了工作便是政治理论学习，加上看看电影、话剧，近几年有了看电视等少量的文娱活动。地方传统文化一类的事从来没有注意过，也从来没有听省里其他领导谈过。难道书记今天约自己出来就是为了引起他这个新任常委、组织部部长的考古兴趣？这似乎应当是宣传部部长的事呀。他正这么想着，汽车已经来到人工湖边。他们下了车，只见那人工湖依山而筑，位于原始森林的边沿，有上千米的湖堤掩映在绿荫之下。湖水从山脚起向东延伸，放眼去清波荡漾，汪洋一片甚是壮观。森林和湖岸左侧灰蒙蒙一片民房，便是有名的傅家屯。在喧闹的城市附近，突然闪出这么一片幽静的去处，真有误入仙境之感了。向前看，离岸边约数百米，是一片新建筑，其面积之大比傅家屯有过之而无不及。周剑非想那大概就是传闻中的"三绕"下马厂了。

他们在林荫湖堤上由右向左漫步，时令正值初春，一阵阵植物散发的清香随着微风扑鼻而来，令人心旷神怡。赵一浩说：

"你看，多么好一块地方，离城市又这么近，怎么不好好利用一下呢？"

周剑非说：

"'大跃进'之前听说省市领导都有意在这里建公园的，钱老还带领一帮人来看过。傅家屯坚决反对，说破坏了他们的风水。思想工作还没做下来，'大跃进''四清''文化大革命'接踵而来，谁也顾不上这件事了。"

赵一浩笑道：

"此一时彼一时，随着改革开放，商品意识也会进入这个明代遗村的。听市委的同志说，他们现在很拥护搞旅游区，只是提了一大堆难以解决的问题，正在做工作协商。"

他一边说话一边观赏着那迷人的湖面：

"这样美丽的一个人工湖，取了一个名字叫'傅家屯水库'，倒也实在就失去了吸引力。你想想看如果建成了旅游区，在旅游部门省城三日游或者两日游的项目上列有一项叫傅家屯水库，游客会怎么想？我花钱不远千里而来，谁稀罕去游你那个什么水库？

这个地方是不是旅游资源太贫乏，连水库也端出来骗钱哪？"

说着他哈哈地大笑起来，笑得很天真。周剑非受到感染也跟着笑了。赵一浩笑过之后感慨地说：

"太实在了，太实在了，怎么就不能取一个吸引人的名字呢？"

他说着忽然侧脸问周剑非：

"你去过新疆和吉林的天池吗？"

周剑非摇摇头算作回答。赵一浩接着说：

"我也没去过，不过我听去过的人描绘过，恐怕也不会比眼前这个森林人工湖迷人的。但那是'天池'，而且有神秘的传说，到了乌鲁木齐和吉林的游客，谁不想一睹'天池'的尊容呢？当然，我绝不是说我们也来它一个'天池'，当然不是，那是东施效颦，可取的名字多得很嘛。"

"你肯定已经想到一个好名字了。"

周剑非很有兴趣地问。

赵一浩讳莫如深地微微一笑，似乎他真的已经为这个人工湖想了一个好名字，但他随即又摇摇头，说：

"我没有想到什么好名字，我给市委的同志说了，建议他们采用贾政题大观园的办法，找一批文人来征集题名，还可以为湖里和森林的各处景观题名和咏诗作对！"

"是个好主意，他们同意了？"

周剑非显然被书记的看法和行为感染了。

赵一浩只回答了三个字：

"同意了。"

这时他们已经来到湖岸的左侧，离那片工厂区不远了。赵一浩忽然提议到厂区去看看，并说这是他今天到这里来的主要目的。说着便带头下了湖岸朝厂区走去。周剑非只好跟上，却暗自纳闷，书记今天叫自己出来的目的是什么？是为了陪他到这个地方来看看谈谈，开阔心胸和眼界？可是同自己的新任务怎么挂钩呢？他又不是调来当省城的市委书记！其实周剑非是白操心了，就在他们离开湖堤向厂区走去的三百来米道路上，赵一浩将话题全然地转到了周剑非未来的业务上，向他提出了问题而且出其不意：

"老周，你接到任命后一定考虑过了，干部工作的目标是什么？"

问题提得很突然，按常规应当是上级向前来报到的干部交代任务，提醒应当注意些什么等等，现在省委书记的做法虽然别开生面却有些乱套，不是交代任务而是考试！事已至此，那就接过试题做答案吧。

周剑非是个聪明人，他将省委书记来此的目的和对他的考试连起来一想，茅塞顿开，便回答道：

"我想，总的目标就是提高干部素质，适应新的形势。"

说罢便用探询的目光望着书记，他对自己的回答多少有些不放心。

赵一浩的表情出乎周剑非的意外，他侧过脸来显得十分兴奋，情不自禁地拍了周剑非的肩头一下，说：

"太对了，太对了！"他显得非常兴奋，"这就说到点子上了，看来我们有共同语言。问题本来就这么简单，有人却将它说得那么复杂，谈到干部制度改革，洋洋洒洒，引经据典，一、二、三、四、五，说出来一大堆，写出来几大篇，却令人抓不住要领。一句话四个字：提高素质。不就得了？"

赵一浩接着说：

"自从那天同市委的同志来到这里之后，我就产生了一个念头，要好好利用这个下马厂。利用它做什么？为提高干部素质服务，具体来说就是在这里办一个管理学院。我说的是实质上的而不是名义上的。名义上是省委党校的分校，或者叫省委党校的管理系。其实，这也是实质上的。就是不能单独办什么学院，那样一来问题就复杂了，首先要申请、审批，按我们的速度两年下不来。批准了还有一大堆问题，文凭哪，学位哪，那倒好，成了争名位的地方而不是学真实本事的地方了。"

说到这里他狡黠地一笑：

"我才不去上那个当，就办个党校分校，一不用申请，二不用调一大堆教员。由党校派一批人来办，教员主要搞客座，这样可以把省内外的名家学者请来讲课。每期三个月，设它几个班。最初我也考虑过，就在党校搞多省事，一了解面积不够，再扩建又要花一大笔钱。正在为难之际，发现了这块新大陆。"

说完他认认真真地侧过头来问道：

"你看我这个设想如何？"

周剑非听得正来劲，便不假思索地附和了书记的意见，只提了一个问题：

"不知道有多大面积？"

赵一浩笑道：

"问得对，我调查过了，生产区面积五万八千平方米，锅炉房冷热水管道一应俱全。嘿呀，你看看就知道了，除了一个加工大厂房，其余的生产车间都是水磨石地面，够阔气哪。此外还有五万三千平方米生活面积，光宿舍就有十二幢。五万八加五万三是多少，足足十一万一千平方米，够你用了吧老兄？"

周剑非笑了，他正想说几句开心的话，却已经来到了厂门口。赵一浩将手一挥：

"走，进去看看。"

这是周剑非上任后的第一项任务，他一连忙了几天，直到理出头绪，成立了筹备小组之后，才抽出身来研究部里的事。

二

那天下午，周剑非在几个副部长的陪同下听取各处室汇报，以便熟悉情况尽快进入角色。忽然，桌上的电话铃声响了，他拿起听筒，传来了一个熟悉的声音：

"是小周吗？"

周剑非连忙回答：

"是，我是周剑非，钱老呀，我正……"

他的话没有说完就被打断了：

"你现在有空吗，我马上到组织部来看你，顺便聊聊。"

"哦！不，不，"周剑非着急起来了，一连说出几个"不"，才镇静下来，"我来看你，钱老，我早就想来了，这几天……"

又是不等他说完就被打断。

"还是我来吧，有事情要说哩，公事，公事公办嘛，哈哈！"

周剑非又着急了，依旧一连说出几个"不"，才明确地回答道：

"钱老，我今天晚上就来看你。我一到省城就想来看望你老人家并向你老人家讨教的，确实太忙，晚上来又怕耽误你休息！"

听筒里传来爽朗的笑声，是周剑非十分熟悉的笑声：

"那好吧，你今晚上到我家来，我等你。不要怕影响休息，我十点半上床，也用不着多少时间的，我知道你很忙！"

"好，就这么定吧，钱老！"

周剑非放下电话不由得舒了一口气，他发现几位副部长和前来汇报的干部二处正副处长都不约而同地抿嘴微笑，几个人都一副相同的表情：神秘莫测。显然，他们都听出了刚才来电话的是谁，各自内心里都也做出了相同的反应。周剑非看在眼里也不询问，只说了一句：

"继续谈吧！"

他刚才对钱老说的是实话，上任伊始，他就想到要有计划地拜访一些老同志，虚心地听取他们的意见。毫无疑问首先要拜访的就是钱老，却因实在太忙，一时还安排不过来。

他深知钱老的个性，听完汇报后再去，钱老提到什么事自己心中也有个数，可以回答。

周剑非之所以第一个要去拜访钱老，不仅仅因为钱老是省里的老书记、老领导，分管过组织工作。更重要的是他和钱老有一段历史渊源，虽然时间很短还不到一年，但按照中国人的传统，同船渡过都是"前世修"，何况那是怎样的一年呀，可谓朝夕相处，患难与共啊！虽然整整过去二十年了，他周剑非至今回忆起来，往事依然历历在目，像是昨天一样。

那时他刚从大学毕业被分配到省委机关工作不到三个月。也像这次到组织部一样，突然接到一个通知要他去担任省委副书记钱林的秘书。

…………

周剑非就任秘书后和钱林相处得不错，后来周剑非进了干校，又下放到一个县里工作。尔来二十年了。

由于他周剑非与钱林有过这样一段历史渊源，当他平步青云走马上任省委组织部部长之时，首先想到的是要去看望老上级钱林，便是很自然的了。

接到钱老的电话后，周剑非继续听了两个多钟头的处室汇报，在组织部招待所吃过晚饭便匆匆地赶到钱老家去。他的家还在松岭没有搬来，一个人住招待所倒也方便。

到了钱老家，来开门的是一个二十来岁的打工女，人们习惯称"小保姆"的，看上去聪明伶俐，穿着整洁朴素，一看便知是乡下来的。她问过周剑非的姓名后说：

"钱老散步去了，他交代过有个叫周部长的来，就请他在客厅里等一等。"

说着便将周剑非往客厅引。周剑非熟门熟路，客厅就设在一楼右侧，进门后穿过一个栽满了各种花卉的小院子就到了。这里环境幽静，是一座花木繁茂的大院，建了四五幢小楼，"文化大革命"前省委书记、副书记全住在这里，每家一幢，纵横交错相距不远。他知道钱林一直有饭后散步的习惯，散步时遇上左邻右舍免不了停下来吹一通。如果今晚也是那样，就不知什么时候才能回来了。既来之则等之，他跟着小保姆进了熟悉的客厅，接过她送来的茶杯便安心等待了。

虽然又已经相隔近二十年，他还是习惯性地坐在靠门边的那张单人沙发上。那是做秘书时的自我选择，坐在门边便于随时起身迎客送客，递烟沏茶。

他坐下后举目四顾，客厅依旧，四壁挂满了名人字画，这是钱老的爱好。他总觉得似乎挂得太多了一些，倒有点像一个书画店了。但他从来没有将自己的想法说出来，各人的生活爱好嘛。现在依然如故，书画满墙。看来钱老的兴趣爱好也依然如故。

周剑非喝了一口茶，下意识地瞄瞄客厅中的沙发，他惊奇地发现眼前的沙发——两长四短整整齐齐全是二十年前的那两大套，只是红金丝绒的面子显得陈旧了。"文化大革命"结束钱老重返故居之后，他周剑非先是在县里工作，后来到了地委，曾先后来钱老处探望过几次。他记得那时沙发全部蒙了蓝色的套子，分不清是原物还是新购置的，他也没想到要去分析分析沙发的变迁。现在也许是沙发套子撤去洗了，那两长四短六张沙发原形毕露，像发现老朋友似的，他一下子便认出了它们。他顺手抚摸着那陈旧的金丝绒面，便有一种亲切之感涌上心头。这时他忽然想起一件事，便又下意识地低头俯视身下的那张单人沙发，不禁又是一惊：一摊颜色未褪的蓝墨水遗迹依然顽固地留在那金丝绒面上。

往事历历在目，宛如昨日。

这件事发生在他担任秘书的第一个工作日，宣传部的任部长来向省委副书记钱林汇报工作，当秘书的自然要承担记录的责任了。他拿出笔记本，拔出自来水笔做记录。啊，糟了，笔中没有墨水，部长却已经开始了汇报。他生怕记漏了，便赶快拿过墨水瓶装墨水，在慌手慌脚中一不小心掀翻了墨水瓶，整整两瓶墨水全部洒泼在沙发上和他的裤子上，弄得很狼狈。自己的裤子不要紧，可这沙发？墨水是洗不掉的呀，这么崭新的沙发，唉！

当时听汇报的钱林一声不吭，像是没看见似的继续听汇报。

送走客人之后，他抱着十分内疚的心情胆战心惊地对钱林说：

"钱书记，我刚才做错了一件事。"

"什么事啊？"

钱林那口气似乎他压根儿不知道发生了什么，其实那一幕墨水染沙发的喜剧他早已看在眼里，只装作未看见继续听汇报罢了。

周剑非战战兢兢地将事情的经过说了一遍。钱林哈哈一笑：

"那算什么错误，以后细心一点就行了。"

听了书记的宽厚言辞，周剑非大大地舒了一口气，但心里依然内疚，便将事情的原委告诉了常委办公厅的蒋主任。蒋主任不置可否，只说：

"怎么搞的，行政处还没有把套子做好？你去催催。"

套子很快便送来了，周剑非记得是黄卡其的，"文化大革命"之后他来看望钱老时套子已变成了浅蓝色……

周剑非正沉浸在对往事的回忆之中，钱老夫妇散步回来了，走道里传来了他那依然响亮的声音：

"小周来了呀，害你久等哪！"

音调充满了亲切的味道。

周剑非连忙起身迎了上去，钱老夫妇已经走进客厅，接下来是互相热烈握手问好。钱老依然魁梧、健朗，声音洪亮，气宇轩昂；倒是老伴有些虚弱，比周剑非上次来探视时又瘦了许多。她和周剑非说了几句话，便说要服药清退了，屋里只剩了钱林和周剑非二人。

周剑非见钱林坐下便连忙说：

"我刚来不到一个星期，一直就想来看钱老的，前几天太忙，白天晚上都赔上了。"

钱林爽朗地一笑，表明他对周剑非的稍微迟到并不在乎。他说：

"忙，那是自然啰，现在该你们来忙哪。所以我本来打算到部里去看你。"

"那怎么行，颠倒了嘛！"周剑非觉得在老上级面前嘴很笨，想说几句更贴切的话，一时想不出来，便又重复着刚才已经表达过的意思，"早就想来的，确实太忙，所以……"

他的话还没说完，钱林便接了过去：

"嘿，你还解释什么。我是过来人，想象得到的。我比你老，按理自然是你来看我，因为你忙，我去看你也未尝不可。这不是什么出格的事，何况'无事不登三宝殿'，我还有事要同你说哩！"

钱林显得十分豁达而又随和，到底是和自己的老秘书在一起嘛。

周剑非一听说钱林有事要找他谈，倒反而感到轻松了，他最怕无休无止地说应酬话，总觉得自己在那方面很低能，是个沉重的负担。其实他心里明白，钱林迫不及待地打电话绝不是为了互致问候，而是有事要向他这个老下级交代。于是他说：

"有事情要我办，钱老在电话里说说就行了。"

钱林笑道：

"不行，这种事不能在电话里谈的，谈不清楚，也不应该，这是原则！"

周剑非一听就明白了，这位老上级要谈的是人事问题。他初来乍到最怕别人找他谈调动谈提拔一类的事，却也无法回避，谁要你干这份差事呢？当下他便硬着头皮说道：

"那就请钱老吩咐吧。"

钱林伸手从茶几上的烟盒中取出一支红塔山香烟点燃吸了一口，然后问道：

"三江市的干部最近要调整？"

周剑非如实回答老上级道：

"市长病故了，就是补充一个市长，现在正在考察。"

这件事他也是今天上午才知道的，干部一处汇报，对市长人选有不同看法，争论集中在两个人身上。一个叫陈一弘，另一个叫冯唐，两人都是市委常委、副市长。冯唐的名字排列在前，应是常务副市长，但没有正式明确过。在三江市各部门和基层中呼声最高的是陈一弘，省里有些厅局和老同志反映不好，说他架子大、骄傲。冯唐是两年前由省里下放的，这次市长人选有一定呼声，但在三江市并不太高。市委书记卫亦前的态度讳莫如深，说等考察组考察完毕他再发表意见。现在钱老提出这个问题是要推荐谁呢？周剑非只好洗耳恭听。

钱林说了：

"我找你来是想向你推荐一个干部，就是冯唐，现任三江市副市长。咳，对了，听说你们还同过学？"

周剑非全明白了，他早有预感，现在得到了证实，便说：

"高中的同学，后来上大学他去了上海我去了北京。"

"对嘛，"钱林说，"他同你年纪差不多，也是四十出头吧？"

周剑非只点点头作为回答，其实他也说不清楚他们两人到底谁大，同班同学嘛，能大几岁，"差不多"是对的。

问题已经提出来了，钱林却不等周剑非回答，又故弄玄虚开了个玩笑：

"冯唐取了这么个怪名字，'冯唐易老，李广难封！'他倒也易封啰，四十出头副地级干部，够意思哪！你当然比他封得快，同样的年纪副省级哪！几多人羡慕几多人嫉妒啊！小周，四十而不惑，也年轻也不年轻哪，你们不能和我们比，那时是战争年代。我二十三岁当县委书记，二十八岁当地委书记，进省委三十六岁！易封了吧？谁知三十多年过去依然如故，离休的副省级干部！"

他将"副省级"这个词说得特别重，似乎要引起听者的震动。周剑非也确实感到了钱老所言的内涵，当然他不便说什么。

"好了，这些都是题外话，言归正传，这个冯唐到底怎么样？"

到底怎么样？他周剑非也回答不清楚。不错，他同他在中学不仅同学而且同班，但他们算不上好友，很少在一起，原因可能是性格各异吧。他周剑非多少有些内向，平时的生活基本是四点一线：课堂、食堂、宿舍加图书馆。当然有时也看看打球什么的，看看而已，从来没上过场。冯唐则不然，绝对的外向型：除了念书，他还是篮球队员、宣传队队员，还参加演讲比赛得过奖。那次比赛全校都参加了，所以周剑非记得很清楚，时间是"五四"纪念日，讲题是"我们这一代青年的责任"。周剑非记得，冯唐上台后几句话便吸引了听众，他说：

"我们这一代青年的责任是什么？是坐享先辈们用青春和鲜血换来的成果，吃着蜜糖，徜徉在幸福的海洋中，混混沌沌地让青春流逝？我们这一代青年的责任是什么？是安安稳稳守住先辈们创下的基业而不思进取，像小店铺的老板，成天拨动着小算盘，但求保本而略有节余，小康而满足？我们这一代青年的责任是继承先辈基业，恢宏志气，使我们伟大的祖国繁花似锦，光芒四射。为了达此目的，我们要努力学习，艰苦奋斗，无私地奉献出我们美好的青春，必要时乃至宝贵的生命……"

冯唐的演讲赢得了一次又一次的掌声，全场听众的情绪都被他鼓动起来了。这就是中学生时代的冯唐。

后来呢？正如周剑非对钱林所说，他上大学去了北京，冯唐的学校则在上海。毕业后冯唐被分配到沿海一个省的省会工作，"文化大革命"之后才回到本省。正如钱老所说，他这个冯唐不像历史上的冯唐，他"晋封"得很快，几年工夫便由回省时的副处级"晋封"为副厅级，然后又到三江市担任了副市长的职务，可谓踌躇满志。

在此期间，他周剑非先在县里后来到地区工作，基本上没有同冯唐见过面，只是有一次省里开全省县以上干部会，冯唐代表三江市在大会上发言，周剑非才又见到了这位多年不见的老同学。

冯唐的那次发言使作为老同学的周剑非又一次想起了中学时代的那次"五四"演讲会，他谈的是三江市的五年发展规划，依然是洋洋洒洒，锋芒更胜当年，自然迎来了一阵掌声。然而，周剑非感到掌声与当年中学演讲比赛相比，差之甚远。他还发现在自己周围有人交头接耳，似有微言。

周剑非也没有像中学时那次为他的老同学鼓掌，为什么？他自己也说不清楚，是下意识的行动，总觉得那滔滔而谈的发言中缺少点什么。

现在面对钱老的问题该怎么回答呢？他只能老老实实地说：

"钱老，派去的考察组还没回来，我一时半会还谈不清楚。等考察组回来汇报和研究之后再向你汇报。"

钱林听了周剑非的回答有些不高兴。你周剑非是怎么了，如此迟钝！我叫你来是为了什么，你心里应当有数。既然我已经直截了当地向你推荐，你就应当相信我，还对我卖什么关子？他并没有发作，而是面挂微笑地说：

"在眼皮子底下长大的孩子，还有什么需要考需要察的嘛？他老子抗日战争中就跟着我，文化不高，本事不大，干了一辈子得了个处级离休，还不是正式的，而是享受待遇。"

他停了一下，像是在重新整理思路，时间不长，最多分把钟，然后说：

"冯唐这孩子随他老子来过我这里几次，最近一两年是单独来的。只要他从三江回省城差不多都会来看我的。我看他谈吐不凡，很有见解。想不到三拳打不出两句话的老子生出了这么个出色的儿子。老子忠心耿耿一辈子，儿子也不会含糊的。用这样的青年人来接班，我们这些老家伙放心！"

他又停了一下，继续说：

"当然啰，按你们现在的规定办，什么民主推荐，民意测验，还有什么……"

周剑非连忙回答：

"还有民主评议。"

"对了，"钱林笑道，"民主推荐，民意测验，民主评议，'三民主义'！"

他哈哈地笑了，笑过之后又说：

"还是按你们的规定办，唉，按既定方针办嘛，哈哈！不过我希望不要因那个'三民'而埋没了人才！其实嘛，三民、四民，到头来还不是书记一句话！"

话的分量如此之重，叫周剑非怎样回答，他又能怎样回答呢？便只好唯唯诺诺，含糊其词了。

见钱林要说的话已经说完，周剑非意识到请教的时刻来了，便说："钱老，我一接到任命通知就想要向你请教的，正好趁今天请你指点指点，看看要注意哪些问题。你是省里的老领导，又分管这一行，无论从哪个角度来说都应当认真听听你的意见。"

听周剑非说要向自己请教，钱林显得很高兴。眼前这个中年人过去当过自己的秘书，属于朝夕侍候在侧，成天为自己服务的，但人家现在毕竟是省委常委、组织部部长了啊！一时兴起，他蓦地从沙发上站起来，绕着客厅走了一圈，然后在周剑非面前停住，以十分欣赏的目光看着他，说：

"你这样做很对，小周，不仅要听我的意见，也要听听其他老同志的意见，集思广益嘛！"

他又坐回到沙发上沉思片刻，依然带着十分兴奋甚至有几分得意的表情说：

"你向我请教，我倒首先想到了两句诗，一句是毛主席的'无限风光在险峰'！是在哪一首诗里的？"

他停下来问周剑非。

"题庐山仙人洞。"

周剑非回答。

"对"，钱林接着说，"这意思就不用我来解释了。还有一句是苏东坡的，'高处不胜寒'，这又是哪一首里的句子呀？"这位具有师范学历的老前辈并不是不清楚这一名句出自苏东坡的哪一首词，也并不是有心要考一下周剑非，看他知不知道，目的是加重语气，引起对方的注意，这大概也是一种话术吧。

周剑非自然深领其意，微笑着回答了。

钱林听了笑道：

"好，高处不胜寒，无限风光在险峰，这就是你当前的处境，明白吧？"

不等周剑非回答，钱林却来了个自问自答，一句一顿地说：

"对苏东坡那句话我完全是借用，就是说在上层工作情况复杂，是非很多。特别是你现在担任的工作，更是矛盾的集中点。各种各样的人都会把目光对着你，你们的一举一动都会引起不同的看法和议论，有人叫好，有人骂娘，甚至告你任人唯亲，重用坏人，如此等等。你准备着在这样的环境中过日子吧，这就叫无限风光在险峰！反过来说，什么都平平淡淡，无人颂扬也无人骂娘，那才难受！当然啰，如果只是一片叫好声，百分之百拥护也不见得好，也许是因为你不坚持原则，有求必应。做你这项工作，不可能不得罪人的。"

周剑非洗耳恭听，觉得受益匪浅，他忽然想起临上任时来自朋友的那句警告："那是折寿的工作。"

高处不胜寒，折寿的工作，无限风光在险峰！周剑非暗暗地品尝着这三句话，觉得很有味道，却又听到钱老在继续发表宏论了：

"我刚才说了一通只是一个大前提，或者叫它前言、绪论、纲要都可以。你也许会觉得太笼统了对不对？我就给你来几条具体的，当然仅供参考！"

他哈哈地笑了，笑得很得意，显出一种自信、深广、居高临下的姿态，大有胸中自有雄兵百万的气势，说：

"这第一嘛，就是在政治上同中央保持高度一致。一切按中央的指示办，老老实实不折不扣，不要耍花点子。当然也要有创造精神，那就是创造性地执行中央的指示——不是要你去另搞一套，无论何时何地只要你想到脱离中央的精神另搞一套就是你犯错误的开始。"说到这里他突然停住若有所思，然后问道："省委现在怎么样？"

虽然问题既不明确也使人感到突然，周剑非还是猜到了，便回答道："一切如常，没有什么。"钱林听了说："那就好嘛！"他反问周剑非："我说到哪里啦！"周剑非回答："你说了第一条。"钱林把手一甩："管它第几条，就是这么慎重一些就是了。"

稍停片刻，他忽然带着激动的情绪以同样激动的语气说：

"还有一个非常重要的问题，特别是在当前显得更为突出，那就是怎么对待老干部。尊老爱幼是我们中国的传统美德，这就不用说了。我这里说的老干部是指离休范围的老家伙们，江山是他们打下来的，现在大部分都已退出政治舞台，但是他们心理不平衡呀！知道吗？心理不平衡！"

钱林站了起来，又在客厅里绕了一个圈，正如影视上经常看见的大首长们在作出重大决策之前的行为动作，然后停在周剑非的面前，声音洪亮感情激越，像是面对千百万听众：

"他们忠心耿耿为共产党的事业奋斗了一辈子，也坎坎坷坷生活了一辈子，至少大部分是这样。"

他停顿一下，又加重了语气：

"让椅子嘛，该让还得让，我们的事业要有接班人。但让得太急就让出了一个心理不平衡。说实在话，许多老同志不放心，就是不放心！"

钱林说得太激动，不得不再一次停下来调节自己的情绪，足足停了两三分钟，语气才缓和下来。

"这也罢了，从大局出发早退迟退都要退，让年轻人先上来干干看，趁这些老家伙还活着。可现在越逼越紧，连奉献余热听说都不允许了，叫我们健康、健康、再健康！健康个屁，这等于叫这些老家伙不问天下事，一心等待火葬场！"

钱林又激动起来，说不下去了。

一直静坐一旁洗耳恭听的周剑非本来是拿定主意只听不说的，但看见他的老上级如此激动，觉得自己不能再沉默下去了，也不能用点头微笑的表情来敷衍了。但说什么呢？趁钱林激动地停下来的一瞬间，他迅速思考并形成了一个答案，然后微笑地望着自己的老上级说了一通话。

他的话不多，但贴切、动听。大意是老干部的历史是同中国革命的历史紧密相连的，尊重老干部也就是尊重革命历史。老干部是国家的宝贵财富这句话，他认为不仅因为老干部在长期的革命历程中做过奉献、立过功劳，还因为老干部有革命经验，可以对中青年干部进行传帮带；老干部们虽然已退出现职，但是可发挥余热的范围是很广阔的。他列举了自己刚刚离开的松岭地区发挥老干部作用的种种途径：搞调查研究、整党、考察干部、经济咨询等等。

周剑非的一席话说得钱林心里暖洋洋的。上了年纪的人，特别是久握权柄退下来的人，最注意别人对自己的态度，特别是新当权者对自己的态度。在他们看来这是区分干部中正人君子和势利小人的重要标志。自己的老秘书、新任省委常委、组织部部长的周剑非显然属于前一种人了。听了周剑非的一番话他不仅消了气而且很高兴，情不自禁地拍拍周剑非的肩头，连连地说：

"小周，你说得对，你说得对！"

然后坐了下来，依然坐在周剑非对面的沙发上，兴奋地说：

"有了你们这样的人来接班，我们这些老家伙就放心了！"

钱林坐在周剑非对面，用欣赏和赞许的目光盯着他，竟然有一两分钟说不出话来，那神情大有"诸门生碌碌，唯此生贤耳"的味道。岂不是吗，就拿给他钱林当过秘书的人来说，前前后后不下十余人了吧，但达到周剑非这么高职务的就只有他一人，而且如此之懂事、明理！

钱林兴奋而又沉默地坐了一会儿，忽然看看表说：

"哟，时间不早了，都十点钟了，你忙去，我也要休息了。"

周剑非忙起身告辞，钱林送到客厅门口，握握手说：

"冯唐的事你看着办吧！"

（节选自《政界》，百花文艺出版社，1999年9月；
获贵州省政府文艺奖一等奖）

李钢音

远天远地（节选）

第一部

秋后的这个早上，依崖的村长本来是打算好好地睡上一觉的。

一个累得浑身筋骨痛的大男人，这时候懒懒地躺在自家房梁下的暗影里，迷糊地动一下身，便觉得土墙上那个小窗洞外的天亮了。床边纸糊的靠板上，贴着几张旧照片，上面有了点淡淡的影子。那是一家人仅有的照片，都是在十几里外的场坝上照的。有他父亲的，也有儿子的，父亲的已经泛黄了、暗淡了，儿子的却还黑白分明，笑着的嘴里露出的牙瓣也清晰可见。照片上的人，仿佛刚从漆黑的夜路上走过来，走进门外的灯影里站着，开口想说一点什么。

鸡精神抖擞地在檐下的笼子里打鸣，牛也哼一声，好像不情愿地醒了，为梦里的事情长叹一口气，人是听不懂的。阁楼上压着刚收进来的谷子，堆着几麻袋打好了的苞谷沙，散着微涩的清香。接下来的一年里，填饱一家人的肚子是不成问题了，就是撮一点接济困难户，女人也不会像往年那样哭丧着脸。茅草也割回来，捆在前院的几棵树上，等太阳再晒几天，风再吹几天，就可以坐下来扎扫把，换一点现钱，添几样东西。

这样的日子，在依崖是天长地久的，从有了古歌的时候就开始了。只要太阳月亮还照样升起来，就可以年年月月地过下去。

可是，他村长不是这样的命。只在被子里赖了片刻，千头万绪的事情，就从心里的各个角落钻出来，把一双眼睛撑得大大的，盯住楼板。被子里也燥热了，焐不住，还是穿衣起床才觉得踏实。一边穿他就一边想：杨波扎，你呢，你就是这个命。

女人一早就起来了。儿子杨建设也坐在了小学校的课堂里。一担猪草已经横在院子当中，上面闪着露水。女人勾着腰在那里喂鸡，嘴里"喔——喔喔"地叫。头上的一块红绿两色的帕子耷下来，百褶裙的裙边上粘着草籽，粗糙的手腕上，两个银镯子叮当地碰着。

阳光还很稀薄，像一层化开了又漫开的水银，不易察觉地游动。远处的山峦仍然被雾气笼罩着，在没有散尽的积云间时隐时现。

村长从水缸里舀一瓢水，蹲在门前大声地漱口。然后把剩下的水淋在脸上，撩起衣襟擦了擦，回屋拿上砍刀和扁担，带着心事重重的神情，大步地出了门。

女人在后面直起腰喊："去哪里？"

村长头也不回地说："砍挑柴来！"

女人又喊："带块粑粑去。"村长已经走远了。女人就对鸡说："吃，吃，又不下蛋，害我白白地养你们！"

村长在家里的话少，像荒山上偶尔滚下的几粒石头。但是在依崖，他一张口，大道理便一套一套的。依崖人说，依崖有两样老宝贝，那是后山的两个洞：一个用来埋人，让人伤心；一个用来跳花，让人高兴。还有两样新宝贝：一个是几年前把山上的泉水引下来，用石头垒成了井台，泉水在春天开始流淌，秋天就慢慢地枯竭了；另外一个，就是村长的这张嘴。

村长的脾气不如老村长的好，经常瞪着眼睛、扯着嗓子训人，训完了又咬牙切齿地"噫——"一声，一副恨铁不成钢的样子。但是依崖的人心疼他，还佩服他。他比老村长忙多了，一趟趟地往乡里镇上跑，跑回来又一家家地说这说那。良种种植，计划生育，分发救济粮款，分配扶贫物资，修缮代课点的危房，青壮年扫盲，老人治病，娃娃入学，夫妻婆媳和睦，村寨治安……就算他哪一天闲下来了，坐在门槛上抽烟，两条眉毛也是锁成一条的，展不开来。还不到四十岁的人，头发就白了不少。夏天卷起裤脚，黑瘦的腿像旧铁管一样硬邦邦的，上面的筋脉鼓凸着，那都是跑路跑的。

现在，这双腿就走在村道上，村道在脚下安闲地伸展着。

连绵几天的阴雨才过去，泥路还是黏湿的，胶底的解放鞋踩在上面啪啪地响。绕过谁家的房屋，或者转过篱笆和矮墙，就能一眼看见整个村子，顺着峭壁下的缓坡延伸开来。这样地看过去，再看那高耸的石壁和头上悬着的天空，虽然看了千百次，仍然会想，老祖宗们当初是走在一条绝路上了，就因为人没有长着翅膀，才会在这地方扎下根来。

人是比鸟禽更顽强的，在这大山顶上也建立了自己的日子。一路经过的人家门前，堆放着松枝和干柴，准备在火塘里用。不规则的平地上，挤靠着草垛，那是用来补屋漏和喂牛的。各家稀疏的门板上还挂出了鸟笼，笼子是用山里的野竹编的，鸟是自己捕来的。养鸟是依崖人祖辈的规矩。依崖在几十年前还被成片的森林围裹着，现在都伐光了，只长一些不成林的低矮的杂树，就连鸟也变得又丑又小。谁也没有钱到山下去买板子建房，就那么修修补补地将就着。

别人可以悠哉游哉地走，反正是要打发过去的一世的光阴，是一眼就看完了的土路和屋舍，是漫长的白天连接着的漫长的夜晚。不这样走下去，难道还有什么能让人急起来的事情？但他村长就不行，平常有这样那样的事情忙着，这些从小见到大的破屋烂墙，也还能看得过去，现在闲下来了，又一次从村子里穿过去，处处看见的，就都是它的穷。想着山下别的村寨里的景象，心思就渐渐沉重起来，眉头也蹙起来了，他自己却不知道。

何家祖奶站在自家门前的石坎上，正摇晃着身子簸米。她这样站在逐渐亮起来的天光里干活，已经是许多年的景象了。村长很小的时候，就见她在这片破檐下做着什么，那时候，她的男人还在，不是在那里劈柴，就是默默地蹲着抽烟，她那两个头发枯黄的女儿也围在身前。现在，男人死了，女儿嫁出去了，依崖人一天天地看着她的头发变白，腰背驼了起来，两条腿也弯曲下去。

除了一年一枯黄的庄稼和草木，人也像钟表一样，用生来老去记录着无涯的光阴。

村长从何家祖奶面前走过去，扭头招呼说："你家今年还有米吃啊？"

何家祖奶继续簸着："就那点尿片一样大的望天田，收得上几升来？这还是去年政府发给我的，我家运福要走了，煮给他吃。"

村长说："运福呢，咋不见个人影？"

何家祖奶向屋后撇撇嘴："还在睡。人年轻瞌睡大，我们老喽，睡得少，将来埋到后山去，一睡睡到天塌下来，山倒下来。"她说完，好笑地"嘎嘎"笑两声，露出了残缺的牙齿。

几个光着脚板的娃娃追着跑着。一个小的拖了鼻涕，跑得还不稳，"叭"一下扑在村长脚下。村长抱起她来，当妈的也追过来了，接过去先在屁股上打两下，娃娃就哇哇地蹬着两条腿哭。

村长说："天冷下来了，给穿条裤子嘛。"

娃娃的妈说："大人都没有两件换洗的，管得了她？又不会冷死，再冷就捂到床上去。"

村长问："春上从省里发下来的扶贫衣服呢？改给她穿穿。外面有人来依崖，不像个话哩！"

女人"嗤"地笑一声，把娃娃夹在胳膊上就走，扭头说："那两件衣服？我拿来缝个枕头都不够哩。哪个村没有光屁股的娃娃，我们依崖远天远地的，倒来撑这个门面！"

村长不接话，继续走他的路。一阵风吹来，树叶和草木像无数片纸钱似的晃动着，翻飞着。

抬头向远处看去，云团已经变得轻淡了，边缘被太阳镶一道刺眼的亮色。阳光和云的巨大的影子，在山梁上无声地移动着，掠过遍山的岩壁、荆棘丛和杂草。散在山腰上的几片深褐色的田里，刚种下了洋芋，这时候就显得冷清而静默。村长的心思散漫起来，又想到了别处去，想着刚过去的农忙里，人们在田间的笑闹，想着吃新节的夜晚，各家传出猜拳唱歌的声音，心也就不像刚才那样往下沉了。

绕过几间挨着的房屋，视线便开阔了。近处是一排篱笆，缠着枯萎了的瓜藤。一片菜地沿着斜坡铺开来，青嫩的白菜苗在清冷的空气中，仿佛凝住不动了。

坡边的一棵老树下的土屋里，传出娃娃们读书的声音。他们说的是汉话，而且还是普通话，拖着嗓子，好像在唱歌。

娃娃们读了一段，田茂盛又接着读。从那扇用木条钉了格子的窗口里，只能看见他那一头浓密的头发，还能想象他穿着那件旧的蓝色中山服，敞开的领口处，露出一件灰色的绒衣，脚下是一双球鞋。他的声音比平时提高了，但还是透出一种平静来。就是这平静，让人总觉得他和别人有什么不一样。

田茂盛是村长女人娘家的远房侄儿。他爹妈死了，姐姐远嫁了，哥哥也成了家，村长就左说右说，动员他到依崖来办了这个小学校，还跑了好几回乡里，给他争取了一点代课费。依崖的人是敬着田茂盛的，因为他一来就是依崖唯一的一个高中生。其实他那个高中也没有读完，爹妈一死就回家种地了。

村长的心被什么牵引住，他在路边停下来，想了想又慢慢地蹲下去。眼睛淡漠地看着远处，听他们高一声低一声地读书。

他经常悄悄地听他们读书。这声音每一次听起来，都有一种奇怪的感觉。先是感到有几分踏实，想着这偏僻的山上，也有娃娃们读书的声音了，读的也是和山下的娃娃们一样的课本，就觉得依崖不是孤单地存在这世上的。又想这些娃娃将来下山去做点什么，开口就会说汉话，不再像他们原来那样，吃许多哑巴亏，他们也会用他们的办法，在这世上讨一份生计。然后，那些过去和将来的事情，都会慢慢地在心里浮出来，有时候近得压迫着人，有时候又远得引诱着人，让人不得不沉迷着，脸上也开始发呆。

感谢阿公跟在他家的牛后面过来了，两手背在身后，甩着根枝条。他家的牛是村里最健壮的，愣愣地瞪着一双眼睛，脚步闲适而持重。感谢阿公还是那样，老远就笑眯眯的。

感谢阿公这个名字，依崖人已经喊了几十年。新中国刚成立的那时候，他还不会说汉话，不知道在哪里学会说一句"感谢"，凡是山下有人来，他就左一句"感谢"右一句"感谢"的，村里人便不叫他原来的名字，都改叫"感谢"了。

依崖的几片田在半山上，从村里下去，要走一条怪石横生的路。山上没有水，靠着天上的雨水耕种，收成也不稳定，养牛的人家就少。但感谢阿公一辈子都在精心地伺候他的牛，原来按指标划成分的时候，因为他家有牛，就把他划成了富农。晚上把他喊去批斗，早上他还是照样放他的牛，笑眯眯地跟在牛后面，从村子里穿过去。

感谢阿公仰着脖子喊："去打柴?"

村长说："嗯，去放牛?"

感谢阿公瞟一眼牛说："是喽，这个狗东西聪明得很哩! 早上不带它出来，它就给你拱圈门。"

感谢阿公嘴里喔喔地叫唤着，和牛一道走远了，村长看着感谢阿公的后脑勺一点点地消失在缓坡下。依崖虽然小，却是各色人等都有的。像感谢阿公这样的，无意间在哪里看见他，就好像模糊地看见了一些过去了的日子，还有那些日子里的阴雨、阳光、黄昏时分的天色和人心底泛起的怅怅的感觉。

这些就是依崖的日子，里面也有很多让人牵心挂肠的滋味。山下人偶尔说起来的时候，仿佛依崖除了一个穷字，就没有别的，就像依崖人说起别人的日子，也是云里雾里的说不真切。老天爷是不公平的，让这天底下的人穷富不均，但它也是公平的，让每个人都有了自己的日子。

村长站起来，直直腰背，向后山的林子里走了。依崖一点点地退向脚底，一个村子的动静远远近近地浮上来，浮在被阳光蒸腾起来的雾霭里。

打好了一挑柴，村长在后坡的林子里坐了下来。摸出烟杆横在腿上，两手仔细地捻着烟叶，准备歇上一阵。

透过几根树干，就看见依崖在脚下的不远处，偎在一个峭壁下的缓坡上，几条羊肠般的村道，连着几片歪斜的屋顶。眼睛从四处连绵的山峦上扫过来，又会奇怪，怎么就有人在这样的地方一辈辈地住下来，有了一个村寨，早晨鸡鸣狗吠的，晚来也升起了炊烟?

村长原来不这样想，他一来到世上就来到了依崖，依崖对他来说就是整个的人世。那时候，他的父亲是老村长，老村长也像他这样一趟趟地向山下跑，带回来乡里的、县里的、省里的、北京的政策和消息。他常常在晚上要大家带着浸了麻油的葵花秆，到晒谷坝上去开会。依崖穷得没有油，葵花秆是山下来人的时候才用的，平日里就点燃几堆火。女人们趁机带上针线，男人一堆女人一堆地，在那里说笑。要不就是有谁想起了伤心的事情，惹出一片哭声，直到哭个痛快才安静下来，听老村长的发言。

老村长是一副哑嗓，在村里是从来不说汉话的。他的话更多，一说就是一个晚上。依崖的人就是从他嘴里，听说了林彪摔死在外国，江青进了监房。后来，他那张和善的脸渐渐地老了，枯干了，那副依崖人听熟了的哑嗓子也说不出话了，咳喘了一阵，有一天，他就再不能喊大家去开会。依崖人把他葬在了后山的洞里。

开会也是依崖人最高兴的时候。日子太苦太穷，有的娃娃多的人家，只有一条裤子，也轮换着穿出来开会，照样张着嘴从头笑到尾。村长到外面去贩木材、做小工，混了好几年，常听山下的人议论说，依崖人愚昧，吃不饱穿不暖的，还莫名其妙地就笑起来了。为这个，他还跟别人打过架。可是依崖人就是爱笑，即便是批斗感谢阿公的时候，也是一村的人一边笑一边批斗。感谢阿公垂着手低着头，站在台上，台上也就是一张歪腿木桌的后面，他也被逗得喘气一样呼呼地笑。

没有笑声，依崖人的日子真是过不下去了。这日子是悬在天空下面的山顶上的，好像被古歌里那个造出男人女人的天神锐觉藏努随便地造出来，丢到大山深处就不管了。人们开荒拓土，避风躲雨，一代代地活了下来。既然来了，就要笑着度过这挨不尽的苦日子。

村长那时候坐在火边的人丛里，时常听得见自己的肚子饿得咕咕叫，但他还是睁着一双眼睛，听人们说这说那，没话说的时候就请英德爹唱一段古歌。柴火噼啪地爆响着，黑夜遮天盖地，万物都隐没在四周悄然无声的、沉沉的黑色里，这世界就剩下了依崖和火光里的人们。他不知道除了依崖，还有古歌里的那些天神天女、英雄好汉，这群山外面还能有什么东西。

就是在那样的火堆边，村长知道了依崖人是怎么来到这山上的。

依崖的古歌里说，好几千年以前……好几千年前啊，那是一些遥远得已经渺茫的时光，让人无法想象。但古歌把那些事情嗡呀咿嘟地唱出来的时候，就近切得仿佛是昨天才发生的。

那时候，依崖人的老祖宗是人头兽身、铜头铁额的蚩尤。他带着九个儿子和一族的人住在东海边上。海就是一望无际的大水，里面的鱼虾多得吃不完。黄河上游那一方的黄帝想扩大地盘，就领着他的儿子和族人，从西边打过来了。他先是在一个叫阪泉的地方打败了炎帝，又联络了炎帝，率领熊队虎队来打蚩尤。双方大战了九九八十一天。老祖宗蚩尤太老了，终于在一个叫涿鹿的地方被抓住，杀死在凶黎之谷。他的九儿子九黎带着剩下的族人，逃到了长江这边，在那片风调雨顺的土地上繁衍生息，把自己叫作三苗，快快乐乐地又过了好多年。

可是，黄帝的儿子唐尧和炎帝的儿子虞舜，看见三苗在江南的日子过得很舒服，便又起了野心。人心不足蛇吞象，他们都来打三苗。三苗没有防备，只能节节败退，步步南逃。那真是让人肝肠寸断的逃亡，一路是思念家园的痛苦，一路是眼泪和哀歌。三苗不像汉人那样有自己的文字，所到之处又都是人迹罕至、野兽出没的荒芜之地，为了记住回去的路，就让女人们把那些爬过的山、涉过的河，用针线绣在衣裙上。

他们一直逃到了穷山恶水的黑羊大箐，才落下脚来开垦坡土、养鸭养鸡。黑羊大箐就是连绵不尽的山峰和群山之间的坝子。许多年以后，这里被官家称作了贵州。以后又有一些叫作元人的人，从北方来到了贵州，他们对三苗管制得很厉害，害怕三苗造反，铁锅和锄头也只准几家人合用。三苗不断地反抗，反一次就被杀一次，反一次就被赶一次，最后从平地被赶到了山上。依崖的几个老祖公，就是因为造反失败被官家追杀，带着妻儿逃到了这深山老林，从石头缝中刨土，种些苞谷洋芋来度日。

日子一天天地延绵着过来了，老祖宗们也一代代地生来死去，埋进了后山的洞里。英德爹说，他们活着的时候，灵魂被捆绑在躯壳里，不能去想去的地方，死后灵魂自由了，就会回到江南的家园那边去。

村长原来听了英德爹的话，很羡慕老祖宗们离开了身体的灵魂。这身体存活在世上，吃喝拉撒睡，一样也不能缺，一生都辛苦劳碌，灵魂就被它连累着，受很多的苦。后来他出去见了些世面，又当了干部，就怀疑灵魂躯壳这样的话了，只把它当成故事来听着。一阵乱风把烟呛进喉咙里，开始光秃下去的树枝也摇晃了起来。村长猛烈地咳嗽几下，把烟在石头上磕灭了，站起来拍拍屁股，把柴担在了肩上，向村里走去。柴捆挡住了他的身子，就见两条腿在下面移动。

村长的头遮掩在两大捆柴里，心思却还在活动着，想着依崖的老祖宗们。他想，老祖宗们不管是回到了江南，还是化在了土里，反正是去了，留下了唱起来荡气回肠的古歌，也留下了回家的地图，让女人们绣出来，漂漂亮亮地穿在身上，还给他杨波扎留下了全乡最穷的一个村。

依崖蜷在这高山上，是全乡穷得出了名的村。乡是县里的穷乡，县是省里的穷县，县境内大部分是一座连一座的高耸的山峦。有一天，村长带回来一张县地图，钉在村委会的墙上，大家都去看。村长给大家指着，地图上褐黄的颜色就表示山，依崖就在颜色最深的那一点上。

依崖人是知道自己穷的。媳妇娶不上来，姑娘嫁出去，也叫婆家看不起。不过他们自己倒想得开，反正都是穷，也还是一辈辈地活了下来。田土少得可怜，但好歹能种出点东西；年辰不好的时候，遍山遍野可以挖些野菜、摘点野果；每年国家都按时叫人下山去，背回救济粮。即便是山下有人饿死的那几年，依崖也从来没有这样的事情。

可是外面来的人多了，把依崖的穷传了出去，有的还添油加醋地编成了故事。下山去的依崖人听了，才明白自己是穷得没了底。有人说，依崖人一辈子最向往的事情，就是有一块糍粑拿在手上，左边放一碗红糖，右边放一碗白糖，想蘸红糖就蘸红糖，想蘸白糖就蘸白糖。有人说，依崖人家几个姑娘只有一条裙子，谁去相对象就给谁穿。有人说，依崖一个出门的人，晚上在外面住店，屋子里黑咕隆咚的，他叫人家点灯，人家说，灯就是吊在屋顶上的那个圆东西，他就摸出火柴划燃了，去烧人家的灯泡。还有人说，依崖的小伙在山下做工，去自来水龙头下接水喝，扭开了却不懂得关上，被人家一骂，赶快从荷包里掏出个煮熟的苞谷塞住。

除了别人的传言，依崖人自己也不断地闹笑话。那一次乡长派人来，叫依崖人去挑回了二十多床蚊帐，说是联合国的一个基金组织援助的扶贫物资。蚊帐发下去了，大多数人家不知道是做什么用的，不用又可惜，就剪成一片片的，做蒸笼盖、抹布和尿片。有一家挂在了床上，人们就聚在他家去笑，说那两口子想精想怪，晚上在床上做事，外面是黑天，顶上有屋瓦，还拿个套子装起来。那家人分辩说这是防蚊子的，人们就笑得更欢了，说未必他女人还能生出小蚊子来？

几年前有一个依崖人下山去，回来说山下有电视机，伸手一揿，人就在里面唱歌、跳舞、说话，再伸手一揿，那些人就不在了。依崖没有人相信他，他赌咒发誓，捡根枝条在地上画个方框，指指戳戳地解释，但还是没有人相信。依崖人是瞧不起撒谎的人的，这人在依崖就蔫了一阵子。

依崖人喜欢把大事小事都编成故事来说。快乐和苦难编进故事里，那快乐似乎就更快乐了，苦难也就淡漠了。但穷是一种日子，是比快乐和苦难更坚实也更深厚的东西，是无处不在的。

因为穷，村长去乡里，没有少挨乡长的训。就是不挨训，他自己脸上也挂不住。一乡的村干部集中起来的时候，他就乖乖地缩在一个角落里坐着，但依崖还是不时地被点名。所以村长的脾气不好，在外面受了训，回来就给依崖人脸色看。

那一次，村长去参观山下坝子里的一个小康村，一回依崖就气急败坏地直奔到番元家，用手指着他的鼻子大喊大叫了一通。番元家是依崖最穷的，娃娃多，人又懒，一间草木房子通风漏雨的，猪栏就在人的床边。床上没有褥子，垫一张草席，草席上是一块被不像被、絮不像絮的黑乎乎的东西。扶贫物资发到他手上，第二天就被夫妻俩拿去换了酒喝。番元靠着板壁蹲在那里，仰着头，张着嘴，笑嘻嘻地听村长喊叫。娃娃们趴在窗台上看，他就喝着嘴，吆猪一样吆着他们。村长说得气了，走过去揪他的耳朵，他挤眉弄眼地喊："哎哟哟，扯下来啦，扯下来啦——"村长一跺脚，从牙齿缝里"噫"一声，阴沉着脸走了。

当然，村长下山去办事，也有高兴的时候。他年轻时去山那边的高哈寨参加人家的歌会，就给自己带回了女人。有一回，乡长在县上也挨了批评，说乡里的计划生育搞不好，拖了一县的后腿。乡长发了火，把村干部召集起来，手指头在空中划来划去，一个个地点着他们的脑袋说："从今而后，上环，不能上在嘴巴上，必须上在实际行动上！结扎，要在干部的头上先开刀！"把在场的村干部们笑得偏偏倒倒的。村长也绷着脸笑，心想，你乡长还不是也有被人家笑的时候？

又有一回，村长办事晚了赶不回来，就在乡长那里住下了。两人喝了一夜的酒，言语投机。村长是很佩服乡长的，人家毕竟是一乡之长，比他站得高看得远。乡长带一个芦笙歌舞队去北京演出刚回来，他说："毛主席原来把世界分成第一世界、第二世界和第三世界，我看就有道理。我从北京坐火车到了省里，就是从第一世界到了第二世界，又从省里坐客车到了乡里，就是从第二世界到了第三世界。那种感觉，清清楚楚的啊！"第二天一早，村长走上了从石头缝里开出来的回依崖的路，他边走边回味着，觉得乡长的话也有道理，那么，依崖就该是第四世界了。

村长兴致好的时候，就把这些事情说给依崖的人听。一村的人都知道，依崖是住在第四世界上。

到了村边，就看见王干事顺着村道走来。村长像所有的依崖人一样，见到外面来了人，立刻满心的高兴，眉毛扬上去，嘴咧开来，一脸的惊喜。

"噫！"他大声地叫着，"你来啦，王干事！走够了没有？咋不在家歇着喝水？"

王干事说："去你家了。你女人说你打柴，我就出来了。"

两人的话音散在清冽的风里，仿佛这山上只有他们的声音孤单地响着，却有一种真切的热情，足以驱散天地间亘古的寂静和荒凉。

王干事仍然穿件旧军装，挽着裤脚，脚上是一双解放鞋，鞋帮踩得咧在一边。他是个矮小而干瘦的男人，忽然在哪里看见他的时候，不禁会对他的矮小觉得古怪，好像他还没有长大，就已经长老了。但当他渐渐地老了的时候，却更显出人的气度来。那粗硬的头发，宽大的骨节，沉稳地背在身后的双手，两条腿迈出的有力的步子，都是生活在这里的人才会有的，也是生活在这里的人才能领会的。还有他的眼神，一下子就让人感到熟悉，有一种说不出的宽厚和亲切。看他一眼，就知道了他的头上也是一样的天空，他的日子里，也延续着那么多水一样流走的春夏秋冬，他也就顺着这些山道、石径走过来了，走到人身前站下。一条腿撒在一边，用熟悉的笑盈盈的眼睛看着人。

王干事的家在靠近乡政府的一个寨子里。那是个布依人的寨子，离依崖不过几十里的路，口音却有不同，整个地听起来，就比依崖话低了半个调子。这是山里常有的情形，一道山就是一道屏障，人们也有了各自的生活和习俗。他在乡政府当干事，每月拿几十块钱，有农活的时候就回家，平常负责联系依崖和附近的几个村寨，调解土地、婚姻、计划生育的纠纷，是依崖的常客。

两人向家里走。王干事说："乡里喊我带个人到依崖来，顺便通知点事情。"

村长的头被柴担压得低下来，笑得弯起来的眼睛却费力地向上抬，看着王干事："有人来啦？哪里的？"

王干事说："省里来的，是个学者。说是来了解依崖的民族文化，这个嘛，调查一下，采访一下，在这里住几天，你给安排安排。人家天不亮就来催我赶路，半路上还摔一跤。"村长忙问怎么摔的，王干事一板一眼地说一遍，两人都笑了。

村长说："又来一个学者？管他哪样者哟，学者、记者，还有那些家，画家、音乐家！人家老远地扑爬礼拜地来依崖，是看得起我们，莫非还会礼数不周？穷得只剩一只鸡，也杀给人家吃！"

王干事"嗯"一声，又说："乡长喊你明天去乡政府开会哩，说是有重要的事情。"

村长"哦"地应了，忽然想起了什么，问王干事："是不是前个月，省里来了个专家考察组的事情？十几个人，齐笃笃（整齐）地就上依崖来了，考察我们贫困的事情。乡长也陪着来的，说是要找我谈个话，后来也没来喊我去哩。这一阵，又忙地里的事情……"

"这个，我倒不晓得。"王干事的脸上带几分愧意，好像有他的责任，"还有，通知你们村的陈罗朵，明天到乡里的芦笙歌舞队去报到。"

村长脸上的笑迅速地收了起来，"嗯"了一声。有人和王干事打招呼，问他怎么来依崖了，王干事忙着回答，也没有留意村长的表情。村长又说："我们穷，那是大家都晓得的，专家来了，我看也没有办法。只要水电路的问题解决不了，这帽子就是摘不掉的。"

王干事点着头，他总是一边听人说话一边不停地点头，让人看不透他的心思。但他似乎又并没有什么特别的心思，只有露在脸上的温顺的善意。

村长的女人正在院里杀鸡，是那只她早上才骂过的鸡。一个戴眼镜的男人站在一边，弯着腰挽着袖子想帮忙，却插不上手。鸡放完了血，丢在地上扑腾，男人就退后了两步。村长女人用苗话说："你不管，你是城里来的秀才，秀才见血三分软。"戴眼镜的男人看着她，脸上挂着茫然的笑。

王干事进了院子就给他们介绍："张学者，这就是依崖的杨村长，叫杨波扎。他是张学者，省里来的。"

村长放下柴担，赶紧把两手伸过去和张学者握住："欢迎喽，欢迎喽。哎呀，我们依崖穷，只怕招呼得不好！"

张学者是个三十多岁的城里男人，穿着花格子衬衫，外面是一件有几个显眼的大口袋的棉布外套，下面是牛仔裤和旅游鞋。他头顶的头发不太多，就留长了盖住，仍然显得年轻。笑容很谦和，眼镜片后面的眼睛看住了你，又好像并不能肯定。不管怎样，村长一眼就觉得这个学者是不错的，不像上一次来的那个满脸络腮胡子的画家，什么时候都抬着个大下巴，仿佛一只傲慢的鹅。

张学者说："你们太客气了，还是随便一点好。大嫂非杀鸡不可，我拦也拦不住。我要和你们同吃同住，才能调查到第一手材料嘛。"

村长说："鸡呢，就是养起来杀给外面来的客人吃的，王干事来我们也不杀。材料呢，你就放宽心，你要第一手材料，我们依崖绝不会拿第二手材料给你！啊，是不是？"他"哈哈"地笑着环顾着身边。王干事和他女人也笑了。

在堂屋里的方桌边坐下，女人端上几碗水来。屋里有一种淡淡的气味，是从被柴烟熏黑的板壁上透出来的，带着陈年的气息。人的话音响起来的时候，仿佛会从门梁间绕出去，在整个房屋里穿游。牛不时地"哞"一声，落叶被风从门前卷过去，人就感到这村子是被一种无声无息却天长地久的东西笼罩着的，一切都在它的注视和庇护下存在着，活动着，却说不清是什么样的东西。

村长安排好了学者的吃住，就问："张学者来我们依崖，是想调查些什么呢？"

张学者"哦"一声，认真地说："我想了解一下苗族文化的传承方式，这是一个和国际研究接轨的课题。依崖因为它特殊的地理条件，民族文化保留得相对完整，是一个比较典型的范本。"

村长云里雾里的，脸上的笑有些发僵。但这几年，外面不时地有学者这样的人来依崖，他毕竟是见过了场面的，就哈哈一笑，说："研究我们依崖的民族文化，自然是一件大好事喽！这个道理我懂，好比我们自家酿米酒喝，自家觉得好，不靠你们传到外面去，人家咋会晓得呢？是不是啊？"

王干事说："这叫墙内开花墙外香哩！"

张学者笑着说："对，对！"三人都笑，觉得互相亲热了一些。

笑过了，又都不知道接下来该说什么。张学者扭头去看墙上的地图，还有旁边的一份小康达标标准的表格，上面写着人均纯收入、人均衣着消费、人均文化服务消费、住宅完好率、村寨干道硬化、一无两有厕所、环境卫生、社会治安、义务教育、计划生育、文化室、电视机普及率、文体活动、儿童计划免疫、饮水卫生率、组织建设、制度建设、小康之家、集体经济收入等等项目。他好奇又深究地问："原来小康还有那么多内容，依崖也在奔小康吧？"

村长不好意思起来，"呃呃"两声，不知道怎么说。

王干事替他说："这是我们乡里规定的，每个村民组都要挂上这样一个表格。乡长说，没有内容就等它空着，啥时候有了就填上去，一辈子没有就空它一辈子，看……看哪个村就……就空它一辈子。"

村长叹口气说："张学者，你上到依崖来，就不是外人了，我也不怕丢丑。依崖在这山上，水电路三个基本问题是不可能解决的，政府想了好久也拿不出办法来。这小康表不要说空一辈子，空几辈子也填不满哩。我每天早上起床看见它就脑壳痛，但是，又咋办呢？"他说着，脸色愁苦起来。

张学者倒谦和地笑了笑，说："这是历史遗留的问题，也不能怪你们。我倒是以为，中国的现代化存在着一个互相模仿的问题，城市建设得一个像一个，都是高速公路、摩天大厦、高架桥。你从北京到上海，从西安到贵阳，每个城市的差异性都在缩小，感觉不出明显的特点。看来，农村也一样，都被这样那样的指标划定了。其实，一个地方的特点，也就是一个地方的文化积累啊。这就是工业文明，一切都被物质标准所取代。"他说话有一个习惯，常常说着说着就变成了自言自语。

村长和王干事迷惑地听着，眼神温和地看着他，不时地说："是喽是喽。"

村长忽然想起了什么，对张学者说："你是不是要找陈罗朵，听她唱苗歌？她明天就去乡里了，干脆我现在就把她喊过来？"

学者问了陈罗朵的情况，摆摆手说："那倒不必了。依崖人人都是歌手，我想听原样的东西，那些被改编了用来表演的，往往就不是那么回事了，是被包装过的。"

村长对陈罗朵有一股无名的恼火，听学者这样说，就深表同意地点点头说："是喽！"

女人端上饭来了，是蒸得黄软的苞谷饭。菜也就是一钵鸡，上面浮一层辣椒油。几个人相让着吃起来。

太阳变得明晃晃的，雾气也都褪尽了。近处的村路和房屋，远处的石壁和矮树，在透亮的阳光下显得很清晰，阴影也愈加浓重了。陈罗朵一手扶个竹筐在腰间，一手提个小木凳，摇摆着一条洗旧了的百褶裙，怀着自己的心事，从村西走到村东，到何家祖奶的屋檐下去。

陈罗朵是有名的依崖美女，画家来给她画的画，去北京参加过展览；电视台来拍依崖的跳花，村长在乡里看过那电视，晃来晃去的都是陈罗朵的脸。很远的客人来到乡里，乡长也会喊人来把她叫去，全身披戴起来给客人唱依崖的酒歌。

陈罗朵的命苦，妈生下她不久就死了，爹是个哑巴，她很小就开始撑一个家。她十五岁那年，一个大胡子的画家来到依崖，见她正在水塘边捶衣服，就点名要给她画张像。她没有嫁衣，依崖的人东拼西凑地给她一层层穿起来，还照打扮新娘子的规矩，用麻线把脸上的汗毛搓去。陈罗朵穿戴一新，向画家放在一棵树下的木凳走过去的时候，依崖的人都惊得笑起来了。那个多嘴多舌的画家，反倒不说话了，前前后后地绕着她看了好半天。

那是一个夏天，陈罗朵在树下坐了一个下午，依崖的人也围在她旁边看了一个下午，看画家一笔笔把她画了下来。他们发现，陈罗朵的脸是会变的，太阳射在她脸上的时候，她的脸也好像在发光，那光从她羞红的脸上透出来，又细又长的眼睛像两片芦叶。太阳移开了，她的脸也暗下去，却仍然有月亮一样的光，厚厚的嘴唇就像月亮下开出的花瓣。依崖人都说画家的技术不行，画出的陈罗朵不如她本人好看，呆呆的像个笨女人。但村长在乡里听说，那画还得了个大奖。

依崖人原来不觉得陈罗朵是个美女，她没有妈给她收拾，破衣烂衫的。冬天把两只手伸出来，指头冻得红肿；春天从田里回来，裹一身黑泥。走在村里，总是低着个头，也没有人留意她。后来她当了美女，头也抬起来了，说话的声音也清亮了，见人就会无缘无故地笑。

村长早就知道了他侄儿田茂盛喜欢陈罗朵，他和女人张罗着给田茂盛提过几次亲，他都推说教书太忙，没有时间考虑。村长想，他的时间都拿来考虑陈罗朵了。他以为这本来是顺理成章的事情，自古佳人配才子：田茂盛是依崖的才子，还有固定的代课费；陈罗朵既然当了美女，和他侄儿就该是天生的一对。

可是，陈罗朵下山去见了世面，心就变了，听说她自己相了个对象，是山下一个叫摆的小康村里的辣椒大王的儿子，叫李堂亮。陈罗朵这两次下山去，带回了一些稀奇的东西，引得女人们挤到她家去看。村长的女人也去，回来说有细脚管的健美裤，有亮闪闪的电子表，有十几块钱一瓶的洗头水，有专门用来涂嘴巴的口红。村长听了就来气。依崖人说，陈罗朵是穷到头了，将来嫁到小康村去，就成了小康人。

何家祖奶已经坐在了檐影下，头勾下去，眼睛凑近手上的针线，将针刺进浆得发硬的油布里。露在头帕外的几绺白发，在亮晃晃的阳光中成了透明的银丝。她抬起头眯缝着眼睛，对陈罗朵笑笑，说一声："来啦？"就忙着凑她的针脚，又叹息地说："人老了，眼睛也花了……"

陈罗朵赶开鸡，在她身边坐了下来。何家祖奶在给自己缝丧服，陈罗朵要给自己绣一套嫁衣。

陈罗朵从竹筐里取出了针线和布片。她想起什么，对何家祖奶说："祖奶，叫运福给你去配一个眼镜嘛。是老花的，赶场天乡里有卖，也不贵哩。"

何家祖奶说："我晓得，我看见老村长戴过。人家要读报纸写告示，我又不识一个字，戴它没有用。只要不瞎，就将就一点。"

陈罗朵专心地穿上针，手扬起来，将线头捻一个疙瘩。眼睛抬起来的时候，便扫过了院前的矮树和后山的石壁。光线在石壁上游走着，像一幅活动的画。这石壁千年不动地长在那儿，行走着的就是白天和黑夜。

她的心思有些恍惚。不知道从什么时候开始，她的心思就时常地恍惚起来。或许是画家来的那一次，或许是在那些已经过去了的某一天里，她蹲在水塘边，一下下地捶打衣服的时候，或许是她躺在床上看月光被树影摇动得一片纷乱的时候，这心思就恍惚了，走得很远，走到她自己也觉得陌生的地方去。

这依崖女人的日子，是和古歌里的日子一样的，多少年了也没有变过。就像何家祖奶一样，现在她坐在面前，眼花耳聋了，腰弯背驼了，但她年轻的时候，也还是就这样坐在这里，拿着针线，过着依崖女人最悠闲的时光。剩下的，就是无穷无尽的辛苦劳作。既然是这样，依崖女人是天生就认命的。陈罗朵也认命，她想起过去的日子，只要想起一天，就可以想到全部，从早起干到天黑，倒床就沉沉地睡过去，第二天一早醒来，等着人的，仍然是那些要干到天黑去的事情。人仿佛是被劳作牵着鼻子的牛，不能挣脱，挣脱了也不知道该往哪里跑。久了，人也像牛一样，只是埋着头往前赶，不会抬起头来，看看这日子和自己。

小腊娘也来了，头发梳得光光的，脑后插着一个红漆的篦子，结实的面庞又黑又亮。她的嗓门大，但是很好听，像什么东西划过光滑的锦缎的声音。

"哎哟，"她一边安顿下来一边说，"早就想来的。一睁开眼，老的小的都是事情，这个要屙那个要吃！"她说着就笑起来，眼睛里闪动着快活。她是从山那边一个叫开花的苗寨嫁过来的，那里离乡里近，她又念过两年书，在这依崖就有一种说不出的优越感。但她直爽而快活，依崖的女人都爱跟她在一起。

何家祖奶费力地拔着针："事情，那是要干完的。我们当女人的，生来还不就是做这些事情？"

小腊娘又笑："当女人又不是当牛当马，牛马累了也还要哼几声哩。要不是大家经常来这里唱歌、做针线、摆摆苦（诉诉苦），有时候我就想往床上一倒，打死也不起来了！"

陈罗朵说："小腊娘你是苦的，老的老了，小的又小，一家人屋里的事情，就你一个人做哩。"

小腊娘拐一下陈罗朵的手臂："还是我这妹子心疼我。菩萨保佑你，二天（以后）不要像我们这样做人。"

榜妹不知道什么时候到了屋檐下，手里拿一件她哪个妹妹的破衣服。她接过话说："陈罗朵咋会苦？她将来过的日子，我们做梦也想不出来哩。人家小康村，洗衣服有自来水，把盆子往龙头下面一放，水就来了。还有电灯，想亮好久就亮好久。"

榜妹的眉毛又短又粗，高高地挑在眼睛上面。眼睛是又黑又圆的，什么时候都有一种热切的光芒，仿佛她即便在寂寞或气恼的时候，那些心事也不会向心底沉下去，仍然喧闹地浮在水面上。她的胸脯在衣服下明显地突了起来，人看上去还是一个小姑娘的模样。

小腊娘说："榜妹，你是跑过几趟山下的，我还以为你比我先进，也不见得！"

榜妹不服气了，头一昂说："咋不见得？"

小腊娘说："人家洗衣服是用洗衣机，丢在一个桶桶里，甩两下就干净了，像你这样用手搓，两只手粗得像纺锤！"

榜妹不高兴："我又不是没见过洗衣机的。那次去镇安赶场，有个女的就把洗衣机摆在家门口，方方正正的，比猪槽大两倍。那是骗人的东西，现在山下骗人的东西多得很，我才不相信。不用手，就那么转两下，衣服就能洗干净？"

何家祖奶也说："衣服也要机器来洗，那还不是白白地长一双手？再说，人也养懒了，没有事做，躺在床上等人喂饭啊？我看不见得好。"

小腊娘说："这些话，自家讲讲还可以，不要说出去，惹人家笑。"

榜妹急了，大声地喊起来："各人过各人的日子，关他们哪样事？我要是听见哪个再笑依崖人，就抓泡牛屎堵他的嘴！"

小腊娘对何家祖奶笑着说："这妹子，脚气暴得很，看哪个男人敢要她。简直就像床底下埋一罐火药，屁股都会烧焦的！"

她们都笑了。日影缓缓地移动，水一样漫过了她们的脚背。陈罗朵看看几个人的脚，渐深的寒气里，都还光裸着，穿一双洗旧了的解放鞋，脚脖处的皮肤是粗糙的，长一些永远也不能愈合的裂口。她想起自己刚去乡歌舞队的时候，别的姑娘都穿布鞋和皮鞋，排练的时候站成一排，那个从县文化馆来的男老师总爱瞟一眼她的脚，她恨不得把自己的脚埋进土里去。叫她站出来唱歌的时候，她的心被自己的一双脚堵住了，堵得她心里发慌，好半天也唱不出一句来。她笑着，心却有点往下掉。

何家祖奶将针抽了上来。她的手臂抬到半空就僵住了，便用另一只手去帮忙拉线。她自言自语地说："人来到这世上，是男是女，是美是丑，都是一个萝卜一个坑，都会找到那个搭伙过日子的人。"

三个年轻的女人听了，便不说话，想着自己的事情，埋头走着针线。

榜妹"嘻嘻"地笑了，仿佛要掩饰些什么，但她的两腮却渐渐地红了，忽然就一跺脚，歪着身子去打小腊娘："讨厌！哪个说我要找男人，哼，我这辈子偏就不要男人！"

小腊娘故意惊奇地瞪大眼睛看着她，眼睛里还是那么多的快乐："哟，说得好听，不要男人，你以为我不晓得？这两年，开花和白岩两处的歌会，哪一处没有你的影子？你不是去找男人，莫非是去割猪草？"

榜妹一跺脚，从后面抱住小腊娘，把她的身子向后扳。陈罗朵也去帮忙，几个人笑作一堆。依崖显得更加寂静了，天空和远近的山峰开阔得没有尽头。何家祖奶也咧开干瘪的嘴笑着，露出仅剩的几粒牙齿。

运福从屋里出来了。他对几个女人笑笑，眼光迅速地瞟到一边去，也不说话。手里提一把锄头，走到石坎下面的院子里，捡一块石头砸起来。他的头发后面剪得很短，露出青白的头皮，前面却留长了，在头顶处从中间分向两边，是村里剃头匠的手艺。他穿一件廉价的夹克衫，里面翻着鲜红的绒衣领子，脚上踩一双运动鞋，一只手腕上系着一根红布条，这是最近在附近的村寨里流行起来的，据说能给人带来好运。他伏着壮实的身体，颈脖和手臂处的肌肉有力地运动着。

陈罗朵注意到榜妹的眼睛偷偷地看着他，便抿着嘴笑一下。她们不过比她小一两岁，却似乎并没有她那么多的烦恼。

小腊娘对着运福的背影说："不是说你要去矿上做工，咋还不走？"

运福头也不回地说："过两天就走。"

何家祖奶笑眯眯地说："我家运福孝顺。人家的崽，收完谷子就猴子屁股痒，巴起就跑了，我家运福说，要等田里撒完肥再走。"运福的妈嫁到外村生下他后，男人就死了。她改嫁的那一家已经有了几个娃娃，运福便送上依崖来，跟着何家祖奶。

小腊娘说："祖奶你福气好哟，得了这样一个孙子。现在的年轻人孝顺的少，特别是分了田土，好多老的都没人管了。"

何家祖奶说："你不要哄我。那是山下的事情，我们依崖没有这样的规矩！"

运福扭过头说："我们依崖下山去打工的人多了，说不定，往后还要把家搬到山下去哩。"他说话的声音像爆豆子，又快又响，神情却有几分羞涩。看人的时候眼睛总是躲闪着，让你觉得他心里还动着什么别的念头。

榜妹看着摊在膝上的破衣服，老成地说："现在的事情，变得快得很，往后是说不清的！"

运福认真地说："不过是早些迟些，我们还不是也会像山下的人一样过日子。"

何家祖奶从牙缝里"嗤"一声说："年轻人就是图个新鲜，山下有哪样好？闹哄哄的。这样过那样过，都是一样地过。"

运福说："你就不晓得了，山下的好处多得很。我们要是永远在这山上，人家山下越来越好了，我们都快成原始人啦！"

何家祖奶说："成哪样人？还不都是人，莫非还会变成猴子？"

运福转过身去，继续敲他的锄头，说："跟你说不清的。"

何家祖奶笑起来："跟我说不清，往后跟你媳妇说去！"

三个年轻的女人笑了，榜妹笑得格外响亮。小腊娘捅她一下说："人家说运福的媳妇，你又跟着笑个哪样？"榜妹惊叫一声，又扑到小腊娘身上。这一次她的手脚重，小腊娘也叫起来。运福红着脸，扛上锄头走了。

笑闹了一阵，重又坐下来继续手上的活。女人的针线，就像男人的酒桌和纸牌，是上天分配好了的，用来打发这山上的漫漫的时日，也串起了平日里凌乱的心绪。针线还是依崖女人的功课，从八九岁开始，她们干完了家里的活路，就要聚到年长的女人家里边学边做，听她们唱着古歌，把这针线里记录着的祖先的故事记在心里，又一代代地传下去。

日影继续移动着。何家祖奶咳一声，唱了起来："……你看那孔雀尾巴上的羽毛，就像女人们穿的花衣衫……"

等她把这一句"咿呀咯唧"地唱完，把那一腔从低到高地拖完，是要一些时候的。人的心就随着这声音起起伏伏的，有一种熟悉的隐隐约约的东西弥漫开来，那是一些对缥缈的古久了的岁月的想象，也是这一刻正过着的依崖的日子，里面填塞着许多的人和物事，梦一样地掠过眼底。这声音里还有一种奇怪的力量，让人的心在一瞬间像飞起来的鸟，振着羽翅脱离了一切闷恍和忧烦，轻盈地在虚空中盘旋。

三个年轻的女人也跟着何家祖奶唱："……你看那狮子老虎身上的斑纹，就像女人们穿的花围裙，穿在身上大家一眼就看到，唱这首歌让大家都记得……"

榜妹想起什么，停下了唱歌，问陈罗朵："你们在乡里唱歌，唱的就是这些？"

陈罗朵说："大家都是不同的村寨来的，各唱各的，主要唱苗歌和布依歌。要是在一起唱，就请县里来的老师编成新歌。"她忽然"嘻嘻"地笑起来，又说："那个老师很好玩，喊大家都撮起嘴巴唱，说那样声音就收得拢，要不就像鸭子一样，敞着嘴嘎嘎嘎的。等我们撮起嘴唱了，他又说，不要翘得像鸡屁股一样的。开始的时候他爱说普通话，说快了我们听不懂，他就用普通话说我们的话，听起来怪里怪气的。他还骂人，说他妈的他妈的。"陈罗朵学着老师的腔调，榜妹她们就笑，笑得偏偏倒倒的，眼泪也出来了，似乎这是天底下最好笑的事情。

何家祖奶说："你有福气啊，边唱歌边过日子，是最好过的，再苦也不觉得苦了。再说还挣钱。"

榜妹的眼睛发亮地看着陈罗朵，羡慕地问："唱一天好多钱？"

陈罗朵说："一天发三块钱，要自家买饭吃。乡里的饭很贵，有时候还不够哩。"

小腊娘说："哟，三块钱？你拿给我，我包你吃三天！"

榜妹趁机说她："你就晓得吃，人活着又不是光为了吃！"她不知为什么显得有些激动。

小腊娘说："咦，榜妹也像村长一样会讲大道理哩。人活着不为吃为哪样？我们依崖一辈辈的人，吃饭都是个天大的事情！"

榜妹争嘴似的说："反正不光是为了吃！"

陈罗朵也说："我也觉得是这样哩。"

何家祖奶又叹气了："唉，你们是没有真正饿过饭哦！"

榜妹说："饿饭是一回事，吃哪样又是一回事。我们依崖一年到头吃苞谷饭，逢年过节才有糯米粑，人家山下是天天吃大米的！"

何家祖奶说："吃得再好，天天吃肉，早上起床还不是都变成了屎尿？吃得好，不见得就是活得好。"

陈罗朵笑了："祖奶，你说的还是人活着不光为了吃呀。"

小腊娘"呸"一声说："绕来绕去就是你们对！"

榜妹问："祖奶，那么你说，咋样活才是活得好呢？"

何家祖奶皱皱眉头，手臂又笨重地抬起来，仿佛没有心力去想什么，但她还是说："活得好，就要一辈子会唱歌，会做一手好针线，年轻的时候有男人喜欢，老来了，床边有人端茶送水……"

三个年轻女人笑着，却没有说话。

无话的间歇里，人的心忽然静了下来，变得又宽广又平静，这依崖的日子的气息，就一点点地渗进了心里。风一阵阵凌乱地掠过去，房屋在寂静的阳光中沉默着，哪里有一声男人的咳嗽，或者有一声狗的吠叫，像一个气泡冒上来，又破裂在无边的时光的大雾中。

……

（节选自《远天远地》，贵州人民出版社，2000年5月；

获首届贵州省政府文艺奖二等奖）

陈谷一

地 债（节选）

第一章

一

1951年，新生的人民政权通过土地改革等一系列工作，让在血与泪里挣扎着的劳动人民，终于摆脱了那个灾难深重、罪恶无边的旧社会，当上了国家的主人，有了平等、自由的生活，一心一意去奔那"点灯不用油，种地不用牛"的幸福日子。

又过了两年，当樟树坪的四个互助组准备在第二年秋天联合建立初级农业合作社的时候，党支部建立了，村长古耕当选为党支部书记。

也是这时候，村里人谣传着党支部书记古耕同地主女人邹元芳私通有艳情！

腊月初八那天，樟树坪下了入冬以来的第一场大雪。大雪断断续续下了两天才停下来，雪盖住了整个村子，满山遍野白晃晃的。晚上没有月亮，可雪光映亮了天上地下，亮堂得像白天一样。

这天晚上，古耕吃过饭从家里出来，下了他家门外那个土坡，去观音庙看青年团员们在春节演出的节目排练得咋样了，同时还和团支部书记尹黑牛谈一些其他问题。

古耕这几天很高兴呢，乡政府最近拨来了一批无息生产贷款，也给一些人家发了救济粮，这无疑给春节增添了欢乐气氛，大家都说要在明年春天大干一番，把生产闹他个热气腾腾。

白茫茫的雪地上，古耕的解放鞋踩得积雪嚓嚓发响。下雪天的田坝显得空旷、辽阔、冷寂，那片笔直挺拔的竹林斗不过风雪，有点畏畏缩缩地弯下腰来，这会儿显得很不起眼。只有香樟树不怕冰雪，依然挺立雪中，身上披了雪衣。常年热闹的观音庙这天晚上清清静静的，不见人影，整个庙子在风雪里好像睡着了。古耕一拍脑门，"哦"了一声，才想起了今儿个赶石坝场，上夜校是星期日呢。

观音庙修建在斜坡上。走进庙门，是一间低矮的门厅样的屋子，屋子上头是一个戏楼。从戏楼底下穿过，上一排石阶，就到了石板铺成的院坝。每年樟树坪唱戏、打清醮，村民们挤在这院坝里向戏楼上观看。从院坝再向上，再上一排石阶，就到了观音庙的正殿。那些观音、五皇、文昌之类的神龛就在正殿里，接纳村民们年年月月朝拜的香火。

古耕走进庙门，从戏楼下穿过，上了一排石阶到了石板铺成的院坝，转过身望着比他高五尺的戏楼，心里突然生出了感慨。他想起三年前，一个落雪天，樟树坪村民在这里召开诉苦大会，斗争恶霸地主邢麻子。当时诉苦人一个接一个，后来一些妇女要冲上戏楼去撕邢麻子的肉，身为农会主席的古耕大吼了一声："乡亲父老姐妹们！别乱！看我古耕的……"他飞起一脚踢翻了邢麻子，再飞起第二脚时，台下发出一声惊呼，接着是一阵热烈的掌声，麻子地主从楼上滚到了楼下，长躺躺地睡在地上，向踢他的古耕翻着白眼，惨白阴森的目光一闪一闪的，血水从他嘴巴、鼻孔里流了出来。古耕被邢麻子的目光看得慌乱了，连忙下令："押走！"四个民兵把邢麻子拖到了庙外小溪边的沙滩上。古耕手提马刀追了上去，在群众呼喊的口号声里，他一刀砍破了邢麻子的脑壳，腥臭的脑浆喷了出来，接下来又一刀一刀刺向他的肚皮和下身，嘴里喊着："你心黑！你心黑！"直到砍掉了他裤裆里那个玩意，把那鼓捣成血肉模糊的一团了，一个民兵提醒了他才住手。古耕报仇的这天晚上，他抱着妻子牛彩哭了，后来又笑了，笑笑哭哭闹腾了半夜。以后这些年，尽管牛彩在古耕面前不承认邢麻子同她有那种事儿，但古耕心里还是说不清道不明地记挂着，还是觉得他失去了一点儿什么。

因古耕在土地改革中的斗争精神，樟树坪的群众对这小伙子另眼相看了，认为他内心有一种力量，用农民不成句读的话评议，就是"外软内硬""有坚决性""闯得出来"，是"农民中的硬汉子"。乡里也看中这小伙子，先让他当了行政村长，现在又任党支部书记。

正当古耕望着戏楼回首往事时，突然从他背后传来了响声，一个念头在他脑子里一闪，莫非有坏人？他一转身，看见旁边的地上有一块砖头，他跑过去拿了起来作为武器，厉声问道：

"谁？！"

"古耕哥，是我……"尹黑牛的声音。

古耕心中的一块石头落地了，于是扔了手里的砖头。"你一个人在这里干啥？"他一边问一边上了石阶，向正殿走去。正殿是从前供奉菩萨的地方，前几年土地改革工作队打了菩萨，后来清扫出来，用来召开群众大会，如今办夜校又用来做了两间教室。

"你一个人黑灯瞎火地在这里干啥？"听不到回答，古耕又问。

这时，一个女孩从教室里跑了出来，害羞得一言不发地埋着头，从古耕身边跑了过去，下石阶时，一条辫儿在她脑后摆着，过院坝时雪光映衬出她美丽的身影，再后来身影消失在戏楼下的黑屋里。

"哈哈哈……"古耕笑了，看清了她是田家的女子，"原来你们在这里搞自由哟！"

尹黑牛埋下头很不好意思地说："我们在……"

"在谈恋爱是不是？"古耕接过他的话头反问道，"团支书带头贯彻婚姻法，自由搞，爹妈不包办，没错，没错嘛！"

尹黑牛脸热了，窘得找不了话回答，古耕这时已走进教室，在他身边坐了下来。他掏出一匹叶子烟放在嘴边哈哈气，然后掐成几节，卷了一个卷儿把它装进竹筒筒烟杆，擦火柴点燃，狠狠叭了一口，一阵呼呼声吸到肚里，又一股烟雾从鼻孔喷出来。有点过瘾了，他才慢悠悠吞吐着烟雾说道：

"黑牛，第三互助组七八家的粪，在下雪前都送田里了吗？"

"好像送了吧？"尹黑牛说，他这几天在乡团委开会不在家。

"老经验说：人靠衣裳马靠鞍，苗靠肥料土靠翻。又说：瘦土变肥地，一季顶两季。如果各互助组的牛粪这会儿施下去，雪水不炸过，以后肥气就出不来。焦干牛粪施下地，不如老牛放个屁！"

尹黑牛很佩服古耕记得那么多"老经验"，称赞道："古耕哥，你记性真好哩！记得这么多韵文。"

"俗话说：不怕学艺难，只怕不耐烦！我是边学边记呗！"

古耕那年二十八岁。他家很穷，他从小就跟爹妈勤学苦做，种庄稼样样精通，既拿得起，又放得下。组织互助组时，每个组都争着要他，说他一个人能顶两个用。虽然他中等个子，但他铁骨身架瘦精精的，全身上下哪怕是大腿，都是肌肉发达，没有"膘"感，这一切显示了他精明强干的气魄；没留头发，发茬又粗又黑又密；不瘦也不胖的圆脸上，长长的浓眉下，一对眼睛亮亮的，当他盯着人看时，被看的人不敢同他对视，常常把人家看得耷拉下眼皮。

古耕叭完了烟，把烟杆筒筒在桌边一敲，还有点火星的烟尾巴掉在了地上。随后他站了起来，踩熄地上的火星，搓搓手，手脚有些冰凉了。"黑牛，我们走吧。"他走出教室，下了台阶，站在院坝上等黑牛时，抬头看房上厚厚的白雪，厚得像棉絮铺在瓦上，泡酥酥（指蓬松）分外好看呢！

"古耕哥，今晚的事别捅出去呵！她爹晓得，她要挨打！"尹黑牛下了台阶来到了古耕身边。

"我晓得！有些人对婚姻法还不了解，在按旧习惯办嘛。"古耕说，意思是要他放心，这时他突然想到一件事，说：

"小兄弟，你常各家跑，给我统计一个数字：全村人家现在有多少堂屋门？"

"五十八户，就有五十八扇堂屋门嘛。"尹黑牛有点奇怪地看着古耕的背影，党支部书记咋问这在樟树坪人人皆知的数呢？

"这几年，有一些人家新修了房屋，办了喜事，娶了儿媳妇，再说大门也不是一个样嘛，有双扇大门，也有开一扇门的。"

"古耕哥，你统计这个数有啥用？"

"你过几天就知道了，"古耕笑着说，"我已算出了，是五十八扇大门。其中双扇门三十五。你默想一下，看我算得对不对？"

尹黑牛扳着指头一户一户算过，然后说古耕算出的数是对的。

他们走出庙门，当他们分手回家时，又起风了，风很烈，吹得呜呜响。古耕仰脸看天，有几颗雨点落在了脸上。

"夹雨夹雪，无休无歇！黑牛，看来这雪还得下些时候。"不等对方回答，古耕又道，"这冬雪下得好哩！冬雪是宝，春雪是草！"

第二天，古耕从石坝乡开会回来，经过村口"河嘴上"时去了尹家，在门口对尹黑牛说他有事，同时递给了尹黑牛一捆纸卷儿。

"你把它发给各家吧。过春节了，家家堂屋正墙上要贴毛主席画像，门枋上要贴新春联，不论是单扇门还是双扇门，如今都要贴门神哩。"

黑牛乐了："古耕哥真有你的！"他很佩服年轻的党支部书记来了这一手。

尹黑牛在土地改革时搬了家，搬到了河嘴上。这里从前是邢青云的住房，后来邢家搬到石坝场，这房子土地改革那一年分给了几户贫农和雇农。

"古耕哥，进屋坐坐吧。"

"好！"古耕答应，他随黑牛走进堂屋，站在桌前，看着黑牛展开了那捆纸卷儿。先看对联，上联是"翻身不忘毛主席"，下联是"幸福全靠共产党"。又看了毛主席画像。门神黑牛看得最认真，有单扇用的门神，也有双扇用的门神。但它不是从前的"神"，是画片，有"增加生产，厉行节约"，有"抗美援朝，保家卫国"，有"总路线放光芒"，有"互助合作好"，有"粮食畜牧丰收图"，还有宣传婚姻法和植树造林的，好多种哩。

古耕点拨黑牛："兄弟，这也是政治思想工作哩。"古耕想坐下来，但没有板凳："你还没请我坐哩！走半天路了，腿酸脚软的。"

尹黑牛醒悟过来："是哩，是哩，忙着看门神画儿，就把古耕哥晾起了。"一边说一边端来板凳请古耕坐。

尹七娘在堂屋旁边那间屋里纺线，也隔屋笑着"说"了儿子几句，然后问："他表哥，是啥事？莫非表嫂牛彩给他做媒说媳妇吗？"

一听娘这话，尹黑牛向古耕递眼色，要他千万别说那晚上在观音庙看到的！

古耕笑嘻嘻说："小兄弟的婚事嘛，舅妈就不用操心啦，说不定他早对上象了！"

"在哪点？他表哥，你说给我听听！"尹七娘高兴起来。

尹黑牛连忙接过话头："娘，还没影儿呢！是古耕哥开玩笑。"又连忙对古耕说："古耕哥，你有啥重要事？你说吧。"

古耕向黑牛做了一个鬼脸，尹七娘在隔壁屋里没有看见。

一说到要讲的这件事，古耕有点气恼了：

"还不是那个老问题：土是金银库，田是聚宝盆！昨天在乡政府开会，县里来的农工部部长在会上给我们讲了全县互助合作发展的大好形势。下午范书记讲了全乡的农业生产，表扬了我们党支部在互助合作中起的带领作用。范书记在会后向我透露了一个意思：要我们村的四个互助组在明年秋后建成全乡第一个初级农业生产合作社。乡党委准备在我们樟树坪搞点。我们当前的任务，是巩固四个互助组，保证明年全村户户增产增收。但这件事有点难哩！现在是每个互助组都存在一些问题。比如第二组的田牛，听说他要退出互助组，要卖土地……"后边的话没有说下去。

"真丢人现眼！是好了伤疤忘了痛，把翻身户的光荣抹黑了。"尹七娘插了一句。

尹黑牛批评娘了："娘，我们在谈工作，你别打岔好不好？"

古耕觉得尹黑牛批评他娘的话过于生硬，转了一个拐，说：

"舅妈说说不要紧嘛，有话尽管当着我的面谈吧。田牛现在一缺钱二缺粮，还得靠乡亲们扶持。舅妈你说是不是呢？"

古耕这一说，尹七娘不说话了。古耕不晓得田牛和尹七娘的那一段私情，尹七娘至今对田牛还恨恨的！

古耕走后，黑牛走到隔壁屋里对娘说：

"娘，支书与我说话，你总是爱插嘴哩。"

"我是怕你们年轻人站不稳脚，给你们提醒提醒，俗话说：一个坏官上任，千个百姓遭殃！"

"娘，古耕支书是同我们团支部谈工作哩。"

"我本来不想多嘴的，只怪田牛不给贫农雇农争气，土地改革才两年光景就卖田卖土，这种事是要让地主富农高兴吗？"

尹黑牛不说了，娘话多，是在旧社会养成的德性，那时她骂人，骂世道，一骂起来就闭不拢嘴，要骂得心满意足才罢休。

"你认为田家这事咋处理呢？"尹七娘问儿子。

尹黑牛想到正同田大慧谈恋爱，说：

"砖连砖成墙，瓦连瓦成房。一家有事万家帮呗！"

"我家出点力气，给他种田，不算个啥，可钱、粮送不起他了。"

尹黑牛一听娘思想活动了，说：

"那就不送，借给他家呗。"

"不借！他要是给你来一个'粑粑打狗，去了无回'呢？"

"娘，你常说臭牡丹也要开三年红花嘛！一个人的运气总有好的时候嘛。我们帮扶田家走过了这段烂路，人家要领情的，也会还我家的粮和钱。"

尹七娘有话还想说，一抬头，儿子走了，莫非他去了田家吗？

二

俗话说，两山之间必有水，两个心眼必有鬼！田牛因为多了一个心眼，撞上了欠债这个"鬼"了。他先是建房，然后又去贩卖猪儿，两件事后来都倒了大霉！

1953年初冬一个小阳春的日子，天气暖和和的，落了叶的桃树一夜之间突然在枝条上冒出了花苞儿，很快绽放出红艳艳的花朵。

那天，田牛坐在他家门口晒着太阳，心思像这突然变化的气候一样活跃了起来。

田牛在河嘴上的房屋，是土地改革分给他的。早先他住在崖脚下，那间草棚拆了，已把梁柱、杉桷搬到了他现在的新家。他谋划着建房，并非完全是为了处理这些旧木料，而是看上了他家门外的那一堆地基石。

田牛坐在门口好些时候了，还不想站起来。他平时看起来软塌塌的，有时候三天说不上两句话，走路步子很慢，埋起脑壳，耷拉着眼皮，但他内心的活动却很激烈。他心性很硬，很贪婪，自己鼓着劲儿不达目的不罢休，往往要跌倒了才回头。乡间有一句顺口溜描述他这种人：埋头汉，耷耳狗，口里没有心里有。田牛个儿不高，矮矮胖胖，水瓢脸，形象和他的心性有了完美的统一。

他家门外那堆地基石，是地主邢麻子十多年前请石匠开出来，准备用来扩建房屋的。后来土匪多了，邢麻子怕土匪"拉肥猪儿"（绑票），把家迁到了石坝场，那堆地基石没有用上，从此摆在了那里。斗争地主分浮财，有人在会上说到了这堆地基石。农会主席古耕对这事不以为然，一边摆着手一边说道："石头有啥用呢，家家都分得有房屋嘛。谁要地基石，谁就搬去呗！"田牛赶紧问："当真？"古耕答："当真。"田牛又问："这话算数？"古耕突然意识到了一点儿啥了，改口道："谁家要建房，可以拿去。不建房，不许拿，更不许毁坏。"田牛心里打起了小算盘，他把这堆地基石放在了他的"小九九"里。现在，这堆地基石正好就在他家门外的晒坝边。田牛平时把一些苞谷秆、稻草堆放在地基石上面，遮盖着，免得别人见了地基石眼红。樟树坪最近要修建小学了，田牛听到这消息，就意识到这堆地基石有可能被小学抬去砌墙脚。他一下子心慌起来，于是决定马上建房，把地基石使用了。

田牛想好这事站了起来，连婆娘也不讲就向村外走去了，他怕讲了自己的打算，婆娘不赞成。他急忙去了他舅子那里。他舅子官老幺住石坝场附近。下午他从舅子那个村里请来了几个工匠。婆娘官秀秀对他这么做感到太突然，缸里米不多了，烧柴也快没有了，突然来这么多人，吃饭咋办？要是建房修它十几二十天，把家里粮食吃光了钱花完了，明年春天的日子咋过？婆娘在里间屋里背着工匠叽叽咕咕向男人诉说着，一边说一边抹起了眼泪。田牛向她解释，她不信服，最后说得冒火了就干脆不说了，自己去煮饭，遵照古训"好猫不咬鸡，好夫不打妻"。丈夫打妻，在农村是普遍的，而他的"不打妻"很快调和了矛盾。官秀秀感动了，把他一推："去陪木匠、石匠师傅！"接过男人的烧火棍子，由她来烧火做饭。

田牛就这么修房了！因为用现成的地基石，少费工时，连续七天下来，就砌好了三间屋的墙基。田牛要开工钱放工人回家，他舅子官老幺劝道："姐、姐夫，墙基都垒好了，木工正好在这里，不如鼓一把劲一口气修完吧！建完了，就丢开一件事了，免得天天挂在心上！"官秀秀向她兄弟说了难处，不料她兄弟劝道："姐，欠一点债，不要紧嘛！姐夫会做生意，赚点钱，慢慢还呗。"于是，田牛接着盖房。又过了半月，房子断水，三间新房盖好了。

田牛欠债了，欠了现金一百多元，粮食六百多斤。

在债务面前，他苦着脸，长长地叹了一口气，终于埋下了头。

"你呀！你是'牛不知角弯，马不知脸长'。"婆娘官秀秀埋怨说。

田牛眼睛鼓起了，一抬头，一句脏话想骂，忍了忍，没有出口。

婆娘又道："龙眼识珠，凤眼识宝，你这牛眼只能识稻草！你名字叫牛，的确是一头牛，比牛还要牛……"

"你少瞎说！老子是龙！是凤！"田牛跳起来，走进睡屋，拿起一个帆布袋，气冲冲走出了大门。

田牛要去贩猪儿。他要发财给婆娘看。他听说离石坝场一百多里路的太平镇的猪儿价低，从石坝场去一个来回三天。一次赚几十元，一个冬季跑下来赚它几百千把元。现在要抓紧跑！开春以后，田头农活忙了，要起猪圈粪，要平整秧田育秧，要犁耙泡冬田，那时忙起来就做不成生意啦。

田牛从红柿湾他姐夫那里借回两百元，用它做贩猪的本钱。前次修房，老村沟他姨妹帮他借了一百元。如今两笔债合起来他欠债三百元了！除了现金债，还借邻家六百斤粮食。开春他家还要买几个月粮食才能搞春耕生产，一直买粮吃到夏收，这买粮也要钱呀。田牛想着一大堆债务，从姐夫手里接钱时双手微微颤抖了。

三天以后，田牛拿了几双麻耳草鞋，带上婆娘官秀秀蒸的粑粑，天不亮就上了官道。在金沙场吃的早饭，中午来到了土城。歇一阵，在饭馆要了一碗热米汤喝过，吃了冷粑粑又走，天擦黑赶到了太平镇。他找了个小客店歇下，写了"号"。店家请他到后边房里洗了脚，再回到前面厅房里围着火盆烤了一会儿，又倒了碗热开水吃了冷粑粑，累得倒在床上睡了。因为心里有事，第二天早早醒来离店上街。这是个河边乡场，石板街弯弯拐拐，随地势一会儿上一会儿下，一直到场尾的黄桷树下，才找到了太平镇的猪市场。

太平镇虽在河边，但周围是高山。山民从山上下来，一直要到中午了，赶街山民才拢齐。山民头上包着帕子，身穿对襟短袄或长衫，勒着腰带，脚上穿着布做的袜子或裹着棕片，多数人穿的草鞋。也有穿胶鞋的，那是一些穿中山服的干部模样的人。从乡下来的农民男男女女几乎一律背着背篼。一个猪背篼后，站着一个卖猪儿的庄稼人。田牛到了猪市就守在了那里。他磨牙斗嘴，精挑细选，最后买下两家农民的十二头小猪儿。

在离猪市不远的小饭馆吃了一碗米粉后，他挑起猪篓往回走。因为发财心切，走得飞快，天黑前又来到了土城。在一家豆花饭馆，他向店主要了一些豆渣，掺上米汤，做成猪食，借店家一个盆喂饱了猪儿。又硬着头皮用买猪儿剩下的三角钱吃了一顿豆花饭，吃得饱饱的准备赶夜路。如今天下太平，没匪没偷，又是大月亮天正好赶路呢！一夜不停，边走边歇，第二天早上回到了石坝场，逢上了场期。这一次，他赚了四十九元二角七分。

田牛又累又饿，回家吃了饭，一直睡到第二天中午。吃了中午饭，他又睡，睡到晚上官秀秀上床。女人这回高兴了，又是推，又是摇，又是亲，又是爱，一夜弄醒了他几回。

"你说我算啥呢？还是牛吗？"田牛问婆娘。

"家常饭，粗布衣，知冷知热自己妻。"女人说，把他往肥胖的怀里一搂，紧紧抱住了他……

俗话说，一钱为本，万钱为利。过了几天，田牛又上路了。田牛去时天气好好的，回来遇上了大雪封山，猪儿经风寒一冻，到了石坝场，便不吃食了——猪儿病。买主看猪儿蔫呆呆的，问价的人少了。于是一见买主路过面前，他就做"养猪经"广告：

"同志，养猪好嘛！俗话说，养猪不嫌多，能肥几匹坡！"

一个穿中山服的小伙子看了猪儿，但没有下决心买。田牛用竹筒筒烟杆指点着猪儿说：

"小兄弟，这头好哩！你看，头大尾根粗，必定是大猪！还有这短短的尾巴，尾巴高吊起，越喂越欢喜！小兄弟，不是哥们冲壳子（吹牛），走遍猪市，这么好的猪你见不到几头哩！"

穿中山服的小伙子过了秤，付了款，背起猪儿就走。穿中山服的小伙子一买，便招来了另一个女买主。田牛指点道：

"妹子，买这头，你看这耳这蹄，耳大四蹄粗，长成大肥猪！"

少妇笑笑，说等她男人来了再买，站在旁边等着她的当家人。

又过了一阵，一个买主来了，看了猪儿，问："猪儿咋不精灵？"田牛说："下雪天，猪儿怕冷，这有啥呢！"正在这时穿中山服的小伙子背着猪儿回来了。回来把背篓往地上一放，气冲冲说："老大爷，这猪我不买了。"田牛故作吃惊："咋？"小伙子不好说原因："……反正我不要了。"田牛沉下脸："你这是哪来的规矩，想买就买，想退就退？"小伙子问："你退不退钱？""不退。""你真不退钱？"小伙子对周围的人大声说道："同志们，这家伙卖瘟猪！"他一喊，一些人围了上来。有人问："你说它瘟，根据在哪点？"小伙子正要往下说，田牛急了扑过去抓扯，大家连忙把两个要打架的人隔开。小伙子站在远处高声武气（表示声音很大，气势很足）说："我买了，才发现猪儿打不起精神，而且肚皮是饿的，拿饭给它吃，不吃，连闻都不闻……"田牛又冲过去抓扯那小伙子，市管会来人把他们叫走了。

经过兽医站对猪儿一头一头检查，得出结论：猪瘟——猪丹毒！抢救无效！不到两天，十四头小猪全死了！这一回，田牛损失了二百多元！

卖瘟猪的事传开了，要债的人上了田家。

田牛觉得没脸见人了，就裹着被窝睡，婆娘官秀秀推他："你姐夫来了哇！"他没有答话，动了动身子，告诉婆娘他醒着。姐夫等了一会儿，见田牛不起床，对田牛的女儿说："慧慧，去叫你爹！人常说：有钱，钱打发；无钱，话打发。莫非你爹没钱就人都不见吗？"他向官秀秀问了欠债前前后后的情况。他站起来走进田牛的睡屋，在床边坐了下来，说："他舅，你起来。我们两家是亲戚嘛，欠债的事慢慢商量嘛！常言道：地上万物土中生，天下百业农为本。这做生意的事，不是我们农民干的。金水木火土，离不得泥巴补！好好做庄稼，才是正道哩。"田牛这时转过脸，手抹了一下眼睛，拉上被子蒙起脸，热泪流了出来……

姐夫见田牛哭了，只好回了他的红柿湾。

下午，又来了一些人，有要钱的，有要粮的，坐了一屋子。这应了民间那一句俗话：富人门前车马多，穷人门前债主多！

田牛他舅子官老幺对姐夫的欠债毫不在意。一进门他就笑嘻嘻说："姐、姐夫哥，听说你们做猪儿生意蚀本了，真的吗？"官秀秀说："兄弟，是咧，你姐夫哥贩猪儿倒霉了！气得两天不吃饭啦。你劝劝！"官老幺说："姐夫哥，我官老幺做生意咋不倒霉？这怪你外行哩！不是兄弟说你，姐夫哥做生意的心眼儿太死，又不懂生意经。啥叫生意经？就是先人们总结出来的经验嘛！比如：大生意靠走，小生意靠守！生意要做活，莫跟别人脚！先尝后买，才知好歹！还有：酒无纯酒，金无赤金！还有更重要的一句：舍得钱干，才有钱赚！哈哈哈……"官老幺一连串的生意经把哭丧着脸的田牛逗笑了。

官老幺比他姐秀秀小十多岁，才二十四。因为家在石坝场附近，家里有爹种田，就一年三百六十天扛一根青冈扁担赶"溜溜场"，从这个场镇低价买进，到另一个场镇高价卖出。比如，贩生姜、辣椒就去赤水河上游场镇，再从那里买枣子、红糖、皮货等回赤水河下游场镇零售。来来往往干了六七年，跑得，饿得，赚了不少，家里的一条牯牛就是做生意赚钱买的，他说小小生意赚大钱哩！田牛曾和他内弟官老幺合伙做过生意，后来家里没人种田，加上他几次发现官老幺吃了他的钱，就借口无人种田散伙了。现在经官老幺这一番宣传，想到他这些年确实做生意发财了，田牛就又有了做生意的想法。

"他舅，我不是做生意的材料呢！"田牛说。

"是嘛！你姐夫哥是个憨憨，他做不来生意。"官秀秀附和说。

官老幺嘿嘿笑起来："姐、姐夫哥，你们不是不会做，是太没经验哩！比如这次贩猪儿，这猪儿是活物，它一天三顿要吃，又经不得风寒，容易得个毛病，这生意咋做得好嘛！喂母猪的人家时多时少，猪儿价不稳定，生意信息就很难把握。生意经道：信息灵，出金银！"

几句话说得田牛两口子点头啄脑。他们对官老幺信服了，就生意经来说，田牛就一句也说不出，自己是种庄稼的，记得的是庄稼经。田牛说："兄弟你说得有道理咧！"官秀秀推男人一把说："别打岔，他舅在开导你个死脑筋！"

官老幺一席话，又说得两口子连连称赞。过一会儿，官秀秀摇头："兄弟，你说得再好，我们现在也做不成生意了。"

"为啥？"官老幺问，知道他姐要说什么。

"你说为啥？"官秀秀反问。

"没本钱呗！"官老幺笑了起来。

"说对了！"官秀秀说，"我们欠债三百多元了，哪来的钱？"

"有！"官老幺以肯定的口气说。

"有？"官秀秀一怔，眼瞪得很大，"从哪来？"

官老幺给田牛出了一个卖田土的主意。田牛一听，头埋下了。他摆摆脑壳，一个心酸的浪头涌上来，顿时鼻子发胀，眼里含了泪花。田牛想起他家祖宗三代没有土地。他爹为买田置地奋斗了一生，仍然寸土没得，而今有了田地却守不住，卖田地就是败家子！官秀秀也低下了头，看着脚尖，一时间没有说话。

"姐、姐夫，你们不明白社会在变呀！上头来文件了，要建农业社了，政策又要收回土地了，你们以为分给你土地就是你家的祖业吗？"

田牛、官秀秀吃惊得瞪大了眼睛。

"你不信？昨天去我二姐家，他们正在学习社章，要建红旗初级农业社，说是半社会主义性质的，党支部正号召农民入社呢。"

田牛垂下眼皮，心里一转念，又抬起头说："是咋收回土地的？你姐明天去你二姐家问，有个准消息。"

"姐、姐夫，现在卖地还得几个钱哩！债还了，做生意本钱也有了，一举两得哇！"官老幺劝道。

田牛拿不定主意。

官秀秀说："兄弟，就是要卖，这地卖给谁呢？"

"你把卖田土的风吹出去，人家要买会上门来。村里哪些人家有钱，哪些人家这几年增添了人口，姐你一点信息都没有吗？"

田牛埋下头，没再吭声。

四

党支部会议开得很好，听古耕传达了乡里的会议精神，总结了前几月的工作，党员互相间交换了对一些事的看法，开展了批评和自我批评。

这次会议明确了两件事：第一是巩固互助组，明年建农业社，因而不能让田牛卖土地；第二是修建引水渠。

古耕说："第一个问题主要在开春以后，领导大家搞好春耕春种，及时解决一些农户缺耕牛缺资金问题。要抓种上、种好这个关键，只要种上了，管理、收割都容易解决。至于在樟树坪要卖田土的，目前就田牛一家，对他一是教育，二是帮助他解决欠债问题。"

一说到田牛，大家对他争夺地基石很不满意。

古耕说："田牛他这人，是这德性，有啥办法？如果把田土卖了，他明年拿啥入社？那时候他的问题会更严重。"

尹黑牛说："我调查过了，他在红柿湾他姐夫那里借的二百元，有一百五十元是他姐夫的。另借他姨妹一百元。这两家跟田牛是亲戚，两家比较宽裕，这两家的钱以后还。关于那五十元，我动员我妈拿二十元帮扶，古支书说他动员陆泰安大伯帮扶田牛三十元。"

古耕说："这事分分工。欠红柿湾他姐夫的，毡帽老爹同他姐夫是娃儿朋友，讲讲情。欠他姨妹的，水小菊这位老领导去，你娘家在那边，听说你们还是亲戚哩。"

毡帽老汉说："古支书，讨论修水渠吧，家家受益，人人赞成。我想，人不能多了，一窝蜂出工不好。"

水小菊说："水渠要经过六家的田土，一要损苗，二要占用这些人家的土地哩。这事咋处理？"

古耕说："到哪个山头再唱哪首歌吧。"

第二天，出了太阳，组长和党员们一起去了野牛坡，去划分各组的工地。野牛坡在河嘴上的房子旁边那条小溪的上游，离河嘴上的房子有两里远。小溪在这里断层，溪水从空而下形成了一个瀑布。早年间有人在这里拦溪截流，修渠引水，往那边引灌了五十亩稻田。水渠没有再延伸过去，是因为那边山上的稻田当时是另外一家地主的土地。前几年有人提了这事，当时一家一户种田没有组织互助组，就没下文。

当划好了各组工地后，水小菊又提了昨天那个问题：

"我昨天提的那个事，有人说他家稻田有泉水不要渠水灌田，也有人说他的稻田很早以前就用渠水了。这些人家想不参加哩。"

古耕说："他们不参加就不参加呗！下午叫他们来开会。一家一户生产，小农业，芝麻大一点事儿，牵扯上这么多个家庭，意见难统一，真是烦得很！"

村公所设在观音庙正殿旁边的小屋里。从前这里是禅房。二十多年前，有一个尼姑在这里被土匪轮奸，田牛也是在这间禅房里做出了那个风流事。一般小会在这间房里开。房里没啥，一张土地改革时从地主家搬来的八仙桌和几条板凳。几家人吃过晌午饭就来了这里。每家都来了当家人。六家有五家是贫农，另一家是地主邹元芳。邹元芳是邢麻子的小老婆。邢麻子被镇压后，乡政府把她从石坝场弄到乡下，不让她住街上闲耍。

几个来开会的贫农觉得同地主坐在一起不光彩，脸上有了不悦的神色，古耕便对邹元芳说：

"村里修渠，你乐意不？"

邹元芳头埋得很低，声音小得像蚊子叫："乐意。"

古耕说："邹元芳，修渠占了你的地，给贫农雇农咋解决，就给你同样的办法解决。"说完，向邹元芳一挥手，邹元芳明白了古耕的意思站起来走了。

"龟儿子地主婆娘站住！"一个贫农喝道。

邹元芳吓得身子一抖，头埋下了，恭恭敬敬站住。

"古支书，你要我们贫农跟地主一样解决吗？"那贫农问。

"一样解决！"古耕口气不含糊。

"你支书屁股坐……"看古耕脸色不悦，那贫农的话说了一半。

古耕又向邹元芳一挥手，邹元芳走了。他对大家说："这是解决田土问题，不是改造地主的思想！"接下来讲了解放军不虐待俘虏，大家的情绪才渐渐平静了。

古耕说："这次修渠要占用大家一些小麦地，村里讨论了个方案，占用一分麦地，损坏的禾苗，赔二十斤麦子，占用多少麦地，就赔多少粮食。开春救济粮发下来，动用一点救济粮给大家。至于占用的土地，明年要建农业社，把它作为入社的土地处理。"

见有人不懂他的意思，古耕又说："我举个例子。刘二爷，如果这次修渠占了你家二分地，这二分地就当作你家今年提前入了农业合作社。如果以后实际入社土地是九亩，加这次占用的二分，明年的土地分红按九亩二分算。"

"要是明年建不成农业合作社呢？"有人担心地问道。

"一定要建农业合作社！"古耕肯定地回答。

解决了问题后，古耕宣布散会。出门时，大家感到不对劲了，起风了，太阳躲进了灰蒙蒙的云里。

傍晚时分，风才停息了，雪片像扯破了的棉絮一样在空中飞舞，漫无目的地飘落下来。

樟树坪迎来了这年冬天的第二场风雪！

古耕回去后在堂屋的火坑里烧起一堆柴火，在火边坐了，又卷了一支烟装在竹筒筒烟杆里，点燃，把竹筒筒烟杆衔在嘴里叭着，等妻子牛彩做好饭菜唤他。

也就在这时候有人敲门。

"谁？"古耕站起来。

天黑之前，农村住户的大门是不关的。今儿个早早关门，是因为古耕想到风雪大，又近黄昏，他不出去了，也不会有人来。

"是哪个哟？外边风大雪狂，进来坐嘛。"古耕又说道。

伸进一个毛茸茸的女人头，眼睛看着地上，似乎不敢抬眼看他。女人有畏惧感？怕谁？还不是怕他这村长兼党支部书记。

"有啥事？邹元芳。"古耕问，口气很温和。

"我……我……"她话不成句读，是心情紧张，还是风雪冻的？

"你进屋来烤火，烤热和了你再说话嘛！"

"我……"她想，她是地主，不敢进门。

"进来！要你进来，你就进来嘛。"

二十三岁的地主女人终于进屋站在火塘边了，仍然低着头，抬头怕面前这位领导说她气焰嚣张。

"……感谢政府……关怀……"其实，她的本意是，党支书处理她的田土和处理贫农雇农的田土用了同一个办法解决，她很感谢。

牛彩已经从那边灶屋悄悄走了过来。看着地主女人邹元芳可怜兮兮的样儿，如果不是古耕在场，她想请地主女人坐下。

"你坐下吧。"古耕说了妻子想说的话。

地主女人迟疑了一会儿，畏缩着，半边屁股在凳上坐了。

牛彩用眼神向男人问：饭熟了，吃不？

古耕板着脸孔说："吃！"

牛彩在火塘边摆上小桌子，然后摆上饭菜，古耕说："加一个碗一双筷！"

牛彩给女人打了一碗饭，说："邹元芳，你也来吃。"

地主女人不敢端碗，古耕说："吃嘛！你怕啥呀？"

牛彩把一碗饭一双筷递到邹元芳手上，邹元芳吃了一口，感动得哭了，泪珠儿一颗一颗落到了碗里。后来牛彩给她添了三次饭，直到她说吃饱了。

吃过饭后，古耕从两个方面向她谈了占用麦地的处理方法，邹元芳一边听一边抹泪水。

地主女人走后，古耕心情有点不好，眯着眼，想着心事。这几年古耕为娃儿的血缘关系烦恼。牛彩被邢麻子放回来的第二个月，月经突然不来，这是第一个娃啊！她在邢家住了几天，从这一点说，这娃某种可能是地主崽子。但光凭这一点也不能一口咬定，难道他古耕就没生育能力？只是和她结婚一年了，一直不孕，偏偏这种时候怀上了，他能不怀疑吗？

尽管古耕表面上相信妻子说的"邢麻子没弄成"，但心里生疑，邢麻子是骚公猪，能放过当时十七岁的牛彩吗？他这样想时说话就露了马脚。一次，他当着牛彩问儿子："克元，你锁眉闭眼干吗？""爸，我没锁眉闭眼。""克元，你眼睛好小呀。""爸的眼睛好大好亮哟！""你长得像……"牛彩脸一下子红了，也觉得儿子长得不太像古耕，像谁？她心里一怔，莫非像邢麻子？有一点点像又不尽相同……

类似这样的事发生过几次，每次古耕都闷闷不乐，耿耿于怀。不吵，不闹，有泪悄悄吞进了肚里。真有这事他能怪妻子不贞洁吗？

刷了锅，洗了碗，牛彩上床睡了。古耕一个人在火塘边坐了一阵，卷一支烟抽后上了床。

夫妻俩想着心事都没有合眼。

古耕杀死邢麻子那年害了一场病。病是古耕的一场噩梦引发的。杀死邢麻子之前连鸡都不敢杀的古耕，因那个梦没有安静过。有一个晚上，当他刚刚合上眼，从门外来了一个人一直走到他床前。他一看是血肉模糊的邢麻子，向他狞笑着，向他翻着阴森森的白眼，一只手向他伸来，他顿时吓醒了过来。这个噩梦发生后，古耕像着了邪，只要上床一合上眼，血肉模糊的邢麻子就来纠缠他。后来牛彩请巫婆道士来整治过几次，又把当年杀邢麻子那把马刀拿来放在枕头下，古耕有了一种胆量，那种恐怖才没有出现。古耕后来打着良心想，杀你邢麻子没错嘛，杀你没昧着良心嘛。由此他想到要堂堂正正做人，当村干部要为群众办好事，不要做坏事。这些年他当村长、支书，在经济上连根针都没有摸过群众一根；对于女人，如果他要嫖要淫的话，村里对他青睐的女人不少，但他至今没有对谁家女人有过一次淫邪的笑容或说过一句挑逗的话语。

牛彩想的，是那年她在邢麻子家，多亏今夜来的邹元芳周旋，她在邢家才少受了一些苦。邹元芳那时名分上已经是邢麻子的三姨太。邹元芳是丫头提上来的，仗着邢麻子对她的宠爱，大老婆拿她无可奈何。当时她见牛彩哭得伤心，不由得想到自己的身世，背过脸抹起了眼泪。她自己也是邢麻子抢来的，后来顺从当了丫头，再后顺从邢麻子当了小老婆。牛彩至今记得，邢麻子来缠她，邹元芳跑来打门，一直闹到邢麻子从她房间里离开。有一天邹元芳来到了牛彩房间，说："放你出去！趁他这会儿不在家……"牛彩看她的穿戴，明白在邢家她有一定的地位，但不晓得她是真情还是假意，因而只是惶惑地看着她。"你走不走？要走就快点。"看见牛彩不信任的眼神，她说，"你以为我同他们是一伙的？你不晓得我的痛苦！"于是两人来到了后院，院墙很高，墙上插满玻璃尖子，翻墙是出不去的。邹元芳指着墙下的阴沟，污水是从墙下的阴沟流到墙外边的。"你钻阴沟出去，外边是一坝水田，水田外边是一条大路，顺大路东走，你家不是在樟树坪吗？"牛彩感动了，拉着邹元芳泪水滚了出来："我走了，他们回来你咋办？"邹元芳说："你不用管我吧。到家后，你先躲一些日子。"牛彩说："好姐姐，我这一生……"邹元芳说："好妹子，你走吧。这事他们不会晓得的。要是他们晓得了就打我呗！"于是牛彩从阴沟爬到了墙外。俗话说，冤家路窄！牛彩上了大路，向东走了一两里，就被邢麻子带乡丁抓了回去。邢麻子回来就盘问了大院里的人。最后邢麻子知晓了事情的经过，把邹元芳打个半死！几天以后，牛彩回家，向古耕说了邢家三姨太如何救她，古耕当时听了很感动。

土地改革时曾经有人议论邹元芳不应当划为地主分子。娘家人也找过人民政府说情，说了女儿邹元芳被抢去的过程。但有人认为，邹元芳名分上是三姨太太了，而政策条文上有"凡在地主家以婚配形式生活过三年以上的划为地主分子"，后来这事不了了之。

乡政府遣送地主分子下乡，心地善良的古耕为了帮帮邹元芳，对乡长说邢家是从樟树坪出去的，应当把邹元芳母女弄来樟树坪管制。古耕这几年私下给了邹元芳一些方便，但他表面上保持着沉默，从未在地主女人面前提起牛彩说过的事儿。一方面是他党支部书记的阶级立场，另一方面是他不愿意说从前的伤心事，儿子的血缘关系像一条毒蛇咬着他的心！

在这方面，牛彩不同于丈夫，在田坝做活路或村头村尾见了邹元芳都主动打招呼，没有他人在场也同她说几句话。有些事还暗暗帮过她。现在她又想帮帮地主女人。

"你翻来覆去的为啥睡不着呀？"她问。

古耕"嗯"了一声，翻过身，以背对着她。牛彩笑了，扳过男人的身子，脸贴了上去，当与他的脸贴在一起时，她亲热地对丈夫说：

"我猜得着你想啥了，是不是为邹元芳睡不着呢？"

这句话逼得古耕非回答不可："你胡说啥呀。"

于是牛彩把帮地主女人的事用另一种意思说了出来："你是村长、支书，手头有权，不要见了鱼腥就是馋猫啊！还有，村里几个光棍，你得管管，老想去缠邹元芳哩！"

古耕笑了："光棍们是贫农，不怕地主给他们的光荣抹黑？"

牛彩笑了："这伙坏男人一骚情起来就偏偏不怕抹黑哩。"

古耕又笑了，妻子听出了男人由衷的笑声。

牛彩说："她的草棚四壁是用柴火夹的，野男人钻得进去呀！"

一说到这事，古耕心里恨恨的。"这伙畜生！"他心里骂了一句，这事他要管，要帮帮地主女人。

五

古耕抓住下雪后的空闲，想趁田牛在家，去劝田牛不要卖土地。后来想到毡帽老汉去比他去更好，因田牛和毡帽老汉是娃儿朋友。

"毡帽老汉"是王怀银的外号。老汉得下怪病：要是不戴帽子，他的脑壳就要痛。一年四季都要戴，夏天戴薄薄的布帽，其余几个月戴毡帽。"毡帽"之名因此而得。他光绪年间出生，五十多岁了，人们又称他"老汉"，两个词组合成"毡帽老汉"。大家叫习惯了，"毡帽老汉"取代了他的本名。也有年轻人尊敬地叫他"毡帽老爹"。王怀银戴帽的历史已有三十年。他是苦大仇深的贫农，妈死得早，爹死得更早。妈去世那年他小兄弟九岁，他十八，靠打工养活小兄弟。乙亥年红军过樟树坪，小兄弟跟随红军长征走了。王怀银三十三岁结婚。那年，赤水河流域遭水灾，发生粮荒。从赤水河上游下来了上千的饥民，他挑选了一个逃荒女人同他一起过日子，就是现在的老伴王大娘。王大娘生了四个儿女，三个没带"命"来，在月窝里死了。仅老大成人，取名王德发，1950年参加抗美援朝，左手残废，回国后安排在省城一家工厂当仓库保管员。王德发已结婚，有了孩子，老汉终于有了孙子。

毡帽老汉夫妻俩去年还去省城看过小孙儿。

王怀银的另一个外号叫"老坚决"。他对上头布置下来的各种工作积极得很，有坚决性。从新中国成立起，征粮、清匪、反霸、组织农会、减租、退押、镇压反革命、抗美援朝、土地改革等一系列工作，他都走在全村人前面，是众所周知的积极分子。1951年入党，他常说：我们党员对下要有个立场，对上要有个态度。他说的"对下"，是指他如何面对樟树坪的农民群众。土地改革时，他是樟树坪农会副主席，现在是副村长。大家敬佩他的革命到底，喊他"老坚决"。在县文化馆工作的诗人老陈，搞土地改革时住在樟树坪。去年下乡帮助建立互助组，老陈又来到村里。老陈就王怀银的革命形象写了一首诗，其中有几行是这样写的：

> 不愧叫你老坚决
> 你那神态
> 你那一瞥
> 就像当年斗争地主
> 把地主阶级罪恶狠狠揭！

> 不愧叫你老坚决
> 如今互助合作化
> 思想又飞跃
> 你说土改成果要保卫
> 要为社会主义献上一腔血……

今儿个早上，毡帽老汉到田家来了。田牛听说毡帽老汉来了，知道要来"坚决"他，心里一紧，就来个"病"了，躺在床上不起来。

毡帽老汉在堂屋坐一阵，对田牛婆娘说："秀秀，你叫他起来！莫非哥来了，他都不见了吗！"

官秀秀进屋同男人叽叽咕咕说了些啥外间屋子听不清。毡帽老汉一向性子急，他沉不住气，推门走进里屋，来到田牛床前，说："你咋啦？"官秀秀回过身来，尴尬地笑着说："着凉了，化雪天他疼哩！"毡帽老汉坐在床边，以老大哥的口气关切地问道："是骨节疼吗？"田牛头盖着棉被支吾着说骨节痛。

毡帽老汉比田牛大两岁。当年他俩在赤水河上帮老板走船，二人以哥弟相称。每次船过滩头，田牛力气小，王怀银帮他拉纤。走船人有帮派，田牛挨他们整，王怀银几次为他大吵大闹抱不平。田牛几次躲过拉壮丁，也是靠王怀银串通关系。田牛有些坏习气，小心眼，爱打小算盘，毡帽老汉当年想帮他改，因为思想上的烙印太深了，帮也没有帮出一个结果。

"田牛兄弟，你坐起来，跟哥好好说话嘛！"

田牛坐起，披起棉袄，棉被盖着双腿，头埋着不吭声。

"听说你贩卖猪儿蚀了？"毡帽老汉问他。

田牛没有回答，还用得着回答吗？

"庄稼人土命，一辈子同锄头、犁耙、牯牛打交道，你做啥生意哇？"

"他挣钱还债呗！"官秀秀替他回道。

"眼红地基石，自找苦吃！俗话说：两山之间必有水，两个心眼必有鬼！还不是怪你自己心多肺烂嘛！"

田牛脑壳埋得更低了，脸贴着棉被，一脑壳花白头发像刺猬，眼泪滚了出来。

"不占便宜不上当，上当只为占便宜。"毡帽老汉抚着田牛的肩说，"我来找你，是劝你上回当学会乖，再不要翻精捣怪去做猪儿生意了，从今以后好生种庄稼。人常说，金水木火土，离不得泥巴补嘛！"

毡帽老汉告诉他，党支部对他的欠债做了研究，给他想了办法。

一听到党支部对他的欠债有了办法，田牛感激得抬起了头，用袖子抹着眼角泪痕，官秀秀也连忙走了过来。

毡帽老汉把党支部安排帮扶他的事说了一遍，最后告诫他说：

"你不能卖田土啊！毛主席领导贫农雇农翻身了，翻身户要保持光荣嘛！要是卖了田土乐得地主富农笑嘛！再有，田土卖了，明年建农业社你拿啥入社？没有土地凭啥分红分粮？"

田牛心里又打起了小算盘，陆泰安买他屋地基边的二十多根杉树，要付他一百元。杉树一非田土，二非庄稼，这有啥不可以呢？

"大哥，这回多亏村里关照我喽。尹七娘的二十元黑牛会送来。陆泰安叫我自己去拿钱，你们就不用操心啦。"田牛一边说一边看毡帽老汉的脸色，见他脸色平和，说明他卖树党支部并不知道，心里悬着的一块石头落了下来。

"陆泰安叫你去拿，你就去拿来还债呗！"

田牛原来想卖土地，是想在建农业社之前把土地卖了，拿这钱去做生意捞一把，以后入社种别家的土地过日子。后来官秀秀去红旗农业社她妹子家，听到农业社要搞土地分红，农民凭入社土地分一部分粮食，他不敢卖地了！毡帽老汉今儿个也是这样说，他就相信了。他巴不得农业社建立不起或再过几年建立，于是问：

"大哥，你是党员，学习多，农业社不是说建就建吧？"

"建！"毡帽老汉以坚决的口气说。

"当真要建农业社呀？"官秀秀也急忙问道。

"你们不想入社吗？"毡帽老汉有点吃惊。

"想入农业社，想入农业社。"官秀秀假意说道。

"秀秀，只有社会主义才能救中国，要共同富裕，农业社是一条金光大道哩。"毡帽老汉站了起来，"我走了！"急性子的老汉一边说一边走出田牛睡屋，向堂屋大门径直走去。

"老哥你再坐一会儿呀！"官秀秀追到门口。

"秀秀你要提醒他，千万不能再做啥生意了！"老汉又嘱咐道。

毡帽老汉第二天下午在村公所门外见到了党支部书记古耕，他把去田家的情况向党支部书记简单说了一下。

古耕听后，心里有了疙瘩，说："不要让田牛去陆家拿嘛，他钱到手又要乱整啊。"

"不怕得的。"毡帽老汉不以为然。

"你对他完全相信呀？"古耕沉吟道，望着大河对岸的村子红柿湾后面的山上。已出一天太阳了，雪还没有化完。"他心眼多，要是钱拿去他不还债，又去同官老幺做生意，你咬他屁股嫌臭，打他又下不去手！"

"那咋办呢？"毡帽老汉也感到这是个可能发生的问题。

古耕的目光从远方收了回来，因沉思眯起的眼睛突然睁大发亮了："走，去田家看看，给他具体安排一下。"

毡帽老汉说要得，他们向田家走去。

古耕和毡帽老汉来到田家，田牛的大女儿田大慧在锁门，化雪天没有事，她早早吃了晚饭去夜校读书。

"你爹妈不在家吗？"古耕问。

田大慧笑笑，说她妈赶场没回来，爹在陆泰安家里。

"你爹啥时辰去的？"毡帽老汉警惕起来。

"爹去陆家吃饭哩，爹去时我还没煮晚饭。"大慧一边说一边看着书包里，怕识字课本、算术课本和针线活儿没带上。

古耕注意看了慧慧一眼，想起那天晚上从庙里跑出来的女子就是她，尹黑牛正同她谈恋爱。

古耕和毡帽老汉从田家来到了陆家。在晒坝边的石榴树下，他们看到陆家的堂屋门是关着的。毡帽老汉几步走过晒坝，上前推堂屋门，一推就开了。为了不让雪风吹进屋，门是虚掩上的。一边问"有人吗"，一边不等主人迎请，古耕和毡帽老爹便走了进去。

古耕猜对了，田牛正在陆泰安家里写卖杉树的文约。

陆泰安是一个胆小、谨慎、心气平和，看事物有独到之处，也善于交际的农民。可他对帮扶田牛很不乐意，他想，要是谁帮扶田牛啥了，这辈子别想收回来。但他对儿子的话和党支书的话，又不好一句不听，特别是儿子如今是公家的人。有一天，陆泰安经过田牛原来在崖脚下住的地方。他见房屋拆了，房屋地基可以挖一块稻田。地基后边，那二十多根杉树，长得又粗又高，要是用这些杉树做棺材，可以做好几个棺材哩。陆泰安想买这二十多根杉树，以此抵押借给田牛的三十元。他向田牛透出口风，田牛说那些杉树可以卖给他。

田牛、陆泰安和陆泰安的大女婿在屋里。陆泰安的大女婿有字墨，帮两家写字据。

墨迹未干，字据还摆在桌上。陆泰安正拿出一百元，一五一十点数给田牛。古耕和毡帽老汉走进来，田牛吓得脸白如纸，见势不妙去抓钱。古耕上前一步，以他的手挡住田牛的手：

"慢着！"

陆泰安很尴尬地望着桌上，随后慢慢抬起了头，说："我向老田买几根杉树，准备做副棺木。人老了，离死不远啦。九帆又不空闲，自个儿的寿棺自个儿办哩。老田手头有一点紧，听说我要买树，他也没推辞，卖家买家两方情愿。其实呢，依我看，这树嘛，不是土地，跟买卖土地没有啥牵连。杉树吃露水长大的，砍了，开春了，发芽了，过不了几年又长成杉树。"

古耕眨了一下那双亮眼睛，思忖了一会儿，口气很平和地说道：

"陆姑爷你老人家是明白人，要说嘛，用不着我这小辈多嘴！买树了，就不另外帮扶田表叔，是这意思吧？一副棺材要买二十多根杉树，也太多了呀。"

田牛一听事情要扯拐（办不成），发火了："煮熟的鸡都飞了！"

毡帽老汉劝道："你个不争气的，要学乖，少卖点，就卖五棵树吧，那树一年一个样儿长哩。"

陆泰安暗暗叫苦，我那一百元才买五棵树吗？

古耕从陆泰安的眼神里明白老人有意见，向毡帽老汉使了一个眼色，毡帽老汉明白了党支部书记的意思，说：

"这一百元退泰安七十元吧！田牛兄弟，我今儿个下午要去红柿湾。这三十元钱，由我带给你姐夫，只有几天就要过春节了，那边也等得急哩。"毡帽老汉收起了三十元，又把七十元交到陆泰安手里。

田牛是想拿这笔钱同官老么跑一趟生意的，现在落空了，心里有气不好发，争吵又没有道理，就借口婆娘赶场不在家，出了陆家堂屋门。

古耕说："陆姑爷，你晓得劝你卖五棵树的道理吗？"

陆泰安的女婿笑了，以笑容表示他明白其中的道理。

陆泰安问女婿："你说，是啥？"

女婿说："这跟明年建农业社有关系……"

古耕说："是他说的这个意思。因为建社，外地已出现了建社之前富裕户卖家产、卖耕牛、卖大农具的情况，能值钱的都卖，卖光了，再入社。如今只买五棵树，树少，事小，影响小，小风掀不起大浪嘛。"

哦，陆泰安想，原来是这样！

（节选自《地债》，中国文联出版社，2000年7月；获首届贵州省政府文艺奖三等奖） 237

金永福

挂 职（节选）

　　车刚停稳，已从屋里走出几个人来，都披着棉大衣或羽绒衫或皮夹克，脸上都带着微笑。小陆跳下车，说："你们别一副等待领导接见的样子。来，我给你们介绍一下。"说着拉过黄晓明："这就是市里下来挂职的黄乡长，黄晓明同志，文件你们都看到了吧？"

　　大家说："欢迎欢迎。晓得晓得。"都伸出手来和黄晓明握手。

　　黄晓明说："我是来向大家学习的。"

　　小陆说："你别跟他们客气。这个就是丁乡长，丁老抠。"

　　丁乡长四十多岁，脸膛红红的，个不高，但结实。他说："陆科长，你们组织部的人不能乱说哟，你们来要啥，我们哪个时候打过顿（犹豫过）？喂，来个人把黄乡长的行李拿上楼去！"小陆说："这几位请丁乡长介绍一下。"

　　丁乡长说："这个是人大主席团林主席。这个是王副乡长，王治坡同志，另外两个副乡长下去了，还有桂书记，到市党校学习去了。这个是办公室苗主任。"丁乡长回头望望："妇联张主任呢？刚才还在嘛，跑哪里去了？苗主任，你去找一找。"

　　正说着，张主任从厕所里出来了，丁乡长说："你看，我们干部就这素质，上级领导一来，就尿裤裆了！"

　　张主任噘着嘴说："丁乡长，你乱说人家，人家是水喝多了。"

　　大伙一阵笑。

　　小陆说："肚皮饿了，搞得有饭没有？"

　　苗主任抢着说："听到你们要来，丁乡长就指示我办伙食，都搞好了，就等你们哩。"

丁乡长笑着说："我们乡再穷，顿把饭还是招待得起的。"

小陆说："你丁老抠比铁公鸡好不了多少，拿什么招待我们？是不是洋芋苞谷饭？"

丁乡长说："你别一竹竿扫一船人，认为我们乡干部都抠。一碗苞谷饭，打掉几十万，谁还会干这种憨事！"

"那就好！"小陆说，"走，看你有啥具体内容！"

丁乡长对苗主任说："你喊一声，在家的都去，大家陪陆科长和新领导喝杯水酒。"

苗主任小声说："他们都提前去了。"

丁乡长无奈地对黄晓明一笑："瞧，这素质！"

众人一路行来，说话间进了苗主任家。苗主任土生土长，房子是自己建的，钢筋水泥平房，六大间。一间卖烟酒，两间开馆子，苗主任说，这些都是爱人干的。张主任就唱："军功章有你的一半，也有我的一半。"苗主任脸红，就让大家看墙上的奖状、奖旗，说都是爱人的名字。苗主任的爱人叫刘金秀，鹅蛋脸，清清秀秀，打扮入时，上身红毛衣，下着黑色紧身裤，一口一个笑，人见人爱。本来是妇联主任的人选，可选不过张主任。落选后开了这商店和馆子，服务对象主要是乡政府。一年赚个几万元，把张主任也不放在眼里了。

"小刘，准备好了我们要上喽。"丁乡长进门就和刘金秀开玩笑。

刘金秀含笑着问："你丁乡长敢上？"

丁乡长说："咋不敢？"

刘金秀说："你怕是吃豹子胆了！"

丁乡长说："我上桌子呀！"

王副乡长王治坡笑着说："小刘想歪了。"

刘金秀说："你王乡长也不老实！"

王治坡一边说"惹不起，惹不起"，一边就寻个位子坐下了。

丁乡长对黄晓明说："乡政府没有办食堂，你就在这里搭伙吧，经济实惠，包你满意！"

小陆说："丁乡长也替人做广告了？"

丁乡长说："发展经济的需要。"

苗主任说："陆科长开玩笑。"

大伙坐下喝了一杯水，菜就端上来了，满满的一大盆羊肉。丁乡长对黄晓明说："中央规定四菜一汤，我们就搞个一菜一汤算了。"

小陆耸着鼻子说："不错，够意思。"

苗主任问："丁乡长，其他人呢？"

丁乡长说："我把他们安排在另一间了，这里就领导们。清静，好说话。"

人大林主席坐在黄晓明的旁边，不断吧嗒吧嗒地抽旱烟，不停地往地上吐口水。烟雾呛得黄晓明忍不住咳出声来，林主席这才放下烟杆，问黄晓明："黄同志在市里哪个部门工作？"

黄晓明说："宣传部。"

小陆说："跟着宣传部，年年犯错误。"

林主席说："过去的历史了。都是'四人帮'搞的。"

黄晓明说："林主席说得好。"

林主席五十多岁，一脸的沧桑，说："经历多了，经历多了。"

苗主任提来两瓶白酒、四瓶啤酒，把一瓶饮料放到王师面前，说："这是'师级'享受。"

小陆说："王师能喝白酒的。"

王师说："我还要开车。"

丁乡长说："明天再回去。"

王师说："明天有任务。"

丁乡长说："既然这样，我们就不勉强你了。苗主任，倒酒。"

王冶坡说："我来我来。"说着扭开瓶盖，见碗就是半碗，两瓶刚好够倒一圈。

张主任说："我喝不了这么多。"

王冶坡说："张主任，你莫谦虚了，谁不晓得你的酒量，我们又不是才喝过一次两次。"

丁乡长说："你倒点给林主席。"

林主席说："要得，我帮你点忙。"

丁乡长抬起碗来："黄晓明同志不辞辛苦，从大城市到我们这边远落后的乡来工作，我代表全乡人民和几大班子表示热烈的欢迎。来，我们一同干杯！"

黄晓明说："谢谢，谢谢。"

张主任眯笑着望着他："丁乡长敬的酒，干了！"

黄晓明说："我喝不了这么多。"

林主席说："都喝一大口吧。"说着先喝了。

苗主任说："领导们一边喝酒，一边吃菜。来来来，都吃菜都吃菜，冷了不好吃。"

三口酒下肚，气氛就出来了。丁乡长、王副乡长都争着和张主任开玩笑，专找荤的说。张主任因酒遮了脸，甩出的话都带鱼腥味。酒至半酣，刘金秀来敬了一圈酒，和丁乡长等人说笑了一会儿，弄得气氛更热烈了。

林主席打着酒嗝对黄晓明说："有人说我们乡村干部是'四偏'干部……"

黄晓明问："'四偏'？哪四偏？"

小陆笑着说："年龄偏大，文化偏低，水平偏差，酒量偏好。"

林主席不服地说："片面！太片面！对我们农村干部要实事求是，过高要求脱离实际。我把这'四偏'改成'四有'，你们听不听？"

黄晓明点着头说："听，听！"

张主任抹把汗，说："老主席，有啥新词了？讲出来好让我们提高提高。"

林主席说："你们拿笔记起。"见黄晓明摸出本子拧开钢笔帽，这才慢慢念道：

"年龄偏大有经验，文化偏低有文凭，水平偏差有能力，酒量偏好有热情。"

丁乡长带头拍起掌来，说："还是老主席有水平，加几个字就把意思扳过来了。"

黄晓明合上本子。另外两桌各派了一个代表来敬酒，黄晓明都和他们干了杯，大家都说他没有架子，打得拢堆。黄晓明很高兴，每桌都回敬了一杯。

丁乡长提议"门前清"后吃饭，大家都同意，都喝干了面前的酒。吃完饭后，丁乡长对苗主任说："老苗，趁大家在，你通知一下，明天上午开会，黄乡长和大家见个面。"

林主席说："暂不忙叫乡长，我们人大还没有开会选举。这是有法的，要按法办事。"

丁乡长一愣，随后笑笑。

小陆说："丁乡长，林主席，人交给你们了，要多多关照哦。我得赶回去了。"

王治坡说："天要黑了，住一夜明天走吧。"

张主任说："陆科长，代我问你爱人好。"

黄晓明说："一路平安。"

王师按响喇叭，大伙走出来，站在路旁送行。小陆钻进车，拉上门，挥挥手，车就开动了。

黄晓明目送着车远去，见西边一抹晚霞横在白色的山头，山头以下已分不清轮廓了，甚是惊奇，心想，这大山里果然黑得快。淡淡的太阳从这个山头升起，到那个山头落下天就黑了。这两座山间不过几里路嘛。

乡干部大部分都不住在乡政府，一是没有宿舍，二是家都在本乡的村寨，老婆儿女眼巴巴地盼着回家。住乡政府的只有两人，一个是书记桂学文，另一个就是妇联主任张小芹。两人都住办公室。桂书记是外乡调来的，没有带家属。张小芹家住得远，赶不回去。桂书记去党校学习了，房子空着，苗主任就安排黄晓明住了进去。张小芹热心肠，帮黄晓明打扫完房间，又坐下说了一会话，才走出去。临出门，说："小黄，我就住楼下，有事喊一声。"

黄晓明说："张主任，麻烦你了。"

张小芹说："哎！叫大姐。"边说边走了。

黄晓明本想写篇日记，但太疲倦了，加上酒喝多了，头晕乎乎的，脚未洗就上床睡了。

黄晓明一觉醒来，就听到鸟儿的啼叫声。他一骨碌爬起来，穿了衣服打开窗户。鸟叫声更响更脆了，不是一种声音，是多种声音，此起彼伏，悠扬婉转，总之，用什么词来形容都不过分！这才是音乐，是充满生命的乐章。也许是在城市待久了难得听到鸟叫，他很兴奋，站在窗前不觉大声吟哦："春眠不觉晓，处处闻啼鸟……"

张小芹提着个红色塑料桶，走到院子中，听到声音，回过头来，站着看了一会，发现了黄晓明。

"哟，小黄，作诗呀？"她说。

黄晓明问："张主任，要干啥去？"

张小芹说："去提水。"

黄晓明说："等等我。"他拿了洗漱工具，将毛巾搭在肩上，跑到张小芹面前，说："我去洗脸。"

张小芹说："我烧得有热水在火上，你倒去洗。"

黄晓明说："我洗惯冷水了。"

张小芹一笑："洗冷水的两种人，一是当兵的，二是大学生。你肯定是大学生毕业。"

黄晓明说："张主任英明。"

张小芹说："忘了？叫张姐。"

二人说着话就到了水池边。水池长方形，水泥糊的壁，有一间房子大。后面一条塑料管把水接过来，前面安个水龙头。张主任告诉黄晓明，这是前年搞的人畜饮水工程。水源远在五里外，溶洞里的水，干净得很。黄晓明拧开水龙头，接了一缸漱口，水在口中，果然感觉清冽。张主任站在一旁看着他洗好脸，这才将塑料桶放到水龙头下。水接满了，张主任关了水龙头，伸手去提桶。

黄晓明说："我来。"提起水就走。

张主任跟在后面，说："慢点慢点，溅了你的衣服哩。"

他问："张主任，没有水池前，你们到哪里挑水吃？"

张小芹说："还不是那个洞里。"

他说："太远了。"

张小芹说："可不，来回一趟半天就过去了。现在好了，节约了好多时间来工作。群众最满意喽，他们还写了副对联哩。"

"啥对联？"他问。

张小芹说："我念出来给你听——翻身不忘毛主席，吃水不忘邓小平。"

黄晓明说："群众是最素朴的。"

张小芹听岔了，说："他们都不会织布。"

黄晓明笑笑，紧走几步把桶放在张小芹门前。

张小芹说："拎进去。你坐着，我煮碗面条给你过早。你别听丁乡长的，在刘金秀家搭伙，她心黑得很，宰死人！我就不在她家吃，自己做，你不嫌弃，来和我搭伙，一月吃不了几个钱。"

黄晓明说："那就要打扰张姐了。"

张小芹说："你来我们乡挂职，是帮我们工作，谢你都还来不及哩。"一边说，一边就放面条煮。

面条煮好了，黄晓明也不客气，自己动手捞了一碗，放些盐巴、酱油、味精，挑了一筷猪油，拌匀了"呼呼"地吃起来。

张小芹笑着说："小黄，你在家里保证是个气（妻）管炎（严）！"

黄晓明一惊，停下筷子问："你咋个知道？"

张小芹说："看你拌面条就晓得了。告诉大姐，是不是'工资全交、家务全干、剩饭全吃'？"

黄晓明说："张主任开我的玩笑。"

张小芹说："我就弄不明白，你们大机关的干部咋这样怕婆娘？"

黄晓明说："不是怕，是图清静。机关本来就够闹的了，回到家再吵，还活不活！"

张小芹笑了："你们大机关的人都是一副活得累的样子，我们乡干部就不像你们，想笑就笑，想闹就闹，干得风风火火，活得有滋有味。你看我，丈夫在西藏当兵，丢个娃儿在家里出来工作，管的又是讨人嫌逗人恨的事，烦不烦？累不累？可是我照样乐哈哈的。"

黄晓明说："大姐是个乐观派。"

张小芹说："啥都愁，这人还不愁死了。"

说是上午开会，十点钟了人还没有来齐。天冷，黄晓明和张小芹围着火炉闲扯。门开着，黄晓明朝外看，天像块灰布，阴沉沉的，一团一团的雾在山腰滚动，似有千万枚炸弹在那里爆炸。

张小芹说："刚起来时天空看着像晴的样子嘛，说变就变了？看这阵势，说不准要落雪，这鬼天气，也不欢迎欢迎我们小黄。"

黄晓明说："山区的天气——娃儿的脸，变得快。"

张小芹说："这话像我们说的，不像知识分子说的。"

黄晓明说："我是从农村出来的。"

张小芹说："怪不得，怪不得，一看就知道是吃过苦的人。"

苗主任不声不响地走进来，说："张主任，借你的火烧两瓶开水，领导们开会喝，哦，黄乡长也在这里。"

黄晓明说："会快开了吧？"

苗主任说："不忙不忙，人还没到齐。上面正在生火。丁乡长和林主席他们在碰头。你在这里烤火等着，正式开会我来请你。"

张小芹说："我去看看，小黄，你把壶提到火上。"

张小芹和苗主任刚走，又有三个人走进来烤火，一个是计生员，一个是统计员，还有一个是宣传员。宣传员姓马，初中毕业，二十五岁，中等个子，寡骨脸，抽劣质烟。得知黄晓明是宣传部下来的，忙递上一支烟，说："老领导，老领导，都是一个战壕的战友。"

黄晓明问："你搞了几年宣传工作了？"

小马伸出五指："刚这个数，五魁首。不过，干本职工作的时间是这个。"他将五指收紧握成一个拳头。

黄晓明问："啥？"

他说："没得。"

那两人就笑，说："黄乡长，他和你划拳哩。"

小马说："乡里的宣传员是打杂的，哪里需要到哪里，谁都可以抓去当差。老领导，你要向上反映反映，这样搞下去，这宣传工作还要不要？"

统计员说："小马，我没有抓过你吧？"

小马指着计生员："你问他，一年三百六十五天，我有三百天是不是帮他去捉人？"

计生员笑着说："那是领导派的，有意见找领导提去。"

小马说："你怕我不敢！"

黄晓明问："这个乡的计划生育怎么样？"

计生员说："你是说计生工作？以前难搞，现在好抓多了。全乡育龄妇女六千四百五十二人，结扎的两千零三十一人，上环的三千三百一十六人……"

黄晓明问："超生的有没有？"

计生员说："咋没有？"正要说下去，苗主任来喊开会，三人先走了。黄晓明和苗主任各提了一瓶开水走进会议室。

张主任从黄晓明手中接过水瓶，放到前面的桌子上，拿茶杯给丁乡长、林主席、王副乡长倒水。回头对黄晓明说："杯子不够，把你的拿来。"

黄晓明说："我不渴。"

丁乡长伸出手拉他坐到身边，问："昨晚休息得好不？"

他说："很好。"

丁乡长看看台下，说："大家坐好，开会喽。不要讲话，喂，你们几个！今天这个会有几项内容，首先给大家介绍。"他指指黄晓明，黄晓明站起身来。他说："这就是黄晓明同志，市里到我们乡来挂职的，昨天有的同志已经见过了，大家欢迎！"掌声过后，黄晓明坐下，他继续说："根据县组织部的文件，黄晓明同志来挂职副乡长。可是，副乡长要经过乡人民代表大会选举。人代会要下个月才能开。在这之前，对外不能叫乡长，咋个办呢？人不能让尿憋死吧，开会前和人大林主席碰了个头，我们又用电话请示了组织部，委屈黄同志十天半月，先挂个乡长助理。我在这里给你们讲清楚，乡长助理享受副乡长待遇，行使副乡长的职权，你们要支持他的工作，不要给我塌眼皮！"

副乡长换成了乡长助理，黄晓明心里不愉快，下面丁乡长讲了些啥，他思想不集中，没听清楚。

散会后，丁乡长找他去谈话。丁乡长说："小黄，我看你不太高兴？这个事你不要挂在心上，我在会上讲了，乡长助理享受副乡长待遇，行使副乡长职权嘛，况且，这只是暂时的，人代会一开，就给你补上去了。你知道，我们国家现在搞法治，什么都要依法来，特别是这任职的事，是不能违法的。补选前给你安个助理，也是从工作出发，从实际出发。你想，不安个助理，这段时间叫你啥？喊名字，混同一般工作人员；叫副乡长，不合法。所以折中了一下，叫助理吧。现在省市县乡各级都有助理，大家都认得助理的。"

黄晓明说："听丁乡长这么说，我心中踏实了。丁乡长，分配我干啥？"

丁乡长说："我叫丁志得，你喊我老丁得了。乡长算哪一品？听起来也不荣耀。我们研究了一下，你分管精神文明吧，发挥你的长处，啊？具体点，就是计划生育、社会治安、教育文化卫生等等方面。不过，现阶段你的任务主要是熟悉情况。下午我让苗主任给你介绍一下情况，再让小马——和你同行，都是要笔杆的，带你下去跑几天。一是进一步熟悉情况，了解实情；二是让群众也认识认识你，为选举增加点安全系数。"

黄晓明说："谢谢丁乡长想得周到。"

丁乡长笑笑，说："我在这里工作十多年，就是个地皮熟吧。现在工作难搞喽，不是'领导一张口，群众跟着走'的年代了。现在形势不一样了，叫'东风吹，战鼓擂，九十年代究竟谁怕谁？不是群众怕干部，而是干部怕群众！'不搞点感情投资，这工作就没法搞。"

黄晓明说："我没有基层工作经验，要靠老乡长多多指导。"

丁乡长说："啥经验？一个字，干！真干实干想干加蛮干——对那些油盐不进的四季豆，那些胡搅蛮缠的人，就得狠起心来蛮干！思想工作不是万能的，不动点武地拿出点颜色来，工作推不动，任务完不成。像搞计划生育，上面下了指标和任务，抓得又死，那就非千方百计完成不可。"

正说着，王治坡副乡长进来了。王治坡四十多岁，是少数民族干部，家庭困难，身上穿的衣服基本是他老婆一针一线做出来的。他有一套西装，毛料的，是县民政局局长送他的。这衣服也不是民政局局长的，是民政局局长从"送温暖"来的衣服里挑出来的，有次王副乡长到县民政局要救灾款，民政局局长就把这衣服送给了他。他平时不穿，进城才穿。但到县里开会，到市里学习，仍穿老婆做的衣服。现在，他就穿着老婆做的衣服。衣服短，裤子也短，半截脚杆露在外面，紫红紫红的。这样冷的天气，脚下仍是解放鞋。他常年在下面跑，没有重要事情是不回乡政府的。这次回来，是为了欢迎黄晓明。他望望黄晓明，说："老丁，黄助理的事安排好了，我要下去了。偏坡寨坡改梯任务没有完成，眼看春耕春种就来了，我去蹲着催。"

丁乡长说："偏坡寨的事你把王跛子抓住。"

王治坡说："他不想干村主任了。"

丁乡长说："他不干了？"

王治坡说："他说补贴太少，划不来，还编了段顺口溜唱。"

丁乡长说："我就晓得他会搞这一套。编的啥？"

王治坡从身上掏出小本子，翻了几页，说："我都记下来了——一天三角三，脚杆都跑弯。上面干部来检查，总要吃饭喝碗茶。酒一斤，肉一盘，十元补助就搞完。"

黄晓明想笑，没有笑出来。

丁乡长拉长脸说："这是村干部说的话吗？他的觉悟到哪里去了？"

王治坡说："他说的是实话，这补助是少了。"

丁乡长说："老王，你以为我不知道这补助少？这叫啥补助，打个水漂漂！可是，要增加补助，我们有钱吗？这穷乡，工资不能按时发，出差费报不了，你身上还揣着几百块钱的发票吧，我这里也有，上千了。咋办？还是那句话——发展经济！干工作要有一点精神嘛，你给王跛子说，共产党员不站出来谁站出来？他是老党员了，这点觉悟要有嘛！"

王治坡走后，丁志得对黄晓明说："你看，乡里的工作就这么具体。大事三六九，小事天天有，催粮催款，坡改梯，单改双，娃儿上学，打拐扫黄，样样都要亲自抓！"

黄晓明由衷地说："乡干部真辛苦。"

丁志得说："只要全乡能脱贫致富，辛苦点也值！"

黄晓明激动起来，说："老丁，我愿跟着你干！"

两人的手紧紧握在一起。

乡政府办公楼成了花花绿绿的世界，红标语、绿标语东一张西一张地贴满了墙壁。代表们陆陆续续报到来了。见了面，先是互相敬烟，然后问长问短：你家的母牛下崽了？他家去年杀了年猪？怎么？有几户超生的？谁家的婆娘被拐卖了？你们村去年搞了人畜引水工程？好，不用挑水了。我们村去年修了一段路，今年准备修来接大公路。是喽，是喽，赶架马车都赚钱。你今年准备种哪样？我去年买的种子不好，少收了几百斤。哎，化肥太贵了，买不起。你不晓得？那东西放多了坏土。是喽，像吃鸦片上了瘾，一年不放都不行。怎么？怎么？他家姑娘跑到外面打工去了？那个地方去不得，要学坏的。哎，一次就寄了两千块钱回来？啧啧，是拣树叶子呀！不要撕，那是标语。不要紧，我撕个角角来裹杆烟吃。王村长，你一个人来的？不，不，和杨支书一起来的。老表，你脚杆硬是长，跑得太快，我在后面追都追不上。你是一路上逗姑娘喽。不要乱讲，我是代表，晓得五讲四美的。哎哟哟，穿得这样新。买的还是做的？买的，你看合不合身？合身，合身的。等我整几个钱，也进城去买一套。我家下个月娶儿媳，你来喝两杯喜酒，算是请到了。哪家挨抢了？还挨杀了几刀？是是，这社会治安是要好好整治整治。化工厂的事要提一提，搞个议案如何？不得用的，讲了几年了还是那个鬼样子。质询政府？要得，问他们这官咋当的。啥？离了？现在的年轻人呀，动不动就离，把婚姻视作儿戏。孝啥子，娶了媳妇忘了娘了。哪天你把他拉到刘成忠老人的坟边来，让他看古人是咋做的，为老娘，舍得割身上的肉哩。过时了！他不会听的。下来挂职？黄助理？这个人我晓得，到过我们村，没得架子。人家是大学生，墨水喝得多，见识广。可惜不是我们乡的人。你说这话不中听，只要他为人民服务，是不是，我也要投他一票！噫，这烟的味道好，看不出，看不出，自家种的，有闲你来提一柄去吃。走，找火烤去。他让你投苗主任的票？不晓得搞等额还是差额？你说王治坡副乡长？他这个人好玩得很，蹲在哪里就是一天。你不晓得，那回到我们村检查完坡改梯，和我就吹了一天的壳子（牛），吃去四五斤酒。醉？笑话。麻大叔？他那是滥吃滥醉。说不得说不得，说曹操，曹操到，你看，那不是麻大叔吗？他不是代表，来搞哪样？混饭吃呀。哎，人不要脸，丑事可为。你说王跛子王村长？不如以前了，说话没有几个人听。是喽，是该退下来了。哟！李万元今天穿得新崭崭的，亮人（炫耀）喽。他这几年搞到事了。人家是靠劳动赚来的。他那个脑水多，能把石头熬出油来。见到丁乡长不得？他答应给我们搞点炸药、钢钎、大锤来修路。林主席？这个会是他唱主角，不要去打扰人家。你说报名的那两个？那个男的，对，瘦精精的，姓马，马干事你都认不得？女的那个？张主任嘛，名字叫张小芹。晓得喽晓得喽。她像苗主任的婆娘刘金秀？不像不像，那个要瘦点，生得好看点。两个的嘴巴都会讲。苗主任家那个一口一个笑，能把树上的雀子哄下来。两口子为人都好。是喽，配全了。会议伙食又是他家承包？硬是精明得很。前场差你几块钱，我叫娃儿带去还你，不晓得收到没有？看你，几块钱也放在心上？收到的。亲家，过年你都不来坐坐？亲戚间要走动才亲。有事？叫花子都有三天年。我过去和他打个招呼……

　　初春的阳光下，代表们三五成群地站在乡政府的院子里，无拘无束地交谈着，议论着，友好而亲切。虽同在一个乡，平时见面也不多，这一年一次的代表大会是他们聚会的好机会。在这样的场合，沉默寡言的人话也会多的。他们的脸上，都荡漾着笑容，溢出内心的自豪。

黄晓明今天心情特别好。他穿了件银灰色的夹克，里面套了件鸡心领毛衣，一边欣赏着贴在墙上的"人民选我当代表，我当代表为人民"的红底黑字标语，一边往报名处走去。路上，碰到李万元，站着聊了一会。

李万元说："黄助理，那天你们咋不转到我家来？"

他说："我们翻山到纳富乡去了。"

李万元说："啊哟，要走好远哩。去干哪样？"

他说："我们有个同志在那里，我去看看他。"

李万元问："挂职的？"

他点点头。

李万元说："和你一样，也要拿到人代会上选举？"

他说："他挂的是副书记。"

李万元问："你咋只挂个助理？"

他说："我不是党员。再说，这事由组织决定。"

李万元点着头说："那是那是。我是想，你若挂副书记，就少了这选举一关。"

他说："选举好，让群众充分表达自己的意愿。"

李万元说："是的，比派个领导给你好。群众选的嘛，他就要接受群众监督。"

他问："老李，你当了几届代表了？"

李万元说："两届了。不怕你黄助理笑，第一次当代表选举乡长、副乡长，我拿起笔都会抖，那个圈都画不圆。"

他说："你是太激动了。"

李万元说："可不。提起笔画圈圈，决定别人的命运，责任大哩，嘿，这才真正体会到啥叫当家做主。黄助理，你忙，我去看看我家幺姑娘，她在乡小学读书。"

看着李万元挺直的背影，他想，现在的农民和以前不一样了。社会在不知不觉中前进，正在造就出新一代的农民哩。这就是贫困山区的希望。

他走到一楼报名处，马良俊一边把报名册放进抽箱，一边说："黄助理，我给你把名字记上了，你交几块伙食钱给张主任。"

张小芹说："机关的不忙交，吃了再说。"

他递支烟给马良俊，问："代表都到齐了？"

马良俊说："就差近处的几个了，回回开会都是远处的先到，近处的迟到。"

马良俊看看香烟，说："哟，你还抽这种烟？还不快去买两条好的。"

他问："干啥用？"

马良俊说："散代表呀。"

他笑笑，说："小马，你又开玩笑。"

马良俊说："我是认真的。你不先搞点投资，联络联络感情，人家咋个会给你画圈？"

他说："就凭一支烟？"

马良俊说："你还想设宴请客呀？"

张小芹说："有的人为了拉选票，不但请客，还送礼哩。"

他说："我不搞这一套！"

张小芹说："黄助理，我支持你，当干部靠的是能力水平，不是关系，不是烟酒。你小马尽出傻主意！"

马良俊说："张主任，你怕黄助理不够坚决，还要给他加钢筋灌水泥？黄助理选不上，你咋个说？"

张小芹说："要相信代表的觉悟嘛。"

他说："我有思想准备，当选不当选都一样工作。"

张小芹说："当选是副乡级，不当选也是副乡级。是我，连烟都不散一支！"

马良俊说："好好好。你们都是党的好干部，人民的好儿女，就我落后。算我多事。"

他说："小马，我知道你是好心，可我不能那么做。"

三个人正说着，余得海的车开到乡政府院坝里停下了。

黄晓明刚要过去打招呼，却见苗主任已抢先走了过去，正掏出烟敬下车的余得海、小陆、王师三人。

马良俊斜着眼看着，对黄晓明说："你猜猜，苗主任散的啥烟？"

他说："遵义吧？"

马良俊说："至少是云烟、阿诗玛，不信，你走过去接一支来看看。"

余得海一眼瞥见黄晓明，大声地说："老黄，我来看看你，怎么，见到老同学也不欢迎？"

他走过去，开玩笑地说："余书记大驾光临，有失远迎，得罪，得罪。"

小陆说："老同学见面硬是亲热，说起话来都风趣。"

苗主任说："余书记辛苦了。黄助理，抽支烟。"

他接了烟，瞥了一眼，见是"阿诗玛"，方知马良俊说得不错。

小陆说："黄助理，余书记是来给你撑腰的哩。"

余得海说："小陆，不能这么说嘛。我是关心老同学。说撑腰，容易让人误解成拉关系当后台嘛。这是不正之风，要坚决反对。"

苗主任说："早就听说余书记水平高、原则性强。两句话就抓住了实质，说到我的心坎里去了。"

余得海问："都准备了吧？"

苗主任说："准备好了，书记过去就上菜。"

余得海不高兴了，说："苗主任，你以为上级下来是为了吃？同志，这是工作，动不动就讲吃，很庸俗的！把领导和吃喝联系在一起，是很不好的一种意识。"

苗主任脸上一阵红一阵白，显得很可怜，觉得很委屈。心想，这个余书记，咋个会有这种脾气？你问不明白，我答啥才对？哎，也怪自己太莽撞了，问清楚了再答嘛。

小陆心里说：这位苗主任拍马屁拍到马蹄子上了。

黄晓明说："余书记问人代会的事？万事俱备，只欠东风……"

余得海说："好好好。这人代会重要哩，万万马虎不得。"

小陆说："余书记很忙的，会又多，可放心不下，特意赶来看看。县委对乡人代会是很重视的。县委组织部是我来。苗主任，咋不见丁乡长和林主席他们？县人大的同志呢？他们还没有到？"

苗主任说："陆科长，你看太阳都落山了，是不是请余书记先去休息一下？丁乡长、林主席和县人大的同志还在开会，我去把他们请下来？"

余得海看看手表，说："都六点了，他们那会也快结束了。噫，你们在哪里办伙食？咋冷冷清清的，代表都不见一个？"

苗主任说："到吃饭的地方去了。"

黄晓明说："苗主任家开得有饭馆，伙食在那里办。"

余得海说："老苗，你负责伙食呀？辛苦了。这是代表大会，档次要高，花色品种要配全，色香味要讲究些，要让代表吃好吃饱，这对他们开好会很重要。"

苗主任说："我一定按书记的指示办。"这时，马良俊和张小芹一前一后走过来。

马良俊说："苗主任，你让余书记、陆科长他们站在这里吹凉风呀！"

张小芹伸出手，说："余书记，你好。"

余得海握住她的手，扭头问黄晓明："这位同志是？"

黄晓明说："她叫张小芹，乡妇联主任。"

余得海摇着张小芹的手："啊！听说过，听说过。"

张小芹笑着说："余书记的手劲好大哟。"

余得海哈哈一笑，松开张小芹的手，说："我还没用力哩。嘿，你们别说，这握手也是一种锻炼，握得多，力就大了。"

黄晓明说："你是常握手……"

余得海说："没办法，找的人多，一天也不知要和多少人握手。哎，有几天手都被握肿了，疼得觉都睡不好。"

马良俊阴阳怪气地说："当领导真辛苦，握手，都要出工伤。依我说，要发握手补助费。"

余得海问黄晓明："他是谁？干什么的？"

黄晓明说："小马，马良俊，乡宣传员。"

余得海笑了一下："怪不得说话有些酸。老黄呀，你是老宣传了，对这样的同志要从思想政治上和业务水平上多帮助，把他们带出来嘛。"

马良俊在心里说：我就见不惯这种拿腔拿调的领导！

小陆察言观色，说："苗主任，余书记在这里站了一会了，安排在哪里住？"

苗主任想说"先吃饭再安排住处"，又怕再挨余得海刮，脑子一转，说："这，我去请示林主席和丁乡长。"

余得海说："大事小事都要请示，你这个主任怎么当的？"

苗主任心想，今天是撞见鬼了！左说挨批右说挨刮，余书记有意为难，难道他听到什么风声了？或者，是为了黄助理来压压我？心里虽这么想，脸上却浮出笑容，说："余书记批评得对，我是一切都按领导的指示办的，当然，当然，缺乏点主动性。"

黄晓明觉得余得海的一些话也不怎么入耳，心想，他是少年得志，气盛。为了维护他的威信，不能当众顶他，有机会，私下里和他谈谈。

张小芹想，这个余书记，一时摸不到他的深浅。不平易近人，爱呛人，今后和他接触，可不能嘻嘻哈哈的。

不一会，林主席、丁乡长、王治坡副乡长陪着县人大的郭副主任走出来了。

丁乡长率先走过来抓住余得海的手，说："余书记，何时到的？先打个电话来嘛，我亲自去接你。"扭头对苗主任说："你怎么搞的？余书记来了也不及时通知我？"又面对余得海说："郭主任召集开个小会，让你们久等了，对不起，对不起。"

小陆说："你丁乡长就会来这一套，口头亲热得不得了，实际不见行动。"

丁乡长说："走走走，先去吃饭。我认罚三杯，可以了吧？"

余得海问："你们开会研究啥？"

丁乡长说："明天开会的事。"

余得海说："人代会是大事，是要认真对待，精心组织安排。"

丁乡长说："有些事还要请余书记定。"

这时，郭副主任迈着八字步走了过来。余得海跨前一步握住郭副主任的手，说："哎呀郭主任，辛苦了辛苦了。"扭头对丁乡长说："郭主任是老领导了。有啥事，多请示郭主任。"

郭主任说："人大在县委的领导下，余书记亲自下来，是关心我们人大工作，我要代表县人大感谢你呀。林主席，过来，过来。我介绍一下，这是县委余副书记。这是乡人大林主席，老同志了。"

余得海松开郭副主任的手，抓住林主席的手，看看林主席打皱的脸，心里说：该退休回家带孙子去了。嘴上说："基层的同志太辛苦了。农村安定团结，多亏有你们这一批又有工作能力又有实践经验的老同志！林主席，我代表县委向你问好了！"

林主席激动地说："领导好！领导好！"

那边，王治坡正和黄晓明说着什么。

马良俊和张小芹走出院子了。

吃饭时，余得海突然记起什么，问丁乡长："老丁，听说你们乡有一个女能人，叫什么来着？"

丁乡长说："我们乡女能人不止一个，不知余书记问的是哪个？"

余得海说："开火锅店的那个。"

丁乡长想想，摇着头说："没有这个人呀。"

余得海说："她还开了商店和饭馆，是你们干部的家属……"

丁乡长哈哈一笑："原来余书记问刘金秀呀！远在天边，近在眼前。"

余得海望望周围，问："谁呀？"

丁乡长对苗主任说："老苗，把你爱人叫出来，让余书记审查审查。"

苗主任应了一声，走了。

丁乡长说："人代会的伙食就是交给她办的，怎么样？还不错吧？"

余得海望着满桌的菜，说："不错，不错，很有特色。"

丁乡长说："便宜，这一桌的钱还不及城里饭馆的二分之一哩。"

余得海故作惊讶地说："这么便宜呀？老丁，你是不是以势压人？"

丁乡长说："她是薄利多销……"

余得海说："这就叫有经济头脑，善于经营。农民从只会种地发展到开饭馆、开商店、开火锅店——金秀同志在火锅一条街还开了个火锅店，你们不知道吧？——这是一个巨大的进步，它说明农民已经有了'商品'意识，从传统的封闭的小农经济里走了出来。我们的工作，就是要引导他们参与市场竞争。对敢撞敢干敢冒的，要扶持……"

在座的林主席打着酒嗝说："刘、刘金秀是我们扶持起来的。每年人代会的伙食，我们都包给她办，单单是这笔钱，她、她家就赚了不少。"

这时，苗主任领着一个女人走到余得海面前。

丁乡长笑着说："余书记！这就是刘金秀同志，老苗的爱人。"

余得海看这女人，年龄在三十至三十五之间，身高一米六左右，长得均均匀匀，薛宝钗的脸、林黛玉的鼻子、探春的眼睛、王熙凤的嘴巴，完美地组合在一起，虽不如梅美芳人工雕饰的美，却洋溢出女性特有的魅力，兼有一股咄咄逼人的气势，眨眼动眉之间施展着精明和能干。小杨在机关也算个美人儿了，但和她比，小杨最多只能算温室里的一朵毫无生气的蔫败的指甲花，而她是开在阳光下风雨中的一株红山茶，他心里想，农村竟有这样的女人！

丁乡长见他看得呆了，用手碰碰他。他这才回过神来，站起来伸出手要和刘金秀握手。

刘金秀满面笑容，把手往后缩，说："书记，你坐下。我这双手都是油。"

余得海词不达意地说："不错，不错。"

刘金秀笑眯眯地说："书记夸奖了。菜做得不好……"

余得海说："在城里的大酒家，还吃不到这样好的菜哩。"

刘金秀说："书记，你给我创造个条件，我到城里开个馆子，天天欢迎你来吃。"

余得海笑了，说："看看，脑子转得多快，一下子就攀上我了。"

刘金秀说："我不攀领导还攀谁呀？依靠领导才能做好生意，依靠领导才能多赚钱，依靠领导才能发家致富，过上小康生活。"

丁乡长说："这话实在。你不像一些人，有了几个钱，就目无领导。"

刘金秀说："他们那是忘本！没有领导，你能赚啥钱？我这个人呀，将来有十万百万，你们在我的心中还是领导，丁乡长、余书记，我敢给你们下保证！"

丁乡长对余得海说："我相信小刘说的是心里话。"

余得海说："这样的同志更应该培养和扶持。刘金秀同志今后有啥事，尽管找我好了。"

刘金秀喜滋滋地说："有领导关心和支持，我一定干出个样子来！我就不服气，城里女人能干的，我刘金秀为啥不能干？"

余得海说："有这股志气，我相信你一定能成功。"

刘金秀说："谢谢书记金口玉言。你们慢慢吃，我去做个汤端来——去年我买了几斤鸡枞菌，舍不得吃，请领导们尝尝。"

晚饭后，余得海对小陆和黄晓明说："这个刘金秀，果然是个人物。一个乡有这么十个八个人才，哪里还愁发不出工资！"

小陆笑着说："余书记得树她为典型。"

余得海说："不是树，是承认。典型引路，推动一片，是我们党行之有效的工作方法嘛。"

黄晓明说："我觉得她太过于精明了。"

余得海一愣，继而哈哈一笑："你是不是吃不到葡萄，就认为葡萄是酸的？"

黄晓明脸一红，把要说的话咽下去了。

天黑了，山们隐入了神秘之中，小动物和虫们又开始活跃起来，在黑幕的掩护下自由地歌唱或觅食。这是另一个世界。这里一样生机勃勃，热热闹闹。有原始的宣泄，有殊死的搏斗，有生命的礼赞。

乡政府没有招待所，代表们大多数都是自己解决睡觉问题，或住亲戚家，或住朋友、熟人家，有几人睡一床的，也有情愿去挤草窝睡牛圈楼的。只有极少数代表无去处，或在办公室围着火炉打盹，或厚着脸皮和乡干部们"挤热和"。

余得海了解情况后，严肃地对林主席和丁乡长说："你们怎么能这样对待人民代表呢？"

丁乡长无可奈何地说："我们乡穷呀，办不起招待所。"

林主席说："我们人大理解政府的难处，代表的工作我去做，他们不会有意见的。虽说委屈了一些，他们也习惯了，不怕的，余书记。"

余得海加重语气说："林主席，我知道你是个老好人，但这公仆和人民的关系要摆正！我们的权利是谁给的？人民！人民代表是国家政权组成的重要部分，他们是真正的主人，而我们，是公仆。现在，人民没有地方睡觉，我们不但不积极解决，还说他们习惯了。老同志，脱离人民啊！"

几十年来，林主席听到的全是表扬话，哪里听到过这种当面锣对面鼓的批评？他耳热面赤心跳加快，把火气发到丁乡长的头上，说："丁乡长，我们人大是给你们提过几次意见的，你们强调这强调那，就是不解决。现在余书记批评了，你看咋个办？"

丁乡长说："余书记，这事不能怪林主席，主要责任在政府，我负责。"

余得海说："你负啥责？"

丁乡长一愣，心想，这位余书记厉害，抓住把柄不放，说话不留情面。对少壮派，还是小心为好。于是，语气坚定地说："把乡干部的床铺腾出来，让代表们先睡，林主席，你的意见如何？明年，再困难，我们也要搞个招待所，先置些被子……"

余得海语气缓和了，说："这就对了，这种态度就很好。你们都是老同志了，响鼓不用重槌嘛，平时马虎些，谁也不跟你计较。但人代会？人代会就不同了！全国、省、市、县开人代会，是把代表当上帝！住最好的，吃最好的，一级的安全保卫！医疗、保健，样样服务措施都跟上。领导见到代表主动上前握手，个个的脸上都有一朵花——笑逐颜开呀。他们为什么要这样做？你们懂'水能载舟，亦能履舟'的道理吗？上级给我们做出了榜样，我们要学习呀，不要以为都是乡邻乡亲，开会不开会都一个样，无所谓。林主席，你是老资格了，群众见到你不喊主席也要喊爷爷，群众尊重你嘛，你不要以老资格压人嘛，哈哈。"二人见他笑了，也都松了口气。

丁乡长问："余书记，你今晚不走吧？"

余得海说："你们这里住处都没有……"

丁乡长说："我已经给刘金秀说了，你住她家，她那里有一间空屋，干净、清静，被子和床单都是新的。"

余得海说："这恐怕不好吧？"

林主席说："领导到她家去睡，是她的光荣哩。"

丁乡长说："我们这个乡，县级干部从来没有一个来住过一夜，余书记，你就开个头吧？"

余得海眨眨眼，兴奋地说："真的？那我就开这个头！"

丁乡长说："我安排小马写篇报道，送到市级去发表，题目我已经想好了，叫《书记夜访贫困村》。"

余得海说："不必了吧？"

林主席问："书记要去访贫问苦？"

这时，小陆走过来问："余书记，你去不去黄助理那里坐一坐？"

丁乡长问："听说书记和黄助理是同学，真的？"

余得海说："同学多了，我们那个班就有四十多个，毕业了，各走各的，没啥来往。喂，我今天来，就是要给你们打个招呼，不能因为黄晓明是我同学，你们就迁就他喽！要严格要求，该批评的要批评。当然，他是下来挂职的，你们要热情帮助，使他得到锻炼，得到提高。这个同志长期坐机关，耍笔杆子的，我担心他理论脱离实际，书生气太浓……"

林主席说："黄助理表现不错的，访贫问苦摸情况，走村串寨不怕苦，有工农感情。"

余得海说："是吗？丁乡长，林主席，你们忙，我去给他打个招呼。小陆，你带路。"

黄晓明正和李万元热烈地交谈着什么，见余得海和小陆走进来，立即站起来让座，笑着说："二位光临，蓬荜生辉啊！"

余得海说："你，还是这张嘴巴。"

黄晓明说："比起书记，只能列入笨嘴笨舌之类。"

小陆笑着说："还是老同学有感情，见了面亲亲热热，说话多风趣。依我看呀，你们两位都是能言善辩的，都有当外交家的才干。"

黄晓明说："陆科长此话差矣，同学虽老，却有上下级之分，你可别把我和余书记等同起来，私自抬高我的身份提拔我两级喽。"

余得海想，听这话，黄晓明还是有自知之明的，于是笑笑，说："老同学喽，说这些干啥。"

李万元站起来说："领导们谈。黄助理，我走了。"

黄晓明说："你不在这里住了？"

李万元说："你这里有客人，我还是到我亲戚家去睡吧。"

黄晓明问："远不远？"

李万元说："有五六里路，一顿饭的工夫就到了。"

黄晓明说："天黑，把我的电筒拿去。"

李万元接了电筒，走了。

余得海问："这是谁？"

黄晓明说："李耕田，偏坡村的农民，大伙都叫他万元户，喊他李万元。"

余得海问："他这个样子，是万元户？"

黄晓明说："那几年时兴评万元户，他不幸被评上了。"

余得海说："不幸？是不是搞了浮夸？"

黄晓明点点头。

余得海说："党的思想路线是实事求是嘛，怎么能这么搞呢？乱弹琴！"

小陆说："这事我知道，怪不得下面，上面层层压指标，催得又紧，不评几个报上去，乡里交不了差。"

余得海显得痛心疾首地说："你看看，你看看，这完全是1958年'大放卫星'的搞法嘛。"

黄晓明说："实事求是人人都会讲，个个都明白，可一接触实际，一谈到政绩，一涉及提拔，就忘记了，就凑数字，就开功劳簿。于是，干部出数字，数字出干部，恶性循环。

余得海说："老黄，你可别为了政绩就凑数字呀。"心里又自问：没有数字，又哪来的政绩？为官的秘诀之一，是善于掌握（包括制造）数字。说大点，数字是云梯，可以送你上青云；说小些，数字是浮标，可以跟踪钓大鱼。

黄晓明说："这你可以放心，我不是'数字系'毕业的。为了政绩凑数字，那是祸国殃民，要断子绝孙的，当上官升几级也不会有善终！"

余得海笑笑，说："你又太偏激了！你和张体学呀，都让我不太放心。"

黄晓明问："张体学怎么了？"

小陆散了一圈烟，说："余书记，你们谈，这里冷得很，我去找火烤。"

余得海问："你住哪里？"

小陆说："我和王师挤丁乡长的床。"

小陆走后，余得海说："老黄，现在没得别人了，我们可以推心置腹地谈一谈。你别把我看成领导，我也不当你是下级，我们都是同学，还回到大学时代，好不好？"

黄晓明笑着说："大学时代你也是我的领导。"

余得海说："那又另当别论。老黄呀，下来的时候我就给你说过，我们的命运是联系在一起的，当然，也不能说一荣俱荣，一损俱损。但是，挂职干部如今已成了一个特殊的群体。我们是跨世纪的新一代干部，不可能一帆风顺，不可能没有挑战，要想平稳过渡，就要加强团结，互相帮助，互通信息，互相关照。我在上面为你们讲话，你们在下面为我争光。关键的是，不要意气用事，不要逞强，不要和当地党政领导闹不团结。张体学同志在这方面就做得差一些。"

黄晓明说："我觉得张体学党性很强，很有责任心，很想干一番事业。"

余得海说："这只是一个方面。他写信反映乡党政领导问题的事，你不知道吧？这是什么问题？下车伊始！和党委、政府的其他领导闹不团结，很不好。你是下来挂职的还是来夺权的？不是没有人反映！幸而有我在上面，给压住了。否则，人家来个礼送出境，我们挂职干部的脸往哪里搁？这个同志，太固执了，我看他要撞得头破血流的。"

黄晓明说："不至于吧？张体学是个很有组织原则的人呀。"

余得海生气地说："我今天专程去看望他，对他够关心了吧？可是，我的意见他就是听不进去！"

黄晓明说："人各有志，我相信他会干好的。虽说大家都是市里下来挂职的干部，但很难说出发点都一致，思想都那么统一。比如你余书记，你想的可能是平稳过渡，最好能连升三级。张体学哩，想办些实事……"

余得海问："你呢？"

黄晓明说："多了解些民情，多增长些知识，多办些好事实事，不让这两年的时间白过。"

余得海说："谁不想办实事好事？可是，有些事不能勉强为之。同志，能平稳过渡就说明我们干了好事实事，你别认为我说平稳过渡就是饱食终日无所用心！我这是关心你们。老实说，我对自己是很有信心的，我担心的是你们。例如，人代会明天就开了，在这次会上，你能不能选上，你心中有数没有？没有？你看看，这样大的事你还表现出无所谓的样子！我替你着急呀！没有和代表接触？亡羊补牢，未为晚矣，会上会下，你要放下架子，和他们多接触，让代表们了解你，必要时搞点感情投资嘛。你别笑，感情投资没有什么不好，说明你和群众打成一片，有群众基础。我在干部科的时候，考察干部，有没有群众基础这一条是很重要的。"

黄晓明心里想，这个余得海确实是个人才。要马列主义，他一套一套的；要世俗的处世哲学，他也一套一套的。两套都使用，而且用得十分娴熟，可以说是得心应手。以前认为他只会吹牛拍马拉关系，太肤浅了。现阶段，这样的人物是战无不胜的。这就是典型环境中的典型人物。

余得海见黄晓明不说话，站起来说："我今天本来是要赶回去的，县委明天有一个重要会议等我参加。可是，为了跟你单独谈谈，回不去了。住一宿，明天早上赶回去吧。明天的会我就不参加了，我已经给丁乡长和林主席打过招呼了，他们会关照你的。"

黄晓明说："有住处没有？没有的话我们两个挤挤。"

余得海开玩笑说："两个光棍挤一起，没意思。丁乡长安排好了，我住刘金秀家。"

黄晓明也开玩笑说："你别被糖衣炮弹打中喽！"

余得海说："不怕，我有铜墙铁壁护着。"

黄晓明说："我送送你。"

余得海说："算了，搞得这么亲热影响不好。"

这时，苗主任亮着电筒来接，余得海从口袋里摸出一包烟，扔给黄晓明，话也不说，跟着苗主任走了。

又是一个好天气，虽然还看不见太阳，东边的山头已开始羞红了，特别是那块兀立的白岩，如同抹了淡淡的胭脂，它头上的云彩哩，像小姑娘撑的粉红色小伞，欲去迎接升起的太阳，边沿变得白亮起来。鸟儿们以为是自己的歌声迎来了新的一天，正骄傲地大声喧哗，把宁静的清晨弄得热热闹闹。狗伸着懒腰起来了，鸡鸭扑腾着出了圈，牛们昂着头"哞哞"地呼唤着主人，急着要下地哩。家家的门都开了，男人、女人、老人、孩子走了出来，各自开始忙碌了。于是这世界就充满了鲜活的生命，就有了激情，有了失败，有了成功，有了希望，有了歌声，有了喜、怒、哀、乐……

李万元从亲戚家走出来，看看天色，抖起精神往乡政府走去，人代会上午九点钟开幕。虽然慢慢走也赶得及，但他习惯走快了，再说今天的天气又这么好。他嘴里哼着自编的山歌——

> 太阳出来照白岩，
> 我当代表开会来。
> 我当代表为群众，
> 群众冷暖记心怀。

山路仿佛也变成了欢乐的小溪，不但有流动感，还有色彩，有声音，走着走着，他闻到一股淡淡的清香，他想，这周围肯定有一窝兰草。这么想时就停了一下，瞅瞅路旁，见两株兰草张开花瓣，相偎着开放，他放弃了采摘的念头，笑笑，走了。

他走到乡政府院子里，太阳刚刚升到山头上，代表们大声说笑着正往会场走去。

黄晓明见到他，说："其实，你昨晚用不着走的，余书记坐一会就走了。"

他说："我晓得你们不习惯和人挤起睡，我也一样，挤起睡不着。"

黄晓明老实地说："一两夜还是能克服的。"

二人正说着话，那边却吵起来了。

原来是麻大叔拦住林主席告状！他还是穿着那套打皱的旧西装和旧皮鞋，只是西装更脏，新增了几个火星子烧的洞，大的如箩筛眼，旧皮鞋已如两只破船，露出一双乌黑的脚。头上戴顶旧军帽，不知他是从哪儿弄来的，自然没有帽徽，自然是皱皱巴巴的。一双眼睛被酒精烧得更红，像猴子屁股，脸当然是花的，仅有两种颜色，一黑一白。人又好像正感冒，鼻孔下吊着混浊的液体，嘴唇无血气，白而薄。

"林主席，代表们，你们要为我做主啊！"他扯住林主席的衣服，乞求地望着围过来的代表们大声说。

林主席说："放开手，放开手！"

丁乡长说："今天开乡人代会，你别来捣乱！有啥事会后再说。"

他说："我是来反映问题，丁乡长，你不要乱扣帽子，你吓不倒我，我不是吓大的。我晓得今天是开人代会，不开人代会，我还不来哩，我向人代会反映问题，向代表们反映问题，有啥错？"

林主席说："没得错，没得错。你把我的衣服扯破了！"

丁乡长说："老林，不要跟他纠缠。"

林主席说："你有啥问题，快快讲，三言两语。我们要开会。你反映啥问题？"

丁乡长看看手表："林主席，今天这个会是你唱主角，找个人接待他吧。喂，小马，你过来。"

马良俊是大会工作人员，正抱着材料往会场走。听到丁乡长喊，他走过来，笑着说："乡长喊我来看热闹？"

"严肃点！"丁乡长说，他指指麻大叔，"你把他带到一边去，听听他有啥问题要反映，记下来。"

马良俊说："我正忙哩。"

丁乡长说："你就专搞会议期间接待来人来访的事，其余的事交给其他人去干嘛。"

马良俊眨眨眼，把材料往张小芹的怀中一送，说："张主任，帮个忙。走呀，麻大叔！"

麻大叔说："你不管火，我不找你。我找的是林主席，是领导，是为群众说话的代表。"

李万元说："麻大叔，回家吧，别在这里闹。"

麻大叔抹把鼻涕，说："我们是一个村的，你是知道我的冤屈的。我是不讲道理的人吗？我是有冤有理才来找你们的。代表们呀，你们可要为我伸冤呀！"

林主席说："你有啥冤，讲来我们人大为你做主。"

麻大叔说："林主席，我这冤大呀。"他扭头望望周围的人群接着说："代表乡亲们，他王跛子拐卖了我的婆娘和姑娘！"

此话一出，众人骇然。丁乡长、林主席等领导也愣住了。院子里一下子静下去，仿佛空气都凝住了。这当然只是一刹那，其后，就是乱哄哄的议论声、询问声、斥责声、感叹声，同时人们又都不约而同地用眼睛寻找着什么，最后，这些眼睛都盯住了一个矮小的老者。

这老者拄着一根棍子，稳稳地站在通往会场的石阶上，他头上戴着一顶羊毛毡帽，穿着蓝色的老式新棉衣，青色的裤子，脚下是一双黄色的反帮皮鞋。也许是他避开了阳光的缘故，别在胸前的代表证淡红淡红的。他的脸膛不红润，但有肉，甚至可以说"丰满"。皱纹已经很深了，使得那张脸犹如一块黄土地，仿佛经历了太多的风雨，被山洪冲出了无数条深沟，或者，是被犁过了，呈现出一道道犁沟。他是纳米乡最老的共产党员，最老的村支部书记和村长（现在叫村民委员会主任）。人虽然老了，眼神中仍有一股逼人之气。听到麻大叔说他拐人卖，只是不动声色哼了一声。

黄晓明想，此人闻名已久，今日才得一睹尊容，接着就是感叹：天！这样老的人，还当村长，还当代表！

第二个做出反应的，应该是林主席了，他激动地说："你、你、你杨麻子乱说，搞、搞诬告！王村长是我的入党介绍人，他、他哪里会拐人卖！"

丁乡长指着杨麻子说："你知道不知道，诬陷人是犯法的，有罪！"

代表们仿佛醒悟过来了，都指责杨麻子不是人，是条疯狗，乱咬人。

杨麻子又哭又闹，说："你们官官相护，包庇他，他是啥狗屁共产党员？是啥狗屁村长？是土匪！是黄世仁！他欺下瞒上，糟蹋良家妇女，伤天害理！我没有喝酒，没有醉……"

这时，苗主任陪着余得海、小陆和县人大郭副主任走过来了。余得海昨晚还对黄晓明说今天早上要赶回去参加县委的一个重要会议，一觉醒来又改变了主意，对小陆说："'既来之，则安之。'参加乡人代会的开幕式吧。"

远远见院子里围了一群人，余得海问苗主任："怎么搞的？不上会场，围在那里看什么？"

郭副主任很有经验地说："可能有人来告状。嘿，开人代会呀，这类事少不了。"

余得海说："这说明群众是相信人大的。"

郭副主任说："有些事人大也解决不了。"

代表们见县里领导来了，都让开了。

余得海问丁乡长："老丁，发生了什么事。"

丁乡长说："这人喝醉了在这里无理取闹。"

余得海说："把他劝开呀，开人代会有人哭哭闹闹的，成什么体统！"

林主席说："余书记，我们苦口婆心，他不听，请示书记，咋个办？"

余得海双眉一敛，说："这种小事也要请示我？派出所呢？他们是干啥的？"

林主席小心地说："他没有犯法，不好动用公安……"

余得海不高兴地说："干扰破坏人代会，不是犯法？林主席，你们人大是监督执法的呀。"

林主席脸上火辣辣的，对丁乡长说："丁乡长，这是你们政府的事了。"

丁乡长大声喊："安所长！安所长来了没有？"

安所长说："我在这里哩。"

丁乡长说："你当的啥所长，出我们政府的洋相呀？"

安所长说："我等待领导的指示命令哩。"

丁乡长说："还不派人把他弄走？"

安所长手一招，走来两个治安员，把麻大叔架走了。

丁乡长小声对安所长说："搞瓶酒给他喝，度数高的。"

林主席松了一大口气，大声吆喝："开会，开会，排起队进会场，让县里的领导先走！"

余得海亲切地对郭副主任说："老主任先走。"

郭副主任说："一样，一样。"

二人一边谦让，一边似乎是并肩走进会场的。别把这谁先谁后仅仅看成一个顺序问题，不，这是一个待遇问题，是一个等级问题，说大点，也是一个政治问题。余得海知道，就级别，他和郭副主任都是副县级，但是，他是县委副书记，郭是县人大副主任，县委领导人大，他比郭副主任优越。在人们的心目中，"党委有权，政府有钱，人大举手，政协发言"，他是应该走在郭前面的。但郭年龄比他大，资格比他老，再说，这又是开的人代会，让郭副主任走在前面也有一定道理。这一权衡，就急跨了一步，与郭副主任并肩了。上了主席台，见郭副主任坐在中间，他虽说挨着郭，但无论如何位置偏了一点，便多看了林主席和丁乡长两眼。小陆也上了主席台，扭头和坐在后排的王治坡说着什么。王治坡的身边，坐的是黄晓明，挨着黄晓明坐的是张主任张小芹——她是主席团成员。

（节选自《挂职》，作家出版社，2000年；获首届贵州省政府文艺奖二等奖）

2002年

李宽定

漂亮女孩（节选）

第一章　美女春情

一个女人的生活是从她的第一次爱情开始的。

————巴尔扎克

1

瓜子西施姓岑，名小小。

不知道她的父母亲怎么给她起了这样一个名字，"小小"！"岑小小"！

其实，小小一点儿都不小。十六岁，身上凡是应该突出的地方，都一股脑儿地突了出来；一米六五，高挑挑的既苗条又丰满。这身材，在北方也许不算什么，但是呢，在贵州，在顶山城，实在是百里千里也难挑出一个来。

顶山城地处川黔要道，是个很古老很繁华的小城。城外四壁青山，一带绿水环绕，山灵水秀，是个出美女的地方。城里的女孩儿，一过十五岁，一天一个样儿，十天半月不见，就出落得花儿似的，比花儿还好看。灵秀、清雅，又很丰满，唯一的遗憾就是身材差了一筹——个儿太矮，腿儿太短。坐着的时候，怎么看怎么好看；但总不能老坐着不站起来呀，一站起来，就有点儿让人扫兴，感到惋惜，仿佛看了一件还没有完工的艺术品。

小小是个例外。

身材不用说，那张白白的脸儿，那双长长的眉毛，那对黑黑的眼睛，那个尖尖的下巴，尤其是那两片红红的嘴唇，那两排白白的牙齿，除了北街的西药公主和南街的蚊烟小姐，顶山城没有人敢比。

"瓜子西施"小小是顶山城出了名的美人儿。

美人儿岑小小，白天在家里炒瓜子，晚上就到北街的戏院门前摆摊儿，卖葵花，卖香烟，卖薄荷糖锅巴糖。

顶山城有两个很热闹的去处，一是南街的油巷口，再就是这戏院门前了。

小小在这戏院门前做生意，很开心。她不吆喝，文文静静地坐在摊子后面，剪窗花、折飞燕，仿佛有没有人来买她不管。

她不愁她的瓜子香烟卖不出去，她知道一定有人来买她的瓜子香烟。

她知道她长得好看，更知道"好看"就是她的本钱。抽烟的男人都爱到她这里来，拣着价钱最贵的烟买。她朝他们笑笑——她笑起来很美，这不是她的错。被她笑得神魂颠倒的男人，似乎觉得光买包烟对不起她，又赶忙再买包瓜子。男人自己要故意装大方、玩洒脱，这不是她的错。她心里也暗自好笑，笑那些男人馋猫似的，傻！但是，同在戏院门前摆摊儿的人，却一个个像乌眼鸡似的盯着她，恨不得掀了她的摊子。尤其是秦幺娘，像前世就跟她结下了不解的冤仇，看见她的生意好，看见买烟的男人站在她的摊子前面，就故意拿卖茶蛋的聋子大爷取笑，大声说：

"聋子，你卖什么茶蛋？卖笑，你干脆卖笑得了！"

聋子大爷听不见，旁边卖茶水的女人就把话接了过去：

"秦幺娘，莫眼红，眼红你就朝满街的男人笑呀！"

"我？你没看这张脸，老得像丝瓜络，就是脱了裤子都没有人要喽，莫说是笑！"

话说得要多难听就有多难听。

小小不是傻子，这些不三不四的话，她哪有听不懂的？白白的脸上，红了又红。心里恨得巴不得长牙，咬那老丝瓜几口。但是，她知道秦幺娘不是个好惹的主儿。再说，人家又没有指名道姓，气死恨死也只得忍着。

小小不吱声，假装没有听见。秦幺娘她们就越发得意了，越说越难听，巴不得小小气得吐血，收起摊子回家去。

驯善不过兔子。但是，兔子被逼急了还敢咬人呢！何况小小？

秦幺娘她们这么一搭一档地说三道四，小小摊子前的男人，脸上下不来，烟不买了，瓜子也不买了，赶紧讪讪地走开。

坏了生意，小小再不能容忍，看着秦幺娘她们，白着脸冷笑。只要有人朝秦幺娘她们摊子那边走过去，她就故意冲着秦幺娘她们摊子那边吆喝：

"盐葵花——香烟薄荷糖！"

小小人长得好看，声音更好听，柔柔的，又婉转又圆润。她那么悠悠扬扬地一喊，像画眉叫，又像相思鸟唱，已经走过去的男人都忍不住要回过头来看一眼。等那男人一回头，她就朝他嫣然一笑。男人都是天生的贱骨头，挡得住千军万马，却挡不住美人儿含情脉脉一笑。

已经走过去的男人又转身走过来，小小胜利了。

年轻漂亮的女人都是常胜将军，只要她们懂得自己又懂得男人。

小小就懂得自己，也懂得男人。

小小硬抢了秦幺娘她们的生意。秦幺娘她们气得死去活来，但是呢，却没招数。除了指桑骂槐，她们不敢把小小怎么样。

她们惹得起岑小小，却惹不起呆少爷。

2

呆少爷就是辛小刚，辛县长的大公子。

辛小刚是个地地道道的山东大汉，粗壮的身躯，立在人群里像座黑铁塔。在顶山城里，找不出几个一米八零的个儿来。就是找出几个来，也绝没有他长得那样虎势：头大脸大，眉浓嘴大，一对拳头握起来碗样大；从头到脚，男人身上该大的地方，无一不大。不知道是有什么解不开的心思呢，还是因为怕人家听不懂他那山东土话，笑话他，难得见他跟谁开一次口。块头大本来就显得有些笨拙，加上他又老是阴沉着脸不说话，更显得有些呆气。"呆少爷"这外号，不知道究竟是谁最先叫起的。虽然没有人公开叫过他呆少爷，但顶山城的人都知道呆少爷是谁。如果还有一个不知道呆少爷是谁，这个人一定就是呆少爷自己。

呆少爷爱看戏。

只要戏院演戏，呆少爷每晚必到；每到戏院，必在小小的摊子上买烟。谁知道他究竟是为了看戏，还是为了到小小摊子上买烟？

戏院门前摆摊子的，多数是姑娘媳妇老妈子。这些女人都是长年在摊子后面讨生活的，哪一个不是鬼精灵？呆少爷的举动还能逃得过她们的眼睛？但是呢，尽管她们私下里挤眉弄眼，却谁也没有把心里的话公开说出来。

不敢说？也许。

不过，恐怕也是无话可说。要是有点话柄落在这些女人的手里，只怕割舌头的恶鬼都没有办法能封得住她们的口！

呆少爷来看戏，来买烟，买了烟就走，从来不找小小搭讪无话找话说。

小小呢，对谁都客气。只要肯到她摊子上买烟买瓜子的，她都报以甜甜的一笑。要是她觉得那人心里没有坏念头，人长得又看起来顺眼，那她还会主动和那人攀谈几句。不管她说的是什么，那人心里都会欢喜，她知道。

但是，唯独对呆少爷是个例外。她从来不对呆少爷笑一笑，更不要说主动和他搭话。呆少爷每次来买烟，她都低垂着眼帘，不看他，脸上冷若冰霜。他买烟，她卖烟，就是这样，仿佛她根本不认识他，也根本不想要认识他。

其实，呆少爷头一次到她的摊子上来买烟，她就知道他是谁了。而且，她从他的眼光里，非常敏感地觉察到，他和别的男人并无两样，似乎还有点儿怕她。她这样冷淡他，开始，完全是下意识的，连她自己也不明白为什么会这样。但是，后来，她这样做，却是故意的了。

说真的，她并不喜欢他；当然，也不讨厌他。不过，她却本能地感觉到了，他虽然不是她梦中想找到的那个人，但他却能把她带进她梦想中的那个世界。她如果放过了他，她就只有永远守摊子的命！

她自己也不知道究竟是怎么回事儿，仿佛是命中注定，她这一辈子一定要跟他。不管在什么地方，也不管那地方有好多人，只要呆少爷在场，她都能感觉到。只要她觉得心像有根线拴着往上提，一找，呆少爷准在！

每天，不等天黑，她就早早地到戏院门前去摆摊儿，风雨无阻。就是淋了雨生了病，发着高烧，她也去。一晚上能卖出多少香烟瓜子薄荷糖，她已经没有心思管了，一门心思就是等着呆少爷来买那包烟。要是有一个晚上他没有来，那个晚上她心里就会烦躁不安，回到家里不是生闷气，就是莫名其妙地发火。她想接近他。她怕这样拖下去，他会一气之下从此再不到她摊子上来买烟了，那她这一辈子，就只有跟她妈一样，从小到老就守着个小摊子打发日子！

她不甘心，因为她长得很好看。

她心里好后悔，后悔当初不该对他那么冷淡。

但是，她对他依然冷淡。呆少爷来买烟，她依然低垂着眼帘，不看他，脸上依然冷若冰霜。你想减价把烟卖出去，买烟的人反倒疑心你那烟是假的，或是发霉了。要敢抬高价才能卖得出好价钱，这道理她懂。

她在等待机会。

女人控制男人的手段不是委身，恰恰相反，而是善于运用拒绝的艺术。①

---

① 雷德里克·达尔《荡妇》。

机会终于来了！

去年，阴历八月初十——小小永远忘不了那个日子。那天晚上，天特别蓝，月儿特别明；戏院门前特别热闹，生意也特别好。卖出多少瓜子香烟薄荷糖，都已经不在小小的心上了。她的脸上，带着甜甜的笑，支应着摊子前面的顾客。但是，美目流盼，却始终关注着街口。

她在等待着那个男人向她的摊子走来。

"老板娘，买杯瓜子！"

一声"老板娘"，喊得小小满脸飞红。她是"姑"，不是"娘"，"老板娘"是嫁了人的。但是，一看说话的是齐海风，再一看摔在她摊子上的那张"大团结"，她心里就什么都明白了。

一杯瓜子五分钱，拿十块钱的大票来买一杯瓜子！什么意思？

岑小小是何等聪明的一个人，还会不明白是怎么一回事儿？她哥哥不在身边，她不忍气吞声就非吃大亏不可。好个岑小小，居然一点声色不露，包了一杯瓜子递给齐海风，微微一笑："没零钱找你。你记着，明天再给好了。"

"老子不赊账！你找……"

齐海风一句话还没有说完，呆少爷像从天上掉下来似的，从齐海风肩上伸过手来，一把抓起摊子上那张"大团结"，冷冷地说：

"我去帮你换换。"

这样说的时候，谁也不看。谁也不明白他这话，是对岑小小说的呢，还是对齐海风说的。

岑小小和齐海风都一怔，一时间谁也没有说话。

呆少爷用方手巾包着一大包硬币回来，往摊子上"哗"地一倒，随手拣了个五分的硬币递给小小，才对齐海风说：

"找你九元九角五分。"

半路上杀出个程咬金来，打了这么一个横炮！齐海风又气又恨，瞥了呆少爷一眼，自认倒霉。他把摊子上的硬币抓进口袋里，但是，呆少爷却一把抓住他，不放他走。

"钱财过手，当面点清！"

齐海风是何等的人物？在顶山城，就是算不上龙，至少也是条蛇，绝不是虫，几时受过这样的鸟气？气得脸发青，但是呢，也只有把气硬咽下去。他就是有一百个胆子，也不敢招惹到辛县长和妇联主任李开惠的门下！

大丈夫能屈能伸！

没招使，只得把钱掏出来，草草数了一遍。

"数清楚了？"呆少爷问，问得阴沉沉的、冷冰冰的，却不看齐海风一眼。

"数清楚了。"

"多少？"

"九元九角五。"

"找清楚了？"

"是。"

"你走。"

呆少爷的眼睛，谁也不看，脸色始终阴沉沉，声音也始终冷冰冰，呆气十足。

小小站在旁边，心里一阵欣喜一阵激动，泪水就涌到眼边来了。但是，她却一点儿不露声色，呆呆的、怯怯的，就像被吓傻了似的，任凭泪水在长长的睫毛下扑闪扑闪。

齐海风走了，围在摊子边看热闹的人散去，呆少爷才转过脸来看着小小。那张阴沉得连神情都有点麻木的脸上，露出了一点笑意，就像从厚厚的冬云后面透出来的阳光——那是呆少爷头一次面对面地看她，头一次对她笑。

小小心花怒放。她当然绝不能放过这个机会。迎着呆少爷的眼光，嘴唇一阵颤动，汪在眼边的泪花儿就扑簌簌地落了下来，脸上呢，却笑了：

"辛哥，今天要不是遇到你，我就苦了！"

这样说的时候，小小的脸上笑得那么甜，那么美，却又泪眼婆娑；喊得那么亲切，说得那么真切，却不带一个谢字；一点痕迹不露，就把男子汉的自尊心与自豪感，融进了呆少爷的血液里。

呆少爷不呆，就真是个呆子，这时候只怕也变精灵了！

"那种人，不要脸不要命的，以后你不要去惹他……"

"我哪里敢惹他呀！"小小急了，嘟着嘴儿，仿佛有些委屈。

"辛哥，你不知道，他厚皮赖脸地去死缠着青阳妹丹，有事无事就跑到人家柜台前面去守着，说些不三不四的疯话。我哥看不惯，打了他一顿。他打不过我哥，就来找我出气。"

"你哥怎么要去管人家这些事情？"

"那你怎么要管我这些事情？"这话，就好像是冲口而出，说得却真是聪明极了！话还没有说完，粉脸上已经羞得绯红。

呆少爷并不呆！一听小小这话，一看小小那种神情，微微一呆，黧黑的脸上也顿时一红。

一时间，两个人都没有说话，各自把眼光避开了。

男女之间，在热烈交谈的时候突然沉默下来，不用说，两颗心不是靠近了，就是分开了。

"我走了。"呆少爷低低地说了一句，冰冷生硬的声音，似乎变得温和了。

但是，不等呆少爷转身，小小就喊住他：

"辛哥！你别走……我怕齐海风在街上拦住打我。"

"他敢！"

"我怕……"

小小的声音，柔柔的，怯怯的，神情又那么楚楚可怜。

呆少爷看着小小，又有点儿呆了，呼吸似乎也渐渐地粗沉起来。

"辛哥，我好怕……"

"不要怕，我送你回去！"

小小笑了！因为这次是从心里笑出来的，所以，笑在脸上越发显得妖媚，显得楚楚动人。

她终于把辛小刚引到了自己的家里。

3

岑小小家住在下街。

顶山城有东门南门西门北门，有南街西街北街，唯独没有东街。东门与南门之间的一条小街，叫"下街"。为什么不叫东街而叫下街？不知道，县志也没有记载。

下街窄窄的，长长的。街两边，砖墙土墙、板壁笆壁，相间交造；房顶上，瓦片石片、茅草麦草，五花八门。街上住的，多数是挑夫小贩手艺人，和一些无职无业的游民。

小小家就住在这条街上。一家四口，挤在一间低矮的土墙茅舍里。

茅草房里飞出了金凤凰。

小小是下街的一枝花。但是呢，她父母亲却不怎么样。她父亲岑三，即使是在下街，也是个不起眼的人物。五短身材，长得宽厚结实，活像个树疙瘩。人也老实得像个树疙瘩。在下街住了几十年，从没见他跟人红过脸吵过架；当然，也从没见他主动帮谁排过忧解过难。一年三百六十五天，有三百五十六天在外；天不亮就出门，天黑尽才归家；从城里挑盐挑百货下乡去，从乡下挑粮挑山货回来。一根弯弓样的翘扁担，磨得油光水滑。肩上压出两个高高的肉峰，背上晒得黑油油的发亮；腿肚子上的青筋，一根根鼓起来，密密的，曲曲的，像爬满了蚯蚓。闲下来，夏天坐在树阴下，冬天坐在火炉边，一坐下就脱了衣服捉虱子。只有赚了钱兴致好的时候，才到茶馆里去泡碗茶，听一段"桃园结义"，或是"武松打虎"。在下街，没有人看重他，当然也没有人轻贱他，除了他妻子岑三娘。

即使是年轻的时候，岑三娘也算不上个美人儿，但是却能说会道，自视甚高，常常抱怨母亲把她许配给岑三，误了她的终身。

按说，岑三娘和岑三，穿开裆裤的时候就成天厮守在一起，也算是青梅竹马了。年轻的时候，岑三在街上挑水卖，时常在她家进出。她家的水、煤，凡是出力冒汗的事儿，全是岑三干的。她呢，只管在戏院门前摆摊子卖瓜子香烟。因为长年在戏院门前摆摊子，少不了偷空儿溜进戏院里去看几出戏。十八岁，正心跳跳地做着才子佳人的好梦，母亲却把她许配给了岑三。母亲看中的是岑三忠厚老实，而她最不满意的，却恰好是岑三太过老实太过憨厚，一点不风流。看见戏台上的许仙和白娘子那样情意缠绵，她就好生委屈，就忍不住要抱怨：

"人不人鬼不鬼的，站起来还没有三堆牛屎高，比人家武大郎都还不如！武大郎还会卖烧饼，你呢，除了在床上使蛮力，还有什么本事……"

岑三娘是抱怨惯了的，抱怨起来没遮掩没顾忌。岑三呢，又早听惯了她那一套，任凭她说什么，他都无动于衷不吱声，仿佛妻子说的与他不相干。

但是，已经渐渐长大成人的儿女，却窘得满脸飞红。小小还好，红着脸低垂着眼帘，假装没听见。哥哥岑小舫却是个血性男儿，做不出这样装聋作哑的事儿。见母亲说得实在不像样子，气得他发昏，又不敢朝母亲身上发作，就往妹子身上出气：

"你不回房间去，站在这里听什么鬼？一点羞耻都没有！"

岑三娘活了几十岁，还听不懂儿子这话？顿时拉下脸来，"啪"地就给了儿子一耳光：

"老的不是东西，小的也不是东西！有这样对老人说话的？"

"老人就要有个老人的样子！"儿子不服。

"老娘这个样子怎么了？看不惯？看不惯你给老娘滚出去！"

"滚就滚！"

母亲和哥哥吵翻了天，一个不让一个；父亲呢，却坐在那里不管，仿佛与他不相干。小小泪花儿挂在眼边，心里痛苦得恨不能死。但是，最终却悄悄走开，躲到自己房间里去了。

岑小小就在这个家里长大。

呆少爷真的送她回家，她真的要把呆少爷引到自己家里去，小小心里有些紧张。越往家里走，她越感到心慌意乱。她怕呆少爷看见她家住在那破草房里，更怕呆少爷看见她家里的人。走到家门口，她紧张得连人都有点傻了，站在门口，竟不敢上去开门。

她突然感到后悔，后悔不该把呆少爷引到家里来。

"你家就住在这里？"呆少爷问，声音里透出一种生硬的温柔。

小小的心里，感到无以名状的恼怒，羞愧难当。她勉强朝呆少爷笑了笑，硬起头皮上去推开了门。

在顶山城，即便是像岑小小她们这样的人家，也有一间堂屋，作为一家人吃饭、活动和待客的地方。

堂屋里，岑三勾着腰，低垂着眼睑，呆呆地坐在凉椅里吸叶子烟。岑三娘和岑小舫都绷着脸，一个坐在方桌旁边纳鞋底，一个站在屋子中间画画。一看堂屋里的情景，小小的心落下了一半，暗自叫了声："菩萨保佑！"

这个家，只有刚刚吵过闹过之后那短暂的和平时期，才会有这种死沉沉的宁静。

小小推门进去，堂屋里只有岑三娘抬起头来看了她一眼，看见她后面的呆少爷，一怔，目光又落到她的脸上。

小小大窘，又慌乱，避开了母亲的眼光，赶忙和父亲打声招呼：

"爸，这是辛大哥。"

岑三抬起眼睑，看了呆少爷一眼，人也就跟着从凉椅里站起来。站起来却没有话说，茫然地看着呆少爷，咧了咧嘴，不知道是表示欢迎，还是给客人让座，而后，一声不吭，趿着鞋转身走开了。

小小有些尴尬，偷偷地看了呆少爷一眼。

岑三娘脸变得快，一怔之后，阴沉沉的脸上转瞬间笑逐颜开，赶紧放下手里的鞋底，迎了上来：

"哎哟，辛大哥哇，哪阵风把你吹来？快坐快坐。小小，呆眉呆眼地站在那里干什么，还不快点去泡茶！"

这样说的时候，岑三娘用袖子擦擦板凳让呆少爷坐下，拿烟，端葵花，又忙着削桃子，简直手忙脚乱，诚惶诚恐。

岑三娘过分地热情，弄得呆少爷站不是坐不是，又窘迫又慌乱，越发地增添了几分呆气，不住地看小小。

小小文文静静地站在旁边，勉强地抿嘴微笑。母亲那样跑上跑下，忙得团团转，一点不掩饰地巴结、讨好呆少爷，这让她感到难为情。但是呢，家里来了贵客，岑小舫依然站在屋子中间画他的画，无动于衷，连看都没有看辛小刚一眼，仿佛压根儿就没有把辛小刚放在眼里，这又让她心里很不高兴。趁呆少爷不注意，她借故给岑小舫拿擦手的毛巾，眼巴巴地看着他，轻轻地叫了一声：

"哥！"

岑小舫冷冷地看了小小一眼，放下了画笔，转过身来很勉强地跟呆少爷打了声招呼：

"你坐。"

等呆少爷站起来，他却转身走开了。

父亲上不了台面，哥哥这样没有礼貌，母亲呢，又那样低三下四的，小小感到难为情，心里说不出的难受。她偷偷地看了呆少爷一眼，见呆少爷讪讪的，脸上有些下不来，就赶忙朝他甜甜地一笑，用话岔开：

"辛哥，你们山东人是不是喜欢吃大葱？"

小小突然间冒出这句话来。呆少爷茫然地望着她，有点儿莫名其妙。

"我听别人说，如果你们山东人掉进水井里，怎么爬都爬不上来的时候，只要拿根大葱在井口一招，落井的人就一下子从井里跳上来了……"

小小这样说的时候，眼睛忽闪忽闪的，一本正经的样子，一点儿不笑。呆少爷听着，先是一呆，随后就忍不住"扑哧"一声笑了出来：

"没有的事，没有的事，哪有这种事？"

"辛大哥，我听人家说，你山东还有一个妈？"岑三娘横插了一句。

呆少爷的脸上刚刚有些笑意，岑三娘这么一问，刚刚露出的笑意倏地一下僵硬了，活像画在阴云上面的一抹阳光，神情显得又尴尬又恼怒。

小小一看不妙，赶忙展颜一笑，又把话岔开了：

"辛哥，你们食品公司的工作忙不忙？"

呆少爷还没有来得及回答，岑三娘又抢着问了一句：

"辛大哥在食品公司工作？"

呆少爷"嗯"了一声，算是回答。岑三娘不知趣：

"啊！食品公司有油水哟……"

小小脸上一红，赶忙给母亲使了个眼色。但是，母亲不看她，只顾跟呆少爷说：

"过几天，请辛大哥帮我们买两个猪蹄膀来过中秋，不知道行不行？"

"行，我回去跟屠宰场的人打个招呼……"

"要肥一点的！"

"好。"

小小绝望地瞪了母亲一眼，心里又痛苦又沮丧，眼里泪花儿一闪，赶忙借故给呆少爷煮夜宵，躲到灶房去了。直到呆少爷要走，她才从灶房出来。

岑三娘不住地给小小使眼色，要她留住呆少爷吃了夜宵才走。

小小拉长脸，低垂着眼帘不理不睬，也不吱声。呆少爷站起来要走，她就跟在后面送了出去。见母亲狠狠地瞪她，她干脆说：

"辛哥，我送你。"

岑三娘恨得咬牙，但是呢，却无可奈何。

从家里出来，小小再没有说话，呆少爷也沉默着，两个人仿佛都有点垂头丧气。默默地走过长长的小街，一直到油巷口，呆少爷才站住了：

"你回去。"

小小站在木牌的阴影里，没有朝前走，也没有回去，轻轻地吹着额上的刘海，不说话。小小不走，呆少爷陪着她站了好一会儿，才又低低地说了一句：

"我走了。"

呆少爷走了。

等呆少爷转身走了，小小才落下了一颗晶莹的泪珠儿。她没有说话，也没有走，默默地看着呆少爷越走越远。不知道为什么，她心里突然间闪过一个莫名其妙的念头："要是他回过头来看我，我的命一定好！"

她给自己卜了一卦，心里倏地一紧，目不转睛地盯着呆少爷的背影，连呼吸都屏住了。

刹那间，天地间的一切都不存在了。

呆少爷越走越远。小小的心越提越高，仿佛堵在嗓眼儿里，她感到有些透不出气来。

一辆卡车开过来。

卡车截断了小小的视线。她心里一凉。但是，还没有等她来得及感到绝望，汽车开过来的刹那间，她心里又猛地一热。

呆少爷让到街边，正回过头来看着她这面！

小小悬在半空中的心一落，顿时呼出一口长气，浑身都软了。

泪花儿还在眼边打转儿，小小又笑了。

4

岑小小和呆少爷一出门，岑三娘就唠唠叨叨地数落开了：

"老子像个缩头乌龟，养个儿子出来倒像杆没有砣的秤，就只差翘到天上去了！老的不是个东西，小的也……"

"从早到晚就这样唠唠叨叨的，你究竟累不累？"

岑小舫实在听不下去了，就忍不住顶了他妈一句。岑三娘本来就一肚子气没处发泄，岑小舫这一顶撞，嗓门儿一下子大了几倍：

"你还嫌老娘说多了是不是？不爱听你就给老娘滚出去！十八九岁的人了，还一点规矩都不懂！客人来了，连招呼都不知道打一个！把脸拉得长长的，谁借你的谷子还你的糠？客客气气地打声招呼就亏了你啦……"

小小送走呆少爷回来，听见母亲正在数落哥哥，心里好烦，在门口默默地站了一会儿，叹了口气，又转身走了。

她不想回家，又不知道去什么地方好，就顺着街边，在屋檐的阴影里慢慢悠悠地走。

天上，半轮新月，几点疏星，一片白云。微风轻拂，凉凉的，柔柔的，撩得人心里痒痒的有些骚乱不安。

小小兴味索然，懒懒的不知道自己要做什么，也不想做什么。想笑？想哭？想对人诉说？她自己也说不清自己究竟是欢喜，还是丧气。

她心里很乱。

呆少爷喜欢她，她心里有数。但是，她那个家……不知道他见了怎么想！丢人现眼的，连她自己都恨。

她好后悔，后悔不该把呆少爷引到家里去。

顶山城不大，在小县城中却不小。小小像夜游神似的，在街上慢慢悠悠地走，大睁着一对眼睛，却仿佛什么也没看见。有人向她打招呼，她就朝他笑笑，但是呢，等那人走过去了，你若问她那是谁，她一定茫然不知。她脑子里乱糟糟地想七想八，究竟想了些什么，连她自己也说不出所以然来。她就这样混混沌沌地往前走，往前走，直到她自己都感到心跳跳得连呼吸都有些不顺畅了，才猛地省悟过来：再往前走，就是惠香芹家了！

惠香芹家住在南街，五星小学的对面。

小小和香芹从小在一起玩儿，一起在五星小学读书，同一个教室，同坐一张桌子。长大了，香芹在北街卖蚊香，她在戏院门前卖香烟瓜子。平时，两个人你来我往，邀邀约约地一块儿下河洗衣，一块儿下乡赶场，好得亲姐妹似的。

不知道从哪一天开始，渐渐地，香芹到她家来的次数越来越少了，她去香芹家的次数呢，却越来越多了。母亲骂过她不止一次，说："大了，不比小的时候，老是疯疯癫癫地往人家跑！女儿家，不自重，越不值价越没价！"母亲的话中有话，小小听了好反感，羞得脸儿红红的。她也觉得母亲说得有道理，但是，她管不住自己，常常连自己也不明白怎么又跑来了。

她每次到香芹家，远远的心就跳起来，连气儿都出不匀了。

惠家的门虚掩着。灯光从门缝里漏出来，长长地射到街面上。

小小的脚刚踏进那束灯光，就站住了。她突然间感到内疚，不敢走过去。犹豫了一下，她倒了回来；转过身，她又犹豫了。犹犹豫豫的，她还是走了过去，推开了香芹家的门。

"香芹！"小小的脸上笑得甜甜的，再也看不到半点儿内疚半点儿犹豫。

惠三娘正坐在堂屋里做蚊香，看见小小，好欢喜。

惠三娘和岑三娘是姨表姊妹。两姊妹两副模样两个德性。惠三娘长得瘦瘦的，生性也很柔弱，就像大病一场刚刚好起来，恹恹的精力不济，说话慢慢的，声音细细的。她不像岑三娘那样能说会道，也从不唠叨。和人说话，总是先笑笑，笑得有些凄苦，却让人心里感到熨帖，就是香芹香村把她惹气了惹急了，她最多也是骂他们一句："鬼崽！你怎么这样不争气哟！"她不凶，香芹和香村却都怕她，又亲她。

小小很喜欢她这个姨妈。有时，小小被母亲打痛了骂急了，也会顶撞几句："你看人家姨妈，哪像你这样！"

年初，小舫和母亲大吵了一架。小舫冲气（赌气）跑了，小小就成了替罪羊，无缘无故没头没脑地被母亲乱骂了一通，气得她从家里跑了出来。跑到惠家，看见香芹赖在姨妈怀里要姨妈给她梳头。小小满肚子委屈，又正在气头上，看见香芹和姨妈那样亲热，又羡慕又妒忌，跑过去将香芹一把拉开，自己呢，却忍不住泪水长流。惠三娘慌忙把小小拉到怀里，连声问她怎么了。小小老老实实地说了，香芹一听哈哈大笑，说："我妈这样好，又心疼你，干脆我让你，你来跟着妈……"

小小从香芹手里把梳子抢过来，赖在姨妈的怀里不肯起来："这话算不算数？"

香芹神情诡异地看着小小，抿着嘴笑，看得小小浑身不自在，满脸飞红，叫起来："你笑什么！"

小小一喊，香芹就"噗"的一声大笑起来，笑着说："说话算数！不过要把话说清楚：你到我家来，是给我妈当女儿呢，还是当媳妇儿？"

香芹的哥哥香村就站在旁边。

小小又窘又羞，跳起来要拧香芹的嘴。香芹转身就跑，一转身，撞到桌子上，把桌上的暖水瓶撞下去，摔得粉碎。小小吓了一跳，下意识地看了惠三娘一眼。

惠三娘又气又心疼，无可奈何地叹了口气，骂了香芹一句："好啦，这下好啦！疯嘛！"

一个新暖水瓶摔坏，惠三娘就只骂了这么一句。小小心想，要是换了她妈，不知道要发多大的火骂多少天了。

小小心里好羡慕香芹。

"姨妈，香芹呢？"她问，其实她知道香芹这会儿在哪里。

"香芹摆摊子去了，她哥哥钓鱼去了还没有回来。"惠三娘说，其实她也明知小小要找的不是香芹。

女人老了都会成精。

惠三娘一边跟小小说话，一边赶紧放下漏斗，把小小拉到怀里，这里摸摸，那里捏捏，好欢喜，仿佛早就在等着有个人来帮她做这件事似的："小小，你帮姨妈跑一趟，去河边把你村哥喊回来。这时辰了，还不归家，不要团鱼没钓着，反倒被团鱼吃了！"

姨妈一有机会就支使她。小小呢，也很勤快，很喜欢替姨妈跑腿。

是姨妈叫她去的，她觉得很有理由。从香芹家出来，一出下河街，她就往贞水河边跑。

她知道香村在哪里。

香村在回水沱上面那棵老柳树下钓团鱼。

惠香村长得人高马大的，一身力气，但找不到工作。平时，他跟岑三下乡挑山货。没有山货挑的时候，白天他就在家做蚊香，太阳一落山，他就提着马灯到回水沱上面去钓团鱼。团鱼很贵，运气好钓到一条大的，要顶香芹摆几天的摊子了。

小小到河边找过香村好多次了。每次，远远地看见挂在柳梢上那盏马灯，她心里就跳起来，又欢喜又紧张。

"姨妈叫我来喊你回去！"每次都是姨妈叫她去的，每次她也都这样说。

香村掉过脸来朝她笑笑，挪挪身子，让出半领蓑衣来给她坐。

小小突然间有些犹豫，但稍一犹豫之后，还是像以往那样坐到香村的身边。不过，不像以往那么自然那么开心，讪讪的。

"村哥，钓到没？"她问，因为她不知道说什么好。

香村眼角眉梢都是笑，朝盆里指指。

盆里有两条团鱼，都好大——难怪他这时辰了都还不回家！

"喂哟！起码十几斤！"小小欢叫起来。因为心里沉沉的有些内疚，连自己都感到自己的声音很不自然。她偷偷看了香村一眼，沉默了。

香村正全神贯注地盯着浮子，完全没有注意到小小的神情有些异常。

惠香村是个美男子，身材虽然没有呆少爷那么魁伟，但却比呆少爷还要壮实。他身上有一种招女孩子喜欢的东西。究竟是什么东西，小小自己也没弄清楚，也弄不清楚。她只是觉得不管他做什么说什么，都能使她开心。她喜欢他那两撇眉毛，又粗又长又黑；尤其喜欢他那下巴，方方正正的，往前伸，那股神气活现的劲儿，撩得人心跳跳的，总忍不住想伸手去摸摸……

小小偷偷地看着香村，看入了神，冷不防香村掉过脸来。她来不及把脸掉开，慌忙把头一低，避开了他的眼光。

"你在看什么？"香村问。

"看月亮。"她说，想想，抬起头来朝香村嫣然一笑：

"村哥，你看，月亮都要圆了。"

香村看看天上，天上半轮明月；看看水里，水里半轮明月；又看看小小，小小正看着他笑得甜甜的。他也笑了：

"我最讨厌月亮！"

"你讨厌月亮？"

"一会儿圆，一会儿缺；要圆就不要缺，缺了就不要圆；反反复复，烂德性！"

　　小小一怔，盯着河心那半轮明月，不敢看香村，她拿不准香村是在说她呢，还是真的在说月亮。一时间无话可说，沉默了。

　　"你在想什么？"香村问。

　　"香芹跟我说，你想去当兵？"小小心里七上八下的。

　　香村轻轻"嗯"了一声，沉默了一阵，才低低地说："我总不能挑一辈子山货、钓一辈子鱼。去当几年兵，回来好歹会给我安排个工作。"

　　香村轻轻叹了口气，很轻。

　　"真的去了，只怕你又不想回来了！"

　　"怎么会？"

　　"怎么不会？当了官你就不想回来了。"

　　"当了官才更要回来呢！"

　　"说得好听！"

　　"不信？你等着看！"

　　"我不等，也不看。"

　　小小一边和香村说话，心里一边想：要是村哥和呆少爷对换一下，多好！

　　小小很喜欢香村，从小就喜欢。除了哥哥小舫，她还没有喜欢过别的男人。但是呢，她心里清楚，香村没有本事把她从摊子后面解放出来。他有一身力气，人也好，但是力气再大、人再好又怎么样？母亲不就是个例子？要是爹命好，也当官呢？

　　越想越丧气，心里沉沉的空空的。她刚想站起来回家，香村轻轻地喊了她一声：

　　"小小，你在想什么？"

　　"嗯？"小小想哭。

　　"你在想什么？"

　　"什么也没想。"

　　"我听人家说……"香村突然间把话顿住，似笑非笑地看着小小。

　　"……"小小心里猛地一跳。

　　"我听人家说，这几天梅大娘老往你家跑？"

　　梅大娘专门给人做媒。

　　小小嘘了口气，心里好不是味儿："关你什么事？"

　　"不关我什么事，我问问。"

　　"既然不关你的事，你就不要问。"

　　小小突然间变得蛮横不讲道理。莫名其妙的，她心里说不出的怨恨，说不出的绝望，好想香村跟她大吵一架。但是，香村呢，一看小小神情不对，就再不吱声了。香村不跟她吵，她心里说不出的恼怒，说不出的委屈，白了香村一眼，站起来就走，头都不回。

从来没有过这样的事情。香村站在老柳树下，怔怔地看着小小越走越远，感到茫然，又好丧气，后悔不该问小小梅大娘的事。

小小负气离开了香村，虽明知是自己毫无道理，但是，仍旧很伤心，就在河边的灌木丛里伤心地哭了一场。哭了一阵，又发了一阵呆，她才用手巾浸了河水擦擦脸，站起来懒懒地往城里走，回家去了。

到家，母亲和哥哥还没有吵完！还在吵！

"……大男大汉的，在家闲起！当哥哥的靠妹子挣钱来养活，是我呀，一绳子吊死算了……"

母亲的声音，冷冰冰的，听了让人好心寒。小小担心哥哥受不了，正要推门进去劝母亲不要再说了，听见"啪啦"的一声，知道准是哥哥又把什么东西砸了。

她还没有来得及推门，大门"哗"地一下子开了。小舫怒冲冲地跑出来，她拉了他一把，没拉住。见母亲拿着根木棒追出门来，她就赶忙从母亲背后溜进屋去，钻进自己的房间把门闩了。

"你有本事跑，回来老娘就有本事打断你的腿……"岑三娘在门外把儿子大骂了一阵，进屋来又骂男人：

"你个老不死的东西，早早地就爬到床上去挺尸！早死三年，脑壳都给你睡扁了……"

母亲动不动就没完没了地骂，哥哥动不动就砸锅摔碗；父亲呢，又总是装聋作哑的，家里就是打翻了天，他也不吭声。这个家，小小一想起就恨！

第二天，小小睡到太阳当顶才起来。起来之后用茶泡着胡乱扒了碗冷饭，就坐在房间里发呆，天黑了也不去摆摊子。母亲不住声地唠叨，怨自己的命苦，骂爹没出息，骂哥哥不争气，数落她心比天高，命比纸薄：

"想当大小姐，可惜投错了胎……"

母亲没完没了地唠叨。她心里烦死了，又不好跟母亲明说，干脆悄悄从后门溜出去。但是，又不敢走远，跑到藕田边站了一会儿，又赶紧跑回来。

她不去摆摊子。她有她的打算。她要试一试，呆少爷在戏院门口看不到她，会不会跑到家里来找她。

呆少爷没有来。

第三天晚上，呆少爷还是没有来。

小小感到失望，好伤心。但是，她拿定主意，不管母亲怎么数落怎么骂，她就是不去摆摊子，哪儿也不去！她心里有数，如果呆少爷心里有她，连着几天在戏院门前见不到她，一定比她还要着急，迟早要找上门来！如果呆少爷心里没有她这个人，她就是到戏院门口去摆摊子，看见他，那又有什么用？

一个年轻美貌的女人，绝不肯让一个男人对她存唾手可得的心。把恋慕之情硬压在心头而假作端庄的举动，比最疯狂的情话更来得意义深长。[①]

岑小小狠起心，把自己当作赌注，和命运押了一宝。连着两天，她都不去摆摊子，连门都不出。岑三娘数落她，骂她，挖苦她假装大小姐不下绣楼。无论岑三娘怎么数落、怎么骂、怎么挖苦，她都不吱声，就是不去戏院门口摆摊子。她把自己关在房间里，织会儿毛衣，钩会儿枕头，剪会儿窗花；对着镜子，用红纸把湿润丰腴的嘴唇染得红红的。她简直不知道做什么好，做什么都没有心思；又不敢睡，也睡不着，一门心思就注意听着外面的堂屋里是不是有人来。

第四天，呆少爷仍旧没有来。

小小再也坐不住了。趁母亲不注意，她就从后门溜了出去，穿过藕田，一上环城马路就往东门跑。

到东门外，穿过体育场，就是戏院。

戏院门口，人好多，不知道上演什么好戏。小小站在体育场边，躲在电杆后面的阴影里，远远地看着戏院门口。

戏院门口，人挨人，人挤人，人声鼎沸，隔得又远，哪看得清谁是谁？不过，她有一种预感，呆少爷肯定在戏院门口！为什么？不知道。她就是有这种预感。

要不要走过去？万一碰到呆少爷，就假装是来找小舫？她拿不定主意。

叮叮当当一阵铃响，紧跟着就是一阵"急急风"。戏要开演了。看戏的人一窝蜂进了场，戏院门口顿时冷清下来。

小小突然间感到心慌意乱。她好想进戏院去。把门的驼背大爷认得她，不要她拿票。她想让呆少爷看见她，但是，又怕被秦幺娘她们看见了，正犹豫，猛地看见呆少爷从戏院里出来。她一怔，又惊又喜，差一点儿就喊出来了！

呆少爷在戏院门口站了一阵，不知道在等谁。而后，就匆匆往下街去了。

小小心里一阵猛跳，转身就往回跑，跑得飞快。

她算准了！呆少爷心里果然有她，他一定是到她家去了！

小小好激动，又有些紧张。她一定要赶在呆少爷的前面，先到家等他。但是，刚穿过体育场，一上环城马路就跟人撞了个满怀，撞得她两眼发黑。从地上爬起来，她才看

---

① 巴尔扎克《贝姨》。

清了撞她的那个人，是个和她一样高的男子。他正抄着手看着她冷笑。她明白了：他是安了心故意来撞她！

她好气愤。这种男人，她见得多了！故意撞你一下，或是踩你一脚；要不，就是故意把瓜子壳往你身上吐；然后，又来赔礼道歉，乘机和你搭话。你不搭理他，他就跟你吵。

这会儿，小小哪有心思跟人吵架？她只瞥了那男子一眼，转身就走。

那男子几大步跳到小小的前面来，堵住她："撞了人就这样走了？"

是她撞他还是他撞她？但是，她没有时间跟他啰嗦，说了声：

"对不起。"

"说声对不起就算了？"

那男子向小小逼过来。小小赶忙往后退。这时，她才发现齐海风站在旁边，幸灾乐祸地看着她冷笑。她突然明白了是怎么回事儿，心里咚咚跳，有些紧张。

"撞了人，说声对不起就想走了？"

"是我撞你还是你撞我？说话要凭良心！"

"你撞了人，不认账还想反咬一口？我撞你？谁看见我撞你了？找出证人来嘛！"

"你说我撞你，那你又能找出证人来……"

小小话一出口，立刻省悟到不妙，赶紧把下面的话打住。但是，那男子仿佛就等着她这句话似的，立刻就接上了她的话，掉过脸去喊齐海风：

"喂，这位大哥，请你说句公道话。"

齐海风装模作样的，就好像真的是在派出所当证人！

"这两个同志我都不认识。我是去沙河桥回来，路过这里。说老实话，他们两个究竟是谁撞谁，我没看见。我路过的时候，这个男同志正在向那个姑娘赔礼道歉，说对不起。那个姑娘不依，骂了一句'瞎了！忙着去投胎'……"

那男子忍不住笑起来，打断了齐海风的话：

"她撞我，我向她赔礼，她还骂人！说人家日×都不忙，你去投胎倒忙了！"

齐海风装模作样地制止那个男子：

"你这个同志！这种下流话，亏你说得出口！"

"她姑娘家都骂得出来，我有什么说不出口的？"

"话不能这么说。她不对是她不对，你不能她错了你也跟着她错。难道她当婊子你也跟着她去卖屁眼儿不成？"齐海风和那个男子一搭一档一唱一和。把小小气得浑身发抖，恨不得把这两个龟孙子的嘴撕成几块，连牙齿都给他们敲了！但是呢，她一动不动一声不吭地站在那里，既不反击也不退让，默默地看着听着，就仿佛他们说的骂的与她无关，好像她是个过路人，在看热闹。

她只有忍。

除了厚颜无耻地假装糊涂，她没有别的办法可以保护自己。

只有会装糊涂，也肯装糊涂的人，才是真正最精明、最厉害的人。①

小小心里非常清楚：齐海风是安起心来找她出气的，他和那个男子早就商量好怎么对付她。旁边没有人，环城路隔人家又远，不管是动口还是动手，吃亏的都是她。她不能吃这个亏，也不想在齐海风面前示弱，只好厚着脸皮假装毫不在乎。

她强撑着，装出一副毫不在乎的样子。但是，心里呢，却又气又恨，又怕又急。打不过骂不赢，又脱不了身，正不知怎么办才好，突然间看见两盏马灯一晃一悠地从藕田那边过来，她心一横，一咬牙，当胸一把抓住衣襟"唰"地一撕，朝齐海风扑过去就大喊：

"救命啊！有坏人！有强盗抢人啊——"

女人对付男人，最有力的武器，就是自己那一身洁白的肉。

齐海风和他约来的搭档，都不过是二十来岁的小男人，哪见过这种阵势？顿时傻了眼，听见藕田那边有人在喊"抓住他"，吓得掉头就跑。

齐海风和那个男子刚一掉头，小小就转身拼命地跑了。等藕田中间那两个去钓夜鱼的人赶到环城马路上的时候，四处黑黑的，静静的，哪里还有人影？

小小奔命似的一气跑到家后门口，才回头看了一眼。

一阵风吹来，胸前凉悠悠的，她这才意识到衣服已经撕破了，赶忙把衣襟拉拢来用手捏着，遮住前胸。

她悄悄溜进自己的房间，把衣服换了。惊魂未定，大气都还没有来得及喘一口，就赶忙走到门边，贴着门缝屏息听了一会儿。堂屋里，悄然无声，仿佛没有人。听不见有人说话，她好不安，越听，心里越是悬悬的落不下来，就赶忙开了门进了堂屋。

堂屋里，只有岑三娘和岑三。

岑三什么时候都是那副样子：嘴里含着烟杆，眯缝着眼睛坐在凉椅里，谁也弄不清他是在打瞌睡呢，还是在想什么心事。岑三娘呢，好像刚跟谁吵过，正在怄气，脸拉得长长的，一声不响地坐在灯下补衣服。见小小进来，抬起头来瞥了她一眼，依然垂下眼脸补衣服，连理都没有理。

呆少爷没有来？还是来过又走了？

---

① 古龙《九月鹰飞》。

小小心里感到惶惑不安。她悄悄看了母亲一眼，就走过去想接过母亲手里的针线活儿：

"妈，我来。"

母亲不理她，她又说了一遍，声音柔柔的。

"妈，你歇会儿，我来补。"

岑三娘仿佛没有看见女儿站在她面前，也没有听见女儿在跟她说话，不理不睬。

小小碰了壁，好尴尬，在母亲面前默默地站了一会儿，转身走开了。但是，回到自己的房间里，她却站不是坐不是，心里说不出的落寞，勉强地在床沿上坐了一会儿，又站起来走了出去。

她给父亲打了盆洗脚水端去，借机问了一句：

"爹，哥哥呢？还没有回来？"

父亲懒懒地摇摇头，连眼睛都没有睁一下。

她亲眼看见呆少爷到下街来了。他不是来找她？是不是来了，见她不在，又走了？小小心里七上八下，又不好问。后来，她实在憋不住了，才绕着弯儿问了一句：

"爹，有没有人来找过我？"

岑三还没有开口，岑三娘已经把话接过去了，不冷不热地说了一句：

"有人来找你，你好生坐在绣楼上等嘛！"稍停，就怒冲冲地数落起来了：

"哼！你当你是什么大小姐呀！想进金銮殿？可惜命生错了！人家爹妈都是当官的，你不要浑想汤圆吃……"

小小的心事，被母亲一句话戳穿，羞得满脸通红，又痛苦又恼火，好想跟母亲大吵一架。但是，她却什么话都没有说——不想说，也说不出，眼泪汪汪地瞥了母亲一眼，转身进了自己的房间，"乓"的一声把门闩了，汪在眼里的泪水才涌了出来。

刚刚在外面被人家羞辱了一场，回家来又被母亲奚落了一通；呆少爷没有来找她，这更让她绝望、痛苦……

小小躲在被窝里，哭了一晚上。

（节选自《漂亮女孩》，百花文艺出版社，2002年1月）

王鸿儒

张居正：悬崖之舞（节选）

3

　　那个夜晚芳姑又气又急。她真的没想到事情会糟糕到这种程度。本来说好了张居正获准辞职之后她与老太太就先期回到江陵，她就要看到她数年未见的儿子了。朱林，这个由她身上掉下来的骨肉，怎么说也是朱氏皇族的后代，可就因为自己是宪㸁的外室，他得不到袭封。宪㸁去世之后却又要他去抵罪，一起被关进了凤阳皇家监狱的高墙之内，受了那么多年的苦！她觉得这都是自己带给孩子的不幸，她欠朱林太多。朱林与王氏一起出狱了，为了这个，她感激居正。王氏不止一次对芳姑说过，要她央求居正，为宪㸁恢复王号，然后让朱林袭封。她甚至还撺掇芳姑，为了朱林，争回原来的辽王府以及被抄没的家产。芳姑以为这是不可能的，辽王府现在变成了相府，身为宰相的张居正再怎么对她好，也不可能做到这一步。刘台从前弹劾居正，不就攻击他"诬辽王以重罪而夺其府地"吗？归还辽王府岂非承认刘台的弹劾是有理的吗？芳姑知道那并不是事实，观澜公做的事也不应该归到居正的头上。能让朱林嗣爵当然很好，但这事实上也是不可能的。居正在他秉政之初，鉴于大明立朝二百年来，皇室宗族支派浩繁，冒滥太多，国家财力已竭，不堪重负，为了节省开支，他奏请裁定宗藩事例，重修礼典，当此之际，她怎么好向居正开口？不说宪㸁的王号尚未恢复，就是恢复了，朱林就能够嗣爵吗？如果能够，宪㸁在世之日，早就办成了，何至于等到现在！芳姑不想让居正为难，她甚至不曾向他提过。为了这个，王氏对她都冷淡起来了。其实芳姑也很清楚，王氏口口声声说是为她母子着想，实际是为她恢复"王妃"的名号着想。这瞒不过她，不然的话，她想她不会如此急切。王氏在京城定居之后，每年朝廷还拨给她七十石粮米，以为赡养之费，这很好了，但她还不满足，做梦都想回去做她那颐指气使的王妃！芳姑觉得可笑。但是王氏是爱朱林的，很爱，他们毕竟一起在高墙内含辛茹苦地过了那么几年。她甚至提出，让朱林回到北京，她供吃、住、念书。朱林也喜欢她，他给芳姑的信，全是寄到王氏这儿，才转给她的。就在去年收到的一封信，朱林还说他真想回到京城，陪着娘和大娘过一辈子多好！年节将到，他不愿回到江陵那个"家"中过年，那里不是他的家。那些强占了王爷府的相公亲人们的白眼，他是看够了。但又说，京城他也是不会去的，他不喜欢娘现在跟着的那个人。这个朝代是一个行将就木的老人，张居正现在却要救它。他的一切努力，至多是在这老朽回光返照之前让他饮一剂人参汤罢了，有什么用呢？这个世道岂是人参汤就能救治得了的？不如让它早早地死去算了。他说夫山先生并不赞同他的想法，但是先生允许他这样去想。夫山先生这一点就为当今宰相所不及。张居正想用他一人的头脑取代天下士人的头脑；其实他的头脑里除了政由举人的信念便都是腐朽不堪的名教纲常。既然政由举人，夫山先生说，也就难免政由人废。新政不废、人亡正存唯一的办法是广开言路，大兴讲学之风。原学原讲，必学必讲，唯其如此，人才能知新政所以新，之所以必行；否则遮遮掩掩总有一日新政连同居正必为名教所毁。春节之后，芳姑又收到朱林的来信，说张居正奏请皇帝毁天下书院，引起各地士人议论纷纷，不满情绪日涨，夫山先生决定率徒赴京与首辅辩论，他也拟随同先生一道来京。她等待着却不敢将这些话告诉居正，甚至在离开王氏家中之前就将朱林给她的信焚烧了。芳姑以为待何心隐与他的弟子们来到京城时张居正已经辞职，失去了权力介入，没有性命之忧，因此芳姑一心等待着那一天的到来。她没有想到等来的却是张居正不但不能退休，而且太后还要让他辅佐皇帝到三十岁。完了。当她回到后院向老太太报告这个消息的时候，老太太泪水一下就涌了出来，嗫嚅着说：太后这不是要了我儿的命吗？就算不被累死也得让皇帝恨死。孩子们到了当家的年纪就得让他当家，当不了家的话能没怨气？你居易弟弟闹着分家多年，你爹不许，他才活活气死了的。小家之子尚且如此，何况皇帝？

芳姑想老太太真是通达人情，居正这里迟早要出事。如果没有后来她所听到的那些事情发生，她会陪伴居正下去，无论将来是怎样的一种结局她都不会在乎。但是现在不行了，何心隐已被抓了起来并且他们要杀死他。朱林为了救他的老师出狱，不幸又身陷囹圄。那个夜晚她顾不得细想了，她必须赶在李幼孜的书信到达之前直奔武汉，她要设法救出他们，无论如何不能错过这个湖广新老巡抚交替的时机！

她也恨居正，从未有过地恨他。这不仅仅是因为他背着她说了那么些糟损朱林的话，那是她料想得到的。居正心里一直恨着宪爝，他怎么会待宪爝之子好呢？李幼孜、王篆、王国光这些人，不止一次地当着芳姑的面恭维居正，说他待朱林"如同己出"，

283

那都是一些屁话。平心而论，自己对芳菲的孩子们都只能是这样，又怎么可以要求居正对一个"螟蛉之子"有太多的爱呢？他的心里只装着权力，常常连他自己都没有了，还能装着谁？！他对敬修兄弟们，尚且时时都板着一副面孔，不许他们过问内阁中事，更不许为人说情，唯恐他们违背了自己信奉的圣人之道，现在朱林却跟着一个被他指斥为异端的何心隐跑，又怎么指望他会对他好呢？老实说，他不杀朱林，那已经是看在她的面上，仁至义尽了，她怎么会因此去恨他？！

她恨他，是因为她一直没有看出，张居正的心地那样狭小。从前她听夫山先生说过，居正当了宰相，他的死期就到了。她不相信这话，不只她，就连观澜公也不相信。观澜公不是还希望居正能听他一言，起用何心隐吗？芳姑那一次送朱林回乡，又匆匆来京，也是为了在他们之间，做一些调和，以消解宿怨。但是一年年过去了，观澜公的希望成了泡影，她的努力毫无成果，现在居正竟让陈瑞将夫山先生逮了起来，在李幼孜、王篆的怂恿下，要杀掉他！现在她才相信夫山先生的话了。他们都是人杰，如同观澜公所说，一个是宰相之杰，一个是布衣之杰。可是，二杰怎么能并立于世呢？可悲的是，他们一个是她的老师，一个是她的老爷。他们没法相容，现在，居正要用手中的权力，杀害他的对手了！芳姑是知道的，在这个世界上，除了儿子朱林，她的心里就只装着这两个男人。现在有人却要将何心隐从她心间剜去，那个人不是别人，是同样在她心里的张居正。他就在她的心里剜他。芳姑心里是什么滋味？她恨他。为了这个，她永远地恨他！

她也恨自己。因为从前看不透居正的内心，她以为只要一经自己劝说，居正就会听她的话，起用何心隐；至少，他会宽谅他。因此她把何心隐告诉她的许多话，毫无保留地告诉了他，甚至那一次何心隐逃出嘉鱼，是县令程学博报的信，还找了一只船，将他送出湖广境，她都告诉了居正，结果让程学博落了职，免官之后回到了武昌家中。这是朱林的信上告诉她的。是她害了程县令，那么，她对居正说了那么多，能不激起居正对何心隐更大的嫉恨？！就说那个李幼孜吧，从前也是一个提倡书院讲学的人。那年他与何心隐在江陵相遇，李幼孜被江陵府学请去讲《大学》。何心隐也在他的湖山书院讲《大学》。何心隐开讲不久，府学中就有生源溜至湖山书院来听他讲学了，第二天，府学的学生们，留下来听李幼孜讲经的只剩下寥寥数人。李幼孜那个恨啊，难怪现在要力主杀掉他。夫山先生事后告诉芳姑，李幼孜讲学不受欢迎，不是他缺少让人信奉的学理，是做官把他害了。以官身而在官学讲书，他就只能讲一些官话、假话和屁话，讲他自己所仇恨的那些宋儒的腐臭之言！心口不一，焉得不败？！芳姑搞不懂何以男人一入官场就会戴上假面，如同行巫跳傩舞者。她当年也是戴过假面的，娘说那是为了吓唬恶鬼；那么，官儿们套上假面，就一定是为了吓人！居正呢，也有一副假面。她从前看不出，轻信他了，以至在不经意中，伤害了何心隐。因为这个她无论如何要赶往武昌，即使不能救出先生，她也要最后一次看看他！

芳姑赶到武昌的时间，整整比李幼孜的信件早了一日。

她按照朱林信上提供的地址，找到了程学博家。程学博解职之后，在武汉经营绸缎铺子，比做官时阔气多了。他告诉芳姑，朱林三天前就已经押解上路，陈瑞要将他送往京城，交给张居正管教。何心隐仍关在武昌狱中，陈瑞似乎没有加害他的打算。

芳姑将张居正与李幼孜他们的谋议一说，程学博也慌了。这如何是好？他说，李幼孜的密信以快驿马送出，至迟明天就到。朱林被捕之后，巡抚衙门对何心隐的看管更严了，别说没法子救，就是有法子救，怕也来不及了。

"不是像朱林那样带人去劫狱救人，"芳姑拿出一封信说，"我假造了张阁老的一封信，让陈瑞释放何心隐，程大人您看如此可行？"

程学博接过信来拆开，信封、信笺都是相府特制的，那字迹也与居正写的一般无二。为了谨慎起见，他又特意拣出在任上时居正给他的信来比较了一番，除了字的骨力不及，实在看不出有什么明显的差别。他早就知道居正有这么一个小妾，是朱林的母亲，宪爛的外室，却想不到现在见了，不但光彩照人，竟又这般巧慧。为了搭救她的老师，风尘仆仆地赶来，将生死置之度外。当今天下人皆尽奔实利的时候，这种侠义之风，已属罕见。程学博心里充满敬佩和同情，为了这个，他却要劝阻她。他说："芳姑，你真是一位奇女子。但是陈瑞一向行事谨慎，即使相信这信是张居正写的，他也不会放人。"

"为什么？"

"张居正身为首辅，要杀何心隐，用不着他自己开口；放人呢，也不会亲自写信，更不会让你送来。你仔细想想——"

芳姑怔在那儿。不用说，程大人的话是没法反驳的。居正执法，一向不徇私情，怎么会让她来为何心隐说情呢？

"连何心隐都说，居正一做宰相，必要杀他。"程学博又说，"这话李幼孜知道，陈瑞知道，徐学谟也知道。陈瑞不想杀他，但也不敢放他。何况有的人想杀他以讨好张居正，还唯恐来不及呢，怎么会轻易地放了他？再说夫山先生这一次被捕的罪名，其实与讲学无关，是通贼，密谋造反……"

哦？！芳姑吃惊了。学博告诉她，郧阳地界去年由陕西窜来一股山贼，为首的名叫曾宪。这一次捕夫山先生，从他的家里，竟抄出曾宪的信。谁都知道，那信是假的。夫山先生拒绝招认，这事，就搁了下来。学博估计，在这封信的后面，说不定是居正或者李幼孜他们的一个阴谋。

芳姑想起来了。那个夜晚，李幼孜说他致信陈瑞，要为何心隐编造一个最合适的罪名。她怎么也想不到他们用的是通贼谋反的大逆之罪，且早已捏造好了！真卑鄙！这个罪名一经认定，何心隐必死无疑。她感到绝望，泪水不由得涌出。

"芳姑，你还是去见见夫山先生最后一面吧，"程学博说，"救不了他，可以让你去看看他。我能够买通牢头。"

只有如此了，芳姑点点头。

这个夜晚，芳姑准备了一些酒和菜肴，在程学博的安排下，来到了狱中。

她请狱卒不要弄出声响，惊动了先生。她要偷偷地看一看，先生这时候在做些什么。

出于对何心隐的尊重，陈瑞给他安排了一间单人居住的囚室，床榻之外，还有一张书案。烛光下，芳姑从门隙里看到，先生正在写作。他面对着肮脏的墙壁凝神思索，然后伏案奋笔直书。他忘了这是身在牢房，死神正在向他逼近，他是那么专注，芳姑走了进来他也浑然不觉。

"芳姑！"他终于感觉到了她的存在，回过头来发现了她，他惊喜地霍然而立叫了起来，"你怎么来了？芳姑！"

"我来看看先生。"芳姑拭着泪一面将酒菜取出放在他的案头，她为他斟了一杯酒，说，"先生喝吧，这酒。"

许多日子不曾饮酒了，何心隐接杯在手细细地品着，那样子让芳姑看了心痛。何心隐却说："陈大人这里什么都能将就着我，就是不许喝酒；不过能让我读书写作也就很不错了。你说是吧，芳姑！"

先生在写什么呢？芳姑取过何心隐正在写作的文稿，看那标题是一篇《足食足兵论》。足食、足兵，这是孔子论政常说的话；居正与属官们谈起新政，也常用这句话为他富国强兵的新政张目。芳姑近年来常为他代笔复信，对此再熟悉不过了。居正给她读过嘉靖年间他回江陵时写的一篇旧作，其中就有言：何以守险？曰人。何以聚人？曰财。财赡而礼义生。即有大奸盗，莫之敢乘。昔者孔子之论政曰：足食足兵，而民信之。非甚不得已，不敢去一。故善为天下虑者，毋使至于不得已也。——她记得居正那时提出，为政要弭患、息民、固士，只有民富才能国强。这些年来，他也是这样做了，可是他很不被人理解。攻击新政者屡屡以此贬损他，以为居正抗违圣道。就在芳姑出走之前不久，南京兵部主事赵世卿上书奏匡时五要，请广取士之额，宽驰驿之禁，省大辟，缓催科，并要求广开言路，再次全面攻击新政。而在给居正的信上，他就指责居正言足食足兵，不知孔子之言乃以诚信为上。饿死事小，失节事大，必不得已之时，圣人宁可去食、去兵。"今公却以足食足兵为大，岂不谬哉！"居正很生气，示意王国光，将赵世卿改调楚王府任长史。王府的官都很难升迁，算是给了他一个不算严重但也不轻的惩罚。但是对于赵世卿的指责，居正没有理由去反驳他。当然了，孔子在《论语》的"为政"篇中就说：人而无信，不知其可也。大车无輗，小车无軏，其何以行之哉！兵、食又算什么呢？总不如诚信之要紧吧？何况经书又云：弃信而坏其主，在国必乱，在家必亡。信，国之宝也，民之所庇也。还有什么君臣不信，则百姓诽谤，社会不宁，处官不信，则少不畏长，贵贱相轻；什么信而又信，重袭于身，乃通于天，以此治人则膏雨甘露降矣，寒暑四时当矣；等等。

居正那时看着赵世卿引用的这一通经典，苦笑了，又骂道：此真老儒臭腐之余谈！然而臭腐之处何在？没有下文。芳姑想起朱林给她的信上曾说：夫山先生有言，张阁老言足食、足兵，却不知何以要足食足兵。因此推行新政魄力有余，而浑厚不足。先生正在潜心研究此事，以期高屋建瓴，将被儒者颠倒的顺序颠倒过来。现在，先生正在做这样的一件事吗？她说："真没想到，身陷囹圄，先生仍在写作。"

"老夫在一天，就要讲学一天。"何心隐说，"现在不能讲了，我还有这支秃笔呢！从前是原学原讲，必学必讲；现在呢，算是原学原作，必学必作吧。我猜这个兵食之事搞不清楚，新政即使成功一时，也难以持久。"

"先生在为居正辩护，"芳姑噙着眼泪说，"是吗？"

"也不仅仅是为他，"何心隐笑着说，"千百年来，多少儒者不知兵食之要义，以致一误至今。我想人之初生，不过如禽兽罢了。穴居野处，以草木果实为食，然则人无爪牙之利，亦无羽毛蔽体，便难免遭野兽之害。人要生存着，就得开垦土地，足食；人要卫护自身，就得造戈矛甲胄，足兵。不如此不能安居乐业，可见兵食先于诚信；只有足兵足食，百姓才会拥戴；反之，必丧失人心。儒者不明白这个道理，反以为诚信重于兵食，这是不达圣人立言之旨，岂不谬哉！"

"先生之言很是，"芳姑频频点头，泪水早似断线珍珠般滴落下来，哽咽着说，"先生，您真好。好人啊，先生！可是他们却说你有罪……我不相信先生你会有罪。你有什么罪呢？"

她说着，心里一阵绞痛，说不下去了，哭倒在何心隐怀里。

"别哭，芳姑。"何心隐抚着她的头，说，"你一来，我就知道我的死期到了。你问我有何罪，你忘了，孟子不是说过，位卑而言高，罪也！这就是我的罪。他们杀掉我，这不要紧，人谁无死？我不过比张居正先走一步罢了。生当此世，百忧怆心，万事瘁形，五内分裂，求死不得者都矣！不如干干净净一走了之。只是我之死，不死于我一生所求之道，却死于'随曾宪造反'之名。我心不甘！"他说着，将案上那一卷文稿收起，郑重地交给芳姑，说："你来了，这就好，我从前的文稿，都存在程学博大人处，狱中写的这些，你携带出去，交给他。有一天，将文稿刊刻出来，足可为我辩诬。"

芳姑站了起来，点了点头，郑重地接过文稿，说："先生，你放心，他们以谣言杀人，没有人会相信。"

张居正没有料到徐学谟到任之后以"通贼"之罪处死何心隐会引起那么大的风波。

287

行刑前数日，武昌城各条大街小巷几乎都出现了不知何人贴在墙上的揭帖，为何心隐辩诬，说他根本就不认识曾宪，官府指控何心隐的罪名他从未招过。有的揭帖上甚至说，所谓从何心隐家中查抄出的山贼曾宪的信件，完全是伪造栽赃！江城人群情激愤，处决他的那一天，数万人集聚街头为他生祭，为他送行。尽管徐学谟出动了武昌全部士卒巡行、站哨，官府在通衢大道上张贴出的告示，其中罗列的何心隐的"罪状"仍然遭到围观者的嘲笑和抨击，上面涂满了唾沫、粪便和泥浆，有的干脆被人撕了下来当便纸用了。甚至有人当街发表演讲，指责衙门不该杀害一个终身以讲学为职志的大学者。斯人逝矣，风云变矣！斯文丧矣，国无日矣！徐学谟甚至在给居正的信上告诉他，这一切都是一个神秘的女人，在武昌串联原嘉鱼县令程学博及一群原聚合书院的学生、府学生员闹起来的，他已逮捕了程学博及为首的五人，押在狱中等候首辅的批示再行处理，唯一遗憾的是那个女人被何心隐的另一批学生护送走了，至今不知去向，并且带走了何心隐写的"妖书"的书稿……张居正想那个女人是芳姑无疑了。在此前十天，他还得知，朱林在赴京途中趁解差不备投江而死。这两件事都让居正在惊讶之余又有些如释重负。陈瑞这家伙没有事先征得他的同意就送朱林上京，实在荒唐！芳姑如果还在这个家里犹有可说；她出走了，朱林要是回来闹着要他母亲，这让他如何对答！就算芳姑在吧，那一夜他不经意说出的话深深地刺伤了芳姑的心，朱林来了，他们之间如何相处，又会有多少尴尬？现在朱林死了，尽管这是一件不幸的事情，但是这个不成器的儿子的死亡对于芳姑未始不是一件好事。芳姑太爱她的这个儿子了，但是朱林活着只会不断惹事，让她一辈子都不得心安。因为儿子的胡作非为，说不定哪一天她就会把自己作为牺牲送上祭坛！他想她这一次出走肯定是为了朱林，到了武昌听了程学博等人的煽动，她才卷入了为何心隐鸣冤叫屈的行动。她逃走了，这使张居正感到庆幸，不管怎么说他们是青梅竹马同床共枕的人啊！她逃走了还因此免去了许多由他出面斡旋的麻烦。徐学谟这家伙杀了何心隐还嫌不够过瘾，有心连程学博等人一并处决，芳姑要是落在这个屠户的手里岂不麻烦？！他给徐学谟去了一信，要他立即将程学博等人放掉，无名女人也不用再行通缉，眼下民怨沸腾，牧民之道，惟在爱养，民可载舟，亦可覆舟。圣贤之言，你怎地就忘了呢？！居正甚至想象着芳姑会回来，尽管希望十分渺茫，但是他常常莫名其妙地在等她。他想除了回到他的身边，她能逃到哪儿去呢？芳姑，只有这里才是你最安全也最温暖的栖息地啊！他想象着这个白天，她正凄凄惶惶地行走在湖广之间的那些山间小道上；这个夜晚，她独宿茅店听雨打芭蕉，说不定正承受着夜的煎熬。他在心里呼唤芳姑归来，明知她是不会来了，却仍在执拗地等待着她。

三个多月过去了，居正没有等来芳姑，却等到了南京工部尚书潘季驯的一封信，指责他用法苛刻，为政精明有余而浑厚不足。这当然指的是杀何心隐的事件，也许还有赵世卿上疏被改调的事吧，潘季驯说：……自明公辅政，立省成之典，复久任之规，申考宪之条，严迟限之罚，大小臣工，鳃鳃奉职，治功既精明矣。愚所以过虑者，政严苛刻，法密则扰，今综核既详弊端剔尽，而督责复急，乃至草菅人命，伤害无辜，使杀聚众讲学之人，以媚公者得逞其谋，又是公之不明，至人情不堪，非所以培士林元气而养敦浑之体也。——季驯还说从前皋陶以"宽简"之政称赞帝舜，足为后世之法，请居正三思。

居正很长时间没有收到过这样的信了。给他写信的官员，阿谀奉承都唯恐不及，谁还敢指责他？！就在半个月前，居正十二年考满，皇帝加恩，除了各种赏赐之外，特加"太傅"之衔。这是很高的荣誉了，有明一代，太师、太保、太傅称为三公，三公之衔，都是重臣死后才能得到的荣耀，现在皇帝却给了在世的居正，荣宠可知。满朝大臣争相拜贺，老远的许多外官也致信恭喜，刑部主事丘舜还赠给居正一联：

上相太傅，一德辅三朝，功光日月；
状元榜眼，二男登两第，学冠天下。

联语既称颂了居正的德政，也称赞了敬修兄弟的学业，巧佞逢迎之意也很明显，不知道为什么，这一次居正读起来心里却很感到快意、熨帖。当王篆、李幼孜等人觉得这一联写得贴切，而建议做成两条金匾悬挂在相府厅堂的时候，居正没有反对。当吏部尚书王国光提名将丘舜擢升为刑部侍郎时，居正照样票拟曰"可"，他没有表示犹豫，这就让人很有些不解。是居正不再像从前那样慎独、自律了吗？抑或是芳姑的出走令他感到自卑、寂寞，他要借此来为自己壮一壮胆？没有人能够说得清楚这种变化的原因，倒是居正的管家游七一次喝醉了酒说出的话有些许参考价值：咱们相爷这是提虚劲，就像他服用天丹铅干那事儿，你们知道吗你们……芳姑出走之后，居正这里真的太过寂寞了。戚大帅迎回了傅小鸾，感激张居正无以报答，真的给他送来了四位刚刚物色到的女子，那都是从江南买来的尤物，同时送来的还有那个他明知是催命丹，却又令他不得不爱的天丹铅。现在游七这家伙把老爷喜欢这副对联同重新服用天丹铅相提并论统统视为"提虚劲"，这真是匪夷所思，幸而他是下人，并且酒后胡言也没人拿来当回事。但是张居正在此种情势之下，不把潘季驯的提醒和劝告当回事，也就毫不奇怪了。

岂但不当回事？他简直就认为潘季驯多事！何心隐当然也可以不杀，他不是对这个狂徒做了最大的让步了吗？他真要有心杀他的话他还能活到现在？！但是何心隐得寸进尺，竟敢反对捣毁书院，且还要率徒上京找他辩论，这就叫人没法不杀他了。朝廷纪纲所在，岂容尔等肆意胡来！他不能想象何心隐一伙进了京四处呜嘘呐喊找他辩论会成何体统！季驯糊涂了，竟然忘了为政者必须立威。当初若不是及时处置了杨化、林绍二人，他那八路治河大军谁听他的？不错，李幼孜搞的那个"通贼"谋反的罪名是恶辣了点，他事后得知也很不以为然，但水过鸭背说什么也晚了，只得由他去吧。他也想过此事难免要遭后人诟骂，可是那又怎么样呢？孔子五十六岁那年做了鲁国宰相，不也杀了大夫少正卯吗？想到此事张居正心里不觉有了一些悸颤，他记得少正卯之被杀，也是用了一个"乱政"的罪名；而其实呢，不过是少大夫在鲁国讲学大受欢迎，孔子的门徒都慕名而去，投到少正卯门下以至三盈三虚，孔老夫子恼羞成怒，一旦有权就将他杀了。这情形很有一点像李幼孜他的老亲家在江陵讲学的处境，他是不是为了泄愤？那么自己呢，自己就是那么一心为国，为了稳定舆论一律，才决定杀了何心隐吗？我不是曾在显灵宫的辩论中败在他的手下而含恨在心？！他四处讲学竟把湖山书院办到江陵，蛊惑老爷，以致观澜公称他是什么"布衣之杰"，不也令我惶惶不安？！多少次芳姑在我面前称道她那夫山先生，不是令我又妒又恨？！何心隐是江西青州人，刘台、傅应祯是江西安福人，我恨这些江西老表，他们总是同我过不去。张居正心里悸颤起来，在对灵魂的拷问中，他才发现李幼孜及自己其实也在小人之列。与孔子一样，手里有权，又控制着言路，因此他们所恨之人就要倒霉，并且永世不得翻身罢了！真理在权力一边，后世学者如跟屁虫一般，很少有人会据此提出疑问，反而忙着去证明他们杀得有理，杀得英明。这是怎样的一种荒诞一种颠倒啊！他提起笔来想给潘季驯复信，可是几次都放下了，这些最隐秘的发现，岂是能与他人言说的？孔子之为圣人可以承认"吾不如老圃"之类鸡毛蒜皮的小毛病，大关节处他会把底儿兜出来吗？不会的，圣人尚且如此，又何况乎我等！张居正觉得他有理了，他想就装一次糊涂吧，季驯的信他决心压下不复，而他原先曾与冯保计议过的拟将潘季驯荐入内阁的打算，也就同时烟消云散。权力在他心里已经筑起了一道高墙，从此之后张居正再也听不到逆耳之言，甚至朋友的忠告了！

这当然还有来自皇帝方面的原因。

回龙观醉酒事件之后，翊钧受到太后严厉的责罚，并且几乎被废；他知道太后不是说着玩儿的，太后是一个说得出做得到的人，何况皇弟潞王也长大了，聪慧、灵敏，很得母后的欢心，加上冯保与张居正两边一使劲，他被挤下御座确有可能。他害怕了，不得不跪伏在太后面前，哭求宽恕，处分了孙海、客用等人，并下诏罪己。可那是什么样的罪己诏啊：朕不但"宫中起居，颇失常度"，而且简直就是一个亲近奸邪、圣德不修的昏君！那天张鲸将军和张居正起草的这份罪己诏送来给他过目的时候，他觉得实在受不了，哭丧着脸不愿签发，可是张鲸劝他："忍一忍吧，皇爷。庶民百姓还知道大丈夫报仇十年不晚呢，何况皇爷！"他迫不得已地发了下去，从此就觉得自己矮了一截。冯保不用说了，他趁处置孙海、客用之机排除异己，将太监孙秀、温泰和兵仗局的周海等人一网打尽，统统降了三级，撵出宫去，永不叙用，御前全部换上了他的人，乾清宫原牌子太监也回来了；幸而张鲸兼管东厂，仍在御前行走，否则他真的是更加孤立无助，只有活活闷死。

而张居正还不放过他，在他上的那件《请清汰近习疏》中提出，他不愿意再以外臣自限，皇上起居及宫壶内事，"但有耳闻，即借忠敷奏"，还要让他"痛自悔改"，这不是明摆着要干涉他的宫闱之事吗？他多大一个官儿，竟敢教训皇帝！这事竟连张宏也看不过去，说："张阁老忘了他不过是位阁臣，自太祖爷以来，有管宫壶内事的阁臣吗？太越权了！"张鲸说得更直白："阁臣是什么呢？阁臣就是为皇爷守内阁的一条狗；就比如奴才，是为皇爷养在东厂，专为皇爷看着大臣们的一条狗罢了。他倒拿三捏四的，都忘了自个儿姓啥！"

"你该死了，张鲸！"翊钧骂了起来，"怎么能够这样说张先生呢？说实在的，恨归恨，朕倒是真的敬他。上哪儿找这样的首辅去？！再没有比他更能干的了！你瞧，何心隐那厮，他说杀就杀了，眼都不眨一下。行啊，难怪人家称他'蛮子宰相'！"

"皇爷不知，"张鲸说，"奴才看东厂那边的谍报，何心隐是用'通贼'的罪名杀掉的。行刑之日，武昌几万人不服，为何心隐辩诬……"

"那都是些乱民！"翊钧说，"何心隐倡'聚合'之论，主张无父无君。这个罪比'通贼'更甚！孟子云，无父无君，是禽兽也。杀一禽兽，有什么大惊小怪的。朕还要嘉奖他呢！"

"皇上英明"，张鲸赞道，"难怪皇爷的《咏月诗》写得那么好，连掌院学士王锡爵也称赞不已。"

翊钧看着乾清宫墙上那一轮玉盘也似冉冉升起的满月，说不清心中的滋味。这些日子以来，他听讲学问政之余，按照首辅的安排，就是在文华殿里与翰林院的编修、庶吉士们应对酬唱。那个夜晚，王锡爵以"月"为题，请皇帝与翰林们作诗，御制《咏月诗》就是那时吟成的：团圆一轮月，清光何皎洁。唯有圣人心，可以喻澄澈。这首诗，王锡爵他们说好，张居正也说好，他们以为这是皇帝崇圣之心的表现，皇帝向往做尧舜之君；却不知翊钧的心里，是要让自己如月之澄澈，照临一切，臣子们没有什么事能瞒得过他！从前冯保想把他变成聋子和瞎子，现在张鲸管了东厂，皇帝反而耳聪目明。唯有圣人心，可以喻澄澈！这个夜晚，是他特将张鲸召来，希望从他那儿听到一些关于冯保与张居正的事。

从前孙海与客用在时，他们总是先上广寒殿那儿去舞一会儿刀枪棍棒，在月下练一练射击靶子的夜眼。现在不行了，回龙观事件的第二天，冯保派人抄走了全部兵器，运回兵仗局，封存起来，并且处置了管事太监周海。翊钧看看广寒殿那面，月亮下只有一角飞檐露了出来，他叹了口气，有些想念孙海、客用，对张鲸说："现在只有在草坪上转转了，你说吧！"

张鲸的声音放得很低，因为张大受在后面跟着。东厂管事向皇帝奏事，任何人都不得与闻，所以张大受实际上只在乾清宫门前站着，远远地看着他俩，并不敢靠得很近。

"皇上知道吗？"张鲸说，"徐爵那厮，原是个逃犯！还有后面这位，也一样！"

"哦？"皇帝很是吃惊，不敢相信冯保竟会以逃犯为亲信，并且一个送去做锦衣卫都督同知，另一个呢，弄到他的身边来做了牌子太监。可是张鲸的话他又不能不信。什么事能瞒得过东厂里的那些奴才呢？他们可以搞清楚某位大臣有几位小妾几名外室，甚至某个夜晚在谁的房里过夜都会打听得清清楚楚，何况徐爵、张大受这样的大事？原来这两个人都是嘉靖年间宫中的小太监，因为在皇帝与道士王金之间行走，干了不少坏事，隆庆爷一登位就将他二人发往辽东边塞服苦役去了，不久二人先后逃回投到冯保门下，冯保得势他们才如此兴旺发达……

张鲸接着又告诉皇帝，从前他养父让王大臣跑生意走私盐茶的时候，冯珰也是一个掌柜，并且是不出本钱的大掌柜。"他不出本儿我养父每一次都得分红钱给他。冯珰可有钱了，皇爷知道吗？这些年官员行贿不知给了他多少钱财，最近蓟辽总督梁梦龙为了谋吏部尚书一职，还给了冯珰三万两银子呢，皇爷你知道吗？"

翊钧没有回答，却急切地问："首辅张先生也受了贿吗？"

"这个倒没有。"张鲸说，"梁梦龙的贿银他当时就退回去了，只是收了他一盒人参，却回赠了梁总督一张琴！"

"瞧瞧，"翊钧高兴起来，说，"张先生这是倒贴了不是？朕说嘛，张先生不贪，所以才能推行新政，否则的话，他如何执法行令！"

"可是张先生收了戚继光四个从江南买来的美人，皇爷知道吗？"

"这不是什么新鲜事。这些年来气象升平，官绅之间豪家大户彼此以歌儿舞女相送，实在平常。朕前些日子征得太后旨意，为广继嗣，不是也让冯保派人采选宫人吗？"

提到这事，张鲸想起来了："奴才听说采选的三百五十名宫人尚未进宫，冯珰就私自留下了两名。最漂亮的一名，给他侄儿做了媳妇，另一名给他的兄弟做了妾。"

难怪送进宫来的仅有三百四十八名！这是欺君罔上之罪了！张鲸说："冯保与日争辉一点不错千真万确！"翊钧心里好恨，却又很是无奈。他一边想一边听张鲸继续禀报下去。

"皇爷如今赏赐什么给妃嫔宫人还得听冯珰的，说能赏才能赏人；可冯珰自个儿家财亿万，银子花得淌水似的。皇爷知道吗？他在老家深州建宅，计有五千四百八十间，号为一藏居，豪华不亚于王府呢！去年在西山造坟，刚完工，奴才也去看了，壮丽简直可与昭陵媲美！冯珰还让张先生写了一文……"

"这个朕知道，"翊钧说，"张先生给朕看过，那是一篇预先写下的寿藏记，除了一些奉承话，倒也没什么。哦，朕还记得，张先生劝冯保仿效汉代贤德的宦官巷伯、史游，求令名之不朽，不要求墓葬的永存。朕还记得几句：今求其所为葬地，尚有存者乎？固知不朽之图，在此而不在彼也！这话对。说不定张先生也知道冯保一心敛财，才这样劝他。"

正说着，远处有张大受的呼声传来，二人方往回走。来到近前，张大受有些情急地禀报："陛下，文书房来了急奏，顺义王俺答死了！"

翊钧吃了一惊，北疆安定近十年，端赖俺答在那里撑着。去年秋天，昆都力哈之子青台吉犯边，因为遭到俺答的训斥，才不得不退回本部。黄台吉又一向与其父不和，现在俺答一死，北疆危急了！应该如何应付？！翊钧一面往文书房走，一面吩咐张鲸："立刻请张先生进宫，在文华殿见驾！"

宣大总督吴兑想象得到他的奏报进京之后，皇帝、首辅与兵部的紧张和繁忙，没有想到的是张居正给他的应变的指示却是如此明晰而简单：静以观变，静以制动。首辅的这封信函他看了许多遍了："今日之事，惟当镇静处之，随机应之，勿过为张皇，轻易举动，致令众情惶惑，兴起事端也。"居正的话安抚了人心。那几天真是众说纷纭，令吴兑莫衷一是。俺答死后，他的子侄们一下子变得剑拔弩张，为争夺王位紧张到了极点。三娘子一边为王爷治丧，向朝廷请求恤典，一边向顺义王的子侄们下令：各宜安守本部，等待朝廷对嗣王的任命，然后再赴坂升奔丧。黄台吉这一次出奇地遵守约束，按兵不动；俺答的次子宾兔台吉、侄子青台吉等就不一样了，纷纷在调兵遣将，准备向坂升进发。按照大同巡抚贾应元的主张，不如让他们自行火并，然后立胜者为王，以削弱土默特之一部分力量；宣府总兵雷龙则主张立即制止宾兔台吉、青台吉的行动，以免造成大乱；大同总兵马芳力主进兵坂升，让三娘子出来统辖各部；宣府巡抚张佳胤以为拥立三娘子为王鞑靼人根本不干，恰恰相反，谁要做了王爷，三娘子就得归他所有，因此不如让黄台吉继承王位，利于稳定北疆。吴兑赞同张佳胤的对策，但如此一来三娘子又怎么办呢？三娘子的心思只有吴兑知道，她是绝不愿意再嫁黄台吉的。不错，鞑靼人的习俗父妾子继，历来如此，三娘子无论怎样聪明能干，拥有兵权，也不能违抗这个习俗。问题在于她受王化的习染太重，对这习俗早就不满了。这一次她向朝廷报丧时，还提出要为顺义王守孝三年！这当然是按照朝廷的礼制、汉人的习俗提出的请求，但吴兑清楚，在三娘子心里其实正是为了逃避那个可怕的命运。自从他担任宣大总督之后，三娘子每年都要借进贡之机来一次大同。他知道她不愿嫁给黄台吉，还因为他们之间那份维系了多年的恋情。俺答一死，三娘子就派了帐下的女兵头目娜珠送信来了，她说她料理完俺答的丧事，交还兵权，她就要投奔大同来找吴兑，她要嫁给他，哪怕是做一个妾，她也心甘情愿！吴兑面对她的痴情激动又不安；女人一旦深陷爱河就会不顾一切。他是坐镇一方的朝廷大员，深知不能满足三娘子的要求，否则的话，黄台吉等人兴兵犯境，撕毁当年的协议就有了借口，张阁老和大家苦心经营多年的封贡互市就会毁于一旦！他让娜珠带去他的口信婉言辞谢了三娘子的好意，也许正是因为这个，她才提出了守孝三年的请求。那时候居正的信上告诉他：……虏中无主，方畏我之闭关拒绝，而敢有他变？但争王争印，必有一番扰乱。在我惟当沈机处静，以俟其自定。有来投者，悉抚以好语，使人人皆以孟尝君为亲己，然后视其胜者，因而与之。不宜强为主持，致滋仇怨也。对于三娘子守制之说，居正认为，必不能行。俟诸酋既集，议论已定，彼一妇人，终当为强者所得耳，何能为乎？

后来的事实表明，居正这一次又言中了。朝廷派出钦使，为俺答送去了丰厚的恤典，那是大明朝王爷恤典的规制：赐祭七坛，另有彩币十二双，布百匹。三娘子与黄台吉均上了谢表，并各以百匹贡马作为对朝廷的答谢。而土默特方面，局势又缓和下来，宾兔台吉和青台吉显然看出，他们无力与黄台吉对抗，转而退回本部，拥黄台吉为王。消息传到朝廷，皇帝下了嗣王的诏书；数日之后，为了挽住三娘子，也为了表彰她这些年来为安定边疆所做的努力，居正奏请皇帝，敕封其为"忠顺夫人"。钦使张鲸到达大同的那天，吴兑正好接到新任顺义王黄台吉的急报：三娘子不愿嫁给他，已率军离开坂升，移兵西去。

"三娘子难道想去投奔瓦剌？！"巡抚贾应元着急地问道。瓦剌上一次打败西进迎请活佛的俺答军之后，瓦剌王子就深以未能捉住三娘子为憾。三娘子的美丽、贤能已传遍西部各国，这一次如果她投奔瓦剌，正在崛起的瓦剌岂非如虎添翼？她对大明朝北疆边防的情况太熟悉了，马芳提出由他率三千人马立即追上前去，劝她返回，若不愿意，就地杀死。吴兑笑了笑，说："三娘子手下有万余鞑靼骑兵，马帅以三千兵去追赶，未必就能追上；冲突起来，也未见得稳操胜算啊！"

马芳威风不减当年，怪叫起来："总督大人这是长他人志气，灭自家威风。马某不才，愿立军令状！"

"这倒不必。"吴兑说，"我料定三娘子不会去投瓦剌。瓦剌之仇未报，她怎么会自个儿送上门去？不会的，三娘子不过是与黄台吉赌气罢了。待本官去劝说她吧！"

当天，吴兑只让马芳带了百余名卫士护着，让中使张鲸随行，出弘赐堡，过了长城，往西北方向追去。

他们昼夜兼程，在草原上疾驰，第三天，他们终于在黑山追上了三娘子的大队。俺答的本部骑兵果然训练有素，吴兑与张鲸、马芳的百余人刚刚得到哨马的禀报，不等他们靠近三娘子的队伍，他们就被鞑靼上千骑兵包围了。马芳举刀准备迎战，被吴兑止住，独自拍马上前，对鞑靼骑兵喝道："钦使在此，还不快去让你们王妃前来领旨？"

那骑兵首领正是俺答的飞骑卫队长哈里，他是见过吴兑的，忙拨转马头，向黑山下的大队驰去。

过了一会儿，便看见一辆鞑靼王府特制的大车行驶了过来。那是一辆四轮大车，车上是一座巨大的毡帐，无异于一座可以行走的穹庐，由二十头牛拉着，轰隆隆地向前移动。近了，那毡帐的门帘却严严实实地掩着，没有动静。

张鲸只得在马上宣道："忠顺王妃接旨！"

仍然没有动静。但是吴兑却看见了，毡帐一侧的小窗上，帘儿掀开来，那里有一双充满幽怨的眼睛，在盯着他。

张鲸又宣了一次，门帘这才掀开，一位身着蓝色袍服的侍女走了出来，是娜珠，她说："我们娘娘说了，顺义王也好，王妃也好，都在坂升呢，这儿只有三娘子！"

"对对，"张鲸说，"就是命三娘子接旨！"

"什么命不命的，"娜珠说，"我们娘娘跟汉家没关系了，还命什么？！"

张鲸一时怔在那儿，手捧着圣旨，没有主意。

马芳气得吼叫起来："三娘子，咱们总督大人追了你三天，娘子倒躲着不见，也不接旨，像话吗？！"

毡帐内仍无动静，停了一歇，吴兑驱马上前，来到大车一侧，那窗帘却放下了，他说："三娘子，你这是要往哪儿去呢？"

"你管得着吗？"三娘子幽幽地说，"爱上哪儿上哪儿，左不过是鄂尔多斯草原，回娘家去吧！"

说是管不着不让他管，却又告诉了他她要去的地方。吴兑心里涌起一片愧意一片痛惜，说："三娘子，我对不起你，请你原谅，这是没有办法的事。"

"我恨你！"三娘子在毡帐里说，"你不敢要我，却让我嫁给黄台吉，那个又老又丑的鬼！"

"就为了这个，你要离开土默特吗？三娘子，"吴兑说，"你也该想想，离开了土默特，你还能见到我吗？你不在那儿，黄台吉无人约束，两国打起仗来，又是十年前那个样子，我们还能见面吗？而且，去到鄂尔多斯，你不过是一位普普通通的鞑靼妇人，不会再有从前的风光。你知道？皇上已敕封你为忠顺夫人，是诰命夫人了啊，三娘子！你好生想想。"

毡帐内没有回答，却有了轻轻的抽泣声。又过了一会儿，三娘子掀开小窗，泪眼迷离地说："兑哥，我并不稀罕那个敕封、诰命；可是，为了你，我可以留下，回到土默特，嫁给黄台吉。真的，只是为了你，兑哥！"

她让侍女们搀扶着走出穹庐，吴兑只觉眼前一片明亮：三娘子头戴八宝冠，身着百凤云衣，系一条红骨朵云裙，那都是他当年代表朝廷赠给她的！即使这样的时候，她对他的情义依然未曾忘怀！他看见她下了车，在蓝天下，在开满金针花的草地上跪接圣旨，吴兑那感激而欣慰的泪水，也流了下来。

万历十年的夏天，张居正终于一病不起了。其实，从去年秋天开始，他的体力就已不支，告假在家养病。皇帝派御医为他诊治，又让他兼理阁务，仍掌着票拟之权。北疆再次安定下来，田亩清丈又已结束，条编法便在这基础之上由南方各省向北方推开，摊丁入亩，折银征收，在直隶、山西诸省也备受百姓欢迎。负担更趋合理了。不再以人口作为摊派赋役的主要依据，人口便快速地增长起来；农民可以用银钱交抵徭役，便可离开土地外出谋生。居正此时又应两广总督凌云翼等人之请，开放海禁，国外商人可至沿海城市自由贸易。一个经济繁荣的时代就要到来，可是就在这节骨眼上，居正病倒了。到了次年夏天，病情仍未好转，居正躺在病榻上，心中牵挂着如何进一步减轻百姓负担。他想起潘季驯那个政以宽简的劝告，觉得他不是不要宽简，是因为宽简的时机未到。现在，经历了这整整十年的改革，海内欣欣，国库充盈，这个时刻来到了。

这也是居正的宿愿，即免除百姓的带征钱粮，那是一般贫苦人家积年的拖欠，按照官府的规定，是要与当年交之钱粮税款一并催征的。但是不少百姓的财力有限，即令当年丰收，也只能交够当年之数；倘使遇上荒年，颗粒无收，父母冻饿妻子离散，当年钱粮尚且交不起，哪还有余力完成历年的积欠？！官府催交，征票四出，不法官吏更借此对百姓敲骨吸髓，民不堪命，便只有四出逃亡，或聚众造反。带征积欠，实在是百姓一大公害！如果说，行新政初年，国库空虚，那时严追积欠是必要的，尤其是对豪族大户，丝毫不能讲情，那现在，对普通百姓的积欠就到了考虑免除的时候。居正从户部尚书张学颜报来的数字中得知，自隆庆元年起，到万历九年止，各直省未完带征钱粮一百余万，尚不包括兵、工二部应征之马价、料价；而苏、松两府因遭水、旱之灾，拖欠竟达七十余万！他想这真是到了非免不可的时候了。居正挣扎着让翠儿搀扶起来，在案前坐下，草拟《请蠲积逋以安民生疏》。

待他勉强写完最后一字，额头上已渗出豆大的汗珠，面色惨白，双手冰凉，趴在案上，不能动弹了。

奏疏很快批答下来，并且立即行文各地，居正想象得到小民百姓历年积赋免除之后，一家老少脸上展开的笑容；但是在相府里，从老太太起，每个人的脸上只有忧愁和焦虑。盛夏到来的时候，老师徐阶为他推荐的一位名医赵裕来到了京师。赵裕的专长是治痔，用祖传秘方在患处贴一剂药，数日之后，痔根果然拔除，亦无痛苦。全家人为此而庆幸。老太太来到病榻前看望他，觉得他的气色比往日好了一些，陪着儿子说了会儿话，便满怀希望回后院去了。室内外安静下来，居正想着这都是老师关怀的结果。徐老师待他真好。作为座师，不仅对他有赏识、奖掖之恩，他还得到他的提拔和信任。老师尽力为他创造了一切可以实现抱负的机会，他才得以进入裕王府，进入内阁。老师待他，犹如北宋元祐年间的宰相司马光，以国事交付吕公著，徐阶在隆庆年间，也以国事交付给了他。现在，当他处在病中，老师又为之荐来良医，并且老远地从松江赶来京城为他诊治。这师生之情何等美好！老师，学生是多么地感激您！想到徐阶，居正才想到他几乎误了一件大事。再过些日子，便是老师的生日。年年在那一天，居正都有寿序并寿礼送去江南；今年因为病，倒将这事忘了。老师今年是八十高寿了吧，那么，无论如何，在他这个生日里，要让老师添一些荣耀，最好的办法当然是奏请皇上优礼耆硕，为徐阶加恩。他以为徐阶是当之无愧的，当其在位之时，正是严嵩乱政之后，他奋起更化，矫枉以正，惩贪墨以安民生，定经制以核边费，扶植公论，奖掖人才，一时之际，使朝政有了转机。这为居正后来推行新政准备了条件。徐阶功不可没。居正躺在床上，唤来懋修，一边口述，让他代为起草奏疏。皇帝当然没有异议，仍让居正拟票，并备了赐物，一并送往华亭。圣谕里极力颂扬徐阶当年的政绩，有"定邦本于危疑之际，宣上德于弥留之中"的句子，不用说，这是为高拱等人一度攻击徐阶"擅传遗诏"作辩解了。当年拟遗诏的阁臣里也有居正自己，如今由今上答复此事，是不容更改的铁证。这是为了徐阶，也是为了自己。而这件事的本身，不如说是对皇帝的一个提醒：不可忘了有功于国忠心事君的老臣。或者也可以说是对皇帝的一次教诲，隐隐地透露着居正对他身后之事的一点不放心。

但居正对他这十年的治绩却颇为自豪。他在为徐阶八十华诞所作的寿序里说：……万历以来，主圣时清，吏治廉勤，民生康阜，纪纲振肃，风俗朴淳，粒陈于庾，贯朽于府，烟火万里，露积相望，岭海之间，氛廓波恬，漠北骄虏，来享于王，咸愿保塞，永为外臣，一时海内，号称熙洽。人咸谓居正能，而不知盖有所受之也……这是对徐阶托任得人的说明，也是对推行新政以来的一个回顾，一次肯定。居正在这时候想到了什么呢？难道他已经感觉到了什么，急切地要在一篇写给老师的文字也是留给后人的篇章里立此存照吗？

我们终于在他同时写给徐阶的信里，探听到了这方面的消息：贱恙实痔也，一向不以痔治之，蹉跎至今。近得贵府医官赵裕治之，果拔其根。但衰老之人，痔根虽去，元气大损，脾胃虚弱，不能饮食，几于不起。日来渐次平复，今秋定为乞骸计矣。门墙夙爱，改告向往。——说是"渐次平复"，那无疑是安慰老师的话。居正对于他的病，应该是清楚的。哪里拔了痔根就好得了呢？"元气大损"并非只因"衰老"之故，背后自然还有不便言宣的原因。服天丹铅导致的热症，皇帝不能抵挡，首辅又能奈其何！御医治疗了数年，毫无成效，赵裕又岂有回天之力？在失去了芳姑的那些日子里，居正肯定绝望了。绝望使他拾起了已经不再服用的天丹铅丸，他不能不这样。我想，面对那四位年轻美艳的江南女子，居正决不会显示他的无能和软弱。他在权力的追逐、天下的治理方面是一位勇者和强者，他在征服女人床第之欢上就决不会认输。"凤毛丛劲节，只上劲头竿。"明知不可为而为之。他一定是为了带给她们快乐，哪怕是借助一种荒唐的形式，他也要做那悬崖上的舞者。

他仍然想到了辞职离去，并且把时间定在秋天。但是他没有料到天丹铅这样快地就毁灭了他的健康。盛夏到来的时候，居正彻底地被病魔击倒了。

我真的就要死了吗？刚刚一进入六月，居正就感到死神在叩门了。初一那天正午时分，本来是艳阳高照的万里晴空突然阴暗下来，处在高热中的居正也感到一丝凉意，风扑得门窗窸窸窣窣地响，他听见游七他们都在大院里喊着天上发生的事儿："看、看，太阳缺了一个口子。""可不是吗？那口子越来越大了呢？""啊呀！现在变得像花和尚使的月牙铲啦！""嘿，更像一片刚剥了皮的鲜橘瓣！"……

"是日食，父亲。"敬修走了进来，垂手肃立，嗒然地说。这不是好兆。自拔除痔根之后，居正觉得下面变得轻松多了，但高兴不了两天，他就感到整个人都如同抽空了似的，燥热中变得没有了重量。茶饭不思，每天只能进一些粥。美人们是早已让母亲打发回戚帅那儿去了，只有翠儿仍在照顾他，偶尔让翠儿搀扶着下床走走，也觉得上气不接下气似的，举步艰难。他失望了，只得又回到病榻上躺下。日食，居正一向不相信天人感应之说，天变不足畏，怕什么呢？但是他没有想到，自初四日起，一连数夜，天空都出现了彗星，只见一片扫帚似的光芒，灿如白练，从西北扫向五车星座。这样罕见的天象在此时相继出现，不能不令居正骇然。天象示警。是我真的就要离去了吗？抑或是国家将有什么样的灾难了呢？哦，古有灾异，则策免三公。当今天下，除了自己，没有居三公之位者。那么，他应该立即上疏，请求辞职，以应天变。他让敬修代草奏章，当夜便送到宫里。但是第二天皇帝的诏书送来了，仍然是慰留：朕久不见卿，朝夕殊念，方计日待出，如何遽有此奏！朕览之，惕然不宁，仍准给假调理。卿宜安心静摄，痊可即出辅理，用慰朕怀。

是皇帝根本就不相信天垂异象就该策免三公之说呢？抑或是并不了解他的病情，不知他已病入膏肓？或者是皇上都相信，也都了解，不过是迫于太后的威严，仍旧处在失位的担心恐惧之中，才不得不这样地挽留他吧！居正不明白这其中的缘由，也不必去推断原因，真的一切都用不着了。他知道他已经走到了人生的尽头，游丝一般系着的生命，不知何时就会被风吹断离他而去。他奇怪他分明已看见死神狰狞的面孔，听见了索命的吼声，他却丝毫没有恐惧的感觉。为什么要恐惧呢？生者死之始，死者生之徒，他想他不过是完成了生命的一次过程，实在并无恐惧可言。不但没有恐惧，他觉得他这五十八个春秋活得幸运，足够灿烂的了。苟利国家，死生以之。他实现了他的诺言。如果说至死方休便是整个人生的话，他确实拥有了这样的人生。他想他真的应该满足了。圣人之道难行，难在以天下为家，而不有其家，以苍生为命，而不以田宅为命。由此出发方可行非常之事，成就非常之功，成为非常之人。他尽力去做了，尤其在这推行新政的十年里，他是倾注了全部心力。他想他可以问心无愧地去了。唯一不能释怀的是生前未能给亡父治丧守制，又不能为老母送终，他给敬修兄弟的爱太少了，为了这个，他在九泉之下也将不得安宁。他尤其对不起的是老妻芳菲和陪伴他将近十年的芳姑。想到芳姑他便想起送别医师赵裕的那一天，他突然收到了寄自泰安仙妃观中的一封信，看那封信上的字体，他就明白是谁写的信了。难道芳姑她已在仙妃观里出家修道了吗？他双手颤抖着撕开了封皮，信里装着何心隐的那篇《足食足兵论》，芳姑在信上谈起武昌狱中她去探监的那个夜晚，谈起夫山先生为了支持新政，如何身披缧绁仍在忘命地写作，也谈起他对于人存政举的怀疑，尤其是人去政废的忧虑……芳姑指责居正滥杀无辜，践踏斯文，恐遭天谴。她劝他立即为何心隐平反冤案，昭雪清白，布告天下，并且印发此文以助新政……张居正目瞪口呆，没有想到被他杀掉的人临死之前竟然在为新政尽力！何心隐其实是不该杀掉，并且不必杀掉的。可是谁叫他在那样的时刻提出上京辩论呢？亲痛仇快，那些反对新政的人不是正好借此掀起一场"倒张"的风潮吗？芳姑不明白这个道理犹有可说，何心隐怎么就不懂得这一点呢？读着《足食足兵论》他不能不承认何心隐果然高屋建瓴，言之有理，可是如此明目张胆地批驳圣人，岂可印发全国流毒各地？！他整饬学政就是为了以圣人之道为准衡体认经书讲明学问，不许别标门户、聚党空谈，岂能容忍异端？！何心隐谈不上平反昭雪，是是非非就让后人去评说好了。他放下何心隐的文章，却再也放不下对芳姑的想念。这时候他是多么想要看到她啊！再说她还正当盛年，好好的修什么道呢？

"接你姨娘回来吧，"当卧室里只剩下敬修一人的时候，他对他说，"敬修，你亲自去一趟仙妃观，带上些香帛之类的，就说我今日得一梦，梦见皇上让我持双节前往泰山祭祀仙妃女神，祈请护佑我早日康复，这样当地县令、知府、抚按们就不会生疑了。到了那儿，见到姨娘，只要说我病重，我猜她就会随你一同回来，你看可好？"

居正第一次以这样的口气与儿子说话，这使敬修大为感动。他说："父亲您放心好了，见到姨娘，儿子无论如何都要劝她回来。"敬修说完，当天离京与赵医师一道上路直奔山东。遗憾的是半个月后他返回京城告诉父亲：芳姑不在仙妃观里，十天前她就已离开泰山往江南云游去了……

这时候正是六月中旬，辽东方面传来镇夷堡大捷的消息，嗣修与懋修退朝回来，都谈起皇帝与朝官们的喜悦和兴奋。土默特方面，因为三娘子带着万余人马回到归化，并与黄台吉成亲，继任的顺义王对她言听计从，严守盟约，与土蛮之间不再往来，断绝了一切联系。这一次土蛮扰边孤军深入镇夷堡，被李成梁大败实在与此密切相关。居正感到安慰，未曾见到芳姑引起的伤感抑郁被冲淡了一些。皇帝论功行赏，他又进太师之位，且岁加禄米二百石。居正在病榻上跪接圣旨，觉得这些于他都没有任何意义了。真的，有生之初，哪一个婴儿离开母体之时不是哭着握紧了双拳来到人世，什么都想一把抓住呢？名利、地位、金钱、女人……都是多多益善，越高越好越美越佳吧？可是死亡到来之时必得撒手而去，你能握住什么带着去呢？你能带走的只是赤条条的自己。居正忽然有了忽悟大光明的感觉，那些自得满足、悔愧惆怅忧伤的一切，都变得虚妄而不值一谈了，只是在敬修兄弟的提醒之下，他才让敬修例行似的上了一疏辞谢，并且再次提出去职的请求。皇帝当然又是不准，只要他"在京调养""专养精神"。这一道手谕不再提出"兼理阁务"的事了,而皇帝满怀深情的叙述愈令居正感激涕零:……朕自冲龄登极,赖先生启沃佐理,心无所不尽,迄今十载,四海升平,朕垂拱受成,先生真足以光先帝遗命,朕方切倚赖,先生乃屡以疾辞,忍离朕耶!……在那一刻,居正泪眼模糊了,他觉得他又回到了那个关切地向他嘘寒问暖,在文华殿上天真地问学求教的少年翊钧的身边!

但是他将无以回报皇帝的深情了。居正的病势逐日加重,数次昏迷之后,皇帝才察觉到他的首辅已到了油干灯草尽的份上,惊慌之下,他让张鲸带着手谕前来慰问居正,并请首辅就国家大事留言。张鲸刚走,辛儒来了,带来冯保的一封信,请他无论如何将吏部尚书潘晟荐入内阁。居正从昏迷中醒来未久,看见母亲与敬修兄弟们都在榻前,他忽然变得那么清醒,让翠儿扶着坐了起来,用微弱的声音吩咐敬修取过纸笔,在昏暗的烛灯光照下,挣扎着,勉力完成了给皇帝的最后一疏,举荐潘晟为武英殿大学士入阁办事,其余张学颜、梁梦龙、李幼孜、徐学谟、王篆、曾省吾等人也都才可大用。他写着,笔从他手中滑落,他也瘫倒在枕上,再次昏迷过去了。

这一次,居正再也没有苏醒过来。

居正不知道,病势垂危的日子里,自阁臣以下、六部大臣、九卿王府,乃至翰林院、各科道的大小臣工都在为他设醮祈福,随后是南北各省各府县也都在设坛为他祈祷,无数人在祈求苍天赐首辅平安。但是居正不可能知道了,连同死后的备极哀荣,赐谥"文忠",他都不会知道了。一个月后,他的灵柩在新任司礼监秉笔太监张鲸等人的护送下,沿着当年他上京应试的来路,回到了江陵。

故乡太辉山上,从此多了一座陵墓。一年之后,继冯保被劾撵出大内,皇帝下诏查抄张府。刑部侍郎丘舜任正使,太监张诚任副使,率锦衣卫士三百余人浩浩荡荡开往江陵。敬修被逼上吊而死,嗣修、懋修等人则被削职发配边地充军。皇帝这样来"看顾"居正的子孙,谁能想象得到呢?居正呕心沥血推行的十年新政,在继任首辅张四维的手里,也彻底翻了一个个儿。人亡政息,真是应了何心隐的话吗?这一切居正都不可能知道了。只有太辉山上那座坟茔,碑前御笔大书的"张文忠公之墓"几个大字,在蔓草荒烟之中,将一段轰轰烈烈又苍凉的故事,向后人言说,付与秋风……

（节选自《张居正:悬崖之舞》,花山文艺出版社,2002年4月;

获第二届贵州省政府文艺奖)

宋　渤

车坠安江——一个目击者的手记（节选）

第一章　奇遇

如果对狼读《圣经》，狼一定会说：
上帝，快下课吧，一群羊过去了！

1. 堵路堵到省委书记头上

　　写完最后几行，这部书稿眼看要寄给出版社了，料所未料，跳出个"2·11"堵路事件。社会转型期出轶事出文学，出个堵路事件原不足怪；问题是出面堵路的，正是本书稿中市建司的职工，堵路就成了一个重要情节。

　　既然无法避开，只好在本书的开头前又加个开头。于我，大不了再熬上几夜，对不住的是出版社，每千字三十元，又多破费几文稿酬。还有读者诸君，耽误了几圈好牌，还要多费些眼神儿。

　　写书很苦，甚于坐牢。陕西累死个写书的作家路遥，有人受启迪而拟议，改服刑为写书：轻刑写短篇，重刑写长篇，死缓写《我是流氓我怕谁》。

　　自屈原投江、秦始皇坑儒、老舍沉湖，我发誓不摸笔。若不是有此奇遇，不吐如骨鲠在喉，我是不会经酷暑而历严寒，面壁年余写此手记的。

废话少赘，书归正传。

1999年2月11日，星期四，农历腊月二十六，再过五天就是大年初一。上午九时许，三辆乳白色警车开道，随后一长溜清一色的黑色卧车，冲出市声嘈杂的省城，风驰电掣驶上柏油路面的国道，眨眼间将路两旁的农舍疏林鸡犬顽童甩得没了影儿。留给路人的是车头嘀哇嘀哇的警笛和车尾轮胎辗地的沙沙沙……

天上灰乎乎一片，看不清云厚云薄，猜不出会雨会雪。路上的车辆没有平时多，比起往年岁末也不算少。听到叽哇吼叫的警笛，还有喇叭传出的声声喝令：快靠边，减速！司机们不敢怠慢，一个个比兔子还机灵，减速打方向溜到路边让出路面，敬请车队先行。

警车上的人见惯了这个场面，既不为自己拥有鸣锣开道的特权而神气，也不为车外的同胞服服帖帖而感动，一门心思注视路况当好开道夫兼保镖。他们不敢将警车开得太快，当然也不敢太慢，时速控制在一百迈上下；这是内陆普通国道，不是沿海高速公路，撒不得欢。更不敢大意的是，身后第三辆警车坐着他们的顶头上司——省委常委、省公安厅厅长于飞，第五辆奥迪上坐着省委一把手张书记，再往后是一长串部长厅长各种长们，还有省委秘书长丁冬：他们都是陪客人的。客人是联合国某组织还有世界银行的高级官员，灰眼珠黄头发的四男一女，还有位黑人。

听秘书长透露他们是来送美金的，很大很大一笔美金，扶持本省发展绿色产业。他们来谈过几次，这次做实地考察，考察完就拍板数票子。张书记正忙于给退下来的省级四大班子的老同志挨家拜年，他中断拜年亲自出面陪同，足见此行的意义非同一般。

车队带着呼啸的风声疾驰一个半小时，离目的地还有一大半的路程，在一百四十五公里处，被迫停下。前方的车子乱成一团，进不得也退不得；有几辆小车子想掉头往回开，被前后的车子挤住，成了竹篓里的螃蟹。

面对这异常场面，警笛和喊话已属多余；谁的车子也没长翅膀，别说是拉警笛，就是扔炸弹也让不出路面。

莫不是前方发生车祸？

该地段隶属东安市管辖，三天前于飞厅长亲自下达确保沿途畅通的命令，东安市公安局局长鄂希胜表态保证做到万无一失；他讲的万无一失当然没包括车祸，车祸是无法保证的，就像无法保证不发生地震。

于飞厅长很快得到鄂希胜的报告："东安市建司退休工人在静坐，不仅阻断了公路，还迫使铁路上的一列货车停驶。"

于飞动了气："这就是你的万无一失？"

鄂希胜叫屈："像从天上掉下来的，事前无任何迹象。"

于飞发出死命令："立刻把人驱散，给你一刻钟！"

手机里传出鄂希胜嘶哑的声音："于厅，他们有一千多人，都是六七十岁的老头老太婆，我们磨破嘴皮也劝不走。有人建议用高压水枪……"

于飞喝住他："如果是你的老爸老妈你会用水枪去冲？马上调集警力两个架一个……"

鄂希胜叫苦："于厅，一刻钟上哪调集几千警力？这里离东安五十六公里，坐汽车一个多小时。还有，那些老胳膊老腿像火柴棍似的，万一散架子几个咋办？市建司下岗三四千，半年多没发工资，都窝着一肚子火，会一触即发呀！"

于飞厅长处在两难之中：前进势必闹出大乱子；后退无法向张书记交差。他跳下车找丁秘书长商议：可否做交通处理，告诉外宾前方发生车祸请耐心等候。

丁秘书长说："火车一停很快会捅到国务院，如实向张书记汇报，听听他的意见。"

张书记听完汇报望了望身后的外宾车，蹙着眉头下令："简直是胡闹。通知霍长联给我严查。拖欠的工资发了。幕后策划者要严肃处置。要追究市建司领导责任。处理结果报告省委。"

霍长联是东安市委书记，他闻风而动，速战速决。第二天夜里他电告张书记：事件已查清，刑拘四人，局面已控制；正着手调整市建司班子。

霍长联打了埋伏，他避开追究市建司领导责任不谈，笼而统之汇报正着手调整。此中奥妙后面自有交代，暂且不表。

张书记惦记着市建司群众，他在电话里追问："拖欠的工资发了没有？"

霍长联答道："拖欠的工资数目太大，已超过四千万，公司早已资不抵债……"

张书记打断他厉声说道："市建司是你们东安改革的一面旗，现在怎么搞成这个样子？你不要解释，今天不谈这个问题。还有三天就是大年三十，你必须保证让下岗和退休的职工家家吃上饺子。从你们财政拿些钱，先补发三个月工资。要不要我派人去东安帮你落实？"

霍长联当然不会讲你派人来吧，借个胆子他也不敢。他只会说："请书记放心，明天我去市建司和工人一起过年，保证他们有饺子吃有酒喝。"

张书记没再多讲话。他知道东安的困难国企不止市建司一家，全省就更多了。上个月他已做了部署，由省总工会牵头搞好送温暖活动，让困难职工过好年过好冬。从报纸电视简报上看，活动开展得有声有色，为什么东安没落实？他知道，所谓送温暖就是派人下到企业，找几家典型的贫困户送上两三百元。虽说被温暖的人家只占几分之几，但通过电视报纸一渲染，还是让人感觉挺温暖的，这有利于安定团结。好在老百姓是通情达理深明大义的，国家有困难，不可能每个贫困户都送钱，这难关要靠大家互助互爱、勒紧裤带闯过去。老百姓越是通情达理，当领导的越要关爱他们，尤其在这大年即将到来之际。他拿起内部电话，吩咐丁秘书长立即与省总工会主席周劲联系，让他连夜了解全省各县市各系统送温暖活动的落实情况。

2. 小汽车飞进取景框

讲完这个开头的开头，现在该往回讲了，讲这个故事的正宗开头。

东安有条大江，古称赖水，今叫安江。滔滔江水穿城而过，不舍昼夜。江上横着两座大桥，一新一旧。旧桥叫虹桥，形同长虹，十七孔青石拱桥。新桥是水泥桥，又平又宽，就叫平桥。自从前年国庆节平桥竣工通车，虹桥便如美人迟暮，门可罗雀车马稀了。

1998年11月21日东安下了一场百年不遇的大雪，足足下了一个整夜半个白天。既然是百年不遇，便亢奋得满城的小儿女拎着相机叽叽哇哇到处留影；冲洗彩照的店铺家家门前排起花花绿绿的长队。

雪停后的次日，也就是11月22日（请记住这个日子），早晨天还没亮，离虹桥不远的安江边，水泥堤上支着一架孤零零的照相机，一尺多长的长焦镜头正对着覆盖着白雪的虹桥。守着照相机的不是别人，正是给读者诸君讲故事的在下——东安日报社资深位卑的副总编安思危。

时值年底，我策划了一期"瑞雪兆丰年"的摄影专版，醒目处发一张彩色大照片，标题早已拟就："虹桥银妆旭日里"。这个策划已被年轻有背景的总编冯一峰恩准。今天我守在黎明前的雪地里盼着日出，就是拍摄这张彩照的。我的脚下还放台摄像机，我的夫人颜佳在电视台当制片人，她舍不得热被窝，让夫君代劳拍几条东安人雪中晨练的新闻片，好领奖金。

我只能跟香烟出气，一支接一支吸着它们，打发这周天的寒彻和比寒彻更难耐的寂寞。我死死盯着虹桥后面远处的山峦，那是太阳老伯出山的地方。想见这位躲在地平线下边的老伯，不亚于想见市委书记霍长联老板（机关干部当面和背地的两种称谓），实在不是那么轻而易举的。

我怎么会由迟迟不肯露面的旭日，联想到一市之尊的霍老板呢？小孩没娘，说来话长。去年参加反腐倡廉短训班，看了一部内部电视录像片，拍的是山东泰安市委书记胡进学，介绍他如何由一个上头十分器重的优秀四化干部蜕化为十恶不赦的腐败分子。在他的影响撺掇怂恿下，市委、市政府班子烂掉大半，他重用的原公安局局长奸淫索贿无恶不作，被判了极刑杀了头。看完录像我心潮难平，尤其是胡进学在法庭上发自肺腑的"忏悔"，让我深感在一个党委班子里，作为一班之长的党委书记是何等重要。为这，我有感而发，在《东安日报》的一版连着发了六篇言论，论一把手在反腐倡廉中的重要作用。

六篇言论如六块石头，在死水微澜的东安引起不小震动，借用一句时髦名词——穿透力和震撼力极强。每天都有读者往报社打电话，称赞文章写得好，说出了他们想说但不敢说的心里话，我收到几十封读者来信，其中一封署名"慕秋侠"，望文析义，仰慕秋瑾女侠，显然是位女士。她在信中说：读了六篇议论，又喜又忧。喜的是有正义感的文人还没死光；忧的是你会遭（受）打击穿小鞋。我看完笑了，笑这位慕秋侠缺侠女的豪气，缺对党的政策的信任。反腐倡廉是党中央大力提倡的，也是人民群众的迫切要求，我身为党的新闻工作者理应为之鼓与呼；六篇言论毫无影射东安之意，怎会遭打击穿小鞋呢？真乃妇人之见。

六篇言论见报后整整半个月平安无事。第十六天，早晨刚上班，冯一峰总编召开紧急会议，传达上头重要指示：从即日起《东安日报》正副总编的文章见报前须送上头审查。我没听明白，报纸出版后他们设有专人审查，这稿子怎么也要审查，是他们办报还是我们办报，能这样越俎代庖吗？

冯一峰说上头讲了，只准我们办报不准我们添乱，为了东安的改革开放社会稳定，从今天起我们几位总编的文章没有上头签字一律不准见报！

慕秋侠女士真有先见之明，小鞋虽没穿在脚上，但紧箍咒已套在头上。

就这样，我文章不写了，搞起照相，在报上发了不少照片。冯一峰说霍老板对我的摄影评价不错，称赞我的风景摄影比写言论高明。他强调风景二字，就是莺歌燕舞风花雪月。

时光熬得艰辛而缓慢，太阳老伯总算从山背后慢吞吞地爬了出来，犹如千呼万唤方露面的大腕红歌星。但一忽儿趁人不备它就蹿了上来。我险些错过这千金难换的宝贵瞬间，急忙弯下身子调相机镜头，对好光圈焦距揿动连续拍摄按钮，又赶快扛起摄像机调好焦距追拍。取景框（术语称之为寻像器）里聚焦的是雪染虹桥桥托红日，万白之中一点红——这正是颜佳要求的画面，诗情画意，淡雅清新。

我调整好呼吸，果断地按动录像键，拍了冉冉升起的朝阳，又拉近镜头拍虹桥的特写。正在这时，蓦地，从桥面上蹿起一个黑色物件，闯进取景框从红日上掠过，留下一条黑色的弧线坠到桥下不见了。当时，我误以为是看花了眼睛，便离开取景框用双眼眺望远处的虹桥，寻觅那个黑色的不速之客。映入眼帘的除了红日虹桥白雪，还有呈波涛状的山恋，哪里有什么黑色怪客？我又闭上右眼睁大左眼对准取景框，依然是双眼所见到的那一切，别无他物。

从三角架上取下照相机时，我忧心忡忡，生怕这组照片被意想不到的天外来客破坏掉，雪地里寒风中的苦熬苦等就白辛苦了。我坚信没有看花眼，千真万确有个黑色物件闯进画面，横空划过。但愿照相机连拍时能躲过这个灾星，还我一张理想的"虹桥银妆旭日里"，为摄影专版增色添彩。

会是个什么灾星呢？我背起摄影包拎着摄像机，顶着钢针似的寒风，直奔还亮着玉兰路灯的虹桥。

这座建于新中国成立初期的青石拱桥，早已失去往日的华丽与喧闹。平桥开通后，交警队就在桥头竖起大牌子，禁止一切车辆通行，虹桥成了一座行人稀少的步行桥。

我走近桥头，一眼看到雪地上有两道车辙，从马路上延伸过来通到桥上，在桥顶一个急转弯拐向桥边，那车显然是掉进江里了。虽是隆冬，安江的水依然流得很急，墨绿的江面翻滚着白色浪花。这一段江水深四五米，就是落进双层大巴也露不出半点影子。

坠江的是辆什么车？从车辙上分辨是辆小车子。东安的司机都晓得此桥不准过车，是什么样的人敢违章上桥又肇事坠江呢？无照驾驶，酒后开车，还是外地司机走错路？

我猛然想起应该报警，掏出手机打给交警队没人接，打110他们讲要打给交警队，我说打过了没人接，他们说你打到上班时间就有人了。我说等不及了你们快来人吧，不来我就走了！我几乎是失态地嚎叫，报了工作单位姓甚名谁和职务。这里我只能长话短说做个交代，警方在半小时后来了，来了也白来，滔滔江水又深又急，本市没有潜水员，只能望江兴叹。

我之所以长话短说，诚如各位已经猜到的那样，我急着要搞清拍下的照片是否可用，要不要明晨再补拍一次。

报社暗房只洗黑白照洗不了彩照，我赶到市中心昼夜营业的白房子彩照中心，这里设有"八分钟立等可取"业务，只须多交三倍的钱。洗相的熊子柯认识我，特地为我单独开机。彩照很快洗了出来，我接在手里傻了眼：虹桥托着的那轮旭日只露出四射的光芒，遮住它的是一辆黑色的小轿车。

他娘的，雪地上白白冻了几个小时，这哪里是什么"虹桥银妆旭日里"，变成了一张"横空出世飞车图"。

"安总抢拍真准，飞车表演是最难抢镜头的。"熊子柯不明底细说着奉承话。

我不便多言，收起照片和底片回家，向夫人颜佳交差。

3. 二十六秒与一亿三

这里我不得不中断我的故事，穿插一段与美国总统肯尼迪之死有关联的趣闻。

1963年11月22日，六十岁的老裁缝扎普鲁德中午走出他的服装店，来到迪利广场，那里正是肯尼迪总统的车队十二时将要经过的地方。扎普鲁德的助手见他两手空空，劝这个业余摄影师回家去取摄影机将这人山人海的热闹场面拍下来。

扎普鲁德八辈子也不会想到，正是这个建议让他成了名人，发了一笔大财。扎普鲁德登上一座绿色小山丘，调整好焦距将迪利广场拉进镜头，当肯尼迪总统的敞篷轿车出现时，他几乎是屏住呼吸稳住摄影机将招着手的总统装进镜头。

半个小时后扎普鲁德慌慌张张给儿子打电话，告诉他总统死了。儿子在国家机关工作，已经知道总统遇刺，告诉父亲总统只是受了伤正在送往医院的路上。老扎普鲁德以不容置疑的口气说：总统是死了，我从摄影机取景器亲眼看到他的脑袋是怎样开花的，千真万确。

第二天清晨扎普鲁德向联邦调查局展示了胶片，当天将作品权卖给《生活》杂志，得款两万五千美元，他全部捐给了与总统同时遇刺丧生的原巡警蒂皮特家属。他借此表白没有借总统之死挣大钱，但他隐瞒了《生活》杂志将连续六年每年付他两万五千美元的事实。

1978年扎普鲁德的子女将胶片买了回来，这时的售价已升到一百万美元。他们花巨款买胶片并非为纪念已故的父亲，他们极具商业头脑，深知这个胶片未来将升值到惊人的天文数字。果然，二十一年后的1999年，美国宣布这条胶片为国家财产，同意赔偿扎普鲁德的子女一千六百万美元，相当于一亿三千万人民币。

一条只有二十六秒长的八毫米业余摄影胶片，卖了这么大的价钱，扎普鲁德的在天之灵也会为之咋舌。

美国政府之所以肯出这么大的价钱，因为这是唯一记录了那惊心动魄一瞬的胶片：当杀手的第二颗子弹击中肯尼迪的头部时，他的脑袋立刻迸裂就像开了花的西瓜。

不知读者诸君注意到没有，扎老头子拍肯尼迪那天是11月22日，我拍虹桥坠车也是11月22日，同月又同天，只是相隔三十五年。他拍的胶片是二十六秒，我拍的录像带是四十八秒，其中最有价值的是七秒：小车子闯进画面，滑行，下坠，脱离画面，七秒钟。用慢速度放大放映，可以清楚看到是辆黑色小轿车，窗上贴着黑色遮光膜，将车里全部遮住，留给我的是个黑色的梦。我比扎老头子还多了一样宝贝——三十六张彩照，那上面记录了黑色轿车从蹿起到坠下的全过程。

我为啥将汽车坠江的录像和彩照与价值上亿的二十六秒胶片相比？因为我接到一个奇怪的电话。

第二天我本打算再去安江边补拍，老天不作美，铅灰色的厚云层遮住了天穹，急得我无计可施。打电话问气象台，他们说半月之内不会放晴。

沮丧中的第四天（11月25日）夜里零点差五分，我接到了那个奇怪的电话。对方是位男性，听声音是中年人。他说："你是安先生吧，我受朋友之托要买你的录像带、照片包括底片的拥有权，就是说你什么也不能留下也不能发表，付你一百万。如果你违反了要赔偿二百万。你同不同意？明天这个时候我再联系你。"说完他就挂了电话，没有留下姓名电话和住址。

已经入睡的颜佳被电话吵醒，听我讲了电话内容她再也睡不着了。我和她结婚二十四年，上有老下有小，全部积蓄不足四万元。这一百万对我们的诱惑无疑是巨大的，但我们思考的是比这一百万更巨大的问题：他们为什么会出这样大的价钱，录像带、照片和底片何以如此值钱，难道也会像二十六秒胶片一样，与某个重大事件有关？

颜佳围着火炉猜测：会不会是某个老板带着情人投江殉情，他的夫人花钱遮丑？或是盗车团伙一个哥们失手掉进安江，怕我们公布照片录像引起警方注意，花钱买平安？还有个可能，此事牵涉某个大案，音像老板买去制成录像带和碟片赚大钱……

颜佳是侦探小说迷又极善推理，她设想的每个事件都是可能的，拍成电视剧绝对有看头。她尚不知晓二十六秒胶片的事，若知道了一定会将录像带锁进保险柜，三十年后也卖他个一亿三。

我对着火炉出神，脑子里反复琢磨是什么人走漏了消息。白房子彩照中心那天有五个人见过我的彩照，除了熊子柯，另外四个人我不认识，这个泄密者肯定是他们当中的某个人。我转念一想，这会不会是开玩笑，他们中的某个人跟我来了个黑色幽默让我失眠几天？是不是这样，要看第二天会不会再来电话。

第二天半夜电话又响了，还是那个声音，问我想好了没有，如果想好了天亮就成交，一手交钱一手交货。我说有个条件，你要告诉我，你是出于什么动机。他说是受人之托，什么动机他也不清楚。我问那人是谁，他说你不要多问。

后来颜佳埋怨我办事不果断，那天把东西卖了我们也成了百万富翁，就不会挤中巴吃盒饭了，有病也不怕看医生了。

她说得完全对头，成了百万富翁我先去买几条红塔山、大中华，再也不抽九角的红枫烟了。带上颜佳去英国、法国开开眼界，也让她当几天富婆。这样就可与坠江的小汽车一刀两断，管他投河的是什么人，牵扯的是什么案，天崩地裂与我无关。

我要是这么办了，我就不是安思危了。

那天夜里我一口回绝，说得很干脆："请你转告那位先生，我的东西绝对不卖，别说一百万，就是一个亿我也不卖！"

我急于想弄清那辆小轿车是哪个单位的，这样才能进而弄清是什么人开车坠江的，又是什么人要高价收买我的录像带和照片。

看似很复杂的问题，其实很简单。我将录像放大停格，一眼就看清车牌上的数字，打电话问了交通大队又问了交通局，很快弄清这辆车是全市闻名的最豪华最昂贵的美国凯迪拉克。美国总统克林顿、韩国总统金泳三、以色列总理内塔尼亚胡，乘坐的就是这种车。全东安只有这一辆，买价一百三十六万还是通过关系优惠的。这些都是知多见广的记者黄丹告诉我的。我在路上只见过它一回，没容我细看它已飞驰而去了无踪影。

说了半天这辆坠江的豪车是谁的呢？它的主人姓曲名果，东安市建司总经理兼党委书记。这年月经理多如狗，老板遍街走，总经理算个屁？你若这样想就大错而特错了。曲果可不是那种经理，他是政协常委、企业家协会副会长，乃改革风云人物。各种头衔加起来够装半纸篓，可他名片上只印总经理一个衔。他懂得名片上的头衔印上几大排，不是暴发户就是刚进城的农民——总统、女王、联合国秘书长，根本就不印名片。

我的思绪活跃而纷乱，几乎到了无法控制的地步。并非神经衰弱，是大脑神经恐惧症的反应。恐惧谁？恐惧曲果。他是黑道白道皆兄弟的枭雄，我一旦卷进这桩事件获罪于他，不用他出面，只要稍作暗示，我就会陈尸荒野血染马路命丧黄泉。

录像带和彩照成了吱吱冒烟的手雷，扔出去会闯祸，放在手里会伤人。

我正犹豫着不知如何是好，市委大院出事了。

4. 静坐市委大院

百年不遇的那场大雪后的第七天，1998年的11月28日，上午刚上班，市委大院出现异常。发现者是大院的第一线——大院装有铁栅门，两旁是两座平房，一座收发兼警卫，一座信访接待，在市委大院工作的人们戏称这里为第一线。他们是听霍老板这样叫的。他说，你们左右两厢是市委的第一线，无论是上访还是闹事，要解决在第一线，不准进大院。他一声令下，守大门的穿上正规警服，搞接待的换成膀大腰圆的猛男。

这天上午八点多钟，第一线们发觉不对头，先是三位老太婆抱着小板凳闯进大门，问她们找谁，她们理也不理坐在院当中。紧随其后，成群结队的人涌了进来，将大院坐了个满满当当。警卫们慌了，搞接待的人也慌了，发生这种事，霍老板要处分人的。他们走出办公室来到人群中，询问哪个单位的，来这里有什么事。

"我们是曲总统（市建司的人称曲果为总统）那个单位的，七八个月没发工资了，来这里找碗饭吃。"这是客气的。

不客气的那是很不客气的："市委大楼是我们建的，东安大半个城和工厂都是我们建的；你们坐小车子住大楼，我们饿肚子！为啥富的富得流油，穷的穷得发抖？你们该管管了！"

发完牢骚说完气话，七嘴八舌变成一个声音："曲果和财务科科长柯炎携带巨款逃走了，市建司要垮台了，我们强烈要求市领导抓他回来！"

大院里上千人静坐，大院外上万人围观。第一线们不敢怠慢，急急忙忙跑进大楼向市委办主任报告。市委办主任向窗外一望吓白了脸，拿起电话拨通霍老板的手机，向他报告大院里的突发事件。

第一线们不便打听霍老板现在何处，又赶紧回到大院维护秩序，预防不测。秩序很好，不愧为工人阶级，众人站如松坐如钟，在凛冽的寒风里屹然不动，个个如铁打钢铸。

半个多小时后，分管工业的副市长路兴元赶到，他没带公安没带法院，只带个开车送他来的司机。他说："本打算去你们公司找你们领导一起来谈，考虑到你们在这里太冷了，所以我直接到这里和大家对话。你们提的第一个问题——七八个月没开工资，我们听了很吃惊。工人靠工资吃饭，不开工资怎么生活？你们公司领导为什么不向政府汇报？这是严重失职，应当批评。霍书记知道这个情况后很着急，要求我们尽快解决这个问题，让大家有饭吃还要有肉吃。"

"至于你们提的第二个问题，"路兴元半路打住，不知是没想好合适的词语，还是为了引起众人注视，然后说道，"至于你们提的第二个问题，是个误会。可以告诉大家，你们曲果总经理去深圳开会了。大家都知道深圳速度是一天一层楼，这个会就是介绍经验的，他带上你们财务科科长柯炎同志取经去了。"

路兴元的话句句实在没有水分，连疑心最重的人都挑不出毛病。在场的记者黄丹事后跟我讲，路兴元天生是吃政治饭的，能把假话讲得那么真实可信，真他妈没治了，比美国白宫发言人还酷。路兴元的话比催泪弹管用，上千号的人没词了，只好讪讪地、懒懒地相互埋怨偏听偏信，离开市委大院散去了。

黄丹在我们报社是个出色的社会活动家，人称"雄性交际花"，信息来得比别人快捷也比别人准确。他这里说的路兴元讲假话，是说市建司七八个月开不出工资是东安人的热门话题，可以说是无人不知无人不晓，身为副市长的路兴元，竟然讲出得知这个消息很吃惊，批评市建司领导隐瞒不报。他明明是讲假话欺骗群众，可又拿不出证据揭穿他。

消息灵通的人士也有不灵通的时候。黄丹嘲笑静坐的群众太轻信，岂不知他自己也在轻信，真的以为曲果带着财务科科长柯炎赴深圳开会取经去了。

但，我不能向他透露虹桥上坠进安江的正是曲果的车，至少目前不能。

我在问自己，难道我这样评价黄丹就对？诚然，他相信路兴元讲的曲果赴深圳开会是真的，那么谁又能证实不是真的？坠落安江的凯迪拉克固然是曲果的座驾，谁又敢证实曲果百分之百在车里？

我真有些懵懂了。

更懵的是三天后，黄丹告诉我公安局动手了，夜里在市建司家属区抓走三个人——静坐的幕后策划者。

霍长联以为从此天下太平了，没人再敢领头闹事了，他绝没有想到两个月后会发生"2·11"事件，堵路堵到省委张书记头上，连铁路都中断了，事情惊动中央。至于他是否想到为此将要付出代价——他在东安当不成霍老板了，那就不得而知了。

5. 曲果出事了

这场雪下得急化得快，不过七八天已经化得了无痕迹，仿佛东安从未下过雪。我又沮丧又懊恼，那辆该死的小车子彻底破灭了我的"虹桥银妆旭日里"的美梦，辛辛苦苦策划的摄影专版成了泡影。

"人"不准我发表文章，"天"和"地"糟蹋了我的摄影，天时地利人和我一条都不占，运气为何如此薄情于我？

后来发生的事告诉我这远不是个拍坏照片的问题，我将面对一个艰难的抉择，要么卷进漩涡自讨苦吃，要么知险而退求个平安无事。就在黄丹向我透露公安局抓人的翌日，冯一峰将我们两位副总编叫进他的办公室，神秘兮兮地锁好门确认屋外无人才坐进沙发，手罩着嘴巴神色庄重地说："告诉你们一个特大新闻，曲果出事了！蒲部长来电话指示一律不准报道；霍书记讲这是铁的纪律必须严格遵守。"

冯一峰讲话的策略性和艺术性极强，含着一半吐一半，让人只知其表不知其里，雾里看花不知究竟。曲果出事了，什么事？出国叛逃、贪污受贿、行凶杀人，还是走私军火、贩卖毒品？他不讲。

我联想到坠江的凯迪拉克，故意引他道出真情："出了什么事，飞机失事还是嫖娼？"

冯一峰望着门眨了眨眼睛，停了一会儿才说："去向不明，下落不明，具体情况不明。"他连说了三个不明还是没说明白，这才深了一步："上头打算兼并市建司，并给建工集团。那天开会双方见面，等了三个多小时等不到曲果，直到今天也没找到他，活不见人死不见尸。问他夫人雨兰，她讲不晓得。"

我当作无事一般随口问道："开会是哪天？ 11月22日？"

冯一峰翻开记事本一行行查找。"你记忆力真棒，11月22日没错，下大雪的第二天。"他蓦地想起什么，抬头追问，"你怎么知道，谁透露给你的？"

我理解他的意思：是谁将曲果失踪的事透露给你，截至此刻这个重大事件只传达我冯总编，你当副总编的不该知晓。

我还是装作无事一样，淡淡地说："听记者讲的，全城早就传遍了。"

冯一峰合上记事本说："就这样吧，按照既定方针办，共同把关不要报道。我传达到你们这里为止，不要再扩散。"

看到这里读者诸君该心知肚明了：凯迪拉克坠江之日，正是曲果失踪之日。

我是这样想的：曲果开着他的超豪华轿车投江了，在极乐世界他依然是凯迪拉克的占有者。

果真如此吗？请耐着性子往下看。并不是我故弄玄虚，生活中有些蹊跷事是编都编不出的，湖里有水怪，天上有不明飞行物，姐姐往妹妹脸上泼硫酸，儿子把亲娘卖掉，你编得出来？

6. 爆他一颗大炸弹

胡适博士讲，历史是个柔顺的小姑娘，想怎么打扮她就怎么打扮她。

副市长路兴元不知秉承谁人旨意，将历史小姑娘稍微打扮了一下，市建司八千职工便以为他们的曲果经理带着财务科科长柯炎去深圳开会取经去了。作为企业和国家的主人翁，他们无法得知为他们效劳的公仆只在很小很小的范围，传达了"曲果出事了，不得扩散"。

主人被仆人戏弄了。这有什么稀奇，《红楼梦》里的老仆焦大还敢站在当院将主子骂个祖宗三代哩。

白天坐在办公室，我对着墙壁出神，夜里我望着天花板上的吊灯出神。出神就是神不守舍出去溜达了。怎么守得住呢？在东安我成了唯一的"先知先觉者"。霍长联霍老板只知道曲果"出事了"，所谓出事就是失踪。他们掌握曲果驾车坠江的信息吗？也许，公安局110会将我报案的信息报告他们局长鄂希胜，鄂局长再报告给霍老板。但从目前种种迹象看，他们并不知道轿车坠江的事，否则早就找我谈话了，警告我烂在肚子里也不准泄露半个字。

目睹轿车坠江的只有我安思危，且掌握有录像和彩照。说我是东安唯一的"先知先觉者"，名副其实，毫不夸张。

知情人是苦恼的，先知先觉岂止苦恼，甚至有杀身之祸。既然有人愿出高价买我的东西，就已经暗藏杀机，说不定什么时候闯进一个蒙面大汉，抢走我的东西，结束我的性命，杀人越货，远走高飞。

我置身于风口浪尖，必须慎之又慎，暗中窥测，少说少动，以不变应万变。这些我没敢对妻子颜佳讲，怕吓了柔弱的她。

家父在世时告诫我：人生在世第一要义是自我保护。这是经验之谈，他的经验是用血换取的。

我魂不守舍面壁而走神，乱糟糟的脑子里想的就是这些。当然还有出高价买我东西的那个人是谁，他的意图何在，我要不要将录像带和彩照毁掉，等等，等等。

你若是我也会惶惶不安，六神无主，如四面楚歌的项羽，八面埋伏的逃犯，一夜暴富的大款。

假若不是记者黄丹的一声惊叫，我就不会爆响一颗大炸弹，震惊了市建司，震惊了霍长联、蒲克、路兴元，震惊了全东安。

前面讲过，黄丹在我们记者中是位信息灵通人士。记者的信息都灵通，黄丹出类而拔萃，他的信息不仅来得快还绝对可靠。

就在我面壁出神的上午九点多钟，黄丹推开房门闯进我的办公室，什么话没讲先一声惊叫。这一叫惊得我猛回首，只见他瞪大了眼睛涨红了脸，指着门外说不出话来。我朝门外望去，走廊上空无一人，既无警察也无歹徒，不像有人要杀他。

我递给他一支烟，意在让他平静下来。他没顾上接，依然指着门外说："死了两个人，都是自杀的！"

我的稳健起了作用。他接过烟点着坐进沙发，不那么急促不安语无伦次了，解释说："是市建司的人，两个都是昨天夜里自杀的，上吊死的。"

我吃惊不小："死的是什么人，为什么死的？"

黄丹一声浩叹又急了起来，激动地说："一个是离休老干邱玉宝，一个是青年工人史跃龙。邱玉宝离休前是机关党委书记，史跃龙是混凝土工。"

"为啥自杀？"

黄丹郑重其事地掏出采访本照本宣科："对邱老干的自杀，群众有三种说法。一种说他觉得端铁饭碗很保险，如今也领不到工资，想不通死的；另一种说他是气死的，因为他经常见人就嚷，'我们这一代干部是穷光蛋，接班的是些贪污犯'；第三种说他是瞎操心操死的。"

我听了无法理解，一个退下来的机关党委书记有什么心好操？儿子娶媳妇，姑娘嫁人，还是掏钱为房改花高价送孙子上学？

"说他盼着曲果开会早点回来，多找些工程多赚些钱把欠的工资补了，年底家家户户等钱用。他说现在包工头满天飞，市建司日子不好过，往后可咋办？所以说他是操心操死的。"

"那个青年工人史跃龙呢？"

这回黄丹不翻本子了，他说史跃龙半年多没领到工资，昨天早晨跟他老婆要钱买烟，他老婆说，天不亮我就得去菜场卖咸鸭蛋替你养家，两脚冻得狗咬似的，你还好意思找我要钱买烟，我看你是白活了。今天凌晨发现他吊死在厕所里，一包烟剩了三支，脚下全是烟头。他在烟盒上写下一句话：曲总统快回来吧！

这里我要捎带着交代一下，后来邱玉宝和史跃龙自杀的事不知被什么人捅到省委，张书记亲自批示要彻底查清妥善处理。此事霍长联批给市工会主席贾其福，他派人到市建司调查，得到的答复是：邱玉宝因老年痴呆症自杀，史跃龙死于夫妻吵架。

这一节我用的标题是"爆他一颗大炸弹"，但并不是说这两个人的自杀。我承认，这件事对我触动之大难以言表。夜里颜佳醒来见我翻来覆去无法入睡，问我出了什么事，我如实相告，她叹口气翻个身又呼呼睡去。

我望着月光中依稀可辨的书橱，这回不是出神，是聚精会神。黄丹传递的信息占据了我的大脑，我的想法也许片面不准确，但我坚持认为将邱玉宝和史跃龙逼上死路的不是别人，是大红大紫下落不明的曲果。悲哀的是，不论是离休老干邱玉宝还是青年工人史跃龙，他们自杀前还将希望寄托在曲果身上，也就是寄托在副市长路兴元的谎言上。

读者诸君我向你们求救了：你们说我应该怎么办？前面讲过，我可以来个难得糊涂，毁了录像带彩照底片，远离是非地，保全自家身。可我是个新闻工作者啊，能袖手旁观熟视无睹知情不举？显然不能。那我就挺身而出，公布轿车坠江照片，揭穿霍长联路兴元他们的谎言，将曲果失踪的真相大白于天下，让市建司八千职工了解他们的危难处境，变坐等为奋起，靠自力而更生，寻求一条新生之路。

我是个多血质的性情中人，有时处理问题感性大于理性，为自己惹下麻烦。一次走在路上，身后追来一人，提着椅子和木箱劝我擦皮鞋，我动了恻隐之心，坐在椅子上伸出几乎是一尘不染的皮鞋，经询问得知他是个农村退伍兵叫陈光，因土地被征用，为了吃饭，进城加入擦皮鞋大军的行列。堂堂七尺男子汉擦一双皮鞋挣一元，常被大盖帽们追赶得鸡飞狗跳。我当即许诺给他找份工作干，这一答应我就被粘上了。他一年换了五次工作，每次我都求爷爷告奶奶央求老板，好像是我自己在求职谋生。

还有……还有就不再谈了，我那颗大炸弹就要爆响了。

为了这颗大炸弹，我动了脑筋。《东安日报》每天有个体育版，编辑姜美丽是位天天在减肥又天天离不了红烧肉的美食家。我说体育版不要天天发文字，要图文并茂增加图片版。她奉命照办就发了图片版，跳高的跳远的摔跤的骑马的赛车的，都是体育项目。我来了个鱼目混珠将轿车坠江照片塞了进去，放在不起眼的底部，题目叫"虹桥飞车"。照片上的日期清晰醒目：1998年11月22日。

我故意将图片版安排在星期六，周末休两天，机关无人上班，星期一走进办公室，报纸攒了一大堆，霍长联他们不会注意我的"虹桥飞车"，容易蒙混过去。

或许有人会问，把人都蒙混过去你发这张照片有何意义，岂不是多此一举？

你初恋过吗？你到公园里赴过约会吗？在众多的红男绿女中你为什么会一眼认出你的情人，就像年轻的妈妈在嘈杂的幼儿园一眼能找到自己的心肝宝贝？这叫心有灵犀一点通。

我相信，市建司职工会从图片版上一眼认出曲果的凯迪拉克，全东安只有这么一辆豪华车。

我的良苦用心很快收到效果，黄丹告诉我，星期一早晨上班，市建司的人一眼就认出他们曲总统的专车，为这还发生一场争论。第一个发现者是公司资料室的冷蝶，她一喊是总统的车，很快围上不少人。有人讲这是赛车表演，冷蝶说上个月22号我们东安虹桥搞过赛车表演？一句话提醒了众人，抢过报纸细看，果然是本市虹桥。冷蝶取出放大镜看车牌号，一个字不差就是总统的车，机关很快传开了，从机关又传到工地，全公司都知道《东安日报》上那辆飞车是他们曲总统的。

知道了又怎么样？知道了也就知道了，没有谁会怎么样，什么也没怎么样。被抓的三个人还在看守所，没有谁想步其后尘；那里的滋味不是那么好受的，能不进去还是不进去为妙。

"杀鸡给猴看真起作用。"介绍完情况黄丹由衷感慨。

他听冷蝶讲，看到报上的照片没有人去车库看看凯迪拉克在不在，也没人问开凯迪拉克的华文哪里去了。华文是曲果的贴身亲信，曲果让他吃屎他都会吃。

冷蝶讲这毫不奇怪，凯迪拉克是曲果的专车，他一个人专用，别人坐不到。久而久之当然也就没人关心这辆车和它的驾驶员的去向。就像美国老百姓不会关心总统的专机空军一号，关心也白关心，自己又坐不到。又像火车，关心它的只有候车室的旅客，几点到几点开，其他人才不管呢，哪怕是撞车脱轨翻下山崖。

听了这样多的解释，我还是解不开心上的疙瘩，为那颗我精心设计但毫无反响的大炸弹而深感遗憾。

读者诸君可为我作证，我发表那张照片意在唤醒市建司的群众，不要傻等他们的曲总统了，用自己的双手再创辉煌吧。除此之外别无他意，天地良心，我敢赌咒发誓。

那么我为何称之为一颗大炸弹呢？我是想这张照片将会戳穿某些人编织的美丽的谎言，将真相告诉市建司群众，其作用其影响无疑如在平静的湖面上爆响了一颗大炸弹，谁会想到是颗哑弹。

我太不了解民心市情了，蠢材一个！

（节选自《车坠安江——一个目击者的手记》，北岳文艺出版社，2002年5月；获首届乌江文学奖）

西 篱

东方极限主义或皮鞋尖尖（节选）

第三章

1. 梦境

那傍晚的天空

香槟酒的亮色

爱人的微笑绽开

连她脚下的尘埃

也悄然安息

那个黄昏意味深长。

对于琼来说，那几乎是一个梦境。

她从海边回来，天空越来越清凉的蓝色，使她心里发慌。

在大把大把的星光之下，风将她的头发吹飘散的时候，她感受到了灵魂中的期待和欢愉，感受到爱情和命运的触动……

紧接着，在城市灯火之前，在夜幕垂落之前，一个陌生的男人迎面而来，那么熟悉和亲切。近了，她就要看到他的眼睛，他眼睛里梦境一般的光明……

暮色如岚。

罗滋走出家门后，看见青色的天空，感觉清新无比。

再远一点的天空之下，就是大海了，这样的时候，大海正在退潮吧？

他沿着海南大道走出了市区，一直往西而去。

在黑夜来临前，西天尤为明亮。那是一种逐渐消失的光明，恋恋不舍地，给予大地最后一瞥。

那光明如此柔和，在人的眼里，像天堂一般。人眼看着它，感觉不到它正在消逝。它先像酒一样使人微醉，然后像梦一样使人脚步轻飘，陷入幻觉……

罗滋有些迷恋这如酒如梦的光明，它像一只巨型的鸟，在西天盘桓。

他知道，它会是多么地短暂！所以，他想坚持不眨眼睛，望它，目送它，直到它的羽翼，在夜神的大氅中收束。

在他的前方，有一个穿风衣的女人，与他逆向而行，不疾不徐。

她像是地上的光明，像迷途的小鸟。她不会消失，她在寻找，在黑夜来临之前寻找。

他看她，她会离他越来越近。

罗滋于是放慢步子。他想：如果她正在做梦，可别惊扰了她。

近了！

他可以看到，女人目光虚无，月白色的面孔美丽、端庄，神情恍惚。

她让他联想起文艺复兴时期的一些画，又像是十八世纪意大利乡间的贵族女性模样……

女人虽然目光虚无，但视线是向着他的。

当他们接近的时候，女人的眼里似乎有两朵小花颤了一下，站住了。

罗滋微微对她点一下头，准备侧身而过。

"先生——"

罗滋走出几步，回转身，看见女人还伫立原处，在望他。

这是个美丽的外地女人。

"先生……"女人又叫了声，迟疑着。

罗滋上前一步："有什么问题？需要我帮忙吗？"

他同时捏了一下自己的腿部，裤袋是空的。他是个很少将钱包放在兜里的男人。

罗滋露出抱歉的表情："小姐，我……"

他摊开手，耸耸肩。

她不动。

"小姐，你继续往前走吧，"他只好说，指指她身后霓虹璀璨的城市，"不远了！"

但是，女人执着地望着他，慢慢地，有一种按捺不住的兴奋，面容像花瓣一般生动起来。

她说："先生，您不要误会。我只想问您，您是重庆人吗？"

"怎么啦？你是重庆来的？"

"如果您是重庆人，知不知道大巴山地区的乌尕小镇？"

罗滋猛地一阵心跳，鼻梁发酸，热泪涌上眼眶。

他伸出手臂搂住她的肩："走——"

在香格里拉西餐厅的一个小包厢里，琼和罗滋一直说着重庆话，窃窃私语。

罗滋很激动，难以抑制自己。

琼不断地抹去脸上的泪水。

他们沉默着。

他专注地看她。

在薄薄的光里，他看她的面孔，如同在镜子中。这是个镜子里的女人。

在不长的时间里，大约两个多小时吧，他发现了奇迹：这个女人是那么地熟悉，她似乎就是他所认识和喜欢的女人。

这个镜中的女人，他曾经不止一次地在梦中见过她：她的表情，她的眼睛，她的头发和背影……

是的，他曾经常常见到她，每一次都是那么地不能确定。但现在，看到了她，他就明白了，在他的梦中或者幻觉中不断出现的，就是这个目光蒙眬的女人！

罗滋隔着小桌拉着她的手。

她的手小而瘦，感觉像孩子的手一样。

2. 稻草人

他曾经常常见到她，每一次都是那么地不能确定，以为那是他的幻视，是心像。

但现在，看到了她，他就明白了，在他的梦中或者幻觉中不断出现的，就是这个目光蒙眬的女人！

他逐个亲那些小小的指尖，说："如果我那个时候，知道你爱我，我就不离开了。我娶了你，然后生一堆小孩，让他们自己到山里摘果子吃。"

"你准备犯计划生育错误啊？况且，我还未成年呢。"

"可以到派出所改年龄的。我知道，很多女作家把自己的年龄改小了嘛。你呢，为了嫁给我，把年龄改大些。"

琼笑："你以为派出所管户籍的那么容易收买啊？你都不知道她们付出了什么呢。再说，如果那时候你娶了我，我们现在肯定还在乌尕小镇上呢！"

罗滋叫起来："那好啊！我现在就想回去呢！你跟我回去！我在这里是一天也待不下去了啊！"

"讲笑啊，你？"琼说了一句粤语。

"不是讲笑，是真的。我厌恶城市，早就厌恶了。你看，很多人青年时期奋斗，就是要离开乡村，来到城市。但是等他们人到中年……"

"人到中年怎么啦？"

"等他们人到中年，他们又在努力要回到乡村去，你说是不是？"

"是啊，所有人都是这样。他们在城市里闹腾够了，又渴望回去了。"

"不是闹腾。你看我闹腾了吗？没有，我们都没有闹腾，而是城市本来就不好玩。现在，什么坏东西都在城里，乡下或许还和过去一样，是干净的。"

琼的目光蒙眬，陷入回忆："你那时候，突然就消失了。到了赶集的日子，我再也找不到你了……"

罗滋说："我大学毕业了啊。我是学历史的，但我喜欢画画，还喜欢写字和刻章。"

"你的老师是谁？"

"我伯父，他教我的。他是书画家、金石大家，没想到，大学里学的东西没用，他教的东西我倒发扬光大了。嘿嘿。"

"你还真把画画当活路了啊？"

"我想，以后是的。现在嘛，我还上着班。你父母是老师喔，我就画过许多乡村女教师，在重庆的一本文学杂志上发表。"

"我看到过的，一直留着有你作品的杂志。"

"你知道重庆的罗十弘吗？大资本家，我爸爸的爷爷。过去，我爸爸因为家庭出身成分不好，所以，他不但不能上大学，连婆娘都找不到！"

琼又为他的家乡话笑了一笑。

"那，你从哪里来的呀？"

他笑了："当然是我妈生的。我妈很好，她爱我爸，不管他是什么成分。她是他们那一代人里最好的女人！"

他又说："来，说说你吧！我对你毫无所知。"

"我还好，在成都上学，放假回家，看很多书。后来，每个赶集日，我都在集市上溜达，实际上是为了去看你。"

"哎呀，有人看我呀，我都要脸红了啊。"

"只是时间不多，要按时回家。你不知道，我觉得没有比你更好的人，我多么想躲在人群中不回去，等你画完画后带我走……"

罗滋动情地说："那么，我现在带你走，可以吗？"

（后来的很多时候，罗滋眼前都会出现这样的幻象——

尘土飞扬的大路，炎热，令人窒息。一个小姑娘站在路旁，表情茫然，略带忧伤。

她那年幼的、没有发育成熟的身体，裹在褪色的粉红细棉布衫裙里，发黄的卷曲辫子像乡间秋天玉米的红缨，嘴唇似开始融化的水果糖……

她细细的米牙，就咬在那糖果一般的嘴唇上。

谁也不知道，这是谁家的孩子。

她好像没有过去，也没有来路。

是谁吩咐了她等候？

你看她神情恍惚，目光蒙眬，不知从何时起，进入了一个巨大的梦幻……

就在这条烟尘滚滚的道路上，她在等待他出现，等待他将她领走……

后来的许多时候，罗滋都这样幻想他们的开始，这样编造。

因为，她无论如何，都是迷途的孤女。她无论在哪里出现，都是对他的等候。她唯一的道路，就是他的道路——

就像西篱写的诗：

稻草人在哪儿啊？

稻草人，我要与你再见了！

那一片香香的田土，

留给你了。

除了你，谁更有权利

拥有果实累累的领地？

稻草人在哪儿啊？

我将乘什么样的车？

我的马儿已经疲惫，

领我走的人昂首挺胸，

道路发亮，远远地发亮……）

琼看他一眼，深深吸了口气："我结婚了，孩子都四岁了。"

他低垂着眼睛抽烟。

沉默了一会，她紧紧地抓住他的手："告诉我，你什么时候来南方的？"

"比你早得多了，那时候，香格里拉这一带还是烂泥塘呢！"

"你怎么来的？调过来的吗？"

"不是。我那几年就坐着火车到处跑，除了西藏，全国都走遍了。"

"哦。"

"我后来去了广西阳朔，被那边城的山迷了很久，还参与了一个溶洞探险队。"

"发现了什么？"

"当时我们只是发现了一些在光照里闪出银光的钟乳石，后来就发现了那个巨大的溶洞，连贯九座山峰！"

"哇！谁组织的？"

"探险队是自愿组合，几乎都是艺术家，其中有个丹麦人 Rolf Jensen，是个不错的画家，我的好朋友。"

"这个探险队还在吗？"

"后来，大家都耐不住，寻别的事去了，Rolf Jensen 去了加拿大，他在那里找到一个赞助商，但条件是他必须加入加国国籍。"

"你呢？"

"我也去北欧和美洲跑了很多年。回国后，又一路搭车颠簸了近一个月，到了南方，就不跑了。"

"你们男人，都是些在路上的人哦。"

"这个词儿已经腻了，很多人一写小说，就要取个书名叫在路上，我都怕了。那个时期，我就想找一个城市，一个我喜欢的城市。"

琼笑："一个什么样的城市？古典的？现代的？魔幻的？"

"应该是既古典又现代的吧。城头有旌旗，城内有歌声。你大概没有看过根据高尔基的书改编的电影吧？知道克玛河城吗？"

"你说的这些，太古老了，我真的不知道。"

罗滋哼唱起来："克玛河一座城在哪里我也不知道，走也走不到，摸也摸不着。"他的声音越来越高："克玛河一座城在哪里我也不知道啊，克玛河……"

琼拉他的衣袖："很多人看你了，不要喧哗啊！"

罗滋扫视一遍餐厅里的人们，果然有不少人扭头看他。几个俄罗斯人面露惊喜，向他致意。要不是有琼在，他们肯定要端了啤酒过来和他干杯了。

他只顾自己："啊哈，克玛河城！那一定是窗口飘出音乐，檐下有人说书，慈祥的老人在讲述民俗风情。"

琼说："你说的，肯定不是俄罗斯的城市，是中国的城市。"

"嗯，这样的城市，只生活可爱的儿童、美丽的女子和艺术家。这样的城市，只接待虔诚的游客。他乡之人来了，脚步迟缓，睁着他寻梦的眼睛……"

"你找到了吗？"

"到我们的心里去找吧。不过，我也喜欢现在居住的这座城市，它是我所见过的最新的城市，我喜欢它的明亮和生机。"

"那就好。"琼由衷地说。

"在这城市里，我有另外一种激情。在这里，我的画有些变化，我指的是中国画。"

"怎么变？变得不似中国画了吗？"

她是开玩笑，可他很认真地回答："你说对了，不是了。"

"不是了？"她睁大一双长长的凤眼。

"开始是实验，后来就形成了自己的模式，与中国画有了本质的区别。"

"那叫什么？"

"我称之为'本土水墨'。"

"嗯。"

"然后，我的本土水墨又开始走向极限。"

"我不明白。"

"小姑娘，你不用知道这么多的。"

"什么话！"

罗滋看琼严肃的样子，想了想，说："这样吧，我告诉你，中国画是有完整而严谨的规范的，好比用笔。"

琼拿起一支叉子，递给他。

罗滋笑笑，接过，就当是拿了笔了："中国画讲的是以书法用笔入画，一笔一画都要严格服从书法用笔的规范……"

他有些犹豫，要不要给这个目光蒙眬的女子说这些。

"我想说的意思是，中国画是传统艺术，它的价值就是在于它的传统性，它是注重人的艺术而非画的艺术。"

"怎么讲？"

"也就是说，画画成了画家人格修炼的方式，品画，重要的是要品出人的精神品格的高尚和独特，要由画本身透出人格的魅力。"

"为什么你的本土水墨，就不这样了呢？"她有些兴奋。

"Rolf Jensen曾经给了我极大的影响。或许说，是西方现代主义艺术的创作方法和思维方法，影响了我。"

"那也是你主观上愿意受影响啊。"

"不过，形式不是我的目的，我一直在找新的方法，寻求更自由、更接近我所想的表达。也有人将我的一些水墨画，称为'观念水墨'。"

"是理论家们的总结？"

"我还是愿意称之为'本土水墨'的，尽管这有狭隘民族主义之嫌。我看重的是水墨这一媒介本身的文化含义，和它在运用时的直接性和不可替代性。"

"哦。"

"说白了，就是不把它当画种，而是当作表现的手段。我甚至以为，它不仅仅是平面的，而且可以是立体的……"

他注视着她，忘记自己的话说到哪里了，干脆就停了下来，长时间不再说话。

她被他注视得不好意思了，讪讪道："你给我上了一堂课。"

3. 幻想滋润的声音

他注视着她，忘记自己的话说到哪里了，干脆就停了下来，长时间不再说话。

她被他注视得不好意思了。

灯光幽微的西餐厅里，音乐暗暗袭人，是华丽、浑厚的男声。

仔细听，正是 Placido Domingo。

罗滋熟悉这张CD：《THE BEST OF CHRISTMAS IN VIENNA》。

"这儿的人真是有格调啊！"

罗滋听琼说着那些时髦的文化女人的话，莞尔一笑："如果我没猜错的话，你应该是很喜欢胡里奥的。"

琼不好意思地笑了："的确，文化女性都喜欢他的歌声。"

"是啊。这个时候，多明戈正在我们的大剧院里唱呢！这个餐厅可以使我们以为是到了维也纳。不过这个晚上最有意思的还是遇到你。"

琼抬起头来，好像要求证他这句话的真实性。

罗滋的声音放低，极有磁性："在我的经历当中，断断续续有不少女人爱过我，但我从来没有感动过。今天晚上，我很感动。"

他说着，拉过她的双手，将脸埋进她的手心。

她抽出一只手，插进他卷曲的头发里。

那瞬间，他们好像已经相爱多年了。

在其他人的眼里，他们是一对恩爱多年的恋人。

"你看，"她的嗓音温柔又清澈，像唱歌一般，"你看啊，我们那儿的人，都是卷头发呢，你就是啊！"

是的，整个四川、重庆，很多卷头发的人。

如果是在藏族、羌族聚居的阿坝州，卷头发的男子既温柔又野性。

那些野性的男子，他们的皮肤像秋天的李子一样殷红，结实又光滑。他们喝够了酒，就跳一种极有节奏、姿势雄壮彪悍的舞蹈，无比迷人！

还有他们的眼睛，像豹一般的犀利，像秋天的风一样燃烧，像婴儿的眼睛般无邪，像岷江水一样多情！

琼深情地抚摸着他。罗滋的头发又细又滑，像她的孩子。

如果一个女人带着母性去爱一个男人，这就是一个最无私的女人，她会为她所爱的人而不顾一切。

琼突然想到电影《红与黑》，想到于连被处死前与德瑞娜夫人的诀别。

她总是忘不了德瑞娜夫人的眼神，那已经不是情人的眼神，而是一个母亲即将失去自己孩子时的痛苦和绝望。

世界好像完整地安静下来了，而他们沉默着。

但，彼此的心思是不一样的。

他们都有些伤感。

尤其是琼，她觉得自己最近糟糕极了，心情不好，更是事事容易感伤。虽然生命中的奇迹出现，但这奇迹本身，带来更多的感伤。

罗滋抬起头来，好像曾经睡着了似的。

他眯着眼，笑着对她说："生活也真是很奇妙啊，你看，你意外地找到了曾经爱过的男人，他不但和你在一个城市，而且和你在一个大院里上班。"

琼想说什么，餐厅里一阵喧哗使许多人竖起了耳朵。

在喧哗的高峰，她听到了丈夫的声音。

她从罗滋手里抽回自己的手："张汉来这里干什么？"

"你说谁？"罗滋不解。

"我……那位……"她有些结巴，"我让他带孩子去听多明戈的。"

琼扭头，看到张汉和一个男人高声嚷着走来，那个男人显然是喝醉了。

和张汉一道的醉鬼，去拖一个独自坐在桌旁的女人。

那女人面孔瘦削而苍白，是北方女人，她显然还在继续等待她约了的某个男人。当酒醉的男人伸手过来时，她怒不可遏，挥拳向他的脸砸去……

张汉扶着同伴，两个男人骂骂咧咧进了另一个包厢。

罗滋问："是你丈夫？有什么问题吗？"

"没，酒醉的不是他。不过，他肯定把孩子扔在家里了。对不起，我必须马上回家。"

"我送你！"

的士飞一般横穿市区。

罗滋多想就这么飞驶，无论去哪里，就是不要去那个地方，一个有琼的丈夫和孩子的、被她称为家的地方。

在爱情面前，男人多么自私啊！

哪个男人不是这样呢？

再宽容的男人，只要爱上一个女人，都恨不得这个女人没有到过世间，而是从天上直接降落到他的身边！

他们都一样地，不能容忍自己爱的女人和任何男人有某种关系，那绝对是他的爱无法包容的。

他们没有说一句话。

琼的家，在城市南部一栋漂亮的房子里。

罗滋对这个小区很熟悉，是本市最早的商品房之一，当初他也差点买了这里的房。

走过那些铺了原木和鹅卵石的甬道，足音的震动让楼道的灯光骤然亮了。

琼开了门，看见儿子正坐在地板上看卡通片。

琼扑过去，紧紧抱住他，好像他曾经被抛弃过。

小男孩面容沉静，对妈妈和陌生男人的出现毫不惊讶，也不特别欢喜，只不过说了句："妈妈，我想喝水。"

罗滋本来是想向小家伙做自我介绍的，可他几乎不看他一眼。

琼看见孩子，也似乎把罗滋给忘记了。

罗滋有些尴尬，就站在原地，打量这个家庭里的陈设。

琼的家，和同时代的那些三口之家没有什么区别，都是两房一厅，客厅的一角做了餐厅，餐桌上因为有孩子的玩具、书、卡片、吃食，所以乱糟糟。

房子里塞满了现代工业产品，水也是存放在饮水机里的。

世俗生活气息扑鼻。

"你过得不错的。"罗滋说。

琼的表情有些窘迫，不说话。

她觉得，罗滋是在安慰她，他明知道她过得不好，却这样说。

张汉是那种她不愿谈的男人，这个，她不说，罗滋也应该有感觉的。

她在世俗的泥潭里待得太久了，正想法要把自己冲洗干净。

这需要罗滋的帮助，她希望他能够主动一些。

事实就是这样，撇开物质的需要，在精神生活上，男人需要女人手持玫瑰引领自己前进，女人更需要男人伸出有力的手将自己拔高。

从某种意义上来说，女人因为心理容易疲弱，因为总告诫自己随遇而安，所以，女人更容易走向世俗，甚至更容易堕落。

而在各种各样的现实情况中，男人也总是比女人更容易突破困境的。

罗滋感觉到那个小男孩不时回头看他一眼，好像有所提防。

罗滋故意不理他，但装出乐呵呵的样子，要看琼的结婚照："可不可以看看，你先生是什么样的？"

琼颇不愉快地推开卧室门："看就看喽！"

她的重庆话，再次引起小男孩的注意。

"看就看喽！"小男孩模仿道。

做成了油画效果的结婚照，挂在婚床之上的墙壁上，千篇一律的礼服、婚纱，化了妆的男女粉色的面孔挨着。

不过，这一对男女看起来特别年轻而健康，男人的笑容有些浅薄，但他英俊，也不乏硬朗，女人则是小家碧玉模样。

罗滋注意到床上还有孩子的小枕头。

让年幼的孩子睡到婚床的中央，应该是妻子逃避、拒绝丈夫的重要手段。

罗滋突然想到，她的丈夫该回来了，他可不愿意见这个整日抱方向盘的大块头家伙。

"对不起，我想，我该告辞了。"

"嗯。"她的声音十分沉闷，也不抬头看他。

显然，琼也不愿意。

与罗滋共处的环境，迅速地发生转换，毫无过渡地，就让他看见了她的生活，看见她深陷世俗的泥沼，已经令她感到无比烦躁。

罗滋是走回家的。

步行可以将他和琼的会面、琼那如镜中人一样的面孔带给他的回味，延长得尽可能久一些。

这一天他过得太长、太久、太多了，好像一个世纪那么漫长。

他因此而更加不满足，同时也有些飘飘然。

城市的灯光在夜深的时候尤为新鲜、明亮。

他脑子里总是琼的面孔在晃动。这张面孔就像大巴山里的山茶花花瓣。

大巴山的山茶花有白色、红色和粉色，琼的面孔也是由白色变成红色又变成粉色，最后他离开的时候她的脸又变成了白色。

进了家门，他没有开灯。

他感到累，很累，摸索着，直接去卧室躺下了。

身体很轻，是那种美梦即将降临的感觉……

电话铃响起来。

他从半睡眠中被惊醒，不想听电话。

寂静中的铃声总是令人心慌，因为它特殊、意外，使寂寞的压力变得尖锐，使薄弱的安闲变得紧迫。

铃响了一阵，没有了。

大约不到两分钟，电话铃声又响。

响到第九次的时候，罗滋才把电话抓了起来。

一个女人略带责怪的声音："刚才你不接电话？"

"我……"

他反应过来是琼。

"是，我刚才没接，我没有想到是你。"他解释说。

琼的声音很轻，和在她家里的时候有些不一样，宛若他和她，已经离开了某种现实，进入半空之中。

男人是在没有距离的时候才容易爱，这一点，和女人真是不一样。女人是在有距离的时候才会产生爱，只要有一定的距离，她们就容易进入幻想。

她的声音，就是一种给幻想滋润过的声音，是音乐中那些最好听的音节。

她现在很温柔，似乎他们已经相爱了很久，有了无数个夜晚的约会了。

"我想看你到家了没有。你要休息了吧？"她小心地说。

"没有呢！"他振奋起来，"你怎么样？回家顺利吧？"

他想，也许张汉没有回家，开着的士，整夜在城市的街头溜达。

他和她，他们彼此都有所盼望。

那么，给一对翅膀吧，给她或他装上，飞过这灯火如金的夜空。

"嗯……"

他在想，在找一句话，准备说给她听。这句话，要把他们今晚那些愉快的、做梦一般的感受留住，把她重新带回那些梦境里去。

"好吧，早点休息吧！"

他还没找到那句话，她就用几乎接近耳语的声音，快速而简洁地说："拜拜！"

罗滋的翅膀被突然掐断了，愣了一下，丧气地放下了电话。

第二十九章

客人们走了

马车也在黑夜之前离去

一只手回到壁前

摸索旧日的琴键

直到它略为喑哑

似眼睛睁开

我开始听屋顶的忏悔

孩子们丢下的玩物

正从忧伤中醒来

晚餐之后，众人回到主楼大厅跳舞。

乐队中独奏的萨克斯手，模样像极凯丽·金，他吹中音萨克斯管。等到他吹高音直管萨克斯的时候，就更像了：他的头发、身形、模样，以及那种"竖笛横吹"的姿势，都像凯丽·金似的。

只是，他的脸上没有凯丽·金那样迷人的微笑，有的是异乡人的忧郁。

琼惊讶极了：她曾经不止一次在梦中见过这个乐手。一次，她梦见自己在车站前的人群中。她想出去但无法做到，人太多了。她一急，就看见了人群之中一张英俊而苍白的面孔，就是那个多次出现在她梦中的男人。他伸手给她，在他的帮助下，她飞起来了，飞越了人群……

又有一次，在梦中，有个男人戴了罗滋的面罩来看她，她问他："我们已经见过很多次了，你是谁？打哪里来？"他告诉她："我是那山顶上的笛手。"之后他就消失了。

大厅里的四周摆满了新鲜的玫瑰花，乐队所在的小舞台上也摆满玫瑰花。那乐手一直半闭着眼睛，但是她感觉到，从罗滋挽着她随大家涌进大厅的时候，他就知道她来了。音乐已经等了大家很久，他也等了她很久了。

此刻，他知道她就在眼前。

他吹完了《回家》和《春风》，然后在舞曲之间众人歇息的时候，他用庞大的低音萨克斯管吹奏爵士乐《刺激》，众人鼓起掌来。琼感觉到当中的许多乐段是他的即兴，似乎是在表达他们见面的秘密和兴奋。

然后他又换了中音萨克斯管，接下来的这个曲子，也是琼熟悉的：《今夜你孤独吗》。

她感到一片不可探寻的空寂，她就在那房间中央，头手低垂。宛如梦中，她抚摩音乐，如同抚摩他的头发，它发出纯洁的声音，叫她想起秋天的稻草，那甜蜜的黄金……今夜你孤独吗？今夜是美妙的独白，梦与祈求，是否还在秋天里跋涉？

大厅里的人似乎越来越多，他们翩翩起舞。人群在她的眼前晃动着，使她感觉他忽而出现忽而消失。她看到他时常闭上眼睛。即使他睁开眼睛的时候，他看的也是他的音乐，而非迷茫夜晚的众人。

这支曲子是《夕阳西沉》。

音乐响起，灯光中更显华丽的男女，搂抱着在舞池专用的木地板上以"慢三步"滑行。

琼没有跳舞，她走到小舞台近前，看那乐手。

"夕阳西沉……"

萨克斯风像荒野的灯火，像我们幻视的瞬间出现的鸟，它精致优美，又略显羸弱。它有些怯意和茫然，却是黑暗之中唯一的光明，是无可挽回的灾难之前远方的亮点……

音乐非常优美，众人沉醉。

但这音乐令琼感到痛苦。

不知为什么，这音乐好像是灾难的前奏，是恐怖情景之前那令人眩惑的刹那，是魔鬼到来时的甜蜜的呻吟……

一曲终了，紧接一曲。

琼回头，迈步去找罗滋。

罗滋在外面，在小喷泉旁边，和几个男人在说话。

她又回到小舞台前。腿有些僵硬，大概今天整天没休息，累了。

这时，刚完成一段solo的乐手突然放下手中的萨克斯管，将舞台上一张暂时没人坐的椅子端到她身边，请她坐下。

她没来得及说谢谢，他已经回到舞台上，继续演奏。

这一曲是《海边的陌生人》。这首曲子，乐队的伴奏非常突出。电贝司的滑音效果，还有合成器，构成神秘的背景。孤寂的风声，深不可测的夜的水，有人正在别人的梦境里飞行……然后是《回忆》，音乐剧《猫》里的咏唱。这音乐众人熟悉，所以许多人都不再跳舞，而驻足聆听。

琼看那乐手，他闭上了眼睛，闭上眼睛听他自己的音乐。

琼想，他闭上眼睛看到的，是什么样的图景？是谁在深夜驾车缓缓而行，灯光掠过夜景。她的幻想和回忆在暗暗滋长……这音乐，这神秘的伴唱，已经打开她的心扉，使她轻盈如羽，缓缓飞升……

直到罗滋的双手放到她的肩上，她才缓缓落地，睁开眼睛。

大厅里早就曲终人散，她有恍若隔世之感。

别墅的所有房间都亮着灯。灯光照出窗饰的华丽，落映到草地上，恍惚迷离。

夜晚十分安静，楼外的喷泉也已经歇息。

一个又一个的客人起身离开。

他们沉着、宁静，彼此心领神会，优雅地迈着猫步，无声而去。

他们互不打听，也不问候，各自走进走廊深处，或臂靠楼梯扶手，拾级而上……脚步所到的每一处，都是柔软的地毯。踩在上面，好像在接受脚底按摩，身体先就发软，神志也飘忽起来。

走廊里，楼道的屋壁上，装饰着油画。每一个拐角及回旋处，间或有罗马立柱，上面摆放着李恩的雕塑，和配色华丽、插在陶罐里的干花。

偶尔会有一个迷路的年轻女人的身影，举着钥匙牌，在别墅里闪现。

四周是蛐蛐、青蛙和不知名的夜虫的吟唱，它们组成夜晚的乐队，不知疲倦地演奏着。

人影已经不见，他们已进入神秘夜晚的探险，寻求自己的奇迹……

她醒了，惊讶于和罗滋在这样陌生、华丽的室内。

这是李恩特意为他们准备的。

还有那些音乐CD，罗滋看了一下，都是他喜欢的。

"我不是在做梦吗？"她问他。

"是啊，小姑娘，刚才你一直在做梦。我知道今天你累坏了！"

她跳起来，搂住他的脖子。

他们彼此注视了大约有一分钟，然后开始亲吻，直到凌晨一点的钟声敲响。

相爱的人们在一起的时候，会觉得世界就是他们的，全世界就剩下他们二人。在这样陌生、美丽、爱欲蠢蠢欲动的深夜，这样的感觉更甚。

他拉开她的衣领，亲吻她柔滑的肩。

"等等，罗滋！"

"什么？"

她想想："啊，我又忘了！"

他笑了："我要你，宝贝，我已经快要忘记你的身体了。现在我要它，我马上就要！"

她耳热心跳："等等，我要先去洗洗，今天出汗了。"

"不用，洗了就不是你的味道了！"

"羞不羞啊你！"她躲开他，飞快跑进了巨大的卫生间。

他在装饰成壁炉的音响架上找到一张拉威尔的CD，放进VCD机仓里。第一曲，是他的钢琴组曲《镜》。

琼羞答答地出来了。

沐浴之后，她的脸色重新恢复红润。她还穿着那件粉蓝的紧身上衣，头发有点湿，挽在头上。

也许这房间的灯光与白天、与别墅大厅和会客室的灯光都有所不同，在这灯光下他才看到她身上的那蓝色熠熠闪光，就像莫高窟壁画中那样华贵的蓝色，就像维纳斯从海水中诞生时那样的蓝色……

他睁大眼睛看着她。她有些不安："我怎么啦？"

"你真的太让我着迷了，小姑娘，你知不知道？"他狠狠地说，将她拥到怀里。

就在刚才，他被她惊呆了。好像变了魔法，她那令他熟悉又感到新鲜的形象，使他销魂。

那个时刻，蓝色将她包裹着，将他的幻想包容了起来。周围的世界消隐了，除了他和她，什么都不复存在。这是一个美丽的新世界，在这个新的世界中，他与她，将像音乐般合二为一……

接下来的音乐，是那首著名的《波莱罗》，那个法国作曲家写的西班牙音乐。

"为什么？"

她问他。她感觉到他瘦了很多。这个善良的狼一样的男人，是她心底的渴求，是她肉体的渴求，她因为他而升华、颤抖，他充实了她的身体，他使她的灵魂稳定，使那长年强加在她身上的无数桎梏瓦解崩溃……

"他的母亲是西班牙人。"他说。

他们专注于彼此，又因为害羞而找别的话题，谈拉威尔。

"你为什么喜欢他？"她问，声音中有轻微的喘息。

"他的音乐配器特别，作品富于色彩性效果。"

"是吗？"

"你听，这本是一部芭蕾舞曲，开头的旋律简单、单纯。之后，"他的动作跟上音乐的节奏，"各种乐器逐步加入：长笛，单簧管，小号……"

这音乐，听听，长翅膀的马儿……山路光滑明亮，将升向那暖色的云端。女人胸脯敞开，头发散乱，沐浴过后的脸孔湿润晶莹……

男人在摸索，在湿润和温暖中前进。

女人不语，她无声，她早已成了一片果园，无声无息，看风在树枝间来往，听风在她耳际的熏染。

……树上结满了果子，果子色泽很好，如女人的身体，像她的乳房和小巧的臀部，结实得不得了。树下是青草，草里有各色各样精致的小花，每一朵花都有小小的嘴，它们啃着男人的皮肤，啃他的骨头，啃进他的心，使他欲求难舍……

音乐越来越宏大，男人和女人也越来越兴奋。

……夜晚消失，房屋消失，只有音乐，只有他们。似乎身下的大地，也在他们的起伏中起伏，在他们的呻吟中呻吟。

在音乐空白的时候，在单纯的打击当中，他们彼此探求。永远寻找，永远找到，然后再寻找……他们给予对方自己肉体的力量和温暖，让这肉体的打击给予对方生机……他们互相温暖和吸吮，要被对方嵌入，要嵌入对方，要与对方一同融化，一同飞翔……

所有小提琴全部加入，竖琴也已拨响……还有鼓声，听啊，那鼓声，饱含着男人和女人的芳香，蕴藏着他们的热力，因而越加激昂……

就像涨潮时的浪越来越猛，就像向着一座青草茸茸的山坡奔跑……他们跑上去了，终于跑上去了……就像飞机起飞升空刹那突然的失重……

……音乐最后在激昂中结束。

第三十章

大地，你所意愿的难道不是——
不可见地在我们心中苏醒？
你的梦想，
难道不是有朝一日成为不可见的？
大地！不可见的！
如果不是这种再生，
你急切的召唤又是什么？
大地，亲爱的大地！我要！

——里尔克：《杜伊诺的哀歌》

罗滋找朋友借了一辆越野吉普车。

离开成都的第一站，他们将经过新都、广汉到达什邡。罗滋问琼到什邡要不要去看乐山大佛，琼说："我只想去别人不去的地方。"

"和我想的一样，我腻透了那些旅游景点！"

城市里的梧桐树叶漫天飞舞，乡村路上光秃秃的槐树枝干婆娑遒劲，伸进清冽空中。这是他们喜欢的季节。

身子很暖，但风是冷的，脸部的皮肤绷得很紧。琼不时看看罗滋："要我开一会儿吗？"

"不用。"他一直看着前方。

她想，男人的出发和女人的出发或许是不同的，男人是要冒险，而女人却是为了寻找。

她想寻回她的眷恋，所有曾经给她带来温情感受的东西，所有她过去不曾领略过的神秘。

"小姑娘，别瞌睡啊，"他看她一眼，"我给你讲杜宇王破鱼凫国的故事，好吗？"

"那就赶快说吧！"

"古蜀人因为开发岷江河谷而得到兴盛，蜀人的一支——蚕丛氏，他们养蚕、生产丝绸制品，变得十分富庶。但几十个世纪之后，由于殷王朝的入侵，蚕丛氏不得不背井离乡。他们沿岷江南下，其中一支不愿远逃，就近翻过岷山，在重庆盆地边缘建立了鱼凫王朝；而另一支，直到岷江尽头，找到一个小平原，就住了下来，建立了杜宇部落。"

"'绿满青山闻杜宇'，就是唱的'不如归去'？"

"是了。三星堆本是鱼凫王的都城。那里山高林密，鸟雀很多，十分美丽。几年前我和海城书画院的画家来采风，在银厂沟就看到过羽毛鲜艳而奇特的大鸟。现在去银厂沟的游客越来越多，凡是走黄龙、四姑娘山这条线的旅游团，都会去银厂沟，把鸟们都吓跑了。

"后来我读《山海经·南山经》，说青之山'有鸟焉，其状如鸡，其音若呵，名曰灌灌，佩之不惑'，就是描述银厂沟那些偶尔出现的羽毛绚丽的大鸟。

"鱼凫人勤劳而手巧，因为他们的祖先就是善于养蚕的蚕丛氏，是蚕丛氏的分支。鱼凫人繁衍之后，其地域很快扩大到前江中游，就是现在的小鱼洞一带。知道这一支蜀人为什么自称'鱼凫氏'吗？小鱼洞是盛产'嘉鱼'的地方，在出洞口的地方，各支流交汇，那儿的嘉鱼多不可数，并且十分肥美。不仅如此，过去前江水很大，一到涨水的季节，水面上全是成群结队的野鸭子，它们不知从何漂游而来，聚集在此，五彩斑斓，体态优美，鸣叫欢快。流落到此的蜀人见了大喜，决定在此定居，并把自己的部落命名为'鱼凫氏'。"

"同是蜀人，杜宇为什么要灭鱼凫？"

"问得好！都是人，人类为什么会有战争？"

"快说，你！"琼捏紧拳头敲了他一下。

"杜宇王年轻力壮，他想要所有的蜀人都归于他的统治之下。鱼凫人日益强大富庶，他更想将他们的疆域占有。

"但鱼凫王想的不是这些，他想的是殷商王朝的欺凌，使得他的先祖失却自己的家园。因此，一旦部族强盛之后，他就开始不断地北上伐商。野心勃勃的杜宇王就瞅准了机会，乘鱼凫王的军队都北上伐商、城中多是老弱妇孺的时候，攻打鱼凫王朝。不到一个月的时间，杜宇军队就打到了蜀都三星堆城下。

"鱼凫王大军往南返回，但已经无法挽救。城就要破了，鱼凫王眼看末日已到，命令将士在三个巨大的黄土丘上点火祭祀祖先，然后将从西南商道入贡来的几十头大象全部宰杀给人民吃了，又将象牙、青铜纵目大面具、青铜神树、玉石璧璋、贝货珍宝等一切珍贵的物品全部投入火坑。一时间三星堆烈火熊熊。鱼凫王的部属按照他的嘱咐，打开城门，与杜宇的军队决一死战。战斗进行了一整夜，最后鱼凫王的部属全部牺牲，鱼凫王伤后仙化而去……"

像电影就在眼前放映，这场古代的战争，似乎还有呐喊在旷野上回响。他们不说话，默默地驶向无尽头的前方。

罗滋又说："据说因为伤害了众多无辜百姓，杀戮了无数的蜀人同胞，杜宇受到了神的惩罚。到他年老之后，祖先的魂灵不断地呼唤他，要他重回中原。但是他已经无力再做年轻时的那种征伐伟业了。他最后化身为鸟，飞入岷山之中，哀鸣'不如归去'。尤其是春夏之交，岷山丛林郁郁葱葱，百里杜鹃粲然，他的悲伤更甚，声声'不如归去、不如归去'，直啼到口吐鲜血，像杜鹃花一般鲜艳，乡里人就称这鸟为杜鹃。农人在夜里听到它的啼鸣，以为是说'布谷、布谷'，凌晨应声而起，赶快开始播种。"

"布谷、布谷、布谷……"琼唱歌一般。

"对了，就是这样的。"罗滋对她笑，"我想抽烟，憋了很久了。可以吗？"他问。

"当然。"

他深深地吸了口香烟，接着说："危乎高哉！蜀道之难，难于上青天。古时文人骚客、被贬谪者，往往会流落到蜀中。一旦到此，就很难离去，所以那杜鹃啼鸣，更叫他们心伤，唯有写下无数诗词歌赋，抒发情怀，宽解一时，却成为蜀文化之一大景观。"

某段乡间公路上，干燥的尘土沸沸扬扬。她及时用头巾蒙住脸。

灰尘弥漫住了他的面孔。

在灰尘之中的时候，他感觉自己又进入了荒原，下意识地加快了速度。

他告诉她，在荒原上，在戈壁滩，他会出现一种幻觉，会看见童年时经常奔跑的那条黄泥大道，它光滑，干得裂开了缝。在道路的尽头，是用茅草盖成的小房子，被金红色高粱秆编的篱笆围住。沿着篱笆往前走，往往会发现一张新鲜的蛛网，或某处树枝上的蜂房……

下午三点，他们到了什邡。

吉普车停在一个小旅馆前，有些面孔肮脏、害羞地笑着的小孩围上来。这是以前的"供销社招待所"，门壁上是斑驳暗淡的红漆，还有未撕尽的标语纸。石阶上做针线活的妇女，沐浴在午后的阳光之中，太阳把她裹在卡其布夹袄里的脊背，晒得暖乎乎的了。

这是个常住旅馆的男人，因此也形成了他的习惯姿势：站到窗前，推开它，看窗外的生活，看有云和无云的天空，或是俯瞰深深的夜，或是遥望远方的大海。

罗滋推开旅馆的窗户，就看见刚才的情景依然。那在阳光里做针线活的妇女，一针一线地缝补着半新不旧的衣衫，她的活计永远做不完，光阴无声无息，她是时光流逝的最得力的帮手。

他看见在阳光里，在肮脏的小孩子的那边，琼在那里，呆呆地站着，看他们。

他们的到来，引起本地人的好奇和注意，那些脸孔黑黝黝的老人，在屋檐下，将像树根样的手掌举到额上，皱着眉眯着眼向这一对漂亮的男女张望，看他们那么亲热，好像是电影里走出来的人一般。

他长长的手臂拥着她的肩，走过许多街道。

"幸福吗？爱人？"

"当然。你呢？"

"有你就有幸福。你就是幸福。"

他的手感受着她的长发的柔滑。

其实幸福永远都是短暂的，所以，他竭尽全力想让时光停留……

小城的尘埃无力再向前弥漫，那些一直不紧不慢地跟在身后的孩子，也一个个散开。他们来到小县城边上，看到了那座著名的丛林古寺。

琼突然叫起来："我来过这里，罗滋，我来过……"

"什么时候？你都没到过什邡，怎么会来过这里？是在梦里来的？"

"我不知道。"

"蜀人好巫弄鬼，你不会被鬼附身吧？"

"我就是个女鬼，来捉你的。"

"我当然喜欢被你捉。"罗滋说，"不过你怎么会来过……"

"你不信？我知道大雄宝殿的长联，还知道这里的方丈是个盲人。"

"那我们就去验证一下。"

他们手拉手飞跑起来。

古寺屋脊檐牙高啄，松柏常青。轻烟缭绕，善男信女面容虔诚。

到大雄宝殿，琼低下头背出了那副长联：

古今来不少名流笑他奔走风尘千载逍遥人几个
天地间无非幻境唯我看穿是故毕生尊贵梦一场

一字不错，罗滋称奇。

他们在每一个殿门口先行捐赠，僧人们十分热情，奉上茶水。

"谢谢师傅……"

"不，我们这儿都叫师兄。"僧人说，"师傅只有一个，他在休息呢，他感冒了。"

琼低声问罗滋："和尚也会感冒？"

他刮她的鼻子："他不是人吗？"

"师兄，我们能不能见见师傅呢？"

年轻的僧人说："你等从何而来？"

"几千里之外。"

"如此诚意，我当禀报。"

有乡下女人来许愿：她的猪儿病了，她的孩子们就要考高中了……

女尼击磬告知菩萨，又领她叩头，给她香烛焚烧。最后，一再叮嘱她：猪儿好了，孩子考中了，一定要来还愿哦！

云板敲响，斋饭开始。

吃斋前，女尼们跪在西方三圣像前念阿弥陀经："彼佛国土，微风吹动诸宝行树，及宝罗网，出微妙音，譬如百千种乐，同时俱作……"

他们在廊前漫游。

廊内是五百罗汉，其中一尊，貌样宽厚仁达，似通晓世事，又睥睨人间。

后庭有十来个民工，正在挖一口池塘。

四处是诵经的歌声。

"……极乐国土，有七宝池，八功德水，充满其中。池底纯以金沙布地，四边阶道，金银琉璃玻璃合成。上有楼阁，亦以金银琉璃玻璃砗磲赤珠玛瑙而严饰之。池中莲华，大如车轮，青色青光，黄色黄光，赤色赤光，白色白光，微妙香洁……又舍利弗，彼佛国土，常作天乐，黄金为地，昼夜六时雨天曼陀罗华。其土众生，常以清旦，各以衣祴，盛众妙华祴……彼国常有种种，奇妙杂色之鸟，白鹤，孔雀，鹦鹉……昼夜六时，出和雅音……"

等候方丈接见，他们乏力地坐在廊柱下面，仰望那些屋檐处的雕花。

罗滋看琼要睡去了，就用手臂托着她。

不久，年轻的僧人前来，领他们去见方丈。

僧人示意罗滋留在门外。

琼进去后，盘腿坐在方丈对面地上的一个蒲团上。

室内阴暗，有各种书法、国画吊挂壁上。方丈神情倦怠，盘腿坐于椅中。

"师傅果然失明……"

"我已不需要看，即便有眼，也无用处。施主请坐，欲问何事？"

"师傅，我是迷途的女子，来自数千里之外。听说师傅微恙，不敢打扰。但我明日可能不在此地，怕无机会了。等了两三个小时，听说师傅尚安，才敢前来。"

"你非一人前来……"

"是我的朋友，他此时在外面等候。"

"施主迷途，为情？为财？为名？"

"非名非财。"

"弱小的女子，结交人物，要观其色，闻其声，听其言……还要看他交朋结友、为人处世。敏察之，巧旋之，不可失足啊……"

"师傅，我……"

"若受伤害，可报官府，可找朋友……"

"若是心受伤害呢？师傅。"

"若心似强墙，谁人能伤之？"

"师傅，您心中有佛，佛在其心。我等心中唯有梦幻，在梦幻中沉迷，在现实中行走，我将如何行动？"

"马祖曰：'磨砖岂能成镜？'师曰：'磨砖不能成镜，坐禅岂能成佛？'是说启智也。马祖划两笔长三笔短，问白仗，仗不知，马祖释：'不能说长道短。'适汝，则是远离是非也。马祖又曰：'学道莫还乡，还乡道不香。'是不能相遇也。"

"谢谢师傅。但若诸疾皆未能讳，又如何是好？"

"安然处之，宽容待之，智慧行事。"

"那，还想请教师傅，梦该不该有？"

"梦自有之，但只能被其乐，不可被其苦。我佛在西天，我梦想极乐国土，一日日近之……"

他们离开丛林古寺时，已是黄昏，寺内僧人、民工、香客，均不知去处。

罗滋说："刚才，我也看见了，他的确是盲人。真是怪事。他和你说些什么？"

"他说他渴望去到西方极乐世界，但是离那里还远得很。"

罗滋笑："他不旅行，要去的地方当然永远是远的。"

夕阳青冢，菩提树叶风中微动，暮色漫淹而来。

罗滋感到腹中饥饿得不得了。

他四处张望。刚才，在方丈室外等琼的时候，他看到有一男一女，分别靠近并打量过自己，转眼他们也已无影无踪。

"你找什么？"琼问。

罗滋没说话。

他印象深刻：那男人皮肤粗砺，表情似乎很熟悉。那女人有一双美丽而专注的眼睛，脸颊上有两团紫黑的"高原红"。他们风尘仆仆，嘴唇干裂，好像也是来自远方。他们都似乎有求于他，但他们又互相躲避，怕对方发现自己向这个南方来的开吉普车的男人靠近，像在捉迷藏。

"罗滋，我冷。"琼说。

凉风起，他把她搂紧。

大街上人力车夫飞奔，牧鹅的孩子赶着鹅群，慢悠悠走在回家的路上。

突然，他的一颗眼泪掉在她脸上。

她抬起脸来看他。

"小姑娘，这是故乡，我们正在故乡行走……"

他低下头，找她的唇。温热的泪水很快润湿了她给秋风吹得干裂的皮肤。

（节选自《东方极限主义或皮鞋尖尖》，花城出版社，2002年6月）

冯　飞

大清血地（节选）

第十章　"大将军"

30. 冷超儒这样的落第举子，大清国比比皆是

　　柳天成、何德胜两支义军，在贵阳周边的龙里、贵定、乌八堡（乌当）等地折腾了七十多天，正磨刀霍霍准备攻打省城时，新任贵州提督蒋玉龙带着五千人匆匆赶到。义军不敢和他正面交锋，拨转马头各自撤离了。

　　随着义军的撤围，省城马上就恢复了平静，士、农、工、商各事其业。先前逃往外地的缙绅，也陆陆续续回到了省城。

　　咸丰八年初夏的一个早晨，两乘凉轿从北门外的广东街出来，自北朝南行进。坐轿子的两位绅士，手扶横梁，足蹬踏杆，眉宇间都神采飞扬。尽管他们像大清子民一样蓄着长辫，穿着中式长衫子和方口布鞋，大家还是一眼就认出这是两个外国人：白斯德望在前，胡缚理在后。

　　"白先生出门啊。"街道两边，断断续续有人抬高了嗓门，扬声与轿子里的白斯德望打招呼。

　　"哈呀！爱走，爱走！"白先生欠着身子自谦地笑着，客气地向问候者回礼。那颇具地方特色的"爱走"二字出自白先生之口，既表现了他温文尔雅的为人，也充分显示出一个外国学者的绅士风度。

到了大抚场，两乘轿子东折而上，在巡抚衙门附近的十字路口停了下来。

十字路口东侧，耸立着一座巍峨、高大的石牌坊，这牌坊路道很宽，可容四马并行。过了牌坊，往东走五十余丈就是巡抚衙门。督、抚以下的官员，在牌坊跟前就必须下马，驻轿。敬畏参半的老百姓，把这一地带称做"抚牌坊"（今省府路）。

巡抚衙门前，有几道浅浅的汉白玉台阶。两尊龇牙咧嘴、栩栩如生的石狮子，分别踞守在台阶的左右两侧。这石狮子作为权贵的象征，它们和牌坊、台阶，以及那兵器鲜明的卫兵一起，衬托出衙门的威严。

走出轿子的白先生前后环首，分别朝四名轿夫点头致谢。接着，他摸出一块银毫子，递给了最前面的穿白布汗褂儿的青年轿夫："拿好，你们几个慢慢分。"

轿夫接过银毫子，正欲给白斯德望找补零钱，却发现那两个洋人已经走到了"抚牌坊"下面。"白先生，白先生！"老实巴交的青年轿夫喊了两声，白斯德望和胡缚理好像没有听见似的，连头都不回。"你吼魂！"另外那乘凉轿的轿夫围拢来，低声劝阻青年轿夫说，"人家听不见就算了嘛。这钱，你又不是偷来的。"青年轿夫不理睬，一手高举着那银毫子，用更大的力气喊了几声。

白斯德望终于听见了，他一脸诧异。"老弟，怎么回事，钱少了吗？"白斯德望边问边朝回走。

"不少，是你给多了。"青年轿夫说着，急急解开白布汗褂儿的纽扣，从内层的衣袋里抠出几文汗渍渍的铜钱捏在手上。"算啦算啦！"白斯德望一听，忙摆摆手，"你们下力人养家糊口不容易，算啦！"

说话间，他拉起胡缚理，重新向戒备森严的巡抚衙门走去。

巡抚衙门、北教堂，两者都在贵阳北门外，彼此相距不到两华里。但是，白斯德望与蒋蔚远之间却很少见面，而他已经在贵州生活了整整十一个年头。十一年中，亲自登门拜访贵州政界的头号人物，白先生这是第三次。

第一次，是咸丰五年五月十七日。那个月华如水的深夜，白主教大步流星地走进这威严的贵州"第一衙门"。根据白斯德望提供的情报，官府以"迅雷不及掩耳之势"，在将军山把杨二喜顺利捕获。杨二喜及其残部被歼之后，蒋蔚远重新拥有了花翎、顶戴，继续担任贵州巡抚。

第二次，即当年冬天，白斯德望认真准备了一份礼品，带着一个仆人，前来给蒋蔚远拜年。白斯德望刚走上台阶，卫兵头目就横过身子，挡住了他的去路。白斯德望急忙赔上笑脸说："我是蒋中丞的好友白先生。""什么？先，生！"卫兵头目重复着"先生"二字，粗鲁地说，"什么'先生'！你不就是北教堂的那个'老厌'嘛——装鬼吓人！"

贵阳话中，"装鬼吓人"是招摇撞骗的同义词，另外它还包含了一个"拉虎皮做大旗"的意思。白斯德望立时有些尴尬，却又不知道怎么去做解释。卫兵头目说："你等着，我叫门子先给蒋大人禀报一声。"白斯德望知趣地退下了台阶。

片刻，门子领着一个气宇轩昂的中年人走了出来。这中年人面相瘦削，身材高挑，穿着一套青灰色的棉袍，颈项间环扎了一条雪白的貂皮围脖，这使他显得雍容华贵。他是什么人呢？白斯德望暗自揣度：此人神色孤傲，目光阴冷，一看就是个不好对付的角色。

"哪个要见蒋大人？"那中年人反背着双手，站在台阶的最高处，开口就很不耐烦，仿佛求见蒋蔚远的人就该天诛地灭。

"打搅啦！"台阶下面，白斯德望仰着脑袋，抱拳向冷超儒打躬作揖，"在下是蒋中丞的好友白斯德望。""哪样？"冷超儒很夸张地把脸别开，故意将耳朵对着白斯德望的方向，装作没有听清的样子问，"你刚才说，你是哪样东西？"

白斯德望赔上笑脸说："我叫皮埃尔·白斯德望，人家都喊我白先生。"冷超儒恍然大悟般说了一个字："哦！"他那两撇下吊的嘴角，流露出明显的鄙夷。

冷超儒："在下，冷某、冷超儒，蒋中丞的书禀师爷。"

白斯德望赶紧往上跨了两级台阶，再次赔着笑脸向"冷板凳"打躬作揖："早就听说巡抚衙门有个才华横溢、满腹经纶的冷先生。今日一见，果真风流倜傥！幸会。"

冷超儒："说不上，在下只不过一介寒儒。"

白斯德望："不不不，冷先生未免太谦虚了吧。说真的，在下不久前碰上了一个难题，正想找冷先生讨教。"

说到此，白先生有板有眼地朗诵起了宋炫的《浣矶二绝》："水光潋滟接云霞，荡漾扁舟泛水涯。云锁空庭闲白昼……"

"不要扯那些废话！"冷超儒不耐烦地打断白斯德望的朗诵，"这寒冬腊月的，你先说说，顶风冒雪来衙门有何贵干？"

白斯德望："在下与中丞大人有过一面之交。除夕将至，前来给蒋中丞拜年。"

"拜年，一面之交就拜年？"冷超儒眼帘间毫不掩饰地垂下了一丝轻蔑，"在你们法兰西，也有拜年的规矩吗？"

白斯德望："我这是'入乡随俗'。"

"好，好。"冷超儒说，"我也早就听说过，白先生学贯中西，尤其对中国文化情有独钟，既然如此，想必白先生一定清楚'除夕'的来历吧。"

他语气中带着明显的刻意刁难。

白斯德望再赔一个笑脸："知道一点，中国民间传说中，'夕'是一种怪兽，平时躲在一个不知名的山洞里，每当冬季来临的时候，就出来伤害人。后来……"

"胡说八道！"冷超儒愤怒了。他把脑袋又一次远远别开，胡乱地摇着右手说，"牛头不对马嘴，乱开黄腔！"白斯德望想："除夕"的传说，是你们大清国的书上讲的，怎么成了"胡说八道"呢？　但是，为了稳住冷超儒，白斯德望还是虚心地问冷超儒："冷先生，我说错了吗？"

冷超儒："岂止是错，简直一派胡言。看来呀，白先生对大清国的'厚爱'，无非是'叶公好龙'而已！哦——不知白先生是否知道'叶公好龙'这个成语？"

"冷板凳"的刁钻、刻薄，把已经尴尬至极的白斯德望弄得疲惫不堪。面对冷超儒那乖戾、蔑视的眼神，白斯德望简直无处躲藏。但是，即使在这么糟糕的景况下，他依然没忘记告诫自己：皮埃尔，站着，傻傻地站着，别动！亲爱的，别去解释，别去狡辩！亲爱的，不管这人说什么，你都得傻傻地站着，千万不要试图回击。

见白斯德望没说话，冷超儒继续对他穷追猛打："另外，关于'黄鼠狼给鸡拜年'这个歇后语，我想也没必要向你白先生解释了。反正，明人无须重话，响鼓不用重槌，奉劝你白斯德望好自为之！"

冷超儒不耐烦地挥挥手，转身进衙门去了。

在衙门那浅浅的、可有可无的汉白玉台阶上面，心如刀绞的白斯德望去意彷徨！面对屈辱，他丝毫没有力量去反扑、回击，甚至连辩驳一下的机会都没有。犹豫了好一阵，他尴尬地转过身子，表情麻木地走下了台阶。每走出一步，白斯德望脑海里都空空荡荡的，他的步履分外沉重。

在门子和卫兵那无情嘲讽的哂笑中，他狼狈地走到了牌坊下面。

这时，白斯德望再也无法掩饰自己内心的悲哀，再也抑制不住自己的感情，再也没有力气往前面走！于是，白斯德望伸出手去，吃力地扶住牌坊。那一瞬间，他感到自己是如此渺小、柔弱，柔弱得只能靠那高大、巍峨的石柱来稳住自己衰老得不堪一击的躯体。

"主啊，他们凌辱我！他们凌辱了我！"白斯德望睁着一双不肯服输的眼睛，心里无声地抽泣着，"主，我秉承您的旨意，到大清国传播福音，难道，难道我错了吗？主啊，我该怎么办？"

他感到自己的每一个毛孔都在战栗，而寒冷的侵蚀又是如此刻骨铭心！这些年，为了保护自己，更为了神圣的传教事业，白斯德望一再委曲求全，忍辱负重，在社会各阶层面前，他都尽力以谦卑、恭顺的外表来装裱自己的文弱形象。可是，今天，他内心里深深隐藏的秘密，居然被一个普通文人轻易地窥破、点穿！须知：像冷超儒这样的落第举子，在大清国比比皆是！

回到北教堂，白斯德望就病倒了。

那个冬天，在堆满各类书刊的卧室里，思绪杂乱、视线昏花的白斯德望主教躺了将近有半个月。

不过，白斯德望一点都不记恨蒋蔚远或冷超儒。

咸丰元年前后，西方传教士在大清国的处境，只能用八个字来形容：半遮半掩，躲躲闪闪。白斯德望清楚：自己毕竟是非法进入内地的外国人。官府不刁难他，这就已经算是开恩了！至于其他方面的委屈，他哪敢做更多计较。

因此，白斯德望不但不允许自己有任何闪失，他还要逼迫自己学会遗忘。

31. 巡抚衙门欠下北教堂一笔巨款

从咸丰五年告密捕杀杨二喜至今，白斯德望已经整整三年时间未与巡抚大人谋面了。

今天，白斯德望找蒋蔚远既不是告密，也不是拜年，他有更重要的事情：讨债。

来中国这么多年，白斯德望有一个体会：大清国的老百姓特别善良，这善良是一种与世无争的大度；而大清国的官员又特别狭隘、无知，为了掩盖这些弱点，他们有时表现得傲慢、狂妄，有时又在不经意间流露出难以察觉的自卑，使责任心、正义感在大清王朝中荡然无存。所以，关于各地老百姓的举兵谋反，可以理解成是清政府应当受到的惩罚。不过，眼下最要紧的事情，首先是如何安顿那个反复无常的蒋蔚远。曾经的遭遇，总是令白斯德望忐忑不安。

"此刻，巡抚衙门的主人在想些什么呢？他是怎样看待法兰西神父的呢？我的第三次拜访，将会出现怎样的对话情形呢？"

在去巡抚衙门的路上，忐忑不安的白主教一边和中国老百姓们打招呼，一边琢磨着这些问题。当然，忐忑归忐忑，白主教心里也没怎么恐慌。毕竟，为着这次异乎寻常的见面，他和胡缚理早就做了充分的铺垫和准备。而那个圣明的、无所不在的上帝，也终于适时地向它的追随者发出了神秘的微笑——确切地说，是抚标贵阳营的两位"大将军"，给他们提供了机遇。

那天下午，比尔·胡缚理带着一脸傲慢，闯进了抚标贵阳营。"我要见你们的最高指挥官。"他那贵阳话曲里拐弯、拗口夹舌的，不注意根本听不懂。"我要，见你们的，最高指挥官。"他自负地重复着，对下级军官的盘问不屑一顾，对方还是听不懂。"最高指挥官最高指挥官，猪猡！"比尔·胡缚理咆哮起来，"我说的是——最、高、指、挥、官！"他手里挥动着那张悬赏告示，这一次，人家终于反应过来了。

抚标贵阳营直接隶属于巡抚衙门，它的最高指挥官理所当然是蒋蔚远。但蒋蔚远不懂用兵之道，全部军务他都委托给了另外一个人掌管。这人就是候补直隶厅同知、贵阳营守备孙辽纲。人称"尿缸"的孙辽纲是二杆子，又爱钻花街柳巷，人们喊他"尿缸"，潜台词不言而喻：孙大人就腿间那点本事。

胡缚理拿出告示问孙辽纲："你们的承诺，能够兑现吗？"孙辽纲说："能！""真的不会欺骗我？""岂有此理！"孙辽纲说，"巡抚大人说的话都不算数，谁说的算数？君子一言，驷马难追。我告诉你，洋和尚，坑蒙拐骗的事，大清国干不来。"

"但是，你们大清国很少向黎民百姓兑现承诺！"胡缚理毫不躲闪，反而大声说，"在你们这个国度，那些忠厚善良的公民经常受到谎言的愚弄和欺骗。"

孙辽纲："今天你找我，是来修炮拿赏银的，你愿修就修，不修就拉倒！你给老子扯这些搓毬！"他的指头几乎敲到了胡缚理眼睛上。胡缚理仍然固执地说："那么，你跟我解释一下——那些老百姓，他们为什么造反呢？"

想到修炮要紧，孙辽纲没有和比尔·胡缚理计较，他东劝西说，把胡缚理领到了大营坡。

胡缚理很快找出了大炮变"哑"的病根。他拿出工具，在炮台边"叮叮当当"地捣弄起来。不到两个时辰，"牛儿炮"就捣弄好了。

下午，孙辽纲领胡缚理去东山炮台。他们前脚刚走，一帮看热闹的人也跟着到了东山。

东山，一名栖霞岭，俗称"老王山"，是贵阳的主要标志。贵阳城区东面陂陀逶迤，山峦起伏，唯有东山一峰矗立，高大雄奇领袖群山，与西面的黔灵山遥相对峙。因此，从军事地位上来说，东山又是一个非常重要的制高点。

胡缚理说："尿，我要求你们先兑现承诺。"孙辽纲说："别急，把这门炮修好了再说。""不不不！"胡缚理使劲摇头，"我要求你马上兑现。"

孙辽纲说："先修炮，后领赏。告示上不是写得明明白白的吗？！"

"前面我就说过，贵国政府的记忆力非常糟糕。"胡缚理边说，边搜寻着合适的语句，力求把自己的意思表达准确，"你们言而无信，从不给老百姓兑现承诺。现在，我怎么能够信任你们呢？"大敌当前，危城将破，而这洋和尚，又他妈是个软硬不吃的角色，孙辽纲没辙了。

正在这时，王老楞和"川乡酒家"的钟老板突然从人群中冒了出来，他们分头劝慰孙辽纲和胡缚理，叫他们不要伤了和气。哪知，比尔·胡缚理却对孙辽纲说："尿，你们那一万两白银，我不要了。"说罢，提起工具包转身要走。

"咦……洋和尚你搞哪样名堂？"王老楞一把扯住胡缚理的衣襟，训斥他说，"你这洋和尚，太不给孙大人面子了。说清楚再走！"胡缚理反问王老楞："你想干什么？"王老楞说："我叫你说清楚再走。你想咋个？"胡缚理说："对不起，请你放手，我的时间很宝贵。"

"莫松手！王老楞你莫松手！"这边，钟老板也大声吼道，"格老子！铁匠、石匠、剃头匠……我钟某啥子'匠人'没见过？嘿！就没见过龟儿法兰西来的'咬卵犟'。孙大人，我们请求你不要放过他！"

胡缚理哼了一个鼻音，出其不意地摸出那张字迹模糊的告示："难道，要求你们的官府兑现承诺，不是我的权利吗？"

"哼！格老子的……还有一门炮都没见给老子们整好，兑现个锤子的承诺哇！"钟老板将那告示一把抢过来，紧紧捏在手上，"我告诉你，洋和尚，我们的官府从来都说话算数。这白纸黑字的，绝对不会有假！"

钟老板的话掷地有声，仿佛他摇身一变，也成了一个揣"佛朗机"的孙大人。

胡缚理没有吭声，只是冷笑。

"孙大人，依小民之见，你看这样行不行？"钟老板对王老楞、胡缚理说，"请你们回避一下。"其他人退开后，钟老板嘴巴凑近"尿缸"耳朵边，神秘兮兮地说悄悄话，"尿缸"边听边不住地点头。

"好，就这样整。"刚才还气得七窍生烟的孙辽纲，突然笑着大吼了一声，他朝着人群问，"哪个有笔？哪个身上有炭笔？拿来用用。""我揣得有。"人群中走出一个身体结实的木匠。孙辽纲接过炭笔，以巡抚衙门和抚标贵阳营的名义，当众写下一张欠条，满含讥讽地塞到胡缚理手上。"一万两白银——收好！"说着，他回头向在场的中国人做了个狡黠的鬼脸，笑笑又说，"要是你自家弄丢，老子不负责！"

胡缚理却将那欠条折了几叠，在贴身处小心揣好。众人和孙辽纲一齐大笑。刚才的那点不愉快，在一片笑声中宣告结束。

32. "大清国终究不是法兰西，法兰西也终究不是大清国"

"中丞大人，北教堂的白先生求见。"门子走进签押房，向巡抚大人禀报的时候，蒋蔚远正在和两位师爷下围棋，他们的注意力，都集中在胜负难料的棋局中，谁也没去理睬那不知所措的门子。

文人出身的蒋蔚远，去年刚满了六十岁。

或许因为忧心过重，从外表打量，蒋蔚远已羸弱不堪。尽管他依然很注重仪表，随时随地都穿着华丽、衣冠楚楚，但那顶戴、花翎支撑着的身架，却少了许多威严，怎么看也别别扭扭的。尤其是那单薄的脊背，蒋蔚远总是没办法把它伸直。人们只要一看见蒋大人弓屈的背影，就自然而然地想起河岸上奄奄一息、色泽暗淡的跳虾。

此时，蒋蔚远正襟危坐，目光犹如两根生了锈的断头钢针，死死盯在那棋盘上。一枚滑溜溜亮晶晶的黑色棋子儿，被他优柔寡断地夹在右手的食指和中指之间，好半天都落不下去；另一边，那肌肤细腻、保养得体的左手也未闲着，它正漫不经心地揉搓着一把黑白相间、色彩分明的棋子儿。在巡抚大人那灵活、修长的五个指头间，棋子断断续续地、极不情愿地发出了刺耳的尖叫：咯吱、咯吱！

"中丞大人，北教堂的白先生求见。"那门子悄然用舌头上的唾液润润嘴皮，壮着胆子走上前，跟蒋蔚远又说了一遍。

"哦……白先生！"举棋不定的蒋蔚远，两眼仍旧牢牢盯住了神秘莫测的棋盘，"你先问问，他到衙门来做什么？"

门子："回大人，小的问过了，他不说。"

"那就喊他走。"一直没有吭声的冷超儒，这时狠狠地扭过头来，武断地说，"这个'皮'先生，老喜欢装神弄鬼的！喊他走！"

蒋蔚远想了一下，认为这样做有些不妥。他看看张茂萱，又看看冷超儒，无可奈何地叹口气，拍拍张茂萱的肩膀，叫他出去探一探白斯德望的口风。

张茂萱收起脸上的笑容和门子一道出了签押房，沿着花草簇拥的甬道朝大门走去。

望着张茂萱远去的背影，蒋蔚远隐隐约约感到了一丝不安。因为，就在不久前，他和候补知县、青岩团务道赵国澍在一起的时候，赵畏三跟他讲过一桩古怪事，而那桩事情和白斯德望之间，恰恰有着千丝万缕的联系。

那天，赵国澍来省城。他在知府衙门办完公事，顺路到"抚牌坊"探望蒋蔚远。在巡抚大人的签押房，就像预先约好了似的，赵国澍刚坐下不一会儿，团首丁宝桢和唐炯一前一后，脚跟脚地跨进了巡抚衙门，紧接着，新上任的贵州提督蒋玉龙也来了。一时间，衙门会客室里妙语连珠、笑声朗朗。生于嘉庆初年、年逾花甲的蒋蔚远，今天和这些生龙活虎的小伙子们在一起，忽然间觉得自己年轻了许多，加之贵阳刚从何、柳义军的重重围困中解脱出来，心情自然显得有些激动。

临近中午，蒋蔚远站起来，环视了大家一眼，然后微笑道：

"刚才，老夫特地派人去'川乡酒家'，在雅间里订下了一桌丰盛的酒席。只是，在下还不知道诸位——尤其是蒋军门，你们肯不肯赏光？"

"哈哈！说这些！"蒋蔚远话音未落，蒋玉龙就跳了起来，他在大腿上面"啪"地一拍巴掌，回头对着赵国澍、唐炯、丁宝桢三位团首，笑呵呵地吼道，"啥子赏光不赏光的！去，我们大家都去。哈哈！"

上桌的两壶"茅台"，起码有大半进了蒋玉龙的嘴巴，他心满意足地醉倒在"川乡酒家"的地板上。蒋玉龙被亲兵一扶走，酒席就随之撤下，伙计按照钟老板的吩咐，给蒋蔚远他们换上了"都匀毛尖"和时鲜瓜果。

蒋蔚远对大家语重心长地说："目前，我大清内外交困，国难当头，皇上为此寝食不宁，龙体欠安哩！现在也好，将来也罢，黔省剿匪之大计，全得仰仗在座诸君啊！"

赵国澍、丁宝桢和唐炯连连点头。

"蒋大人，"赵国澍小心地放下茶杯，站起来向蒋蔚远施礼道，"'省城南屏'一线的防务，您老人家尽管放心。最近，我们青岩堡非但没有哪样麻烦，还遇上了一件大好事哩！在此，卑职不妨向中丞大人叨扰一下，求蒋大人赐教指点！"蒋蔚远笑吟吟地看着赵国澍，鼓励道："好，畏三你说吧，我们大家一起来听听！"慈祥的目光里充满了信任和关爱。

于是，赵国澍就慢条斯理地说开了：

"各位都晓得，在贵州，我们青岩堡向来是声名远播的文教圣地。我们那里共有'青岩''定广''聚贤''麒龙'四所书院。这几所书院，一直是由地方士绅出钱供养的，例如，在下赵氏一家，就负担了'青岩''定广'两所书院的开支。风调雨顺之年，还能勉强维持，但自'长毛'造反后，兵匪交荒，祸害连绵，兵事消耗太大呀！青岩堡城外的两所书院，早在两年前就毁于战火；城里的两所呢，现在却因资金匮乏而无力开课！青岩古镇的文明风范，眼看濒临绝境。"

"是的，是的！在下也有同感。"唐炯边插话边挺身站了起来，他掰着手指头，一一列举道，"乌八堡、水田坝、羊昌堡、白泥场一带的老百姓，屡遭土匪洗劫，好多人家都家如水洗，有的甚至是全家人一起饿毙。在这种条件下，文明风范就说不上喽！"

丁宝桢也大发感慨："在下的老家，是大定府平远州（今织金县），那里的几所书院，已经停课六年。古人说，'仓廪实而知礼节，衣食足而知荣辱'，这话没错啊。"

看得出，赵国澍的这一番述说，引起了他们的共鸣。蒋蔚远不声不响地喝了一口茶，用目光示意畏三继续往下讲。

"不过，近日，有人愿意出资，替我们青岩堡修一所书院！"

"噢……"唐炯、丁宝桢一听都惊喜异常，忙向畏三打听此人是谁。蒋蔚远目光中也露出了诧异的神色。然而，当赵国澍一说出"白斯德望"这个名字时，他们都默然不语。赵国澍颇觉难堪，他时而看蒋蔚远，时而看唐炯、丁宝桢，百思不得其解。最后，还是丁宝桢给他点拨说，洋人居心叵测，万万不可深交！

"幼璋，我晓得的！"赵国澍笑笑，胸有成竹地说，"英夷、法夷对我大清国，一向都不友善！不过，兄长你尽管放心。这个白斯德望，确实是一个品行端庄、为人坦荡的君子。"

"哟……啧啧啧啧！如若真是这样，我们大清国可就太幸运啦！"

赵国澍没有在意唐炯的讥讽，继续说："白斯德望不仅崇拜我华夏文明，而且才识渊博，学贯中西！鄂生，白斯德望的汉学修养，绝不在你我之下！"唐炯笑眯眯地说："这一点，我丝毫也不怀疑。"他环首看看蒋蔚远，又看看丁宝桢，戏谑般的反问赵国澍："畏三，你见过在自己脸上写'强盗'二字的贼吗？"

赵国澍不以为然地冷笑一声，反驳道："四年前，畏三斗胆起念，重修青岩古城。哪承想，因经验不足，遇上了资金短缺的窘境！人家白先生二话没说，托人送来了六千两银子。"畏三说着，求援般的看了蒋大人一眼。

蒋蔚远脸上毫无表情。

"事后，待我凑足了款项，前去偿还时，老者死活不收。鄂生，你说说，人家究竟图个啥？"哪知，畏三这最后一句话，恰恰落了把柄给唐鄂生。"是啊是啊！人家究竟图个啥？"唐炯不失时机地揪住话尾巴，摇头晃脑道，"那你又说说，他究竟图啥？"

这时，一直没参与争辩的蒋蔚远心不在焉地放了茶杯，踱着步子说："大清国终究不是法兰西，法兰西也终究不是大清国……畏三你当心带灾！"说这话时，他的眼睛一直盯在墙壁上，谁也没看。

赵国澍全神贯注地思忖着，不知该做怎样的辩解。

33. 事情的整个过程，全在白斯德望的预料和期待之中

"那洋和尚，可真他妈的难缠。"蒋蔚远侧过身子，悄声对冷超儒说，"麻烦事来了，你这个师爷给我斟酌斟酌，看怎么应对才恰当。"

"哪样麻烦事？"冷超儒大惑不解。

"嗨！"蒋蔚远半是责备，半是提醒，"正月间修炮的事情，你就忘啦？"冷超儒恍然大悟："没有，没有。我怎么会忘！"

"那你说，是不是麻烦找上门来啦？"

冷超儒说："不是早就修好了吗？否则，怎么吓得跑柳天成、何德胜。"

蒋蔚远："谁修的你知道吗？"

"哪个修的？"冷超儒想了一下说，"蒋大人，哪个修的，在下确实不晓得。"

蒋蔚远说："是北教堂派人来修好的。孙辽纲那傻子——他给洋和尚打下了一万两赏银的欠条！"冷超儒听完这话不但不着急，反而打了一串哈哈："欠条又不是你蒋大人写的，你怕个哪样？"

蒋蔚远："欠条嘛，固然不关我的事，可那告示，却是以本抚院的名义贴出去的。你说，我现在拿什么来兑现赏银？老兄，众目睽睽啊！""哦……"冷超儒听了蒋蔚远的话，不由得也跟着缓缓摇头，他嘴角下塌，阴沉沉地眯着眼睛喃喃自语，"不好弄，确实不好弄。"

沉思片刻，冷超儒说："蒋大人，何不通知一下按察使司、布政使司和贵阳知府衙门，请臬台、藩台、刘书年他们几个，多三少二地凑几文，也许还能解解燃眉之急。""哎呀你尽说屁话——他们那几个衙门，早就寅吃卯粮。臬台、藩台的随员们，已经好几个月没领过一文薪金……他们的日子，还不如我巡抚衙门哩！"

冷超儒突然站起来说："不好弄就把那白斯德望抓了关起来。"

"抓了？你你你……这样的馊主意，亏你冷先生想得出！"蒋蔚远平日思维敏捷，

能言善辩，此时，心里一急，就口齿不清，"试想，若是连我这朝廷命官都赖账，堂堂大清国不是体面尽失吗！"他颤巍巍地晃动着干瘦的手指头，哭笑不得，"冷先生啊冷先生，我要是再听你的，这贵州不知还要出些什么大娄子。"

他一边说，一边不住地摇头。

说话间，张茂萱进门急匆匆地走到蒋蔚远跟前，神色慌张道："蒋大人，白斯德望说他是来领取赏银的。在下反复盘问他什么赏银，他故意卖关子，只是一再强调说，他手中有衙门开给他的凭据。至于其他的，那洋和尚一概不说。"

"凭据……什么凭据？心培，你查验过吗？"

张茂萱点了点头说："我仔细看过了，一张欠条，一张悬赏告示——就这两样东西。白斯德望说，详情蒋大人自己清楚，他问你好久支付这笔赏银。"

"这白斯德望看来是豁出去了。"蒋蔚远嘀咕了一声，接着又问张茂萱，"你怎么回答他的呢？"

张茂萱："我说你不在。"

"他怎么说？"蒋蔚远又问。

张茂萱："他说他明天再来。"

"嗯，好，这就好。"蒋蔚远松了一口气，"心培，麻烦你想想办法，给我筹集一万两银子。""老天爷！一万两银子……"张茂萱把双手一摊，面露难色苦笑道，"这一万两银子我咋整？"

蒋蔚远说："你咋整法，我不管。反正得快，最好就在这三五天之内给我整拢。"

他又转过头，对冷超儒吩咐道："冷先生，麻烦你去给卫兵打个招呼，在赏银凑齐之前，要是洋和尚再来求见，一概回绝，就说我到外地巡察去了。"

冷超儒提醒他说："不妥吧！平常你都很少外出，眼下兵荒马乱的，这样扯'故故'，人家会相信？""对呀，人家肯定不会相信。"张茂萱也附和道，"再说，蒋大人去外地巡察，难道就不回来哩？不妥，不妥。"蒋蔚远说："你们咋扯都行。反正我不和他照面。二位，拜托啦！"他随手跟冷超儒和张茂萱打个拱，就丢下两位师爷，闷闷不乐地走出了签押房。两位师爷在那里面面相觑！

白先生离开衙门时，尽管他心里荡漾着扬眉吐气的快意，脸上却故意郁积着一层闷闷不乐的、委屈的神色。

三年前，在"冷板凳"那儿，白斯德望已经领教了衙门师爷的尖刻、刁毒和阴损。从那之后，别说叫他和师爷打交道，哪怕是偶尔听到"师爷""幕僚"几个字，白斯德望心里都会发怵。但是，今天见了那个叫张茂萱的师爷，白斯德望的心情却格外舒畅！毫无疑问，蒋蔚远今天肯定在衙门里面，这是大家都心照不宣、无须辩驳的事实。可张师爷偏要撒谎，说什么巡抚大人外出了——妙啊，事情的整个过程乃至所有细节，全都在白主教的预料和期待之中。他欣喜异常！

对张茂萱的答复，白斯德望没有过多计较，更不愿选择这个时候戳穿他的谎言。"小不忍则乱大谋。"戏必须这么演，谎言必须让它继续存在下去，他知道自己不能有任何闪失。所以，当白斯德望客气地跟张茂萱打拱道别时，他心里在暗暗发笑："这笔债务，足以把蒋蔚远压得喘不过气来！"

一连数天，那洋和尚都出现在巡抚衙门。每次去，他都要倚着石狮子，在汉白玉台阶上坐它一两个时辰。

一个法兰西神父，居然如此放肆，敢向巡抚大人叫板，这是蒋蔚远万万没有料到的。他不但感到意外，而且觉得很丢脸，每次听了手下的禀报，气短心虚的蒋蔚远都心烦意乱，如坐针毡！

"欺人太甚，我操他姥姥！"

他又羞又气，使上了最下流的方言，用脏话痛快地骂着欺人太甚的白斯德望。"那狗日的洋和尚，我操他姥姥！"骂归骂，蒋蔚远仍是一筹莫展。对那个姓白的，他实在想不出什么高招。

三天两头，白先生依旧不厌其烦地往巡抚衙门跑。尽管白斯德望每次都空手而归，但他始终不急不恼、从容不迫，任随守门的兵丁怎么哄骗、敷衍，他都笑眯眯的，一副胸有成竹、稳操胜券的样子！为了方便，白先生还以每日一两银子的租金，向轿行包下了一顶轿子。

给白斯德望抬轿子的人，名叫陈显恒。每天上午辰时，白斯德望估计衙门已经开始升堂办公了，就坐上那顶轿子，颤悠颤悠地赶往巡抚衙门。

陈显恒就是那个穿白布汗褡儿的青年轿夫。

那天，白斯德望和胡缚理离开了巡抚衙门，心满意足地往十字路口走。在他们穿越牌坊的时候，恍恍惚惚间，白斯德望听见有人在喊叫什么，他抬头一看，原来，是青年轿夫在十字路口的对面和他打招呼。

"哦，客罪，客罪。人老耳朵背！"他走过去，轻言细语地问青年轿夫，"小老弟怎么还在这里？等人吗？"

青年轿夫指指同伴，脸上挤满诚恳的笑意："我们在等你。"

"等我？"白斯德望疑惑不解。

青年轿夫结结巴巴地说："起先，白先生的钱给多了，退你，你又不要，我们就商量，再送白先生一回，这样，刚好抵清。""啊！"听罢这青年轿夫的话，白斯德望和胡缚理都不由张口结舌，一时间找不出恰当的词语来应对。

近年来，中国社会已世风日下，公认的社会时尚不外乎唯利是图、及时行乐，可是，白斯德望今天却碰上了一个品行高洁、不贪便宜的君子。可以说，这在铜臭泛滥的时代几乎是一个奇迹！白斯德望站正了身子，睁大眼睛一眨不眨地端详着这个衣服破旧不堪的青年人——这轿夫的个头中等偏高，大约二十六七岁，一张圆脸黑里透红，眉宇间布满了庄稼汉子的纯朴、温顺。

"请问先生贵姓？"白斯德望笑眯眯地问轿夫。一听白斯德望称"先生"，青年轿夫就慌了手脚："哎呀，白先生不要这样喊，你叫我陈显恒就是了。"

"哦！你姓陈。老弟……听口音，你好像不是本地人吧？！"

陈显恒指指同伴："我们都是开州人。"刚说到这里，那个同伴就咧开一张厚厚实实的大嘴，对着白斯德望汕笑，他那脸上的表情很古怪。见白先生有点疑惑，陈显恒忙解释道："他是哑巴，我们一个寨子的。"

"你们怎么不在家种地呢？"

"唉！"陈显恒说，"种地租金贵都不说啰，主要是成天打仗，今天'何二王'打官军，明天官军打'何二王'，开仗就人踏马碾的——庄稼哪还有收成！""哦，原来如此。"白斯德望同情地点点头，"你们来了省城，家里的爹妈怎么办？其他人怎么办？"陈显恒回答说，他爹娘下世早，唯一的姐姐也被乱军糟蹋死了，家里现在只剩他一个人。

"那么，他呢？"白斯德望指指哑巴。

陈显恒说："他呀，和我差不多——也是独丁丁一个人。"白斯德望突然将手放在陈显恒肩膀上，诚恳地说："年轻人，我们交个朋友怎么样？""交朋友？"陈显恒颇感意外，他朝四周不安地张望着，心想：我可是个穷光蛋咧！白先生连比带画又说了一遍："陈，难道我们，就不能做朋友吗？"他平静而温和地笑着，在那双湛蓝色的眼睛里，温和地荡漾着一种怜悯、关爱，一种父兄般的慈祥。

陈显恒感动了。这五大三粗的汉子，好像换了一个人似的，他的一只手不安地放在轿杆上，另一只手在衣角边扭扭捏捏地抓拿着。

"主！这是一个多么诚实，多么忠厚、可爱，同时又多么值得怜悯的年轻人啊！"白斯德望心里，深沉地发出了一声由衷的赞叹。

（节选自《大清血地》，四川文艺出版社，2003年4月；

《十月》2005年第12期选载）

年

罗 勇

擦亮阳光（节选）

星期五下午最后一节课照例躁动不安。离下课时间还有十分钟，一些同学就已经开始收拾课本和文具。书本合上的响声和文具盒关上的响声此起彼伏，许多人的屁股下面像坐了钉子，不安地扭来扭去。

有一些班级的老师提前下课，楼道里充满杂乱的脚步声和嘻嘻哈哈的打闹声。

严肃的政治老师皱了皱眉头，转头看看窗外，亮晶晶的镜片后面一双细小的有些潮湿的眼睛里露出不屑神色。他伸手抹一下油亮的额头，梳理得油光水滑的大背头愈加贴切，纹丝不乱。

"现在开始布置作业，"他慢条斯理地从西装口袋里抽出笔在课本上做记号，"七十三页第一题第三题第六题，星期一早上交。"

教室里重新响起打开书页和翻动文具的响声。后排的几个人开始叽叽咕咕地抱怨，立即招来更多附和。政治老师合上课本，转身往门口走去，铃声响起的刹那间他得意地转头对学生说："现在下课。"这是他的拿手好戏——从不看表，但能准确估计下课时间。这也是他一贯坚持的原则，从不"恩准"学生提前下课。

李海山认真地在书上做好老师布置的作业标记，收拾好书，教室里只剩下他一个人了。他看看杂乱的教室，放下书包，将那些忙着"逃亡"的学生弄乱的桌椅仔细整理归顺，关好敞开的窗户，扫完地才往外走。经过黑板前，他拿起黑板擦把政治老师龙飞凤舞的粉笔字一一擦去。

这些事，李海山自打当上班长就没少干，他本来安排了值日生的，名单排好了，毛笔写的正楷大字醒目地贴在黑板旁边。平时大家还算遵守的，可到了周末，再也没有人愿意留下做婆婆妈妈的事。但学校的值周老师对卫生检查却丝毫不放松，李海山就一个人把所有的工作都包揽了，使得他们班在全校卫生评比中每一次都遥遥领先。

凭良心说，李海山根本没有想讨好班主任讨好学校领导的意思，有人居然说他抓"表现"邀功请赏争当"三好"学生。那天，同村的同学徐强富告诉他这事儿时，他确实怔住了，是不是真的不该干他可以不干的事，是像徐强富说的那样行使自己的权利，到星期一就点名惩罚上个周末不做值日的同学？不，他绝不会这样做。他知道班上大部分同学来自农村，同是农村学生的他太了解农村中学生的生活了。周末对于他们来说不是休闲娱乐的大好时光，而是回家帮助父母劳动的日子。很多人赶着回去完成的活儿，上个星期父母就安排好了。李海山不愿耽搁别人的时间，更不愿他们班落后于人，他宁愿自己多耽误些时间，多挨父亲几句不满的抱怨。

李海山迈开长腿匆匆走下教学楼，穿过一排排修剪整齐的万年青树，回到学生宿舍。宿舍楼里剩下的人不多了，肩上挎了背包的学生正在邀三约四呼喊同村同学一道结伴回家，不停地揿着自行车铃。

在这所小城镇中学里，三分之二的学生来自农村，住校生全是农村的，每到周末，除了少数"情况特殊"心怀鬼胎的人不回家，大多数学生都要回去，学生一走，偌大的学校空空荡荡，盛满冷冷清清的气氛。

李海山往背包里塞了书和作业本，整理好床铺，锁上门匆匆往停车棚赶去。

穿戴整洁的徐强富在停车棚门口等他，白色夹克竖着领子，黑色裤子线条直挺挺的像锋利的刀刃，皮鞋刚擦过油，映了阳光，贼亮。他斜倚在自行车车把上，望着海山，咧一嘴白森森的牙呵呵笑道：

"大李，忙到现在呐，想当劳模也用不着这么辛苦嘛！人家说，劳模都是傻子，你一点儿不傻，怎么就干上了劳模的事？"

"不回家了？怎么现在还没走你？"海山顾左右而言他，不愿与强富扯这个话题。他绕过强富，到看车老头那儿交票。老头子横眼看他，一把将灰白的鸭舌帽檐往后拉，显露给海山一个白而多皱的额头。

"每次都是你落后，你当我是专门替你看车的？我也忙着回家休息啊！"

海山抱歉地一笑，推出自行车，长腿画了个优美的弧形，人就稳稳当当骑到车上。

强富还等在那儿，海山以为他要和自己一块回家，他们两家相距不远，按徐强富的话说他在家里放个响屁李海山坐在家里也听得见。

"一起走。"海山刹住车，长腿支地。

"我不回啦。"

"干吗呢？又约会谁了？"

"你以为除了约会就没有别的事值得我留下来？告诉你吧大李，城里值得留恋的东西太多了，比如说今晚我要和它约会的电脑游戏，不玩不知道，一玩忘不掉。别一心扑在学习上，生活的乐趣尽在课本之外哩！"

"小资产阶级情调，玩物丧志你知道不？你不回我走啦。"

"别急，我请你帮个忙——回去顺便告诉我爸一声，就说我明天中午回来，今天感冒了，骑不动车。"

"真的假的？"

"别这样严肃行不？你一脸正经好像你从来不会说谎似的，不会说谎还算个人吗？"

"强富，该回家得回家，正农忙……"

"我知道，农民的活儿，一辈子干不完，多一天少一天没什么大不了的，"强富拉了拉衣领，跨上自行车，回头说，"我明天回来，你一定告诉我爸，我感冒了，记住是感冒不是拉肚子，别像上次一样把拉肚子说成感冒。不攻自破的谎言对于我们高中生是一种侮辱，再不能重犯啦！"

李海山骑着自行车，穿过灰蒙蒙的城市街道，一辆辆车身溅满污泥的"的士"载着欢声笑语的男男女女从他身边驶过，扬起的灰尘像烟雾一般笼罩在街道上空。街道两旁零乱的地摊摆着杂七杂八的货物，一件件全落满灰尘，像刚出土的文物。一只白色塑料袋鼓满风追随一辆疾驰而来的轿车上下翻飞。太阳伞下的冷饮摊上坐满了人，许多背着书包的男女学生挤身其中，间或便有人叫李海山喝冷饮或吃凉面。他看见曾咏竹斜倚在街边栏杆上和几个城里同学闲聊。一个同学见到他，叫他大李，曾咏竹循声转过头看李海山，目光极快地越过他看到别处去了。李海山和大家模棱两可地打招呼，心想，我什么地方得罪了曾咏竹呢？

李海山穿过闹市区，渐渐驶入城郊，路越来越难行。坑坑洼洼的路面积满乌黑的水，车辆驶过时飞溅的泥点子涂满街道两边的房屋和电线杆，下水道被阻塞了，污水混合着街上的泥浆汩汩地从一栋楼房的墙根下钻头觅缝流进去。行人们寻找污水中岛屿般裸露的干燥地方，袋鼠似的跳跃前进，大大小小的车辆着了魔一样磕头碰尾，驾驶员们无一例外地左右急速转动方向盘。

李海山小心蹬车，紧握车把的手汗津津的。他骑过一家餐馆门前，一伙戴白圆帽子的人咋咋呼呼地捆翻一头牛，牛哞哞叫一声，大眼睛瞪着蔚蓝的天空。雪亮的屠刀穿进牛柔软的脖子，黑红色的血剑一样飞射到空中，迎风散开，洒下一片血雨，染红了污黑的水面。李海山忙加紧蹬车，顾不得道路坎坷不平。每一次穿越这座小城，他心里都有一种难言的感觉，沉甸甸地压在他心头。他为自己目睹的景况难过——人们打着"发展"的口号盲目践踏自己的家园，所谓"发展"总是以环境和生态的严重破坏为代价，金钱是唯一的强大动力。这是一个什么样的世界啊！

驶过城乡接合地段，路平坦了一些，李海山加快车速，破旧的自行车开始全身心投入地响动，公路两边的树一排排向后飞快倒退。他盘算路程，至少还有二十几里，得加快车速。屋子后面那畦地有一半没犁过，他上周末回家犁了一半，门前的硬板地必须瞅准水分犁过来，过了这个星期，天气变化了，水分过重或过少就不好犁。当村长的父亲绝对没有时间管这些事的，他一年到头没有几天空闲时间照顾家里的农活。

海山放慢车速，拐上一条与公路相接的乡村土路。他抬眼看看前面那座陡峭的山，幽幽林木掩映下，一条盘山土路飘带一般从半山腰环山飘落下来，一直飘到他的车轮底下，翻过那座山，就到他们村了。到家不会太晚，他默想着今天老师讲的内容，刘瑾的声音吓了他一跳。

"呀！你吓我一跳。链条卡壳了？"李海山支好自行车，问坐在路边的刘瑾，"链条缺油了是不？车胎漏气？你该小心一些，路上有许多玻璃碎片哩！"

"附近你有熟人吗？"长着一张圆脸的刘瑾起身拍打粘在裤子上的灰土草屑，"看看能不能借点胶水。"

"补胎啊。"海山抬头看看已经接近山头的太阳，"怕来不及，干脆找个地方寄放好，我带你回去，星期天回来补行不……笑什么呢，不放心我的技术？"

"你不怕村里人笑话？"

"骑趟车有什么的，人正不怕影子歪。你怕啦？"

"不怕，我怕谁？我怕的人还没生哩！"

"那就走呗，我还得赶回去犁地。"

两人找一户人家寄放好车，刘瑾坐到海山的车后架上。山顶的树把夕阳光分成一束一束，或粗或细的光柱子直直射下来，蚊子便在灰白灰白的光柱里嗡嗡嘤嘤地飞。

"大李，"刘瑾仰脸看着海山高高的脊背，金色的夕阳将他鬓边几绺迎风吹起的头发染成金黄色，刘瑾说，"你又留在后面做值日了。"

"嗯哪。"

"徐强富、祖明俊他们说你傻哩！"

"傻……傻就……傻呗！"上坡路，海山开始喘气，他骑着"之"字拐，上身摇摆不定。

"我下去走。"

"别……人走哪有……车快，你让我……练练脚劲。"

"大李，曾委员对你有成见，她说你'明修栈道暗度陈仓'，说你想争当'三好'生的事其实就是她说的。"

"曾咏竹是吧……"海山不习惯用学生官衔为代名词称呼别人。

曾咏竹是他们班的学习委员，除他之外，几乎所有人都叫她"曾委员"。

"为人不做亏心事，半夜敲门心不惊。"海山接着说，"随便她说去。"

"她说你和班主任有不可告人的秘密，上学期班主任漏题给你，你才会考得第一名，要不……"

"她真这么说啦？"

"骗你是小狗。"

"这个曾咏竹，我什么地方得罪她呢？"海山仿佛自言自语。

路开始下坡，自行车飞驶而下，路边的树木一晃而过。风鼓起海山的衣服，衣角一下一下地拂过刘瑾的脸，她闻到海山身上浓重的汗香。似曾相识的味道使她突然想起父亲坚实的怀抱。她闭上眼睛，想着这个与自己从小一块儿长大，一块儿从小学上到高中的男孩，他的每一点变化都记在她心里。但她的变化呢，他在意吗？这个一直在同学里出类拔萃的男孩。她自以为很理解他，包括同学们说他"傻"的一面，她反感曾委员说他的那些话，自始至终认为是曾委员妒忌心理作祟，能力不如人却不甘认输地诽谤诬蔑。曾委员？！什么东西，不过是有一张漂亮脸蛋和一身时髦打扮。若论学习成绩，虽然比她刘瑾好，但又怎么赶得上大李呢！

李海山刹住车，刘瑾轻盈地跳下来，手边往背包带里套边说：

"你说你有胶水胶皮，星期天我等你和我一块儿补胎啦。"

"好人做到底。"

海山答应着，却见路边地里几个人停了手里的活儿，拄了锄把看他们，相互对视一眼，荡漾开无声的笑。他忙把车蹬得飞快。路边，杨柳枝低低地披拂着，小河里清凉的水散发着青苔和阳光的味道，几个年轻姑娘和小媳妇弯腰低头在小河里洗菜，间或露出白皙的背脊，她们忙抬头四下里望，伸手往后拉拽衣服，就看见了李海山，笑着问：

"海山，回来啦，不声不响的，看见什么了？"

"是呀，"另一小媳妇睐一眼海山说，"偷看别人要害火眼病的！"

"瞧你把人家海山说的，海山多老实的人。"

"老十（实）？老九他弟弟是吧，老实人私底下可干事了，海山心里想的都是大人们的事呢，海山，刘家姑娘你给拖到哪儿去了？"

海山只笑不答，他知道说不过她们，要是强富在就好了，他最能说这类不荤不素的话，姑娘媳妇都不是他的对手。

快到家了，海山听见自家院坝里传来吵闹声，一些人在他家院门口进进出出。又发生什么事了？他们家真的难得有个清静时刻。村里发生鸡毛蒜皮的事都要找村长，东家的牛吃了西家的秧，张家的鸡啄了李家的苗，事情永远没完没了。没完没了的事就是李海山父亲的事。

海山推车走进院子，青石板铺就的院坝里挤挤插插站满了人。父亲坐在人群中间，吧嗒着长长的旱烟杆，袅袅烟雾缭绕在他头顶。徐强富的父亲徐仕荣捋着袖子，一张没有多少肉的瘦脸青筋毕露，薄而宽的嘴不停翕动，唾沫星子横飞，他周围的人都感到下了一场酸腥的毛毛雨。

"你是村长，"徐仕荣双手叉腰，头凑近李村长的脸，一颗小脑袋像觅食的鸡不停地偏来偏去，"你说，我徐仕荣没有支持哪一项政策？什么事情拖过你李村长后腿？救济粮来了我没问你要过一颗半粒，救济衣我徐仕荣连什么样子都没见过。现在有小额扶贫贷款了，你还不让我沾边，我不信你李村长能独吞了！"

李村长倏地站起身，系着红头绳的长烟杆指到徐仕荣的脸上："徐仕荣，说话得摸摸良心。独吞？我独吞过什么？这院里的屋里的哪一样家私来路不明，你指出来，指出来嘛！你徐仕荣在我们村里富得都往外冒油了，原指望你带领大伙儿找一条致富路的，你偏占着茅坑不拉屎，村里修学校修路大事小事你什么时候积极过？铁公鸡一毛不拔。"村长缓和一下声音，重坐下来。"现在来点扶贫贷款，你就苍蝇逐臭似的赶着追着。什么叫扶贫？你懂不懂？你比李二根杨万全们如何？需要扶贫帮困的不是你这一类吃香喝辣还装穷卖困的人。你以为，国家的钱多得没处放啦！"

"我屋里有多少钱那是我自个儿用汗水挣来的，与别人屁相干没有，要说钱，我徐仕荣揩屁股的手纸都是钱，可我不服气。国家的钱就是露天坝里的饭，别人能吃，我不能吃？这明明是玩弄权力挤兑人嘛！"徐仕荣理直气壮，不甘示弱。

"徐仕荣我告诉你别要无赖！"

"我就要无赖，你吃得了我？吃得掉肉吃不掉骨头，我不信你李炳银是吃人的日子里生的！"

"我就不给你小额扶贫贷款，告去吧你，政府法院随便你告去，休想从我这里麻麻眨眨地贷款，你扔石头砸天去吧，你能哩！"

"我偏要贷！"

"我不给，村长是我当还是你当？"

"这村官儿难道是你祖传的？！"

一高一矮两人像两只斗鸡一下子站到一块，瘦小的徐仕荣急切地看围观人群，精瘦的小拳头一上一下做自卫动作。

祖支书一直一声不响地蹲在墙角吸烟，这时便磕掉烟锅里的烟灰，满脸笑容站到徐李之间，左右手分别轻轻扶在二人宽窄不一的胸膛上，说道：

"互相忍一忍，忍一忍嘛，和气生财。有事大家坐下来慢慢商量，平心静气天大的事也能商量好，有理不在声高对不对？"

"我听支书的。"徐仕荣像溺水的人抓住一根稻草，下不来台的人找到了楼梯，脸上一阵欣喜，拉祖支书坐到屋檐下，忙递给支书一支过滤嘴烟。

李村长悻悻拾起扔在地上的烟杆，重新装上一锅烟，大口吸着。

"关于小额扶贫贷款，"祖支书面带笑容，像在述说一个动人的故事，"今天召集大家来的目的，也就是征求大家的意见，既然大家没有统一的意见，这事就得搁一搁，等我们商量出切实可行的办法，再通知大家。"

人群里就吵嚷了，一人说："有什么好商量的，当官的十条路，九条民不知，什么事不是你们说了算？"

"什么话？放屁不粘胯啦，"支书说，"说话得注意分寸，共产党的官是为百姓服务的，谁说的也不算，百姓说了算。今天就散会了。"

海山现在才明白，父亲他们原来是开会，会有这种开法的吗？他担着水桶和吵吵嚷嚷的人群往外走，看见徐仕荣和祖支书肩挨肩走走停停地小声说话，想起徐强富叮嘱过的事。他追上去，两只铁皮桶子晃动的尖啸响声惊动了徐祖二人，他们惊讶地瞪着他。

"徐叔！"

"干吗你想？"老徐警惕地站到支书背后，想想不对劲又忙挺身而出，却满面惊慌。

祖支书不满地斜一眼徐仕荣，眼皮儿连闪脸上就堆满重重叠叠的笑，鼻孔里两撮毛笔尖似的毛一颤一颤的，他说道："海山，回来啦，明俊和你一块回的？没有？肯定去他大伯家啰。明俊不像你，太贪玩，我常教他向你学习哩！"

"哪能呐，明俊学我就学坏了。"海山一笑，转脸对徐仕荣说："强富说，他今天不回来了，他说他……病了……对，感冒了，骑不动车，明天回来。"

"噢。"徐仕荣如释重负，"嘿嘿，你说强富不回了，不回？今天星期五是不？他不回了！"老徐像刚猛然醒来一般，睁大眼睛瞪着海山，"不回我那些活儿谁干，他娘的一到星期五就生病，这病还真准时。请猪贩子捎个信就想蒙我，他没翘尾巴我便知道他拉什么屎！"

老徐猛觉自己有些话像在针对海山，瘦脸皮一抖挂下笑来："海山你别计较，徐叔书念得少，无知无识的，不会说话。"

"没关系。"

海山说着话，几步跨到两人前面，朝小河走去。他不会和徐仕荣计较，就算是那些和父亲拍桌子骂娘或者动了拳脚的人，他对他们依然是客客气气的。大人们的事大人自会处理。即使对每一件发生在身边的事他都有自己的想法，但他从没有和父亲说过。他理解父亲的工作，明白当"官"的难处，他比谁都理解，当一个问心无愧的"官"，实在太难了！

吃过晚饭，海山打开电视机看"新闻联播"，往日最爱看新闻的村长耷拉了脑袋，把长烟杆里的一撮旱烟抽得滋滋响，两片嘴唇一抿"嘘"地吐出一串口水，落到地上就用鞋底一下一下地碾，水泥地上湿了好一大片。工作上碰到难题村长常常就这样一言不发地坐在一边苦思对策，他从不和家里人议论工作的事。在他心里，家里的每个人都令他满意，妻子贤惠，海山和海燕兄妹俩都很听话，他们在他心中都是完美的，无可挑剔的。

海山关掉电视，准备回屋看书。一个人看新闻没意思，少了父亲对新闻的评论更没意思，他们父子间的思想交流很多时候是从评论新闻开始的，虽然父亲对时事的评论不乏粗俗与主观武断，海山不肯与他站在同一条战线上，但他知道父亲有一颗正直的心。那一次，当父子俩看到我驻南大使馆惨遭美国炸毁，村长发怒了，左一掌右一掌地击打自己的大腿，用最难听的语言骂美国佬，质问海山干嘛不和美国人打一场。父子俩就打与不打的问题辩论开了。海山知道，父亲的想法太简单太粗暴了，但他无法说服父亲，在父亲的心里，小孩子的话再说得头头是道也不可信，父亲却暗自惊喜，不知不觉间儿子竟能说出许多自己想也想不到的话了！

海燕看看旁边的父亲，磨磨蹭蹭地重新打开电视，音量调到最小，不断变换频道，寻找她中意的节目。

"海燕，不做作业啦？"海山回身欲关电视，"都八九点哩！"

"哥，别关嘛，老师没留作业。"

"你们老师会不留作业？从前不是一堆一堆地布置给你们做吗？"

"老师说要减轻学生负担，该做的都在课堂上做了，回家不做作业。"

"海燕——"村长抬起头，目光炯炯望着白白净净的海燕。

"爸，我说的都是真的，不信你明天问我们老师去，杜校长说他明天找你有事，你问问他，是他在校会上说的，不准老师私自给学生留作业，说这是什么教育，我记不清了！"

"杜校长找我有什么事他没告诉你？"

"我们学校后面一堵墙要塌了，他说找你想想办法。他没和我说这话，我是在一旁听他跟老师们说的。"

"墙塌了？！"村长霍地站起来。

"没塌，裂开一大条老长老大的缝；爸，学校要是塌了，我们到哪儿读书去？没教室嘛！"海燕一副担忧的样子。

屋外，大黑狗突然狂吠着追出门去，祖支书急切的声音在门外吼：

"死狗瞎眼了，是我！海山拦一下狗，海山！"

"大黑！"海山跑出屋，唤住狗，"别乱叫，回来！"大黑摇头晃尾回来，海山两腿夹它的头。

祖支书和徐仕荣匆匆跑进门来，那徐仕荣边跑边看狗，脚被绊了一下，人跌到祖支书身上，祖支书不满地扶住他，说："把狗当成老虎了，瞧把你吓的，方圆几十里内还没听说谁家狗肚子里剥出人来。"

　　徐仕荣手里拧个黑色塑料袋，不管祖支书的埋怨，一进屋就把塑料袋里的两瓶"尖庄"酒放到桌子上，笑呵呵说道：

　　"村长，吃晚饭了没？这天气还真热哩！夏天没到就有夏天的架势了。噢，海燕还没睡呐，这孩子常和我家英子玩哩，两人好得跟糖粘着似的，亲姊妹也少有这样亲近的，我说就该这样，像我们这一辈人，大伙儿生一块儿长一块儿，谁心里没装着谁？什么事不互相照顾着呢，就算有时候吵了嘴也没谁记谁的仇，牙齿还会咬了舌头呢……嘿嘿，海燕！"说着，又摸摸海燕的头。

　　海燕回头看他一眼，一声不吭，别过脸去看她的电视。

　　"坐！"村长拖过两把椅子，"海山给你二位叔叔泡茶。"说完便闷头吸烟，看也不看徐仕荣放在他旁边的两瓶酒。

　　"炳银，"祖支书看看徐仕荣，又看看李村长，缓缓说话了，两根手指不停搓捏手里的纸烟，烟末儿纷纷往下掉，他便凝视了渐渐瘪下去的纸烟，脸上蔓延开温和的笑，"仕荣来找我，说白天的事错在他，一定要我陪他来你家替他说两句好话。我当时就骂他啦，也真是的，什么态度嘛，当着那么多人的面。人嘛，脸上没有三滴血也有三滴汗，谁像他徐仕荣死猪不怕开水烫什么事情都不放在心里。这事落到谁头上谁还能不生气？但话说回来，仕荣既然认识到自己的错误，你就别往心里去，大家一块儿相互看着长大的，抬头不见低头见，没有感情也有交情。哈哈！我这话说得多余，炳银你还不明白这理儿吗？"

　　"工作上的事我不会计较的，仕荣别有其他的想法，当村长这芝麻官也有我的难处，小额扶贫贷款……"

　　"我正是为这事顺便找你商量商量。"祖支书忙抢着说。

　　李村长抬起头，戒备地看一眼祖支书，他和祖支书常常在意见上统一不到一块儿。支书已经干了十几年的村干部，什么样的事都见过应付过，十几年的工作练就了他一身不凡的本领，他可以在各种工作中得到上级赞许的同时也能令相当一部分群众拍手称赞，就连计划生育这种高难度的工作，他仍能不损群众"利益"，同时应付好上级隔三差五的各种检查。李炳银没有这套本事。基层工作，不得罪一些势力是不可能做好的，他一辈子也学不会祖支书那一套他最不欣赏却又神通广大的本事。

　　支书呷一口茶，嚼着嘴里的茶沫儿说："炳银，有话就开门见山说，你我都是一根肠子通屁眼的直爽人。小额扶贫贷款，我认为不如这样，贷给少数像徐仕荣一样有家底的人家。一来回收不会存在难度，还可以帮他们壮大生意，仕荣有心扩大他的小酒厂，仕荣不是不记人情的人；二来呢将来上面要检查扶贫落实情况也好应付过去，成效特别明显嘛！哈哈。"

　　"你的意思是不扶贫啦？"村长闷闷地问。

"炳银，工作不能钻牛角尖认死理儿，政策是死的人是活的，上面有政策下面有对策嘛，老老实实干工作是要吃亏的。扶贫我懂，可也得为自己的工作着想呀，李二根杨万全那些人家是无底洞，你怎么个扶贫法？钱落到他们手里就像羊入虎口。"

"……"

"炳银哥，支书说要不我们三人合伙做生意，用这笔钱做本，支书说贷款花名册可以造假的，手印可换着手指头儿印……"

"你说的是人话吗？既然你们商量过了来找我干吗？我不同意。我好歹也算个国家干部，昧良心的事，我不干！"

徐仕荣自知说漏了嘴，悄悄瞟一眼支书。支书一双瞪大的眼睛正盯盯对准他，他像一个撞墙撞昏头的醉鬼，眼珠滴溜转着不知停留在哪儿好。

"炳银，你要认死理儿不同意，你就得对这项工作负责到底。我和你亲兄弟明算账，依我，这事儿我负责，听你的你就一个人全揽着，我一概不插手，出什么差错与我无关。"

"好，好！你想推脱责任？大姑娘梳头随辫（便），一人做事一人当，出了差错，我一屁股坐着，与你半点儿没牵扯。要不要立个字据？"

"你有种，李炳银，这事儿看你怎么收场。"

"我这村长的官儿，不是讨口讨来当的，大家信任我，我做事就要对大家负责！"

"你要一个跳蚤顶起一床被窝了，我祖字倒着写。徐仕荣，走！"

徐仕荣紧跟拂袖而去的支书跑几步，猛然转身回来提了他的酒，昂头去了。

海山仰靠在门框上，差点被徐仕荣逗笑出声，他看看立在屋子当中脸色严峻的父亲，轻轻带上门。他想，父亲是对的，像支书说的那样还叫什么扶贫，岂不是富的如虎添翼，贫的雪上加霜了？！

海燕蹑手蹑脚走进来，"哒"地吓海山一跳，海山一把搂住她扭她的小鼻子。

"哥——送我上厕所，我怕黑。"

"鬼不吃你哩，鬼嫌你手黑。"

海山站在厕所外面等海燕，想起牛槽里没草料，便去加满了。他想明天起个大早去犁地，父亲累了，让他少干些活，多点休息时间。

二

海山起床时，天还没有完全放亮，东边的山头天空一片暗红，星星未隐退，像刚睡醒的孩子，调皮地眨着惺忪的眼睛。远处，山黑黝黝的，近处的树隐隐看得见一些较粗的枝丫，在凉悠悠的晨风中似醒非醒地摇动。

海山燃着炉火，自己准备吃的。水没有烧开，他先到牛棚里给牛加饲料，回来时他妈妈已经起床，正为他煮面条。

"多睡会儿嘛，天亮了我会叫你的。"海山妈声音压得低低的。

"睡醒了得赶快起，一睡过去又难醒啦，瞌睡是个懒东西，早起习惯就没事了。"海山同样压低声音，顿了顿又说，"爸昨夜休息好不？没犯咳嗽吧？"

"唉！他哪一夜不咳呢，人家县上的医生说要少抽烟，他愣听不进去，左耳进右耳出了。遇事儿心里疙瘩啦就拿烟出气，伤着谁？自个儿的身体跟山塌似的垮。这干部当了有什么用？挣不到钱又得罪人的事。人家当干部的个个吃得油光满面肥头大耳，他捞得一身病。要我说，每月那七八十元钱不稀罕，自家打理自家的活儿，轻轻省省的吃的穿的能少得了？你爸傻哩！"

"妈——你别这样说爸爸，什么样的工作总得有人做嘛。"

"你爸是傻哩，祖支书不也和他一样每月七八十元钱吗？人家当的什么干部，家里要什么有什么，拔根汗毛也比我们腰粗。祖支书一个劲儿在背后使你爸的坏，姓祖的蜂糖嘴苦瓜心，天上的喜鹊能哄下来下油锅的人，你爸死脑筋不转，支书放个屁说是烧饼他也信，人家一天没拿心朝过他，他倒把心窝子全掏给人家了。"

"爸有他的工作原则，群众不是挺支持他吗？刘瑾她爸说，我们村要没了爸，事情就更烂包啦！"

"甭只顾说话，快趁热吃，盐不够自己放，盐是长力气的，这是酱油，这是味精。味精要少吃，吃多了记性不好。加点肉吧，看你瘦精精的一身骨头，海山，你是光长架子不长肉呐！"

海燕趿拉着鞋，边揉眼睛边从里间走出来。她和哥哥一样没有睡懒觉的习惯。周末更要抓紧时间帮家里干活，星期一上学了，自己心里轻松，妈妈干活也轻松。爸爸呢，别提了，吃完早饭撂碗就走，吃晚饭还不回来，说是工作，谁知道他工的什么作，哪像人家祖支书他在城里"工作"的大哥，每次回家都开着小车来的，多威风！他家姑娘才穿得漂亮哩，爸爸从不肯给她买一身漂亮衣服。

海燕胡乱吃点面条，就提起竹篮在门外等海山去了。犁地总会犁出一些挖不干净的洋芋，捡洋芋的任务近几年来都是她独立完成的。

海山套好牛鼻索，牵它出来，抚摸着壮实的牛背。别人家的牛现在躺在牛棚里悠闲地吃草吃料，他家的牛真够辛苦。那牛像是明白海山的意思，打个响鼻，迈着稳实的脚步，暗红的皮毛下滚动着结实的肌肉。

天亮了，太阳露出半张橘红色的脸，徐徐晨风里，飘荡着泥土的味道。村寨里传来开门的吱呀声和慵懒的呵欠声，谁家妈妈大声骂赖在床上不肯早起的孩子。

太阳当顶的时候，海山才歇牛，他身后一大片新翻的潮湿的泥土冒着袅袅白雾。人不怕累，爸说"力气是精怪，今天使了明天在"。海山不怕累，但他怕累了牛。他们这样的村子里，人们和海山一样非常爱惜牛，说牛是"养生父母"。话说得一点不假，海山想，他们家里如果没了牛，活儿就没法干完。靠科技提高生产力搞农业现代化，那是一个遥远的梦想，村里许多人怕连想都没有想过。

海山扛起犁头索具往回走，他高高挽起的裤腿上沾了不少泥土，白背心上面也沾了一些，如果不是洗得很干净的头发体现出几分书生气，乍一看，他真像个地道的农民。

海燕背着半背兜洋芋，一手牵牛走在前面。路边，桃花开了，空气里浸润着淡淡花香，几只麻雀在花树间跳动，摇动花枝，桃花纷纷扬扬飘落下来，像下了一场粉红色的雪。海燕歇住脚，举手做投掷物体状虚赶花间鸟儿，那鸟儿们却不飞，偏了脑袋看她，叽叽喳喳的鸣叫声里似乎夹杂着鸟们嘻嘻的笑。

"海燕，快走，麻雀都笑你呐！"

"等等，"海燕别转头，脸上隐现着一丝忧愁说，"哥，麻雀多烦，把花都糟蹋了。"

海山看她生气的样子，突然想起《红楼梦》里黛玉葬花的细节。敢情女孩儿都是爱花的，海燕这么小就知道心疼花了，也许是她们的天性使然吧。他放下犁具，学海燕的样子挥手赶飞那几只麻雀。重新扛起犁具时他想起宝玉说的那句话："女孩儿家是水做的骨肉。"水做的骨肉当然不仅仅指黛玉，曾咏竹是水做的骨肉吗？不全是，曾咏竹更像一朵云，虽然有水的成分，但却让人无法捉摸；刘瑾呢，她没有水的温柔，却有水的韧性，确切一点，她像一朵不畏严寒的山菊花，对，山菊花！也许，只有祖支书城里的大哥的女儿祖明婉，那个有着一头长发的女孩儿，才是水做的骨肉，她的眼睛才配得上明如秋水这样的词儿……

"哥——"海燕的声音打断了海山的遐想，"耳朵打蚊子啦，连叫几声都不应？"

"啊！"海山不由脸红了，他讪讪笑着，心想干吗想些乱七八糟的事呢，幸亏海燕不是强富、明俊他们，要不……哎！那祖明俊就跟人肚子里的蛔虫似的，人家想什么他都知道，虽然他不爱多说话。

"哥，你说我们学校要是塌了，我们到哪上学？学校里有许多学生都转学了，我怎么办？"

"学校还没塌就说这话，到时候再说嘛！"

"你跟爸妈一个腔调，你们是一个鼻孔出气哩！"海燕生气了，她的担忧不被人重视。

"你想转学？我们村离其他学校挺远的，转到哪儿去！"

"徐强英说她也要转，到亲戚家住……"

"可我们没离学校近的亲戚呀！"

"人家正是为这愁哩！"

"燕，你甭愁，爸有的是办法，他不会让村小学停办的。全村那么多孩子，不是每一家都有离学校很近的亲戚，学校怎么会停办呢！"

"你说爸真有办法？"小女孩很信任她大哥。

海山深深地点头。

"万一到时候上不成学了，你可得教我念书，刘瑾姐姐说你的成绩最棒啦，全年级数一数二。"

"刘瑾——"海山心里微微一震，被一个女孩子夸奖是令人心动的事，"她和你说我来着？！她还说些什么呢？"

"她说……就这些了。"

"真的没有了？"

"没有了。"

"骗人！"海山不知道自己为什么不相信，他知道妹妹不会骗他，但他仍执着地想知道点什么。

"骗你干吗，一点意思没有！"海燕白他一眼。

海山微微一怔。是呀，凭什么刘瑾非得要背后对他喋喋不休地评价议论呢，他有什么值得她念念不忘的？李海山呀李海山，你胡思乱想些什么，你真混蛋！

海山挥拳捶一下脑袋，甩甩头，像是甩掉了什么占据头脑的东西，步子就迈得轻松起来。

前面，明晃晃的太阳照耀清澈的小河，水面粼光闪闪的，流淌着一河揉碎的阳光。海山放下犁具，双脚放进水里时他迟疑了一下，有点不忍心搅乱亮晶晶的小河。他站到水里，河水仍有些冰冷，但不刺骨，幽凉幽凉的感觉刹那渗透到全身每一个细胞。他看着海燕牵牛饮完水，才低头洗腿脚上的泥垢。

咚的一声，他旁边落下一颗石子，溅开一朵水花，水珠沾满海山一脸。穿一件黄色T恤梳两条小辫子搭到肩上的刘瑾笑吟吟坐在河岸上，两条腿交叉挂着悬在空处悠悠地荡，旁边堆着一大盆摞得高高的脏衣服。

"大李。"刘瑾抬头看看太阳，阳光晃得她眯缝了双眼，她眯缝了眼睛就特别像孙悦。这话不是海山说的，原话出自他们班的欣赏权威祖明婉之口，海山觉得祖明婉"匠心独具"说什么像什么那是真的像。可以举两个例子，一便是说刘瑾像孙悦，二则是说曾咏竹像王菲，评语是和王菲一样，漂亮但太冷，给人恶狠狠的感觉，一言蔽之："冷美人是也！"

现在，粼粼波光反射到"孙悦"脸上，极亮的光影在她脸上闪动，使她的脸特别生动活泼。她说："都歇牛了。上级下达的任务完成了？"

"没，还得一个整天哩！"海山掬一捧水噗嚕噗嚕地洗脸，"你活儿倒轻松，洗洗衣服。"

"什么什么？轻松？天麻麻亮就和我妈下地啦，手都起血泡了。"她低头掐手掌，"当农民真辛苦，人家城里人现在哪儿荫凉到哪儿歇着，看书看电视上网聊天嗑瓜子打毛衣，皮肤闲得又白又嫩，两指头能弹出水来，哪像我们。"她拉开头和手的距离，远远地欣赏她的手指。

"下辈子投胎转世做城里人吧！"

"今生苦够了，再有来生也没闲心享受。"

"你这算什么？"海山笑了。

"看破红尘呗！"她冲他做个鬼脸，"得！你甭想借题发挥教训我人生美好世界精彩前途无量啦，我知道我不长进。说别的——你犁的地土坷垃大不？"

海山看她一会儿，说："不大，水分把握得好，酥酥的，晒晒太阳，一拨拉就散啦！"

"可不，我爸呀，性子急，一收完庄稼就急着犁，土坷垃跟磨盘一样，一钉耙敲下去一白点儿，敲石头似的。哎，大李，我们这里要像人家大草原那样农业现代化就好啦！"

海山看看四周陡峭的山岭说："做你的美梦去吧！"

正说着，土路上驶来一辆红星拖拉机，机器轰鸣，车身不停颠簸，响声震耳，扬起一路灰尘。那是徐仕荣家的拖拉机，除了祖支书，徐家是全村第二户拥有拖拉机的人家。

拖拉机驶到刘瑾身后停住，却熄不掉火，响声震耳欲聋，

浓黑的油烟大雾一样笼罩着车上的人。脸上沾了油污的强富跳下车来，摸摸这里，敲敲那里，怪物一般的黑机器像发疯了似的吼。强富生气了，一脚猛踹过去，机器停止了转动，他拍拍手，望这边笑：

"这老爷车，该进'三保'了，我爸不听，他妈的像牛一样，服打！哎，老远就看见你们了，说什么呐，说得那么……热烈。"他意味深长地看刘瑾，又转脸朝海山狡黠地眨眼睛。

"说农业现代化哩。"海山被他看得有些不自然，"你的病好啦？"

"嗯哪！农业现代化？哇！"强富很"香港"地惊叹，脸上露出夸张的惊讶表情，接着哈哈大笑。

"农业现代化很好笑吗？"刘瑾斜眉搭眼的，"你喝笑老妈尿啦！"

"没和你说，甭牛圈里伸出马嘴来，我跟大李说呐，大李，这么老土的问题你也感兴趣？！"

"说说有什么的，什么问题不可以聊？你和你的拖拉机一样夸张而且神经。"海山走上岸来，弄得河水霍嘟嘟响。

刘瑾扔给他一件衣服："坐吧。"

海山斜眼看看在一边冷冷盯着刘瑾的强富，说："不坐，裤子脏了，没事！"把衣服扔给她。

"你不信我们聊农业现代化？"海山在强富旁边坐下，替他拍打肩头上一层薄薄的灰土，"我们真聊了。"

"我信哩！"强富怪怪地看一眼刘瑾，递一支烟给海山，"来一支不？解闷愁的！"

海山拒绝。

"挣到烟钱了？"刘瑾说，"装模作样地抽烟！"

"关你什么事？"强富点燃烟，撅起双唇一口浓烟朝刘瑾吹去，"我愿意，有钱难买愿意嘛！"

"臭死了，比屁还臭哩。"刘瑾连连挥手驱赶烟雾，"你爸的血汗钱给你糟蹋啦！"

"挺关心我嘛，什么身份？不怕别人吃醋。"就嘻嘻地笑着看海山。

"不和你说，"刘瑾极快地瞥海山一眼，见他无动于衷地看头顶摇摆的柳枝，脸便黑了，说，"半句人话都没有。"故意岔开话题问海山道："大李，你说我们村有朝一日能实现农业现代化吗？"

"像平原地带大规模的机械耕作也许是不可能的，小规模因地制宜的机械有可能实现。"

"大李你甭半夜想起歌来唱——怎么可能。"强富夹烟的手指着陡峭的山岭，"像那些地方，苍蝇歇上面都打滑，什么样的机械都用不上。"

三人的目光落到对面山岭上，那里原来是一片片葱茏的树林，每到春天，山花开遍时，映得满山满岭一片艳红，像大火烧山似的惹眼。现在，树木全砍光了，人口的急剧膨胀迫使人们不断向荒山扩大土地，只要能站稳人的地方都被开垦成土地了。

"只有一个办法。"强富说。

"什么办法？"那二人异口同声。

"用飞机，"强富强忍着笑，脸上的肌肉绷得紧紧的，他等待着两人猛然爆发的笑声，"用飞机，作蜻蜓点水式耕作。"强富有点泄气地说。

海山看看他，不置一词。

"你家肯定是全村第一户实现农业现代化的，"刘瑾干巴巴地怼道，"卖掉拖拉机也许就可以买飞机啦，或者不卖也行，反正在你爸心中你家拖拉机就是我们村里的'飞机'。"

"你对我爸情有独钟，上口不提下口提，你甭欺软怕硬以为我爸瘦得皮包骨头的好欺负，告诉你我爸是隐居山野的武林高手，武功盖世举世无双……"

强富正说得兴起，徐仕荣站在他家青砖红瓦的院子外面大声叫嚷："强富——正急着用煤哩！你在那儿嚼什么舌根，还不快开车拉煤去，死儿子！"

正像刘瑾说的那样，在徐仕荣心目中，他家的拖拉机是村里了不得的东西，他从不叫拖拉机的真名实姓，不经过国家主管部门批准擅自口头上提高机械档次美其名曰："车"。令初闻者疑是"东风""解放"一类。

强富不高兴地皱一下眉头，拉住站起身来的海山："'太公稳坐钓鱼台，随他波浪怎么来'，再聊会儿，还早哩！"

"太公你自个儿稳坐吧，武林高手踩脚啦！"

"懂什么，"强富懒洋洋站起身看看一路小跑下来的徐仕荣，"那叫'凌波微步'，最上乘的轻身功夫，凌波微步最大的克星就是拖拉机的吼叫声，再加上四个转动的轮子！"

"干正事去吧，"刘瑾笑着说，"甭一张臭嘴没个停歇。"

"你怎么当着外人说家丑，"强富挤眉弄眼的，"我嘴臭只有你知道，这是一个秘密。"

"徐强富，你不得好死。"刘瑾又变了脸。

"等着我！我会平安回来！"

强富嘻嘻笑着，猛踩一脚油门，拖拉机嚎叫着开动了。

晚上，海山妈特意炒了几个小菜。海燕忙把桌子端到屋子中央，四平八稳放好，拉住一只桌角晃晃，漆得锃亮的小方桌纹丝不动，她说："到吃饭时间啦！"

按照妈妈教她的"理论"，到吃饭时间，桌子放哪儿都不会晃动，吃饭时间没到，桌子就不稳。

菜端上桌，每个盘子上倒扣着一只碗，海燕比齐四双筷子放到桌子上。她妈从碗柜里拿出半瓶酒，瓶上倒扣一只小玻璃杯，这是为村长预备的。

三人就围坐在火炉边等村长回来，半小时以后，才按惯例开始吃饭。劳累了一天，晚饭吃得特别香。

海山帮妈妈洗好碗筷，上了牛料，才打开电视看"新闻联播"，"天气预报"开始时村长匆匆从门外进来，一进门就嚷饿，海山妈忙捅火热菜，问他爸喝不喝酒，他爸说不喝，今晚还有事，边大嚼嘴里的东西边转头对海山说：

"今晚作业多不多？"

"昨晚做完了，今晚就看看书。"

"我要造一份小额扶贫贷款花名册，我先理一份草稿，你帮我誊抄一遍，我写字不行，像鸡爪子划的。"

"你小时候肯定吃鸡爪子啦，"海燕说，"妈说小孩子吃鸡爪子长大了写字就像鸡爪子划的。"

"你怎么跟爸说话的！"海山轻轻拧一下海燕的耳朵，转头对他爸说，"行哩，轻松加愉快，我一会儿就抄好啦。"

"什么加什么？"村长听不懂儿子语言中的奇怪组合，他不知道这是"网络语言"，儿子跟上网的同学学来的。

"我说我很快就能抄好的。"海山看着父亲笑。

"你真的要把钱贷给李二根杨万全他们？"海山妈有些担忧，"祖支书的话不是没有道理，他干了这么多年，人家吃的盐比你吃的米多……"

"昧良心的事不能干！"村长打断她，"光为自己想不为别人想当的什么狗屁干部，我跟祖支书签了字按了手印的，这事我负责到底，出差错我顶着。李二根他们是穷，但他们脑袋里装的不是豆腐渣。"

"我说讨好卖乖的事都让祖支书干尽了，你老干一些得罪人的苦差。为计划生育的事村里很多人都骂你，我们是有儿有女的人，骂大人倒没什么，谁叫自家命苦呢！海山海燕有什么错，让人家上口不提下口提地骂，我听了心里就跟刀剐似的。"

"我说孩子他妈，骂人的话你甭往心头去，风一吹就散了跟放屁一个理儿，为国家办事办一件就得是一件，一个雨点一个湿（实），不得罪一些人就干不好。他们要骂就骂呗，海山兄妹俩不是长得跟牛犊一样壮吗？"

海山在一旁听着，觉得爸爸说得很有道理，但妈妈的担忧并不多余。如果工作真那么容易干，祖支书不会轻而易举就都扔给爸爸不管的。

海山看爸爸认真造花名册，他想了想，说：

"爸！小额扶贫贷款风险特大吧？"

"什么事没个风险？不小心，放屁都会转了大腿筋哩！"

"要真像祖支书说的，你该怎么办？"

"人心都是肉长的，不可能把政府的好心当成驴肝肺吧，要真出现那样的情况，我砸锅卖铁也得替他们还上。"

海山接过爸爸递给他的花名册，心里涌起复杂的情绪，他说不清自己对父亲的评价是肯定还是否定，也许两者兼而有之，前者大于后者。有一点是可以肯定的，他始终佩服爸爸的诚信和对认定的事坚持不懈永不低头的精神，不管前面是什么！

院子里，大黑狂吠起来，有人到他们家来了。海燕敲着门叫：

"哥，吴胜哥找你。"

海山拉开门让吴胜进屋，门外那瘦瘦高高的青年跨进屋，看见桌上摊开的纸笔，抱歉地笑笑：

"打搅你了？你正学习呐。"

"没有，帮我爸誊抄一份花名册。吃过饭了没？吃了你坐会儿，我去泡杯茶。"

海山端茶递给吴胜，吴胜说你呢你不喝茶？海山说喝茶晚上睡不着觉，便倒过椅子来双手扶在椅背上作出要长谈一番的架势。每次吴胜来找他，他们都会聊上很久，在这个村子里，他是吴胜唯一可以推心置腹并可以毫无顾忌地谈心的人。海山从不像强富他们一样嘲笑他，瞧不起他。

海山看看吴胜，他瘦削的脸上密密麻麻的胡茬子刮得干干净净，但那一圈青紫依旧异常醒目，灯光下，看得清他染过的头发根部新长出密密匝匝的半截白发，熠熠闪光，仿佛在向另外半截黑发示威——自然不容改变，我还是原来的我。海山有些不忍心看吴胜的笑，笑容使他细小的眼角拖出缕缕深深的鱼尾纹，那副苍老的面孔再也没法遮掩。

在他的记忆中，吴胜从来都是这副模样。那时他刚上初中一年级，吴胜就在他现在上的这所中学念高三；他已经念到高二了，吴胜"稳坐江山"依然盘跨在高三未挪窝儿。那时候，吴胜的学习精神为全村人所称道，提起他的名字，村里人无一不竖大拇指的，都说这孩子是块"吃国家饭"的料。不论干什么事，他手里总拿着书，一有空闲便打开书学习，他屋里的灯是全村熄得最晚的，也是全村亮得最早的——天没亮他就起床读书了。他有很多学习资料，海山常去找他借，渐渐两人就混熟了，虽然年龄上的悬殊使他们没有多少共同语言。海山并不佩服吴胜的学习精神，尤其他一心想跳出农门的思想让海山感到反感。人不能没有理想，但理想过于遥远就等于作茧自缚。他与吴胜的交往，是同情大于友谊的交往，在偌大的村子里，不论男女老少，愿意听吴胜倾吐的人只剩下一个李海山，人们不习惯单调的重复，更何况是单调而且毫无成果的重复，酸菜炒洋芋第一次吃是好菜一道，人吃人夸，一日三餐都是酸菜洋芋，味道就变了，人见人厌，吴胜是一盘多年来一直摆设在人们眼前的"酸菜炒洋芋"，人们对他只有厌倦，毫无兴趣可言。

唯有海山从不反驳吴胜，即便他听出吴胜言语中的漏洞百出，他也不去纠正，争论与反驳只会使他与吴胜产生隔膜，使他们之间这层微妙的关系退化如其他人一样。吴胜！他需要的不再是争论中的进步，而是心灵的慰藉，有人愿意静静听他倾吐，他从中会获得一点点自信，这对于他，来之不易啊！

吴胜读了多少年书，恐怕连他自己也不清楚。他初中的许多同学纷纷走上工作岗位了，他仍是一名历史悠久的高中补习生。其中有一位同学当过他高三补习班的班主任，他对他的班主任直呼其名，他熟悉班主任的许多"小典故"，包括班主任的绰号小名，读书不认真考试还曾经抄过他的答案等等，他津津乐道地给年轻的小同学们讲，小同学们嘻嘻哈哈地听。他读遍了他们县境内所有高三补习班，高考分数一年比一年低。现在他转到邻县一所中学补习，他想，换个环境，一切都会好起来。

吴胜苦读的佳话渐渐变成了笑柄，曾经大人们以他为典范教育孩子向他看齐，现在大人们告诫孩子千万吸取吴胜的教训，远离吴胜。家里人觉得他丢脸，他爸硬逼他结婚，吴胜双膝跪在他爸面前，泪水滂沱："爸！你有钱别给我找媳妇，就供我读几年书吧，我必须读出一条路，要不我没脸见人呐！"

今年，是吴胜补习生涯的最后一年了，他爸跟他约法三章，说今年再考不取，乖乖回来，该干什么干什么，人家和他同龄的孩子都当学生啦。要再读书，家里没钱供，只有把他们老两口牵到集市上当牲畜卖了再读。

海山为吴胜续水，吴胜转着茶杯，问他：

"课程抓得紧吗？"

"不紧不松，应付得过来。"

"我念高二那阵就感到累啦，觉得每科都没学好，做着这一科的作业想着那一科的，心里乱得要命，急都急死了！"

"你们那时老师逼得紧，不像我们，老师爱管不管，没一点紧迫感，学好学不好不怎么在意！"海山撒了个小小的谎，纯粹是想让吴胜感觉到无论怎样斗转星移物是人非，吴胜永远是他不同年龄层次的同学里的佼佼者。

"学习关键要靠自己，'师傅引进门，修行靠本人'。海山，得好好学呐，我们祖祖辈辈跟泥土打交道，面朝黄土背朝天，辛苦不算，到头来有什么，就一个穷字，你算算，辛辛苦苦在泥土里滚打一年，收了庄稼按市价一折，就那么千儿八百的，人家一个月工资可以买我们半年粮食，吃香喝辣养尊处优，农民不是人当的！"

海山想："农民不是人当的，中国八亿农民成什么了？农民苦，可靠本事吃饭怨什么苦呢！任何事总得有人干吧，农民中不是出了许多企业家吗，吴胜死心塌地要跳出农门远离农村，结果呢……唉。"海山静默着看吴胜，那苍老的脸上渐渐隐现出一层薄薄的神往表情，像冬天早晨的淡霜，却是经不起阳光考验的。

"海山，不说这些，想起来就觉得人生没有多大意思，不如一头撞墙死了干净，"吴胜仿佛刚从梦境中醒来，淡淡的失意从他眼眸里浮云似的掠过，消失在眼角，贮藏到大脑深处，"我来向你借一本书，高一的英语课本你没用了吧？"

"没用。"海山从摆得整整齐齐的书架上随手抽出一本报纸封皮的书，眼睛瞄着书架说，"还需要其他书吗？像《红楼梦》《三剑客》《花季·雨季》我这儿都有，网络方面的你感兴趣我这儿也有。学习累了可以调剂一下，看看其他书，对人挺有帮助的。"

"不，不，"吴胜连连摇手，仿佛海山递给他的那些书是烧红的烙铁，"有辅导资料吗？就借这几本，用完就还你。"吴胜如获至宝捧着书起身告辞，顺手翻翻书桌上的本子："写作文呐，作文最难写。"

海山刚刚告诉过他造花名册，一转眼他就给忘了，他的记忆力真如此不济呢还是思想太复杂太拥挤，大脑里没有空间容纳些微小事，听到的看到的甚至做过的事像火车穿过隧道般穿过他的大脑，不留任何痕迹？

"不是，"海山耐心说，"帮我爸抄一份花名册。"

　　"你倒有闲心鼓捣这些，我老觉得时间不够用，你真行！"他眼里流露出掩饰不住的妒忌神色。

　　送走吴胜，海山回到屋里继续誊抄花名册，脑海里老是浮现出吴胜苍老的脸。不知为什么，他预感到吴胜今年仍旧会名落孙山，等待吴胜的将是怎样的结局呢？！他真会像他爸爸设想的那样乖乖回家娶媳妇生孩子做个地地道道的农民？长期盘踞在他心中促使他多年来不顾家人反对、不顾村里人冷嘲热讽的一心跳出农门的观念，不会轻易转变过来的。他想起那一次他和吴胜去赶集，吴胜请他在小摊上吃饺子，摊主说三块钱一碗，吴胜说两块五吧，你这汤一点不油。三十好几的摊主说老人家都什么年代啦，带孩子吃东西你还讲价。吴胜立刻像被冰冻成了一尊雕塑，呆在那儿。那碗饺子是海山从来没吃过的味道，深深震撼着他的心灵。他很想劝吴胜放弃上学念书，重新选择一条适合他走的道路，可每当面对吴胜苍老的脸上一双疲惫的眼睛，他不忍心说出来，他只有装出一副理解支持的神情倾听吴胜的诉说。也许诉说能带给吴胜不可多得的快乐！

　　第二天中午，海山歇了牛，照例到小河里洗脚，碰到祖明俊和徐强富在一块儿洗衣服。明俊白皙的脸上架副漂亮的近视眼镜，使他看上去完全像个脱离村气的城里人。三人便相约下午一块儿回学校。强富看见吴胜从岸边走来，悄声说："喏，孔乙己来啦！"脸上的表情像个悄悄靠近麻雀而麻雀却毫不知晓的孩子。

　　吴胜背个扁箩，臂弯里挎着小撮箕，一手拿书，一手拿拾粪钉耙，磨磨悠悠走过来，嘴里念念有词。

　　"吴胜哥！"强富欢喜得像个快乐的小孩子，手舞足蹈的，"吴胜哥哩！看得这么专心，叫你也不应啦。"

　　"没听见没听见。"吴胜连声说。

　　"书没看头，不如大姑娘好看哩！"

　　"书中……"

　　"书中自有黄金屋，"强富打断他接着念，"书中自有颜如玉，我都知道哩！哎你读那书有用吗？"

　　"有用，'穷不离猪富不离书'，读书用处可大啦！"

　　河里的强富明俊就哈哈地笑，手撩起水花，像两只拍打着翅膀嘎嘎欢叫的鸭子。

　　"胜哥！拾你的粪去，天不早咧！"海山甩甩手上的水说。

　　"再聊会儿吧，"强富挽留，"大家好久没见面，你倒越来越年轻了。"

　　"年年十八岁！"吴胜讷讷着，鱼一样游弋的黑眼珠停滞不动了，仿佛被强力胶水粘住了。

　　"十八岁是吗？"强富给自己"幽默"的创造逗笑了，"听说班上的同学都叫你叔，胜哥好福气，满堂侄儿侄女陪读。"

吴胜盯着强富，终于看清他葫芦里卖的药，两眼像要喷出火来，他看一眼海山，急匆匆寻原路走回去，两只大鸭子叫得愈发欢快。

"我们班要有这么个人物日子就好混多了。"强富望着吴胜渐行渐远的背影说。

"你不觉得他挺可怜吗？"海山讨厌强富两人对吴胜的态度，语气有些强硬。

"他自找的，什么活儿不可以干，偏要寻读书的苦。书中要真有颜如玉、黄金屋他早就发财了。偌大的村里谁有他念书的时间多，黑头发念成白头发了，小学毕业的人都比他有出息。钻牛角尖，认死理儿一条道走到黑，一切都是他自找的，又不是天灾人祸，不值得同情。"

"人为的灾难比天灾更难挽回，每个人的观念都是不一样的，你不能一竹竿捅到底。"

"大李，你挺会说'大人话'的，你甭替吴胜辩护，你同情他是你的事，我不同情他是我的事。你说得对，每个人的观念都不一样，总不能把你的观念强加给我。我打心底里瞧不起吴胜，这是真的。"

明俊一直低头洗白衬衫领子，他有个习惯，洗衣服喜欢反复洗领子和袖口，认为这两个地方是最"显山露水"的地方。他抬起头，扶正鼻梁上的眼镜，眯缝了眼看吴胜刚走过的路，兀自说："吴胜太傻了，傻得没治了！"

（节选自《擦亮阳光》，花城出版社，2003年4月；获第二届贵州省政府文艺奖）

龙志毅

王国末日（节选）

一

野那村卢家官寨今天上下一片忙碌，他家在滇军里当团长的大少爷卢开云及其夫人回家省亲，下午就要到达了。

这里有必要说几句有关"官寨"的话：它源于土司制度，"改土归流"后，土司土目的后代们仍自称为"官家"，其住宅便称"官寨"。后来彝族内部地主阶级兴起，有的实力超过土司后代，有的还因功受过册封，他们的庄园便也称为"官寨"了，卢府就是一例，至今大门上还高悬"总兵第"三个大字。

卢家官寨上下一片繁忙，为迎接大少爷的归来做准备。最忙的是两个人：第一个是女主人新娘娘或曰新太太，她不姓新而是姓陈，芳名陈如媛。之所以称"新"，是与早年去世的正房龙夫人相比而得名。按照这一带的地方风俗，谁也说不清楚是汉人的风俗还是彝人的风俗，称达官贵人的正配为夫人，填房或姨太太称为娘娘或尊称太太。陈如媛是卢大老爷20世纪20年代末期从广东军旅带回云南的，那时年方二十，有滇军家属之花的美名，现在年近五十依然风韵犹存。这位广东女子伴随卢大老爷回到滇东北的大山沟里，很快便适应了彝族地主庄园的生活，而且接过了家政大权。卢家的领地从海拔两千米的凉山地区到气温可达三十七八摄氏度的金沙江边，纵横数十里全在她的眼皮子底下，对佃户的情况了如指掌，对收租的账目一丝不苟。有了这么一个内助，卢大老爷可以安心地躺在烟床上了。今天她要关心的事情很多，除了检查大少爷夫妇归来住的卧室是否准备妥帖，还有宴会所需的一切物资：烤香猪用的乳猪，当地买不到的鱼翅海参等是否准备了？她知道大少爷一回来，县太爷和县城那些以捧大户吃大户为荣的士绅们要纷纷登门拜会的，大小宴会还不知有多少次哩。

另一个最忙的人是内管家木都乌吉。他家祖祖辈辈都是卢家的"锅庄娃子"。他的祖父救过卢大老爷父亲的命，所以被提升为内管家。那救主的故事也还是相当精彩的：前清咸同年间，滇黔不宁，苗、回先后大规模揭竿造反，又有太平天国石达开的过境战争，清廷难以对付，便起用一些有实力的彝族地区武装授以官职参加会剿。历史学者认为这是改土归流后滇东北彝族的再一次崛起。在一次围剿石达开所部的战斗中，卢大老爷的父亲率家丁团练泗水渡江偷袭，谁知对方早有准备。当他们在黎明时分抵达对岸时，埋伏在岸边的守卫者对准还未上岸的卢氏一梭镖便刺过来，紧跟在主人身后的木都乌吉的祖父眼尖手快，从水中扑向岸边一把抓住那猛刺过来的梭镖，用力一拖将行刺者拖入水中，随即一声大吼，卢家的人蜂拥上岸……就是那一仗，这位锅庄娃子立了大功，从此成为卢府的世袭内管家。木都乌吉已是内管家的第三代传人了。他还有一个汉名叫何伍吉，这和彝名木都乌吉是有联系的，"木都"是彝语中的火。当木都乌吉的祖先被俘为奴时，卢氏主人为他改姓为木都，也许是要他世世代代像火一样服务主人吧！也是在木都乌吉的祖父当了内管家之后，主人给了他一个汉姓："何"，取汉话"火"的谐音。从此汉彝两名双用，在这彝汉杂居地区，便逐渐地以汉名为主，如今也已第三代了。他今天的任务是率领下人整理大少爷夫妇回来住的卧室，并将卢府的三重大院从大门到上房彻底打扫一遍，还有为大少爷随员们准备的大房间和县里一伙必然来访又必然过夜的士绅们准备的客房，他都一丝不苟地督促下人们在中午之前整理完毕，等候新太太的检查。

卢府上下皆忙，却也有两个不忙的人，一个是家主卢一夫卢大老爷。卢一夫也曾忙过，那是在遥远的青年时代。他曾经东渡日本学武，可谓封闭的彝族社会中最早走出山沟接触世界文化的先行者。回国后在滇军中服务，参加了有名的护国战争。随李烈钧领导的第二军入两广，战功卓著屡有擢升。后来因配合滇军将领张开儒（曾被孙中山任命为陆军总长）拥护孙中山，在滇军内部受到排挤，挂了少将高参的牌子在杨希闵部坐冷板凳。有人说他卢一夫在广东多年唯一的实惠是娶了一个广东女子，成了他的贤内助。后来听说龙云当了云南省主席，高兴之余便举家返滇，以求晋升。

龙云接见了他并请他吃饭，口口声声以表叔相称，还说今后的滇事就靠老前辈们鼎力相助了。龙云称卢一夫为"表叔"不是像江西人见人称"老表"那样的客气称谓，而是在滇东北一带的彝族社会，特别是龙卢陇安四姓中，挂勾挂角都攀得上亲戚。当然，同姓不等于同宗，汉姓相同往往彝姓各异。就以这"卢"的汉姓来说，卢一夫家的彝姓是阿呷，而大名鼎鼎的卢汉将军则是"阿普"家，他们是亲戚但不是同宗。更有甚者，这卢的汉姓不像龙陇安三姓那么单纯，除了这虎头卢，还有福禄寿喜的"禄"，以及大陆的"陆"。他们之间的内在关系，只有等待那研究彝族"谱系"的人去说清楚了。

"鼎力相助"，意思就是要委以重任了。但却又许久不见动静。消息终于正式传来，想请他委屈一下先去省议会当议员，经过一段时间，再做副议长或议长。卢一夫一听火了：又要我回来干闲差事坐冷板凳？要清闲不如回老家去！来人点醒他：你请想想，以你这样的资历和辈分，安排高了低了龙主席都不好办呀！卢一夫这才明白了内中的原因，终于无可奈何地携妻女回故里，过起了半隐居的士绅生活。他将操持家务的事全部交给了能干的广东女人，自己悠哉游哉成天只做两件事：一是读书看报。他藏书很多，最爱看的是《三国演义》。他还订了《云南日报》和《中央日报》，从新闻报道的字里行间窥测时局的发展演变。他与乡里人不同，毕竟同军政界的硝烟风云有着不可磨灭的渊源。第二件事便是躺在床上抽鸦片。在这一带，抽鸦片烟既是休闲也是一种时尚。当然，除去这两件事，卢一夫不定期有一些应酬接待。比方县城里那些士绅，三月半载总有人相约三三两两登门拜访，咏几句歪诗混一顿宴席，这算是高层次的来往了。至于周围一带乡下，只有一个人可以同卢大老爷平起平坐，侃天说地。这个人就是老毕摩达吉，他比那些士绅来得更稀少一些，一年半载就这么两三次。他躺在卢大老爷的烟床上，一边用专门为客人准备的烟枪吞云吐雾，一边向卢大老爷讲述经史，讲六祖的分支，讲河对面（金沙江对面）大凉山的彝人和贵州威宁、毕节地区的彝人都是从昭通一带迁徙去的，等等。

卢一夫听不懂经文却对历史感兴趣。他提出一个问题，这一带既然曾经是彝族的中心地区，为什么现在彝族反而少了？据说东昭十一属只有十来万人，而河对面的大小凉山反而成了不下百来万人的聚居区。老毕摩的知识不够用了，他只懂经文和经文所涉及的历史。越现实越难答，又不能不答，便也只好做做模糊游戏。他回答说："还不是杀了，跑了！"谁杀的？跑到哪里去了？那就只好让它模模糊糊了，还是提问者又以提问的方式回答："改土归流？""那个杀人魔王鄂尔泰？"是问话也是回答。老毕摩如得大赦，连连附和。这清朝初年的事，古老的彝族经文里怎么来得及记一笔呢？不是有意为难人家？看来卢一夫自己倒是有点研究的，他不仅自问自答，还评说了一番。"改土归流嘛，就是皇帝向土司收权，是他们两家人之间的事，拿滇东北来说顶多也不过涉及乌蒙家、芒部家还有东川几家嘛，到头来让千家万户遭殃遭杀，尸骨遍野，血流成河！只知道一味杀人的统帅不是好统帅！"

老毕摩唯唯诺诺，在这样的问题上他得承认眼前这位挂过将军牌牌的老爷比自己行。

老毕摩达吉有资格坐在卢大老爷的烟床前"侃古"，甚至躺在卢大老爷对面用客烟枪吸几口大烟，却没有资格陪大老爷吃饭。陪老毕摩一类的二等客人吃饭是外管家林有儒的事。他是今天卢府中最清闲的第二个人。他只做两件事：第一件是收租上账，只管进不管出，支出开销是新太太陈如媛的事；第二件是代主人家出席官府召开的会议并代表主人陪老毕摩一类的二等客人吃饭。这是他最乐意办的事。别人说他嗜酒如命，有了酒命都不要。他笑笑说："言轻了，比命还重要哩！不过你去问问，本人从来没有办错过主人家的事！"

这倒也是事实，他有一种特殊的本领，能够在烂醉如泥的状态中提笔做账，点钱入柜，做到一丝不苟，一文不差，因而深得主人特别是新太太陈如媛的信任。他是卢府的汉族佃户，早先的教书先生，现在当了外管家，是卢府几十口人员中唯一吃薪水的人，每年报酬多少却无定数，全凭女主人的感觉好坏而定。

今天本来没有他的事，他却一早就来了。他早已听说大少爷的随员中有一名副官，还有那些前来迎接的乡保长们，他林有儒不陪谁陪？一顿丰盛的酒宴正等着他哩！

二

离野那卢家官寨五十华里有一个小镇杉树坪，是通往滇东北大镇、专员公署所在地昭通的必经之地，昨天晚上卢开云一行人马驻扎在这里。卢开云知道，如果天亮便从杉树坪出发，顶多晌午时分便到家了。那样太早，一切热闹场面也许都还没有准备好。他喜欢热闹场面，特别是既热闹又有秩序的场面。因此他吩咐副官吃过早饭后出发。而且将早饭的时间定在十点钟，这样一切都可以从容不迫。

早饭吃过了，行李什物均已收拾完毕，只待一声令下便可出发。太太安静伸手去取挂在窗前的自备镜子时，忽然发现脸上的脂粉和唇上的口红涂得太厚，就这模样去见老太爷不太好吧？她和丈夫的这位有名的父亲还是第一次见面，要给他老人家留下一个好印象才是。于是她回头对丈夫说：

"开云，等等再走吧，我还要收拾一下哩。"

说着便重新取出梳妆用具，坐在凳子上开始涂抹起来。

卢开云看看表十一点还差一刻，不急；太太的意愿更不能违背。他瞄了她一眼，只见她今天穿一件浅灰色短袖绸旗袍，脚蹬白色高跟皮鞋，套一双肉色长筒丝袜，显得分外迷人，便伸手捏捏她那雪白柔软的胳膊说：

"那就快一些吧，你们收拾好了就起身，我先出去走走，在街那头等你们。"

交代完毕，卢开云叫勤务兵何宗清跟上，到街上散步去了。他们昨晚所驻的乡公所在街的东头，去野那是往西行，恰好横穿整个杉树坪的街区。

这是一条窄长的乡场，几乎全是木板房，已经很旧了。街道很窄，面对面的人家坐在门口互相谈天不用提高嗓门。如遇七天一次的场期，摊点林立道路堵塞，不过三百米的街区，过路人从东到西有时要花一个钟头才能通过。场期一过便萧条下来，只有两三家小杂货店开门营业。马店和小旅馆不挂牌子，张家马店王家旅馆，全凭过路人的熟门熟路。旅客住店自己买米在火塘边做饭，吃好吃坏全由旅客自理。好在一家旅馆每晚住客不过三四个人，在火塘边轮流做饭也不会为排队太长而发生纠纷。卢开云一行无论从人数还是排场来看，都不可能去住这样的鸡毛小店。因此他们住进了乡政府，接受那位当地小乡绅乡长的热情招待，让随从们开怀畅饮直弄到深夜方散。乡长还说今天要集合乡丁乡民排队送行，被卢开云拒绝了。他虽然喜欢热闹的场面，也还是讲场合讲分寸的，他以命令的口气取消了乡长的讨好安排，连乡长本人也不许前来送行。他之所以提前离开乡政府，一方面是为了回避，怕那位很会奉承讨好的乡长硬要前来送行，从谈吐到外表他都不喜欢这位杉树坪的土地爷。作为野那家的大少爷和少年得志的上校军官，傲慢、随意是他性格的特点，不喜欢的事便很少有转圜的可能。他提前离开了乡政府漫步街头还有另一个方面的原因：寻踪觅旧。他当年在昭通上中学时，每逢寒暑假的往返途中都必然要在这个小街上过夜，每年四次，年年如此，这里也成了他生活史上的故地。故地重游乃人生快事也。更何况他中学时代的一个很要好的同学张中华就是这条街上的人。初中毕业后张中华回家当了小学教员，他卢开云却继续升高中深造，每年四次路过杉树坪便是好友相聚的时间。他还清楚地记得最后一次相聚，那已经是十多年前的事了。他高中三年级时寒假回家，已当了三年小学教师的张中华家刚杀的一头刮毛肢解的年猪摆在堂屋里，张中华正系起围腰腌腊肉。他割了一大块五花肉煮在锅里，又割下一个猪腰子，用回锅肉和炒腰花招待老同学。两人吃得很开心，似乎并没有张家的人，比如父母兄弟什么的出现，也许出来打过招呼又回避了，他已经记不清楚，记得的只有那厚实的回锅肉片和香脆的腰花，还有系着围腰活像一个厨师的张中华。次年的夏天他高中毕业进了军校便再也没见过他。回故地思故人乃人之常情，他昨晚上问乡长认不认识一个叫张中华的小学教员，请他过来见见面。乡长说张中华现在是小学校长，乡里的名人怎能不知道。但是不凑巧，放过暑假他进城开会去了还未回来。失之交臂，卢开云虽觉遗憾，也只好作罢。如今他带着勤务兵漫步街头，又自然地想起了系起围腰的老同学，想起了那厚实的回锅肉片和香脆的腰花。他下意识地东张西望，寻找张中华家的住房。出现在他眼前的房舍几乎都是一模一样的，一样的木柱木板、木壁木柜台，一样的破旧，一样的倾斜，何处是张府？他却发现这些歪歪斜斜的屋里屋外，有无数的眼光正好奇地打量着他，他下意识地加快了脚步，终于走出街口，在一片空地上停下来等他的太太一行。这里是杉树坪的牲口市场，这天不是场期，自然是空空荡荡的，只有小食摊主们零零星星的冷灶和排列得很不整齐的拴牲口用的木桩。

卢开云在这些木桩和冷灶间毫无所思地走着。他可以想象得到，每逢赶场天这里的热闹场面，买卖牲口的双方围着马、牛、猪、羊讨价还价，中间人将手伸进买主和卖主那破旧的蓝布长衫下捏手指讲价码。小食摊旁边两块破砖或一块石头做座位，穿着破旧衣衫的乡民们正用自己口袋里仅有的一点现金——纸币、半开（云南硬币，顶半个银元）买酒痛饮，然后东倒西歪走向深山。在这些买主、卖主和食客之中，汉族、彝族、苗族的人都有，以汉人为主。卢开云生在这一带地方，并在这里度过了自己的童年，对这一切还留有印象。不像他的太太安静，出身将门之家，虽然也是滇东北人氏，却是生在昆明长在昆明，对乡里的生活一百个不习惯，昨晚睡在乡公所，虽然有一个班的士兵轮流站岗，却莫名其妙地害怕，整夜搂住丈夫不放。卢开云便开她的玩笑："这么胆小，忘了你家的祖先了！"他指的是明朝初年水西土司霭翠的夫人奢香。霭翠死后年轻的奢香夫人继承夫业，统领千军万马纵横驰骋于千里领地。还万里迢迢跑到南京告汉族大将军马都司的御状，受到朱元璋的褒奖。据说这安的汉姓便是朱皇帝封给其儿子的。又据说安静家本是奢香夫人嫡孙，后因安坤之变，他们这一支系从贵州逃到滇东北居住。安坤之事过去后恢复安姓仍以土司自居。到了这20世纪的三四十年代，突然人气旺盛，家世复兴，一连出了几个将军，更重要的是与龙、卢、陇等滇东北的四家彝族大姓联姻结盟，成了左右云南局势的重量级家族之一。那祖先的事也就仅仅成为光耀门第的话题，在青年一代中却很少有人作为历史去研究了。因此，安静这样的年轻人便只知祖中有奢香其人而不知其事。至于安坤为何"反叛"，吴三桂如何围剿，则更是模模糊糊，说不出个一二三了。

　　卢开云在木桩冷灶间漫步了一圈，来到路边的土坎上伫立着等候他的妻子到来。这里地势较高，杉木坪街景尽收眼底。这能称为"景"吗？出现在他眼前的是一片暗灰色的房子。瓦是灰的，掺杂其间的草顶因为年深日久已呈灰色，只偶尔有一间两间的草顶或瓦顶是新盖或刚翻修过的，为这一片死气沉沉的暗灰色平添了一点生机。卢开云不清楚这个小镇始建于哪朝哪代、何年何月。他只记得第一次离家去昭通念书路过此地时，它已经如眼前一样的古老了。也许他父亲他祖父年轻时它同样也已古老了，他联想到了朱元璋的南征、屯田，想到了鄂尔泰的改土归流，它莫非始建于明末清初？不知道。他知道的是这条街上的居民似乎全是汉族，只在赶场天可看到穿红白服装的苗民和穿大裤脚的彝民。他们来自乡下山村，牵来一匹马一头猪什么的，换来一扎随时都会贬值的法币，在小酒摊上酩酊大醉，然后歪歪倒倒往家里走，这便是他们人生的最大享受。他不清楚为什么这一类乡街子上的居民全是汉族，而少数民族都住在乡下、山里。他又联想到了另一个乡街"木里"，位于滚滚东去的金沙江畔，离他家不过二十华里。小时同母亲去过，那里又是另一番景象。每逢赶场天，一船又一船从河（江）对面过来的全是身着大裤脚、三节裙的彝家男女，有的还牵着马背着枪，把木里街塞得满满的，俨然成了街上的主人。汉族的行商小贩们总是用讨好的眼光迎接他们，用讨好的口气和他们做生意，比杉树坪那些彝族苗族神气多了。可是到了日落黄昏之际，他们依然一船又一船地回到了对岸的大凉山，木里镇又成了单一的汉家天下。这一切都只是作为一种生活现象印入卢开云的脑中，而没有成为一种历史现象和社会现象引起他的思考，他是军人，这些本不属于他思考的范围。

卢开云的队伍终于出现在他眼前了。这是一支不大不小的队伍，总共二十来人，作为回乡探亲夫妇的一队随从和护卫也可称得上壮观了。走在最前面的是卢开云的另一个勤务兵和骑在马上的副官。他们算作这支队伍的尖兵。接着是躺在滑竿上的团长夫人安静，她的上半身被滑竿的篷布遮住了，只露出一双大腿在外面。匀称的大腿套上肉色丝袜显得更加光泽和富有吸引力。卢开云下意识地瞄了一眼，他发现太太脚上那双白色高跟鞋已换成了一双黑缎面的绣花布鞋，这显然是他离开驻地后才换的。他欣赏太太的这种打扮：在乡下穿布鞋行走方便；在父亲面前显得纯朴，不失为大家闺秀。这种剪刀口的绣花鞋作为便鞋套在太太们脚上别有一番风味！穿什么鞋子也是一门学问哪，她考虑得周到！紧跟在滑竿后面的是由马夫牵着的卢开云的坐骑，一匹身壮膘肥的枣骝马，这是他这次昭通之行陇副旅长所赠的礼物。最后是整整一个班的武装士兵，由身背美国卡宾枪的班长带领，作为卢开云探亲之行的卫队。这一个班的士兵成了卢开云的卫队既偶然也必然。他们是军部的警卫部队，两个月之前奉军长之命由军部中校副官率领，由滇南来到滇东北金沙江边，押运从大凉山采购的一大批烟土（鸦片）。他们的军长虽为军人却又很有经济头脑，特别热衷于"黑货"交易。大小凉山彝族聚居区盛产烟土，质量好价格低，武装运至滇南通过特殊渠道经过河内运往香港，这是一本万利的黄金暗道。打通这条暗道已不止一年了，谁知今年不知什么环节上出了问题，押运武装路过昭通境界时，被当地驻军全部扣押下来。禁烟有明令，何况这么大的数量，就看你文章怎么做了。军长思之再三，从家族背景、社会地位和个人活动能力几个方面选中了与此事毫不相干的卢开云奔赴昭通处理此事。卢开云果不负上司所托，来到昭通先见了驻军主管陇副旅长（旅长常驻昆明），互相以表兄弟相称，烟床前麻将桌上，你来我往，几天工夫便大功告成。既保证了军长的利益又使驻军长官得到了好处，两全其美，皆大欢喜。为了酬谢，陇副旅长赠送卢开云坐马一匹，并派武装护送烟土出境。原来押运的那一班士兵反而没有事干了，经过电话请示遂成了卢开云回乡探亲的卫队。军长在电话里对卢开云慰勉有加，要他回乡探亲后赶快归队另有重用，并告诉他一个惊人的消息："部队已正式接到命令，赴越南接受日本军投降。"这一意外的消息如果说使卢开云感到震惊，毋宁说使他感到惊喜。他不禁联想到路过昆明时所听到的一些传闻和迹象，又不免喜中有忧。不过，受降是实在的，种种担忧则是想象中的事，未必就能成为现实，也许是杞人忧天也未可知？这么一想他的心早已飞到越南去了，耀武扬威的受降者、胜利者，垂头丧气的投降者、失败者，还有……他甚至后悔不该请假回乡探亲，但事已至此只好快去快回，反正以胜利者的姿态出现在越南不是一天两天的事，有的是时间！

三

卢开云一行回到家时，太阳已经偏西了。酷热的大地逐渐透出了一丝凉意。

卢家官寨热闹非凡，锣鼓声唢呐声响成一片。大门外的广场上聚集了一百多人，全是四乡的农民，也都是卢家的佃户。为首的是本乡的乡长，他也是卢家的佃户。不过，与其他的佃户不同，他拥有的田土都是卢家的却又转租给了别人，自己并不亲自耕种。他每年向自己的几家佃户收租，转而又向卢府交租。自然是收进来的多交出去的少，因而生活尚称富裕，从小读了几年书，识得几个字，除卢府之外，也算是周围一带的殷实人家。值得一提的是，他和他的几家佃户除一户苗族外，全是汉族。自然也都是"自由"民了。这样的社会结构，同一江之隔的大小凉山地区可是全然不同的。

这天上午吃过早饭之后，乡长便来到了卢府，和内外管家一起商量迎接大少爷荣归的事宜。他首先进屋向卢大老爷请过安，说明了自己的计划后便退出来找内管家何伍吉，又一起约外管家林有儒，三人一起来到下厢房商量欢迎仪式的安排。

乡长名叫张中富，年约四十来岁，为人精明能干，是卢一夫点名县政府委任的。有了这双重关系，他便对卢府俯首帖耳。大事请示卢一夫，小事和内外管家商量，抓丁派款一类的公事也不例外。其实，在这野那乡主宰一切的是卢府，真正的外管家是乡长张中富。

张中富和两管家来到下厢房的一间客房里商量仪式程序。当即便分了工，张中富担任总提调；何伍吉负责上房事务，包括大少爷夫妇拜见老太爷以及食宿安排等等；外管家林有儒负责接待大少爷的随员和县里官员的随从。至于四乡的民众，张中富早已通过保甲长们层层包干负责了，看来组织还是挺严密的。至于欢迎仪式，三人一致决定在大门外的广场上举行。顺便说几句：卢家官寨是一座假三重实二重的大院。大门的广场可供数百人站队、一百多人跑步练操；进了大门上二十级石阶又是一个院坝，以种植各种花木为主，实则是一个占地数亩的内花园；通过内花园是第一重四合大院，除了下人们的居室，便是空屋以待的二等客房，专门为贵宾们的随员预备的，如今天将随大少爷回来的士兵便是这里的住客，有人估计过这里的客房可住一个营的士兵。经过第一重四合院便来到第二重四合院，也就是上房了。正房为主人居住。东厢房现在是卢一夫的书房和起居间，实则也是他的卧室，烟榻便设在内室里。西厢房的几大间则是贵宾的卧室，其余剩下的房间则归主人家贴身丫头、卫士、奶母及寄住的远亲等居住。以大门为主轴有一道两丈来高的围墙，围墙呈长方形，四角各有一个碉堡，为卢府武装家丁把守。在彝族庄园中这不算最大的，据说贵州威宁牛棚子禄氏的庄园便是七重。但公认的是野那卢氏庄园大方、气派，而且多少带了点现代味。如那座内花园原先是拴马养鸡的，卢一夫和他的广东夫人回乡后做了全面改修。

为了迎接仪式的周密无误，乡长派出两个乡丁在对面垭口上放哨，随时向他们传递信号。

当卢开云一行在对面的垭口上一出现，广场上立即鼓乐齐鸣，同时响起了震耳的爆竹声，延续了十多分钟直至卢开云一行到达大门口下马为止。这时乡长张中富便带头呼口号。

"欢迎卢团长胜利还乡！"

这是实情，卢开云上前线后曾经和日本人打过几仗，还曾经一连三天击退敌人数次进攻，守住湖北的一座县城直至友军来换防。故而他听到了这个口号很高兴，无奈乡下人不习惯这一套，跟着乡长举手的人没有几个，那口号声更是零零落落，甚至听不清在叫些什么。

"欢迎卢团长六（禄）位高升！"

这也是实情，他由出省时的营长升为如今的团长啦。

"欢迎卢团长升官发财！"

这也是实情，而且具有普遍性，但怎么拿来当欢迎口号呢？太离谱了嘛！但也无可奈何，别人是一片好心哪。他想下马对大家演说一番："本人出省抗日是不惜流血牺牲保卫国家。战场上白刀子进红刀子出，无财可发……"但又觉得没有必要，终于什么也没说，便下了马并扶夫人下了滑竿，向欢迎的人群招招手，说了声："大家辛苦了，感谢乡亲父老们的欢迎！"便携夫人朝大门走去。

新太太陈如媛在中门外迎接卢开云夫妇。卢开云只揭去军帽行了一个鞠躬礼叫了一声"陈嬢"。安静欲行大礼却被陈如媛双手搂住了，连声说："免了免了，你们父亲在东厢房等着，我们快进去吧。"

到了父亲面前就不同了，夫妇二人都行了跪拜大礼。安静是第一次见到公公，表现得更加恭顺。好在何伍吉早已为他们准备好了跪垫，夫妇二人一进门便下跪。卢一夫从烟床上起身迎接儿子和媳妇。他向正在下跪的儿媳伸出双手示意快起来。那伸出的双手只虚晃了一下，并不也绝不能直接接触到儿媳身体的任何部位，这是祖宗传下来的规矩，违背不得的。为了迎接儿子儿媳的到来，他今天穿了一件灰绸长衫并特别套了一件青色缎面马褂。在阴历八月天里虽显得热了一些，但为了尊严和礼节必须如此。

卢开云夫妇向父亲行跪拜大礼，不仅是出于传统的家规礼节，更是出于真心实意的一片孝心。在彝族的伦理道德中，"孝"居于重要地位。这和汉学的儒家思想一脉相通，也不知是谁感染了谁？或者是不谋而合。对这样的问题，卢开云自然是没有研究过。他只知从小父母特别是母亲便不断地向他灌输"孝"的思想。他至今还清楚地记得母亲讲给他听的一个故事：彝家出了个不孝的子孙，当他父亲年迈体弱不能再做事情，甚至不能行走时，他便将父亲装在一个竹箩筐里弃之于深山之中。他正要返身回家时，忽听父亲在身后发话了："你把这箩筐拿回去！"他觉得奇怪，便问："拿回去干什么？"父亲回答："等二天（以后）你儿子背你上山来呀……"这是一种警示教育，它比正面讲"孝"更加生动。

行过见面礼，陈如媛以看房间收拾得满意不满意为由拉走了安静。这是陈如媛的精明之处，她深知儿媳坐在公公面前不仅无话可说而且会很拘束。

屋里剩下父子二人，谈话便显得十分自如了。卢一夫躺在烟榻上，他的烟瘾已经过足了，只是习惯性地躺在床上，这样感觉舒服。躺在烟床上和人谈天已经成了他的生活习惯，谈话的对方身份高又有烟瘾的，便躺在他的对面边吸边谈，或者互相打好烟泡后递给对方以示敬意，犹如人们互相递卷烟一样。不过到卢府来的人而又能躺到卢一夫烟床上去的，并不很多，多数是坐在床前的软椅上和这位不平凡的家主攀谈，也只有至亲密友方能享此殊荣，一般的外客都只能在西厢房的客厅里相见，那里摆有精致的烟具可供吞云吐雾。鸦片烟具和麻将，是这一带地方的大户人家接待客人必备的用品。

在一阵热闹过后，东厢房卢一夫的屋里便只剩下了父子二人。卢开云自然不会躺到烟床上去和父亲对躺对卧，这与他的身份不符，同时他也不会吸烟。当然，如果去到朋友或同辈分人的烟床前，他也会躺下去吸上几口"耍耍烟"，以便使交谈的气氛更加融洽，那又另当别论了。现在他规规矩矩地坐在父亲的烟榻前和父亲谈家常，坐的是一张用棉布包扎后又加上棉布软垫的藤椅，这种椅子可以半躺半坐，十分舒服。不过，有家规管着，卢开云自然不敢半躺着和父亲说话，而是正襟危坐，腰挺得笔直，反不如坐太师椅或一般的硬木椅子有个靠头。

作为父子久别后叙谈的开端，卢一夫首先询问了儿子此次奉军长之命回乡处理大烟事件的情况，卢开云将如何受命如何回到昭通处理此事的经过一五一十地告诉了父亲。卢一夫听后感到儿子处理得很漂亮，体现了他的精明和成熟，心里十分高兴。但他并没有明白地表扬他，只用了一些"唔唔、哦哦"的含混词句。可卢开云从父亲的面部表情上看出来了，他的所作所为是受到了默认和赞许的。他很尊重他的父亲，受到了尊重者的赞许，心里自然十分高兴。屋子里谈话的气氛也就更为融洽了。

其实卢一夫最关心的不是这件事，它只不过是父子叙谈的开端。把大烟事件谈过，卢一夫将话题一转，问道："最近听到开文的消息没有？"

卢开文是卢一夫的次子，卢开云的同父同母弟弟，为卢氏原配夫人所生，比卢开云年幼六岁。他原为昆明西南联大学生，三年前突然不知去向，后来从西安给家里来了一封信，说是在那里搞社会调查写毕业论文。他是学历史的，跑到中华民族文化沉淀之地的陕西搞调查自然会令人相信，再往后便音信全无了。有人说他去了延安，但难以证实。儿子的真实去向是卢一夫悬在心上的一件大事，他曾经写信给大儿子卢开云及昆明的个别密友，设法打听，均未得到确切的消息。因此现在向儿子提了出来。

卢开云听了父亲的发问极为严肃地回答道：

"我正要告诉爹爹哩，我得到了确切的消息，开文是到延安去了。在那里学习了一年多，进的是什么抗日军政大学，后来便被派到山东去了，据说抗战一胜利可能又要被派往东北去。"

本来躺在烟榻上的卢一夫听到此消息后，立即坐起身来盯住儿子，问道：

"这个消息你是怎么得来的？可靠不？"

卢开云一脸的严肃变成了得意的微笑，不慌不忙地回答道：

"绝对可靠，爹。也是一个偶然的机会遇到一个人，是他告诉了我这一可靠的消息。"

"哪一个？"卢一夫迫不及待地问。

"何现龙！"儿子回答。

"何现龙？"卢一夫搜索记忆，想不起有这么个熟人，"何现龙是什么人，他怎么知道开文的下落？"

"何现龙是滇南弥勒人，也是彝家，和张冲军长他们一起的，听说还有点亲戚关系。"

卢一夫"哦"了一声，当听到张冲的名字时，卢一夫感到了消息的可靠性，但他还是问道："这个何现龙他又是怎么知道的？"

卢开云这才慢条斯理地说出了事情的原委：

"这是今年上半年的事，那时我正好在昆明，一天晚上张军长将我喊到他家里对我说：'滇南那边一个朋友有一批货物要运回，西站那一批宪兵不好对付，沿途的关卡也很严，他来找我帮忙，我想总得有个可靠的人才行，第一个就想到了你。'

"我暗自思索，是什么物资这样神秘？嘴上却说：'你下命令吧军长，虽然你现在不在六十军了，但是你永远是我们心头的军长，是我们的长辈，你的吩咐就是命令！'老军长听了很高兴，便叫出何现龙同我见面，具体任务叫何现龙自己和我谈。从张军长家客房里走出来的何现龙是一个瘦小个子，人很精干也很爽快。张军长给我们介绍后，他开门见山地说：'真人面前不说假话，我们办了一批军火回滇南，你是知道的，为了保境安民嘛！数量比较大怕不好过关卡，所以想请你帮忙。'既然已经答应了还有什么话说，我便说：'放心好了，我去弄一个证明，就说是我们部队的装备，派一个连长带几个弟兄武装押运，你们到滇南取货就是。'

"张军长同何现龙都很高兴，留我在张家吃晚饭。只有我们三个人，喝了几杯酒，何现龙便悄声细语地告诉我开文如何到延安，后来又如何被派往山东的消息。我想问他从哪里听到的，消息可不可靠，还没有把话说出口，张军长大概看出了我脸上的疑问，便插嘴道：'你相信就是了，他的消息绝对可靠。是一件好事嘛！'后来我才听说何现龙前几年才从延安回来，他的消息当然可靠。"（何现龙后来是云南武装暴动领导人之一，滇桂黔边纵队二支队司令。）

一直专心倾听的卢一夫这时打断了儿子的叙述问道：

"这么说开文是真正的投共哪？"

卢开云回答说：

"是的，是自觉自愿走这一条路的。"

卢一夫长叹一声侧身躺下去：

"反蒋我赞成！这共产？共谁的产？还不是共我们这些人的产？开文呀开文，他想过这些没有？"

卢开云不知如何回答，谁知道弟弟是怎么想的？开文在昆明念书时他当兄长的在外省打仗，后来随部队调回滇南驻防，偶尔到昆明一次也是来去匆匆，兄弟之间从来没有在这类大事上交谈过，直到弟弟失了踪他还不知道发生了什么事。但他不能就此冷场，必须找话说，脑子一转他找到了新的话题。老人家不是很关心儿女之事吗？还有哩，于是他说：

"唉，你老人家大概还不晓得这几年昆明学生的思想变化，前不久绮云妹在昆明向她嫂嫂安静大讲什么背叛家庭闹革命的故事，什么彭湃、周恩来……讲得有声有色哩！"

卢绮云是卢开云的同父异母妹妹，陈如媛唯一的亲生女儿，现在昆明上大学。

听到这里卢一夫又一翻身坐了起来，提高了声音："绮云她？"

他在她字上停住了再没有往下问，卢开云也不知父亲的这一声"她"是什么意思，他看到的是做父亲的又长叹了一声，然后再侧身躺下去像是要抽鸦片。但他并没有去裹烟膏，而是拿起面前的烟枪把玩着以掩盖内心的活动。这是一支精美贵重的烟枪，枪杆呈深栗色，枪嘴枪尾是淡青色纯玉，烟斗部分用纯银包着，紧靠烟斗的包银上镶有五颗闪亮的宝石，有碧绿的有鲜红的，这支烟枪显示了主人的身份和地位。卢一夫手拿烟枪反复地把玩着，好像他是第一次看到它因而爱不释手。儿子知道父亲的习惯，他这是在思索问题，说明他刚才激动的心已经平静下来了，他要在思索中提问了。果然，卢一夫把手里的烟枪慢慢放回原处，然后以一种漫不经心的音调问道：

"怎么，云鹏（张冲）认为开文投共是一件好事？"

卢开云琢磨不透父亲的本意，不知对张冲的这种看法是褒是贬，于是他回答道：

"老军长嘛就是思想有些'左'倾！你老人家怕还不知道他为什么不再当军长了。老蒋说他同共产党勾结，要整他，幸亏龙主席挺身而出保了他，才回云南来重新任职。"

卢一夫微微一笑，说：

"当然知道，当然知道！"

一连两个"当然知道"，卢一夫要在儿子面前证明，他卢一夫虽然身居山沟，依然是眼观全局，不仅知天下大事也能识天下大事的。为了向儿子进一步证明这一点，他暂时搁下了儿女之事，向儿子提出了另一个问题：

"听说滇军全部去越南接受日本投降？全部去？"

儿子照实回答：

"可以说倾巢出动吧，只剩下了二公子的护卫旅，现在改为暂编师，还有一个宪兵团！"

卢一夫又是一声叹息：

"塞翁失马焉知非福，塞翁得马呢？是祸是福呀？不怕人家搞调虎离山计？中央军在云南还有多少人马？"

卢开云就其所知回答说：

"邱清泉的第五军，罗又伦的青年军二〇七师、宪兵十三团。这些都是在昆明附近的，还有四五个军的兵力集中在滇南一带，一旦需要就可向昆明靠拢。重要的是杜聿明是防守司令部的司令官，昆明及附近的国防工事全部控制在他们手里。中央军在云南的最高统帅名义上是卫立煌，他是远征军司令官，实权是杜聿明，老蒋的亲信。"

卢一夫听得很认真，不像儿子同父亲谈心，倒像是上级下属的对话，像一个将军在听作战参谋的汇报。听完儿子所说的关于中央军在云南的布置后，他忽然又发问：

"到越南受降的除了滇军还有中央军没有？"

卢开云的回答是：

"有的，但命令下达时我已经回来了，只听师参谋长给我打电话，要我赶快办完事回部队时说了一句：'受降还要人监督，人家去的人比我们还多！'"

听到这里，卢一夫将手里玩弄着的烟枪往烟盘里一甩，略带慷慨地说道：

"唉呀，这一盘棋不是明摆着的嘛，怎么就都看不清呢？龙云愿意滇军全部出去？卢汉放心离开云南？全体官兵都是瞎子？"

卢开云有些为难了，叫他怎么回答呢？龙、卢是怎么想的他哪里知道？他不过是一个中下级军官，对上层的事只能观察加分析，这就不错了。许多人连这样也办不到，他们只知道"军人以服从为天职"，其他便是吃饭睡觉玩女人。上级叫干啥就干啥，想这么多不属于自己管的事干什么？卢开云大体上属于"后起之秀"的那一类吧，对诸如出兵越南这一类的大事，他还是有观察有看法的，见父亲动问，稍一思索，还是将自己的看法说了出来：

"我想嘛，一是上方的命令，不愿意也得照办！二是去国外接受日本人投降是件光荣的事，上上下下恐怕都还是愿意去哟！"

卢一夫赞赏儿子的分析，不就这么回事？包括眼前坐在自己身边的儿子、上校团长在内，谁人不想出去耀武扬威一番呢？好处又岂止是扬扬威？但处于他卢一夫的地位，他确实为云南的前途担心，他奇怪龙云、卢汉为什么就看不出老蒋这一着棋的险恶用心。他龙云的江山早已处于风雨飘摇之中、大厦将倾之时，人家正随时寻找机会下手哩！"当局者迷，旁观者清"？不至于就迷到这个程度吧，那又是为了什么？他情不自禁地提高声音说出了四个字，而且重复两次：

"利令智昏，利令智昏呀！"

他心底还有几个字没有说出口来，那就是：在利令智昏之下各人心怀鬼胎！他一时拿不准这样的看法该不该对儿子说，因而话到嘴边又留住了，说出来的却是：

"看吧，好戏还在后头！看他们咋个对几百万彝胞交代，对一千多万'三迤'父老交代！"

卢开云心里明白，父亲所说的"他们"自然是指的龙云和卢汉了。对此，他无法评论也无法预言。但他是精明之辈，不能就此闭嘴引来父亲的不快。不能正面评说，那就从侧面证实父亲的观点吧。于是，他讲了最近在昆明发生的两件事以佐证父亲那"好戏还在后头"的论断。

一件是前不久，美国十四航空队陈纳德将军司令部的一个少校乘车路过小西门，挨了一冷枪。仅就发生这样的事件来说，地方的责任就够重大了，更何况这一枪来自何方？地方也脱不了嫌。幸好龙云手下有一些得力干将，他们坚持将从伤者身上取出的弹头进行化验分析，事实证明这种枪弹是蒋方特务所独有，冷枪非龙云为首的地方所为。另一件也是最近日本投降之后的事：有一天美军突然宣布自我戒严，全体军人均在营房内荷枪实弹严阵以待。有人得知这一情报后立即禀报了龙云。龙云大为震惊，友邦军营的这种异常举动说明了什么？幸好自陈纳德在昆明建立十四航空队总部以来，与龙云相处尚称友善，双方常有往来。得知戒严的消息后，龙云立即派可靠之人去美军司令部询问，又请出西南联大负责人之一梅贻琦从旁协调（有一种说法，美军戒严之事便是梅向龙反映的）。结果得知：美军司令部听说云南军队要解除美军武装，接收在云南境内的美军所有仓库。经过龙云方面的辟谣和解释，才使美方解除误会，取消了戒严之令。

听过儿子的叙述，卢一夫很激动，说：

"这分明是蓄意制造事端，达到嫁祸于人、挑拨离间的目的。方法也太愚蠢了，明眼人一看便知的事，他们也看不出来？"

又是一个"他们"，但这一次卢开云说出了自己的看法：

"我想老头子还是看出来了的，不然他也不那么认真对待了。至于卢军长嘛（他还是习惯称卢汉为军长），他正在忙着组织军队入越受降，恐怕根本就不知道这件事，就是知道了也不会引起他的注意。在昆明也只有少数人知道，只把它作为茶余酒后的闲话说说而已。"

听到这里卢一夫是激动加感慨了。他几乎是从烟床上站了起来，但终于还是又坐了回去，在儿子面前不能太随意太出格。他以感慨的情绪说出了感慨的语言：

"问题就在这里了，当权者一个两个只顾自己的利益，鼠目寸光；有的人只顾躺在权力二字上作乐享福，眼前只看到烟灯一盏麻将一副，连鼠目寸光都谈不上。这个样子，就是一个国家也很快要亡国了，何况……好大一点点局面嘛，还不一推就垮！"

卢一夫的一番话堪称肺腑之言，他确实为云南来之不易的局面而担心。他顿时产生了一种大厦将倾的预感。当然，他切齿痛骂的那些人并不包括他卢一夫自己在内。诚然，他卢一夫现在也是成天躺在烟床上，但这不是他自己的所欲，是他没有遇到良好的机遇，没有碰上识良才的统帅，包括龙云在内。想当初自己满怀希望和热情从广东奔回家乡，如果被委以重任……唉，想它干什么？他觉得尚可安慰的是，自己虽然闲处深山，也还不像那些鼠目寸光者们，两眼只看见面前的烟灯，一心只想到个人利益。成天放在他心上的是彝族大家庭的利益，许多恨铁不成钢的事使他生气，许多欲施展能力而不可为的事使他饮恨在心……

卢开云坐在床前发现父亲由激动而沉默，好像进入了苦闷的沉思，他便想到要找几句使父亲开心解闷的话。正在这时，内管家何伍吉进来了，他向两位主人报告："县城里来了几位先生，说是来看望少爷的。"说着递过去三张名片。卢开云接过名片看了看觉得很陌生，那名片上除了姓名字号之外并无头衔，只有一位的名片上印着县参议员的字样。他将三张名片递给父亲，征询如何对待。其实这是几个常来常往的县城士绅，何伍吉每年都要招待多次的，他了解他们的情况，但主人没问他他便不能插话，只规规矩矩站立一旁，听候主人的吩咐。

卢一夫接过名片看看，笑道：

"常有往来的啦，他们都是住在'滑石板'上的士绅，没有什么固定的收入，靠着同四乡的大户往来讨点口惠过日子，有时也给办点事。我们家每年春节的几十副春联都出自这位姓张的之手，当然，我们也没有亏待过他，何伍吉知道。"

卢开云听说便站起身来道：

"那么，我先去见见他们？"

他说先去，意思就是父亲是否随后也去？卢一夫说：

"你先去吧，吃晚饭的时候我再去打个照面就行了。虽然是士绅，也不能怠慢的。"

卢开云正待要走，卢一夫又说：

"这是先头部队，我看不出明天，县长和其他的士绅们、科局长们都会来的。还是那句话，'来的都是客'，一律热情招待就是了。哦，对了，县长是子安（陆崇仁，民政厅厅长，彝族）的人，他来了你可以同他好好地吹吹。"

一切交代完毕，卢开云才同何伍吉一起往西厢房去了。

（节选自《王国末日》，百花文艺出版社，2003年6月）

吴　勇

水西悲歌（节选）

第一章　冲冠再怒为红颜

一

清康熙二年（1663年）秋，镇守云南兼任贵州总管的平西亲王吴三桂巡视贵州，抵达水西彝部首府卧这城。

敕封水西宣慰使、水西彝部八十四世苴穆的安坤设下盛宴为吴三桂洗尘接风。

大清国统一天下的功臣、权倾西南的亲王不顾路途艰险莅临水西，令安坤及属下要员们既受宠若惊，又忐忑不安。亲王的到来至少说明了他对水西的重视。这重视是福是祸，谁也说不清楚。因而，席中但见客人们洒脱自如，主人们反倒拘束寡语，无不偷眼瞩目于亲王。

年过半百的吴三桂是个美丈夫，他有一张五官端正的面庞，肤色白净，眉宇间英姿勃发，一双微陷的眼睛闪烁着睿智的光芒，只有那绺略显花白的胡髯和眼角的皱纹表明他已到天命之年，但配之以朱红色暗花滚龙王袍、头品顶戴、钦赐花翎，却有一股威严英武的气概。如果要在他的面部找什么缺陷的话，那就是他的鼻梁上横留着一条红色的疤痕，不过这条伤疤又正是他数十年戎马生涯中一个光荣的印记——

三十年前，风华正茂的吴三桂在明朝宁远总兵祖大寿身边任中军官。有一天，他的父亲——参将吴襄率五百骑兵出城巡逻，突遇清兵正红旗兵马而被团团围困。吴三桂闻讯后，向祖大寿乞求发兵去救父亲。祖大寿怕带来更多损失，不肯发兵。吴三桂眼看父亲危急，只得率领家丁二十余人杀入重围。清军围攻吴襄正急，忽受这二十余人勇猛冲击，猝不及防，竟被冲开了一道口子，红旗王子拍马来迎，又被他一箭射落马下。他正待割取王子首级，却被王子就地仰砍一刀，正中鼻梁，立刻血流满面。他立即割下敌方红旗自行包扎停当，又率领众家丁往来冲杀，终于找到已奄奄待毙的父亲，乃大呼："随我来！"便领吴襄及所部残兵拼命突围，终于回到宁远城中。这件事当时就传遍了对垒双方将士口中，从此人们开始认识了这位勇武过人的吴三桂。

吴三桂左首依次坐着随行而来的文僚武将。首位是都统夏国相，三十岁，吴三桂好友夏龙山之子。夏龙山二十年前战殁后，夏国相一直由吴三桂带养于军中，并于其年纪稍长后招以为次婿。这夏国相自幼经吴三桂身边文武属僚的调教，练得一身高强武艺，且又胸怀宽阔，见识丰富，有与岳丈一般的远大志向。吴三桂对他十分倚重，自认是诸子诸婿中第一人，凡事无不与之相商。

夏国相身边是总兵马宝，三十余岁，生得身材高大，气势壮伟。他原系残明桂王臣下，因兵败而降清。吴三桂赏识他武艺超群，胸有韬略，收为义子。尽管吴三桂一直仅让其充任副将之职，但凡滇中军国大事必与之相商，有对夏国相一般的信任。因此，眼见不少同僚纷纷升任各省提督、巡抚，马宝亦无丝毫计较之情，依旧忠心耿耿地去干义父要他干的一切事情。

马宝以下便是长驻于水西大方城的总兵刘之复、亲王府中首席书吏刘伯炯、副总兵吴应彪、都司黄汲等十余席。

安坤坐于吴三桂右首。他换上了平日不穿的三品官服，除了两耳垂吊的硕大耳环之外，他那身袍帽靴带与一般满汉官员毫无二致。倒是那些陪席的慕魁、穆濯、骂色们，依旧长衫大裤、头裹绸巾、角状英雄结，保持着彝族本色。

安坤的正妻、乃叶禄天香挨丈夫而坐。她身穿金银绣边的葱绿色紧身袄，红底青花头帕上的珍珠首饰闪闪发光，红蓝白三色相间的百褶裙堆在膝前。禄天香年方二十二岁，秀眉亮眼，两腮晕红。也许是自幼勤于读书，头脑中智识充盈，妩媚中便平添了更多超乎于她这个年龄段的雍容仪态。

陪席者中还值得一提的是水西彝部更苴叉戛那。他是安坤的亲堂兄，比二十五岁的安坤年长五岁，却比本也英俊的安坤更俏了几分。也许是因为他的职位相当于一国宰相，他始终以一种冷峻的目光注视着吴三桂及其属员们。

这时候，宾主都已坐定，席案上都已摆满了山珍美味，却不见酒壶酒杯等酒具。吴三桂正自纳闷，以为彝俗不兴饮酒，却听见一片丝竹之声从左边帏幔后透出，悠扬奇异，流泻自如，但听一片莺啼般的叫声："欧也——"八名身穿艳丽衣裙明眸皓齿的彝族姑娘轻盈地快步跃出，每人一手托一只绘制精美的漆盆，一手执一个同样绘制精美的木勺。她们随着音乐节奏以脚踏地边舞边唱道：

> 蓝天上飘来了吉祥的云，
> 那是水西来了尊贵的客人，
> 尊贵的客人张开你尊贵的口哟，
> 香喷喷的咂酒表表心……

吴三桂正对这轻歌曼舞产生兴趣，却见一位彝族姑娘已来到他席案之前。彝族姑娘手中的酒勺早从漆盆中舀了酒液，直伸到他的嘴边。吴三桂猝不及防，一时反应不过来，移开了嘴，彝族姑娘嫣然一笑，收回酒勺，再舞再唱一句：

> 尊贵的客人张开你尊贵的口哟，
> 香喷喷的咂酒表表心。

吴三桂才明白这是彝族劝酒之举。彝族姑娘的酒勺再度伸到他嘴边时，他早已歪头张嘴，点滴不漏地接饮而尽。

岂料这酒一入喉，再流入肚，却是酸甜苦辣俱有，醇香味美非常。自从为清廷主子统一天下而进军西南以来，吴三桂在各地都喝过这类不经蒸馏的发酵酒，但是今天这酒，却具有过去所有的酒都比不上的口感和韵味。因而酒一下肚，他便又咂了一下嘴唇，情不自禁地叫了一声："好酒！"

八位彝族姑娘早已边舞边唱道：

> 开坛的咂酒哟香喷喷，
> 再次奉献尊贵的客人，
> 尊贵的客人张开你尊贵的口哟，
> 喝一口咂酒知一片心！

歌罢又是以酒勺向客人献酒。复又歌舞道：

> 咂酒知心哟又知人，
> 第三次奉献尊贵的客人，
> 尊贵的客人张开你尊贵的口哟，
> 咂酒滴滴水西的情！

　　直待八位彝族姑娘以酒礼歌舞劝酒已罢，客人和主人的席案上才又添摆了酒具。吴三桂面前是一只他从未见识过的酒杯：鹰爪为座，绒毛依然，爪甲尖利，上部却连牢了红底黑花的雕漆杯体。吴三桂正自惊诧这鹰爪杯的构想奇特，安坤与其正妻禄天香已双双来到面前。安坤从禄天香手托的漆盘中取下酒壶，为吴三桂斟满了席案上的鹰爪杯，才将酒壶放回漆盘，左手掌贴肩，微微佝背低头致礼，道："有了雨露的滋润，树木才长得旺盛，有了王爷的恩惠，水西才繁荣昌盛。请王爷满饮此杯，以表卑职感谢之情！"

　　"好，好，好！"吴三桂一手举起鹰爪杯，一手抚着安坤的肩头，道："难得贤卿一片忠心！"说罢仰头将酒一饮而尽。

　　安坤复又斟满了杯，道："马儿跑得好需要鞭策，安坤能称职需要督导，请王爷满饮此杯，以表卑职期盼之情！"

　　"好，好，好！"吴三桂一手举起鹰爪杯，一手拉住了安坤的手，道："难得贤卿如此知情识礼！"又仰头将杯中酒一饮而尽。

　　第三杯却是禄天香斟酒，且道："老鹰捉小鸡的时候，全靠母鸡保护，水西遭到劫难的时候，全靠王爷的护佑。请王爷满饮此杯，以表水西百万黎民感谢之情。"

　　这一次吴三桂没有立即说好，只是目不转睛地看着禄天香。他看到的是一张纯真秀美的脸庞，没有敌意，没有什么怨艾的情绪，有的只是某种莫名的希冀。这一瞬间他似乎受到感动，心中闪现了一丝怜悯和恤念。他终于举起了鹰爪杯，道："普天之下，莫非王土。率土之滨，莫非王臣。水西百姓亦系国朝根本。贤卿夫妇但能安分，便可无事。既此，孤家亦谢贤卿信赖之情。"说罢亦是一饮而尽。

　　与此同时，以更苴叉戛那为首的水西慕魁也纷纷对吴三桂的随行要员们劝酒再三。好在俱系酒度不高的发酵酒，客人们都喝得爽口爽心，面露春色，兴奋得恰到好处。

　　这时候，只见更苴叉戛那往左边帏幔处一扬手，方才一直细吹慢奏的音乐戛然而止，代之而起的却是一阵阵节奏整齐的铃声。立刻便有十余个彝族青年男女翻然而出，每个人的双手都执有缀满了马铃的皮圈。全体按照一定的动作挥动胳膊和双腿，那马铃便节奏鲜明地齐声闹响，队形亦屡有变化。时而排成队形，时而结为图案，跳着，响着，竟至于数人叠罗汉，或二人互相倒抱腰杆，轮番头地脚天地翻滚。而那马铃之声依旧极富节奏地响着。吴三桂看得兴起，问道："此系何舞？"

　　安坤道："启禀王爷，这是肯合呗，是我们彝家传统舞蹈。"

　　"甚好，甚好。"吴三桂道，"安大人，此舞可有师传？"

　　"启禀王爷，此舞有师传。否则何能如此韵律分明，张弛有度。"

　　"孤意欲将此舞的舞师带至昆明，教一批人舞之，必为春城男女喜爱。"

"王爷吩咐，岂有不从。"安坤道，"王爷离开水西时便可将舞师带走。不过王爷，我水西歌舞更精彩的甚多，且看后面还有更可观的节目。"

"不必了，"吴三桂道，"安大人，本王此次来水西，公事之余，很想见识一个人物，但不知安大人可否应允？"

"启禀王爷……"

"安大人！不必再提启禀字样，既非公事，便直问直答便了。"

"是，启禀……哎，王爷想见谁，但令其来见便是。"

"安大人，本王曾听说大人身边有一遍体馨香的绝色女子，何不请来一见？"

安坤似乎察觉到了吴三桂心中所思，略一迟疑，乃道："世间每多谬传，卑职小妾俄尼诺黛出身卑微，陋质粗鄙，不足以觑贵人。"

"安大人金屋藏娇，岂有谬传之理？但乞一见足矣。"

安坤不得已，吩咐停了歌舞唤俄尼诺黛来见。

但听得一阵珠翠窸窣之声响过，只见一位头戴珍珠盖帕，身着红白相间彝族衣裙的女子袅袅婷婷走上堂来，手托漆盘，盘中亦是一把雕漆酒壶。这女子直奔吴三桂席前，叩拜道："水西屑选俄尼诺黛叩见王爷，恭祝王爷千岁千千岁。"

拜毕，更进一步往吴三桂面前的鹰爪杯中斟酒，果然有阵阵幽香飘入吴三桂的鼻孔。这种香味既非玫瑰，又非茉莉，也不是桂花，很难准确地说出这是什么香味，却令人有一种沁心透髓的愉悦。

吴三桂再睁眼打量，越发被俄尼诺黛的身貌激发得心中阵阵狂跳。他阅历过的美人不算少了，凭着敏锐的观察，他判定这确实是个超凡脱俗的尤物。这俄尼诺黛显然不过二十来岁，有一副苗条优美的身段，明月般的脸庞上分布着无可挑剔的眉眼，嘴角上总是挂着纯真恬美的微笑，她娇而不柔，媚而不俗，分明是浸透了山野芬芳的女人，一定会别有一番至美新奇的趣味。更何况她身上还有那股千万人中难有的异香！想到这里，吴三桂竟觉口中涎水直冒，只得吞咽了一下，笑对安坤道："果然是'一枝红杏露凝香'，安大人好大艳福！但不知其歌舞技艺如何？"

安坤道："诺黛素来喜好音乐，一直跟着热卧慕史学琴，其弹唱技艺在水西可谓名列前茅，早知王爷雅兴，诺黛原已准备了称颂王爷的一支曲子，恭请王爷赏听。"

原来早有侍女捧着月琴在一旁，一位须发皆白的老歌师——热卧慕史低声嘱咐后，俄尼诺黛略一撩拨琴弦，便是"大珠小珠落玉盘"，转而五音迭起，悠悠如溪流潺湲，飒飒如春风轻拂，迸放如石破天惊，幽静如花好月圆。吴三桂会过许多工于弹唱的女子，往往有似曾相识之感，可是眼前这位女子不仅乐器奇，技法更奇，曲子既古朴典雅，又新奇无限。吴三桂正于心中暗暗称赞，那女子已启开朱唇，音韵婉转地唱道：

乌蒙山岭高，
乌江水流长，
水西吉祥地，
恭敬迎贤王。
贤王功盖世，
威风震八方，
水西沐天恩，
延世泽永扬，
祈王爷千寿，
福如东海康，
常莅临水西，
水西捧日光。
……

绝美的音乐，恭维之词至极，直使吴三桂如醉如痴，对眼前这女子越生喜好之情。此情不仅仅因诺黛的姿色、异香、韵味俱佳，应了"秀色可餐"的雅谑，还在于诺黛手指下、歌喉中流泻出的音乐在他心中引起了共鸣。原来这吴三桂年少时也是一位风流倜傥的贵公子，曾经在梨园乐工中见习过相当一段时间，颇得音律要领。数十年中，无论是徜徉于青楼楚馆，还是收留流离失所的绝色女子，凡精通音律者，他都格外瞩目和宠幸。他本吹得一管好笛，又受了前明司笛太监的指点，其笛艺已达到超群的地步。此时，吴三桂兴之所至，问安坤道："安大人，适才美人所歌可有曲谱？"

"启禀王爷，曲谱有。"安坤掉头向热卧慕史示意。

热卧慕史走上前来，双手呈上乐谱，道："启禀王爷，此系依汉谱符号记录，王爷可需小官效劳？"

吴三桂接过曲谱，立即全神贯注于其中，只是将手略摆了摆。书吏刘伯炯道："王爷精于乐理，慕史请回吧。"

席间又是诸般歌舞戏耍，虽不乏精彩可观之处，吴三桂却因见识了天生丽质的俄尼诺黛，对其他一切再也没有了兴趣，托辞酒醉而离席了。

二

是夜，正逢中秋满月。宣慰府花园内有一片二十余亩的宽阔清池，池边水榭平台间又设了一大圆席。随吴三桂前来的属僚与水西的主人们欢聚一堂，尝饼分瓜，共赏明月。主客之间不乏豪饮之人，划拳猜骰之外，又闹起了击鼓传花的节目，气氛格外热烈，欢笑之声不绝。再看那月亮，挂在蓝黝黝的天空，如一个玉盘，越发圆而且亮了。

吴三桂没有与众人围桌而坐，他在另一边独享乐趣。

湖心有座小岛，岛上有座小亭。按照吴三桂的意思，亭中又单独设了一席，由安坤的小妾俄尼诺黛和她的老师热卧慕史相陪，共同切磋音乐之道。

白日里诺黛所献之曲吴三桂已能用笛子吹奏无误了。于是，便由他吹笛，热卧慕史弹月琴，俄尼诺黛清唱。此时与白日宴席上的气氛自然大有区别，万籁俱寂，就连那微风轻拂在湖边芦叶上的摩挲之声也听得到。在这样的环境中，月琴或竹笛发出声音的音质优劣越显真切，低吟的歌喉更显歌者品格的高下，使吴三桂倍感惬意的是，他的竹笛与慕史的月琴配得得韵律和谐，甚至可说天衣无缝，而诺黛轻声独唱的歌更是锦上添花，一拍一眼地荡漾在他的脑海深处。

啊！人生得意遇知音，何必高官寻厚禄！

吴三桂意犹未尽，对热卧慕史笑道："先生，本王听说高原彝家情歌极为有趣味，可教本王否？"

热卧慕史道："承王爷动问。我彝家情歌又称曲谷，美妙无比，其渊源久远，可与《诗经》媲美，工于比、兴，长于达、雅，曲调更近于上谷康乐。王爷既有雅兴，且听屑迭试唱一曲。"

热卧慕史说罢，独自拨响了月琴。过门一尽，俄尼诺黛早已轻声吟唱道：

家猪和野猪在一起，
家猪是有主人的，
野猪是无主人的，
主人把家猪带回去了，
只剩下无主的野猪，
可怜孤单的野猪。

家鸡和野鸡在一起，
家鸡是有主人的，
野鸡是无主人的，
主人把家鸡带回去了，
只剩下无主的野鸡。
可怜孤单的野鸡。

姑娘和小伙子在一起，
姑娘是有主人的，
小伙子是无主人的，
主人把姑娘喊去了，
只剩下无主的小伙子。
可怜孤单的小伙子。

歌毕，吴三桂拍手赞道："声情并茂，凄婉清丽，果然是绝妙好曲！都说云南是民歌之海，仅此一曲，便不逊云南多矣！"

正此时，几名水西府中的仆妇已划船来到湖心亭。为首的中年彝妇向吴三桂跪拜道："启禀王爷，苴穆命我等来迎王爷回归安寝，并接屑迭回院。"

俄尼诺黛正欲拜辞，吴三桂忙止之，道："且慢！月白风清，如此良夜，就此回去岂不辜负了大好时光！请回禀安大人，便道本王兴趣正浓，尚需美人伴些时候。"

直等仆妇们离去，吴三桂才对慕史言道："先生，方才这首情歌甚合《诗经》格式。你看：'桃之夭夭，灼灼其华，之子于归，宜其室家。桃之夭夭，有蕡其实，之子于归，宜其家室。桃之夭夭，其叶蓁蓁，之子于归，宜其家人。'一般为三段式，何其相似乃尔！"

热卧慕史边听边点头，笑道："王爷好记性，好见解！想我彝家本与中原各族同祖，诗歌作法对上古承继当属自然。适才王爷所吟《桃夭》一首，为典型之三段式，皆以桃之花、果、叶比喻女子年轻美貌、贤淑宜家。每段前二句为起兴，后二句直赋。而屑迭方才所唱之歌，前两段系比喻，且以寓言为之，皆为第三段引导，又为总体上的起兴。全歌情绪凄切，恋情无限，与《桃夭》同出一脉，平易而情真。最可喜王爷虽尊贵至极，却于乐理诗韵更属行家，令人钦佩万分矣。"

"若依贱妾之见，水西音乐虽美，仍需改进与提高。"俄尼诺黛此时竟忘了面对的是亲王，油然而抒己见，"大约是水西地处荒僻，养成了一个脱离外界的脾性，致使音乐多凄婉有余，雄浑不足，若有京城及其他外间名师指教，定能大有长进。"

此语既出，更令吴三桂刮目相看了。他料不到俄尼诺黛竟有如此见识，尤更定了主意，便对热卧慕史道："本王观此女天资聪颖，音韵非常，定可成为大器。本王意欲带她回到昆明，专派良师授讲，一年之后，其技艺必达神化。先生既为师傅，若欲同行，一并随本王去便了。此语请先生对安大人言明吧。"

热卧慕史不料吴三桂有此一求，乃道："启禀王爷，俄尼诺黛是我家苴穆十分心爱之人，又是水西屑迭，绝无转送他人的道理，恐怕不能顺遂了王爷旨意。还望王爷别选了吧，微臣门下还有数名色艺双绝的女徒呢！"

吴三桂道："本王定要此女！先生定知古今故事多矣，唐明皇纳儿媳为贵妃，我朝摄政王纳侄妇以欢爱。但使才女有机会崭露华彩，便为人间一段佳话。孤家今已天命之年，绝非贪恋此女美色，实望此女更上层楼。今日已罢，明日且让本王贴身书吏刘伯炯与先生共见安大人，是必言明本王意思。"

三

"将水西屑选轻与了人，成何体统！"更且叉戛那听了安坤陈述吴三桂的意思后，一把抓住安坤的肩头，边摇边呼其彝名道，"阿革啊阿革，你可不能不存骨气！心不情愿之事何必要去做呢？好端端一朵'水西之花'硬推给横行霸道的老头子，你于心何忍？你威信何在？你对得起她吗？"

安坤此时早已双泪长流，喉头哽咽，欲语还休。

是的，堂兄叉戛那指责的话十分在理。从感情上他是无论如何也割舍不下的。如果说正妻禄天香和次妻陇玉是他治理水西江山的倚靠，俄尼诺黛便是他欢娱情爱的依托。他很难想象失去美妾之后自己还会有什么欢乐可言。但是……但是，吴三桂又岂是可以得罪之人！若拒绝这一索求，说不定会给水西带来大祸。安坤不禁想起自己的老师张默上课时引用的一句话："皮之不存，毛将焉附？"是的，如果因为拒绝了吴三桂这一索求，惹恼了这一权倾西南的霸主，必然不得善待。一旦受到重兵征剿，因此失去江山，不仅美妾不再属于自己，甚至自己也将不复存在。为水西基业安危计，为自己身家性命财产计，似乎也不能不割舍这一难断的缘分！

感情与理智交战的重压，对年方二十五岁的安坤来说简直不堪忍受。他一句话也说不出来，甚至想也不复再想，脑子里昏蒙蒙一片，但使双泪若珠线不绝。

反倒是禄天香理智。她端然而坐，意态从容地道："既然身为国中贵人，便非风尘女子可比，亦应跳出儿女情长的俗念。三国时王允派貂蝉去嫁董卓与吕布，春秋时范蠡遣自己钟情之人去嫁夫差，还有汉代的王昭君和亲匈奴，唐代的文成公主远嫁吐蕃，但得为国安危献身者，便是巾帼中之风范。依我看来，诺黛阿妹若能委曲求全，就当一次与吴王和亲之举，保水西无虞，便是当今第一功。"说话间，她移身于俄尼诺黛身边，轻抚诺黛头上乌发，语音越益亲切地道："阿妹，我们姐妹一场，我知道你貌美体香之外，更是天资聪颖，又百般爱恋着苴穆，你是我们'水西之花'，是水西的骄傲。你肯定是难舍苴穆，难舍家乡的。但是为水西安危计，你应该去，今后你在吴王身边，凡是对我水西有害之举，你便在枕席间为之化解。如此，我们会永远感谢你。何况吴王亦非凡夫俗子，其在音律学识上又与阿妹般配，与之相伴亦不辱没阿妹了。阿妹，但听为姐这一句，去吧，去吧……"

禄天香比俄尼诺黛不过年长两岁，但身为一部乃叶，又见识丰富，且有善于怜恤府中上下之人的美德，对俄尼诺黛向来如慈母一般。因此，她的劝说对诺黛有不可抗拒的力量，使珠泪涟涟的诺黛竟微微地点了点头。

不过诺黛也只是微微点了点头，一转身又扑到安坤的怀里，呜呜咽咽地哭了起来。安坤虽没有同样哭出声来，那泪水却又涌出眼眶，与诺黛的泪水合流在一起。

禄天香知道二人心里难过之情，便任其相拥而哭，转对叉戛那道："兄长方才所言亦是，若我水西强盛至与吴三桂不相上下，自当严词拒绝，可是为今之计，不得不满足这个索求了，望兄长明鉴。"

叉戛那向来不怕苴穆安坤，因为安坤于部族中大事思索甚少，大多仰仗身为更苴的他。叉戛那怕的是乃叶禄天香，因为禄天香虽也年轻，却有一般人远不能及的见识，有一般人难以驳倒的利嘴。部族中所出现的大事小事，禄天香不过问则已，但一过问，终归都要按她的意思去办。正是由于这样，有好事者编了个顺口溜道：

> 苴穆的江山是个名，
> 更苴的权势压死人，
> 全靠有乃叶主心骨，
> 安坤的天下才坐稳。

不过今日之事叉戛那自有其主见。他说："乃叶所言自然是对的，然依愚兄看来，这吴三桂却是个贪婪成性之辈。今日要了诺黛，明日会要马匹金银。你给了他，他说你有，会再加索求，你不给他，他会说你抗拒不从，依然要兴兵讨伐。这正如张牙舞爪的豺狗，与其一块肉一块肉地送给他，莫若用棒打断他的腰。乃叶，早晚水西都会是他的菜，莫若一开始就得罪他，来他个'不是鱼死，便是网破'。"

"虽然如此，"禄天香道，"我水西还当注重策略，尽量不给其借口。即使为了争取时间，也当遂了他这一次心意。若割地索款，自然不当应允，既然只为一个女人，就给他去吧，何况如我方才所言，诺黛可于他枕席间为护我水西而作为。舍小忍而保大平安，何乐而不为？"

"只是……这水西名声……"叉戛那竟嗫嚅无次，终究说不过禄天香，也不由得点点头。

四

从卧这城到大方城的石板路在高山深壑中蜿蜒。自从明代初年奢香夫人开通龙场至毕节的驿道之后，历代水西官家又组织开通了卧这至各地的石板路。两百年以来，这种石板路一直是水西地区最好的道路。尤其是阴雨绵绵的季节，一般小道走的人多了便泥泞不堪，既难于下履，又充满随时滑倒的危险。而石板路则既宽又平，凡有坡度便砌成梯级石坎，自然方便得多。由于这种石板路既广泛用于各地物资的运输——或人背或马驮，又方便地方官巡察各地时骑马乘轿，因而又被人们习惯上称为"官道"。

大方总兵刘之复亲率一支三百人的军队，保护平西亲王吴三桂行进在这条石板路上。吴三桂此行可谓心满意足了。水西宣慰使安坤奉献的鲜美哑酒、天麻、竹荪、麂皮、狐皮、根雕、奇石、漆雕花瓶、酒具、夜郎古董等等用了十匹马驮着。二十名妙龄美女骑马随从而行。对这些美女他无意受用，而是为了随时赏赐属下必须笼络的文武官员。他现在心目中唯有那美而体香的俄尼诺黛。一乘花轿正抬着俄尼诺黛，由他的侄子、副总兵吴应彪护卫着走在全队的中段。

山道弯弯，马蹄嘚嘚，花轿悠悠，春风得意！

花轿里的俄尼诺黛此时百感交集，芳心难平，眼中依旧泪珠汩汩。

俄尼诺黛的美貌和体香是天生就有的。她出生在水西东部的乌江岸边，她的父母都是土目丙列的家生奴隶。幸亏她拥有一副天仙般的身貌和不断散发体外的幽香，从小便受到丙列的正妻、屑迭安艳的宠爱，得与丙列家公子小姐一起读书和玩乐，养成了与贵族小姐一般的气质和相当的文化基础。十三岁时她被土目丙列纳妾，十四岁时则被随先苴穆安承宗巡视各地的安坤看中了，已近年迈的丙列便将她献给了安坤，至今在宣慰府中已待了五年。这五年中，安坤不仅给她百倍的宠爱，使她获得了在已近年迈的丙列那里得不到的欢愉和陶醉，而且还给她请了热卧慕史专任教师。热卧慕史知识渊博，尤其精通音律，对这位非凡美丽而又天资聪颖的女学生进行了十分精心的调教。五年过来，俄尼诺黛便练就了她无人可比的月琴技艺和婉转歌喉。于是，进入青春妙龄的她终于达到了完美至极的程度，凡是见到她的人都如痴如醉地看她，欣赏她，在心中赞美她。传颂的人多了，未见着她的人都想见她。

正因为如此，远在昆明的吴三桂才不远千里到水西来寻她。

吴三桂要她，对她不啻是晴天霹雳。从感情上她无论如何也接受不了，因为安坤年少英俊，知冷知热，对她是百般恩爱。一个奴隶的女儿爬上了养尊处优的高位，她还有什么不满足的呢？所以她无论如何也不愿意离开宣慰府。但是，根据与吴三桂结识这么一两天的情形看，这位权重位高的王爷并非人们传言的那样横行霸道。他精通音律和诗词，是一个文武双全之人。五十岁年纪也不算过老，尤其是身居高位的亲王。再就是她又迷恋于琴艺，能够有机会到昆明深造，将使自己达到更高的境界。因此，她的意识深处又有了某种向往。于是，当安坤经过反复的思考，尤其是在乃叶禄天香的力主之下，做出痛苦的割舍，将她献给吴三桂时，她已经不再悲伤，尽管昨夜与安坤做最后的缱绻交欢之后，她一直哭泣到天亮。但当坐上吴三桂迎她的花轿，终于离开生活了五年的卧这城时，她的心情便慢慢平静下来了。

当然，最感到满足的是吴三桂，他终于获得了比传言更美好的女人。他自认是个多情种子。原配刘氏夫人自不必讲了，即使刘氏人老珠黄也从未受到亏待，今日正居诰命一品福晋。陈圆圆与他患难相伴二十余载，虽已体态发福，仍然是深情依旧。坐镇云南后，他又新宠爱了连儿、四面观音、八面观音等美人。对每一个美人，只要对他献之以情，他便以情还之。在对所有敌手残忍的另一面，他又是个温情脉脉的美丈夫。他认为这是一种人生的享受，一种付出真情换取真情回报的享受。因此，尽管每一个他宠幸的女人都各有其特色，对他的回报却都是甜蜜的，令他如饮醇酒一般陶醉。正是对美色的这种从不倦怠的嗜好，促使他不停地寻觅，在寻觅中生活，在占有中欣慰。

不过，与今天获得的这位彝族美人相比，以往的美人俱黯然失色了。他似乎在今天才明白，理想的美人应与理想的美酒相类似，都必须拥有这四个要素：色、香、味、格。以往的美人，形色够了，体味够了，甚至高雅的风格也够了，但在香气一档上则不能不说是缺憾。她们只能借助于种种名贵的脂粉香料，而脂粉香料不过是身外之物，难离其假的本质。只有这位美人，才是发自于体肤的真正自然的清香！世间上恐怕是再也不会有这么一位天仙难媲的美人啦！他决定回到昆明后专门为她另建一处行宫，公事之余，便与她厮守缱绻。当然，还会为她聘请乐工名师，使其技艺更上层楼。如此而男欢女爱，尽享安乐。

山道弯弯，马蹄嘚嘚，花轿悠悠……

行程不及一半之时，山势越发起伏跌宕了。石板路虽有三尺来宽，却只容单人独骑相连而行，因此三百人的队伍竟绵延了二里路长。行进者瞻前顾后只见得到几个同伴。到最艰难路段时，人们越是一言不发，小心翼翼地驭马或下脚，深恐分心跌倒。吴三桂以他那久经沙场的敏锐眼光打量了周围的山势，心中不寒而栗，默念道："如果出现伏兵截击，那就难施救援了。这可是凶山恶水虎狼窝啊！"

恰在此时，吴三桂身后忽然一片喊声，又一阵刀枪磕碰之声。吴三桂知道是美人的花轿出了问题，想迅疾地赶去，却因道路狭窄，兵将们一时闪身不及，竟难以赶过去。幸有身边大将马宝仗剑大叫："让道者生，挡道者死！"兵将们才贴岩让出道来。吴三桂与马宝好不容易赶到出事地点时，山道上已被砍倒了十多个士兵。花轿掀翻到路旁，轿中美人俄尼诺黛已杳无踪迹。肩膀中了一刀的副总兵吴应彪此时正从山上回来，报告道："启禀王爷，方才一伙狂徒突然跳出，末将措手不及，被他砍了一刀。美人亦被劫走，末将带弟兄们追去，那伙狂徒却钻进山上的一个岩洞去了，再也寻不着。"

吴三桂一听，气恨交加，与马宝奔到山上，只见一个岩洞有如恶魔巨口，似乎可通幽深莫测之处。吴三桂想亲自进入洞中寻找，马宝劝道："父王万乘之躯，岂可涉此险地，待儿臣前往，定要追他个水落石出。"

早有兵士点起数十火把，随马宝进入洞中。吴三桂在洞口先还听得嗡嗡嚷嚷，逐渐便悄没了声息，整整一个时辰之后，才见马宝遍身泥污回来，报告道："启禀父王，洞中先是一路还可见贼子脚印，深处却是岔洞无限，又暗河纵横，再无贼子踪迹。儿臣找无处找，只得回来了。"

吴三桂此时如被人一掌击中了要穴，目光怔怔，一动不动。良久，回过神来，令人将刘之复找来，吩咐道："刘将军，你此时即带人去找安坤。要他们据实而告，若真出尔反尔，明献之，暗劫之，便是弥天大罪，水西则不保矣。若果然不知就里，亦叫来大方城讲明情由，并派人仔细搜查，是必替孤家找到美人。"

谁知安坤听说美人被劫，正怕吴三桂怀疑自己，早已派人四处打探美妾下落，却不敢赴大方去见吴三桂。吴三桂等了两日，不见安坤身影，越生疑忌，便气咻咻地返回了昆明。

（节选自《水西悲歌》，贵州民族出版社，2003年9月）